À propos de l'autrice

Nora Roberts est l'une des autrices les plus lues dans le monde, avec plus de 400 millions de livres vendus dans 34 pays. Elle a su comme nulle autre apporter au roman féminin une dimension nouvelle ; elle fascine par ses multiples facettes et s'appuie sur une extraordinaire vivacité d'écriture pour captiver ses lecteurs.

Nora Roberts

Destins rebelles

Nora Roberts

Destins rebelles

Traduction française de
KARINE XARAGAI
JEANNE DESCHAMP

HARLEQUIN

Titres originaux :

PARTIE 1 : SUZANNA'S SURRENDER
PARTIE 2 : TEMPTING FATE

Ces romans ont déjà été publiés en 2016

HARPERCOLLINS FRANCE
83-85, boulevard Vincent-Auriol, 75646 PARIS CEDEX 13
Service Lectrices — Tél. : 01 45 82 47 47 - www.harlequin.fr
ISBN 978-2-2804-5695-1

Composé et édité par HarperCollins France. Achevé d'imprimer en mai 2021.
par CPI Black Print - Barcelone - Espagne
Dépôt légal : juin 2021.

FSC www.fsc.org
MIXTE
Papier issu de sources responsables
FSC® C159065

Pour limiter l'empreinte environnementale de ses livres, HarperCollins France s'engage à n'utiliser que du papier fabriqué à partir de bois provenant de forêts gérées durablement et de manière responsable.

LE SECRET DES ÉMERAUDES

Prologue

Bar Harbor, 1965

A la seconde où mes yeux se sont posés sur elle, ma vie n'a plus jamais été la même. C'était il y a plus de cinquante ans. Je suis aujourd'hui un vieil homme aux cheveux blancs et au corps affaibli par la maladie. Pourtant, je me souviens de tout comme si c'était hier.

Depuis mon accident cardiaque, les médecins m'ont prescrit le repos. Aussi suis-je revenu ici, sur cette île — son île — là où pour moi tout a commencé. Le village de Bar Harbor a changé, tout comme moi. Le grand incendie de 1947 l'a en grande partie détruit. Des bâtiments ont émergé de terre, de nouveaux habitants sont apparus. Les rues sont désormais encombrées de voitures qui n'ont pas le charme guilleret des calèches d'autrefois. Mais je m'estime heureux d'avoir connu l'île en ce temps-là et de pouvoir encore la contempler aujourd'hui.

Mon fils est un homme à présent, un homme bien qui a choisi de vivre de la mer. Nous ne nous sommes jamais compris, lui et moi, néanmoins nous sommes parvenus tant bien que mal à nous accepter. Il a épousé une femme charmante et discrète qui lui a donné un fils. Ce garçon, le jeune Holt, me comble d'une joie toute particulière. Peut-être parce que je me reconnais en lui. Cette impatience, cette fougue, ces passions... c'étaient les miennes, à l'époque. Lui aussi, peut-être, sera habité par mon ardeur de vivre, mes aspirations démesurées... Loin de moi l'idée de m'en attrister ! Si je n'avais qu'un seul conseil à lui donner, ce serait de mordre dans la vie à belles dents.

Pour ma part, je ne me plains pas : j'ai eu une existence bien remplie et je ne puis que me réjouir des années passées avec Margaret. Je n'étais plus de première jeunesse lorsqu'elle est devenue ma femme. Entre nous, on ne pouvait pas parler de passion brûlante, c'était plutôt la chaleur ronronnante d'un poêle. Toutefois, elle m'a apporté le réconfort d'un foyer et, de mon côté, j'espère l'avoir rendue heureuse. Voilà presque dix ans qu'elle n'est plus et ma tendresse pour elle est demeurée intacte.

Cependant, c'est le souvenir d'une autre femme qui continue de me hanter. Son image est restée gravée dans ma mémoire, inaltérée. Le temps n'a pas effacé son visage, pas plus qu'il n'a entamé l'amour fou que je lui vouais alors. Cette flamme n'a jamais cessé de me consumer, même si ma bien-aimée est depuis longtemps perdue pour moi.

Avoir frôlé la mort m'incite peut-être à me repencher sur cette période de mon passé, à me remémorer ce que je n'ai jamais réussi à oublier. A l'époque, j'avais bien tenté de noyer mon chagrin dans l'alcool, la peinture, les voyages... en vain. Quoi que je fasse, une force mystérieuse me ramenait toujours sur cette île, là où jadis j'avais commencé à vivre. Là où je savais que je mourrais un jour.

Un tel amour, les plus chanceux d'entre nous ne le connaîtront qu'une fois dans leur vie. Pour moi, ce fut Bianca. Dans mon cœur, il n'y aura jamais eu qu'elle.

C'était en juin, durant l'été 1912, avant que la Grande

Guerre ne mette le monde à feu et à sang. Un été empreint de paix, de beauté, de peinture et de poésie, en ce temps où le village de Bar Harbor s'ouvrait aux riches touristes et offrait un refuge aux artistes.

Elle se promenait, accompagnée d'un enfant, sur les falaises où je travaillais. Je me suis détourné de mon chevalet, le pinceau en suspens, encore sous l'emprise de l'inspiration et du spectacle grandiose des vagues. Belle et élancée, elle s'avançait dans le soleil couchant, nimbée d'une chevelure flamboyante. Le vent tourmentait ses mèches, malmenait sa robe bleu clair. Elle avait le teint diaphane et lumineux des Irlandaises et des yeux de la couleur de la mer que je m'acharnais à rendre sur ma toile. Des yeux qui me dévisageaient avec un mélange de curiosité et de circonspection.

Sitôt que je l'ai vue, j'ai su qu'il me fallait la peindre. Et aussi que je ne pourrais pas m'empêcher d'en tomber amoureux.

Elle s'est excusée de m'interrompre dans mon travail. Dans ses paroles douces et polies affleurait un mélodieux accent irlandais. L'enfant qu'elle avait pris dans ses bras était son fils. J'avais devant moi Bianca Calhoun, l'épouse d'un autre homme. Sa résidence d'été se dressait sur la corniche, en surplomb des falaises : les Tours, le manoir tarabiscoté qu'avait fait construire Fergus Calhoun. Bien qu'arrivé depuis peu sur l'île des Monts déserts, j'avais entendu parler de Calhoun et de sa splendide demeure. De fait, j'avais admiré son architecture arrogante, improbable, hérissée de tourelles et garnie de parapets.

Un tel château convenait à la femme au charme intemporel qui se tenait devant moi. Elle possédait une assurance tranquille, une grâce innée et d'immenses yeux verts au fond desquels couvaient des passions inassouvies. Oui, j'étais déjà amoureux, mais uniquement de sa beauté. Et cette beauté, je brûlais de m'en emparer à ma façon à moi, au moyen de mes outils d'artiste, pinceaux et crayons. Il se peut que je l'aie effrayée, ce jour-là, en la fixant avec une telle intensité. Son garçonnet en revanche, le petit Ethan, ne montrait aucune peur et me regardait avec confiance. Cette femme avait l'air si jeune, si virginale, qu'on avait du mal à croire que cet enfant était le sien, et qu'elle en avait encore deux autres.

Cette première fois, elle ne s'est pas attardée. Sans lâcher son fils, elle s'en est retournée vers son manoir, vers son mari. Je l'ai regardée s'éloigner parmi les buissons d'aubépines, le soleil embrasant ses cheveux.

Ce jour-là, je n'ai pas pu continuer à peindre la mer. Le visage de cette femme avait déjà commencé à m'obséder.

1

L'idée ne l'enchantait guère… Mais bien sûr il fallait que quelqu'un s'en occupe. Suzanna traîna le sac de vingt-cinq litres de paillis jusqu'à son pick-up et le jeta d'un coup sur le plateau. Ce petit effort physique ne la dérangeait pas. En fait, elle était plutôt contente de livrer ce sac sur le chemin du retour.

Non, c'était sa première visite qu'elle aurait bien aimé pouvoir éviter. Mais pour Suzanna Calhoun Dumont le devoir n'était pas un vain mot.

Elle avait promis à sa famille qu'elle parlerait à Holt Bradford et elle tenait toujours ses promesses. Ou du moins, elle essayait… Du bras, elle essuya son front moite de transpiration.

Bonté divine, qu'elle était fatiguée ! Elle avait passé la journée à planter un jardin chez des particuliers de Southwest Harbor et le lendemain s'annonçait tout aussi chargé. Sans compter que sa sœur Amanda se mariait dans moins d'une semaine ! Entre les préparatifs de la cérémonie et la réfection de l'aile ouest, le manoir des Tours était sens dessus dessous. Ce qui n'empêcherait pas ses deux enfants pleins de vie de réclamer — à juste titre — toute son attention maternelle, à peine serait-elle rentrée. Il y avait aussi cette paperasse qui s'accumulait sur son bureau… Et pour couronner le tout, un de ses employés à temps partiel avait démissionné le matin même. Sans préavis !

Certes, personne ne l'avait obligée à se mettre à son compte. C'était son idée. Elle jeta un regard à la jardinerie dont elle venait de fermer les portes pour la nuit : la vitrine débordante de fleurs et, plus loin, les serres. Dire que tout cela lui appartenait ! A elle et à la banque, bien sûr, rectifia-t-elle avec un petit sourire. Ces rangées de pivoines, de pétunias, de pensées… tout cela, c'était à elle ! Elle avait prouvé à tout le monde qu'elle n'était pas une incapable, contrairement à ce que lui serinait depuis toujours son ex-mari, Baxter.

Elle avait deux beaux enfants, une famille aimante et une activité de fleuriste-paysagiste qui marchait plutôt bien. Quant à l'étiquette de femme terne et ennuyeuse dont l'avait affublée Bax, elle n'était plus de mise. Ce n'était pas tout le monde qui participait à une aventure commencée quatre-vingts ans plus tôt !

Non, la quête d'un collier d'émeraudes n'avait certainement rien de banal, et se retrouver la cible de voleurs de bijoux, pas davantage. Des criminels d'envergure internationale qui ne reculeraient devant rien pour mettre la main sur l'inestimable trésor de son arrière-grand-mère.

Suzanna s'installa au volant du pick-up, songeuse. A dire vrai, elle s'était jusque-là contentée de suivre l'action depuis les coulisses. C'était sa sœur C.C. qui avait tout mis en branle en tombant amoureuse de Trenton St. James, troisième du nom, héritier des hôtels St. James. C'était lui qui avait eu l'idée de convertir en hôtel de luxe une aile des Tours, ce manoir que la famille se ruinait alors à entretenir. A cette occasion, la presse, toujours à l'affût de sensationnel, s'était emparée de la vieille légende des émeraudes Calhoun, ce qui avait déclenché un enchaînement de péripéties aussi absurdes que dangereuses.

C'était sa sœur Amanda qui avait manqué se faire

tuer par le voleur de bijoux qui s'était introduit aux Tours sous le nom de William Livingston. Il leur avait dérobé certains documents susceptibles de le mener aux fameuses émeraudes. Puis c'était sa sœur Lilah, l'esprit libre de la famille, qui avait failli perdre la vie lors de la dernière exaction du même Livingston. Le collier était devenu une véritable obsession pour ce criminel prêt à tout pour parvenir à ses fins.

Une semaine après ce terrible incident, la police n'avait toujours pas retrouvé la trace de Livingston ni d'Ellis Caufield, une autre de ses identités.

Etrange, pensa Suzanna en s'insérant dans le flot de la circulation, de voir l'influence qu'exerçaient les Tours et les émeraudes sur le destin de la famille tout entière. De fait, le manoir était à l'origine de la rencontre entre Trent et C.C. Puis c'est en venant dessiner les plans du futur palace que Sloan O'Riley avait eu le coup de foudre pour Amanda. Enfin, Max Quartermain, le timide professeur d'histoire, était tombé fou amoureux de Lilah. Et tous deux avaient bien failli perdre la vie — à cause des émeraudes, une fois de plus.

Suzanna était parfois prise de doutes. Après tous ces drames, n'aurait-il pas été plus sage de renoncer à leur quête ? Néanmoins, elle savait, comme tout le monde au manoir, que le collier caché par Bianca avant sa mort était destiné à être retrouvé.

Aussi continuaient-ils tous leur travail de fourmi, remontant chaque piste, exploitant chaque indice arraché à la poussière du temps. Et voilà qu'au cours de ses recherches Max avait réussi à exhumer le nom de l'artiste-peintre dont Bianca s'était éprise — une histoire d'amour qui emplissait toujours Suzanna d'une douce mélancolie.

Oui, c'était cet indice qui allait enfin lui permettre d'entrer en scène ! Mais quel manque de chance que cette nouvelle piste la conduise justement au petit-fils du peintre…

Holt Bradford. Elle soupira et, s'armant de patience dans les rues embouteillées du village, récapitula ce qu'elle savait sur lui. Oh ! elle ne prétendait pas le connaître vraiment — du reste, qui aurait pu s'en vanter ? Elle se souvenait surtout d'un adolescent maussade, ombrageux et distant. Bien entendu, cette attitude désinvolte remportait un franc succès auprès des filles qui appréciaient également son charme de brun ténébreux et l'éclat rageur de ses yeux gris.

Etrange… Elle se rappelait la couleur de ses yeux. Cela dit, la seule fois où il les avait vraiment posés sur elle, c'était pour la fusiller du regard.

Mais après tout, sans doute avait-il oublié leur petite altercation, depuis tout ce temps… du moins l'espérait-elle. Les conflits, quels qu'ils soient, avaient le don de lui faire perdre tous ses moyens. Non, Holt ne devait certainement plus lui tenir rigueur d'un incident qui remontait à plus de dix ans. Un incident, rien de plus, car il ne s'était pas fait bien mal en passant par-dessus le guidon de sa moto. Et puis il était en tort, estima-t-elle en relevant le menton. C'était elle qui avait la priorité !

Quoi qu'il en soit, elle avait promis à Lilah de s'entretenir avec lui au sujet des émeraudes. On ne devait négliger aucune piste et, en tant que petit-fils de Christian Bradford, Holt pouvait avoir eu vent de certaines anecdotes…

Revenu à Bar Harbor depuis quelques mois, il avait élu domicile dans le cottage qu'habitait justement son grand-père à l'époque de sa fameuse histoire d'amour avec Bianca. Et Suzanna avait suffisamment de sang irlandais dans les veines pour ne pas ignorer les signes du destin : il y avait de nouveau un Bradford au cottage et des Calhoun au manoir des Tours… En conjuguant leurs efforts, ils arriveraient certainement à apporter des réponses au mystère qui hantait les deux familles depuis des générations.

Le cottage, posé au bord de l'océan, était niché entre deux vénérables saules. Son architecture de bois, toute simple, lui fit tout de suite penser à une maison de poupée. Mais quel dommage que personne n'ait jamais pris la peine de l'agrémenter de fleurs... Certes, l'herbe avait été fraîchement tondue, mais certains endroits étaient dégarnis, remarqua-t-elle de son œil exercé de paysagiste. Pour bien faire, il aurait fallu réensemencer toute la pelouse et y apporter une bonne dose de fumure.

Elle se dirigeait vers la porte d'entrée quand des aboiements retentirent, suivis du grondement indistinct d'une voix masculine. Intriguée, elle fit le tour du cottage.

Sur l'eau sombre et tranquille s'avançait un ponton branlant auquel était amarré un petit bateau de plaisance d'un blanc étincelant. Holt était là. Assis à la proue, il briquait patiemment les cuivres du bateau. Il était vêtu en tout et pour tout d'un short grossièrement taillé dans un jean délavé. Un voile de transpiration soulignait la musculature de son torse tanné par le soleil. Ses cheveux noirs, légèrement trop longs, bouclaient autour de son visage. Ses gestes étaient sûrs, ses doigts déliés... Avait-il hérité des talents artistiques de son grand-père ?

L'eau léchait doucement la coque de l'embarcation. Tout près du rivage, un balbuzard s'envola, puis plongea en piqué. Il resurgit dans un cri de triomphe, un poisson argenté frétillant entre ses serres. Sur le bateau, Holt ne s'interrompit même pas, l'esprit ailleurs ou indifférent au drame de la vie et de la mort qui se jouait autour de lui.

Affichant un sourire qu'elle espérait poli, Suzanna s'avança vers le ponton.

— Pardon de vous déranger...

Il leva brusquement la tête et Suzanna se figea, terrifiée. S'il avait eu une arme, il l'aurait braquée sur elle ! En une fraction de seconde, l'homme tranquillement absorbé par sa tâche s'était mué en fauve prêt à bondir. Il émanait de lui une violence indomptée qui faisait froid dans le dos.

S'obligeant à se ressaisir, elle se risqua à le regarder. Il avait changé. Le garçon maussade était devenu un individu dangereux. Dangereux, oui, c'était le mot qui s'était imposé à son esprit. Son visage avait perdu la douceur de l'adolescence, il arborait à présent des traits anguleux, aux méplats accusés. Une barbe de trois jours finissait d'accentuer son aspect farouche.

Pourtant, c'étaient bien ses yeux — des yeux qui la glaçaient d'effroi. Un homme doté d'un regard aussi puissant, aussi intense, n'avait besoin d'aucune autre arme.

Holt la fixa longuement sans se lever ni prononcer une parole, le temps que l'adrénaline retombe. S'il avait eu son pistolet, il l'aurait spontanément pointé sur elle. L'usure des nerfs... C'était aussi à cause de cela qu'il avait quitté la police pour revenir ici, en simple citoyen.

Tout danger écarté, il restait néanmoins sur le qui-vive : quel choc de revoir ce visage... Aucun homme n'aurait pu l'oublier. Et Dieu sait que cette femme le hantait. Depuis une éternité. Dans ses fantasmes d'adolescent, il l'imaginait sous les traits d'une princesse, belle à ravir dans des drapés de soie fluide. Lui-même était le chevalier qui allait terrasser une centaine de dragons pour la conquérir.

Il se rembrunit à ce souvenir.

Elle n'avait guère changé. Elle avait toujours ce teint de rose propre aux Irlandaises, ce visage à l'ovale si classique. Sa bouche était demeurée pulpeuse, délicieusement douce, et ses yeux frangés de cils immenses avaient gardé leur bleu profond et rêveur. Des yeux qui le contemplaient à présent avec un mélange d'inquiétude et de perplexité, tandis que lui-même ne se gênait pas pour la détailler tout entière.

Ses longs cheveux dorés étaient rassemblés en une queue-de-cheval souple. Dans son souvenir, cependant, il lui semblait qu'elle les laissait flotter librement sur ses épaules...

Elle était grande — comme toutes les Calhoun —, mais d'une minceur alarmante. La vie l'aurait-elle maltraitée ? Peut-être. La rumeur voulait que son divorce ait été une épreuve tout aussi pénible que son mariage. Il savait qu'elle avait deux enfants, un garçon et une fille. Pourtant, en la voyant, on avait du mal à croire que cette mince liane en jean maculé de terre et au T-shirt collé de transpiration puisse être deux fois mère.

Mais le plus dur à admettre, c'était qu'après tant d'années elle parvienne encore à le troubler à ce point !

Sans la quitter des yeux, il reprit son polissage minutieux.

— Je peux faire quelque chose pour vous ?

Elle relâcha sa respiration.

— Pardon de débarquer ainsi chez vous... Je suis Suzanna Dumont. Suzanna Calhoun.

— Je sais qui vous êtes.

— Ah...

Elle s'éclaircit la voix, gênée.

— Je me rends bien compte que je vous dérange, mais j'aimerais vous parler quelques minutes. Cela dit, si le moment est mal choisi, je...

— A quel sujet ?

Quel ours, pensa-t-elle avec agacement. Très bien ! Dans ces conditions, il était inutile de tourner autour du pot.

— Au sujet de votre grand-père. C'était bien Christian Bradford, n'est-ce pas ? Le peintre ?

— Exact. Et après ?

— C'est une longue histoire... Je peux ?

Obtenant un haussement d'épaules pour toute réponse, elle s'avança vers le ponton qui se mit à grincer et osciller sous ses pieds. Prudente, elle s'assit.

— En fait, tout a commencé en 1912 ou 1913, avec mon arrière-grand-mère Bianca.

— Oui, j'ai entendu parler de ces fadaises, mais je ne comprends pas ce que mon grand-père a à voir avec tout ça.

Il sentait son parfum à présent, un mélange de fleurs et de musc qui le remua au plus profond de lui-même. Il poursuivit :

— Votre arrière-grand-mère était une femme malheureuse, sous la coupe d'un mari aussi riche que tyrannique. Alors elle s'est consolée en prenant un amant et, à un moment donné de l'histoire, elle est censée avoir caché son précieux collier d'émeraudes. Une poire pour la soif, au cas où elle aurait le cran de tout plaquer. Mais au lieu de s'enfuir avec son bien-aimé, elle s'est jetée de la fenêtre d'une tour et on n'a jamais retrouvé les émeraudes.

— Ce n'est pas tout à fait...

— Et aujourd'hui, votre famille s'est lancée dans une chasse au trésor, continua-t-il, ignorant son intervention. Ce qui vous a valu pas mal de publicité, et aussi pas mal d'ennuis. Plus que ce qui était prévu au départ, certainement. Il paraît d'ailleurs qu'il y a eu de l'animation au château, il y a une quinzaine de jours...

— Si par animation vous entendez que ma sœur a failli se faire égorger, alors c'est le cas ! rétorqua Suzanna.

Ses yeux étincelaient de colère. Elle était toujours aussi maladroite pour se défendre, constata Holt, mais quand il s'agissait de sa famille, elle n'hésitait pas à monter au créneau.

— L'homme qui travaillait avec Livingston, ou quel que soit le véritable nom de ce salaud, a failli tuer Lilah et son fiancé !

— Normal. Un inestimable collier d'émeraudes assorti d'une légende, ça ne peut qu'attirer la vermine...

Ce Livingston n'était pas un inconnu pour Holt. Au

cours de ses dix années passées dans la police, il avait eu en main plusieurs rapports le concernant : même à la brigade des mœurs, on savait que cet habile voleur de bijoux n'hésitait pas à recourir à la violence.

— Cette légende et ces émeraudes ne regardent que ma famille, répliqua Suzanna.

— Alors pourquoi venir me voir ? J'ai raccroché. Je ne suis plus dans la police.

— Ce n'est pas le policier que je suis venue voir. C'est l'homme.

Suzanna prit une inspiration : elle voulait être claire et concise.

— Max, le fiancé de Lilah, était professeur d'histoire à Cornell. Il y a deux mois, Livingston, sous le nom d'Ellis Caufield, l'a engagé pour examiner les papiers de famille qu'il nous avait dérobés.

Holt continuait d'astiquer les cuivres du bateau.

— Décidément, Lilah a toujours aussi mauvais goût en matière d'hommes...

— Max ignorait que ces documents avaient été volés ! siffla Suzanna. Et lorsqu'il l'a compris, Caufield a failli le tuer ! Toujours est-il que Max est venu continuer ses recherches aux Tours, pour notre compte, cette fois. Nous avons mis au jour de nouveaux éléments concernant les émeraudes et nous avons également pu recueillir le témoignage d'une vieille domestique qui était employée au manoir, l'année où Bianca s'est donné la mort.

Holt changea de position, sans interrompre sa tâche.

— Vous en avez fait des choses...

— En effet. La domestique a confirmé l'histoire qui veut que le collier ait été caché par Bianca, tout comme le fait qu'elle était amoureuse et comptait bien quitter son mari. Cet homme, dont elle était éprise, était artiste-peintre...

Suzanna se ménagea une courte pause avant de laisser tomber :

— Il s'appelait Christian Bradford.

Une lueur traversa le regard de Holt. Il posa son chiffon avec une lenteur délibérée, tira une cigarette de son paquet, actionna son briquet et exhala une longue bouffée.

— Parce que vous vous imaginez que je vais gober ce genre d'élucubrations ?

De sa part, Suzanna s'était attendue à de la surprise, voire à de la stupéfaction et voilà ce qu'elle récoltait : une simple manifestation d'ennui !

— C'est la pure vérité. Bianca le retrouvait sur les falaises, près des Tours.

Il lui décocha un petit sourire, proche d'une grimace de mépris.

— Ah, oui ? Parce que vous les avez vus ? Dans le même ordre d'idées, j'ai aussi entendu parler du fantôme.

Il tira sur sa cigarette, souffla la fumée sans se presser.

— L'esprit mélancolique de Bianca Calhoun, errant dans sa résidence d'été... Vous, les Calhoun, vous n'êtes jamais à court de... d'imagination.

Les yeux de Suzanna s'assombrirent, mais elle parvint à maîtriser sa voix.

— Bianca Calhoun et Christian Bradford étaient amoureux l'un de l'autre. L'été où elle est morte, ils se retrouvaient souvent sur les falaises, juste en dessous des Tours.

Ce dernier détail éveilla une vague réminiscence chez Holt qui haussa néanmoins les épaules avec dédain.

— Et alors ?

— Et alors, il y a là une piste. Ma famille ne peut pas se permettre de négliger le moindre indice, surtout lorsqu'il est aussi essentiel que celui-là. Parce que, vous comprenez, il est fort possible que Bianca ait confié à votre grand-père l'endroit où elle avait caché ses émeraudes.

— Je ne vois pas comment un flirt vieux de quatre-vingts ans — flirt dont il n'existe aucune preuve, notez bien ! — pourrait avoir un rapport avec vos émeraudes.

— Si seulement vous arriviez à dépasser les préjugés que vous semblez nourrir à l'égard de ma famille, nous pourrions peut-être éclaircir ce lien, justement.

— Je n'en vois absolument pas l'intérêt.

D'un geste brusque, il souleva le couvercle d'une petite glacière.

— Une bière ?

— Non.

— Désolé, je n'ai plus de champagne.

Les yeux rivés aux siens, il fit sauter la capsule de la bouteille, la jeta en direction d'un seau en plastique et but à longues gorgées au goulot.

— Franchement, c'est un peu dur à avaler. Réfléchissez un peu : la grande dame du manoir, bien née et cousue d'or, avec l'artiste qui tire le diable par la queue... Non, ça ne colle pas, ma jolie. Croyez-moi, vous feriez mieux de laisser tomber toute cette histoire et de retourner à vos petites fleurs. C'est bien votre métier ?

Ce n'étaient pas les provocations de ce mufle qui allaient la détourner de son objectif, pensa-t-elle avec colère.

— On a attenté à la vie de mes sœurs ! On s'est introduit chez nous par effraction ! Des imbéciles sont venus creuser dans mon jardin ! Et ils ont déterré mes rosiers, en plus.

Suzanna se remit debout : elle était grande, élancée et furieuse.

— Alors, je n'ai pas la moindre intention de laisser tomber toute cette histoire, comme vous dites !

— C'est votre problème.

Holt expédia son mégot d'une pichenette avant de

sauter sans effort sur le ponton qui oscilla sous leurs pieds. Suzanna dut lever le menton pour le regarder dans les yeux — il était plus grand que dans son souvenir.

— Mais ne vous imaginez pas que vous allez m'entraîner dans votre folie, conclut-il.

— Très bien. Dans ce cas, inutile de nous faire perdre du temps à l'un comme à l'autre, répliqua-t-elle en tournant les talons.

Il attendit qu'elle soit revenue sur la terre ferme pour lancer :

— Suzanna !

Il aimait prononcer son prénom. Il était doux, féminin et délicieusement passé de mode.

— Vous avez enfin appris à conduire ?

Le regard rageur, elle fit un pas vers lui.

— C'est donc ça ? s'enquit-elle sèchement. Votre ego hypertrophié de mâle ne s'est toujours pas remis de cette ridicule chute à moto ?

— Mon ego n'a pas été le seul à souffrir dans l'accident ! J'ai eu mon compte de plaies et de bosses, figurez-vous.

Il s'en souvenait comme si c'était hier. Elle ne devait pas avoir plus de seize ans. Elle avait jailli de sa voiture, cheveux au vent, pâle comme un linge, les yeux agrandis d'inquiétude et d'effroi.

Lui gisait de tout son long sur le bas-côté de la route, l'amour-propre de ses vingt ans aussi meurtri que son corps au contact de l'asphalte.

— Je n'arrive pas à y croire ! s'indigna-t-elle. Vous m'en voulez encore après... douze ans ! Alors que de toute évidence c'est vous qui étiez en tort.

— Moi ?

Il pointa sa bouteille de bière sur elle.

— C'est vous qui m'avez foncé dessus !

— Je n'ai jamais foncé sur vous ni sur personne, d'ailleurs. Vous êtes tombé tout seul !

— Si je n'avais pas sauté de ma moto, vous m'auriez roulé dessus. Vous ne regardiez même pas où vous alliez !

— Pas du tout ! C'est moi qui avais la priorité. Et vous arriviez bien trop vite.

— N'importe quoi !

Il commençait à s'amuser.

— La vérité, c'est que vous étiez bien trop occupée à admirer votre petit minois dans le rétroviseur...

— Certainement pas ! Je n'ai pas quitté la route des yeux une seule seconde.

— Si vous aviez été concentrée sur la route, vous ne m'auriez pas foncé dessus.

— Je ne...

Elle s'interrompit, jura sous cape.

— Je refuse de me disputer avec vous à propos d'un incident vieux de douze ans.

— Mais pour une légende vieille de quatre-vingts ans, vous n'hésitez pas à venir me trouver !

— Pour le coup, c'était une erreur de ma part, je vous l'accorde !

Suzanna serait bien partie sur cette dernière flèche si à ce moment précis un chien très gros et très mouillé n'avait pas traversé la pelouse en quelques bonds. Jetant des aboiements ravis, l'animal se précipita sur elle et, appuyant deux pattes boueuses sur son T-shirt, la fit chanceler sous son poids.

— Couchée, Sadie ! ordonna Holt en rattrapant Suzanna de justesse. Espèce d'idiote !

— Je vous demande pardon ?

— Pas vous, la chienne.

Mais Sadie s'était déjà assise et frappait joyeusement le sol de sa queue trempée.

— Ça va ? demanda-t-il sans la lâcher.

— Oui, très bien..., répondit Suzanna.

Il avait une musculature d'acier, ne put-elle s'empêcher

de constater, le dos plaqué contre son torse nu. Impossible également d'ignorer son odeur si masculine et son souffle qui lui caressait la tempe. Cela faisait bien longtemps qu'un homme ne l'avait pas tenue dans ses bras.

Lentement, Holt la fit pivoter. L'espace de quelques secondes — une éternité — elle fut face à lui, prisonnière de son étreinte. Holt baissa les yeux sur sa bouche, y attarda son regard. Une mouette tournoyait au-dessus d'eux, vira au ras de l'eau puis remonta en flèche vers le ciel. Il sentait palpiter le cœur de Suzanna. Il compta un battement, puis deux, puis trois… et se résolut à desserrer l'étau de ses bras.

— Je suis désolé. Sadie n'a pas encore compris qu'elle n'était plus une jolie petite boule de poils. Votre T-shirt est couvert de boue…

— Oh ! la boue, ça fait partie de mon métier.

Suzanna s'accroupit pour caresser la tête de la chienne, le temps de reprendre ses esprits.

— Bonjour, Sadie…

Tandis qu'elle faisait connaissance avec l'animal, Holt enfonça ses mains dans ses poches. La bouteille de bière gisait là où il l'avait jetée ; son contenu se répandait sur la pelouse. Sadie donnait à présent des coups de langue sur le visage de Suzanna, à la grande hilarité de celle-ci. Holt bouillonnait intérieurement. Si seulement cette femme n'avait pas été aussi belle ! Si seulement son rire n'avait pas été une si douce torture pour ses nerfs !

Durant les brefs instants où il l'avait tenue contre lui, son corps avait parfaitement épousé le sien, comme dans ses rêves d'adolescent. Il serra les poings dans ses poches, craignant de céder à la tentation de la toucher. Non, il ne pouvait en être question ! Et pourtant, il n'avait qu'une envie : l'entraîner de gré ou de force à l'intérieur du cottage, la jeter sur le lit et la combler de toutes les façons imaginables.

— Un homme qui possède un si gentil chien ne peut être totalement mauvais…, plaisanta timidement Suzanna.

Mais sitôt qu'elle risqua un coup d'œil par-dessus son épaule, son sourire s'évanouit. L'expression orageuse de Holt, son regard féroce, son visage taillé à la serpe… D'un coup, le souffle lui manqua. Cet homme vibrait de violence contenue. Or, la violence masculine, Suzanna en avait déjà fait l'expérience, et ce souvenir la mit au bord du malaise.

Peu à peu, Holt détendit ses épaules, ses bras, ses mains.

— Ça se pourrait, répliqua-t-il avec désinvolture. Mais à dire vrai, c'est plutôt elle qui me possède.

Suzanna préférait se concentrer sur la chienne plutôt que sur son maître, c'était moins déstabilisant.

— Nous avons un chiot, aux Tours. Enfin, à la vitesse à laquelle il grandit, il sera bientôt aussi gros que Sadie. En fait, il lui ressemble énormément. Votre chienne aurait-elle eu une portée, il y a quelques mois ?

— Non.

— Ah… Pourtant, le nôtre a la même couleur de pelage, la même tête aussi. C'est mon beau-frère qui l'a trouvé, à moitié mort de faim. Quelqu'un l'aura abandonné, mais il a réussi tant bien que mal à grimper jusqu'au manoir par les falaises.

— Même un sale type comme moi n'abandonnerait pas des chiots sans défense, si c'est ce que vous sous-entendez.

— Mais je ne…

Elle s'interrompit — une idée venait de lui traverser l'esprit. Une idée folle, peut-être, mais guère plus que leur obstination à retrouver ce collier d'émeraudes.

— Votre grand-père avait-il un chien ?

— Je l'ai toujours vu avec un chien, oui. Un chien qui le suivait partout où il allait, je me rappelle. Sadie est d'ailleurs l'une de ses descendantes directes.

Suzanna se redressa lentement.

— Vous souvenez-vous si l'un des chiens de cette lignée s'appelait Fred ?

Holt fronça les sourcils.

— Pourquoi ?

— Répondez-moi, s'il vous plaît...

— Son premier chien s'appelait Fred, en effet. C'était avant la Première Guerre mondiale. Il l'a même immortalisé sur une toile. Et quand Fred folâtrait avec les femelles des environs, mon grand-père recueillait toujours un ou deux de ses bâtards.

Suzanna eut soudain la certitude de tenir une piste ! Elle inspira profondément et, prenant sur elle pour ne pas trahir son émotion, elle révéla :

— La veille de sa mort, Bianca a ramené un chiot aux Tours, elle voulait l'offrir à ses enfants. Une petite boule de poils noire qu'elle avait baptisée Fred.

Elle vit l'œil de Holt s'allumer. Tout de même, elle avait enfin réussi à éveiller son intérêt ! Elle insista :

— Bianca l'avait recueilli sur les falaises, ces mêmes falaises où elle avait l'habitude de retrouver Christian.

Elle s'humecta les lèvres, troublée par le silence de Holt et l'intensité de son regard, avant de poursuivre :

— Mais Fergus, mon arrière-grand-père, était fermement opposé à la présence de ce chien au château. Bianca et lui ont d'ailleurs eu une querelle assez violente à ce sujet, la vieille domestique que nous avons interrogée est formelle sur ce point. Personne ne savait trop ce qu'il était advenu de cet animal. Jusqu'à aujourd'hui...

— Même si ce que vous dites est vrai, dit Holt avec lenteur, ça ne change rien à l'affaire. Je ne peux rien pour vous.

— Vous pouvez tout de même y réfléchir, essayer de vous souvenir d'une phrase, d'un mot qu'aurait prononcé votre grand-père. Il a peut-être laissé quelque chose derrière lui... Tout détail, aussi infime soit-il, pourrait nous être utile.

— Ecoutez, j'ai assez de soucis comme ça !

Il s'éloigna de quelques pas. Il ne voulait pas se mêler d'une histoire qui l'obligerait à côtoyer cette femme plus que de raison.

Suzanna n'insista pas. Lorsqu'il se retourna, il vit qu'elle restait figée, et comprit qu'elle venait de voir l'impressionnante cicatrice qui lui barrait le dos. Holt croisa son regard horrifié et se raidit.

— Pardon, si j'avais su que j'aurais de la visite, j'aurais mis une chemise.

— Que...

Elle dut lutter contre l'émotion qui lui nouait la gorge.

— Que vous est-il arrivé ?

— J'ai été policier une nuit de trop.

Il soutint son regard sans ciller.

— Croyez-moi, Suzanna, je ne peux rien pour vous.

Elle chassa de son esprit toute velléité de pitié. Cet homme n'aurait pas supporté qu'on le plaigne. Aussi préféra-t-elle contre-attaquer :

— Dites plutôt que vous ne voulez pas m'aider.

— Pensez ce qu'il vous plaira ! Mais si j'avais voulu continuer à fourrer mon nez dans les affaires des autres, je serais resté en service.

— Tout ce que je vous demande, c'est de fouiller dans vos souvenirs et de nous tenir au courant si jamais un détail utile vous revenait.

Holt commençait à perdre patience. Il voulait bien être gentil, mais il y avait des limites !

— J'étais tout gosse à la mort de mon grand-père. Croyez-vous vraiment qu'il se serait confié à moi s'il avait eu une liaison avec une femme mariée ?

— A vous entendre, on a l'impression qu'il s'agit d'une histoire sordide.

— Tout le monde ne partage pas votre vision romantique de l'adultère, figurez-vous !

Il haussa à nouveau les épaules. Pourquoi s'énervait-il ? Après tout, cela ne le concernait en rien. Soucieux de calmer le jeu, il nuança son propos :

— Néanmoins, si l'un des deux conjoints se révèle effectivement être en dessous de tout, on peut admettre que l'autre aille se consoler ailleurs.

Renvoyée à sa propre souffrance, Suzanna détourna les yeux.

— Votre conception de la morale ne m'intéresse pas, Holt. Seuls vos souvenirs m'importent. Et je n'ai que trop abusé de votre temps.

Holt resta interdit. Qu'avait-il bien pu dire ou faire pour qu'une telle tristesse voile soudain ce doux regard ? Il n'en avait pas la moindre idée. Malgré tout, il ne pouvait pas laisser repartir cette femme sans faire montre d'un minimum de bonne volonté.

— Ecoutez, Suzanna… A mon avis, vous vous raccrochez à du vent, mais si jamais quelque chose me revient, je ne manquerai pas de vous faire signe. En mémoire de l'aïeul de Sadie.

— Je vous en serai reconnaissante, merci.

— Mais ne vous faites aucune illusion, surtout.

Elle retourna vers son pick-up et lança dans un petit rire :

— Je m'en garderai bien !

A sa grande surprise, elle vit qu'il traversait la pelouse pour la raccompagner.

— Il paraît que vous vous êtes mise à votre compte ?

— C'est exact.

Elle balaya le jardin d'un regard circulaire.

— A ce propos, vous auriez bien besoin de mes services.

Holt esquissa son petit sourire narquois.

— Vous m'imaginez en train de planter des rosiers ?

— Ils seraient pourtant du plus bel effet, ici, répliqua-t-elle sans se démonter. En fait, il ne faudrait pas grand-chose pour donner du charme à ce cottage, conclut-elle en sortant ses clés de voiture.

— Sauf que les fleurettes et moi, ça fait deux, ma jolie. Je vous laisse le soin de gratouiller la terre.

Suzanna, songeant aux courbatures qui ponctuaient chacune de ses journées de travail, grimpa dans le pick-up et fit claquer la portière.

— Oui, vous avez raison. Gratouiller la terre, c'est encore ce que les femmes font de mieux. A ce propos, Holt, votre gazon aurait bien besoin d'un apport de fumier. Mais je suis sûre que vous n'en manquez pas...

Et sur cette ultime pique, elle démarra et quitta le cottage en marche arrière.

2

Les enfants sortirent en courant de la maison, suivis de près par un jeune chien noir tout pataud. Le frère et la sœur effleurèrent la pierre usée du perron avec la grâce et la légèreté de la jeunesse, tandis que, dans sa fougue, le chien culbutait lourdement au bas des marches. Pauvre Fred, songea Suzanna en descendant du pick-up. Perdrait-il un jour son attendrissante gaucherie de chiot ?

— Maman !

Suzanna se retrouva avec un enfant accroché à chaque jambe. Alex était déjà grand et robuste pour ses six ans, et très brun. Ses genoux couronnés et ses coudes zébrés d'égratignures ne témoignaient pas d'une maladresse excessive, mais bien d'un tempérament téméraire. Jenny, sa cadette d'un an, était blonde comme les blés et arborait les mêmes blessures de guerre que son frère. L'irritation et l'épuisement de Suzanna s'envolèrent aussitôt qu'elle se pencha pour les embrasser.

— Qu'avez-vous encore fabriqué, tous les deux ?

— On construit un fort, répondit Alex. Il va être inexprimable !

— Inexpugnable, rectifia Suzanna en lui chatouillant tendrement le bout du nez.

— C'est ça, et Sloan a promis qu'il nous aiderait à le terminer, samedi.

— Et toi, maman, tu nous aideras à construire le fort ? s'enquit Jenny.

— Après mon travail.

Suzanna caressa Fred qui essayait de s'immiscer entre les enfants, réclamant sa part de câlins.

— Bonjour, mon chien… Je pense avoir rencontré quelqu'un de ta famille, aujourd'hui.

— Est-ce que Fred a une famille ? l'interrogea Jenny avec intérêt.

— Ma foi, j'en ai bien l'impression.

Suzanna alla s'asseoir sur le perron en compagnie de ses enfants. Quel privilège de pouvoir se reposer après une dure journée de labeur et de savourer l'air salin aux parfums de fleurs, un enfant dans chaque bras !

— Je crois bien avoir fait la connaissance de sa cousine Sadie.

Cette annonce provoqua l'enthousiasme d'Alex.

— Où ça ? Est-ce qu'elle peut venir nous voir ? Est-ce qu'elle est gentille ?

Suzanna s'efforça de répondre dans l'ordre à ce feu roulant de questions.

— Au village, je ne sais pas et oui, très gentille. C'est un gros chien, comme Fred lorsqu'il aura atteint sa taille adulte. Et qu'avez-vous fait d'autre, aujourd'hui ?

— Loren et Lisa sont venues jouer, lui apprit Jenny. On a tué des centaines de brigands !

— Parfait ! Nous pourrons donc dormir sur nos deux oreilles.

— Et Max nous a raconté une histoire de débarquement en organdi.

Suzanna déposa un baiser sur la tête de sa fille en pouffant.

— Tu veux peut-être dire en Normandie…

— Et puis Loren, Lisa et Jenny ont joué à la poupée,

intervint Alex en gratifiant sa sœur d'une petite moue de supériorité.

— C'est Lisa qui a voulu, se défendit Jenny. Elle a eu la nouvelle Barbie avec sa voiture pour son anniversaire.

— Une Ferrari, précisa Alex d'un air important, sans toutefois aller jusqu'à admettre qu'il s'était lui aussi amusé avec Loren, dès que les deux autres fillettes avaient quitté la pièce.

Il se rapprocha de quelques centimètres pour jouer avec la queue-de-cheval de sa mère.

— Loren et Lisa vont à Disney World la semaine prochaine...

Suzanna réprima un soupir. Ses enfants rêvaient de visiter ce royaume enchanté dans la lointaine Floride.

— Nous irons nous aussi, un jour.

— Quand ?

Elle aurait bien aimé lui donner une date précise, mais c'était impossible.

— Un jour, se contenta-t-elle de répéter.

Lorsqu'elle se releva des marches, une menotte dans chaque main, sa fatigue était revenue.

— Allez vite prévenir tante Coco que je suis rentrée ! Il faut que j'aille me doucher et me changer. D'accord ?

— On peut venir à ton travail, demain ?

Elle serra tendrement les doigts menus de Jenny.

— Demain, c'est Carolanne qui tient la boutique. Moi, j'ai des plantations à faire chez un client.

Les deux enfants n'insistèrent pas, mais leur déception était évidente et aussi vive que la sienne.

— Ce sera pour la semaine prochaine. Allez, filez, maintenant ! ordonna-t-elle en ouvrant la massive porte d'entrée. J'irai admirer votre fort après le dîner.

Satisfaits, le frère et la sœur traversèrent le hall au grand galop, le chien sur leurs talons.

Il en fallait si peu pour leur faire plaisir, songea

Suzanna avec un pincement au cœur, en gravissant l'escalier monumental qui menait au premier étage. Elle qui aurait tant souhaité les gâter… Certes, ils étaient heureux ici, dans le cocon protecteur des Tours, au sein d'une famille qui les adorait. En outre, maintenant qu'une de ses sœurs était mariée et les deux autres fiancées, les petits ne manquaient pas de présence masculine. Bien sûr, un ou plusieurs oncles ne remplaçaient pas un père, mais c'était tout ce qu'elle avait à leur offrir.

Baxter Dumont n'avait pas donné de nouvelles depuis des mois. Il n'avait même pas envoyé une malheureuse carte d'anniversaire à Alex. Sans compter qu'il était en retard pour la pension alimentaire, comme à chaque fois. Son ex-époux était un avocat trop habile pour omettre de lui verser l'argent auquel elle avait droit, par contre il veillait toujours à ce qu'elle ne le touche que plusieurs semaines après l'échéance. C'était sa façon à lui de l'humilier. Il aurait certainement aimé qu'elle le supplie… Par bonheur, jusqu'à présent elle n'avait jamais été contrainte à de telles extrémités.

Leur divorce avait été prononcé un an et demi auparavant, mais Bax continuait à lui manifester son mépris en négligeant les enfants — leur seule réussite commune.

Cela expliquait-il qu'elle ait tant de mal à se reconstruire ? Car elle restait prisonnière de son sentiment de trahison, de perte, d'infériorité. Pourtant, elle n'aimait plus Baxter. Son amour pour lui était mort bien avant la naissance de Jenny. Non, le vrai problème, c'est qu'il avait sapé l'estime qu'elle avait d'elle-même… Suzanna secoua résolument la tête. Cette blessure-là aussi était en voie de guérison.

Elle entra dans sa chambre. Comme la plupart des pièces du manoir, elle était immense. C'était son arrière-grand-père qui avait fait bâtir les Tours, au tout début du XXe siècle. A l'époque, il avait pensé sa demeure comme un joyau architectural de quatre étages, mais elle témoignait surtout de sa profonde vanité, de son goût pour l'opulence et de son besoin de reconnaissance sociale. L'extravagante bâtisse de granit sombre était agrémentée de deux tours à escalier en colimaçon, d'une débauche de tourelles, de parapets et de terrasses. De hauts plafonds, de luxueuses boiseries et des corridors labyrinthiques caractérisaient l'intérieur. Moitié château, moitié manoir, c'était à l'origine une résidence d'été qui s'était finalement transformée en logis principal.

Au fil des ans et des revers de fortune, les Tours avaient connu bien des déboires. Dans la chambre de Suzanna, de même que dans toutes les autres, des lézardes couraient des murs au plafond. Le parquet était abîmé, il y avait des fuites dans la toiture et la plomberie n'en faisait qu'à sa tête. Toutefois, le clan Calhoun continuait de vouer un amour inconditionnel à sa demeure ancestrale. Et à présent que l'aile ouest allait être rénovée, il fallait espérer que les Tours leur rapporteraient plus d'argent qu'elles ne leur en avaient coûté.

Suzanna prit un peignoir dans la penderie. Elle pouvait s'estimer chanceuse. Elle avait pu reloger ses enfants ici, au sein d'un véritable foyer, lorsque le leur avait volé en éclats. Elle n'avait pas été obligée de les confier à une inconnue pendant qu'elle-même s'employait à se dégager un revenu. C'était sa tante paternelle qui s'occupait désormais des petits. Dieu sait qu'Alex et Jenny n'étaient pas de tout repos, mais personne n'était plus qualifié que Coco pour veiller sur eux. Après tout, c'était elle qui les avait élevées, elle et ses sœurs, après le décès de leurs parents.

Et un jour prochain, ils retrouveraient les émeraudes de Bianca. Alors, tout rentrerait dans l'ordre dans la maisonnée des Calhoun.

On frappa un coup bref à la porte et Lilah passa la tête par l'embrasure.

— Suze ?

— Alors, tu l'as vu ?

— Oui, je l'ai vu.

— Génial !

Lilah, boucles rousses cascadant jusqu'à la taille, entra dans la chambre et se jeta en travers du lit. Après s'être étirée comme un chat, elle s'installa tranquillement dans sa position préférée. A l'horizontale. Non sans avoir pris soin de glisser un oreiller contre les moulures de la tête de lit, pour plus de confort.

— Alors, raconte !

— Ma foi, il n'a pas beaucoup changé.

— Hum, je vois...

— Il s'est montré brusque et grossier, continua Suzanna tout en ôtant son T-shirt. Si tu veux mon avis, il était à deux doigts de me tirer dessus pour violation de domicile. Et quand j'ai tenté de lui expliquer la situation, il m'a quasiment ri au nez.

Elle revit son petit sourire narquois... Furieuse, elle baissa d'un geste sec la fermeture Eclair de son jean.

— En résumé, il a été odieux, arrogant et insultant.

— J'imagine..., soupira Lilah. Un vrai gentleman, donc.

— Il est persuadé que nous avons inventé cette histoire de toutes pièces dans un but publicitaire. Une sorte de coup de com' en vue de l'inauguration de l'hôtel, l'année prochaine.

— N'importe quoi !

Indignée, Lilah s'assit sur le lit.

— Max a quand même failli se faire tuer ! Ce type nous prend donc pour une bande d'affabulateurs ?

— Tout juste. Moi aussi, ça me dépasse, soupira Suzanna en enfilant son peignoir. Mais il semble en vouloir à tous les Calhoun en général.

Lilah esquissa un sourire ensommeillé.

— En fait, il n'a pas décoléré depuis que tu l'as éjecté de sa moto…

— Je ne l'ai pas…

Ah non ! On n'allait pas revenir là-dessus ! Suzanna se reprit :

— Bref, je ne pense pas qu'il faille s'attendre à un quelconque soutien de sa part.

Elle défit sa queue-de-cheval et se passa la main dans les cheveux.

— Quoique… après l'histoire de la chienne, il a finalement promis d'y réfléchir.

— De quelle chienne parles-tu ?

— De la cousine de Fred ! lança-t-elle en entrant dans la salle de bains.

Lilah s'avança sur le seuil à l'instant où Suzanna tirait le rideau de douche.

— Fred a une cousine ?

Ouvrant les robinets, Suzanna entreprit de lui décrire Sadie et sa généalogie.

— Mais c'est merveilleux ! s'enthousiasma sa sœur. C'est un maillon supplémentaire à notre chaîne d'indices. Il faut que je raconte tout ça à Max !

Les yeux clos, Suzanna présenta sa tête au jet d'eau chaude.

— En tout cas, dis-lui bien qu'il sera seul pour débrouiller les fils de cette énigme. Le petit-fils de Christian se moque éperdument de notre histoire.

Holt voulait qu'on l'oublie. Assis sous la véranda de derrière, sa chienne à ses pieds, il regardait la mer virer à l'indigo dans les dernières lueurs du couchant.

La symphonie des insectes dans l'herbe, le bruissement du vent, le contrepoint de l'eau clapotant contre le bois du ponton… La musique du soir l'apaisait. De l'autre côté de la baie, les contours de Bar Island commençaient à se fondre dans le crépuscule. Non loin de là, quelqu'un avait allumé une radio. Un solo de saxophone lui parvenait aux oreilles, empreint d'une mélancolie parfaitement en accord avec son humeur.

Le calme, la solitude, l'indépendance : c'était sa récompense. Il l'avait bien méritée, non, après avoir consacré dix ans de sa vie aux autres ? A leurs problèmes, leurs tragédies, leur détresse… Il but une gorgée de bière au goulot.

Il se sentait usé, vidé, au bout du rouleau.

Avait-il seulement été un bon policier ? Oh ! si l'on se fiait au nombre de citations et de médailles, certainement. Mais la cicatrice de trente centimètres qui lui zébrait le dos lui rappelait également qu'il avait bien failli être un bon policier mort.

A présent, tout ce qu'il demandait, c'était qu'on le laisse profiter de sa nouvelle vie : réparer quelques moteurs, gratter quelques bernacles sur des coques, faire un peu de plaisance, peut-être… Il avait toujours été doué de ses mains ; l'entretien de bateaux lui permettrait de vivre très correctement. Travailler à son compte, à son rythme, à sa façon… Plus de rapports à taper, de pistes à suivre, de ruelles sombres à explorer.

Plus de drogués jaillissant de l'ombre pour lui planter un couteau dans le dos et le laisser se vider de son sang sur le béton jonché de détritus.

Holt ferma les yeux et but une autre gorgée de bière. Il avait pris une ferme résolution durant son long et pénible séjour à l'hôpital. S'investir auprès des gens, essayer de sauver le monde… tout cela, c'était terminé ! Dorénavant, il allait s'occuper de lui. De lui et de rien d'autre.

Nanti du pécule hérité de ses parents, il était rentré au bercail avec un seul objectif : en faire le moins possible.

En été, le soleil et la mer ; en hiver, les flambées crépitantes et le mugissement du vent. Ce n'était pas trop demander, tout de même !

Peu à peu, il s'était installé dans une sorte de routine qui, tout compte fait, lui convenait plutôt bien. Jusqu'à ce que Suzanna fasse irruption dans sa vie.

Bon sang ! Il avait suffi qu'il la revoie pour se retrouver dans la peau de ses vingt ans. Le cœur sens dessus dessous, avide d'amour. Cette femme l'obsédait encore.

La belle, l'inaccessible Suzanna Calhoun de Bar Harbor. La princesse dans sa tour d'ivoire. A l'époque, elle vivait déjà au-dessus de la plèbe, dans son château perché sur les falaises. Lui, fils d'un pêcheur de homards, habitait un cottage en bordure du village. Que de fois avait-il livré les plus belles prises de son père au manoir des Tours ! A la porte de service, bien sûr — il n'avait jamais dépassé le seuil de la cuisine. Parfois il entendait en passant des bribes de voix ou de la musique. Durant tout ce temps, il avait rongé son frein, le cœur rempli d'envies et d'interrogations.

Et voilà qu'aujourd'hui c'était elle qui venait le trouver. Sauf qu'il n'était plus un adolescent transi d'amour. Car il fallait être réaliste : Suzanna n'appartenait pas au même monde que le sien — de ce point de vue, rien n'avait changé. Et quand bien même les choses auraient été différentes, il ne s'intéressait pas à ce genre de femmes qui portaient leur blason en étendard.

Quant à ses fameuses émeraudes, il ne pouvait rien faire pour elle. Il ne *voulait* rien faire pour elle.

Les émeraudes… il connaissait la légende, bien entendu. La presse nationale en avait fait ses choux gras. Mais l'idée que son grand-père ait pu être l'un des acteurs de l'histoire, qu'il ait pu aimer une Calhoun et être aimé d'elle… C'était assez fascinant.

Pourtant, il restait sceptique, même en tenant compte

de cette drôle de coïncidence concernant les chiens. Il n'avait pas connu sa grand-mère, mais son grand-père avait été le héros de son enfance. Un personnage à la fois impressionnant et mystérieux qui avait voyagé à l'étranger et en était revenu les poches remplies de récits propres à enflammer l'imagination d'un petit garçon. Un artiste qui accomplissait des prodiges avec une palette et un pinceau.

Holt se revoyait grimpant l'escalier pour observer son grand-père à l'œuvre, dans l'atelier : le duel élégant et passionné entre le peintre chenu et sa toile.

Ensemble, ils avaient coutume de faire de longues promenades — le vieil homme à cheveux blancs et le jeune garçon plein de fougue. Le long du rivage, parmi les rochers… Sur les falaises. Holt se renfonça dans son siège en soupirant. Combien de fois avaient-ils marché jusqu'à ces falaises, juste en dessous des Tours… Même à cet âge-là, il sentait bien que l'esprit du vieil homme s'évadait très loin, lorsque son regard se perdait vers la mer.

Un jour, ils s'étaient assis là, sur les rochers, et son grand-père lui avait raconté l'histoire d'une princesse qui vivait dans un château bâti sur des falaises.

S'agissait-il des Tours et de Bianca ?

Cette pensée le mit mal à l'aise. Il était temps de rentrer. Sadie leva la tête, puis reposa son museau sur ses pattes de devant en entendant se refermer la porte à moustiquaire.

Décidément, ce cottage lui correspondait mieux que la maison dans laquelle il avait grandi — une maison certes impeccablement tenue, mais sans âme, aux murs lambrissés de bois sombre et au sol recouvert de linoléum usé. Il l'avait vendue à la mort de sa mère, trois ans auparavant. L'argent qu'il en avait retiré lui avait permis de réaliser quelques travaux d'aménagement, sans toutefois verser dans une modernisation à outrance : il préférait garder le cottage tel qu'il l'avait connu du vivant de son grand-père.

De forme rectangulaire, c'était une construction toute simple : murs en plâtre et sols en parquet. La vieille cheminée en pierre avait été rejointoyée et il avait hâte que les soirées se fassent plus fraîches afin de pouvoir l'étrenner.

La chambre à coucher était plus que réduite, comme si la pièce avait été ajoutée après coup à la structure principale. La nuit, dans son lit, il aimait écouter la pluie tambouriner sur le toit. L'escalier menant à l'atelier de son grand-père avait été consolidé, de même que la balustrade du balcon. Il y monta pour contempler le vaste horizon, cet immense espace à perte de vue assombri par le crépuscule.

Il songeait parfois à faire installer des Velux. En revanche, il était hors de question de vitrifier le parquet. Les vieilles lames de bois foncé étaient encore maculées des taches de peinture qui avaient coulé du pinceau ou de la palette — traînées de carmin et de turquoise, gouttes vert émeraude et jaune canari. Dans son travail, son grand-père affichait une préférence marquée pour les couleurs vives, intenses, voire violentes.

Contre un des murs s'entassaient des toiles, legs d'un homme qui n'avait connu le succès critique et financier qu'à la fin de sa vie. Ces œuvres valaient aujourd'hui une petite fortune… Pourtant, de même que Holt ne concevait pas de poncer les traces de peinture au sol, jamais il ne lui serait venu à l'idée de vendre cette partie de l'héritage familial.

Il s'accroupit et entreprit de passer les toiles en revue. Il les connaissait toutes, pour les avoir examinées un nombre incalculable de fois, se demandant comment il pouvait descendre d'un homme doué d'une telle vision et d'un tel talent. Holt retourna le portrait, conscient que c'était ce qui l'avait poussé à monter à l'atelier.

La femme représentée était belle comme un rêve : un visage à l'ovale parfait, un teint d'albâtre. Une flamboyante chevelure d'or rouge, rassemblée en un chignon qui révélait son cou de cygne. Des lèvres douces et pleines, relevées en un sourire de Joconde. Mais c'étaient ses yeux qui attiraient Holt depuis toujours. Vert d'eau. Ce n'était pas tant leur couleur qui le touchait, mais leur expression, cette émotion que son grand-père était parvenu à saisir avec son coup de pinceau inimitable.

Il y avait une telle tristesse résignée dans ce regard… Une telle détresse intérieure. C'était presque trop douloureux à contempler, il en venait à ressentir le chagrin du modèle. Or cette expression, il l'avait vue le jour même, dans les yeux de Suzanna.

Se pouvait-il que ce portrait soit celui de Bianca ? Certes, elle présentait certaines caractéristiques propres à toutes les femmes Calhoun — c'était en particulier flagrant dans la forme du visage, la courbe de la bouche. D'un autre côté, le peintre avait sans doute pris des libertés avec les teintes, et les points de ressemblance étaient somme toute peu nombreux. Oui, mais il y avait ces yeux… En les regardant, il pensait immédiatement à Suzanna.

Parce qu'elle occupait trop de place dans son esprit, voilà tout ! Il se redressa, mais ne retourna pas le portrait contre le mur. Au contraire, il le contempla encore un long moment. Son grand-père avait-il aimé la femme du tableau ?

La journée s'annonçait une fois de plus caniculaire, songea Suzanna. Il était à peine 7 heures et l'air collait déjà à la peau. Il aurait fallu de la pluie, mais l'humidité qui saturait l'atmosphère refusait obstinément de tomber.

A l'intérieur du magasin, elle vérifia l'état de conservation des fleurs coupées, dans la chambre climatique, et laissa un petit mot à Carolanne, lui demandant d'écouler les œillets à moitié prix. Elle contrôla ensuite l'humidité du terreau dans les suspensions d'impatiens et de géraniums, avant de passer à l'étal des gloxinias et des bégonias.

Satisfaite, elle se munit de son pulvérisateur et vaporisa abondamment les barquettes d'annuelles et de vivaces. Les rosiers et les pivoines se développaient correctement, remarqua-t-elle avec plaisir. De même que les ifs et les genévriers.

A 7 h 30, elle fit un bref inventaire de la serre. De ce côté-là aussi, il y avait de quoi se réjouir : son stock de plantes s'amenuisait. Et puis celles qui ne se vendraient pas, elle les ferait hiverner. De toute façon, la saison froide et son activité au ralenti ne seraient pas là avant des mois.

A 8 heures, son pick-up chargé, elle faisait déjà route vers Seal Harbor. Sa journée serait entièrement consacrée au terrain d'une maison de construction récente. Les propriétaires, originaires de Boston, souhaitaient doter leur résidence d'été d'un jardin déjà paysagé, avec arbustes d'ornement, arbres et plates-bandes de fleurs.

En tout cas, une chose était sûre : elle allait avoir chaud ! Mais elle serait aussi au calme. Les Anderson étant à Boston pour la semaine, le jardin serait tout à elle.

Travailler la terre et le vivant, regarder un végétal croître et s'épanouir, c'était cela son plus grand plaisir. Du reste, elle ne faisait pas autre chose avec ses enfants, réfléchit-elle, un sourire aux lèvres. Ses bébés… Chaque fois qu'elle les bordait dans leur lit ou qu'elle les voyait gambader au soleil, elle se disait que rien, ni ses vicissitudes passées, ni les épreuves à venir, ne pourraient ternir sa joie d'être leur maman.

Son mariage malheureux l'avait ébranlée, fragilisée, et elle se demandait souvent si elle saurait un jour véritablement plaire à un homme. En revanche, elle n'avait aucun doute sur ses qualités de mère. A ses yeux, rien n'était jamais assez bien pour ses enfants. Et en retour, leur amour la comblait.

Depuis deux ans, elle s'était prise à croire en sa réussite professionnelle. Par chance, elle avait toujours eu la main verte. Ç'avait été son seul atout, mais aussi une planche de salut durant les derniers mois de son naufrage conjugal. En désespoir de cause, elle avait vendu ses bijoux, souscrit un emprunt et elle s'était lancée dans l'aventure des Jardins de l'île.

Pour sa jardinerie, elle n'avait pas voulu d'appellation frivole ni de jeu de mots astucieux, mais quelque chose de simple et de direct. Sa première année d'activité avait été rude — il faut dire que le moindre sou qu'elle arrivait à mettre de côté passait en honoraires d'avocat. Sa priorité était alors d'obtenir la garde de ses enfants.

Encore aujourd'hui, son sang se glaçait à l'évocation de cette période. Penser qu'elle aurait pu les perdre…

Bax n'avait jamais eu l'intention de lui prendre les enfants, seulement de lui mettre des bâtons dans les roues. A l'arrivée, elle avait fondu de sept kilos, gagné des cernes et une multitude de dettes. Mais à présent ils vivaient tous les trois ! Elle avait remporté ce détestable combat devant les tribunaux et une telle victoire n'avait pas de prix.

Petit à petit, elle commençait à sortir la tête de l'eau. Elle avait repris quelques kilos, rattrapé son sommeil en retard et s'employait à éponger le montant de ses dettes, lentement, mais sûrement. En deux ans d'activité, elle s'était taillé une réputation de professionnelle fiable, créative et aux tarifs abordables. Deux villages de vacances avaient déjà fait appel à ses services et lui avaient même laissé entrevoir la possibilité d'un contrat à long terme.

Si ces projets se concrétisaient, elle pourrait acquérir un second pick-up, embaucher des employés à temps complet… et peut-être — peut-être ! — envisager un séjour à Disney World.

Elle se gara dans l'allée de la charmante maison de style Cape Cod. A présent, il fallait se mettre au travail !

Le terrain en pente douce s'étendait sur environ deux mille mètres carrés. Suzanna avait eu trois réunions approfondies avec les propriétaires pour définir le plan de leur jardin. Mme Anderson souhaitait y voir un grand nombre d'arbres à fleurs et d'arbustes d'ornement, mais aussi des persistants qui la protégeraient des regards indiscrets. Elle tenait également à profiter d'une plate-bande de vivaces aux couleurs de l'été qui ne demanderaient pas d'entretien particulier. M. Anderson, lui, ne voulait pas passer ses vacances à s'occuper du jardin : la portion latérale — celle qui présentait la plus forte déclivité — lui causait plus spécialement du souci. Suzanna avait prévu d'y installer des plantes couvre-sol ainsi que des jardins de rocaille qui préviendraient une éventuelle érosion des sols.

A midi, elle avait délimité chaque zone au cordeau. Les azalées, espèces rustiques, avaient été mises en place. De part et d'autre du chemin dallé, deux rosiers couvre-sol à floraison remontante embaumaient déjà. Mme Anderson ayant exprimé une tendresse particulière pour les lilas, Suzanna entreprit d'en planter trois spécimens à port bien compact. Elle les disposa en bouquet, contre la fenêtre de la chambre principale. Ainsi, dès le printemps prochain, toute la maison profiterait de leur parfum suave, porté par la brise.

Le jardin prenait forme peu à peu. Le résultat l'aidait à oublier les muscles douloureux de ses bras qui devaient encore arroser abondamment les toutes nouvelles plantations. Les oiseaux pépiaient gaiement et non loin de là s'élevait le ronron d'une tondeuse à gazon.

Un jour, elle passerait en voiture devant cette maison et aurait la joie de voir que les rosiers buissons à croissance rapide qu'elle avait plantés le long de la clôture recouvraient le grillage. Les azalées seraient en fleur au printemps et le feuillage de l'érable virerait au rouge à l'automne, et tout cela, ce serait en partie son œuvre.

Laisser sa marque, c'était important pour elle. Elle avait besoin de se prouver qu'elle n'était pas la femme faible et incapable dont le mari s'était débarrassé sans ménagement.

En nage, elle ramassa sa bouteille d'eau, sa pelle et repartit devant la maison. Elle avait planté un premier cerisier du Japon et creusait le trou pour le second lorsqu'une voiture s'engagea dans l'allée, derrière son pick-up. Appuyée sur sa pelle, elle regarda l'homme qui en descendait : Holt.

Elle poussa un soupir, agacée de voir sa solitude envahie, et reprit sa tâche comme si de rien n'était.

Quand sa massive silhouette lui cacha le soleil, elle s'enquit d'un ton détaché :

— On se promène ?

— Non. Au magasin, votre employée m'a indiqué où je pourrais vous trouver. Que diable fabriquez-vous ?

— Je joue au bridge, ça ne se voit pas ?

Elle continuait d'extraire du trou des pelletées de terre.

— Qu'est-ce que vous voulez ? demanda-t-elle.

— Posez cet outil avant de vous faire mal ! On ne vous paie pas pour creuser des tranchées.

— Au contraire, c'est mon métier — enfin, plus ou moins. Bon, allez-vous me dire ce qui vous amène ?

Il la regarda manier la pelle encore quelques secondes, puis la lui arracha des mains.

— Donnez-moi ce satané outil et asseyez-vous !

Heureusement que Suzanna avait de la patience... Elle ravala une riposte bien sentie et, rajustant sa casquette de base-ball, lui exposa les exigences de son chantier :

— J'ai un planning bien précis. Il me faut encore planter six arbres, deux rosiers et deux mètres carrés de couvre-sol. Alors, si vous avez quelque chose à me dire, allez-y ! Je suis tout à fait capable de vous écouter tout en travaillant.

D'un geste brusque, il l'empêcha de reprendre sa pelle.

— De quelle profondeur ? demanda-t-il.

Suzanna haussa un sourcil interrogateur.

— Ce trou, vous le voulez de quelle profondeur ?

Elle considéra le sol, puis son interlocuteur :

— Ma foi, je dirais deux mètres... ça devrait suffire pour vous y enterrer.

A sa grande surprise, elle vit un franc sourire éclairer le visage de Holt.

— Quand je pense que vous étiez si douce, avant...

Et il se mit à creuser.

— Vous n'aurez qu'à me dire quand il sera assez profond.

En temps normal, Suzanna répondait à la gentillesse par la gentillesse, mais pour le coup, elle allait faire une exception.

— Vous pouvez vous arrêter tout de suite : je n'ai pas besoin d'aide. Et je n'ai pas envie de compagnie.

— Je ne vous connaissais pas ce côté buté.

Sans s'interrompre, il leva la tête.

— J'étais sans doute aveuglé par votre joli minois.

Le joli minois en question, remarqua-t-il avec une vive contrariété, était moite et empourpré, ses yeux cernés d'épuisement. Quelle honte que cette femme soit obligée de travailler si dur !

— Je croyais que vous vendiez des fleurs.

— C'est le cas. Et je les plante, aussi.

— Oui, mais cette chose, là... C'est un arbre, même moi je suis capable de le voir.

— Il m'arrive également de planter des arbres.

Renonçant aux sarcasmes, elle sortit un bandana de sa poche et s'essuya le cou.

— Le trou doit être plus large que profond.

Il s'exécuta sans discuter. Décidément, la douce Suzanna avait bien changé...

— Comment se fait-il que vous n'ayez personne pour effectuer les gros travaux ?

— Il se trouve que je suis capable de les faire moi-même.

Oui, estima-t-il, c'était bien de l'entêtement qui perçait dans son intonation, agrémenté d'un soupçon de mauvaise foi. Il ne l'en aima que davantage.

— De mon point de vue, c'est un travail qui nécessite deux hommes.

— Je suis bien d'accord, mais il se trouve que la personne qui s'en charge en temps normal m'a laissée tomber hier pour se lancer dans une carrière de rock-star. Son groupe a décroché un concert à Brighton Beach.

— C'est la gloire, dites-moi !

— Ma foi, oui... dans un sens.

Elle redressa l'arbrisseau en l'attrapant par la motte, puis le déposa avec précaution au fond du trou. Holt la regardait faire, perplexe.

— Et maintenant, il faut remettre la terre que j'ai sortie, j'imagine ?

— Vous avez déjà la pelle, répliqua-t-elle.

Tandis qu'il s'exécutait, elle traîna un sac de tourbe jusqu'au trou et se mit à en mélanger le contenu à la terre.

Elle avait des ongles courts et arrondis, remarqua-t-il. Pas d'alliance... Au reste, elle ne portait aucun bijou. Pourtant, ces mains-là auraient mérité les pierres les plus précieuses.

Elle travaillait avec patience, tête baissée, les yeux dissimulés par la visière de sa casquette. Il en profita pour admirer la finesse de sa nuque. Quel effet cela lui ferait-il d'y poser ses lèvres ? Sa peau serait certainement chaude, et moite. Elle se redressa et nettoya ses mains pleines de boue au tuyau d'arrosage.

— Et vous faites ça tous les jours ?

— J'essaie de m'accorder un jour ou deux au magasin. Ça me permet d'emmener mes enfants.

Elle se mit à piétiner la terre humide pour la tasser tout autour de l'arbre, puis répandit une épaisse couche de paillis avec des gestes sûrs qui trahissaient son expérience.

— Au printemps, il sera couvert de fleurs.

Elle s'essuya le front du dos de la main. Son petit débardeur mouillé de transpiration soulignait encore plus sa silhouette menue.

— J'ai vraiment un planning à respecter, Holt. Il me faut encore repiquer des trembles à l'arrière, alors si vous voulez me parler, vous allez devoir me suivre.

Il embrassa le jardin d'un regard circulaire.

— Vous avez fait tout ça rien qu'aujourd'hui ?

— Mais oui. Qu'est-ce que vous vous imaginiez ?

— Que vous cherchiez à attraper une insolation.

Un compliment, ç'aurait sans doute été trop lui demander, fulmina-t-elle intérieurement.

— Quelle perspicacité dans votre diagnostic !

Elle tenta de lui reprendre la pelle, mais il refusa de la lâcher.

— Holt, donnez-moi ça, j'en ai besoin !

— Laissez, je vais vous la porter.

— Comme vous voulez.

Exaspéré de la voir charger les sacs de tourbe et de paillis, Holt jeta la pelle par-dessus le tout et lui prit la brouette des mains.

— Où ça, exactement ?

— Derrière, près des piquets. A côté de la clôture du fond.

Passé un premier mouvement de contrariété, elle lui emboîta le pas. Comme il s'était mis à creuser d'autorité, elle vida la brouette et repartit vers le pick-up. Lorsque Holt releva la tête, il la vit prendre deux arbres de plus. Ils installèrent le premier sans se dire un mot.

Holt révisait son jugement. Tout compte fait, planter un arbre se révélait un travail apaisant, voire gratifiant. Et de fait, lorsqu'il considéra l'arbrisseau qui se dressait fièrement sous le soleil de plomb, il se sentit apaisé. Et gratifié.

Alors qu'ils mettaient le second arbre en place, il rompit le silence :

— Je repensais à ce que je vous ai dit, hier...

— Et ?

Il retint un juron. Quelle tranquille assurance dans cette simple interrogation ! Comme si elle avait su dès le départ qu'il s'agissait du véritable objet de sa visite.

— Et je continue de penser que je ne peux ni ne veux rien faire pour vous. Toutefois, il se peut que vous ayez raison en ce qui concerne mon grand-père.

— Ça, j'en suis convaincue, répliqua-t-elle en essuyant ses mains pleines de terre sur son jean. Si c'est tout ce que vous aviez à me dire, vous auriez pu vous épargner le déplacement.

Elle repartit avec la brouette vide jusqu'au pick-up et allait charger les deux derniers arbres quand, d'un bond, Holt la précéda sur le plateau.

— Laissez, je vais vous les sortir vos fichus machins !

Et sans cesser de grommeler, il remplit la brouette et retourna au fond du jardin.

— Ecoutez, mon grand-père ne m'a jamais parlé d'elle. Ils se sont peut-être croisés sur les falaises, peut-être même avaient-ils une liaison, mais je ne vois toujours pas en quoi ça peut vous aider.

— Il était amoureux d'elle, répondit doucement Suzanna en ramassant la pelle. On peut donc en déduire qu'il connaissait son état d'esprit, sa manière de penser... Partant de là, il aurait très bien pu avoir une idée de l'endroit où elle avait dissimulé ses émeraudes.

— Mon grand-père est mort.

— Je sais.

Elle creusa un moment en silence, puis reprit :

— Bianca tenait un journal — pour nous, c'est une quasi-certitude — un journal qu'elle a pu cacher en même temps que le collier. De son côté, votre grand-père Christian faisait peut-être de même ?

Agacé, Holt lui reprit la pelle des mains.

— Je n'ai jamais rien vu chez lui qui ressemble de près ou de loin à un journal intime.

Suzanna retint une réplique cinglante. Cet homme avait beau l'irriter au plus haut point, il détenait peut-être sans le savoir un indice-clé.

— Réfléchissons... La plupart des gens conservent leur journal intime dans un endroit secret. Et si votre grand-père avait également gardé certaines lettres de Bianca ? Nous en avons retrouvé au moins une que, de toute évidence, elle n'a jamais pu lui faire parvenir.

— Vous vous battez contre des moulins à vent, Suzanna.

— Ces émeraudes comptent énormément pour ma famille.

Elle plaça avec soin le pin blanc dans le trou qu'elle avait creusé.

— Ce n'est pas sa valeur marchande qui nous intéresse. C'est ce que ce collier représentait pour Bianca.

Holt la regardait travailler, admirant ses mains à la fois délicates et habiles, ses épaules étonnamment fermes, son cou gracile.

— Qui vous dit que Bianca attachait une telle valeur sentimentale à ce bijou ? demanda-t-il.

Suzanna s'abîma dans la contemplation du sol.

— Je ne saurais pas vous l'expliquer... Vous avez un esprit bien trop cartésien.

— Essayez toujours.

— Eh bien, il semblerait que nous ayons toutes une sorte de connexion avec Bianca, en particulier Lilah.

Les yeux toujours rivés au sol, elle l'entendit s'attaquer au trou suivant.

— Ces émeraudes, nous ne les avons jamais vues, pas même en photo. Il faut dire qu'après la mort de Bianca Fergus, mon arrière-grand-père, a détruit tous les portraits qui existaient d'elle. Mais un soir, Lilah... Lilah a pu réaliser un dessin du collier. C'était après l'une de nos séances de spiritisme...

Elle releva enfin la tête et croisa son regard, empli d'une incrédulité amusée.

— Oui, je sais ce que vous pensez, poursuivit-elle, sur la défensive. Mais ma tante, elle, croit à ce genre de choses. Et après ce fameux soir, je ne lui donne plus tout à fait tort. Au cours de cette séance, ma plus jeune sœur, C.C., a vécu disons... une expérience. Elle les a vues... les émeraudes. Et c'est à partir de sa vision que Lilah a pu en faire une esquisse. Or, des semaines après, le fiancé de Lilah a trouvé une photo du collier dans un des livres de la bibliothèque. Eh bien, il correspondait trait pour trait au dessin de Lilah et à la vision de C.C. !

Holt entreprit d'installer l'arbre suivant. Au bout de quelques instants, il déclara :

— Franchement, je ne crois guère à toutes ces histoires de spiritisme. L'une de vos sœurs a dû tomber sur cette photo il y a longtemps et votre « séance » la lui aura remise en mémoire, voilà tout.

— Si l'une de nous avait vu une photo de ce collier,

nous n'aurions pas pu l'oublier, je vous l'assure. Mais passons. Cela ne change rien à l'affaire : nous sommes toutes convaincues de la nécessité de retrouver ces émeraudes.

— Elles ont peut-être été vendues il y a quatre-vingts ans, allez savoir…

— Non. Il n'existe aucune trace d'une telle transaction. Or Fergus tenait ses livres de comptes avec un soin maniaque.

Machinalement, elle se cambra, les mains sur les reins, et effectua quelques mouvements d'assouplissement pour soulager ses épaules douloureuses.

— Croyez-moi, Holt, nous avons épluché le moindre bout de papier que nous avons pu trouver.

Il n'insista pas, tournant et retournant les faits dans son esprit pendant que Suzanna l'aidait à planter le dernier des arbrisseaux.

— Vous connaissez l'expression : « chercher une aiguille dans une botte de foin ? » lui demanda-t-il en répandant le paillis. Vous savez bien qu'on ne la retrouve jamais, cette fameuse aiguille.

— On la trouverait en persévérant, affirma-t-elle, et, intriguée par le défaitisme de Holt, elle s'assit sur ses talons pour le dévisager à loisir.

— Que faites-vous donc de l'espoir ? Vous n'y croyez pas ?

Il se tenait si près d'elle qu'en tendant la main il aurait pu effacer la trace de boue sur sa joue ou effleurer sa queue-de-cheval. Mais il se contenta de répliquer :

— Non, je ne crois qu'aux faits.

— Vous m'en voyez navrée pour vous.

Ils se redressèrent en même temps, manquant se frôler. Suzanna sentit un frisson inconnu parcourir sa peau, une douce chaleur envahir ses veines et, d'instinct, elle s'écarta de lui.

— Si vous ne vivez pas dans l'espérance, il ne sert à rien de planter des arbres, d'avoir des enfants ou même de regarder le soleil se coucher.

Holt avait éprouvé un trouble identique à celui de Suzanna. Avec une contrariété et une crainte au moins égales à la sienne.

Il riposta :

— Si vous ne gardez pas le réel en ligne de mire, si vous ne vivez pas dans l'instant présent, vous n'aurez fait que rêver votre vie. Je ne crois pas à l'existence de ce collier, Suzanna, pas plus qu'aux fantômes ou à l'amour éternel. Mais si jamais j'obtiens la preuve que mon grand-père était bien l'amant de Bianca Calhoun, je ferai mon possible pour vous aider à le retrouver.

Elle émit un petit rire sceptique.

— Vous ne croyez ni à l'espoir ni à l'amour — en fait, vous ne croyez en rien. Dans ces conditions, pourquoi accepteriez-vous de nous venir en aide ?

— Parce que si mon grand-père a réellement aimé cette femme, c'est ce qu'il aurait souhaité que je fasse.

Il ramassa la pelle et la lui rendit.

— Et maintenant, je vous laisse. J'ai à faire.

3

En arrivant devant la jardinerie, Suzanna eut une bonne surprise : le parking était tellement plein qu'elle eut du mal à trouver une place entre un break et une berline. Quelques personnes flânaient autour des étals d'annuelles, et un jeune couple était en conciliabule devant les rosiers grimpants. Une femme au dernier terme de sa grossesse progressait vers le comptoir, les bras chargés d'un assortiment de fleurs en godets. Le bambin qui trottinait à ses côtés brandissait un géranium tel un étendard.

A la caisse, Carolanne flirtait avec un jeune homme dont le choix s'était porté sur des bégonias doubles présentés dans un joli pot en céramique.

— Vous verrez, votre maman va les adorer, affirmait-elle en battant des cils. Il n'y a rien de tel que des fleurs pour un anniversaire. Ou pour tout autre événement, d'ailleurs. A ce propos, nous faisons actuellement un prix sur les œillets…

Elle sourit et rejeta en arrière sa crinière de boucles brunes.

— Si vous avez une petite amie, par exemple…

— Euh, non…, balbutia le jeune homme qui se racla la gorge, troublé. Pas vraiment. Pas pour le moment.

— Ah…

Le sourire de Carolanne se fit encore plus chaleureux.

— C'est bien dommage...

Elle lui rendit la monnaie en le fixant de ses yeux ambrés.

— Et n'hésitez pas à revenir nous voir. Normalement, je suis là tous les jours.

— Ah, d'accord... Merci.

Et lui jetant un dernier regard, il faillit percuter Suzanna.

— Oh ! pardon !

— Ce n'est rien, le rassura-t-elle. J'espère que ces fleurs plairont à votre mère.

Pouffant devant l'embarras du jeune homme, elle rejoignit la pétillante brune à la caisse.

— Carolanne, tu es impayable !

— Il est mignon, tu ne trouves pas ? Et puis j'adore voir les garçons piquer un fard. Enfin... — elle sourit à sa patronne — tu reviens de bien bonne heure, aujourd'hui !

— Oui. Finalement, ce chantier m'a pris moins longtemps que prévu.

En réalité, elle avait surtout profité d'une aide aussi efficace qu'inattendue. Cependant, elle préféra passer ce fait sous silence : Carolanne était une excellente vendeuse, mais c'était également une incorrigible pipelette.

— Et ici, comment ça va ?

— Les affaires marchent bien. Ce beau soleil doit donner envie aux gens d'égayer leur jardin. Oh ! à propos ! Mme Russ est revenue. Les primevères lui ont tellement plu qu'elle a demandé à son mari de lui fabriquer une autre jardinière. Au passage, j'en ai profité pour lui vendre deux hibiscus — avec en prime ces pots en terre cuite dans lesquels tu les avais présentés !

— Tu es une perle, Carolanne. Mme Russ ne jure que par toi, et quant à M. Russ, il va bientôt te maudire !

La jeune femme partit d'un rire joyeux, tandis que Suzanna regardait par la vitrine.

— Je vais aller voir si je peux aider ce gentil couple qui a l'air d'hésiter entre deux variétés de roses.

— Ah, oui... M. et Mme Halley — de nouveaux venus. Ils sont tous les deux serveurs au Captain Jack ; ils viennent d'acheter un cottage. Lui fait des études d'ingénieur et elle va commencer sa carrière d'enseignante à l'école élémentaire, en septembre.

Suzanna secoua la tête, amusée.

— Impayable, je me répète !

Carolanne s'épanouit.

— Non, indiscrète, c'est tout. En plus, les gens achètent plus volontiers si on bavarde avec eux. Et bavarder, moi, j'adore ça !

— Si tu n'aimais pas ça, je n'aurais plus qu'à mettre la clé sous la porte.

— Non, tu travaillerais deux fois plus, si c'était possible !

D'un geste de la main, Carolanne coupa court aux protestations de sa patronne et changea de sujet :

— Ah, avant que tu partes ! J'ai demandé autour de moi si quelqu'un serait intéressé par un emploi à temps partiel.

Carolanne écarta les bras en signe d'impuissance.

— Jusqu'ici, j'ai fait chou blanc.

Il ne servait à rien de se lamenter, pensa Suzanna avant de consoler son employée :

— C'est normal, les personnes qui auraient pu être intéressées ont déjà trouvé quelque chose... A présent, la saison est trop avancée.

— Si ce crétin de Tommy Parotti ne nous avait pas laissées tomber du jour au lendemain...

— Mais, mon chou, il avait enfin la possibilité de percer dans la musique. On ne peut pas lui en vouloir d'avoir saisi sa chance, c'était son rêve depuis toujours.

— Eh bien, moi, je lui en veux, marmonna Carolanne.

Franchement, Suzanna, tu ne peux pas continuer à travailler toute seule sur les chantiers. C'est trop dur !

— Mais non, on s'en sortira..., répliqua-t-elle d'un air distrait, repensant à l'aide inespérée qu'elle avait reçue le jour même. Ecoute, Carolanne, je vais m'occuper de ces clients, et ensuite, j'ai une dernière livraison à effectuer. Pourras-tu tenir seule le magasin jusqu'à la fermeture ?

— Bien sûr, soupira la jolie brune. Travailler au frais, assise sur un tabouret, c'est quand même moins pénible que de manier la pelle et la pioche en plein soleil...

— Contente-toi d'écouler les œillets, ça ira très bien.

Une heure plus tard, Suzanna se garait devant le cottage de Holt. Ce n'était pas une décision prise sur un coup de tête. Ni une tentative de faire pression sur lui. Poursuivant son monologue intérieur, elle descendit du véhicule. Elle ne recherchait pas non plus sa compagnie, loin de là... Mais elle était une Calhoun, et les Calhoun n'étaient pas des ingrats.

Elle gravit les marches de la véranda. C'était décidément une maison pleine de charme ! Il suffirait de quelques touches de couleur... Ici, quelques volubilis qui s'enrouleraient sur la balustrade, là, une plate-bande mêlant ancolies, pieds-d'alouettes, gueules-de-loup et lavandes...

Et le long de cette pente, des hémérocalles, décida-t-elle en frappant à la porte. Une bordure d'impatiens... Des rosiers miniatures sous les fenêtres. Et là-bas, dans cette portion de terre plus rocailleuse, un petit jardin d'herbes aromatiques, ponctué de quelques bulbes de printemps.

On pourrait facilement transformer cet endroit en décor de conte de fées — sauf que, bien sûr, l'homme qui y vivait était imperméable au merveilleux.

Elle frappa à nouveau. Etrange qu'il ne réponde pas, sa voiture était là... Comme lors de sa première visite, elle contourna le cottage, mais il n'était pas non plus sur son bateau. Elle haussa les épaules. Tant pis, l'absence de Holt ne la détournerait pas de son but.

Elle avait déjà repéré l'emplacement idéal, entre l'eau et la maison, là où l'arbuste ornemental serait visible du jardin, mais aussi de la fenêtre qui devait être celle de la cuisine. Ce n'était pas grand-chose, mais cela apporterait un peu de couleur à l'arrière du terrain, décidément bien nu. Sa brouette remplie de tout le matériel nécessaire, elle commença à creuser.

A l'intérieur de la remise qui lui servait d'atelier, Holt considérait un moteur de bateau. Le reconstruire exigerait du temps et de la concentration. Exactement le dérivatif dont il avait besoin. Il voulait chasser de son esprit les Calhoun, les histoires d'amour tragiques et les responsabilités.

Il ne leva même pas la tête lorsque Sadie, émergeant de sa sieste sur le ciment froid, sortit de la remise au petit trot. Leur cohabitation reposait sur un accord mutuel : il la nourrissait et, de son côté, elle menait sa vie comme elle l'entendait.

Il ne s'interrompit pas non plus quand elle se mit à aboyer. Comme chien de garde, Sadie ne valait rien. Elle aboyait aux écureuils, au vent dans les hautes herbes et même dans son sommeil. Un an auparavant, alors qu'il vivait encore à Portland, il avait été victime d'une tentative de cambriolage. Eh bien, pendant qu'il récupérait sa chaîne stéréo des mains du voleur pris sur le fait, Sadie, elle, avait continué de ronfler tranquillement sur le tapis du séjour.

Cependant, il leva les yeux et s'interrompit lorsqu'un léger rire féminin lui parvint. Il le sentit courir sur sa peau comme une douce caresse. Vaguement nerveux, il repoussa son siège de l'établi et alla se planter sur le seuil. De là, il vit Suzanna. Il se sentit en proie à des sentiments confus.

Ne pouvait-elle donc pas le laisser tranquille avec cette histoire d'émeraudes ? Il enfonça ses mains dans ses poches. Il avait pourtant été clair ! Il avait dit qu'il y réfléchirait. Conclusion, elle n'avait rien à faire ici.

Ils n'éprouvaient même pas d'affection l'un pour l'autre ! Quant au trouble qu'elle éveillait en lui, il était de nature purement physique, et unilatéral. D'ailleurs, jusque-là, il avait plutôt bien réussi à refréner son envie de la toucher.

Et voilà qu'elle était là, dans son jardin, en train de parler à Sadie ! Tout en creusant un trou.

Il sortit de la remise, la mine renfrognée.

— Qu'est-ce que vous fabriquez ici ?

Elle se redressa vivement et là, il vit ses yeux : immenses, bleus, affolés. Son visage, enluminé par la chaleur et l'effort, devint tout pâle. Cette expression, il la connaissait bien : c'était la terreur instinctive d'une victime acculée par son agresseur. L'instant d'après, elle avait repris une figure normale. Tandis que les couleurs lui revenaient lentement aux joues, elle esquissa vaillamment un sourire.

— Je vous croyais sorti.

Immobile, il continuait de la fixer d'un regard noir.

— Ainsi, vous avez décidé de creuser dans mon jardin.

— On peut dire ça, oui.

Passé son premier réflexe de peur, elle enfonça la pelle dans le sol et, pesant dessus de tout son poids, agrandit le trou. Elle était furieuse contre elle-même.

— Je vous ai apporté un arbuste.

Ah oui ? Eh bien, qu'elle ne s'imagine pas qu'il allait lui proposer galamment de finir la besogne ! Toutefois, il ne put s'empêcher de la rejoindre.

— En quel honneur ?

— Pour vous remercier de m'avoir donné un coup de main. Vous m'avez fait gagner une bonne heure de travail.

— Que vous mettez à profit en creusant un autre trou.

— Ma foi, oui. Il y a une petite brise qui souffle de la mer, aujourd'hui.

Elle offrit son visage à la caresse du vent.

— C'est agréable, dans ces conditions.

Troublé par cette vision, il préféra examiner le petit arbuste qui croulait sous les fleurs jaune vif.

— Je ne sais pas m'occuper de ce genre de truc. En le plantant ici, vous le condamnez à mort.

Suzanna retira une dernière pelletée de terre en riant.

— Ne vous inquiétez pas ! Il ne demande que très peu d'entretien. C'est une espèce très rustique, même en période de sécheresse, et il vous donnera des fleurs jusqu'en automne. Je peux me servir de votre tuyau ?

— De mon quoi ?

— De votre tuyau.

— Ah, le tuyau… oui…

Il se passa une main dans les cheveux, très embarrassé. Comment était-il censé réagir en pareille situation ? C'était bien la première fois qu'on lui offrait des fleurs — exception faite bien sûr du bouquet que les gars du poste lui avaient apporté à l'hôpital.

— Oui, allez-y…

Très à l'aise, Suzanna se dirigea vers le robinet sans cesser de parler.

— Et puis, il ne partira pas dans tous les sens. Vous verrez, c'est un petit buisson très bien élevé qui ne dépassera pas un mètre.

Elle flatta la tête de Sadie qui tournait tout autour de la nouvelle plantation, la truffe au sol.

— Mais si vous préférez une autre espèce, je peux toujours vous…

Ah non ! Holt refusait de se laisser attendrir par un

ridicule arbuste ou la reconnaissance encombrante de cette femme.

— Ça m'est égal. De toute façon, je suis incapable de distinguer une plante d'une autre.

— Eh bien, ceci est un *Hypericum kalmianum*.

Il ébaucha ce qui pouvait passer pour un sourire.

— Me voilà bien avancé…

Suzanna plaça l'arbuste dans le trou en pouffant.

— Un millepertuis, pour le profane.

Un sourire aux lèvres, elle le regarda d'un air de défi. On aurait presque pu croire qu'il était gêné. Mais, connaissant le personnage, elle savait bien que c'était impossible.

— J'ai pensé qu'un rayon de soleil ne serait pas de trop dans votre jardin. Et si vous m'aidiez à le planter ? Il prendrait une valeur encore plus symbolique pour vous.

Holt fulminait. Il s'était juré de ne pas se laisser embarquer dans cette histoire d'émeraudes et il avait bien l'intention de s'y tenir, bon sang !

— Ça ne serait pas une sorte de pot-de-vin, par hasard ? Pour m'obliger à participer à votre petite enquête ?

Suzanna s'assit sur ses talons et soupira :

— Comment peut-on être aussi cynique et hostile ? Enfin… vous devez avoir vos raisons, mais je vous assure qu'elles ne s'appliquent pas au cas présent. Vous m'avez rendu service, je vous offre cet arbuste en témoignage de ma reconnaissance. Vous voyez, c'est tout simple ! Maintenant, si vous ne voulez pas de ce millepertuis dans votre jardin, il suffit de me le dire. J'en ferai cadeau à quelqu'un d'autre.

Holt la regarda avec perplexité.

— Et vous êtes toujours aussi pète-sec ? Même avec vos enfants ?

— Lorsqu'il le faut, oui. Alors, que décidez-vous ?

Au fond, réfléchit-il, peut-être se montrait-il un peu

trop dur avec elle en refusant aussi grossièrement sa main tendue. Puisqu'elle faisait l'effort de se conduire de manière simplement amicale, il pouvait bien baisser la garde un instant… Il désigna le sol.

— Ma foi, maintenant que j'ai ce trou dans mon jardin…

Il s'agenouilla à côté d'elle, tandis que Sadie s'étendait au soleil pour les observer à son aise.

— Autant mettre quelque chose dedans.

C'était sans doute sa façon à lui de lui dire merci, pensa Suzanna, mi-figue mi-raisin.

— Très bien, je le plante alors.

— Au fait, quel âge ont vos enfants ? lui demanda-t-il. Non que cela l'intéressât, se justifia-t-il intérieurement. Il faisait la conversation, rien de plus.

— Alex a six ans et Jenny cinq, répondit-elle, et son regard s'adoucit, comme toujours lorsqu'elle pensait à eux. Mais ils grandissent si vite que j'ai du mal à suivre !

— Et pourquoi êtes-vous revenue ici après votre divorce ?

Il vit ses doigts se crisper sur la terre, avant de reprendre leur travail comme si de rien n'était. Une réaction presque imperceptible, rapidement masquée, mais rien n'échappait à son œil exercé de policier.

— Parce que c'est chez moi.

Il comprit qu'il avait touché une corde sensible et, par discrétion, changea de sujet.

— Il paraît que vous allez reconvertir les Tours en hôtel ?

— L'aile ouest, uniquement. C'est le mari de C.C. qui s'en occupe.

— J'ai du mal à imaginer C.C. en femme mariée ! La dernière fois que je l'ai vue, elle devait avoir douze ans.

— C'est une jeune femme aujourd'hui. Très belle, de surcroît.

— Ah, mais la beauté, c'est de famille chez les Calhoun…

Suzanna leva les yeux, étonnée, avant de revenir à sa tâche.

— C'est étrange, il m'a semblé vous entendre prononcer une parole aimable.

— Je ne fais que constater l'évidence. Les sœurs Calhoun ont toujours fait tourner les têtes.

Et, incapable de se retenir, il tira doucement sur sa queue-de-cheval.

— Quand on se retrouvait entre garçons, vous étiez le principal sujet de conversation, toutes les quatre.

Suzanna eut un petit rire. Comme tout était simple, en ce temps-là…

— Nous aurions certainement été très flattées de le savoir.

— Vous m'intéressiez beaucoup à l'époque, dit Holt lentement. Enormément, même.

Elle releva la tête, sur ses gardes.

— Ah, oui ? Je ne m'en suis jamais aperçue.

— Naturellement.

Il cessa de jouer avec ses cheveux.

— Une princesse, ça ne prête pas attention à un fils de pêcheur…

Suzanna réagit vivement à cette expression d'amertume :

— Quel préjugé ridicule !

— C'est pourtant ainsi que je vous voyais à l'époque : la princesse du château.

— Un château qui tombe en ruines depuis des lustres ! répliqua-t-elle sèchement. Et si mes souvenirs sont bons, vous étiez bien trop occupé à faire le joli cœur devant les autres filles pour me remarquer.

Holt ne put réprimer un sourire.

— Oh ! ça ne m'a jamais empêché de vous voir…, affirma-t-il, une lueur au fond des yeux.

Une sonnette d'alarme résonna soudain dans l'esprit

de Suzanna — chat échaudé craint l'eau froide... Et pourtant, il y avait bien longtemps qu'elle n'avait pas été confrontée à ce genre de situation. Elle baissa vivement les yeux et tassa la terre autour de l'arbuste.

— C'est vieux, tout ça. Depuis, nous avons sans doute bien changé tous les deux.

— Ce n'est pas moi qui vous dirai le contraire.

Il ramena de la terre autour du mince tronc.

— Non, intervint-elle. Ne buttez pas le pied de l'arbuste. Il faut appuyer au contraire... doucement, mais fermement. Comme ça...

Et s'approchant de lui, elle le guida pour lui enseigner le bon geste.

— L'essentiel, voyez-vous, c'est qu'il s'enracine bien, ensuite...

Elle s'interrompit. Holt s'était emparé de ses mains.

Ils étaient tête contre tête à présent, agenouillés l'un en face de l'autre. Elle avait des mains dures, calleuses, nota-t-il. Quel fascinant contraste avec son regard plein de douceur et son teint de rose... Et quelle force dans ses doigts ! Pas étonnant, vu les efforts qu'elle fournissait dans son travail. Pour une raison inexplicable, il trouvait cela d'un érotisme fou.

— Vous avez des mains d'acier, Suzanna...

— Des mains de jardinier ! répliqua-t-elle d'un ton volontairement léger. Des mains qui doivent finir de planter cet arbuste, maintenant.

Elle tenta de se dégager de sa poigne, mais il n'entendait pas la laisser faire.

— On va s'en occuper... Vous savez, Suzanna, ça fait quinze ans que je rêve de vous embrasser.

Il vit son timide sourire s'évanouir sur ses lèvres et l'inquiétude resurgir au fond de ses yeux. Elle avait peur de lui ? Après tout, cela valait peut-être mieux pour eux deux. Il reprit :

— C'est long, quinze ans...

Suzanna sentit la pression se relâcher autour de ses poignets, mais déjà une tenaille se refermait sur sa nuque. Les doigts de Holt étaient fermes, son expression résolue.

— Il faut que je vous sorte de ma tête une bonne fois pour toutes.

Et avant qu'elle ait pu protester ou se refuser à lui, il la fit taire d'un baiser brutal, conquérant. Il n'y avait rien de tendre chez lui. Sa bouche, ses mains, son corps lorsqu'il l'attira à lui étaient durs et impérieux. Affolée par sa détermination, elle tenta de le repousser — en vain. Autant essayer de déplacer un roc !

La douleur prit alors le dessus sur sa peur et elle se mit à le marteler de son poing libre, consciente à présent de lutter surtout contre elle-même.

Holt la sentait vibrer contre lui, tendue comme un arc. C'était mal ce qu'il faisait là. Injuste, voire méprisable, mais bon sang ! il lui fallait à tout prix se guérir de cette fièvre qui continuait de le consumer. Il devait se convaincre que cette femme n'avait rien de plus qu'une autre et que les fantasmes qu'il nourrissait à son égard n'étaient que les vestiges de ses rêves d'adolescent.

Soudain, elle tressaillit violemment, laissa échapper un murmure et il sentit ses lèvres s'entrouvrir sous les siennes. Surpris par cette reddition si rapide, il poussa un juron et, incapable de se refréner, l'empoigna par les cheveux pour se repaître à loisir du cadeau qu'elle lui offrait si imprudemment. Car sa bouche était un festin à la mesure de la faim qu'il avait d'elle.

Le frais parfum de ses cheveux, celui de sa peau divinement musquée par la chaleur et l'effort, l'odeur primitive de la terre fraîchement retournée à ses pieds... Chacune de ces senteurs le pénétrait jusqu'à l'âme, lui chauffait le sang, l'enivrait de ce désir qu'il avait cru pouvoir dissiper par un baiser.

Suzanna avait le souffle court, la tête vide, le corps assailli de sensations. Tous ses soucis, toutes ses responsabilités s'étaient envolés. Il n'y avait plus que les muscles puissants de Holt sous ses doigts, la brûlure torride de sa bouche, les battements effrénés de son propre cœur résonnant à ses oreilles. Elle lui rendait à présent son étreinte avec force, enfonçant ses ongles dans sa peau, le corps vibrant de désir, les lèvres impatientes et avides.

Cela faisait si longtemps qu'elle n'avait pas été touchée, embrassée, désirée ! Si longtemps qu'elle n'avait pas eu envie d'un homme ! Holt déchaînait en elle toutes ses pulsions refoulées. Elle voulait être caressée par ses mains rudes et exigeantes, écrasée par son corps massif sur l'herbe douce et ensoleillée. Seuls des ébats sauvages et lascifs pourraient étancher sa soif d'amour physique.

Quand un gémissement d'impatience s'échappa de ses lèvres, Holt se retint de justesse de lui arracher son T-shirt et la repoussa en maudissant l'attrait que cette femme exerçait sur lui. Sa respiration haletante, ses yeux rendus bleu cobalt par le désir... La tentation était trop dangereuse.

Elle le dévisagea, stupéfaite.

Rien d'étonnant à cela, pensa-t-il, furieux contre lui-même. Il s'était jeté sur elle et avait failli la prendre de force ! Comme un violeur ! Décidément, il se dégoûtait.

Suzanna baissa la tête pour dissimuler sa honte et murmura :

— J'espère que vous vous sentez mieux, maintenant ?

— Non.

Il serra les poings pour qu'elle ne voie pas ses mains trembler.

— Non, pas du tout.

Suzanna n'osait toujours pas croiser son regard, mortifiée de s'être laissée aller avec lui. Pour se donner une contenance, elle se mit à répandre du paillis autour de l'arbuste fraîchement planté.

— Si la météo se maintient au sec, il vous faudra l'arroser régulièrement, le temps qu'il s'enracine.

Elle se raidit quand il lui saisit à nouveau les mains.

— Et c'est tout ? s'énerva-t-il. Vous ne me giflez même pas ?

Puisant dans un sang-froid acquis de longue expérience, elle se décontracta et leva vers lui un regard empreint d'une obscure souffrance. Pourtant, c'est avec un grand calme qu'elle répliqua :

— A quoi bon ? Vous vous êtes sûrement dit qu'une femme comme moi était forcément... en manque.

— Vous vous trompez, Suzanna. En vous embrassant, je n'ai pensé qu'à moi. Et l'égoïsme, ça me connaît, croyez-moi.

— Oh ! mais je vous crois...

Elle avait réussi à libérer ses mains. Elle les essuya sur son jean et se releva. Elle n'avait qu'une idée en tête : partir. Néanmoins, elle s'obligea à charger calmement son matériel dans la brouette. La saisissant par le bras, Holt lui fit faire volte-face.

— Qu'est-ce que ça veut dire, bon sang ?

Sa voix était aussi rude que ses mains, ses yeux brillaient de colère. Il voulait qu'elle se révolte, à la fin ! Il en avait besoin pour apaiser sa conscience.

— Je vous ai pratiquement prise de force, bon sang ! Sans penser une seule seconde à vous demander si ça vous plaisait ou non ! Et vous, vous remballez tranquillement vos outils pour repartir comme si de rien n'était !

Justement, c'était bien là le problème, songea Suzanna avec amertume. Elle avait failli se donner passionnément à lui... Voilà pourquoi elle devait à tout prix garder son sang-froid.

— Si c'est la bagarre que vous cherchez, Holt, ou une

aventure sans lendemain, vous ne vous adressez pas à la bonne personne. Mes enfants m'attendent à la maison et je suis lasse de me faire rudoyer.

Elle s'exprimait avec calme, oui, et même avec fermeté, mais il la sentait trembler sous ses doigts. Décidément, ces beaux yeux pleins de tristesse recelaient bien des secrets. Son instinct de policier reprit aussitôt le dessus : il lui fallait découvrir la vérité sur cette femme.

— Rudoyer, comment ça ? Par moi ou par tout le monde en général ?

— Je vous rappelle que c'est vous qui m'avez embrassée de force ! Et je n'aime pas ça ! répliqua-t-elle, gagnée par l'énervement.

— C'est bien dommage, ironisa Holt. Car mon petit doigt me dit que je ne vais pas en rester là avec vous.

— Je n'ai peut-être pas été assez claire : vous et moi, ça s'arrête là !

Elle se dégagea d'un geste sec, empoigna la brouette et…

Pesant de tout son poids dessus, Holt l'immobilisait. Se rendait-elle compte qu'elle le mettait au défi ? Un sourire se dessina lentement sur ses lèvres.

— Ah ! Là, vous êtes en colère…

— Gagné ! Vous êtes content ?

— Plutôt oui. Je vous préfère tigresse que biche aux abois.

— Je ne suis ni l'une ni l'autre, siffla-t-elle. Je suis une femme qui rentre chez elle.

— Vous oubliez votre pelle ! lui lança-t-il, hilare.

Elle la lui prit vivement des mains et la jeta dans la brouette avec fracas.

— Merci !

— Tout le plaisir était pour moi…

Il attendit qu'elle ait fait quelques mètres pour l'interpeller :

— Suzanna !

Elle ralentit, sans toutefois s'arrêter.

— Quoi ?

— Je regrette.

Elle haussa les épaules, sa colère pratiquement retombée.

— C'est déjà oublié.

— Non...

Et enfonçant les mains dans ses poches, il lâcha avec défi :

— Je regrette de ne pas vous avoir donné ce baiser il y a quinze ans.

Etouffant un juron indigné, Suzanna accéléra le pas. Lorsqu'elle eut disparu de sa vue, Holt considéra le petit arbuste d'ornement, encore sous le coup de l'émotion. Oh ! oui ! il le regrettait. De toute son âme ! Mais il avait bien l'intention de rattraper le temps perdu.

Suzanna avait besoin de se retrouver seule avec elle-même. C'était un luxe rare aux Tours, au sein de toute cette maisonnée. Mais, les enfants étant couchés, elle pouvait enfin s'octroyer ce précieux moment de solitude.

La lune se levait. La nuit était claire et une douce brise aux parfums de rose et d'embruns avait chassé la chaleur de la journée. De sa terrasse, elle voyait l'ombre noire des falaises qui depuis toujours exerçait une profonde attirance sur elle. Le murmure lointain de la mer était une berceuse aussi apaisante que l'appel que lançait un oiseau de nuit, quelque part dans le jardin.

Ce soir, pourtant, cette atmosphère privilégiée ne suffirait pas à favoriser son sommeil. Malgré sa fatigue physique, son esprit ne trouvait pas le repos. Elle avait beau se répéter sur tous les tons que ses angoisses étaient vaines, rien n'y faisait. Elle récapitula. Ses enfants, bien bordés dans leur petit lit, rêvaient déjà des passionnantes aventures qui avaient émaillé leur journée. Ses sœurs étaient comblées. Chacune d'elles avait trouvé sa place dans le monde ainsi qu'un compagnon qui savait l'apprécier à sa juste valeur. Tante Coco était heureuse, en bonne santé, et attendait avec impatience de devenir la cuisinière en chef de l'Hôtel des Tours.

Sa famille — sa priorité absolue dans la vie — ne manquait ni d'amour ni de stabilité financière. Les Tours, le seul véritable foyer qu'elle ait jamais connu, ne risquait plus d'être mis en vente et resterait encore longtemps le fief des Calhoun. Dans ces conditions, pourquoi se tracassait-elle autant pour les émeraudes ? Ne faisaient-ils pas tous de leur mieux pour retrouver le collier de Bianca ? Si, bien sûr.

D'ailleurs, si chaque piste n'avait pas été aussi scrupuleusement explorée, elle ne serait jamais allée rendre visite à Holt Bradford... Ses doigts se crispèrent sur le parapet de pierre. Une démarche parfaitement inutile, de surcroît ! Puisque le propre petit-fils de Christian Bradford ne voyait pas le rapport entre son grand-père et le collier de Bianca. De toute évidence, cet homme-là ne s'intéressait pas au passé. Il ne songeait qu'à l'instant présent, qu'à sa petite personne, qu'à son confort et à son plaisir !

Suzanna lâcha un soupir et s'obligea à se détendre. Si seulement il ne l'avait pas poussée à bout ! Elle qui mettait un point d'honneur à se maîtriser en toute circonstance, elle avait été à deux doigts de perdre tout contrôle sur elle-même ! Sauf que pour le coup Holt n'était pas seul à blâmer : c'était elle qui avait été submergée par ses propres pulsions. Par son propre besoin d'amour.

L'amour... Elle était bien résolue à limiter sa dépendance affective aux seuls membres de sa famille — cette famille qui était au cœur de toutes ses joies et de toutes ses préoccupations. Car son mariage lui avait servi de leçon : faire dépendre son bonheur d'un homme, d'un seul homme, on ne l'y reprendrait pas.

Et puis, de toute façon, Holt l'avait embrassée sur un coup de tête. C'était une sorte de défi qu'il s'était lancé à lui-même. Il ne fallait voir dans ce baiser aucune affection, aucune tendresse, aucun romantisme. D'ailleurs, son trouble à elle n'était qu'une simple réaction chimique, à mettre sur le compte des hormones. Il y avait maintenant plus de deux ans qu'elle fuyait tout contact avec la gent masculine. Quant à l'affection, la tendresse et le romantisme, les derniers mois de son mariage en avaient eux aussi été singulièrement dénués. Elle avait appris à vivre sans l'amour et le soutien d'un homme et entendait bien continuer ainsi.

Si seulement elle n'avait pas réagi avec autant de... fougue à l'étreinte de Holt ! Il aurait tout aussi bien pu lui assener un coup de gourdin sur la tête et la traîner par les cheveux, cet homme des cavernes ! Et pourtant, passé la première surprise, elle s'était donnée à lui à corps perdu, se cramponnant à cet étranger, répondant à ce baiser sauvage avec une ferveur qu'elle n'avait jamais témoignée à son mari.

En se comportant de la sorte, elle s'était rabaissée à ses propres yeux et avait suscité l'amusement de Holt. Oh ! ce petit sourire conquérant qu'il arborait lorsqu'elle était repartie de chez lui ! Ce seul souvenir ravivait sa colère. Décidément, cet homme déclenchait en elle des réactions exacerbées, réfléchit-elle avec agacement. Jusqu'à son baiser qui continuait de lui brûler les lèvres... Mais là encore, elle ne pouvait s'en prendre qu'à elle-même.

D'un autre côté, peut-être se jugeait-elle un peu trop sévèrement. Car, aussi gênante qu'ait pu être cette petite scène, elle lui avait au moins prouvé quelque chose : elle était toujours vivante. Elle n'était plus cette coquille vide dont Bax s'était débarrassé sans ménagement, mais une femme encore capable d'éprouver des sentiments et des désirs.

Fermant les yeux, elle prit une profonde inspiration. Des désirs irrépressibles, apparemment. C'était comme une fringale. Et ce baiser, telle une miette de pain après un jeûne interminable, avait réveillé ses appétits sensuels. Au fond, c'était plutôt positif, songea-t-elle, de pouvoir ressentir autre chose que remords et désillusions. Et puisqu'elle avait conscience de ce désir retrouvé, elle était capable de le maîtriser. Heureusement, d'ailleurs ! Car sa fierté lui interdisait d'éviter Holt à l'avenir. Mais aussi de s'infliger une nouvelle humiliation.

Elle était une Calhoun ! Et dans la famille, les femmes n'hésitaient pas à monter au créneau. S'il lui fallait à nouveau en découdre avec Holt pour élucider le mystère des émeraudes, eh bien ! elle le ferait. Plus jamais elle ne laisserait un homme la repousser ou la détruire. Holt Bradford n'avait qu'à bien se tenir !

— Ah, je me demandais où tu étais...

Se retournant, Suzanna vit sa tante s'avancer sur la terrasse.

— Oui, tante Coco ?

— Pardon de te déranger, ma chérie. J'ai frappé plusieurs fois, mais tu ne répondais pas... Et comme il y avait de la lumière sous la porte, je me suis permis de venir jeter un coup d'œil.

— Tu as bien fait.

Suzanna passa un bras autour de la généreuse taille de sa tante, cette femme qu'elle chérissait depuis son enfance. Une femme qui, durant plus de quinze ans, lui avait servi de mère et de père.

— J'étais perdue dans mes pensées... La nuit est si belle.

Coco acquiesça dans un murmure et laissa le silence s'installer. De toutes ses filles, c'était Suzanna qui lui causait le plus de souci. Elle s'était réjouie de la voir quitter le nid, rayonnante d'espoir dans sa robe de mariée. Mais, au bout de quatre ans à peine, elle l'avait recueillie avec ses deux bambins, pâle et ravagée par le chagrin. Enfin, c'est avec fierté qu'elle l'avait vue se remettre en selle et se consacrer à la tâche difficile d'élever ses enfants seule, tout en travaillant d'arrache-pied pour monter sa propre affaire.

Et depuis, elle attendait avec angoisse de voir cette expression triste et hantée déserter enfin les yeux de sa nièce.

— Tu ne peux pas dormir ? s'enquit Suzanna.

— Dormir ? Comment veux-tu que j'y songe ? répliqua Coco en soufflant de mauvaise humeur. Cette femme va me rendre folle !

Suzanna eut du mal à réprimer un sourire. « Cette femme », c'était sa grand-tante Colleen, bien entendu — l'aînée des enfants de Bianca et la sœur du père de Coco. Cette vieille dame acariâtre, impolie et capricieuse avait débarqué aux Tours la semaine précédente. Dans le seul but, Coco n'en démordait pas, de faire de leur vie un enfer.

— Tu l'as entendue ce soir, au dîner ?

Drapée dans son caftan, la grande et majestueuse silhouette de sa tante se mit à arpenter la terrasse, laissant libre cours à ses récriminations, sans toutefois dépasser le niveau sonore d'un chuchotement indigné. Car Colleen avait beau avoir quatre-vingts ans bien sonnés et coucher à plus de quatre mètres de là, elle avait l'ouïe fine.

— La sauce était trop riche, les asperges trop cuites… Quand je pense qu'elle a osé m'enseigner la meilleure façon de préparer le coq au vin ! A moi… Non, mais quel culot ! J'avais envie de lui faire avaler sa satanée canne…

— Le repas était succulent, comme d'habitude, déclara Suzanna d'un ton apaisant. Allons, tante Coco, tu la connais… Il fallait bien qu'elle trouve quelque chose à redire, sinon sa journée n'aurait pas été réussie. Et si je me souviens bien, elle a raclé son assiette.

— Tout à fait !

Coco prit une profonde inspiration et se détendit peu à peu.

— Oh ! je sais bien... Je ne devrais pas laisser cette femme me mettre les nerfs dans un tel état. Mais la vérité, c'est que je l'ai toujours terriblement crainte. Et elle en joue, la sorcière ! Sans mes séances de yoga et de méditation, je serais déjà mûre pour l'asile... C'est vrai ! Tant qu'elle passait sa vie en croisière, il me suffisait de lui envoyer une lettre de temps en temps pour m'acquitter de mes devoirs de nièce. Mais l'avoir sous mon toit...

Coco ne put réprimer un frisson.

— Ne t'inquiète pas, elle ne tardera pas à se lasser de nous, affirma Suzanna. Et elle repartira descendre le Nil, l'Amazone ou je ne sais quel autre fleuve...

— Que le ciel t'entende, ma chérie ! Non, ce que je redoute, c'est qu'elle n'ait décidé de rester jusqu'à ce que nous ayons retrouvé le collier d'émeraudes. D'ailleurs, c'est de ça que je voulais te parler.

Coco, un peu calmée, cessa de faire les cent pas.

— Je méditais sur ma boule de cristal — tu sais comme ça m'apaise, surtout après une soirée en compagnie de tante Colleen...

Elle inspira profondément.

— Bref, mon esprit vagabondait quand, tout à coup, Bianca s'est mise à m'envahir d'images et de messages.

— Il n'y a rien d'étonnant à ça, lui fit remarquer Suzanna. Elle occupe constamment nos pensées...

— Mais sa présence était particulièrement forte, ma chérie. Très nette. Empreinte d'une immense mélancolie. J'en ai eu les larmes aux yeux, je t'assure.

Coco tira un mouchoir des plis de son caftan.

— Et soudain, c'est ton image qui s'est substituée à

la sienne, de façon tout aussi nette. Le lien entre Bianca et toi était évident. Il y a forcément une raison à ça, me suis-je dit, et en y réfléchissant j'ai trouvé ! Le lien, c'est Holt Bradford !

L'enthousiasme de la découverte faisait briller les yeux de Coco.

— En lui parlant, vois-tu, tu as rétabli une passerelle médiumnique entre Christian et Bianca.

— Hum, je ne pense pas que l'on puisse qualifier mes rapports avec Holt de médiumniques…

— Non, crois-moi, Suzanna, cet homme est la clé du mystère ! Sans doute n'a-t-il pas conscience des renseignements qu'il détient, mais sans lui nous ne pourrons pas avancer. J'en suis convaincue.

Suzanna haussa les épaules, vaguement agacée, et s'adossa au parapet.

— Qu'il en ait conscience ou pas, notre histoire l'indiffère absolument.

— Dans ce cas, il va falloir que tu le fasses changer d'avis.

Et posant une main sur celle de Suzanna, elle lui serra les doigts avec tendresse.

— Nous avons besoin de lui, ma chérie. Car tant que nous n'aurons pas retrouvé les émeraudes, aucun de nous ne sera totalement en sécurité. La police n'a toujours pas réussi à arrêter cet infâme voleur. Dieu sait ce qu'il risque de faire la prochaine fois ! Crois-moi, Holt est le seul lien que nous ayons avec l'amant de Bianca.

— Je sais.

Suzanna tourna son regard vers l'ombre des falaises.

— C'est entendu, j'irai le revoir.

Je savais qu'elle reviendrait se promener sur les falaises. Et aussi téméraire, aussi répréhensible que cela ait pu être, je l'ai attendue chaque après-midi. Les jours où elle ne venait pas, je me surprenais à fixer des yeux les tourelles de son manoir, pris dans les affres d'un désir que je n'avais pas le droit d'éprouver pour l'épouse d'un autre. Alors, les jours où je la voyais s'avancer vers moi, sa chevelure ondoyant au vent comme une flamme, un timide sourire aux lèvres, j'étais submergé d'une joie incomparable.

Au début, nos conversations étaient polies et impersonnelles. Nous échangions des remarques sur le temps, les menus potins du village, l'art et la littérature. Au fil des jours, elle est devenue de plus en plus à l'aise en ma compagnie. Elle me parlait de ses enfants et, petit à petit, j'ai appris à les connaître à travers ce qu'elle me racontait d'eux. Colleen aimait les belles robes et rêvait de posséder un poney. Ethan, lui, était un aventurier dans l'âme. Le petit Sean, enfin, commençait tout juste à se déplacer à quatre pattes.

Il ne fallait pas être grand clerc pour voir que toute sa vie tournait autour de ses enfants. Elle n'évoquait que rarement les fêtes, spectacles et autres réunions mondaines auxquels pourtant elle se rendait presque tous les soirs. Quant à son mari, elle n'en parlait jamais.

J'avoue m'être interrogé sur lui. Bien sûr, Fergus Calhoun était un homme riche et ambitieux, c'était de notoriété publique. Un homme qui, parti de rien, avait bâti un empire. Dans le monde des affaires, il était à la fois craint et respecté, mais cet aspect-là de sa vie ne m'intéressait pas.

C'était l'homme privé qui m'obsédait. L'homme qui avait le droit de l'appeler son épouse. Celui qui se couchait à côté d'elle, qui la touchait. Celui qui connaissait la douceur de sa peau, le goût de ses baisers, la sensation de son corps frémissant sous ses caresses.

J'étais déjà amoureux d'elle. Peut-être même l'aimais-je depuis l'instant où je l'avais vue marchant parmi les buissons d'aubépines, la main dans celle de son enfant.

Pour ma tranquillité d'esprit, il aurait mieux valu que j'aille installer mon chevalet ailleurs. Mais j'en étais incapable. Je savais que je n'obtiendrais rien de plus d'elle, qu'il me serait seulement accordé quelques heures de conversation, et pourtant je retournais peindre au même endroit. Inlassablement.

Elle avait accepté que je fasse son portrait et je commençais à discerner sa vérité intérieure, comme tout artiste se doit de le faire. Derrière sa beauté, son calme et ses bonnes manières se dissimulait une femme profondément malheureuse. Je brûlais de la prendre dans mes bras, de l'interroger sur son regard triste et hanté. Cependant, je me contentai de la peindre. Je n'avais pas le droit d'aller plus loin.

La patience et la noblesse d'âme ne font pas partie de mon caractère. Pourtant, grâce à elle, j'ai appris que je pouvais faire preuve des deux. Sans jamais me toucher, elle m'a transformé. Mon existence ne devait plus jamais être la même après cet été-là — ce trop court été durant lequel elle venait s'asseoir sur les rochers pour contempler les vagues.

Aujourd'hui encore, au crépuscule de ma vie, il me suffit d'aller me promener sur ces falaises pour la revoir. Je respire l'immuable odeur de l'océan et j'y décèle une bouffée de son parfum.

Je n'ai qu'à cueillir une fleur d'aubépine pour me remémorer les reflets flamboyants de sa chevelure. Et lorsque je ferme les yeux, par-dessus le murmure de l'eau sur les rochers en contrebas, sa douce voix me parvient comme si c'était hier.

Je me rappelle notre dernier après-midi de ce premier été. Ce jour-là, elle se tenait tout près de moi et pourtant je ne l'avais jamais sentie aussi lointaine.

— Nous quittons les Tours dans la matinée, a-t-elle dit sans me regarder. Les enfants sont tristes de partir.

— Et vous ?

Un léger sourire a flotté sur ses lèvres, sans se refléter dans ses yeux.

— Il me semble parfois avoir vécu sur cette île dans une vie antérieure. La première fois que je suis venue ici, j'ai eu l'impression de rentrer chez moi au bout d'une longue absence. La mer va me manquer.

Peut-être étais-je aveuglé par mon propre désir, mais lorsqu'elle m'a regardé, j'ai eu le sentiment que moi aussi je lui manquerais. Puis elle a détourné les yeux dans un soupir.

— New York est un endroit tellement différent d'ici, si plein de bruit et d'agitation... Quand je suis sur ces falaises, j'ai du mal à croire qu'une telle ville puisse exister quelque part. Comptez-vous passer l'hiver sur l'île ?

J'ai songé aux mois froids et désolés qui s'étendaient devant moi et j'ai maudit le sort de m'avoir fait miroiter un bonheur qui resterait à jamais hors de ma portée.

— Oh ! mes projets changent au gré de mon

humeur, ai-je répondu d'un ton léger, m'efforçant de masquer mon amertume.

— J'envie votre liberté...

Elle est retournée vers le chevalet où son portrait attendait que je mette la dernière touche.

— Et votre talent. Vous m'avez flattée, à tous points de vue.

— Détrompez-vous, ai-je mumuré, serrant les poings pour ne pas la caresser. Certaines choses ne peuvent être saisies par le pinceau.

— Comment l'appellerez-vous ?

— Bianca. Votre prénom suffit.

Elle a dû percevoir mes sentiments malgré mes efforts désespérés pour les contenir. Une lueur est apparue au fond de ses yeux et y est demeurée plus longtemps qu'elle n'aurait dû. Puis elle a reculé de quelques pas, prudemment, comme une femme qui se serait aventurée trop près du bord de la falaise.

— Un jour, vous serez célèbre et les gens s'arracheront vos toiles.

Je ne pouvais détacher mon regard d'elle, certain que je ne la reverrais jamais.

— Je ne peins pas pour la gloire.

— Non, et c'est pour cela que vous l'obtiendrez. Lorsque vous serez connu, je me souviendrai de cet été. Au revoir, Christian.

Et elle s'est éloignée de moi — pour la dernière fois, croyais-je — parmi les fleurs des champs qui bataillaient vaillamment pour capter leur part de soleil entre les herbes folles et les rochers.

4

Coco Calhoun McPike n'était pas femme à s'en remettre au hasard, surtout lorsque son horoscope du jour lui conseillait de « prendre une part plus active à une affaire d'ordre familial et de rendre visite à une vieille connaissance. » Se rendre chez Holt Bradford lui permettrait de faire d'une pierre deux coups.

Elle gardait le souvenir d'un garçon ténébreux au regard de braise qui livrait les homards et traînait son agressivité dans tout le village. Elle se souvenait aussi qu'il s'était arrêté un jour pour l'aider à changer sa roue de voiture alors que, plantée sur le bas-côté de la route, elle tentait en vain de comprendre le fonctionnement d'un cric. Il avait refusé — avec hauteur, se rappelait-elle — le billet qu'elle lui avait proposé et était reparti en trombe sur sa moto avant qu'elle ait pu le remercier dans les règles.

Fier, insolent, rebelle, récapitula-t-elle en s'engageant dans l'allée menant au cottage. Et chevaleresque, en même temps, presque à son corps défendant. Avec un peu d'astuce, peut-être pourrait-elle jouer sur ces traits-là de son caractère pour obtenir gain de cause. Or de l'astuce, Coco McPike se flattait d'en avoir à revendre.

C'était donc là qu'avait vécu Christian Bradford... Ce cottage, elle ne le découvrait pas, bien sûr, mais maintenant qu'elle connaissait le lien qui unissait leurs deux familles, elle le voyait sous un jour nouveau. Elle marqua une pause et, les yeux clos, tenta de « sentir » quelque chose. Il demeurait forcément quelque vestige d'énergie en ces lieux, quelque trace que ni le temps ni le vent n'avaient pu effacer.

Car Coco se targuait d'avoir des pouvoirs de médium. Réalité physique ou simple effet de son imagination fertile, elle était en tout cas certaine de percevoir présentement dans l'air une sorte de vibration passionnée. Satisfaite, d'elle-même et de son ressenti, elle s'avança d'un pas décidé vers la maison.

Elle avait accordé le plus grand soin à sa mise. Bien entendu, elle désirait paraître à son avantage — sa vanité n'aurait pas supporté qu'il en soit autrement. Mais elle tenait aussi à avoir l'air distingué, voire un tantinet imposant. Et le style très classique de son vieil ensemble Chanel, bleu pastel, faisait merveille.

Elle frappa à la porte, affichant ce qu'elle espérait être un sourire à la fois rassurant et plein de sagesse. De l'intérieur lui parvint un concert d'aboiements, accompagné d'un torrent d'injures qui lui firent porter une main à son cœur.

Tout juste sorti de sa douche, Holt ouvrit la porte d'un geste brusque, les cheveux dégoulinants et l'humeur mauvaise, tandis que Sadie se ruait dehors comme une folle. Effrayée, Coco poussa un cri aigu. Par chance, Holt avait de bons réflexes : connaissant la nature un peu trop affectueuse de sa chienne, il la retint par le collier avant qu'elle ait pu expédier leur visiteuse par-dessus la balustrade de la véranda.

— Sapristi ! s'exclama Coco.

Elle avait failli en lâcher son plat de brownies double chocolat !

Son regard passa de l'animal à son maître.

— C'est un véritable monstre que vous avez là... Un monstre qui présente une indéniable ressemblance avec notre Fred. Et moi qui espérais que sa croissance allait s'arrêter là ! En fait, cette chienne pourrait presque vous servir de monture, non ? plaisanta Coco, redevenue tout sourire. Oh ! mais je vous dérange peut-être ?

Holt avait de plus en plus de mal à retenir Sadie qui avait senti les effluves des brownies et entendait bien ne pas être privée de dessert.

— Comment ?

— Je vous dérange peut-être, répéta Coco. Je sais bien qu'il est encore tôt, mais, par des journées comme celle-ci, je suis incapable de faire la grasse matinée. Tout ce soleil et ces gazouillis d'oiseaux... Sans parler du boucan que font les ouvriers avec leurs scies et leurs marteaux. Croyez-vous que Sadie aimerait goûter un de mes brownies ?

Et sans attendre de réponse, elle en prit un.

— Allons, tu vas être une bonne chienne et t'asseoir bien gentiment.

Les babines étirées par un sourire, Sadie cessa de tirer sur son collier et contempla Coco avec adoration.

— Tiens, c'est pour toi...

Sadie saisit le brownie du bout des dents, poliment, et rentra dans la maison pour le déguster tout à son aise.

— Bien !

Satisfaite de son entrée en matière, Coco sourit à Holt.

— Vous ne vous souvenez sans doute pas de moi. Depuis tout ce temps !

— Madame McPike.

Holt se souvenait parfaitement d'elle, sauf que la dernière fois qu'il l'avait vue elle avait les cheveux blond foncé. C'était il y a dix ans, calcula-t-il mentalement, mais cette femme semblait avoir rajeuni. Soit elle s'était offert un lifting époustouflant, soit elle avait découvert la fontaine de jouvence.

— Tout juste ! Ah, je suis flattée qu'un homme aussi

séduisant que vous ne m'ait pas oubliée… Vous n'étiez qu'un gamin, à l'époque. Tenez, pour fêter votre retour au pays ! dit-elle en lui présentant le plat de brownies.

Holt fut bien obligé d'accepter l'offrande et, du même coup, de l'inviter à entrer.

— Merci, dit-il.

Il considéra le plat d'un air songeur tandis que la tante de Suzanna pénétrait dans la maison.

Décidément, entre les plantes et les brownies, les femmes Calhoun n'arrivaient jamais chez lui les mains vides. Surtout ces temps-ci…

— Est-ce que je peux faire quelque chose pour vous, madame McPike ?

— Eh bien, pour tout vous avouer, je mourais d'envie de voir votre cottage ! Quand je pense que c'est ici que le grand Christian Bradford a vécu, travaillé… rêvé à Bianca…, dit-elle en soupirant.

— Vécu et travaillé, c'est certain. Pour le reste…

— Oui, Suzanna m'a dit que vous nourrissiez certains doutes au sujet de leur amour. Je peux tout à fait comprendre votre scepticisme, mais voyez-vous, leur histoire fait partie de celle de ma famille. Et de la vôtre. Oh ! quelle œuvre magnifique !

Elle traversa la pièce pour aller admirer la marine accrochée au-dessus de la cheminée en pierre. Même à travers le grisé de la brume, les teintes choisies par l'artiste frappaient par leur puissance, comme si la vitalité et la passion de sa touche parvenaient à percer le fin rideau de gouttelettes en suspension. Des crêtes d'écume sauvages, l'arête noire d'un écueil, les formes enténébrées d'îles désolées au milieu d'une mer sombre et glacée.

— Quelle force d'évocation dans ce tableau…, murmura Coco. Et quelle… solitude ! C'est de lui, n'est-ce pas ?

— Oui.

Elle exhala un long soupir ému et reprit :

— Si vous souhaitez contempler cette vue, vous n'avez qu'à aller vous promener sur les falaises, au pied des Tours. Vous y croiserez Suzanna, parfois avec les enfants, parfois seule. Trop souvent seule.

Chassant ses idées noires, elle se retourna vers Holt.

— Ma nièce a l'impression que toute cette histoire ne vous intéresse pas. Que vous ne voulez pas prouver l'existence d'une liaison entre Christian et Bianca, ni nous aider à retrouver les émeraudes. Personnellement, j'ai du mal à le croire.

Holt posa le plat de brownies.

— Je ne vois pas pourquoi, madame McPike. Mais je vais vous répéter ce que j'ai dit à votre nièce : si j'ai la conviction qu'il y a eu quelque chose entre mon grand-père et Bianca, je ferai mon possible pour vous aider. Même si je ne vois pas bien comment.

— Vous étiez dans la police, n'est-ce pas ?

Holt glissa les pouces dans les poches de son jean, soudain méfiant.

— C'est exact.

— Au début, ce choix de carrière m'a surprise, je vous l'avoue, mais à présent, je suis sûre que vous étiez parfaitement taillé pour ce métier.

Holt crut ressentir un élancement dans le dos, à l'endroit de sa cicatrice.

— Je l'étais.

— Vous devez avoir résolu quantité d'affaires ?

Il ébaucha un sourire.

— Quelques-unes.

— Et pour ce faire, vous avez cherché des indices et suivi toutes les pistes possibles jusqu'à ce que vous découvriez la vérité. Vous savez, ajouta-t-elle en souriant, j'admire les policiers qui, à la télévision, élucident une énigme et bouclent leur enquête avant la fin de l'épisode.

— Dans la vraie vie, ce n'est pas aussi simple, laissa tomber Holt, sarcastique.

Chez certains hommes, songea Coco en le regardant, un rictus narquois était loin d'être dénué de charme.

— Non, je m'en doute, mais dans le cas qui nous occupe l'aide d'une personne dotée de votre expérience ne serait pas superflue.

Lorsqu'elle revint vers lui, elle ne souriait plus.

— Je vais être franche avec vous, Holt. Si j'avais su tous les ennuis que cette affaire causerait à ma famille, j'aurais peut-être emporté la légende des émeraudes dans ma tombe. Sauf qu'à la mort de mon frère et de son épouse je me suis vu confier le soin d'élever leurs filles, mais aussi la responsabilité de leur transmettre l'histoire des émeraudes des Calhoun — le moment venu. Hélas, en accomplissant ce que j'estimais être mon devoir, j'ai mis ma famille en danger. C'est pourquoi je compte bien faire tout ce qui est en mon pouvoir pour protéger mes nièces, y compris solliciter toutes les bonnes volontés. Or tant que nous n'aurons pas retrouvé le collier, notre sécurité ne sera pas assurée.

— Ça, c'est du ressort de la police...

— La police fait ce qu'elle peut. Mais ça ne suffit pas.

Coco posa une main sur celle de Holt.

— Les policiers ne sont pas impliqués personnellement dans cette affaire, ils ne peuvent pas comprendre. Vous, si.

La confiance qu'elle avait en lui et sa logique obstinée le mettaient mal à l'aise.

— Vous me surestimez, madame.

— Je ne pense pas, non.

Coco lui serra brièvement les doigts, puis ôta sa main de la sienne.

— Mais je ne veux pas vous importuner. Je ne suis venue que pour soutenir la démarche de Suzanna. Ma nièce a tant de mal à s'affirmer...

— Et moi, je trouve qu'elle se débrouille fort bien, au contraire.

— Ma foi, vous m'en voyez ravie, mon cher Holt. Mais entre son travail à la jardinerie, le mariage de Mandy et tout le reste, elle n'a pas eu l'occasion de reparler avec vous. Croyez-moi, notre existence est complètement chamboulée depuis quelques mois ! D'abord les noces de C.C., les travaux dans l'aile ouest et maintenant, Amanda et Sloan ! Sans compter que Lilah est déjà en train de fixer une date pour son propre mariage avec Max.

Elle se ménagea une pause et affecta une mine mélancolique.

— Ah, si seulement je pouvais trouver un homme bien pour Suzanna... J'aurais le soulagement de savoir toutes mes filles casées.

Holt vit bien qu'elle le regardait d'un air spéculatif.

— A mon avis, Suzanna n'aura aucun mal à se trouver quelqu'un, dès qu'elle s'en sentira prête.

— Pas si elle ne prend pas un instant pour le chercher, cet homme. Et encore moins après ce que lui a fait ce minable...

Coco décida de ne pas en dire plus. Si elle se lançait sur Baxter Dumont, on ne pourrait plus l'arrêter. Et elle n'était pas venue ici pour parler de l'ex-époux de Suzanna.

— Bref, entre le travail et les enfants, elle ne s'accorde pas une minute de répit, voilà pourquoi je préfère ouvrir l'œil à sa place. Vous n'êtes pas marié, n'est-ce pas ?

Au moins, Coco McPike ne s'embarrassait pas d'un excès de subtilité, se dit Holt, amusé. Il répliqua, impassible :

— Si. J'ai une femme et six enfants à Portland.

Coco accusa le coup, avant de se mettre à rire.

— C'était une question plutôt indiscrète, reconnut-elle. Et d'ailleurs, je vais vous laisser avant de céder à la tentation de vous en poser une autre.

Et sur ces mots, elle se dirigea vers la porte d'entrée, charmée qu'il soit assez courtois pour la raccompagner.

— Au fait, j'oubliais, mon cher Holt... Amanda se marie samedi, à 18 heures. La réception aura lieu dans la salle de bal des Tours. J'aimerais beaucoup que vous soyez des nôtres.

Ce brusque changement de sujet le fit hésiter.

— Franchement, je ne pense pas que ma présence soit requise ce jour-là, madame McPike.

— Elle s'impose, au contraire ! N'oubliez pas que le lien qui unit nos deux familles remonte à très loin... Réfléchissez-y, nous serions vraiment ravis de vous compter parmi nous.

Alors qu'elle regagnait sa voiture, elle se retourna, tout sourire :

— Et puis Suzanna n'a pas de cavalier. C'est dommage, vous ne trouvez pas ?

Le voleur possédait plusieurs identités. La première fois qu'il s'était rendu à Bar Harbor, sur la piste des émeraudes, il s'était présenté sous le nom de Livingston, un prospère homme d'affaires de nationalité britannique. N'ayant que partiellement réussi son coup, il y était revenu sous le nom d'Ellis Caufield, un riche original. Hélas, la malchance et les cafouillages de son associé l'avaient obligé à renoncer à ce dernier personnage. D'ailleurs, l'associé en question était mort, ce qui soit dit en passant n'était pas une bien grande perte.

Le voleur se faisait désormais appeler Robert Marshall et il commençait à nourrir une certaine tendresse pour ce nouvel avatar.

Marshall était mince, hâlé et s'exprimait avec un léger accent bostonien. Il arborait une moustache tombante et ses cheveux bruns lui arrivaient presque aux épaules.

Des lentilles de contact teintées lui faisaient des prunelles marron et ses fausses incisives lui donnaient un air de lapin. Cette prothèse dentaire lui avait coûté une petite fortune, mais elle lui avait également permis de modifier la forme de sa mâchoire.

Le voleur se sentait très à l'aise dans la peau de Marshall et il se félicitait d'avoir été embauché comme ouvrier sur le chantier de rénovation des Tours. Ses références, fausses évidemment, avaient certes gonflé ses frais généraux, mais les émeraudes valaient largement toutes ces dépenses. De toute façon, il avait la ferme intention de mettre la main dessus, coûte que coûte.

Car ce qui au départ n'était qu'un boulot comme un autre avait tourné au fil des mois à l'obsession. Ce n'était pas tant qu'il le voulait, ce collier, il le lui fallait. Et le risque qu'il prenait en travaillant si près des Calhoun ne faisait qu'ajouter du piment à la situation. Par exemple, il était passé à un mètre d'Amanda lorsqu'elle s'était rendue dans l'aile ouest pour parler à Sloan O'Riley. Eh bien, ni l'un ni l'autre, qui pourtant l'avaient côtoyé sous l'identité et l'apparence de Livingston, ne lui avaient accordé un seul regard.

Il se fondait parfaitement parmi les autres ouvriers. Ne rechignant pas à la tâche, il se coltinait les charges les plus lourdes et évacuait les gravats. En outre, il était aimable avec les gars du chantier, n'hésitant pas à aller boire une bière après le travail, de temps en temps.

Enfin, sa journée terminée, il regagnait la maison qu'il louait de l'autre côté de la baie et passait ses soirées à élaborer son plan d'action sans rien laisser au hasard.

L'alarme des Tours ne posait aucun problème — il lui serait très facile de la désactiver de l'intérieur. De plus, en restant dans les parages, il serait aux premières loges si jamais les Calhoun progressaient dans la quête du collier. Enfin, avec quelques précautions, il pourrait tranquillement mener quelques recherches de son côté.

Jusqu'à présent, les papiers qu'il leur avait dérobés ne lui avaient été d'aucune utilité, mais le document qu'il avait découvert contenait peut-être certains indices. Il s'agissait d'une lettre adressée à Bianca et signée d'un seul prénom : « Christian ». Une lettre d'amour, estima Marshall en entassant du bois de charpente. Quoi qu'il en soit, c'était une piste à creuser.

— Bob ! Tu as une minute ?

Marshall leva la tête et fit un sourire affable à son contremaître.

— Plusieurs, même.

— Ecoute, ces dames veulent qu'on transporte des tables dans la salle de bal, pour le mariage de demain. Allez donc leur donner un coup de main, Rick et toi.

— D'accord.

Marshall se rendit là-bas d'un pas tranquille, réprimant un frisson d'excitation : il allait enfin pouvoir rôder dans la bâtisse. Il prit ses consignes auprès d'une Coco survoltée, puis transporta une lourde crédence avec l'aide de son collègue jusqu'à l'étage au-dessus.

— Tu crois qu'il viendra ? demanda C.C. à Suzanna.

Elles finissaient de laver à grande eau les miroirs qui recouvraient les murs de la salle de bal.

— Ça m'étonnerait.

C.C. ramena en arrière sa courte masse de cheveux noirs et recula de quelques pas, à la recherche d'éventuelles traces oubliées.

— Je ne vois pas pourquoi il ne viendrait pas. Peut-être que si nous nous y mettons toutes il finira par craquer et se ralliera à notre cause ?

— Tu sais, de toute façon, je ne pense pas qu'il soit très sociable, objecta Suzanna.

Elle regarda autour d'elle et vit les deux hommes aux prises avec la crédence.

— Ah, celle-ci va contre ce mur, merci.

— Pas de problème, réussit à articuler Rick, les mâchoires crispées par l'effort.

Marshall, lui, se contenta d'un sourire.

C.C. revint à la charge :

— Et si nous lui montrions la photo de Bianca ? Et si nous lui faisions écouter le témoignage enregistré de la vieille domestique ? Ça pourrait l'inciter à nous donner un coup de main… Après tout, il est le seul descendant de Christian encore en vie.

— Hé, attention !

Marshall venait de faire une fausse manœuvre avec la lourde crédence.

— Je ne pense pas qu'il ait la fibre familiale, insista Suzanna. Holt Bradford n'a pas changé sur au moins un point : c'est resté un loup solitaire.

Holt Bradford. Marshall nota mentalement ce nom avant de lancer :

— Je peux faire autre chose pour vous, mesdames ?

Suzanna lui jeta un rapide regard par-dessus son épaule et répondit avec désinvolture :

— Non, rien pour le moment. Merci beaucoup.

Marshall lui sourit largement.

— De rien.

— Elles sont canon, hein ? marmonna Rick tandis qu'ils ressortaient de la pièce.

— Comme tu dis.

Mais Marshall, lui, ne pensait qu'aux émeraudes.

— Je t'assure, mec. Si je pouvais, je…

Rick s'interrompit pour regarder avec convoitise deux autres jeunes femmes qui arrivaient en haut de l'escalier, accompagnées d'un petit garçon.

— La vache ! marmonna Rick, une main sur le cœur. Cette baraque est remplie de jolies filles...

Il leur sourit de toutes ses dents, tandis que Lilah se contentait d'un salut de rigueur.

— Il ne faut pas leur en vouloir, expliqua-t-elle d'un ton conciliant à la jeune femme qui montait avec elle. Ils se rincent l'œil, mais la plupart ne mordent pas.

La mince blonde platine ébaucha un pâle sourire. Se faire reluquer par deux ouvriers, c'était bien le cadet de ses soucis, à cet instant !

— Je ne veux surtout pas vous déranger, commença-t-elle avec son doux accent traînant du Southwest. Malgré ce qu'a prévu Sloan, je crois qu'il vaudrait mieux que Kevin et moi prenions une chambre à l'hôtel.

— Si tard dans la saison, vous ne trouverez même pas une tente ! Et puis nous tenons à avoir tout notre petit monde sous le même toit. Toute la famille réunie ! Et la famille de Sloan est aussi la nôtre, à présent.

Lilah sourit au garçonnet brun qui découvrait le manoir avec de grands yeux.

— C'est bizarre comme maison, tu ne trouves pas ? Mais ne t'inquiète pas, ton oncle veille à ce que le plafond ne nous tombe pas sur la tête.

Elle entra dans la salle de bal.

Ses deux sœurs astiquaient les immenses glaces : Suzanna, perchée sur un escabeau, se consacrait à la partie haute, tandis que C.C., assise par terre, s'occupait du bas. Lilah chuchota à l'oreille du petit garçon :

— Moi aussi, j'étais censée participer à ce grand ménage de printemps, mais je me suis défilée. J'ai fait l'école buissonnière...

L'enfant se mit à rire, d'un rire si semblable à celui d'Alex que Suzanna tourna brusquement la tête.

C'était eux ! Elle les attendait, lui et sa mère... Leur

arrivée aux Tours était programmée depuis des semaines. Mais les voir chez elle lui fit tout de même un coup.

Car cette jeune femme n'était pas seulement la sœur de Sloan et ce petit garçon n'était pas seulement son neveu. Peu de temps auparavant, Suzanna avait appris que Megan O'Riley avait été la maîtresse de son époux, et cet enfant était le fils qu'ils avaient eu ensemble. Cette jeune femme qui la dévisageait en serrant très fort la main de son petit garçon n'avait que dix-sept ans lorsque Baxter avait abusé de sa naïveté avec ses serments d'amour et ses promesses de mariage. Alors qu'à la même époque il était déjà fiancé à Suzanna…

Laquelle des deux avait-elle été « l'autre femme » ? se demanda-t-elle, songeuse.

Bah, cela n'avait plus d'importance aujourd'hui, décida-t-elle, et elle descendit de son escabeau. Non, cela ne comptait plus au regard des yeux inquiets de Megan O'Riley, de la tension qui crispait tout son corps et du cran qui la faisait relever le menton.

Lilah fit les présentations avec une aisance telle qu'un étranger à la famille aurait pu croire à un banal échange de civilités dans une salle de bal.

Devant la main tendue de Suzanna, Megan ne songea qu'à une chose : elle était trop habillée. Elle se sentait ridicule et empruntée dans son élégant tailleur bronze, alors que Suzanna, elle, était ravissante et très décontractée dans son jean délavé.

Ainsi, c'était cette femme qu'elle avait haïe durant des années pour lui avoir pris l'homme qu'elle aimait et avoir confisqué le père de son petit garçon… Oui, sauf qu'entre-temps Sloan lui avait démontré la complète innocence de Suzanna qui n'avait jamais été au courant de rien. Toute cette haine était donc sans objet, et pourtant Megan n'arrivait pas à se détendre.

— Je suis vraiment ravie de faire votre connaissance,

dit Suzanna en prenant dans ses mains celle, toute raide, de Megan.

— Merci.

Gênée, Megan retira sa main et s'empressa de déclarer :

— Nous avons hâte d'assister au mariage.

— Oui, comme nous tous, renchérit nerveusement Suzanna.

S'armant de courage, elle se risqua à regarder Kevin, le demi-frère de ses enfants, et ses dernières préventions tombèrent. Il était plus grand qu'Alex, dont il était l'aîné de plus d'un an. Mais tous deux avaient hérité de la beauté de leur père. Spontanément, Suzanna esquissa le geste de ramener en arrière la mèche de cheveux qui retombait, tout comme celle d'Alex, sur le front de Kevin. Par réflexe, Megan passa aussitôt un bras protecteur autour des épaules de son fils.

Suzanna n'insista pas et enchaîna avec naturel :

— Je suis très contente de faire ta connaissance, Kevin. Alex et Jenny ont à peine fermé l'œil de la nuit, tellement il leur tardait de te voir.

L'enfant lui adressa un bref sourire, puis il leva les yeux vers sa mère. Celle-ci lui avait expliqué qu'aujourd'hui il allait rencontrer son demi-frère et sa demi-sœur, mais il ne savait trop s'il y avait lieu de s'en réjouir. Sa maman, en tout cas, n'avait pas l'air enchantée d'être là…

— Et si nous allions les chercher, justement ? proposa Suzanna.

Megan vit que C.C. s'était rapprochée de son aînée et qu'elle lui caressait gentiment l'épaule. Quant à Lilah, elle s'était postée de l'autre côté, comme en renfort. Réaction normale, analysa Megan, les trois sœurs faisaient bloc face à l'étrangère. Et pour bien montrer qu'elle ne leur en tenait pas rigueur, elle releva le menton et hasarda :

— Il vaudrait peut-être mieux que nous…

Mais elle ne put terminer sa phrase. Une cavalcade se

fit entendre et Alex et Jenny entrèrent en courant dans la pièce, rouges et essoufflés.

— Il est là ? criait Alex tout excité. Tante Coco nous a dit qu'il était arrivé et on veut voir à...

Apercevant soudain son demi-frère, il s'immobilisa au terme d'un dérapage contrôlé sur le parquet fraîchement ciré.

Les deux garçons se dévisagèrent en chiens de faïence, mais avec plus de curiosité que de méfiance. Alex n'était pas franchement ravi que ce nouveau frère le dépasse en taille, mais ce serait quand même super de ne plus avoir « seulement » une petite sœur.

Il prit aussitôt le relais pour les présentations :

— Moi, c'est Alex et elle, c'est Jenny. Elle a que cinq ans.

— Et demi, rectifia Jenny en s'avançant d'un pas décidé vers Kevin. Et si je veux, je peux même te gagner à la bagarre.

— Je ne pense pas que ce soit nécessaire, intervint Suzanna d'un ton apaisant, tout en faisant les gros yeux à sa fille.

— N'empêche que je pourrais, si je voulais, marmonna Jenny sans cesser d'évaluer son demi-frère du regard. Mais maman a dit qu'on devait être gentils avec toi parce que tu es de la famille.

— Tu as déjà vu des Indiens ? s'enquit Alex.

— Bien sûr. Des tas..., répliqua Kevin qui commençait à se détendre un peu.

— Tu veux voir notre fort ?

— Oui.

Il jeta un regard implorant à sa mère.

— Je peux ?

— Eh bien, c'est-à-dire que...

— Lilah et moi allons les accompagner, déclara C.C. en imprimant une tendre pression sur l'épaule de Suzanna.

— Kevin ne risque rien, affirma cette dernière à Megan, tandis que ses sœurs poussaient gentiment mais fermement les enfants vers la porte. C'est Sloan qui a conçu leur fort, autant dire qu'il est solide.

Elle ramassa son chiffon et se mit à le triturer distraitement.

— Kevin est au courant ?

— Oui, s'empressa de répondre Megan qui, de son côté, tournait et retournait son élégante pochette avec nervosité. Je ne voulais pas qu'il rencontre vos enfants sans savoir.

Elle prit une profonde inspiration et s'apprêta à se lancer dans le petit discours qu'elle avait préparé.

— Madame Dumont…

— Suzanna… et nous pourrions nous tutoyer, non ? Je sais à quel point c'est dur pour toi d'être ici.

— Je ne pense pas que ça soit facile pour aucune de nous deux. D'ailleurs, je ne serais pas venue, ajouta Megan, si Sloan n'avait pas autant insisté. J'adore mon frère, et pour rien au monde je ne voudrais lui gâcher son mariage, mais c'est une situation impossible, tu t'en doutes.

— Je comprends très bien que ce soit pénible pour toi et je le regrette.

Suzanna esquissa un geste d'impuissance avant de reprendre :

— Comme je regrette de ne pas avoir su plus tôt, pour toi, pour Kevin… Je n'aurais sûrement pas pu infléchir l'attitude de Bax envers vous, mais je regrette de ne pas avoir été au courant.

Baissant les yeux sur son chiffon, elle s'aperçut qu'elle le serrait de toutes ses forces et le posa.

— Megan, je me rends bien compte que pendant que tu donnais naissance à Kevin, seule, je passais ma lune de miel en Europe avec le père de ton fils. Et rien que pour ça, tu es parfaitement en droit de me haïr.

Megan la regarda longuement, d'abord incapable d'émettre un son, puis secoua la tête, subitement désarmée.

— Tu ne ressembles en rien à l'image que je m'étais faite de toi. Dans mon esprit, tu étais glaciale, distante et pleine de rancune.

— Je ne vois pas comment je pourrais en vouloir à une jeune fille de dix-sept ans abandonnée avec son bébé après avoir été séduite par un beau parleur sans scrupules. Au fond, je n'étais guère plus âgée que toi quand j'ai épousé Bax. Je sais à quel point il peut être charmant, persuasif… et cruel.

— J'étais sûre d'avoir trouvé le bonheur avec lui, avoua Megan. Mais le réveil a été rapide et brutal.

Elle dévisagea Suzanna et poussa un profond soupir.

— Je t'ai haïe, c'est vrai, d'avoir tout ce que je croyais vouloir ; même quand j'ai cessé de l'aimer, j'ai puisé de la force dans cette haine. Et j'étais terrifiée à l'idée de te rencontrer.

— Voilà au moins une chose que nous avons en commun…, sourit Suzanna.

— Je n'arrive pas à croire que je suis ici, en train de te parler comme si de rien n'était…

Pour calmer sa nervosité, Megan se mit à déambuler dans la salle de bal.

— Cette rencontre, je l'avais si souvent imaginée, à l'époque… Je te tenais tête, je revendiquais mes droits avec force…

Elle laissa échapper un petit rire.

— Aujourd'hui aussi, j'avais préparé tout un discours. Très élaboré, très mature — avec peut-être un soupçon de venin en prime. Tu comprends, je refusais d'admettre que tu ignorais l'existence de Kevin, je refusais de te voir toi aussi en victime de Bax. Parce qu'il m'était beaucoup plus facile d'être la seule à avoir été trahie. Et puis tes enfants sont arrivés.

Elle ferma les yeux.

— Comment fais-tu pour tenir, Suzanna ?

— Ça, je te le dirai quand j'aurai trouvé la réponse.

Un léger sourire aux lèvres, Megan se tourna vers les fenêtres.

— Au moins, tout ça ne les a pas affectés. Regarde...

Suzanna s'avança. En bas, dans le jardin, ses deux enfants et le fils de Megan escaladaient le fort en contreplaqué.

La décision n'avait pas été facile à prendre. D'ailleurs, jusqu'au dernier moment, Holt avait hésité. Que diable était-il censé faire dans un mariage de la haute société ? Il n'aimait pas fréquenter ses semblables, échanger des banalités et grignoter de minuscules canapés. De toute façon, on ne savait jamais ce qu'il y avait dedans !

Il n'aimait pas non plus se sangler dans un costume, s'étrangler avec une cravate et encore moins repasser une chemise.

Alors pourquoi s'imposait-il cette épreuve ?

Il desserra ce satané nœud de cravate et se regarda, sourcils froncés, dans le miroir poussiéreux au-dessus de la commode. Pourquoi ? Parce qu'il était un idiot, incapable de résister à une invitation au château. Et surtout, parce qu'il avait envie de revoir Suzanna. Ce qui était encore plus idiot.

Cela faisait une semaine qu'ils avaient planté le petit arbuste à fleurs jaunes. Une semaine qu'il l'avait embrassée. Et une semaine qu'il lui avait promis qu'il ne se contenterait pas de ce seul baiser, aussi fougueux ait-il pu être.

A présent, il avait envie de mieux cerner sa personnalité. Et le meilleur moyen d'y parvenir, c'était sans doute de l'observer au sein de cette famille qui avait l'air d'être tout pour elle. Car au fond, qui était la véritable Suzanna ? La froide et distante princesse de son adolescence, l'amoureuse passionnée qu'il avait tenue dans ses bras ou l'être vulnérable dont le regard hantait ses nuits ?

Personnellement, il aimait savoir à qui il avait affaire, qu'il s'agisse d'un suspect, d'un moteur de bateau ou d'une femme. Lorsqu'il aurait réussi à mettre une étiquette précise sur Suzanna, il déciderait d'une tactique.

Il faut dire qu'elle avait semé le doute dans son esprit à force de lui soutenir mordicus qu'il existait un lien entre son grand-père et Bianca. Pire ! Depuis la visite de Coco McPike, il avait franchement mauvaise conscience et se sentait tenu d'agir.

Pour autant, il était hors de question qu'il prenne un quelconque engagement auprès des Calhoun. S'il se rendait à ce mariage, ce n'était pas dans le but de leur proposer son aide. Non, s'il y allait, c'était par curiosité ! Parce que, cette fois, il pourrait dépasser le seuil de la cuisine.

Le trajet n'était pas bien long, mais Holt l'étira à loisir. Et lorsque les Tours apparurent enfin à l'horizon, il fut brutalement ramené douze ans en arrière. Rien n'avait changé. C'était une construction de style excentrique qui déconcertait par sa juxtaposition de contrastes. Bâti en pierre sombre et austère, le manoir était en même temps flanqué de tours romantiques. Vu d'un certain angle, il paraissait redoutable, d'un autre élégant. L'aile ouest disparaissait actuellement sous des échafaudages qui, loin de gâcher l'ensemble, lui conféraient un côté tout simplement vivant.

On y montait par une pelouse vert émeraude, gardée par des arbres noueux et ponctuée de délicates fleurs odorantes. Des quantités de voitures étaient déjà arrivées et Holt se sentit ridicule en confiant les clés de sa vieille Chevrolet au valet en livrée.

Le mariage devait avoir lieu sur la terrasse. La cérémonie étant sur le point de commencer, il prit soin de rester bien en retrait de la foule des invités. Une majestueuse musique d'orgue retentit et Holt, nerveux, se retint de desserrer son nœud de cravate et d'allumer une cigarette. Enfin, sous les murmures et les soupirs d'admiration, les demoiselles d'honneur s'avancèrent sur le long tapis blanc qui avait été déroulé sur la pelouse.

C'est à peine s'il reconnut C.C. Comment ! c'était elle, cette sublime déesse drapée de rose ? Décidément, les sœurs Calhoun étaient toutes des beautés… Son regard s'attacha ensuite à la femme qui marchait derrière elle. Sa robe avait la couleur de l'écume, mais il la remarqua à peine. Ce visage… C'était celui du portrait dans l'atelier de son grand-père ! Holt accusa le coup. Lilah Calhoun était le sosie de son arrière-grand-mère. Dans ces conditions, il n'allait pas pouvoir nier encore longtemps le lien entre Christian et Bianca.

Contrarié, il enfonça ses mains dans les poches de son costume. Tout compte fait, c'était une erreur de venir ici.

C'est alors qu'il vit Suzanna.

Elle était belle comme la princesse de ses rêves d'adolescent. Sous un voile arachnéen, sa chevelure d'or pâle cascadait souplement sur ses épaules. Sa robe couleur de ciel ondulait en mouvement fluide autour d'elle, gonflée par la brise. Elle tenait un petit bouquet à deux mains, tandis que d'autres fleurs parsemaient ses cheveux. Lorsqu'elle passa devant lui et qu'il croisa son regard doux et rêveur, du même bleu que sa robe, il fut submergé par un désir si profond, si intense, qu'il faillit murmurer son prénom.

Il ne devait rien se souvenir de la brève et charmante cérémonie, hormis l'expression du visage de Suzanna lorsqu'une première larme glissa sur sa joue.

Comme à la grande époque des Tours, la salle de bal ruisselait de lumières, de musique et de fleurs. Pour le buffet, Coco s'était surpassée. Les invités se régalaient de bouchées de homard, de carpaccio de bœuf, de mousse de saumon et le champagne coulait à flots. Des dizaines de chaises avaient été installées aux quatre coins de la pièce et le long des immenses glaces, et les portes-fenêtres étaient ouvertes en grand pour permettre aux gens de sortir en nombre sur la terrasse.

Un peu à l'écart, Holt observait tout à loisir le spectacle grandiose, en savourant son vin de Champagne bien frappé. Pour sa première visite aux Tours, il était gâté. Les grandes glaces démultipliaient le ballet des femmes en longues robes pastel. L'air était empli de musique et du parfum des gardénias.

Svelte et altière, la mariée était à couper le souffle dans son écrin de dentelle blanche. Elle tournoyait, rayonnante, au bras de l'athlète au teint hâlé qui était désormais son époux. Ils formaient un beau couple, songea distraitement Holt. Comme deux personnes qui s'aiment… De son côté, Coco dansait avec un grand blond qui avait l'air d'être né en smoking.

Pour la énième fois, il regarda par-dessus son épaule, en direction de Suzanna. Penchée sur un petit garçon brun, elle semblait lui dire quelque chose. Etait-ce son fils ? En tout cas, l'enfant était à deux doigts de se rebeller. Il traînait les pieds et tirait sur son nœud papillon. Holt compatissait de tout son cœur. Que pouvait-il y avoir de pire pour un gosse que d'être engoncé par un beau soir d'été dans un smoking miniature et de devoir subir la compagnie des adultes ? Suzanna conclut son petit sermon à l'enfant en lui tirant gentiment l'oreille. L'expression mutine du garçonnet se mua en large sourire.

— Toujours à ruminer dans votre coin, à ce que je vois.

Holt se retourna et, à nouveau, il fut frappé par la ressemblance entre Lilah Calhoun et la femme du portrait.

— Je profite du spectacle, c'est tout.

— Vous pouvez, ça vaut le détour.

Lilah posa une main sur le bras de l'homme à l'allure dégingandée qui l'accompagnait.

— Max, je te présente Holt Bradford, le garçon dont j'ai été follement éprise durant au moins vingt-quatre heures, il y a de ça une quinzaine d'années.

Holt haussa un sourcil.

— Je ne l'ai pas su…

— Bien sûr que non. Au bout d'un jour, j'ai finalement décidé que je ne serais jamais amoureuse d'un individu maussade et dangereux. Je vous présente Max Quartermain, l'homme que je compte bien aimer jusqu'à ce que la mort nous sépare.

— Félicitations, dit Holt en serrant la main que lui tendait Max.

Poigne ferme, nota-t-il en son for intérieur, regard droit et sourire légèrement embarrassé.

— C'est vous, le professeur ?

— Oui, mais je ne le suis plus. Et vous, vous êtes le petit-fils de Christian Bradford.

— C'est exact, acquiesça Holt avec froideur.

— Ne vous inquiétez pas, lança Lilah, nous n'allons pas vous harceler. Aujourd'hui, vous êtes notre invité.

Elle le dévisagea longuement en promenant son doigt sur le bord de sa coupe.

— Nous garderons ça pour plus tard. Je demanderai à Max de vous montrer la cicatrice dont il a écopé lors de notre petite « opération de com' ».

— Lilah…

Sous la douce voix de Max pointait une mise en garde implicite. Elle se contenta de hausser les épaules, but une gorgée de champagne et désigna la ravissante jeune femme qui s'avançait vers eux.

— Vous vous souvenez de C.C. ?

— Je me souviens d'une grande tige au visage maculé de graisse de moteur...

Il se détendit le temps de lui adresser un sourire.

— Vous êtes très en beauté.

— Merci. Je vous présente, Trent, mon mari. Trent, Holt Bradford.

Les deux hommes échangèrent une poignée de main en se jaugeant du regard. C'était avec lui que Coco dansait un peu plus tôt, se rappela Holt.

— Et voici les jeunes mariés ! annonça Lilah en levant son verre de champagne à l'adresse du couple.

— Bonjour, Holt.

Amanda était toujours aussi radieuse, remarqua-t-il, mais elle soutenait son regard avec une tranquille assurance.

— Je suis contente que vous ayez pu venir.

Alors qu'elle lui présentait Sloan, Holt s'aperçut qu'il s'était fait encercler de belle manière. Personne ne le brusquait. Personne ne mentionnait les émeraudes. Néanmoins, le clan montrait un front uni qui forçait l'admiration : il avait face à lui un rempart de détermination.

Suzanna s'approcha alors d'eux d'un pas pressé.

— Que se passe-t-il, ici ? Vous tenez un conseil de famille ? s'enquit-elle. Vous êtes censés vous mêler aux invités, je vous signale, pas vous réunir en petit comité. Oh ! Holt...

Son sourire se figea.

— J'ignorais que vous étiez ici.

— C'est votre tante qui m'a prié de venir.

— Oui, je sais, mais...

Suzanna s'interrompit et retrouva son affabilité d'hôtesse.

— Je me réjouis que vous ayez pu assister au mariage

Tu parles ! songea-t-il, mais il leva son verre et répliqua :

— Jusqu'à présent, je trouve ça… plutôt intéressant.

Comme obéissant à un signal muet, la famille de Suzanna s'éloigna, les laissant seuls dans leur coin, à côté d'un bac de gardénias.

— J'espère que mes sœurs ne vous ont pas importuné, dit-elle.

— Je suis de taille à les affronter.

— C'est possible, mais je ne voudrais pas qu'on vous harcèle le jour du mariage d'Amanda.

— Un autre jour, en revanche, ça ne vous dérangerait pas, persifla-t-il.

Avant que Suzanna ait pu riposter, des petites mains se mirent à tirer avec insistance sur sa robe.

— Maman, quand est-ce qu'on va manger le gâteau ?

— Quand Amanda et Sloan seront prêts à le découper.

Elle caressa le bout du nez d'Alex.

— Mais on a faim, nous !

— Dans ce cas, allez donc au buffet et empiffrez-vous comme des petits goinfres.

Le garçonnet pouffa, mais revint à la charge :

— Et le gâteau…

— C'est pour plus tard. Alex, je te présente M. Bradford.

Guère intéressé par cette énième grande personne qui ne manquerait pas de lui tapoter le crâne et de le féliciter sur sa taille, Alex gratifia Holt d'une moue boudeuse. Toutefois, il s'anima un peu en voyant que ce dernier lui proposait une poignée de main virile.

— C'est vous, le policier ?

— Je l'étais, mais je ne le suis plus.

— Est-ce que vous avez déjà pris une balle dans la tête ?

Holt réprima un gloussement.

— Ah non. Désolé.

Bizarrement, il avait l'impression d'avoir déchu aux yeux de l'enfant.

— Mais on m'a tiré dans la jambe, une fois.

Le visage du petit garçon s'éclaira.

— C'est vrai ? Est-ce que vous avez perdu beaucoup de sang ?

Holt ne put s'empêcher de sourire.

— Des litres.

— Wouah... Et vous avez tiré sur beaucoup de méchants ?

— Sur des dizaines.

— Trop bien ! Attendez, je reviens !

Alex partit comme une flèche.

— Excusez, dit Suzanna. Il traverse une phase meurtres et mutilations en tout genre.

— Je regrette seulement de ne pas avoir pris de balle dans la tête...

Elle éclata de rire.

— Oh ! ça ne fait rien ! Vous avez tiré sur beaucoup de méchants, ça compense...

Elle se demandait d'ailleurs si c'était vrai, mais n'osa pas lui poser la question.

— Suzanna, vous...

— Coucou !

Alex s'arrêta en dérapage contrôlé, deux autres enfants à sa traîne.

— Je leur ai raconté qu'on vous avait tiré dans la jambe.

— Vous avez eu mal ? voulut savoir Jenny.

— Assez.

— Il a perdu des litres de sang, renchérit Alex avec délectation. Elle, c'est Jenny, ma sœur. Et lui, c'est mon frère, Kevin.

Suzanna eut envie d'embrasser son fils. De l'étouffer de câlins et de baisers pour avoir accepté avec autant de facilité une situation que les adultes avaient rendue si compliquée. Mais elle se contenta de lui passer la main sur les cheveux

Les trois enfants bombardaient Holt de questions, quand elle y mit le holà.

— Ça suffit, maintenant. Vous avez eu votre dose de sang et de violence pour aujourd'hui.

— Mais, maman…

— Mais, Alex…, fit-elle sur le même ton. Et si vous alliez vous chercher du punch sans alcool ?

L'idée dut leur paraître bonne, car ils filèrent vers le buffet.

— C'est une bien jolie nichée que vous avez là, murmura Holt avant de se tourner vers Suzanna. Je croyais que vous n'aviez que deux enfants.

— C'est le cas.

— J'ai pourtant bien l'impression d'en avoir vu trois…

— Kevin est le fils de mon ex-époux, répliqua-t-elle avec froideur. Et maintenant, si vous voulez bien m'excuser…

Il la retint par le bras. Encore un secret, songea-t-il, encore un secret qu'il percerait le moment venu. Mais pas tout de suite. Pour l'instant, il allait faire quelque chose qui le démangeait depuis qu'il l'avait vue s'avancer sur le tapis de satin blanc, dans sa robe bleue vaporeuse.

— Vous dansez ?

5

Suzanna n'arrivait pas à se détendre dans les bras de Holt. C'était ridicule ! Il ne l'avait invitée à danser que par courtoisie, comme cela se faisait en société. Mais son corps était si proche, si ferme, sa main dans son dos si possessive… Comment aurait-elle pu ne pas repenser à ce baiser brutal qui l'avait transportée de désir ?

— Vous avez une demeure magnifique, dit-il en se délectant du soyeux de sa chevelure contre sa joue. Je me suis toujours demandé à quoi ressemblait l'intérieur.

— Je vous ferai visiter, un de ces jours.

Sentant contre lui les battements sourds du cœur de Suzanna, Holt tenta une petite expérience : il fit lentement remonter sa main le long de sa colonne vertébrale. Aussitôt, le rythme cardiaque de la jeune femme s'accéléra.

— Je m'étonne que vous ne soyez pas revenue me harceler à propos de cette histoire d'émeraudes, observa-t-il.

Elle le regarda avec irritation.

— Sachez que je n'ai aucune intention de vous harceler, comme vous dites !

— Tant mieux.

Du pouce, il lui effleura la main et sentit un frémissement la parcourir.

— Mais vous reviendrez me voir.

— Uniquement parce que je l'ai promis à tante Coco.

— Non.

D'une pression sur son dos, il l'attira encore un peu plus à lui.

— Pas seulement pour ça. Vous êtes curieuse de savoir à quoi ressemblerait une nuit avec moi, de même que j'ai passé la moitié de ma vie à me demander comment ce serait de vous faire l'amour.

Il sentit une légère onde de panique se propager sous ses doigts.

— Le lieu est mal choisi, murmura-t-elle.

— Ça, c'est moi qui en décide.

Il approcha sa bouche à quelques centimètres de la sienne et vit ses prunelles s'assombrir, son regard s'embrumer.

— J'ai envie de vous, Suzanna.

Elle répliqua dans un filet de voix — son cœur cognait dans sa gorge.

— Suis-je censée être flattée ?

— Flattée ? Non. Plutôt effrayée, si vous avez deux sous de bon sens. Car je ne vais pas vous faciliter les choses.

— L'ennui, voyez-vous, c'est que ça ne m'intéresse pas, rétorqua-t-elle en se ressaisissant un peu.

Il esquissa un sourire en coin.

— Je pourrais très bien vous embrasser là, tout de suite, histoire de vous prouver le contraire...

— Je refuse de faire un esclandre le jour du mariage de ma sœur, chuchota-t-elle.

— Très bien, venez donc chez moi demain.

— Non.

— Bon, d'accord.

Esquivant un baiser, Suzanna détourna la tête et sentit la bouche de Holt lui frôler la tempe, puis lui mordiller l'oreille.

— Arrêtez ! murmura-t-elle. Mes enfants...

— Ne seront pas traumatisés de voir un homme embrasser leur mère.

Néanmoins, il cessa ses taquineries érotiques — le désir devenait trop puissant.

— Demain matin, Suzanna. Il faut que je vous montre quelque chose. Quelque chose qui appartenait à mon grand-père.

Elle leva les yeux sur lui, s'efforçant de calmer les battements effrénés de son cœur.

— Si c'est un jeu, Holt, je ne veux pas y participer.

— Ce n'est pas un jeu. J'ai envie de vous, Suzanna, et cette fois, je vous aurai. Néanmoins, il y a parmi les affaires de mon grand-père quelque chose que vous êtes en droit de voir. A moins que l'idée de rester seule avec moi vous terrifie, bien sûr…

Piquée au vif, elle se raidit.

— Je viendrai.

Le lendemain du mariage, Suzanna sortit sur la terrasse en compagnie de Megan. Les enfants couraient joyeusement sur la pelouse avec Fred.

— Quel dommage que tu ne puisses pas rester plus longtemps…

Megan secoua la tête avec un petit rire.

— Figure-toi qu'à mon grand étonnement je regrette moi aussi de devoir repartir si vite. Mais je reprends le travail demain.

— En tout cas, Kevin et toi serez toujours les bienvenus aux Tours.

— Je le sais.

Megan se tourna vers Suzanna et lut dans ses yeux le reflet de sa propre tristesse, une tristesse qu'elle-même veillait la plupart du temps à refouler.

— Et si les enfants et toi avez un jour envie de visiter l'Oklahoma, sache que notre maison vous est ouverte. Je ne voudrais pas que nous nous perdions de vue. Kevin a besoin de connaître cette branche de sa famille.

— Dans ce cas, nous resterons en contact.

Suzanna se baissa pour ramasser un pétale de rose qui s'était détaché d'une composition florale et se remémora la fête de la veille.

— Quel magnifique mariage, n'est-ce pas ? Sloan et Mandy vont être heureux ensemble… Et quand je songe que, bientôt, nous aurons des nièces et des neveux en commun !

— Oui, la vie prend parfois un tour bien étrange…, murmura Megan.

Soudain, elle saisit la main de Suzanna et déclara :

— J'aimerais vraiment que nous puissions être amies, tu sais, et pas seulement dans l'intérêt de nos enfants, de Sloan ou d'Amanda.

Suzanna lui sourit.

— Nous le sommes déjà, il me semble…

— Suzanna ! cria Coco depuis la porte de la cuisine. Téléphone pour toi !

Quand Megan ne put plus les entendre, Coco précisa en se mordillant nerveusement la lèvre :

— C'est Baxter.

— Oh ! non…

Aussitôt, Suzanna sentit s'envoler le bonheur simple de cette matinée.

— Je vais prendre l'appel dans l'autre pièce.

Et, s'engageant dans le couloir, elle s'arma de courage. Bax ne pouvait plus lui faire de mal. Ni physiquement ni moralement.

Elle entra dans la bibliothèque, inspira un grand coup et porta le combiné à son oreille.

— Bonjour, Bax.

— Tu te trouves sans doute très maligne de me faire poireauter au bout du fil

Et voilà, c'était reparti, songea-t-elle. Ce ton sec et sans appel qui la tétanisait autrefois. Cette fois-ci, elle se contenta de soupirer.

— Désolée, j'étais dehors.

— Ah, bien sûr… En train de faire des trous dans le jardin, sans doute. Tu persistes à vouloir gagner ta vie en taillant des rosiers ?

— Ecoute, Baxter, tu ne m'appelles pas pour avoir des nouvelles de mon entreprise, je suppose.

— Ton entreprise, comme tu dis, n'est rien d'autre pour moi qu'un caillou dans ma chaussure. Que mon ex-femme vende des fleurs au coin des rues…

— Ça ternit ton image, je sais.

Suzanna se passa une main dans les cheveux.

— Nous n'allons pas revenir là-dessus, si ?

— Oh ! mais c'est qu'on se rebiffe… Un vrai dragon !

Elle l'entendit murmurer quelque chose à quelqu'un, puis se mettre à rire.

— Non, je ne t'appelais pas pour ça. Si tu tiens à te ridiculiser, c'est ton problème. Je veux les enfants.

Suzanna sentit son sang se figer dans ses veines.

— Comment ? murmura-t-elle d'une voix tremblante qui dut combler son ex-mari.

— Oui, si je me souviens bien, la convention encadrant la garde stipule clairement que j'ai droit à deux semaines en été. Je viendrai donc les chercher vendredi.

— Tu… mais tu n'as pas…

— Cesse de bégayer, Suzanna. C'est l'une des choses qui m'agace le plus, chez toi. Mais puisque tu ne comprends pas, je vais répéter. J'exerce mon autorité parentale : je viendrai donc chercher les enfants vendredi à midi.

— Mais tu ne les as pas vus depuis bientôt un an ! Tu ne peux pas les emmener comme ça et…

— Bien au contraire. Et je te préviens que si tu choisis de ne pas honorer notre convention je t'assignerai au tribunal. Tu n'as pas le droit de m'empêcher de voir nos enfants. Sans compter que ça ne serait pas très judicieux de ta part.

— Mais je ne t'ai jamais empêché de les voir ! C'est toi qui t'es totalement désintéressé d'eux !

— Ecoute, je n'ai pas l'intention de remanier mon planning pour te faire plaisir. Yvette et moi allons passer deux semaines à Martha's Vineyard et nous avons décidé d'y emmener les enfants. Il est temps qu'ils découvrent que le monde ne se limite pas au trou perdu où tu les caches.

Les mains de Suzanna s'étaient mises à trembler. Elle serra le combiné plus fort.

— Tu n'as même pas envoyé une carte à Alex pour son anniversaire.

— Je ne pense pas que notre convention stipule quoi que ce soit au sujet des cartes d'anniversaire, rétorqua-t-il avec brusquerie. En revanche, elle détaille très précisément les droits de visite du père. Si tu en doutes, je te conseille vivement de vérifier ce point auprès de ton avocat, Suzanna.

— Et s'ils ne veulent pas partir avec toi ?

— La décision ne leur appartient pas — à toi non plus, d'ailleurs.

C'était ce sentiment de toute-puissance qui plaisait à Baxter, elle le savait.

— Et à ta place, poursuivit-il, je n'essaierais pas de monter les enfants contre moi…

— Oh ! ça, c'est inutile…, murmura-t-elle.

— Alors, veille à ce que leurs bagages soient prêts au jour dit. Ah, et au fait, Suzanna… Ta famille défraie la chronique, depuis quelque temps. N'est-ce pas étrange qu'il ne soit nulle part fait mention d'un collier d'émeraudes dans l'acte de partage de nos biens ?

— J'ignorais son existence, à l'époque de notre divorce.

— Tu te crois capable de faire avaler ça à un juge ?

Suzanna sentit monter à ses yeux des larmes de rage et de frustration.

— Pour l'amour du ciel, Bax, tu trouves que tu ne m'as pas déjà pris suffisamment de choses ?

— Ça ne sera jamais suffisant, Suzanna, au regard de la déception que tu m'as causée. Vendredi, conclut-il. Midi.

Et il raccrocha.

Suzanna tremblait comme une feuille. Même après s'être assise avec précaution dans un fauteuil. Elle avait l'impression d'être brutalement ramenée cinq ans en arrière, de revivre cette atroce situation d'impuissance. Elle n'avait aucun moyen d'action contre Bax. Elle avait lu attentivement la convention d'accord parental avant de la signer : son ex-mari avait tout à fait le droit d'emmener les enfants en vacances. Bien sûr, en théorie, elle aurait pu exiger de sa part un délai de préavis plus long, mais à quoi bon ? Cela ne servirait qu'à repousser l'inévitable. Si la décision de Bax était prise, elle ne pourrait pas le raisonner. Au contraire, plus elle lui opposerait d'arguments, plus il se ferait un plaisir de la torturer.

Et plus il rendrait la situation pénible pour les enfants.

Ses bébés ! Se balançant d'avant en arrière, elle se couvrit le visage des mains. Ce n'était que pour quelques jours... elle survivrait. Mais qu'éprouveraient Alex et Jenny lorsqu'elle les expédierait en vacances avec leur père, sans leur donner voix au chapitre ?

Il faudrait qu'elle leur présente tout cela comme une grande aventure... Oui, avec l'intonation appropriée et des paroles choisies, elle saurait gagner leur enthousiasme. Refusant de se laisser abattre, elle se leva. Elle leur parlerait, oui, mais pas maintenant. Elle était trop bouleversée pour pouvoir les convaincre de quoi que ce soit.

— Cette baraque est une véritable gare !

En entendant le martèlement familier d'une canne sur

le sol, Suzanna faillit se laisser à nouveau choir dans le fauteuil.

— Ce ne sont qu'allées et venues, portes qui claquent, sonneries de téléphone... A croire que personne ne s'est jamais marié avant eux !

La grand-tante Colleen, coiffure impeccable et diamants scintillants aux oreilles, s'arrêta sur le seuil.

— Je te signale que ces petits monstres ont mis des traces de boue dans tout l'escalier.

— Je suis désolée.

Colleen émit un reniflement de désapprobation. Elle adorait se plaindre d'Alex et Jenny depuis qu'elle les avait pris en affection.

— Des vandales ! Le seul jour de la semaine où on n'a pas les oreilles cassées par des bruits de scie et de marteau, ce sont des hordes d'enfants qui hurlent dans toute la maison. Pourquoi diable ne sont-ils pas à l'école ?

— Parce qu'on est en juillet, tante Colleen.

— Et après ? Je ne vois pas ce que ça change.

La vieille dame se rembrunit encore en dévisageant Suzanna.

— Que t'arrive-t-il, ma petite ?

— Rien. Je suis juste un peu fatiguée.

— Fatiguée, mon œil !

Colleen connaissait cet air-là, cette affreuse lassitude mêlée d'impuissance, elle l'avait vue dans le regard de sa propre mère, Bianca.

— Qui était-ce au téléphone ?

Suzanna releva le menton.

— Ça, tante Colleen, ce ne sont pas tes affaires.

— Eh, on monte sur ses grands chevaux !

Voilà qui réjouissait la vieille dame. Elle préférait voir sa petite-nièce montrer les dents plutôt que tendre l'autre joue. Au reste, elle savait très bien ce qui contrariait

Suzanna. A force de harceler Coco de questions, elle avait fini par avoir le fin mot de l'histoire...

— Ecoute, je dois aller voir quelqu'un, dit Suzanna d'une voix aussi calme que possible. Veux-tu bien prévenir tante Coco que je suis sortie ?

— Me voilà coursier, maintenant ! Je lui dirai, je lui dirai..., maugréa Colleen en agitant sa canne. De toute façon, il est grand temps qu'elle me fasse mon thé.

— Merci. Ça ne sera pas long.

— Sors, change-toi les idées, conseilla l'auguste vieille dame, alors que Suzanna passait devant elle. Et souviens-toi que rien ne peut venir à bout d'une Calhoun !

Suzanna poussa un soupir et embrassa la joue émaciée de sa grand-tante.

— Puisses-tu avoir raison...

Sans se laisser le temps de réfléchir, elle sortit de la maison et grimpa dans son pick-up. Elle voulait bien venir à bout de n'importe quoi, mais pour cela il lui fallait d'abord se calmer.

Elle avait fait de gros progrès dans la maîtrise de ses émotions. Une femme ne peut affronter le juge qui va décider du sort de ses enfants sans avoir appris à se dominer. Elle savait désormais qu'on peut éprouver de l'affolement, de la rage ou de la détresse tout en donnant le change à son entourage. Dès qu'elle s'en sentirait capable, elle parlerait à Alex et Jenny mais, pour le moment, il lui fallait honorer son rendez-vous.

Quoi que Holt ait à lui montrer, cette diversion tombait à point nommé : elle lui permettrait de se changer les idées, le temps que la paix revienne dans son cœur.

Elle se gara devant le cottage et descendit du pick-up. Mais alors qu'elle passait la main dans ses cheveux malmenés par le vent, elle s'aperçut qu'elle serrait ses clés de voiture de toutes ses forces. Décidément, le calme la fuyait... S'obligeant à décontracter ses doigts, elle fourra les clés dans sa poche et frappa à la porte.

Il y eut un concert d'aboiements et Holt vint lui ouvrir, retenant Sadie par le collier.

— Ah, c'est vous. Je pensais qu'il faudrait aller vous chercher.

— Je tiens toujours parole.

Elle entra dans la maison en lançant :

— Alors, qu'avez-vous à me montrer ?

Lorsque Holt fut certain que Sadie se bornerait à manifester sa soif de caresses par des gémissements sifflants, il lui lâcha le collier.

— Votre tante s'est montrée nettement plus intéressée que vous par ma maison.

— Je suis un peu pressée, je vous l'avoue.

Après avoir flatté distraitement la chienne, Suzanna enfonça les mains dans les poches de son pantalon.

— Il est très joli, ce cottage déclara-t-elle en promenant son regard sans rien voir. Vous devez vous sentir bien, ici.

— Pas trop mal, en effet, répliqua-t-il avec lenteur, frappé par sa mine tragique.

Elle avait un teint d'une pâleur mortelle. Des yeux trop sombres. Il pesta intérieurement. Par ses provocations, il avait certes cherché à piquer sa curiosité, quitte à la bousculer un peu, mais jamais il n'avait voulu l'effrayer.

— Détendez-vous, voyons, lâcha-t-il avec un soupçon de dédain. Je ne vais pas vous sauter dessus.

Mais Suzanna était à bout de nerfs.

— Pourrait-on en finir, s'il vous plaît ?

— Oui, dès que vous cesserez de vous comporter comme l'agneau qu'on va sacrifier. Je n'ai rien fait — jusqu'ici — pour que vous me regardiez de cette façon-là !

— Je ne vous regarde d'aucune façon.

— Oh ! que si... Bon sang, Suzanna, mais vos mains tremblent !

Il s’en empara d’un geste rageur.

— Calmez-vous, enfin ! Je ne vais pas vous faire de mal !

Elle retira ses mains avec brusquerie, furieuse de ne pouvoir contrôler son désarroi.

— D’où tenez-vous que vous seriez seul responsable de mes émotions ? J’ai ma propre vie, figurez-vous, mes propres sentiments ! Je ne suis pas une faible femme qui perd ses moyens dès qu’un homme élève la voix ! Pensez-vous vraiment que j’aie peur de vous ? Pensez-vous vraiment que vous puissiez m’atteindre, après ce que…

Elle s’interrompit, consternée par son coup d’éclat. Des larmes de rage lui brûlaient les paupières. Son plexus était si noué qu’elle parvenait à peine à respirer. Sadie s’était repliée dans un coin, frémissante. Holt, à trente centimètres d’elle, la regardait fixement, l’air perplexe.

— Je dois y aller, murmura-t-elle, et elle se précipita vers la porte.

La main de Holt s’abattit sur le panneau en bois, lui bloquant toute échappatoire.

— Laissez-moi sortir !

Entendant sa voix se briser, Suzanna se mordit la lèvre. Elle tenta en vain d’ouvrir la porte, puis fit volte-face, les yeux étincelant de colère.

— J’ai dit : laissez-moi sortir !

— Allez-y, répliqua-t-il avec un calme étonnant, collez-moi votre poing dans la figure. Mais vous n’irez nulle part dans l’état où vous êtes.

— Ça, c’est mon affaire ! Je vous répète que ça n’a rien à voir avec vous.

— Très bien, vous refusez donc de me frapper… Essayons alors de vous libérer d’une autre façon.

Il lui prit le visage en coupe, fermement, et plaqua sa bouche sur la sienne.

Ce n’était pas un baiser censé l’apaiser. Il était empreint

d'une émotion brute et tumultueuse, en parfait accord avec les sentiments de Suzanna.

Les bras coincés contre lui, elle gardait les poings serrés. Son corps tremblait, sa peau la brûlait. Au premier frémissement de sa part, Holt l'emporta dans la violence désespérée de ce baiser, bien déterminé à chasser toute autre pensée de son esprit.

Puis il le fit durer, pour son propre plaisir. Suzanna était un volcan au bord de l'éruption, une tempête prête à éclater, et la passion qu'elle refoulait atteignit Holt bien plus sûrement qu'un coup de poing. Il avait bien l'intention d'être présent lorsque se produirait l'explosion, mais rien ne pressait.

Lorsqu'il se décida enfin à la lâcher, elle se laissa aller contre la porte, les yeux clos, la respiration altérée. Il prit le temps de la regarder. Jamais il n'avait vu quelqu'un lutter autant pour garder le contrôle de soi.

— Asseyez-vous.

Elle refusa d'un signe de tête.

— Très bien, restez debout.

Haussant les épaules avec dédain, il alla allumer une cigarette.

— De toute façon, vous finirez bien par me dire ce qui vous met dans un tel état.

— Je refuse de vous parler.

Holt s'assit sur l'accoudoir d'un fauteuil et exhala une bouffée.

— Des tas de gens ont refusé de me parler, au long de ma carrière... Mais en règle générale je finis toujours par apprendre ce que je veux savoir.

Suzanna rouvrit les yeux — ils étaient redevenus secs, nota-t-il à son grand soulagement.

— C'est un interrogatoire ?

Haussant à nouveau les épaules, il tira sur sa cigarette. A quoi bon céder à la compassion et la combler de douces paroles ? Elle ne s'en trouverait pas mieux et, de toute façon, il n'était pas sûr de pouvoir le faire !

— Possible, se contenta-t-il de répliquer.

L'espace d'un instant, Suzanna songea à s'enfuir. Mais Holt aurait tôt fait de la rattraper… Elle avait appris, à ses dépens, qu'il y a certains combats qu'une femme ne peut pas gagner.

— Vous perdriez votre temps, soupira-t-elle avec lassitude. En fait, je n'aurais jamais dû venir ici dans l'état où je suis, mais je croyais m'être ressaisie.

— Qu'est-ce qui vous bouleverse à ce point ?

— C'est sans importance.

— Dans ce cas, pourquoi ne pas m'en parler ?

— C'est Bax. Mon ex-mari. Il m'a appelée.

Pour se donner une contenance, elle se mit à arpenter la pièce.

Holt considéra le bout de sa cigarette, se morigénant en son for intérieur. Toute jalousie de sa part aurait été déplacée.

— A l'évidence, il sait encore appuyer là où ça fait mal, commenta-t-il.

— Un coup de téléphone, un seul ! Et je me retrouve sous sa coupe.

Surpris par l'amertume de sa voix, il garda le silence tandis qu'elle se désespérait :

— Il n'y a rien que je puisse faire. Rien ! Il va prendre les enfants pendant deux semaines. Et je ne peux pas l'en empêcher.

Holt poussa un soupir d'impatience.

— Bon sang ! A quoi rime cette crise d'hystérie ? Les petits vont passer quinze jours avec papa, la belle affaire !

Dégoûté, il écrasa sa cigarette. Et dire qu'il s'était fait du souci pour elle !

— De grâce, ma jolie, épargnez-moi le refrain de

l'épouse vindicative ! Votre ex a bien le droit de voir ses enfants.

— Le droit ! Pour ça oui, il l'a...

La voix de Suzanna vibrait d'une émotion si profonde que Holt releva brusquement la tête.

— Il l'a parce que c'est écrit sur un morceau de papier ! Et qu'il était là lors de leur conception ! Aux yeux de la loi, ça suffit à faire de lui leur père ! Bien entendu, tout ça n'implique pas qu'il doive les aimer, s'inquiéter pour eux ou s'évertuer à les élever ! Ça n'implique pas non plus qu'il doive se souvenir de Noël ou de leur anniversaire ! Eh bien, c'est exactement ce que m'a dit Bax au téléphone. En revanche, la convention parentale m'oblige à lui confier Alex et Jenny lorsque l'envie le prend de les avoir...

Les larmes menaçaient à nouveau, mais elle les refoula avec force. Pleurer devant un homme n'apportait jamais rien que de l'humiliation.

— Vous pensez que je m'apitoie sur mon sort ? Détrompez-vous ! Bax ne peut pas me faire souffrir davantage. Mais il n'a pas le droit de se servir de nos enfants pour se venger de moi. Sous prétexte que je n'ai pas été une épouse à la hauteur de ses espérances.

Holt sentit monter en lui une rage froide.

— Il vous a bien abîmée, n'est-ce pas ?

— Là n'est pas la question. Le problème, c'est Alex et Jenny. Je dois arriver à les convaincre de la « chance » qu'ils ont de pouvoir passer quinze jours de rêve avec leur père, alors qu'il n'a pas daigné prendre de leurs nouvelles depuis des mois et qu'il pouvait à peine tolérer leur présence quand nous vivions tous sous le même toit.

Elle glissa les doigts dans ses cheveux, soudain lasse.

— Mais je n'étais pas venue pour vous parler de ça.

— Si, au contraire.

Sa colère retombée, Holt alluma une cigarette. S'il

ne s'occupait pas les mains, il allait recommencer à la toucher. Or dans leur état d'esprit actuel, ce n'était peut-être pas indiqué. Il reprit :

— Je suis extérieur à votre famille, vous pouvez donc vous confier à moi. Vous pouvez passer votre ressentiment sur moi, ce n'est pas ça qui me fera perdre le sommeil, vous savez…

Elle ébaucha un pâle sourire.

— Vous avez peut-être raison. Je vous prie de m'excuser, Holt.

— Des excuses, ce n'est pas ce que je vous demande. Que ressentent les enfants pour leur père ?

— Pour eux, c'est un étranger.

— Dans ce cas, ils n'attendent rien de particulier de sa part. A mon avis, Alex et Jenny peuvent très bien voir toute cette histoire comme une aventure et finalement y trouver leur compte… Mais vous, vous faites le jeu de votre ex-mari en vous mettant dans un état pareil. Parce que, s'il se sert vraiment d'eux pour vous atteindre, on peut dire qu'il a réussi son coup.

— Je sais… j'étais parvenue à ces conclusions-là moi-même. Je crois simplement que j'avais besoin de passer mes nerfs sur quelqu'un.

Elle s'efforça à nouveau de sourire.

— D'habitude, j'arrache des mauvaises herbes.

— Mon baiser a eu un effet plus efficace, il me semble.

— C'était… différent, en tout cas.

Il fit tomber la cendre de sa cigarette dans un cendrier et se leva. Au diable les scrupules !

— Différent ? Est-ce la meilleure description que vous puissiez en fournir ?

— De but en blanc, oui. Je vous en prie, Holt…, protesta-t-elle lorsqu'il l'enlaça.

— Oui ?

Il se mit à lui grignoter gentiment le menton, puis la bouche.

— Holt, je ne veux pas de ce genre de réconfort.

Au contraire, songea-t-elle, contrite. Elle ne demandait que cela.

— Ma foi, c'est bien dommage…

Il resserra son étreinte, l'écrasant contre lui.

— Ecoutez, Holt, vous m'avez priée de venir ici pour me…

Elle émit un murmure de détresse lorsqu'il se mit à lui mordiller le lobe de l'oreille et poursuivit vaillamment :

— Pour me montrer quelque chose qui a appartenu à votre grand-père.

— C'est exact.

Sa peau, s'émerveilla Holt, sentait le vent qui souffle en haut des falaises. Un mélange d'embruns, de fleurs des champs et de chaleur estivale.

— Mais si je vous ai demandé de passer chez moi, c'est aussi pour pouvoir à nouveau vous toucher. Alors nous allons prendre les choses comme elles viennent, l'une après l'autre.

— Je ne veux pas m'engager dans une relation amoureuse, affirma Suzanna.

Pourtant, alors qu'elle prononçait ces mots, sa bouche avançait à la rencontre de celle de Holt.

— Moi non plus, répliqua-t-il.

Et il entreprit de sucer sa lèvre inférieure, tandis qu'elle tentait de poursuivre :

— Ce n'est rien qu'une… oh… qu'une histoire de peau.

Et elle se mit à fourrager dans les cheveux de Holt.

— C'est ça, ironisa-t-il.

Ses mains rugueuses partirent en exploration sous son T-shirt.

— Une histoire de peau qui ne peut nous mener nulle part…, murmura-t-elle.

— Mais qui nous aura au moins apporté quelques satisfactions.

Il avait raison sur ce point-là aussi, ce diable d'homme ! L'espace d'un bref instant, Suzanna se laissa aller à la passion torride de leur baiser. Elle avait besoin de quelque chose, de quelqu'un. Et puisqu'on ne lui offrait ni réconfort ni compassion, elle acceptait la volupté. Sauf que plus elle y goûtait, plus son corps en voulait. Il réclamait une chose hors d'atteinte, à laquelle elle ne pouvait même pas se permettre de rêver.

— Tout ça va trop vite, dit-elle, à bout de souffle, en se dégageant des bras de Holt. Je suis désolée, vous devez trouver que j'envoie des signaux contradictoires.

Le corps palpitant de désir, il fixait ses yeux, rien que ses yeux.

— Je pense être capable de faire le tri.

— Comprenez-moi, Holt... Je ne veux pas m'engager à la légère, dit-elle en humectant ses lèvres encore tièdes de son baiser. Et puis, j'ai trop de responsabilités, trop de soucis en ce moment pour ne serait-ce que songer à...

— Une liaison ? Il va pourtant falloir que vous y réfléchissiez sérieusement.

Et sans la lâcher du regard il rassembla sa chevelure dans sa main.

— Allez-y, prenez quelques jours. Je sais être patient du moment que j'obtiens ce que je veux. Et c'est vous que je veux, Suzanna.

Elle sentit un frisson d'excitation lui parcourir l'échine.

— Ce n'est pas parce que vous m'attirez physiquement que je vais courir dans votre lit.

— Je me moque pas mal que vous y alliez de vous-même ou que je doive vous y traîner. Nous déciderons de la meilleure manière de procéder plus tard.

Et sans lui laisser le temps de réfléchir à une insulte

il lui décocha un large sourire et l'embrassa à pleine bouche avant de s'écarter d'un pas.

— Bien, maintenant que cette question est réglée, je vais vous montrer le portrait. Suivez-moi, c'est en haut.

— Parce que vous vous imaginez avoir réglé la question en... Quel portrait ?

Il lui désigna l'escalier menant à l'atelier.

— Venez voir.

Partagée entre la curiosité et la colère, Suzanna lui emboîta le pas. Une chose au moins était sûre : depuis qu'elle avait revu Holt Bradford, elle n'avait cessé d'être secouée par un torrent d'émotions fortes. Alors que tout ce qu'elle attendait de la vie, c'était la quiétude d'une traversée bien tranquille.

— C'est ici que peignait mon grand-père.

Cette simple constatation la tira aussitôt de ses ruminations.

— Vous le connaissiez bien ?

— Oh ! je ne pense pas que quiconque l'ait jamais vraiment connu.

Holt ouvrit un vasistas.

— Il allait et venait à sa guise. Lorsqu'il revenait au cottage, on ne savait jamais si c'était pour quelques jours ou pour quelques mois. Il s'asseyait ici et je le regardais travailler à son tableau. Quand il était las de m'avoir dans les jambes, il m'envoyait jouer dehors avec le chien ou il me donnait de quoi m'acheter une glace au village.

— Il y a encore des traces de peinture par terre...

Ce fut plus fort qu'elle, Suzanna s'accroupit pour les caresser. Ces éclaboussures de couleur, plus que l'atelier lui-même, formaient le terreau du souvenir. Elle tendit la main vers Holt qui l'aida à se relever... c'est alors qu'elle vit le portrait.

La toile était appuyée contre un mur, dans un cadre de facture ancienne, très ornementé, dans lequel la femme du tableau la regardait avec des yeux remplis de secrets, de tristesse et d'amour.

— Bianca, murmura Suzanna, au bord des larmes. Je le savais. J'étais sûre qu'il avait fait son portrait. Il ne pouvait pas en être autrement.

— Il m'a fallu voir Lilah, hier, pour avoir la certitude que c'était elle.

— Christian n'a jamais vendu ce tableau. Il l'a gardé car c'était tout ce qu'il lui restait d'elle.

— C'est possible, reconnut Holt avec réticence, alors que la même pensée venait de lui traverser l'esprit. Il y avait effectivement quelque chose entre eux, je suis bien forcé de l'admettre. Toutefois, je ne vois pas en quoi ça peut vous aider à retrouver les émeraudes.

— Mais vous voulez bien me prêter main-forte.

— Puisque je vous l'ai promis…

— Merci, Holt.

Elle se retourna pour le dévisager. Oui, il l'aiderait, elle en était persuadée. Cet homme ne la trahirait pas, même s'il lui en coûtait de tenir parole. Aussi se risqua-t-elle à faire appel à sa bonne volonté :

— Avant tout, je dois vous demander une chose : accepteriez-vous d'apporter ce tableau aux Tours, afin que ma famille puisse le voir ? Vous nous feriez un immense plaisir.

Sur l'insistance de Suzanna, ils prirent également Sadie. Installée à l'arrière du pick-up, la chienne souriait, babines au vent. Lorsqu'ils arrivèrent au manoir, Max et Lilah étaient assis sur la pelouse. Fred traversa le jardin ventre à terre pour aller les accueillir et s'arrêta net, manquant trébucher. Sadie venait de bondir lestement du plateau.

Tout frémissant, Fred s'approcha d'elle et les deux chiens entreprirent de se flairer avec application. Quand ils eurent fini de faire connaissance, Sadie s'écarta avec un vif mouvement de queue et partit caracoler sur la pelouse d'un air conquérant. Enfin, elle décocha un regard à Fred, lui enjoignant muettement de la suivre, et le chiot s'empressa de la rejoindre de son allure pataude.

— On dirait que ce vieux Fred a eu le coup de foudre, commenta Lilah en s'avançant vers le pick-up en compagnie de Max. Ah, Suze… Nous nous demandions où tu étais passée.

Elle caressa le bras de sa sœur, lui faisant comprendre par ce geste de réconfort qu'elle était au courant de l'appel de Bax.

— Les enfants sont là ? s'enquit Suzanna.

— Non, ils sont allés au village avec Megan et ses parents. Kevin tenait à acheter quelques souvenirs avant de partir.

Hochant la tête, Suzanna prit Lilah par la main.

— J'ai quelque chose à te montrer, regarde…

Et, reculant d'un pas, elle lui désigna le pick-up. Par la portière ouverte, Lilah aperçut le tableau et ses doigts se crispèrent sur ceux de sa sœur.

— Oh ! Suze…

— Je sais.

— Max, tu vois ce que je vois ? s'exclama Lilah.

— Mais oui, ma chérie…, dit-il en déposant un tendre baiser au sommet de son crâne.

Puis il contempla le portrait de la femme qui ressemblait comme une goutte d'eau à celle qu'il aimait.

— Elle était très belle… Quant au tableau, c'est un Bradford, impossible de se tromper là-dessus, affirma-t-il en se tournant vers Holt d'un air presque contrit. Voilà deux semaines que je suis plongé dans l'étude des œuvres de votre grand-père.

— Et depuis tout ce temps, vous aviez ce portrait ! s'insurgea Lilah.

Holt choisit de ne pas relever l'accusation sous-jacente

— J'ignorais qu'il s'agissait de Bianca avant de vous avoir vue dans votre robe, hier, au mariage.

Lilah se mit à le dévisager avec intérêt.

— Tout compte fait, vous n'êtes pas aussi déplaisant que vous cherchez à le paraître. Votre aura est bien trop claire pour ça.

— Laisse l'aura de Holt où elle est, intervint Suzanna dans un rire. Je veux que tante Coco voie ce portrait. Oh ! si seulement Sloan et Mandy n'étaient pas déjà partis en voyage de noces !

— Ils seront là dans quinze jours, lui rappela Lilah d'un ton conciliant.

Quinze jours... Suzanna lutta pour conserver le sourire, tandis que Holt emportait le tableau à l'intérieur de la maison.

A la seconde où elle vit le portrait, Coco fondit en larmes. Mais il fallait s'y attendre. Holt avait installé la toile sur la causeuse, dans le petit salon. Coco s'assit dans la bergère à oreilles et se mit à sangloter dans son mouchoir.

— Après tout ce temps... C'est comme si on l'avait un peu ramenée chez elle.

Lilah posa une main apaisante sur l'épaule de sa tante.

— Une partie de Bianca est restée au manoir, tu le sais bien...

— Oui, c'est sûr, mais pouvoir à nouveau la regarder... J'ai l'impression de te voir, ma chérie.

Les yeux humides, C.C. s'appuya contre Trent.

— Comme il devait l'aimer... Elle est exactement telle que je l'imaginais, ou plutôt telle que je me la suis représentée, cette fameuse nuit où j'ai senti sa présence.

Un peu à l'écart, Holt gardait les mains dans les poches.

— Ecoutez, les beaux sentiments et les séances de spiritisme c'est bien joli, mais à présent, vous devez retrouver ces émeraudes. Alors, si vous voulez que je vous aide, il va falloir tout me dire.

— Une séance…, répéta Coco en séchant ses larmes, c'est une idée. Il faut en organiser une autre. Et nous accrocherons le portrait de Bianca dans la salle à manger. En nous concentrant dessus, nous sommes sûrs de réussir. Vite, je dois tout de suite aller vérifier la position des planètes !

Elle se leva d'un bond et sortit précipitamment de la pièce.

— Et la voilà repartie…, murmura Suzanna.

Trent hocha la tête.

— Sans vouloir jeter le discrédit sur les méthodes de Coco, peut-être vaudrait-il mieux que je renseigne Holt de manière plus traditionnelle.

— Je vais faire du café.

Et, lançant un dernier coup d'œil au portrait, Suzanna s'éloigna en direction de la cuisine.

En fait, Trent ne pouvait pas apprendre grand-chose à Holt, songea-t-elle en broyant les grains de café. Celui-ci connaissait déjà la légende des émeraudes ; il était au courant des recherches qu'ils avaient entreprises et des périls qu'avaient affrontés ses sœurs. Peut-être en tirerait-il davantage de conclusions qu'eux-mêmes, grâce à son expérience de policier. Mais sa motivation, comment pourrait-elle être aussi puissante que la leur ? Après tout, le collier de Bianca ne représentait rien pour lui.

Pour sa part, elle comprenait que les sentiments puissent être le moteur de l'existence. Sinon, rien ne valait la peine d'être accompli.

Certes, Holt était de tempérament ardent. Mais ses passions pouvaient-elles dépasser le cap du simple désir physique ? Pas avec elle, en tout cas, réfléchit-elle en mesurant les cuillerées de café avec soin. Lorsqu'elle lui
avait affirmé ne pas vouloir s'engager dans une relation

sérieuse, elle le pensait vraiment. Elle ne pouvait pas se permettre de retomber amoureuse.

Une liaison en revanche, cette liaison qui paraissait couler de source pour lui… Si elle n'avait pas la force de lui résister, restait à espérer qu'elle aurait celle de ne pas mélanger le corps et le cœur. Il n'y avait certainement aucun mal à souhaiter être désirée et caressée. Et en se donnant à Holt, physiquement, peut-être pourrait-elle se prouver qu'elle savait au moins contenter un homme au lit.

Oh ! se sentir à nouveau femme, éprouver la puissante montée du plaisir et la plénitude de l'extase ! Elle approchait de la trentaine et le seul homme qui l'avait connue de façon intime l'avait trouvée décevante. Combien de temps encore continuerait-elle à se demander s'il avait raison ?

Elle sursauta lorsque des mains se posèrent sur ses épaules.

Conscient qu'il l'avait effrayée, Holt la fit lentement pivoter vers lui.

— Où étiez-vous, dans la lune ?

— Oh ! non… Sur terre, en train de désherber des bordures de pachysandras…

— Ce serait un joli mensonge, si seulement vous y mettiez plus de conviction.

Mais il n'insista pas.

— Bon, je file m'entretenir avec le lieutenant Koogar. Désolé pour le café, ce sera pour une autre fois.

— Au poste ? Très bien, je vais vous y conduire.

— Non, ce n'est pas la peine. Max et Trent se sont déjà proposés.

Suzanna esquissa une moue désabusée.

— Je vois… vous préférez rester entre hommes.

— Parfois, c'est plus efficace.

Du pouce, il lui lissa la ride qui creusait un sillon entre

ses sourcils, avec une tendresse qui les surprit tous les deux. Se reprenant, il laissa retomber sa main.

— Vous vous inquiétez trop, Suzanna. Je vous appellerai si j'ai du nouveau.

— Merci, Holt. Je n'oublierai pas ce que vous faites pour nous.

— Ça ? Ce n'est rien.

Il l'attira à lui et l'embrassa avec une passion qui la laissa à moitié pâmée dans ses bras.

— Je préfère que vous vous souveniez de *ça*.

Et il sortit d'un pas décidé, tandis qu'elle s'affalait mollement sur une chaise. Comment pourrait-elle jamais oublier un tel baiser ?

6

Au volant de sa voiture, Holt réfléchissait. Il ne jouait pas au bon samaritain, non. Il faisait ce qui lui semblait judicieux, à présent qu'il avait une vision plus claire de la situation. Quelqu'un devait veiller sur Suzanna en attendant que la police ait mis Livingston derrière les barreaux. Et le meilleur moyen de la protéger, c'était de ne pas la lâcher d'une semelle.

S'engageant sur le parking gravillonné, il se gara contre son pick-up. Suzanna étant occupée avec des clients devant la jardinerie, il en profita pour faire un petit tour à l'intérieur. Il était déjà passé devant les Jardins de l'île, mais sans jamais s'y arrêter — pour quelle raison y serait-il entré ? Il y avait là une profusion de fleurs resplendissantes, massées sur des tables en bois ou présentées dans des pots d'ornement. Il n'aurait su distinguer l'une de l'autre, toutefois il était à même d'apprécier leur beauté. A moins que ce ne soit leur parfum qui lui rappelait celui de Suzanna…

De toute évidence, elle connaissait son métier. Le magasin était bien agencé et il y régnait une ambiance simple et décontractée qui donnait envie de flâner parmi les végétaux, même si l'on n'avait rien de particulier à acheter.

Çà et là, des fiches en couleurs décrivaient certaines espèces de fleurs et donnaient des consignes pour leur plantation et leur entretien. Sur le côté du bâtiment principal s'entassaient terreaux et autres supports de culture en sacs de vingt-cinq ou cinquante litres.

Holt admirait l'étal des gueules-de-loup, quand un bruissement s'éleva du bouquet d'arbustes derrière lui. Il se raidit automatiquement et sa main vola à l'endroit où, durant dix ans, il avait porté son arme de service. Se ressaisissant aussitôt, il se maudit intérieurement. Il devait cesser de réagir au quart de tour ! Il n'était plus dans la police et les probabilités pour qu'on lui plante un couteau à cran d'arrêt dans le dos étaient très faibles.

Il tourna légèrement la tête et aperçut Alex, accroupi derrière un étal de pivoines. Le petit garçon sourit de toutes ses dents et jaillit de sa cachette.

— Je t'ai eu !

Il se mit à danser de joie autour des pivoines.

— J'étais un Pygmée et je t'ai zigouillé avec ma fléchette empoisonnée.

— Hum, une chance que je sois justement immunisé contre le poison des Pygmées. Si ç'avait été du poison de l'Oubangui, j'étais fichu. Où est ta sœur ?

— Dans la serre. Maman nous a donné des graines et d'autres trucs à planter, mais là, j'en ai assez. J'ai la permission de venir ici, s'empressa-t-il de préciser, connaissant la propension des adultes à vous compliquer l'existence. A condition que je ne m'approche pas de la rue et que je ne renverse rien.

Mais Holt n'avait pas l'intention de le gronder.

— Tu as tué beaucoup de clients, aujourd'hui ?

— Bof, c'est plutôt calme. Maman dit que c'est parce que c'est lundi. C'est pour ça qu'on peut venir travailler avec elle. Et comme ça, Carolanne peut prendre sa journée.

— Ça te plaît de venir ici ? s'enquit Holt.

La petite main d'Alex s'était glissée dans la sienne au détour d'un étal.

— Oh ! oui, c'est sympa. On peut planter des trucs. Tiens, tu vois celles-là ?

L'enfant pointa du doigt une bordure de fleurs multicolore.

— Ce sont des zinnias, c'est moi qui les ai plantés. Alors je les arrose et tout ça... Des fois, on aide les gens à porter des choses jusqu'à leur voiture et ils nous donnent une pièce.

— C'est un bon plan, dis donc...

— Et quand maman ferme, à midi, on va manger une pizza au bout de la rue, et on joue aux jeux vidéo. On vient ici presque tous les lundis. Sauf...

Alex s'interrompit et donna un coup de pied dans les gravillons de l'allée.

— Sauf ?

— La semaine prochaine. On doit partir en vacances, sans maman, expliqua le petit garçon en baissant la tête.

Holt fixa sa nuque mince, décontenancé. Que diable pouvait-il répondre à cela ?

— Je... hum, elle doit avoir beaucoup de travail à la jardinerie.

— Carolanne pourrait la remplacer, ou même quelqu'un d'autre. Mais c'est maman qui ne veut pas venir.

— Tu ne penses pas qu'elle viendrait si elle en avait la possibilité ?

— Si, sûrement...

Alex donna un deuxième coup de pied dans le gravier et, en l'absence de réprimande, un troisième.

— On doit aller chez Martha Yard avec mon père et sa nouvelle femme. Maman dit qu'on va bien s'amuser, qu'on ira à la plage et qu'on mangera des glaces.

— Sympa, non ?

— Je veux pas y aller. Je vois pas pourquoi j'y suis obligé. Moi, je veux aller à Disney World avec maman

Entendant la petite voix se briser, Holt poussa un profond soupir et s'accroupit à hauteur de l'enfant.

— C'est dur de devoir faire des choses qu'on n'a pas envie de faire. Il va sûrement falloir que tu t'occupes de Jenny, pendant ces vacances.

Alex haussa les épaules et renifla.

— Sûrement... Elle a peur de partir. Mais elle n'a que cinq ans.

— Elle sera rassurée d'être avec toi. Je vais te dire, Alex : moi, je veillerai sur ta maman tout le temps de ton absence.

— D'accord.

Rasséréné, Alex s'essuya le nez du revers de sa main.

— Je peux voir ta jambe, celle où tu as pris une balle ?

— Bien sûr.

Holt lui désigna l'estafilade d'une quinzaine de centimètres au-dessus de son genou gauche.

— Waouh...

Comme Holt ne semblait pas se formaliser, le petit garçon promena son doigt sur la cicatrice.

— Puisque tu étais policier, tu sauras bien t'occuper de maman.

— Je te le promets.

En apercevant son fils en pleine conversation avec Holt, Suzanna se figea, en proie à des sentiments confus. Néanmoins, une douce émotion l'envahit lorsqu'elle vit Holt caresser la petite tête d'Alex.

— Alors, qu'est-ce que vous fabriquez tous les deux ?

Les deux garçons se tournèrent vers elle avant d'échanger un bref regard complice. Holt se redressa.

— On discutait entre hommes, répliqua-t-il, et il imprima une légère pression sur la menotte d'Alex.

— Oui, entre hommes.

— Je vois, dit Suzanna. Ma foi, je ne voudrais pas vous interrompre, mais si tu veux aller manger une pizza, Alex, c'est le moment d'aller te laver les mains.

— Il peut venir avec nous ?

— « Il » s'appelle M. Bradford, le sermonna Suzanna.

— « Il » s'appelle Holt, rectifia ce dernier.

Et il adressa un clin d'œil à Alex qui lui répondit par un franc sourire.

— Il peut venir ?

— Nous verrons.

— Elle dit tout le temps ça, confia Alex à Holt, puis il fila chercher sa sœur.

— C'est sans doute vrai..., soupira Suzanna en se tournant vers Holt. Alors, que puis-je faire pour vous ?

Ses cheveux retombaient librement sur ses épaules et, avec sa petite casquette bleue, elle avait l'air d'avoir seize ans. Holt se sentit soudain aussi gauche et emprunté qu'un collégien.

— Avez-vous toujours besoin d'un employé à temps partiel ?

— Oui, mais jusqu'ici je n'ai trouvé personne.

Elle se mit à débarrasser les bégonias de leurs fleurs mortes.

— Tous les étudiants et les lycéens de la région sont pris pour l'été.

— Je peux venir environ quatre heures par jour.

— Pardon ?

— Peut-être cinq, poursuivit-il, tandis qu'elle le regardait sans comprendre. J'ai deux ou trois réparations à faire, mais je peux m'organiser.

— Vous voulez travailler pour moi, c'est ça ?

— A condition que vous me cantonniez au transport des choses lourdes et à la plantation. Pas question que

— Vous n'êtes pas sérieux ?

— Très sérieux, au contraire : je refuse absolument de vendre des fleurs.

— Non, je voulais dire à propos de travailler pour moi. Vous avez votre propre affaire, maintenant, et je n'ai pas les moyens de vous rémunérer au-dessus du salaire minimum.

Immédiatement, elle le vit se rembrunir.

— Je ne veux pas de votre argent, lâcha-t-il.

Suzanna souffla pour chasser les petits cheveux qui lui tombaient sur les yeux.

— A présent, c'est moi qui ne comprends plus.

— Ecoutez, je me suis dit qu'on pourrait trouver un arrangement équitable. Je fais une partie du gros œuvre au magasin, et vous, en échange, vous vous occupez un peu de mon jardin.

Un sourire s'épanouit lentement sur le visage de Suzanna.

— Vous voulez que je m'occupe de votre jardin ?

Les femmes avaient le chic pour compliquer les choses, songea-t-il en enfonçant ses mains dans ses poches.

— Rien d'extraordinaire... Peut-être deux ou trois arbustes, c'est tout. Alors, marché conclu ?

Suzanna se mit à rire.

— Après tout, pourquoi pas ? Les voisins des Anderson ont beaucoup admiré notre numéro de duettistes, l'autre jour ! Je commence chez eux demain.

Elle lui tendit la main.

— Soyez là-bas à 6 heures.

Il tressaillit.

— Du matin ?

— Du matin, oui. Et maintenant, que diriez-vous d'une pizza ?

— Je veux bien, mais c'est vous qui régalez.

Et ils scellèrent leur accord par une poignée de main

Bonté divine ! Cette femme abattait le travail d'un homme. De deux hommes, rectifia mentalement Holt. La transpiration lui dégoulinait dans le dos. A force de manier la pelle et la pioche, il était mûr pour le bagne.

Il aurait dû faire plus frais, ici, sur les falaises. Mais la pelouse qu'ils étaient en train de paysager — de défoncer, songea-t-il amèrement en donnant un énième coup de pic — n'était composée que de caillasse !

Depuis trois jours qu'il travaillait pour Suzanna, il avait renoncé à l'empêcher d'accomplir des tâches pénibles. De toute façon, elle n'en faisait qu'à sa tête. Comment cette femme arrivait-elle à tenir le coup ? se demandait-il tous les jours tandis que, perclus de courbatures, il regagnait le cottage.

Avec les réparations qu'il devait effectuer pour son propre compte, il ne pouvait pas aligner plus de quatre ou cinq heures sur le terrain. Alors qu'elle trimait huit à dix heures par jour ! Pas besoin d'être grand clerc pour comprendre qu'elle s'absorbait dans le travail afin de ne pas penser à ses enfants dont le départ était prévu pour le lendemain.

Son pic cogna à nouveau sur de la roche. Le choc se propagea jusque dans ses épaules. L'entendant jurer pour la centième fois de la matinée, Suzanna leva les yeux.

— Et si vous faisiez une pause ? Je peux finir, vous savez.

— Pourquoi ? Vous avez de la dynamite ?

Il vit l'ombre d'un sourire sur ses lèvres.

— Non, sérieusement, Holt. Allez vous chercher une boisson fraîche dans la glacière. Nous allons bientôt pouvoir commencer à planter.

— Très bien.

Pour rien au monde il ne l'aurait avoué, mais ce travail de terrassier l'épuisait. Il accumulait les ampoules et ses muscles le faisaient souffrir comme s'il avait couru le marathon sans entraînement. S'épongeant le visage et le cou, il se dirigea vers la glacière qu'ils avaient installée à l'ombre d'un hêtre. Alors qu'il en sortait une *ginger ale*, il entendit le pic sonner contre le sol rocheux. Lui dire qu'elle était folle ne servait à rien, songea-t-il en buvant à grandes gorgées le liquide délicieusement glacé. Mais c'était plus fort que lui.

— Vous êtes cinglée, Suzanna ! C'est un travail de forçat !

— Ce que nous avons ici, c'est un manque de communication, rétorqua-t-elle avec un fort accent du Sud.

C'était la réplique culte de *Luke la main froide*. Cela le fit sourire, brièvement.

— Vous êtes folle. Folle à lier, poursuivit-il en la regardant manier le pic. Que diable voulez-vous qu'il pousse sur cette roche ?

— Vous seriez bien étonné de ce que je suis capable de faire.

Elle marqua une pause, pour essuyer la transpiration qui lui coulait dans les yeux.

— Vous voyez ces lis, là-bas, sur ce talus ?

Elle déterra un gros caillou en soufflant sous l'effort.

— Eh bien, c'est moi qui les ai plantés. Il y aura deux ans en septembre.

Holt regarda les hampes de fleurs colorées avec une admiration teintée de ressentiment. Force lui était d'admettre que ces lis embellissaient cette zone ingrate, mais cela valait-il vraiment la peine de se donner autant de mal ?

— Ce sont les Snyder qui m'ont confié mon premier vrai chantier, expliqua-t-elle.

Elle souleva une énorme pierre et la jeta dans la brouette. Puis, les mains sur les reins, elle regarda distraitement les grosses abeilles qui bourdonnaient dans les gaillardes.

— Un geste de compassion de leur part… C'étaient

des amis de la famille et cette pauvre Suzanna avait bien besoin qu'on la soutienne un peu...

Elle abattit son pic en ahanant et cligna des yeux pour chasser les petites taches rouges qui dansaient devant elle.

— Ils ont été très étonnés de voir que je connaissais le métier et depuis, je travaille pour eux de temps en temps.

— Formidable. Vous voulez bien poser ce fichu pic une minute ?

— J'ai presque fini.

— Vous allez tomber raide ! Et puis qui va grimper jusqu'ici pour voir pousser trois malheureuses fleurettes à moitié fanées ?

— Les Snyder, leurs invités...

Elle s'interrompit, la vue brouillée par la chaleur.

— Le photographe de *New England Gardens*...

Seigneur, quel raffut faisaient ces abeilles, songea-t-elle, la tête remplie de leur bourdonnement.

— Et rien ne va faner. Je compte y installer des œillets, des campanules et des coréopsis. Des lavandes pour leur parfum et des monardes pour les colibris.

Elle pressa une main sur son front, la passa sur ses yeux et ajouta :

— En septembre, nous planterons des bulbes. Des iris nains et des anémones. Quelques tubéreuses et...

Elle vacilla, étourdie par la chaleur, et le pic glissa de ses mains. Jaillissant de l'ombre, Holt la rattrapa de justesse — elle était molle comme une poupée de chiffon.

Il se mit à la traiter de tous les noms pour conjurer la peur qu'elle lui avait faite et la porta jusqu'à l'arbre. Là, il allongea avec précaution son corps inerte sur l'herbe fraîche.

— Maintenant, ça suffit !

Il attrapa une bouteille dans la glacière et lui passa de l'eau froide sur le visage.

— C'est terminé, compris ? Si je vous revois un pic à la main, je vous étrangle !

— Je vais très bien..., murmura-t-elle avec un brin d'irritation. J'ai pris un peu trop de soleil, voilà tout.

Les mains de Holt étaient calleuses, mais l'eau glacée lui rafraîchissait délicieusement le visage. Elle s'empara de la bouteille de *ginger ale* et but longuement au goulot.

— Trop de soleil, continuait-il à bougonner, trop d'efforts... Et à voir votre mine, pas assez de nourriture ni de sommeil. Vous êtes à bout de forces, Suzanna, et je ne le supporte plus.

— Ça ira, merci beaucoup.

Elle repoussa sa main et s'adossa contre le tronc. D'accord, elle avait besoin d'une minute de repos. Pas d'un sermon.

— J'aurais dû faire une petite pause, admit-elle à contrecœur. D'habitude, je suis plus prudente, mais aujourd'hui j'avais autre chose en tête.

— Je me moque de ce que vous avez en tête.

Bon sang, elle était pâle comme un linge ! Il aurait voulu la serrer dans ses bras, le temps que la couleur revienne à ses joues, et lui caresser les cheveux pour que son malaise se dissipe. Mais son inquiétude s'exprima sous forme de colère :

— Je vous ramène chez vous et vous allez vous mettre au lit !

Remise de son vertige, elle posa la bouteille.

— Vous oubliez que c'est moi, la patronne !

— A partir du moment où vous tournez de l'œil, je prends le relais.

— Je n'ai pas tourné de l'œil ! protesta-t-elle avec humeur. J'ai eu un simple étourdissement. Et on ne me donnera plus jamais d'ordre, ni vous ni personne ! Et puis cessez de m'asperger le visage, vous allez finir par me noyer !

Elle avait repris du poil de la bête, songea-t-il. Néanmoins, il ne décolérait pas.

— Vous êtes aussi têtue qu'une bourrique ! Et encore plus stupide !

— Très bien. Et maintenant, si vous avez fini de me crier dessus, je vais m'accorder une pause-déjeuner.

Il fallait qu'elle mange, elle le savait. Etre têtue comme une bourrique, cela lui était égal. Mais stupide, non ! Or, pensa-t-elle en attrapant un sandwich au fond de la glacière, stupide elle l'avait été, en ne prenant pas de petit déjeuner.

— Qu'est-ce qui vous dit que j'ai fini ? fulmina-t-il.

Elle haussa les épaules tout en déballant son sandwich.

— Dans ce cas, vous pouvez toujours crier pendant que je mange. Ou en profiter pour vous restaurer vous aussi, au lieu de gaspiller votre salive.

Il songea un instant à la traîner de force jusqu'au pick-up. L'idée lui plaisait bien, mais ce ne serait qu'une solution à court terme. A moins de la séquestrer, il ne pourrait pas l'empêcher de se tuer au travail.

Enfin… elle mangeait, c'était déjà ça. Et ses joues avaient repris des couleurs. S'il essayait une autre tactique pour parvenir à ses fins ? Il s'empara lui aussi d'un sandwich et laissa tomber négligemment :

— Je réfléchissais à ces émeraudes…

Ce brusque revirement parut la surprendre.

— Ah ?

— Oui, j'ai lu la transcription réalisée par Max à partir du témoignage de Mme Tobias, la domestique. Et j'ai aussi écouté l'enregistrement.

— Alors, qu'en pensez-vous ?

— Que cette femme a une mémoire d'éléphant et que le destin de Bianca l'a profondément marquée. Si je résume : votre grand-mère n'était pas heureuse en ménage, toute sa vie tournait autour de ses enfants et elle était amoureuse de mon grand-père. Son mariage battait déjà sérieusement de l'aile quand s'est produite cette violente dispute à propos du chien. Apparemment, c'est la goutte d'eau qui a fait déborder le vase. Bianca a décidé de quitter son époux, pourtant elle n'est pas partie ce soir-là. Pourquoi ?

— Même si sa décision était arrêtée, répondit Suzanna avec lenteur, elle devait encore prendre certaines dispositions. Il y avait les enfants.

Cela, elle ne le comprenait que trop bien.

— Pouvait-elle les emmener ? Saurait-elle subvenir à leurs besoins ? Et puis, même si son mariage était un terrible fiasco, il fallait qu'elle prépare ses enfants à l'idée qu'ils allaient devoir vivre loin de leur père.

— Donc, enchaîna Holt, quand Fergus est parti pour Boston après leur dispute, elle s'est mise à tout organiser. On peut penser qu'elle est allée retrouver mon grand-père, puisque nous savons qu'il est resté avec le chien.

— Elle était amoureuse de lui, murmura Suzanna. C'est donc vers lui qu'elle a dû se tourner en premier. Et lui aussi l'aimait, il était sûrement d'accord pour l'enlever avec ses enfants.

— Admettons. A partir de là, nous pouvons extrapoler. Elle rentre aux Tours pour faire ses bagages et prendre les enfants. Mais au lieu de rejoindre mon grand-père et de s'enfuir avec lui, elle se jette de la fenêtre de la tour. Pourquoi ?

— Elle ne savait plus où elle en était…

Les yeux mi-clos, Suzanna fixa l'horizon.

— Elle s'apprêtait à commettre un acte irréparable qui allait briser son ménage, séparer ses enfants de leur père. Elle allait rompre les liens sacrés du mariage. C'est tellement difficile, tellement terrifiant ! Comme mourir à soi-même. Peut-être se voyait-elle comme une incapable... Et lorsque son époux est rentré, lorsqu'il lui a fallu l'affronter, elle ne s'en est pas senti la force.

Holt se mit à lui caresser les cheveux.

— C'est ce que vous avez éprouvé, vous aussi ?

Suzanna se raidit.

— C'est de Bianca que nous parlons. Et je ne vois pas en quoi les raisons de son suicide pourraient nous éclairer sur l'endroit où elle a caché ses émeraudes.

Holt ôta sa main.

— Nous devons d'abord comprendre *pourquoi* elle les a cachées. Ensuite, nous tenterons de les retrouver.

Suzanna se détendit peu à peu.

— Fergus les lui avait offertes à la naissance de leur fils. Pas de leur premier enfant — pour lui, les filles ne comptaient pas.

Elle prit une gorgée de *ginger ale*, comme pour faire passer un peu de sa propre amertume, avant de poursuivre :

— D'après moi, elle a dû en éprouver un certain ressentiment. Se voir récompensée, comme une poulinière de concours, pour avoir produit un héritier... Il n'empêche que ces émeraudes étaient à elle, en tant que mère de ce garçon.

Sentant ses paupières devenir lourdes, Suzanna laissa ses yeux se fermer.

— Bax aussi m'a offert des diamants à la naissance d'Alex... Eh bien, je n'ai eu aucun scrupule à les vendre pour financer le lancement de ma jardinerie. Parce qu'ils étaient à moi. Bianca devait avoir le même sentiment. La vente de ces émeraudes leur aurait procuré une nouvelle vie, à elle et à ses enfants.

— Alors pourquoi les a-t-elle cachées ?

— Pour que son mari ne puisse pas mettre la main dessus si jamais il l'empêchait de partir. Pour ne pas se trouver complètement démunie.

— Et vous, Suzanna, vous les aviez cachés, vos diamants ?

— Oui. Je les avais dissimulés dans le sac à langer de Jenny. Le dernier endroit où Baxter serait allé les chercher.

Elle eut un rire bref et se mit à tirer sur des brins d'herbe avant d'ajouter, un peu gênée :

— Tout ça paraît bien mélodramatique, aujourd'hui.

Pourtant, pensa-t-elle, son récit n'avait inspiré à Holt aucun commentaire sarcastique. Il fixait d'un air sombre les dianthus autour desquels bourdonnaient les abeilles.

— Je trouve ça plutôt futé de votre part, moi... Dites, Bianca passait beaucoup de temps dans cette tour, n'est-ce pas ?

— Oui, mais nous avons déjà regardé là-haut.

— Eh bien, nous chercherons à nouveau et nous démantèlerons aussi sa chambre, pierre par pierre, s'il le faut.

— Je vois ça d'ici... Lilah va adorer.

Suzanna referma les yeux. L'ombre du hêtre et les bienfaits du pique-nique invitaient au sommeil.

— C'est sa chambre à elle, aujourd'hui. Et nous l'avons également fouillée.

— Pas moi, objecta Holt.

— Non, c'est vrai.

L'herbe était divinement douce et fraîche... Ce serait si agréable de faire une petite sieste. D'ailleurs, elle en ferait une, dès qu'ils auraient conclu leur discussion. Elle enchaîna :

— Si seulement nous pouvions mettre la main sur le journal intime de Bianca, nous obtiendrions la réponse à nos questions. Mandy a passé en revue toute la bibliothèque, au cas où il se serait trouvé parmi les livres, comme la lettre qu'on nous a dérobée, mais en vain.

Holt recommença à lui caresser les cheveux.

— Nous y jetterons encore un coup d'œil.

— Mandy n'aurait rien laissé passer. Elle est bien trop organisée pour ça.

— Peut-être, mais je préfère tout revérifier moi-même plutôt que de me fier à une séance de spiritisme.

Suzanna émit un son à mi-chemin entre le soupir et le rire de gorge.

— Tante Coco finira bien par vous convertir, dit-elle d'une voix rendue pâteuse par la fatigue. Mais d'abord, il faut planter les œillets...

— D'accord, dit Holt.

Il avait entrepris de lui masser doucement les épaules.

— Ça fera tout un tapis qui couvrira la partie rocailleuse et descendra jusqu'au talus. Ça tient bien, les œillets, murmura-t-elle juste avant de sombrer dans le sommeil.

— Si vous le dites...

Il la laissa dormir à l'ombre de l'arbre et repartit dans le soleil.

Lorsque Suzanna se réveilla, elle était sur le ventre et l'herbe lui chatouillait la joue. Elle avait dormi comme une masse. L'esprit encore embrumé de sommeil, elle ouvrit les yeux. Nonchalamment adossé à l'arbre, Holt la regardait.

— Je crois que je me suis assoupie.

— On peut dire ça, oui, ironisa-t-il en tirant sur sa cigarette.

— Désolée.

Elle se redressa sur un coude.

— Nous étions en train de parler des émeraudes...

Holt expédia son mégot d'une pichenette.

— Assez parlé pour le moment.

Et avant qu'elle ait pu reprendre ses esprits, elle se retrouva sur ses genoux, emportée malgré elle dans un baiser fougueux.

Tout le temps que Holt l'avait regardée dormir, l'envie de la toucher avait grandi en lui jusqu'à devenir intolérable. Elle était si parfaite, sa princesse assoupie sur l'herbe, à l'ombre de ce hêtre, une main glissée sous sa joue crémeuse.

Il avait tellement désiré ses lèvres chaudes et douces, son corps svelte et fragile, son souffle ému ! Alors il s'en empara, fiévreusement.

Prise au dépourvu, Suzanna essaya de se dégager. Son cœur battait la chamade. En quelques secondes, elle était passée du relâchement le plus total à un état de tension extrême. Holt la laissa reprendre sa respiration et, l'espace d'une seconde, elle vit son visage, son regard sombre et inquiétant, sa bouche dure et avide. Puis, il lui effleura de nouveau les lèvres et elle se sentit chavirer.

Renonçant à toute résistance, elle lui permit d'étancher la soif irrépressible qu'il avait d'elle. Elle se plaquait à lui, parfaitement soumise. Ce n'était pas une faiblesse coupable, mais un abandon qu'elle avait toujours souhaité éprouver dans les bras d'un homme, du plus loin qu'elle s'en souvienne.

Holt se nicha rageusement contre la gorge de Suzanna, là où son pouls palpitait à un rythme éperdu. Jamais rien ni personne ne l'avait plongé dans un tel état d'effervescence. Chaque baiser l'affamait davantage, les sensations fusaient dans son corps, violentes, électriques. Cette femme mettait son équilibre en péril, il fallait qu'il la repousse avant de finir le cœur en charpie. En même temps, il brûlait de rouler avec elle sur ce tapis frais et moelleux afin de se libérer une bonne fois pour toutes de ses pulsions irrépressibles.

Suzanna le tenait prisonnier : ses mains fourrageaient frénétiquement dans ses cheveux et tout son corps était parcouru de frissons. Enfin, elle se blottit contre lui, sa joue contre la sienne, avec une douceur presque insupportable.

— Qu'allons-nous faire ? murmura-t-elle.

Désemparée, elle chercha le réconfort de sa peau.

— Je pense que nous connaissons tous deux la réponse à cette question, Suzanna.

C'était si simple pour lui… Elle se laissa aller contre son torse puissant et ferma les yeux, bercée par le bourdonnement des abeilles parmi les fleurs.

— J'ai besoin de temps, Holt.

Il l'éloigna légèrement de lui et la regarda droit dans les yeux.

— Du temps ? Je ne suis pas sûr de pouvoir encore attendre, Suzanna. Nous ne sommes plus des enfants ! Je ne peux plus me satisfaire de fantasmes.

Elle laissa échapper un soupir d'angoisse. Pour lui non plus, ce ne devait pas être facile, comprit-elle. Elle sentait tout son corps contracté par le combat intérieur qu'il menait.

Il la mit en garde :

— Si vous exigez de moi plus que ce que j'ai à donner, nous serons tous les deux déçus. Tout ce que je peux vous dire, c'est que j'ai envie de vous, ajouta-t-il en lui pressant les épaules.

Elle réprima un gémissement et tenta de se justifier.

— Mais comprenez-moi, je ne supporterais pas de commettre une nouvelle erreur…

Le regard de Holt s'assombrit.

— Quoi, ce sont des promesses que vous voulez ?

— Non, se hâta-t-elle de répliquer. Non, je ne vous demande rien de tel… Par contre, je dois rester fidèle aux promesses que je me suis faites à moi-même. Si je me donne à vous, ça ne peut pas être sur un simple coup de tête : les remords sont un luxe que je ne peux plus me permettre.

Elle posa une main sur sa joue avec tendresse.

— La seule chose que je peux vous promettre, Holt, c'est que si nous devenons amants il n'y aura aucun regret de mon côté.

Lorsqu'elle le regardait avec ces yeux-là, il était incapable de discuter. Aussi se contenta-t-il de rectifier :

— *Quand* nous serons amants.

— Quand, acquiesça-t-elle d'un signe de tête avant de se remettre debout.

Ses jambes étaient plus solides qu'elle ne l'aurait cru, finalement. Elle se sentait plus forte. *Quand* ils seraient amants, songea-t-elle à nouveau. Car ce n'était plus qu'une question de temps, elle le savait.

— Mais pour le moment, déclara-t-elle, nous devons prendre les choses les unes après les autres. Et là, nous avons un chantier à finir.

— Il est fini.

Holt se releva à son tour, tandis qu'elle se tournait vers le jardin, stupéfaite.

Toutes les plantes étaient en place, le sol avait été aplani et amendé de terreau. Là où il n'y avait que des cailloux et une terre pauvre et assoiffée se dressaient de jeunes fleurs pleines d'espoir parmi des feuillages vert tendre.

— Mais comment…, balbutia-t-elle avant de se précipiter vers les nouvelles plantations.

— Vous avez dormi trois heures.

— Trois…

Consternée, elle se retourna vers lui.

— Vous auriez dû me réveiller !

— Mais je ne l'ai pas fait, répliqua-t-il avec simplicité. Et maintenant, je dois rentrer, j'ai pris du retard.

— Mais vous n'auriez pas dû…

— Peut-être, mais c'est fait ! la coupa-t-il avec impatience. Alors, c'est quoi le problème ? Vous voulez arracher ces satanées fleurettes et tout recommencer vous-même ?

— Non.

En le dévisageant, Suzanna se rendit compte que cet emportement subit masquait aussi un certain embarras. Non content d'avoir passé trois heures à planter ce qu'il continuait d'appeler avec ironie ses « fleurettes », il se défendait presque d'avoir eu un geste attentionné envers elle.

Il était très viril, drapé dans son orgueil blessé. Ses mains habiles et calleuses enfoncées dans ses poches, il la défiait du regard sous le soleil caniculaire. « Remerciez-moi et je vous mords », semblait indiquer toute son attitude.

C'est là, devant cette ravissante rocaille, qu'elle comprit ce qu'elle avait refusé de s'avouer un peu plus tôt, dans ses bras. Ses sentiments pour Holt allaient bien au-delà de la simple attirance physique : elle était amoureuse. Pas seulement de ses baisers passionnés et de ses caresses impatientes. Mais de l'homme qui se cachait derrière. Celui qui passait une main affectueuse sur la tête d'Alex et répondait sans jamais s'énerver aux incessantes questions de Jenny. Celui qui conservait pieusement un plancher éclaboussé de peinture en souvenir de son grand-père.

Celui qui plantait des fleurs à sa place pendant qu'elle prenait un peu de repos.

Gêné par son regard insistant, Holt transféra son poids d'une jambe sur l'autre. Un sourire se dessina lentement sur le visage de Suzanna, si beau qu'il en fut troublé. Aussitôt, il contre-attaqua :

— Qu'y a-t-il, vous allez de nouveau vous évanouir ? Je vous préviens, cette fois je ne vous ramasserai pas. Je n'ai plus le temps de jouer les nounous !

Elle l'aimait aussi pour cela, pour cette brusquerie qui dissimulait une réelle compassion. Bien sûr, elle devait d'abord réfléchir. Prendre la mesure de la situation. Mais là, l'espace de quelques instants, elle pouvait se permettre d'accueillir sereinement cette révélation et de savourer cette bouffée d'amour sans se poser de questions.

— Vous avez fait du bon travail.

Il considéra les fleurs qu'il avait plantées. Il se serait coupé la langue plutôt que d'admettre qu'il y avait pris du plaisir.

— Bah, il suffit de les mettre dans un trou et de tout recouvrir de terre, lâcha-t-il avec un mouvement d'épaule dédaigneux. Bon, j'ai rangé les outils et tout le bazar dans le pick-up. Maintenant, il faut que j'y aille.

— Au fait, Holt… J'ai repoussé à lundi le début du chantier chez les Bryce. Demain, je… demain, je dois rester chez moi.

— Très bien. A lundi, alors.

Et il s'éloigna en direction de sa voiture, tandis que Suzanna s'agenouillait pour effleurer les fragiles fleurs tout juste plantées.

L'homme qui se faisait appeler Marshall passait le cottage au peigne fin. Jusqu'à présent, ses recherches s'étaient révélées décevantes. L'ancien flic aimait la lecture, mais il ne cuisinait pas : la chambre regorgeait de livres aux couvertures fatiguées, mais il n'y avait que quelques rares provisions éparpillées dans les placards. Il gardait ses médailles tout au fond d'un tiroir et un calibre .32 dans sa table de chevet, à portée de main.

La fouille du bureau lui apprit que le petit-fils de Christian avait fait certains placements avisés. Amusant, qu'un ancien flic de la brigade des mœurs ait eu le bon sens de se constituer un petit bas de laine… Plus intéressant : en bon policier, Holt avait rédigé un rapport récapitulant par le menu tout ce qu'il savait sur les émeraudes des Calhoun.

Marshall lut avec une irritation croissante le témoignage de l'ancienne domestique, celle que Maxwell Quartermain avait retrouvée. Dire que Quartermain aurait dû travailler pour lui ! Il aurait mieux valu qu'il meure, celui-là ! Marshall fut tenté de tout saccager dans la maison, de renverser les meubles, briser les lampes. De céder à sa fureur destructrice.

Mais il devait garder son sang-froid. Il ne voulait pas dévoiler son jeu. Pas encore. Le bureau ne lui avait rien livré de particulièrement instructif, mais *maintenant* il en savait autant que les Calhoun.

Déployant un luxe de précautions, il remit tous les papiers en place et referma les tiroirs. Le chien commençait à aboyer dans le jardin. Il détestait les chiens. Avec un rictus mauvais, il se massa la jambe, à l'endroit où le sale clebs des Calhoun l'avait mordu. Il faudrait qu'ils paient pour ça aussi. Qu'ils paient tous.

Et il les ferait payer. Dès que les émeraudes seraient en sa possession.

Il s'en alla, laissant le cottage dans l'état exact où il l'avait trouvé.

Je n'écrirai rien sur cet hiver. C'est une période que je n'ai pas envie de revivre. Cependant, je ne suis pas parti de l'île, j'en étais incapable. Durant ces longs mois, Bianca n'a pas quitté mon esprit une seule seconde. Et le printemps venu, elle demeurait encore avec moi. Dans mes rêves.

Enfin, l'été est arrivé.

Les mots ne peuvent décrire les sentiments qui m'ont étreint le jour où je l'ai vue courir vers moi. A la rigueur, je pourrais les peindre. J'avais continué de hanter ces falaises dans l'espoir de sa venue. Avec le temps, j'avais fini par me persuader que la revoir, lui parler à nouveau, suffirait à mon bonheur. Si seulement elle avait pu apparaître en haut de cet escarpement, parmi les fleurs des champs, et venir s'asseoir avec moi sur ces rochers…

Et tout à coup, je l'ai entendue m'appeler. Elle courait vers moi, les yeux débordant de joie. Et puis elle a été dans mes bras, sa bouche sur la mienne. J'ai su alors qu'elle avait souffert autant que moi de notre séparation. Qu'elle m'aimait autant que je l'aimais.

C'était de la folie pure, nous en étions tous les deux conscients. Peut-être aurais-je dû me montrer plus fort et la convaincre de ne plus jamais me revoir. Mais, au cours de l'hiver, un changement s'était produit en elle. Elle ne pouvait plus se satisfaire de la vacuité de son mariage. Ses enfants, pourtant si chers à son cœur, ne pouvaient pallier l'absence d'amour de son époux qui n'attendait d'elle que devoir et obéissance. Cependant, je ne pouvais la laisser se donner à moi, franchir ce pas qui ne lui apporterait que remords, honte et regrets.

Aussi avons-nous repris nos rendez-vous sur les falaises, en tout bien tout honneur. Nos conversations émaillées de rires nous permettaient de croire que cet été n'aurait pas de fin. Parfois, elle venait accompagnée de ses enfants et nous avions l'illusion de former une famille. Tout cela était bien sûr d'une grande imprudence, mais d'une certaine façon nous pensions être à l'abri dans notre écrin de rochers entre ciel et mer, loin des tours menaçantes du château.

Nous étions contents du peu que nous avions. Pour ma part, je n'avais jamais été aussi heureux et je ne devais plus jamais l'être. Un amour comme le nôtre n'a ni commencement ni fin. Il n'est ni bien ni mal. Durant ces lumineuses journées d'été, Bianca n'était pas l'épouse d'un autre homme. Elle était mienne.

Et me voilà revenu ici, au terme de mon existence. Assis sur ces rochers, le corps affaibli par les ans, je contemple l'eau, et son visage, sa voix s'imposent à mon esprit avec une netteté parfaite.

Souriante, elle m'avait confié :

— J'ai toujours rêvé d'être amoureuse.

J'avais ôté les épingles de sa coiffure pour pouvoir enfouir mes mains dans ses cheveux — un plaisir infime, mais à mes yeux inestimable.

— Vous en rêvez toujours ? lui avais-je demandé.

— Non, ce n'est plus nécessaire.

Elle s'était penchée vers moi pour effleurer mes lèvres d'un baiser.

— Je ne rêverai plus jamais à l'amour. Je l'appellerai simplement de mes vœux.

J'avais embrassé sa main avec une infinie tendresse et nous avions regardé un aigle prendre son envol.

— Il y a un bal, ce soir, m'avait-elle alors confié. J'aimerais tant que vous y soyez, que vous me fassiez valser...

Abandonnant mon siège de rochers, je m'étais incliné devant elle, je l'avais attirée à moi et nous nous étions mis à danser parmi les églantines.

— Décrivez-moi la tenue que vous porterez, pour que je puisse vous imaginer.

Elle avait levé vers moi un visage rieur.

— Je porterai une robe en soie ivoire, ornée de perles irisées. Un modèle fluide mais dont le corsage dénude mes épaules. Et mes émeraudes.

— Aucune femme ne devrait avoir l'air triste en parlant d'émeraudes.

— Non.

Elle avait souri à nouveau.

— Celles-ci ont pour moi une valeur toute particulière. Mon époux me les a offertes pour la naissance d'Ethan et je les porte depuis, pour ne pas oublier.

— Oublier quoi ?

— Que quoi qu'il puisse arriver j'aurai laissé quelque chose derrière moi. Mes seuls véritables joyaux, voyez-vous, ce sont mes enfants.

Un nuage avait caché le soleil et elle avait appuyé sa tête sur mon épaule.

— Serrez-moi fort, Christian.

Nous n'avions pas évoqué la fin de cet été trop court, pourtant je savais que nous y songions, elle et moi, alors que nos deux cœurs battaient à l'unisson, au rythme de cette valse imaginaire. Soudain, une bouffée de rage m'avait envahi à l'idée de ce que j'allais bientôt perdre.

— Si je le pouvais, Bianca, je vous couvrirais d'émeraudes, de diamants et de saphirs !

Et je l'avais embrassée passionnément avant d'ajouter :

— De tout l'or du monde !

Elle avait posé ses mains sur mon visage et j'avais vu des larmes briller dans ses yeux.

— Non. Aimez-moi, tout simplement.

Tout simplement…

7

Sitôt rentré au cottage, Holt sut qu'on s'était introduit chez lui. Il avait beau avoir raccroché, il avait gardé son œil de policier. Rien n'avait été déplacé de manière flagrante, mais ce cendrier était un peu trop près du bord de la table, l'angle du fauteuil avait légèrement changé par rapport à la cheminée, un coin du tapis était rabattu...

Il entra dans la chambre, tous ses sens en alerte. Là aussi, quelqu'un était passé. Il alla récupérer son arme dans le tiroir de la table de nuit, tout en notant mentalement certains signes qui ne trompaient pas : la disposition des oreillers, modifiée de façon infime, les livres alignés différemment sur les rayonnages... Il ôta le cran de sûreté du pistolet et partit inspecter les autres pièces.

Une demi-heure après, il remettait l'arme à sa place, la mine résolue, le regard dur et fixe. Les toiles de son grand-père avaient été déplacées. Oh ! pas beaucoup, mais assez néanmoins pour qu'il sache que quelqu'un les avait touchées, examinées. Et c'était une profanation intolérable.

La personne qui avait visité le cottage était un professionnel. Rien n'avait été volé, très peu de choses avaient été dérangées, mais chaque centimètre carré de la maison avait été passé au peigne fin.

Et il savait avec certitude qui avait procédé à cette fouille en règle. Livingston, ou l'un de ses avatars, rôdait dans les parages. Suffisamment près en tout cas, pour avoir découvert le lien qui unissait les Bradford aux Calhoun. Et donc la possible implication de Christian dans le mystère des émeraudes.

A partir de maintenant, Holt en faisait une affaire personnelle.

Sadie se mit à pleurnicher pour sortir. Il lui gratta le crâne et, passant par la cuisine, alla s'asseoir sous la véranda avec une bière. Il allait s'abîmer dans la contemplation de l'eau, le temps que sa colère retombe, et laisser son esprit vagabonder. Un tri inconscient s'opérerait alors dans sa tête, les pièces du puzzle s'organiseraient dans un sens, puis dans un autre, jusqu'à ce qu'enfin une image précise commence à se former.

C'était Bianca, la clé de l'énigme. C'était donc dans ses pensées, ses sentiments et ses aspirations qu'il fallait creuser. Il alluma une cigarette et posa les pieds sur la balustrade. La lumière commençait à baisser, prenant des reflets de nacre à l'approche du crépuscule.

Bianca : une belle et jeune dame, malheureuse en ménage… Si l'on se fiait à la génération actuelle des femmes Calhoun, elle avait dû être également volontaire, passionnée, loyale… et vulnérable. Cette fragilité transparaissait nettement dans les yeux du portrait, comme dans ceux de Suzanna.

Bianca avait aussi évolué dans les plus hautes sphères de la société, parmi les privilégiés. C'était une jeune Irlandaise de bonne famille qui avait fait un très beau mariage.

Comme Suzanna.

Il tira sur sa cigarette, caressant distraitement les oreilles de Sadie qui avait posé sa tête sur ses genoux. Son regard fut attiré par le petit arbuste à fleurs jaunes, le rayon de soleil que lui avait offert Suzanna. Selon le témoignage de son ancienne domestique, Bianca manifestait elle aussi un penchant marqué pour les fleurs.

Au dire de tous, c'était une excellente mère, dévouée à ses trois enfants, alors que Fergus, lui, était un père strict qui se désintéressait d'eux.

Et puis Christian Bradford était entré dans sa vie.

Si Bianca avait effectivement choisi de lui céder, elle avait pris un énorme risque sur le plan social. A l'époque, une femme de son rang se devait d'être irréprochable. La moindre rumeur concernant une liaison — en particulier avec un homme de condition inférieure — aurait à jamais ruiné sa réputation.

Et pourtant, elle avait sauté le pas.

Sa situation était-elle devenue insupportable ? Rongée de culpabilité, avait-elle finalement paniqué et caché ses émeraudes en un ultime geste de défi ? Avait-elle cédé au désespoir à l'idée du déshonneur et du scandale d'un divorce ? De toute façon incapable d'affronter sa vie, elle avait choisi la mort.

Non, aucun de ces scénarios ne parvenait à le convaincre vraiment. Secouant la tête, il exhala une longue bouffée de cigarette. Décidément, tout sonnait faux dans cette histoire. Peut-être manquait-il d'objectivité, mais il n'arrivait pas à imaginer Suzanna baissant soudain les bras et se jetant du haut d'une tour. Or, il y avait trop de similarités entre Bianca et son arrière-petite-fille.

Et s'il tentait de percer l'esprit de Suzanna pour comprendre le raisonnement de sa malheureuse aïeule ? Au passage, peut-être y verrait-il lui aussi plus clair dans son propre cœur… Il but une gorgée de bière. Ses sentiments pour Suzanna semblaient évoluer de jour en jour et de façon radicale, à tel point qu'il ne savait plus trop où il en était.

Qu'éprouvait-il au juste ? Du désir, c'était une évidence.

Mais cela n'était pas aussi simple... Or, il était toujours parti du principe que le désir c'était simple.

Voyons... Qu'est-ce qui comptait le plus pour Suzanna Calhoun Dumont ? Ses enfants, ce fut la première pensée qui lui vint à l'esprit. Ses enfants, incontestablement, même si le reste de sa famille arrivait juste derrière. Sa jardinerie ? Tout de suite en troisième position. Elle se tuerait à la tâche pour faire prospérer son entreprise, toutefois son ambition professionnelle passait après ses enfants et sa famille.

L'esprit agité, il se leva et commença à arpenter la véranda. Un engoulevent se percha dans le vieil érable au tronc courbé par les tempêtes et lança son cri trisyllabique. En réaction, les insectes se mirent à murmurer dans l'herbe. La première luciole, petit éclaireur de l'ombre, voleta au-dessus de l'eau qui venait lécher la rive.

C'était aussi cela qu'il était venu chercher ici : le silence de la solitude. Il cessa de faire les cent pas et, le regard perdu dans la nuit, il se remit à penser à Suzanna. Pas au plaisir qu'il avait eu à la tenir dans ses bras ni au désir fou qu'elle suscitait en lui. Non, plutôt au bonheur qu'il éprouverait de la savoir à ses côtés, en cet instant où il attendait que la lune se lève.

Il devait percer les arcanes de sa personnalité, lui inspirer suffisamment confiance pour qu'elle lui livre ses sentiments et ses pensées. Car, s'il réussissait à établir ce genre d'intimité avec elle, il se familiariserait avec la psychologie de Bianca.

Mais était-il encore objectif vis-à-vis de Suzanna ? Non, ses sentiments lui obscurcissaient le jugement. Plus que tout au monde, il désirait devenir son amant. S'enfoncer en elle et voir la passion chasser de son regard cette triste expression d'animal blessé. L'amener à se donner à lui comme jamais elle ne s'était donnée à personne — pas même à son ex-mari.

Holt s'appuya à la balustrade comme pour s'immerger dans l'obscurité grandissante. Et dans la solitude de la nuit, il osa s'avouer qu'il suivait le même chemin que son grand-père.

Il était tombé amoureux d'une Calhoun.

Il mit du temps avant de rentrer. Et encore plus de temps à trouver le sommeil.

Suzanna n'avait pas fermé l'œil de la nuit. Etendue sur son lit, elle s'était efforcée de ne pas songer aux deux petites valises qu'elle avait préparées avec soin et minutie. Et lorsque enfin son esprit était parvenu à s'en détourner, il s'était orienté vers Holt. Ces pensées-là n'avaient fait qu'accroître son agitation.

Levée aux aurores, elle avait réorganisé tout le contenu des bagages, y avait ajouté quelques bricoles, et avait tout revérifié une dernière fois au cas où elle aurait oublié de prendre leurs doudous. Il ne fallait surtout pas qu'ils manquent de quoi que ce soit.

Au petit déjeuner, elle s'était montrée gaie et enjouée, tout en sachant gré à sa famille d'être là pour lui procurer son soutien et ses encouragements. Alex et Jenny avaient commencé la journée dans les pleurs, mais à midi elle avait quasiment réussi à les dérider à force de plaisanteries.

A 13 heures, elle avait de nouveau l'estomac noué et les enfants étaient redevenus grognons. A 14 heures, elle s'était retrouvée déchirée entre rage et espoir, craignant que Bax ait complètement oublié son projet de vacances.

Mais à 15 heures la voiture était arrivée — une Lincoln noire, rutilante. Un quart d'heure après, ses enfants étaient partis.

Dès lors, la maison sans eux lui était devenue insupportable. Coco avait été adorable, très compréhensive, mais Suzanna redoutait qu'elles s'effondrent toutes deux dans un déluge de larmes. Aussi, dans l'intérêt de sa tante comme du sien, elle décida de se rendre à la jardinerie.

Oui, elle allait s'occuper les mains et l'esprit ! Se plonger tête baissée dans le travail, si bien que les enfants reviendraient sans qu'elle ait eu le temps de se rendre compte de leur absence.

Elle fit un saut au magasin, mais la compassion de Carolanne et ses questions inquisitrices ne tardèrent pas à lui porter sur les nerfs.

— Je ne veux pas t'ennuyer, s'excusa cette dernière lorsque le ton de Suzanna se fit cassant. Je m'inquiète pour toi, c'est tout.

— Eh bien, c'est inutile ! Je vais très bien.

Suzanna avait entrepris de sélectionner des plantes avec un soin presque maniaque. Elle ajouta, contrite :

— Et je te demande pardon de t'avoir répondu aussi sèchement. Je suis un peu à cran.

— Et moi, trop indiscrète, reconnut Carolanne, toujours brave fille. J'aime bien celles-ci, les saumon, fit-elle remarquer à Suzanna qui hésitait sur des impatiens de Nouvelle-Guinée. Tu sais, si tu veux lâcher un peu de vapeur, tu n'as qu'à m'appeler. Nous pourrions nous faire une soirée entre filles.

— Bonne idée, oui.

— C'est quand tu veux ! Ce sera l'occasion de passer un moment sympa. J'aime beaucoup cette association de couleurs, déclara-t-elle alors que Suzanna chargeait son choix de végétaux dans le pick-up. Tu installes une nouvelle plate-bande ?

— Non, je m'acquitte d'une dette.

Suzanna grimpa dans son véhicule, lui fit au revoir de la main et démarra. Le temps du trajet, elle s'occupa l'esprit en dessinant et redessinant mentalement la composition de la plate-bande qu'elle allait réaliser. Elle avait déjà repéré l'endroit — en bordure de la véranda de devant. Ainsi, Holt pourrait en profiter chaque fois qu'il entrerait ou sortirait du cottage.

Ce chantier lui prendrait la fin de l'après-midi. Ensuite, elle pourrait décompresser en allant se promener le long des falaises. Le lendemain, elle resterait toute la journée au magasin et, en soirée, elle s'occuperait des jardins des Tours, à la fraîche.

L'un après l'autre, les jours finiraient bien par passer…

Elle gara le pick-up devant le cottage et, sans prendre la peine de s'annoncer, elle se mit à délimiter les contours de la future plate-bande. Hélas, ses efforts ne produisaient pas l'effet escompté sur son moral. Elle avait beau creuser, biner et travailler la terre, elle ne trouvait pas d'apaisement. Son esprit semblait incapable de s'adonner sans arrière-pensée au plaisir de planter. Même, un méchant mal de tête commençait à irradier derrière ses yeux. Ignorant la douleur, elle alla chercher une brouettée de terreau qu'elle déversa sur le sol. Elle était en train de le ratisser quand Holt sortit du cottage.

Cela faisait presque dix minutes qu'il l'observait à la fenêtre, contrarié de la voir les épaules basses et le regard éteint.

— Je croyais que vous deviez prendre votre journée ?

— J'ai changé d'avis.

Et sans lui accorder la moindre attention, elle repartit aussitôt vers le pick-up et en revint, la brouette remplie de plantes en godets.

— Qu'est-ce que c'est que tout ça ? s'exclama-t-il.

— Votre salaire.

Elle commença par les gueules-de-loup, les delphiniums et les marguerites.

— Nous avions un marché, souvenez-vous.

Il descendit deux ou trois marches, ennuyé.

— J'avais dit que vous pourriez éventuellement planter une paire d'arbustes d'ornement…

— Oui, et je plante des fleurs ! répliqua-t-elle en tassant la terre. Pas besoin d'imagination pour voir que ce jardin manque cruellement de couleurs.

D'accord, elle cherchait la bagarre. Eh bien, elle allait l'avoir !

— Vous auriez quand même pu me demander la permission avant de retourner tout le terrain.

— Pour quoi faire ? Vous auriez ricané et lâché quelque remarque machiste dont vous avez le secret.

Holt descendit une marche de plus.

— C'est mon jardin, ma jolie.

— Et moi, j'y plante des fleurs. *Mon mignon.*

Elle releva brusquement la tête. Oui, estima-t-il, elle était dans une colère noire. Mais elle était aussi malheureuse.

— Et si vous ne voulez pas vous embêter à les arroser et à les entretenir, c'est moi qui le ferai ! Et maintenant, que diriez-vous de rentrer chez vous et de me laisser travailler ?

Sans attendre de réponse, elle se remit à l'ouvrage.

Holt alla s'asseoir sous la véranda, tandis qu'elle ajoutait des lavandes, des pieds-d'alouette, des dahlias et des petites pensées à la plate-bande. Tirant paresseusement sur sa cigarette, il regardait ses mains. Toujours aussi sûres et gracieuses dans leurs gestes…

— Planter des fleurettes n'a pas l'air de vous remonter le moral, aujourd'hui.

— Mon moral va très bien, merci. Ça ne se voit pas, mais je nage dans le bonheur.

Elle brisa malencontreusement une tige de freesia et jura.

— Dites-moi un peu pourquoi je n'aurais pas le moral ! Parce que j'ai vu Jenny partir dans cette maudite bagnole, les joues ruisselantes de larmes ? Parce que j'ai dû rester plantée là et sourire comme une idiote quand Alex s'est retourné vers moi avec son petit menton tout tremblant et ses yeux qui me suppliaient de le retenir ?

D'un mouvement de tête, elle ravala ses larmes.

— Parce que j'ai dû supporter sans broncher que Bax m'accuse d'être une mère surprotectrice qui faisait de ses enfants — de ses enfants à lui ! — des petites natures timides et sans caractère ?

Elle planta rageusement la bêche dans la terre.

— Mes enfants ne sont ni timides, ni sans caractère ! Ce sont des enfants ! Comment pourraient-ils partir de gaieté de cœur avec un père qu'ils connaissent à peine ? Et avec sa nouvelle épouse, une femme en tailleur de soie et escarpins italiens, complètement stressée, complètement démunie ! Elle ne saura pas quoi faire si Jenny fait un cauchemar ou si Alex a mal au ventre. Et moi, je les ai laissés partir sans rien pouvoir faire ! Je les ai laissés s'en aller dans cette horrible voiture en compagnie de deux inconnus. Alors vous comprendrez que j'aie le moral. Un moral à tout casser !

Elle repartit vers le pick-up, remâchant sa colère, mais lorsqu'elle revint pour répandre le paillis Holt avait disparu. Bon débarras ! Elle s'exhorta cependant au calme. Son ressentiment ne devait pas l'empêcher de mener à bien ses plantations : dans ce domaine au moins, elle exerçait encore quelque contrôle !

Holt revint en tirant d'une main le tuyau d'arrosage depuis l'arrière de la maison. Dans l'autre, il tenait deux bières.

— C'est pour vous.

S'essuyant le front, elle considéra les bouteilles d'un air sombre.

— Je ne bois pas de bière.

— C'est tout ce que j'ai.

Il lui en fourra une de force dans la main et ouvrit le jet en mode pulvérisateur.

— C'est bon, maintenant ! dit-il sèchement. Je devrais pouvoir m'en sortir. Et si vous vous asseyiez un peu ?

Suzanna gravit les marches et prit place sous la véranda. Elle mourait de soif... Elle but une longue gorgée au goulot et, le menton sur la main, regarda Holt qui arrosait les plantes. Il avait appris à ne pas les noyer ni les écraser sous un jet trop fort. Elle émit un petit soupir de satisfaction et se remit à siroter sa bière, pensive.

Pas de paroles de compassion. Pas de tapes réconfortantes dans le dos ni de protestations d'empathie. A la place, il lui avait opposé ce dont elle avait le plus besoin, un mur de silence contre lequel projeter sa détresse et sa colère. Savait-il d'ailleurs qu'il l'avait aidée ? Mystère. Mais si elle était venue ici, chez lui, ce n'était pas seulement pour planter des fleurs, pas seulement pour sortir du manoir, mais parce qu'elle l'aimait.

Elle ne s'était pas accordé le temps d'y réfléchir, pas depuis que ce sentiment s'était épanoui dans son cœur. Quelle place donner à cet amour ?

De son côté, c'était clair. Après son divorce, elle avait tiré un trait définitif sur sa vie affective, de crainte de se faire une fois de plus piétiner par un homme. A aucun moment elle n'avait cherché l'amour. Ses aspirations se résumaient à un bonheur tout simple : trouver la paix de l'esprit et offrir un foyer rassurant à ses enfants.

Et pourtant, l'amour était entré dans sa vie.

Et Holt ? Comment réagirait-il si elle lui avouait ses sentiments ? Serait-il flatté dans son orgueil ? Surpris, horrifié, amusé ? Au fond, c'était sans importance, décida-t-elle en passant un bras autour de Sadie qui était venue la rejoindre. Cet amour lui appartenait et pouvait même se suffire à lui-même. De toute façon, il y avait belle lurette qu'elle n'espérait plus que l'on partage ses sentiments.

Holt coupa le jet. En effet, cette plate-bande colorée conférait un charme supplémentaire au cottage. Sans compter que maintenant il arrivait même à identifier certaines fleurs ! Pour autant, il n'envisageait pas de demander à Suzanna le nom de celles qu'il ne connaissait pas. Mais il chercherait de son côté.

— C'est drôlement joli…

— La plupart sont des plantes vivaces, précisa-t-elle d'un ton faussement détaché. C'est plus gratifiant. J'ai pensé que vous seriez content de les voir réapparaître année après année.

En effet, ce sera peut-être le cas, songea Holt. Mais son plaisir sera sûrement terni par le souvenir du chagrin de Suzanna, le jour où elle les avait plantées. Quant à la rage que suscitait en lui l'image d'Alex et Jenny en larmes, à l'arrière de la voiture qui les emportait loin de leur mère, il préférait ne pas s'y attarder.

— Et puis ça sent bon.

— C'est la lavande.

Elle inspira profondément avant de se lever.

— Je vais couper l'eau.

Elle avait presque atteint le coin de la maison lorsqu'il lança :

— Suzanna ! Tout va bien se passer pour eux.

Craignant que sa voix ne se brise, elle se contenta d'acquiescer de la tête avant de disparaître à l'arrière du cottage. Quand Holt la rejoignit, il la trouva en train de faire un câlin front contre front avec la chienne. Sans le regarder, elle déclara :

— Vous savez, avec des hémérocalles et quelques sedums en couvre-sol, vous résoudriez pratiquement le problème de l'érosion sur cette rive.

Il lui saisit le coude avec douceur pour l'aider à se relever.

— Dites-moi, il n'y a qu'en travaillant que vous arrivez à vous changer les idées ?

— Ma foi, c'est une méthode qui a fait ses preuves.

— Eh bien ! Moi, j'ai une solution plus efficace.

Suzanna sentit son cœur bondir dans sa poitrine.

— Holt, je ne…

— Allons faire une virée, tous les deux !

Elle le regarda sans comprendre.

— Une virée ?

— Oui, en bateau. Nous avons deux heures avant la tombée de la nuit.

— Ah, une virée en bateau…, répéta-t-elle avec un long soupir, sans s'apercevoir que son soulagement amusait beaucoup Holt. Ça, je veux bien.

— A la bonne heure !

Et aussitôt, il l'entraîna vers le ponton.

— Tenez, c'est vous qui larguerez les amarres.

D'autorité, Sadie sauta lestement dans le petit cabin-cruiser. Il s'agissait donc entre eux d'une routine bien établie, comprit Suzanna. Eh bien, pour un homme qui refusait de s'encombrer de sentiments, il était assez révélateur qu'il emmène sa chienne en mer…

Le rugissement du moteur interrompit ses pensées : Holt l'attendait. Et à peine fut-elle montée à bord qu'il mit le cap sur la baie.

Le vent lui giflait le visage. D'une main, elle retint en riant sa casquette qui menaçait de s'envoler. Après se l'être vissée sur le crâne, elle rejoignit Holt à la barre.

— Ça faisait des mois que je n'avais pas fait de bateau ! cria-t-elle par-dessus le bruit du moteur.

— A quoi bon vivre sur une île si vous n'allez jamais sur l'eau ?

— J'aime regarder les vagues.

Elle jeta un coup d'œil par-dessus son épaule et fut brièvement éblouie par l'éclat d'une fenêtre appartenant aux habitations les plus isolées de Bar Island. Au-dessus d'eux, des mouettes tournoyaient en poussant des cris perçants. Sadie leur aboya dessus, puis alla s'installer sur les coussins de la banquette, tête inclinée et oreilles au vent.

— A-t-elle déjà sauté par-dessus bord ? s'inquiéta Suzanna.

Holt lui lança un regard.

— Non. Elle se contente de prendre l'air idiot que vous lui voyez.

— Un de ces jours, il faudra que vous la rameniez aux Tours. Fred n'est plus le même depuis qu'il l'a rencontrée.

— Oui, certaines femmes font cet effet-là aux hommes…

Le parfum de Suzanna lui parvenait aux narines, porté par la brise iodée ; à chaque inspiration, il avait l'impression de s'emplir d'elle tout entier. Il la sentait toute proche, arc-boutée contre les mouvements du bateau, mais son regard demeurait perdu à l'horizon, préoccupé. Elle ne pensait pas à lui. En revanche, lui ne pensait qu'à elle.

Il négocia adroitement la traversée de la baie pourtant bien encombrée, restant à petite vitesse pour manœuvrer autour des autres embarcations. Ils passèrent devant la terrasse d'un hôtel où, sous des parasols à rayures, des touristes se régalaient déjà de cocktails et de plateaux de fruits de mer. Loin à tribord, la goélette à trois mâts de l'île rentrait au port à vive allure, avec à son bord une foule de vacanciers agitant joyeusement la main.

Puis, la baie céda la place à l'océan et les eaux se firent moins sereines. Les falaises surgissaient puissamment vers l'azur. Du haut de sa corniche, le manoir des Tours se dressait avec arrogance au-dessus du village, défiant les éléments. Sa pierre gris foncé se fondait dans les nuages de pluie massés à l'ouest et ses carreaux au verre gondolé étincelaient d'arcs-en-ciel facétieux. Tout autour s'entremêlaient des traînées de couleurs vives, comme un mirage : le jardin de Suzanna.

— Parfois, quand j'allais pêcher le homard avec mon

père, je levais la tête vers les Tours. *(Et je pensais à vous.)* Le château Calhoun, murmura Holt. C'était comme ça que mon père l'appelait.

Suzanna sourit et mit la main en visière devant ses yeux pour détailler l'imposante demeure perchée sur les falaises.

— Pour moi, c'est juste la maison. Depuis toujours. Quand je la regarde, je vois tante Coco s'essayant à quelque nouvelle recette dans la cuisine, Lilah en train de sommeiller dans le petit salon, les enfants jouant dans le jardin ou dévalant les escaliers. J'imagine Amanda, assise à son bureau, passant au crible les monceaux de factures dont il faut s'acquitter pour entretenir une bâtisse de cette taille. Et dans le garage, C.C., plongée sous le capot du vieux break, cherchant par quelque miracle à prolonger la vie du moteur d'encore un an. Parfois, il m'arrive même de revoir mes parents riant à la table de la cuisine, encore pleins d'enthousiasme, de jeunesse et de projets.

Elle se tourna pour ne pas perdre des yeux sa maison de famille.

— Autour de nous, tout change, mais le manoir demeure, inébranlable. C'est un sentiment réconfortant, vous savez... D'ailleurs, je ne vous apprends rien, sinon vous n'auriez pas choisi d'habiter le cottage de votre grand-père, avec tous les souvenirs qu'il contient.

Holt comprenait très bien cet attachement aux vieilles pierres, pourtant, l'idée le mettait mal à l'aise.

— J'aime peut-être tout simplement vivre au bord de l'eau...

Suzanna attendit que la tour de Bianca ait disparu pour se tourner vers lui.

— Eprouver des sentiments, ce n'est pas une marque de faiblesse, Holt.

Il se rembrunit et reporta son regard vers l'horizon.

— Je n’ai jamais été proche de mon père. Lui et moi, nous nous opposions en tout et sur tout. En revanche, je n’ai jamais eu à m’expliquer ou à me justifier auprès de mon grand-père. Il me prenait tel que j’étais, avec mes passions et mes rêves. Sans doute est-ce pour ça qu’il m’a légué ce cottage, même si à l’époque je n’étais qu’un gosse.

Suzanna fut profondément émue qu’il se soit confié à elle sur un sujet aussi intime.

— Et vous y êtes revenu. On revient toujours vers ce qu’on aime.

Elle brûlait de l’interroger plus avant, sur la vie qu’il avait menée durant toutes ces années d’absence. Pourquoi avait-il tourné le dos à son métier de policier pour se lancer dans la réparation de moteurs et d’hélices de bateau ? Etait-il tombé amoureux ou, au contraire, avait-il eu le cœur brisé ?

Mais à cet instant il mit les gaz et le cabin-cruiser fila sur l’immense étendue d’eau.

Holt n’était pas sorti en mer pour méditer des pensées profondes, se mettre martel en tête ou se poser des questions. Le but de cette virée était d’offrir à Suzanna une heure de détente, une parenthèse dans le quotidien. Et cela valait pour lui aussi. Le vent et la vitesse avaient toujours produit des miracles sur son moral. Lorsqu’il la vit rire et présenter son visage au vent, il sut qu’il avait fait le bon choix.

— Tenez, prenez les commandes.

C’était un défi ! Elle l’entendit dans sa voix, le lut dans ses yeux et son grand sourire. Aussi le remplaça-t-elle à la barre, sans hésiter.

Il y avait quelque chose d’exaltant dans ce sentiment de contrôle absolu, dans cette puissance brute qui vibrait sous ses doigts. Le bateau fendait l’eau telle une lame, lancé à pleine vitesse en direction de nulle part. Il n’y avait plus que l'océan, le ciel et une liberté illimitée. L'Atlantique se fit plus dur, pimentant leur virée impromptue d'un zeste de danger. Le brusque rafraîchissement de l'air la faisait frissonner et chaque goulée était aussi enivrante qu'une gorgée de vin glacé.

Même aux commandes d'un bateau, ses gestes étaient sûrs et compétents, songea Holt avec admiration. Elle tenait fermement la barre, arc-boutée telle une figure de proue. Dans ses yeux, la mélancolie avait cédé la place à une joyeuse intrépidité qui le transportait d'excitation. Son visage était enluminé par le plaisir, emperlé par les embruns. Elle ne ressemblait plus à une princesse, mais à une reine consciente de son pouvoir et prête à l'exercer.

Il la laissait libre du choix de leur route, sachant pertinemment que leur virée s'achèverait par l'assouvissement du désir qui le tenaillait depuis quinze ans. Car il n'attendrait pas un jour de plus. Ni même une heure.

Elle lui rendit la barre, essoufflée et rieuse.

— J'avais oublié l'effet que ça faisait ! Voilà cinq ans que je n'avais pas piloté de bateau.

— Vous vous en êtes tirée comme un chef.

Sans ralentir, il fit décrire un large demi-cercle à l'embarcation.

Elle se frictionna les bras avec bonne humeur.

— Seigneur, je suis gelée !

Il se retourna vers elle et eut un coup au cœur. Elle rayonnait : ses yeux étaient d'un bleu encore plus vif que celui d'un ciel d'été, le vent plaquait son pantalon et son chemisier de fine cotonnade contre son corps élancé, ses cheveux volaient sous la casquette.

Il dut se détourner : ses mains étaient moites et tremblaient légèrement sur la barre. Il n'était pas en train de tomber amoureux, non, il s'était littéralement écrasé au sol — atterrissage fatal.

— Il y a une veste dans la cabine, lui dit-il.

— Non, c'est merveilleux...

Elle ferma les yeux et se laissa marteler par les sensations fortes. Le vent déchaîné, les rayons dorés qui perçaient les nuages, le goût du sel, de la mer, l'odeur de l'homme à ses côtés, le rugissement du moteur, le bouillonnement de l'écume... Ils étaient seuls au monde, ivres de vitesse, chacun libre de prendre les commandes et de fendre droit devant cette fabuleuse solitude.

Suzanna ne voulait pas rentrer. Elle s'abreuvait d'air iodé. Comme il aurait été libérateur de filer vers l'horizon, puis de se laisser dériver au gré des courants !

Mais déjà l'air devenait plus doux. Ils n'étaient plus seuls au monde. Le long signal monocorde d'un bateau de plaisance retentit, tandis que Holt réduisait la vitesse et s'orientait vers le port.

Ça aussi, c'était agréable, songea-t-elle. De rentrer à la maison. D'avoir une place à soi, d'avoir la certitude d'être bien accueillie. Elle laissa échapper un petit soupir, heureuse de retrouver toutes ces choses familières. L'eau de la Frenchman Bay virant à l'indigo à la tombée du soir, les bâtiments noirs de monde, le claquement métallique des bouées. C'était encore plus réconfortant après leur course folle à destination de nulle part.

Ils retraversèrent la baie dans un silence apaisé. Enfin, Holt fit décrire un tour complet à l'embarcation et la laissa dériver jusqu'au ponton. Suzanna sauta du bateau pour l'amarrer et caressa Sadie qui, appuyée de tout son poids contre ses jambes, quémandait son attention.

— Tu m'as l'air d'avoir la patte marine, hein, ma belle ?

Elle s'accroupit pour lui frictionner l'échine avec affection.

— Je crois qu'elle veut déjà repartir ! lança-t-elle à Holt.

Il sauta souplement sur le ponton et alla se poster à trente centimètres d'elle.

— Un orage se prépare.

Suzanna regarda le ciel : de fait, le vent poussait les nuages vers les terres. Lentement, mais inexorablement.

— Vous avez raison. Ce qui est certain, c'est qu'un peu de pluie ne fera pas de mal aux cultures !

Aussitôt, elle se morigéna en son for intérieur. Parler du temps qu'il faisait parce qu'elle se sentait gênée, maintenant que se refermait cette parenthèse, c'était vraiment ridicule ! Elle se releva, consciente de la proximité électrique de Holt, et de ses yeux sombres fixés sur elle.

— Merci pour la virée. Je me suis régalée.

— Tant mieux.

Il s'avança, faisant osciller le ponton sous leurs pieds. Elle recula de deux pas et fut étrangement rassurée de retrouver la terre ferme.

— Si vous en avez l'occasion, suggéra-t-elle, emmenez donc Sadie faire une petite visite à Fred, ce week-end. Il va se sentir bien seul sans les enfants.

— D'accord.

Elle avait franchi la moitié du jardin et Holt semblait toujours collé à elle ! Au risque de passer pour paranoïaque, on aurait dit qu'il la poursuivait.

— Le millepertuis a l'air de bien se plaire, remarqua-t-elle, effleurant l'arbuste au passage. Mais il faut vraiment que vous mettiez de l'engrais à cette pelouse. Je pourrais vous recommander un procédé d'amendement du sol, simple et peu coûteux.

Il esquissa un léger sourire, sans la quitter du regard.

— Faites donc ça...

— Eh bien, je... il se fait tard. Tante Coco...

— Sait que vous êtes une grande fille.

Il la retint par le bras.

— Vous n'irez nulle part ce soir, Suzanna.

Avec un peu plus d'expérience, peut-être aurait-elle mieux su jauger l'humeur de Holt avant qu'il ne la touche. Mais à présent le doute n'était plus permis sur ses intentions. Il avait refermé ses doigts sur elle d'un geste possessif et ses yeux anthracite reflétaient clairement le désir qu'il avait d'elle.

Si seulement elle avait pu avoir les mêmes certitudes que lui...

— Je vous ai dit que j'avais besoin de temps, Holt.

— Ce temps-là est écoulé, répliqua-t-il d'un ton tranchant qui la mit en émoi.

— Comprenez qu'il ne s'agit pas d'une décision que je peux prendre à la légère...

Les yeux de Holt irradièrent de passion. Un violent coup de tonnerre résonna à des kilomètres.

— La légèreté n'a rien à voir là-dedans, nous le savons, vous et moi.

Suzanna en était parfaitement consciente, oui, et c'était justement cela qui était terrifiant. Elle tenta d'éluder l'ultimatum.

— Je pense que...

Il poussa un juron et l'enlaça avec fougue.

— Vous pensez trop.

Passé la première surprise, elle se débattit. Mais il l'emportait déjà vers la véranda.

— Holt ! Il n'est pas question qu'on me force la main !

La porte à moustiquaire claqua derrière eux. Ne comprenait-il donc pas qu'elle avait peur, terriblement peur ? Peur qu'il la trouve terne et ennuyeuse, qu'il la repousse et la laisse à nouveau brisée, anéantie ?

— Je refuse d'être bousculée !

— Peut-être, mais si je vous attendais, on y serait encore dans quinze ans, alors...

D'un coup de pied, il ouvrit la porte de la chambre et la lâcha sur le lit. Ce n'était pas ce qu'il avait prévu, mais il était trop noué de craintes et de désirs pour s'embarrasser de mots tendres.

D'un bond, elle alla se camper devant lui, mince et

droite comme un roseau. Dans son dos, l'ombre annonciatrice de la nuit envahissait peu à peu la pièce.

— Si vous pensez pouvoir me charger sur votre épaule et me jeter sur ce lit comme un sac de pommes de terre...

— C'est pourtant précisément ce que j'ai fait.

Il soutint son regard tout en ôtant sa chemise par la tête.

— Ecoutez, Suzanna. Je suis fatigué d'attendre et fatigué de vous désirer ! Alors maintenant, nous allons faire ça à ma façon.

Toute cette scène avait un air de déjà-vu, songea-t-elle, le cœur gros. Sauf qu'à l'époque c'était Bax qui lui ordonnait de se mettre au lit, Bax qui la dépouillait de ses vêtements et se couchait sur elle pour lui imposer le fameux devoir conjugal — à la hussarde et sans amour. Sans compter qu'après il lui fallait encore subir sa dérision et son mépris...

— A votre façon ? Rien de nouveau sous le soleil ! rétorqua-t-elle d'un ton crispé. Et puis ça ne m'intéresse pas. Rien ne m'oblige à coucher avec vous, Holt ! A me soumettre à votre bon plaisir et à me laisser prendre sans broncher ! Et tout ça pour quoi ? Pour m'entendre dire ensuite que je ne suis pas assez bien pour vous satisfaire ! Sauf que je ne laisserai plus personne se servir de moi, vous comprenez ?

Mais avant qu'elle ait pu sortir de la chambre, il l'attira brutalement à lui et, ignorant ses insultes et ses gesticulations, il la bâillonna d'un baiser. Elle faillit chavirer sous l'ardeur de sa bouche. D'ailleurs, ses jambes se seraient dérobées sous elle, si Holt ne l'avait pas enserrée de ses bras.

Car, au-delà de la peur et de la colère, elle sentait son propre désir la submerger et elle en voulait à Holt de réveiller ces pulsions, de la mettre en état de manque. Fragile et sans défense, elle ne pouvait que s'agripper à lui comme à une bouée de sauvetage.

Brusquement, il l'écarta de lui et la tint à bout de bras, le souffle court. Les yeux de Suzanna étaient sombres comme un ciel de minuit et renfermaient bien des secrets. Mais il les percerait tous, oui, un par un. Il s'en fit le serment. Et il commencerait dès ce soir.

— Personne ne va se servir de personne, je vais seulement prendre ce que vous êtes prête à m'offrir.

Elle sentit l'étau de ses doigts se resserrer sur ses bras.

— Regardez-moi, Suzanna. Regardez-moi et dites que vous n'avez pas envie de moi, et je vous laisserai partir.

Elle soupira, vaincue. Elle l'aimait, et elle ne pouvait plus garder son amour pieusement caché sous son oreiller, telle une jeune fille romantique. Si elle n'était pas capable de séparer les désirs du corps des élans du cœur, alors elle n'avait d'autre choix que de les vivre comme un tout. Et si cet homme le lui piétinait, son cœur, eh bien ! son corps, lui, n'en mourrait pas.

Au reste, n'avait-elle pas promis à Holt que, si elle se donnait à lui, ce serait sans regret ?

Elle posa sa main sur la sienne, avec tendresse, sans pour autant en espérer une once de sa part. C'était un choix qu'elle faisait librement, en pleine connaissance de cause.

— A quoi bon le nier ? J'ai envie de vous, Holt. Vous avez raison, inutile de prolonger l'attente.

8

Si la tension avait été moins forte, le désir moins violent, peut-être aurait-il pu faire preuve de tendresse. Si son excitation avait été moins intense, sa soif moins ardente, peut-être aurait-il pu se montrer un peu romantique. Mais il savait que s'il ne la possédait pas tout de suite, très vite, il allait devenir fou.

Sa bouche était fiévreuse, ses mains brutales. Et dès qu'il goûta au corps de Suzanna, il sut qu'elle était d'ores et déjà à lui. Mais cela ne lui suffisait pas. Peut-être même ne pourrait-il jamais se rassasier d'elle.

Elle ne manifesta aucune hésitation, aucune crainte. Elle exprimait une générosité désarmante qui l'incitait à prendre son plaisir. Dans les caresses effrénées de Suzanna, il ne sentait que du désir, pas la moindre retenue.

D'un même geste, il lui ôta casquette et bandana pour saisir à poignées sa soyeuse chevelure couleur de miel. Ses mains tremblaient un peu, mais sa bouche dévorait la sienne sans douceur.

Elle s'ouvrit à lui dans un petit gémissement de volupté, tandis que leurs langues s'engageaient dans un profond duel. Le désir était contagieux.

Dressée sur la pointe des pieds, elle répondait à sa passion avec un enthousiasme égal au sien. Son corps vibrait de pulsions depuis longtemps réprimées, mais aussi de peur. Peur de ce qui arriverait si jamais elle abandonnait tout contrôle. Elle devait lui montrer qu'elle était capable de lui donner du plaisir, de le rendre heureux et de susciter son désir sans désemparer. Si elle faisait preuve de maladresse maintenant, si elle renonçait à jouer les geishas, la trouverait-il en deçà de ses fantasmes ?

En même temps, jamais elle ne s'était sentie aussi désirée par aucun homme. En tout cas pas avec cette violence frémissante qui donnait à chacun de leurs gestes la saveur de l'interdit. Elle se cambra contre lui, le corps assailli par un déferlement de sensations, en espérant que ce qu'elle avait à lui offrir suffirait à combler ses attentes.

Holt lui embrassa fiévreusement le visage, lui grignota le menton, puis descendit vers sa gorge, frottant sa barbe dure contre sa peau délicate. Et ses mains — Seigneur, ses mains étaient partout à la fois !

Elle devait garder la tête froide, mais ses genoux se dérobaient et son esprit tournait comme un carrousel. Elle tenta désespérément de repousser le vertige et, enfonçant ses ongles dans le dos de Holt, elle tâcha de se remémorer ce qui plaisait aux hommes.

Holt la sentait vibrer comme un arc, tout son corps tendu à se rompre : elle se contrôlait. Savoir qu'elle en était capable alors que son propre désir le rendait à moitié fou le plongea dans une sorte de rage. Déchirant son chemisier, il la renversa brutalement sur le lit.

— Tu ne m'échapperas pas, bon sang !

Haletant, il lui immobilisa les poignets au-dessus de la tête.

— Et je t'aurai toute à moi.

Il reprit possession de sa bouche et la sentit se contracter tandis que son pouls s'affolait sous ses doigts.

Suzanna frissonnait d'émerveillement. Le corps de Holt était un brasier, sa peau brûlante et moite fusionnait avec la sienne. Sa poigne d'acier l'immobilisait, tandis que son autre main la pétrissait sans ménagement. Elle percevait sa colère, savourait son désir exacerbé par la frustration. Eperdue, elle tenta de le supplier d'attendre, de lui accorder un instant, mais elle ne put émettre que des gémissements entrecoupés.

Le vent écarta les rideaux, laissant le crépuscule s'engouffrer dans la chambre. Les premières gouttes de pluie qui frappèrent le toit résonnèrent à ses oreilles comme des coups de feu, en écho à la guerre que Holt menait contre elle. Il y eut un autre roulement de tonnerre, plus près cette fois, annonciateur d'une puissance déchaînée.

Holt goûta enfin à ses seins et laissa échapper un murmure de satisfaction. Elle était aussi douce qu'une brise d'été, aussi enivrante qu'un bon whisky. Alors qu'elle se cambrait de plaisir sous lui, il titilla son mamelon dressé, se perdant dans la saveur et le velouté de sa peau. Il sentait les battements de son cœur contre ses lèvres. Et son désir était égal au sien. Elle était en proie à une excitation intense qui malmenait tout son corps, il l'entendait dans ses halètements effrénés. Elle s'arc-boutait contre lui avec violence. Il décida de s'aventurer plus bas, lui agaçant les flancs du bout des dents, traçant de sa langue un sillage torride sur son ventre.

Les mains enfin libérées, elle lui agrippa les cheveux. Elle ne pouvait plus respirer. Il fallait qu'elle le lui dise. Tout son corps explosait sous la brûlure de ses caresses. C'était presque une souffrance. Ses doigts se crispèrent sur le dessus-de-lit. Elle était en manque de…

Elle était en manque.

Quelqu'un poussa un cri. Ce son bref et désespéré, Suzanna l'entendit jaillir de sa propre gorge tandis que tout son corps se tendait. Des mondes inconnus explosèrent en elle dans un fracas plus fort que le tonnerre qui grondait au-dessus d'eux. Etourdie de volupté, elle ondulait sous Holt.

Il leva la tête pour la regarder. Elle avait les pupilles

dilatées, le visage empourpré d'une ardeur nouvelle. Il sentit sous lui son corps encore secoué par la jouissance, alors qu'elle laissait ses mains retomber mollement sur le lit en bataille. La découvrir vaincue par la volupté le bouleversait.

Mais il voulait aller plus loin.

A peine était-elle revenue à elle que, déjà, il la ramenait sur les rives du plaisir. Elle ne pouvait plus que s'accorder à sa fougue. Alors que la pluie se mettait à tambouriner sur le toit, elle roula avec lui, trop extasiée pour être surprise par sa propre impatience. Ses mains étaient devenues aussi brusques et impérieuses que celles de Holt, sa bouche aussi avide. Lorsqu'il lui ôta son jean, elle étouffa un cri de triomphe. Et ce fut avec la même ardeur qu'elle le débarrassa de son pantalon pour enfin se coller à lui en un corps-à-corps moite et sensuel.

Son besoin de le toucher était aussi violent que son envie d'être touchée. Elle voulait le posséder tout en étant possédée par lui. Elle brûlait de vivre cette frénésie, cette passion dévorante qui lui avait été refusée jusqu'ici, ce désir plus fort que la raison.

A présent, il n'était plus question de se contrôler, ni pour lui ni pour elle. Les caresses de Holt recommencèrent à l'entraîner toujours plus haut et elle franchit chaque vague de plaisir, exultant d'une soif toujours plus grande. C'était le moment qu'il attendait. Au comble de l'excitation, il la pénétra, prenant enfin possession de ce corps qui l'obsédait depuis quinze ans, et Suzanna s'accorda sans retenue au rythme sauvage qu'il lui imposait.

Ils étaient à nouveau seuls au monde, mais cette fois la mer était en furie et l'air chargé d'électricité. Leur étreinte les transportait dans un sentiment d'exaltation, de toute-puissance et de liberté. Enfin, tout redevenait possible. Suzanna sentit Holt frissonner — le voyage touchait à son terme. Parvenu au sommet du plaisir, il enfouit son visage dans sa chevelure tandis que, nouant son corps au sien, elle le suivait dans l'extase.

Durant quinze ans, il s'était demandé ce qu'il éprouverait avec elle. Depuis l'adolescence, il l'avait rêvée, imaginée, désirée, mais aucun de ses fantasmes ne pouvait rivaliser avec la réalité. Suzanna était un volcan sous la glace. Une femme à la sensualité torride. A présent, elle était allongée à côté de lui, le corps alangui par la passion à laquelle elle s'était livrée sans réserve. Ses cheveux sentaient la mer et le soleil. La pluie crépitait sur le toit et un vent chargé d'embruns s'engouffrait par la fenêtre, gonflant les rideaux. Il aurait pu demeurer ainsi une éternité, soudé à ses formes douces.

Mais il avait envie de la voir.

Lorsqu'il bougea, elle émit un murmure de protestation. Sans un mot, il l'embrassa jusqu'à ce qu'elle se détende à nouveau. Quand il tamisa la lumière de la lampe de chevet, ses paupières papillonnaient déjà.

Seigneur, qu'elle était belle avec ses cheveux étalés sur les oreillers, sa peau diaphane, sa bouche pleine et douce. Elle se raidit sous son regard, mais il ignora sa gêne et contempla tout son corps longuement, en silence.

— J'ai toujours dit que les femmes Calhoun étaient des beautés, murmura-t-il en revenant vers ses yeux.

Suzanna était perplexe. Qu'était-elle censée dire ou faire ? Holt lui avait fait découvrir des sensations extraordinaires, mais avait-il connu la même ivresse ? A cet instant, il se rembrunit et elle sentit son estomac se nouer. Les sourcils froncés, il promena son doigt le long de sa gorge, puis dessina la courbe de ses seins.

— J'aurais dû me raser, lâcha-t-il soudain, contrarié de lui avoir irrité la peau avec sa barbe. Tu aurais pu me dire que je te faisais mal.

— Je ne m'en suis pas aperçue.

— Désolé.

Il se mit à promener ses lèvres sur son cou avec une infinie tendresse jusqu'à ce que, croisant l'expression médusée de Suzanna, il s'écarte d'elle, se sentant brusquement idiot. Elle lui prit alors la main, timidement.

— Tu ne m'as pas fait mal, murmura-t-elle avec douceur. C'était merveilleux.

Et elle attendit, espérant qu'il lui dirait la même chose.

— Je dois faire rentrer la chienne.

Il tempéra la rudesse de son intonation en imprimant une brève pression à ses doigts et sortit de la chambre.

Suzanna entendait à présent les geignements désespérés de Sadie et ses griffes qui grattaient contre la porte à moustiquaire. Holt ne l'avait pas repoussée, non. Simplement, il était capable de négocier plus rapidement qu'elle le passage de la folle passion à la réalité dans ce qu'elle avait de plus terre à terre. De toute façon, ils avaient partagé un moment de communion unique, elle pouvait au moins se raccrocher à cette idée... Elle s'assit et considéra, abasourdie, le désordre qui régnait dans la chambre. Le couvre-lit gisait en tas par terre, les draps formaient une boule enchevêtrée au pied du lit. Ses vêtements, eux, étaient éparpillés avec ceux de Holt.

Elle se leva et, pudique, enfila la chemise de Holt avant de ramasser son chemisier. Il ne lui restait qu'un seul bouton sur cinq, lequel ne tenait plus que par un fil. Elle serra le malheureux vêtement contre sa poitrine en riant. Avoir été désirée à ce point ! Et, avec un soupir de contentement, elle partit à la recherche des autres boutons. Holt avait peut-être retrouvé son sang-froid, sa vie n'avait peut-être pas été bouleversée comme la sienne, mais il l'avait voulue, comme un forcené. Et cela, jamais elle ne l'oublierait.

— Que fais-tu ?

Elle leva les yeux. Il se tenait dans l'embrasure de la porte. A l'évidence, se promener tout nu ne le dérangeait pas le moins du monde... Suzanna sentit son cœur repartir dans une folle sarabande. Holt avait l'air en colère. Si seulement elle pouvait comprendre ce qu'elle avait fait — ou pas — pour provoquer ce déplaisir chez lui !

— Mon chemisier, répondit-elle. J'ai retrouvé les boutons.

Elle les serrait dans une main et dans la fine cotonnade tenait l'autre.

— Aurais-tu par hasard du fil et une aiguille ?

— Non.

Ne voyait-elle pas l'effet qu'elle lui faisait, seulement vêtue de sa chemise, avec ses cheveux en désordre et ses yeux brillants ? Que voulait-elle, qu'il la supplie à genoux ?

— Ah..., dit-elle.

Elle tenta de sourire.

— Bon, je les recoudrai chez moi. Si tu veux bien me prêter ta chemise en attendant... Je ferais mieux de rentrer.

Il ferma la porte derrière lui.

— Non, répéta-t-il, et il traversa la chambre pour la prendre dans ses bras.

La pluie cessa à l'aube, laissant un ciel parfaitement dégagé. Suzanna fut réveillée par la petite musique de l'eau s'écoulant paresseusement des gouttières. Mais à peine avait-elle ouvert les yeux que sa bouche fut prise d'assaut par un baiser torride et affamé. Son corps ensommeillé s'embrasa aussitôt de désir.

Holt s'était réveillé en manque d'elle. Mais il savait qu'il ne pourrait assouvir cette pulsion brûlante, même si Suzanna s'abandonnait totalement à ses caresses. Il n'aurait su dire l'importance qu'avait prise cette femme dans son cœur. Son fantasme d'adolescent était devenu son salut à l'âge d'homme.

Faute de mots, il ne pouvait que lui montrer ce qu'il ressentait.

Il lui fit l'amour. Et en contemplant son visage dans le soleil de cette matinée humide, il comprit qu'il ne pourrait pas être heureux sans elle.

— Tu es à moi !

Il jeta ces paroles comme on jette un sort.

— Dis-le !

Ses doigts se crispèrent sur les draps et il se blottit contre sa gorge.

— Bon sang, Suzanna, tu vas le dire !

Mais, étourdie de plaisir, elle ne parvenait qu'à crier son prénom.

Elle relâcha son étreinte et il roula sur le dos tout en la maintenant serrée contre lui. La tête de Suzanna reposait sur son cœur, et cela suffisait à son bonheur.

Holt avait gardé ses cheveux dans sa main. Comme pour la retenir si jamais elle tentait de lui échapper, songea-t-elle, amusée. Tout son corps était douloureux, meurtri, comblé. Elle sourit. Le cœur de Holt cognait à tout rompre contre son oreille.

Un oiseau lança son trille mélodieux.

Elle ouvrit les yeux d'un coup, redressa la tête.

— C'est le matin, dit-elle.

— Oui, c'est ce qui se passe en général quand le soleil se lève.

— Non, je... aïe !

Il lui avait bel et bien tiré les cheveux, mais par réflexe.

— Désolé, marmonna-t-il, desserrant son poing à regret.

— J'ai dû m'endormir...

Il acquiesça en caressant son corps d'odalisque. Il était fou du grain velouté de sa peau.

— Tu t'es assoupie avant même que j'aie pu te proposer un second round.

Elle piqua un fard, et tenta d'échapper à son étreinte, en vain. Il la tenait bien.

— Où veux-tu aller ? lui demanda-t-il.

— Il faut que je rentre à la maison. Tante Coco doit être folle d'inquiétude.

— Elle sait où tu es.

Il se remit sur elle — cette position lui permettait de l'immobiliser plus facilement — et lui mordilla amoureusement la gorge. A sa grande joie, il sentit son cœur s'affoler aussitôt sous ses lèvres.

— Et selon toute vraisemblance, elle doit avoir une petite idée de ce qui te retient…

Elle tenta de le repousser, sans conviction.

— Je ne lui ai pas dit où j'allais.

— Mais moi, je l'ai appelée hier soir, quand j'ai fait rentrer Sadie. Gratte-moi le dos, tu veux bien ? Tout en bas.

Elle s'exécuta machinalement, l'esprit en émoi.

— Tu… tu as dit à ma tante que je…

— Je lui ai dit que tu étais avec moi. A mon avis, elle n'avait pas besoin qu'on lui fasse un dessin. Comme ça, oui, ça fait du bien… Merci.

De fait, Coco devait avoir saisi la situation en un clin d'œil, songea Suzanna. Elle poussa un long soupir. Elle n'avait aucune raison de se sentir fautive ou gênée. Pourtant, c'était le cas. Vis-à-vis de sa tante, mais aussi de l'homme nu qui l'écrasait de tout son poids.

C'était une chose de l'affronter de nuit. Mais le lendemain matin…

Holt releva la tête.

— Il y a un problème ?

— Aucun.

Devant son air interrogateur, elle esquissa ce qui se voulait un haussement d'épaules.

— Simplement, je ne sais pas trop quel comportement adopter. C'est la première fois que je fais ça.

Il la contempla, hilare.

— Par quel miracle as-tu réussi à avoir deux enfants ?

— Je ne voulais pas dire que je n'ai jamais… Je veux dire que je n'ai jamais…

Holt souriait d'une oreille à l'autre.

— Eh bien, il faudra t'y faire, ma jolie.

Il dessina du doigt le contour de son visage.

— Tu veux que je t'explique le protocole du lendemain matin ?

— Je veux que tu cesses de me reluquer.

— Non, car vois-tu, ça fait partie du cérémonial.

Il se mit à lui mordiller la mâchoire du bout des dents.

— Je suis censé te reluquer de bon matin d'un air lubrique pour que tu n'ailles pas imaginer que tu ressembles à une vieille sorcière au réveil.

— Une… une vieille sorcière ? hoqueta-t-elle.

— Et de ton côté, tu es censée me dire que je suis un amant exceptionnel.

Elle haussa un sourcil interrogateur.

— Ah oui ?

— Exceptionnel, ou tout autre superlatif qui te vient à l'esprit. Ensuite… Il se remit sur le dos avant de finir sa phrase : tu es censée aller me préparer un petit déjeuner, histoire de me montrer que tu possèdes tous les talents.

— Je te suis infiniment reconnaissante de me renseigner sur la procédure à suivre, Holt…

— Mais de rien. Et quand tu m'auras préparé mon petit déjeuner, tu devras à nouveau déployer tous tes charmes pour me ramener au lit.

Elle se mit à rire et appuya sa joue contre la sienne en un geste qui le désarma et le ravit.

— C'est un exercice qui va me demander un peu d'entraînement, répliqua-t-elle. Néanmoins, je devrais arriver à te faire des œufs brouillés.

— A condition qu'il y en ait au frigo...

— Tu as un peignoir ?

— Pour quoi faire ?

Elle croisa son regard allumé de convoitise.

— Non, pour rien...

Et, se retenant au bord du matelas, elle se mit à tâtonner par terre à la recherche de sa chemise.

— Et toi, qu'es-tu censé faire pendant que je prépare le petit déjeuner ?

Il lui attrapa les cheveux, puis les laissa glisser entre ses doigts.

— Moi ? Je te regarde faire.

Et c'était un spectacle bien agréable, songea-t-il. Suzanna évoluait en chemise dans la cuisine qui s'était emplie d'une bonne odeur de café.

Elle adressa un murmure amusé à Sadie — elle se trouvait plus à l'aise ici, occupée à des tâches familières. Le millepertuis qu'ils avaient planté resplendissait comme un soleil devant la fenêtre et la brise sentait encore la pluie.

— Tu sais, lança-t-elle en râpant du fromage sur les œufs battus, il peut s'avérer fort utile d'avoir dans sa cuisine autre chose qu'un grille-pain, une casserole et une poêle...

— Pour quoi faire ?

Il s'adossa nonchalamment à sa chaise et tira une bouffée de sa cigarette.

— Ma foi, cette pièce peut servir à préparer des repas entiers. Ça se fait, chez les gens de goût...

— Seulement ceux qui ne connaissent pas les plats à emporter.

Le café était passé, constata-t-il, et il se leva pour leur en verser une tasse à tous les deux.

— Que prends-tu dans ton café ?

— Rien. Je le bois noir. J'ai besoin d'un stimulant.

— Si tu veux mon avis, tu as surtout besoin de dormir.

— Impossible, je dois être au magasin dans environ une heure.

La jatte à la main, elle marqua une pause devant la fenêtre. Elle avait ce regard qu'il connaissait bien à présent. Il lui caressa l'épaule.

— Arrête…

— Pardon, mais je…

Elle alla à la cuisinière pour verser les œufs battus dans la poêle.

— Je ne peux pas m'empêcher de me demander ce qu'ils sont en train de faire, s'ils s'amusent bien. C'est la première fois qu'ils me quittent…

— Leur père ne les a donc jamais pris pour le week-end ?

— Non, à peine deux après-midi depuis notre divorce, et l'expérience n'a pas été un franc succès.

Suzanna se concentra sur la cuisson des œufs pour chasser ses idées noires.

— Enfin, plus que treize jours à tenir…

— Tu ne leur rends pas service en te mettant dans cet état.

La sentant crispée, il entreprit de lui masser les épaules : il bouillait de ne pouvoir agir.

— Ça va… Enfin, ça va aller, rectifia-t-elle. J'ai largement de quoi m'occuper pendant les deux semaines à venir. Et puisque les enfants sont avec leur père, je vais pouvoir me consacrer à la recherche des émeraudes.

— Ça, tu vas me laisser m'en charger.

Elle lui jeta un coup d'œil par-dessus son épaule.

— C'est un travail d'équipe, Holt. Depuis le début.

— Peut-être, mais je suis sur l'affaire, maintenant. Et ce genre de boulot, c'est mon rayon.

Suzanna versa les œufs brouillés dans une assiette avec autant de soin qu'elle en mit à choisir ses mots :

— Je te suis reconnaissante pour ton aide, Holt. Ainsi que toute la famille. Mais ce n'est pas pour rien qu'on appelle ce collier les émeraudes des Calhoun. Je te signale que deux de mes sœurs ont failli perdre la vie à cause de ce bijou.

— Eh bien, ça apporte de l'eau à mon moulin. Tu n'es pas de taille à affronter ce Livingston, Suzanna. C'est un criminel retors et violent qui ne reculera devant rien pour se débarrasser de toi.

Elle lui tendit son assiette.

— Justement, Holt. J'ai l'habitude de ce genre d'homme — retors et violent — et il est grand temps que je cesse d'en avoir peur.

— Qu'est-ce que tu entends par là ?

— Rien de plus que ce que je viens de dire.

Elle prit sa propre assiette et son mug de café.

— Et ce n'est pas un sale voleur qui va m'intimider ou m'empêcher d'agir au mieux pour ma famille et moi. C'est fini d'avoir peur !

Holt la considéra avec étonnement. Il ne s'attendait pas à cette réponse-là.

— Tu as peur de Dumont ? Physiquement ?

Suzanna marqua un temps d'hésitation, puis le regarda droit dans les yeux.

— Nous étions en train de parler des émeraudes.

Elle tenta d'aller s'asseoir, mais Holt lui bloquait le passage. Il la fixait d'un air sombre, cependant c'est d'une voix posée, étonnamment douce, qu'il demanda :

— Est-ce qu'il te battait ?

Suzanna blêmit.

— Comment ?

— Je veux savoir si Dumont t'a déjà frappée.

Elle sentit sa gorge se nouer. Holt avait beau s'exprimer d'un ton posé, ses yeux étincelaient de colère rentrée.

— J'ai faim, Holt, et les œufs sont en train de refroidir.

Réprimant l'envie de balancer l'assiette contre le mur, il la laissa s'asseoir en face de lui. Elle semblait très fragile et très calme dans le soleil du matin.

— Réponds-moi, Suzanna.

Il but une gorgée de son café. Elle jouait avec sa nourriture, mais il était rompu aux techniques d'interrogatoire : il savait quand attendre et quand bousculer.

— Non, murmura-t-elle d'une voix blanche en portant la fourchette à sa bouche. Bax n'a jamais levé la main sur moi.

Holt s'efforçait de garder un ton détaché, mais il avalait sans savoir ce qu'il mangeait. Suzanna croisa brièvement son regard et détourna la tête.

— Il y a maintes façons de briser quelqu'un. Après ce genre de traitement, humilier l'autre est un jeu d'enfant.

Elle se mit à beurrer une tartine avec application.

— Tu n'as presque plus de pain.

— Qu'est-ce qu'il t'a fait ?

— Parlons d'autre chose…

Il répéta sa question en détachant chaque syllabe :

— Qu'est-ce qu'il t'a fait ?

— Il m'a obligée à regarder la réalité en face.

— C'est-à-dire ?

— Il m'a bien fait comprendre que je n'étais pas une épouse digne d'un brillant avocat d'affaires.

— Comment ça ?

Elle posa son couteau violemment.

— C'est un interrogatoire, inspecteur ?

De la colère, songea-t-il. C'était déjà mieux.

— Non, une simple question.

— Et tu veux une réponse tout aussi simple ? Très

bien ! Baxter m'a épousée pour mon nom, il s'imaginait que le prestige des Calhoun rejaillirait sur lui. Il nourrissait également certaines espérances concernant ma fortune personnelle. Pour le prestige, il avait vu juste. Pour le reste, il a déchanté. Je n'étais pas le sésame qu'il escomptait pour accéder aux plus hautes sphères. Dans les dîners, ma conversation était plate. Et j'avais beau arborer tous les signes extérieurs requis, je n'ai jamais fait illusion dans mon rôle d'épouse d'un procureur aux ambitions politiques. Comme il me l'a souvent répété, je lui ai causé une immense déception en n'étant pas capable de comprendre ce qu'on attendait de moi. J'étais terne et ennuyeuse. En société, à table et au lit.

Elle se leva pour aller vider avec brusquerie son assiette dans la gamelle de Sadie.

— Cela répond-il à ta question ?

— Non.

Holt repoussa son petit déjeuner et alluma une cigarette.

— Je voudrais bien savoir comment il s'y est pris pour te convaincre que tu étais en faute.

Sans se retourner, Suzanna se raidit.

— Je l'aimais. Ou du moins j'aimais l'homme que je croyais avoir épousé, et je souhaitais de tout mon cœur être une compagne dont il pourrait être fier. Mais plus je m'y efforçais, plus je m'enfonçais à ses yeux. Ensuite, j'ai eu Alex et il m'a semblé que... j'avais fait une chose extraordinaire. J'avais mis au monde un magnifique petit bébé. Et puis être mère, c'était si facile pour moi, si naturel... Dans ce domaine, je ne doutais jamais, je ne commettais aucune bévue. J'étais tellement heureuse, tellement absorbée par mon enfant et la famille que nous avions fondée que je ne me suis pas rendu compte que Bax allait chercher ailleurs une compagnie plus excitante que la mienne. J'étais enceinte de Jenny quand j'ai tout découvert.

— Il te trompait, donc, résuma Holt d'une voix faussement douce. Et comment as-tu réagi ?

Suzanna se mit à remplir l'évier pour faire la vaisselle.

— Tu ne peux pas comprendre ce que c'est que d'être trahie dans ces conditions. De porter l'enfant de ton mari et te rendre compte qu'il t'a déjà remplacée. Sachant que tu es en plus persuadée de ne pas être à la hauteur.

— Non, c'est vrai. Mais il me semble quand même que j'aurais vu rouge.

— Tu veux savoir si j'étais en colère contre lui ?

Elle eut une espèce de rire.

— Oui, j'étais en colère. Mais je me sentais aussi... blessée. C'était tellement facile pour lui de me détruire ! Alex n'avait que quelques mois et Jenny était un « accident ». Pourtant, j'étais folle de joie d'être enceinte. Bax, lui, ne voulait pas d'un autre enfant. Rien ne m'a davantage meurtrie et choquée que la façon dont il a réagi à l'annonce de ma seconde grossesse. Il n'était pas furieux, il était... contrarié.

Ebauchant un sourire, elle plongea ses mains dans l'eau savonneuse avant de poursuivre.

— Bax ne tenait pas à s'encombrer d'enfants. Il avait déjà un fils, la dynastie Dumont était assurée. Mais surtout, il n'avait aucune envie de se coltiner une seconde fois une épouse lourde et fatiguée, peu attrayante donc, dans les dîners en ville. Pour lui, la solution la plus pratique, c'était l'avortement. Nous avons eu des disputes épouvantables à ce sujet. Pour la première fois, j'avais trouvé le courage de m'opposer à lui — ce qui n'a fait qu'envenimer la situation. Bax était trop mal habitué : depuis le début de notre mariage, il n'en faisait qu'à sa guise. Alors comme il ne pouvait pas me forcer à lui obéir, il s'est vengé de moi — avec un art consommé.

Un peu calmée, elle disposa la vaisselle sur l'égouttoir et entreprit de nettoyer la poêle.

— Il a continué à collectionner les aventures, discrètement, mais en veillant tout de même à ce que je sois au courant : il fallait que je puisse mesurer l'ampleur de ma nullité par rapport à ses conquêtes. Ensuite, il a mis tous nos comptes à son nom afin que je sois obligée de lui quémander de l'argent. Ça a été l'une de ses humiliations les plus subtiles. La nuit où Jenny est née, il était avec une autre femme. Il a pris soin de me le faire savoir... Il n'est venu à la maternité que pour jouer la comédie du père comblé devant les journalistes et avoir sa photo dans la presse.

Holt n'avait pas bougé. Il craignait de ne pas pouvoir se contrôler.

— Pourquoi restais-tu avec lui ?

— Au début, parce que j'espérais encore me réveiller un jour auprès de l'homme dont j'étais tombée amoureuse. Et quand j'ai compris que notre mariage était un échec, c'était trop tard : j'avais un enfant et j'en attendais un autre.

Elle prit un torchon et se mit à sécher les assiettes.

— Je suis aussi restée parce que durant très longtemps j'ai cru dur comme fer que Bax avait raison à mon sujet. J'étais dépourvue d'intelligence, d'esprit, de charme et de beauté. Je me devais donc au minimum d'être une épouse loyale. Et lorsque j'ai compris que je n'étais même pas capable d'y arriver, j'ai pensé à mes enfants. En aucun cas, ils ne devaient souffrir à cause de moi, je n'aurais pas supporté qu'ils pâtissent de notre divorce... Et un jour, enfin, j'ai pris conscience que tous mes efforts étaient vains. Je gâchais ma vie, mais je faisais sans doute encore plus de mal à mes enfants en jouant la comédie du mariage heureux. Bax ne s'intéressait que très peu à Alex et pas du tout à Jenny. Il passait bien plus de temps avec sa maîtresse qu'avec nous...

Elle soupira et posa l'assiette qu'elle essuyait.

— Alors, j'ai dissimulé mes diamants dans le sac à langer de Jenny et j'ai demandé le divorce.

Lorsqu'elle se retourna vers Holt, la lassitude se lisait à nouveau sur son visage.

— Tu es satisfait, maintenant ?

Il se leva de sa chaise très lentement, sans la quitter du regard.

— Et pas une seule fois il ne t'a traversé l'esprit que c'était lui qui était nul ? Lui, qui n'était pas à la hauteur ? Que ton mari n'était qu'un petit égoïste, un enfant gâté, un salaud ?

Suzanna esquissa un pâle sourire.

— Ma foi, ces termes m'ont effleuré l'esprit, je ne le nie pas... surtout les trois derniers. En même temps, je me rends bien compte que ceci n'est que ma version de l'histoire. Bax aurait certainement un point de vue différent du mien — non sans raison, au demeurant.

— Il continue de te manipuler, déclara Holt, plein d'une fureur contenue. Alors comme ça, tu n'es pas intelligente ? Bien sûr, élever deux enfants et créer son entreprise, c'est à la portée du premier venu, tout le monde sait ça ! Et puis quoi, encore ? Ennuyeuse ?

Il s'avança vers elle et redoubla de colère en la voyant reculer instinctivement.

— En effet, jamais je ne me suis autant ennuyé avec quelqu'un. C'est bien connu, la plupart des hommes s'ennuient avec des femmes douées d'intelligence et de courage, surtout lorsqu'en plus elles ont la tête dure et le cœur tendre ! Rien n'est plus soporifique pour moi qu'une femme qui sue sang et eau toute la journée pour subvenir aux besoins de ses enfants. Et Dieu sait que tu n'as rien de sexy ! Si tu m'as rendu fou cette nuit, c'est que je n'avais rien de mieux à faire, certainement !

Il la plaqua contre l'évier. Il vibrait d'une telle rage qu'elle avait l'impression d'en ressentir les ondes.

— Ecoute, Holt, tu m'as posé une question, je t'ai répondu. Que veux-tu que je te dise de plus ?

— Je veux que tu me dises ce que je t'ai demandé de me dire cette nuit, quand j'étais en toi, quand tu prenais possession de mon âme à m'en couper le souffle. Tu es à moi, Suzanna ! Et rien de ce qui s'est passé avant n'a d'importance, parce que maintenant tu es à moi ! C'est ça que je veux t'entendre dire !

Il lui enserra les poignets avec une telle force qu'elle cilla de douleur. Il jura et baissa les yeux. La marque de ses doigts s'était déjà imprimée dans sa chair. Atterré, il s'écarta d'elle comme si elle l'avait giflé.

— Holt…

D'un geste, il lui enjoignit de se taire et se détourna, le temps d'évacuer la fureur noire qui lui brouillait l'esprit. Il avait abîmé cette peau délicate qu'il adorait ! Dans un élan passionné, bien sûr, sans intention de lui faire mal, mais toutes ses justifications n'effaceraient pas les stigmates de sa brutalité. En lui infligeant ces ecchymoses aux poignets, il ne s'était pas mieux conduit que l'homme qui l'avait brisée psychologiquement.

Exaspéré, il fourra ses mains dans ses poches avant de se retourner vers elle.

— J'ai des choses à faire.

— Mais…

— Nous nous sommes éloignés du sujet, Suzanna. C'est ma faute. Maintenant, tu dois aller travailler et moi aussi.

Tout ça pour ça…, songea-t-elle avec amertume. Elle lui avait dévoilé son âme et lui, il tournait les talons !

— Très bien. A lundi, alors.

Il acquiesça d'un bref signe de tête, se dirigea vers la porte de derrière, puis jura, la main sur la poignée.

— Cette nuit, ça voulait dire quelque chose pour moi. Tu le comprends, ça ?

Elle laissa échapper un petit soupir.

— Non.

Il tapa du poing sur la porte à moustiquaire.

— Tu comptes beaucoup pour moi, Suzanna ! Je tiens à toi et te savoir ici, chez moi, c'est… J'ai besoin de toi, voilà ! Comme ça, c'est assez clair ?

Elle le considéra avec attention : il avait le poing sur le panneau de la porte, le regard brûlant d'impatience, le corps contracté de passions qu'elle avait du mal à cerner. C'était assez clair pour elle, oui. Et pour le moment, c'était même plus que suffisant.

— Très clair, répondit-elle d'un ton neutre.

— Je ne veux pas que ça finisse comme ça, entre nous. Il est hors de question que ça se termine maintenant !

Ses yeux avaient retrouvé leur férocité, constata-t-elle, et, sans cesser de le dévisager, elle s'enquit avec calme :

— Tu me demandes de revenir, c'est ça ?

— Tu le sais très bien, bon sang !

Furieux de s'être à nouveau emporté, il ferma les yeux et se reprit.

— Oui, je te demande de revenir. Mais aussi d'envisager de passer du temps avec moi, en dehors du travail et du lit, je veux dire. Si avec ça tu as encore besoin que je te fasse un dessin, je…

— Ça te plairait de venir dîner, ce soir ?

Il la regarda sans comprendre.

— Hein ?

— Aimerais-tu venir manger aux Tours, ce soir ? Ensuite, nous pourrions peut-être faire une balade tous les deux, en voiture.

— Hum, d'accord…

Il se passa une main dans les cheveux, oscillant entre soulagement et inquiétude. C'était donc si simple que cela ?

Il ajouta d'un ton bourru :

— Oui, c'est une bonne idée.

Une très bonne idée, pensa Suzanna, un sourire aux lèvres.

— Tu n'as qu'à venir vers 7 heures, alors. Et prends Sadie…

9

Dans leur scénario, il n'y avait ni dîner aux chandelles ni balade au clair de lune, cependant c'était bel et bien une histoire d'amour. L'amour ! Suzanna n'y croyait plus et ne l'attendait pas. Et pourtant... Les mains sur le volant, elle s'étira le dos et sourit en s'engageant sur la route en lacets qui grimpait jusqu'aux Tours.

Certes, sa relation avec Holt Bradford n'était pas de tout repos, néanmoins elle lui offrait aussi des moments de tendresse. Au reste, cette découverte la comblait d'un plaisir tout particulier depuis quelques jours. Et quelques nuits.

Il avait également des attentions pour elle. Par exemple, il était passé une ou deux fois à la jardinerie, juste avant l'heure du déjeuner. Il s'était bien gardé d'évoquer Alex et Jenny ou de lui remémorer le vide laissé par leur absence. A l'entendre, il était simplement venu se procurer quelques pièces détachées au village et, ses achats terminés, il avait soudain pensé : pourquoi ne pas manger sur place ? Un prétexte cousu de fil blanc, mais qui témoignait d'une réelle délicatesse.

A d'autres moments, il arrivait dans son dos et, sans rien dire, il se mettait à lui masser les épaules. Un soir, il lui avait même fait une surprise. Après une journée de travail particulièrement éreintante, il lui avait organisé un pique-nique à bord du bateau — au menu : poulet froid et câlins.

Il continuait d'être exigeant, souvent abrupt, mais il ne la rabaissait jamais dans son estime. Quand il lui faisait l'amour, c'était avec une ardeur et une férocité qui ne laissaient aucun doute quant à son désir.

Non, elle n'avait pas cherché l'amour, conclut-elle en garant le pick-up derrière la voiture de Holt. Mais elle était folle de joie de l'avoir trouvé.

Sitôt qu'elle ouvrit la porte, Lilah se précipita sur elle.

— Ah, je t'attendais !

— C'est ce que je vois.

Suzanna contempla sa sœur avec étonnement. Elle était toujours vêtue de son uniforme du parc national. Pourtant, Lilah était rentrée depuis presque une heure… En temps normal, elle aurait dû la trouver assoupie sur la surface plane la plus propice, enveloppée dans une douillette tenue d'intérieur.

— Que se passe-t-il ?

— Saurais-tu faire entendre raison au colosse mal dégrossi dont tu t'es entichée ?

— Si tu parles de Holt, non, ça n'est pas dans mes cordes, répliqua Suzanna en ôtant sa casquette pour se glisser les doigts dans les cheveux. Pourquoi ?

— Parce que pour l'instant il est en haut, en train de démanteler ma chambre centimètre par centimètre. Je n'ai même pas pu me changer !

Lilah jeta un regard noir vers l'escalier.

— Je lui ai pourtant bien dit que nous avions déjà fouillé l'endroit et que, si j'avais dormi dans la même pièce que les émeraudes, je m'en serais aperçue, depuis le temps !

— Et il t'a ignorée.

— Non seulement il m'a ignorée, mais en plus il m'a mise à la porte de ma propre chambre ! Quant à Max…

Elle souffla rageusement et s'assit sur une marche.

— Max est ravi ! Il trouve l'idée excellente !

— Tu veux que nous nous liguions contre eux ?

Une lueur malicieuse fit briller les yeux de Lilah.

— Oh ! oui !

Elle se leva et, passant un bras autour des épaules de Suzanna, elle l'entraîna à l'étage.

— C'est vraiment sérieux entre vous, n'est-ce pas ?

— Oh ! tu sais… Avec Holt, j'avance pas à pas.

— Bah, en amour, mieux vaut parfois foncer sans réfléchir !

Elle s'interrompit pour bâiller et fulmina :

— Satané Holt ! A cause de lui, j'ai sauté ma sieste ! Et encore… Si seulement je pouvais lui en vouloir, à ce despote mal embouché, mais je n'arrive même pas à le détester. Sous ses mauvaises manières, il émane de lui quelque chose de trop solide, de trop stable.

— Toi, tu as encore regardé son aura…

Lilah se mit à rire et stoppa en haut de l'escalier.

— C'est un type bien, même si pour le moment j'aurais plutôt envie de l'étrangler ! En tout cas, ça fait plaisir de te voir heureuse, Suze.

— Je n'étais pas malheureuse.

— Non, mais tu n'étais pas heureuse non plus. Il y a une différence.

— Sans doute, oui. Et à propos de bonheur, comment se présente ton mariage ? Les préparatifs avancent ?

— Tu fais bien d'en parler : tante Coco et notre infernale grand-tante sont justement en train de se quereller à ce sujet.

Lilah regarda sa sœur avec des yeux rieurs.

— Et elles s'amusent comme des folles, bien entendu… Cette chère Colleen prétend vouloir que l'événement fasse honneur à la réputation des Calhoun, mais en réalité elle prend un malin plaisir à chambouler les listes d'invités et à descendre en flammes les menus de tante Coco.

— Du moment que ça la distrait...

— Attends un peu qu'elle te tombe sur le paletot ! rétorqua Lilah. Figure-toi qu'elle a aussi des idées extrêmement créatives en ce qui concerne les compositions florales.

— Tu m'en diras tant...

Suzanna s'arrêta sur le pas de la porte, sidérée.

En effet, Holt n'avait pas chômé ! Certes, la chambre de Lilah n'avait jamais été un modèle d'ordre et de rangement, mais là, on aurait dit qu'un géant avait joué au mikado avec le mobilier. Holt avait la tête dans le conduit de la cheminée et Max, à quatre pattes, inspectait le parquet.

— Vous vous amusez bien, les garçons ? s'enquit Lilah d'un ton faussement détaché.

Max leva les yeux et lui sourit. Compris ! Sa douce et tendre était furieuse... Mais il avait appris à aimer le tempérament de sa belle et, surtout, à composer avec.

— J'ai retrouvé ta seconde sandale, tu sais ? Celle que tu cherchais partout... Elle était sous le coussin du fauteuil.

— Bonne nouvelle...

Fine mouche, Lilah avait déjà pris conscience d'un brusque changement d'atmosphère. Holt et Suzanna se regardaient, comme reliés par un fil invisible, lui assis dans l'âtre, elle debout sur le seuil de la chambre.

— Viens, Max, tu as besoin de faire une pause.

— Non, non... ça va.

— Et moi, je te répète que tu as besoin de faire une pause.

Lui prenant la main d'autorité, elle l'aida à se relever.

— Tu reviendras fouiller dans mes petits secrets tout à l'heure.

— Je t'avais bien dit que ça ne lui plairait pas,

commenta Suzanna, tandis que Lilah entraînait le pauvre Max dans le couloir.

— Oh ! ça me bouleverse…, railla Holt.

Les mains sur les hanches, Suzanna contempla les ravages.

— As-tu trouvé quelque chose d'intéressant ?

— Non, à part deux boucles d'oreilles dépareillées et un truc en dentelle que nous avons récupéré derrière la commode.

Il pencha la tête de côté.

— Tu en as, toi, de ces trucs en dentelle ?

— Ma foi, jusqu'à il y a quelques jours, je ne pensais pas en avoir besoin…

Il la détailla du regard.

— Décidément, ce jean te va à ravir, ma jolie.

Il se releva et, voyant qu'elle ne faisait pas mine de bouger, il s'avança vers elle.

— Et…

Il lui caressa les épaules, puis poursuivit le long de son dos jusqu'à ses hanches.

— … l'idée de te l'enlever m'excite au plus haut point.

Il l'embrassa avec fougue, à sa façon impérieuse et profonde qu'elle avait appris à aimer. Puis, il se mit à lui mordiller la lèvre inférieure et sourit largement.

— Mais si jamais tu veux emprunter un de ses trucs en dentelle à ta sœur…

Elle rit et le serra brièvement dans ses bras, une de ces manifestations de tendresse dont Suzanna n'était pas avare et qui ne manquaient jamais de le bouleverser jusqu'au tréfonds de l'âme.

— Qui sait, plaisanta-t-elle. Je pourrais peut-être te surprendre… Depuis combien de temps es-tu là ?

— Je suis venu directement du chantier. Tu as fini de rentrer tes… machins, là ?

— Les oliviers de Bohême ? Oui.

Elle en avait encore mal au dos.

— Tu m'as bien aidée pour le muret de soutènement.

— Je ne sais pas comment tu as imaginé pouvoir construire ce truc-là toute seule !

— A l'époque où j'ai accepté le contrat, j'avais encore mon ouvrier à temps partiel…

Holt secoua la tête et repartit fouiller la cheminée.

— Tu es dure à la tâche, Suzanna, mais tu n'as pas la carrure pour transporter du bois et manier la masse.

— S'il l'avait fallu, je l'aurais fait…

— Oui, la coupa-t-il en regardant autour de lui. Je sais.

Il tapota une autre brique du foyer et reprit :

— Mais c'est vrai qu'il a de l'allure, ce muret.

— Il est magnifique, tu veux dire ! Et vu que tu t'es limité à six jurons pendant que tu soulevais les rondins, je pourrais peut-être te récompenser ?

— Ah oui ?

Holt perdit aussitôt tout intérêt pour les briques de la cheminée.

— Je vais aller te chercher une bière.

— Je préférerais…

— Je sais, l'interrompit-elle en riant. Pourtant, tu devras te contenter d'une bière ! Pour le moment…

Elle sortit de la chambre.

Quel plaisir, songea-t-elle, de pouvoir plaisanter ainsi ! De ne plus avoir à marcher sur des œufs en permanence… Avec Holt, elle pouvait être tout simplement heureuse, sans arrière-pensée, sachant qu'il tenait à elle. Et avec le temps, peut-être pourraient-ils même avoir une relation plus sérieuse.

Remplie d'espoir et d'énergie, elle descendit la dernière marche et arriva dans le hall lorsque, tout d'un coup, un vacarme éclata. Lui parvinrent d'abord les aboiements féroces de Fred et de Sadie, suivis de pas précipités sur le perron et de deux hurlements stridents.

— Maman ! s'exclamèrent Alex et Jenny en faisant irruption dans le manoir.

Elle se pencha pour les soulever de terre, au comble de la joie. Riant de bonheur, elle se mit à les étouffer de baisers, tandis que les chiens couraient autour d'eux comme des fous.

— Oh ! que vous m'avez manqué, mes amours ! Je me suis terriblement languie de vous !

Lorsqu'elle s'écarta d'eux, son sourire s'envola. Jenny s'était nichée contre son épaule.

— Qu'y a-t-il, mon bébé ?

— Il nous tardait de rentrer à la maison, chevrota la petite. On déteste les vacances.

— Chut…

Elle caressa les cheveux de sa fille tandis qu'Alex se frottait les yeux de ses poings.

— On a été ingérables et méchants, déclara-t-il d'une voix tremblante. Et on s'en fiche en plus !

— Je n'en attendais pas moins d'eux, lança Bax en franchissant le seuil de l'entrée.

Aussitôt, Suzanna sentit les bras de Jenny se resserrer autour de son cou, mais Alex se retourna et, en bon Calhoun, il releva bravement le menton.

— On n'a pas aimé cette soirée débile et toi non plus, on t'aime pas !

— Alex ! le gourmanda sèchement Suzanna en posant une main sur son épaule. Ça suffit. Présente tes excuses à ton père.

Les lèvres tremblantes, mais le regard toujours buté, le petit garçon marmonna :

— On s'excuse si on t'aime pas.

— Emmène ta sœur en haut, ordonna Bax d'un ton crispé. J'ai à parler avec ta mère.

— Allez donc dans la cuisine, tous les deux, dit Suzanna

en caressant la joue de son fils qui ne se décidait pas à partir. Vous y trouverez tante Coco.

Bax écarta Fred d'un coup de pied agacé.

— Et débarrassez-nous de ces satanés clebs !

— Chéri ? lança la svelte jeune femme brune qui hésitait sur le seuil.

— Yvette..., murmura Suzanna.

Et, sans lâcher ses enfants, elle se redressa.

— Je vous demande pardon, je ne vous avais pas vue.

La Française agita les mains avec fébrilité.

— Non, non... C'est moi qui suis confuse, c'est tellement... tellement déroutant, tout ça ! Non, je me demandais seulement si... Bax, les bagages des enfants ?

— Dis au chauffeur de les apporter, répliqua-t-il d'un ton cassant. Tu ne vois pas que je suis occupé ?

Suzanna adressa un regard de compassion à la jeune femme visiblement à bout de nerfs.

— Il n'a qu'à les laisser dans le hall, nous nous en chargerons plus tard. Et maintenant, si vous voulez bien passer au petit salon... Et vous, allez donc voir tante Coco, répéta-t-elle aux enfants. Elle sera bien contente de vous savoir rentrés.

Main dans la main, Alex et Jenny s'éloignèrent, les chiens trottinant gaiement sur leurs talons.

— Puisque tu daignes m'accorder un peu de ton temps si précieux, grommela Bax avant de détailler sa tenue de travail. Temps que tu occupes à des activités visiblement passionnantes...

— Au petit salon, répéta-t-elle en tournant les talons.

Elle devait rester calme, coûte que coûte ! Pourquoi Bax lui ramenait-il les enfants avec une semaine d'avance ? Qu'est-ce qui l'avait forcé à modifier ses projets ? Elle l'ignorait mais, quoi qu'il en soit, ce fiasco allait lui retomber sur la tête. Cela, elle pouvait l'affronter. Mais que les enfants aient été malheureux, c'était une autre affaire.

— Yvette... Puis-je vous offrir quelque chose à boire ?

Suzanna lui désigna un fauteuil de la main.

— Oh ! volontiers, c'est très gentil. Un cognac, peut-être ?

— Bien sûr. Bax ?

— Un whisky. Double.

Elle alla au bar et leur prépara un verre, soulagée de voir que ses mains ne tremblaient pas. En servant Yvette, elle saisit son regard d'excuse et d'embarras.

— Alors, Bax, tu veux me raconter ce qui s'est passé ?

— Ce qui s'est passé ? Le résultat de plusieurs années d'éducation laxiste ! Tout ça parce que tu t'es imaginé, à tort, que tu étais capable d'élever des enfants.

— Bax..., murmura Yvette, ce qui lui valut une réprimande immédiate.

— Toi, va sur la terrasse ! Je préfère régler ça en privé.

Il n'avait donc pas changé, constata Suzanna, joignant les mains à se faire mal tandis qu'Yvette sortait sans piper mot par les portes-fenêtres.

— Au moins cette petite expérience devrait-elle lui faire passer l'envie d'avoir des gosses, maugréa-t-il.

— Une expérience ? s'indigna Suzanna. Parce que prendre nos enfants en vacances, c'était pour toi une expérience ?

Bax but une gorgée de son whisky et la considéra avec calme. Il demeurait un très bel homme avec son visage poupin et ses cheveux blonds. Cependant, la colère qui durcissait ses traits lui ôtait tout son charme.

— La raison pour laquelle j'ai décidé de prendre les enfants ne regarde que moi. Par contre, leur comportement impardonnable, c'est de ton fait ! Ils n'ont pas la moindre éducation, à la maison comme en société. Ils ont des manières de sauvages, un caractère impossible et aucune retenue. Tu les as bien mal élevés, Suzanna, à moins que ton but n'ait été d'en faire deux sales morveux.

— Comment oses-tu me parler de mes enfants sur ce ton, dans ma maison ?

Les yeux lançant des éclairs, elle s'avança vers lui.

— Je me fiche pas mal qu'ils satisfassent tes critères d'éducation ! Ce que je veux savoir, c'est pourquoi tu les as ramenés plus tôt !

— Alors, écoute-moi bien ! riposta-t-il en la poussant dans un fauteuil. Tes chers petits n'ont pas la moindre idée de la façon dont un Dumont doit se comporter. Ils ont été intenables au restaurant, geignards en voiture... Et une fois corrigés, ils sont devenus insolents et boudeurs. A l'hôtel, ils m'ont fait honte devant mes connaissances.

Révoltée, Suzanna bondit de son fauteuil, toute sa peur envolée.

— Oui, en d'autres termes, ils se sont conduits comme n'importe quels enfants de leur âge ! Navrée qu'ils aient chamboulé tes projets, Bax, mais on ne peut pas demander à deux petits de cinq et six ans d'être sages comme des images en toute occasion ! Et ce d'autant moins qu'on leur impose une situation dont ils ne sont pas responsables. Ils ne te connaissent pas !

Baxter fit tournoyer le whisky dans son verre et en but une gorgée.

— Ils savent parfaitement que je suis leur père, mais tu as veillé à ce qu'ils n'aient aucun respect pour moi.

— Non, c'est toi qui as tout fait pour en arriver là.

Il posa son whisky avec une lenteur délibérée.

— Crois-tu que j'ignore ce que tu leur racontes sur moi ? Ma douce Suzanna sans défense ?

Instinctivement, elle recula, ce qui le ravit certainement.

— Je ne leur dis jamais du mal de toi, affirma-t-elle, furieuse d'avoir battu en retraite.

— Ah non ? Ce n'est pas toi, peut-être, qui leur as

raconté qu'ils avaient un demi-frère, un petit bâtard, en Oklahoma ?

C'était donc ça, comprit Suzanna, luttant pour se dominer.

— Il se trouve que le frère de Megan O'Riley a épousé ma sœur. Je ne vois pas comment l'existence de cet enfant aurait pu demeurer secrète, même si j'avais voulu la passer sous silence.

— Et toi, bien sûr, tu t'es empressée de leur préciser que ce gosse était de moi !

Il lui donna une poussée qui la fit chanceler.

— Kevin est leur demi-frère, Baxter, et ils l'ont tout de suite accepté en tant que tel. Mais jamais je ne leur ai parlé de la façon méprisable dont tu t'es conduit, ils sont bien trop jeunes pour comprendre.

— Ça, ce sont mes affaires. Je te conseille vivement de ne pas l'oublier.

L'agrippant par les épaules, il la plaqua contre le mur.

— Si tu crois que je vais te laisser comploter contre moi sans rien faire, tu te trompes, ma pauvre fille...

— Ne me touche pas !

Elle tenta de se libérer, mais il l'écrasait.

— Je te ferai payer ça, le moment venu. Je te préviens, Suzanna, je ne te laisserai pas répandre des ragots sur ma vie privée. Si jamais j'entends la moindre allusion à cette affaire, je saurai d'où ça vient et c'est toi qui paieras les pots cassés.

Mais elle ne flanchait pas et soutenait son regard sans ciller.

— Tu ne peux plus me faire de mal, Baxter.

— A ta place, je n'en serais pas si sûr. Fais en sorte que tes enfants gardent pour eux toutes ces histoires de demi-frère. Si j'en entends parler encore une fois...

Et, lui broyant les épaules, il la souleva littéralement de terre.

— ... une seule fois, je te jure que tu t'en mordras les doigts.

— Sors de ma maison et emporte tes menaces avec toi !

— *Ta* maison ? persifla-t-il en refermant la main sur sa gorge. Souviens-toi que cette baraque n'est à toi que parce que je n'ai pas voulu de cet anachronisme croulant ! Continue de me chercher comme ça et je te renvoie devant les tribunaux en moins de temps qu'il n'en faut pour le dire. Et cette fois, je te prendrai tout ! Avec moi, ces sales gosses pourraient profiter d'une éducation correcte dans une belle pension en Suisse, et c'est ce qui leur arrivera si tu ne te tiens pas à carreau.

Suzanna changea de physionomie. Mais, au lieu de la peur qu'il s'attendait à lire dans ses yeux, il ne vit qu'une fureur noire. Elle leva une main pour le frapper mais, avant qu'elle ait pu aller jusqu'au bout de son geste, Bax fut soudain tiré en arrière et jeté au sol. Holt l'empoigna par le col et l'envoya valser contre la table Louis XV.

C'était la première fois que Suzanna voyait l'envie de meurtre briller dans les yeux d'un homme. C'était pourtant ce qui animait le regard de Holt, lorsqu'il expédia son poing dans la figure de Baxter.

— Non, Holt, ne...

Elle voulut s'interposer, mais quelqu'un lui retint le bras avec une force étonnante.

— Laisse-le faire ! ordonna Colleen, les yeux luisants d'excitation et l'air mauvais.

Holt avait envie de le tuer, et il l'aurait fait si le type avait riposté. Mais Bax s'affala contre lui, le nez et la bouche en sang. Holt le plaqua violemment contre le mur.

— Ecoute-moi bien, espèce d'ordure ! Si jamais tu la touches encore une fois, tu es un homme mort.

Sonné et meurtri, Bax chercha maladroitement un mouchoir.

— Je vous avertis… Je peux vous faire arrêter pour coups et blessures…

Le mouchoir pressé sur son nez, il regarda autour de lui et vit son épouse qui se tenait devant les portes-fenêtres menant à la terrasse.

— J'ai un témoin ! Vous m'avez agressé et vous avez failli me tuer.

C'était la première fois que Bax goûtait à l'humiliation et l'expérience était amère. Ses yeux se posèrent sur Suzanna.

— Toi, tu vas le regretter…

— Certainement pas ! intervint Colleen avant que Holt ait pu céder à la tentation d'effacer d'un second coup de poing le rictus narquois de Baxter. C'est vous qui allez le regretter jusqu'à la fin de votre misérable existence, Dumont, si jamais vous osez à nouveau lever la main sur un membre de ma famille. Quoi que vous ayez l'intention de nous faire, soyez assuré que je vous le rendrai avec les intérêts en prime : à charogne, charogne et demie ! Et au cas où vous douteriez encore de mon influence, sachez que vous avez affaire à Colleen Theresa Calhoun et que, face à ma fortune, vous ne faites pas le poids.

Elle le détailla de la tête aux pieds : pitoyable dans son beau costume froissé, imbibant de sang son mouchoir en soie.

— Je me demande ce que le gouverneur de votre Etat — qui se trouve être mon filleul — penserait de cet esclandre si je me voyais dans l'obligation de lui en toucher un mot.

Mais Baxter avait compris le message. Colleen opina du bonnet, l'air satisfait.

— Et maintenant, débarrassez-moi le plancher, espèce de cloporte ! Jeune homme…, dit-elle en inclinant la tête vers Holt. Veuillez avoir l'amabilité de raccompagner ce monsieur.

— Avec grand plaisir.

Holt traîna Baxter jusque dans le hall. La dernière chose que vit Suzanna, ce furent les mains d'Yvette qui voletaient d'affolement.

Holt revint dans le salon où Colleen l'attendait — seule.

— Où est allée Suzanna ? s'enquit-il avec autorité.

— Lécher ses blessures, sans doute. Allez plutôt me chercher un cognac. Bon sang, ma nièce peut bien patienter une minute ! maugréa-t-elle en le voyant hésiter.

Elle s'installa dans un fauteuil, le temps que son cœur se calme.

— Je savais qu'elle avait vécu des moments difficiles, pourtant je n'avais pas saisi l'ampleur du problème. Mais je me suis renseignée sur ce Dumont, depuis leur divorce.

Elle prit le verre que Holt lui tendait et en but une longue gorgée.

— Un moins que rien... J'ignorais cependant qu'il la maltraitait. J'aurais dû m'en douter la première fois que j'ai remarqué cette expression dans le regard de Suzanna. Ma mère avait la même.

Elle ferma les yeux et se renversa contre le dossier du fauteuil.

— Ma foi, s'il ne veut pas voir ses ambitions politiques partir en fumée, il la laissera tranquille, maintenant.

Lentement, elle rouvrit les paupières et considéra Holt d'un regard d'aigle.

— Vous vous en êtes sorti comme un chef. J'admire les hommes qui savent se battre. Je regrette seulement de ne pas lui avoir fait tâter de ma canne.

— A mon avis, vous avez fait mieux que ça. Moi, je lui ai juste cassé le nez, tandis que vous, vous lui avez foutu la...

— Assurément.

Elle sourit et reprit une gorgée d'alcool.

— Et ça fait du bien, crénom !

Elle vit que Holt avait le regard perdu au-delà des portes-fenêtres ouvertes, les poings toujours serrés. Suzanna risquait de faire des bêtises, pensa-t-elle en faisant tournoyer ce qu'il restait de son cognac.

— Ma mère avait l'habitude d'aller sur les falaises. A mon avis, Suzanna pourrait bien s'y trouver. Et dites-lui de ma part que les enfants sont en train de se bourrer de cookies. Ils vont se couper l'appétit !

Suzanna était partie en courant vers les falaises. Elle éprouvait le besoin de fuir et, instinctivement, elle avait pris cette direction. Rien qu'un moment, se promit-elle intérieurement. Elle avait besoin d'une petite parenthèse de solitude, c'est tout.

Elle s'assit sur un rocher, se couvrit le visage des mains et pleura d'amertume et de honte.

Holt la trouva prostrée, seule et secouée de sanglots. Le vent emportait ses gémissements de détresse, l'océan jetait impatiemment ses vagues en contrebas, et Holt ne savait pas comment réagir… Sa propre mère avait toujours été une femme solide et, si elle avait versé quelques larmes, elle l'avait fait à l'abri des regards.

Pire, il revoyait Suzanna plaquée contre ce mur, les doigts de Dumont sur ses épaules. A cet instant, elle lui avait semblé si fragile et si courageuse aussi.

Il s'approcha d'elle et posa une main hésitante sur ses cheveux.

— Suzanna…

Elle se leva d'un bond, ravalant ses larmes, essuyant son visage humide.

— Il faut que je rentre. Les enfants…

— … sont à la cuisine en train de se bourrer de cookies. Rassieds-toi.

— Non, je…

— S'il te plaît.

Et s'asseyant lui-même, il la fit s'installer à côté de lui.

— Ça faisait longtemps que je n'étais pas venu ici. Mon grand-père m'y emmenait, quand j'étais petit. Il s'asseyait à cet endroit précis et contemplait la mer. Un jour, il m'avait raconté l'histoire d'une princesse qui vivait dans un château perché sur une corniche. Il devait vouloir me parler de Bianca à mots couverts, mais plus grand, quand cette histoire me revenait à l'esprit, c'est à toi que je pensais.

— Holt, je regrette tellement...

— Ne commence pas à t'excuser, tu vas me mettre hors de moi.

Elle refoula une montée de larmes brûlantes.

— J'ai tellement honte que tu aies vu cette scène, que tout le monde l'ait vue. Je ne peux pas le supporter.

— Moi, ce que j'ai vu, c'est que tu as tenu tête à une brute.

Il lui prit tendrement le visage, mais lorsqu'il découvrit les marques rouges qui s'estompaient sur sa gorge il se retint d'exploser.

— Cette ordure ne te fera plus jamais souffrir, je te le jure.

— Bax craignait pour sa réputation. Les petits ont dû parler de Kevin...

— Tu veux bien me dire ce qui se passe ?

Elle lui expliqua la situation, aussi clairement que possible.

— Quand Sloan m'a tout appris, conclut-elle, j'ai jugé important qu'Alex et Jenny sachent qu'ils avaient un frère. Ce que Bax ne peut pas comprendre, c'est qu'à aucun moment je n'ai pensé à lui, ça ne m'intéressait pas. La seule chose qui comptait à mes yeux, c'étaient les enfants, tous les enfants. La famille.

— Tu as raison, ce type est incapable de comprendre ça. Pas plus qu'il n'est capable de te comprendre, toi.

Il porta la main de Suzanna à ses lèvres et y déposa un tendre baiser. La stupéfaction qu'il lut alors sur son visage le contraria si fort qu'il détourna le regard vers la mer, furieux contre lui-même.

— Moi-même, je n'ai guère brillé par ma sensibilité...

— Tu as été merveilleux, au contraire.

— Si je l'avais été, tu n'aurais pas eu un tel choc à l'instant, quand je t'ai embrassé la main.

— C'est un geste qui n'est pas dans tes habitudes, voilà tout...

— Oui, acquiesça-t-il. Ça doit être ça.

Il sortit une cigarette, mais au moment de l'allumer il se ravisa et lui enlaça les épaules.

— La vue est jolie, d'ici...

— Magnifique. Cet endroit a toujours été mon lieu de prédilection. Parfois...

— Continue.

— Tu vas te moquer de moi, mais parfois j'ai presque l'impression de voir Bianca. Je sens sa présence et je sais qu'elle est là, qu'elle attend.

Suzanna posa sa tête sur l'épaule de Holt et ferma les yeux.

— Comme en ce moment. J'éprouve une sensation de chaleur bien réelle. Là-haut, dans la tour, dans *sa* tour, l'atmosphère est douce-amère, plus empreinte de mélancolie. Mais ici, sur ces falaises, je ressens comme une joyeuse impatience. De l'espoir. Tu dois penser que je suis folle...

— Non.

Alors qu'elle esquissait le geste de se lever, il l'attira à lui afin que sa tête reprenne sa place au creux de son épaule.

— Non, je ne peux pas penser ça de toi. Parce que moi aussi je ressens la même chose.

Depuis la tour ouest, l'homme qui se faisait appeler Marshall les observait à la jumelle. Il ne craignait pas d'être dérangé. La famille ne montait pas au-delà du premier étage de l'aile en travaux et les ouvriers avaient fini leur journée une demi-heure plus tôt. Il avait attendu que Sloan O'Riley soit parti en voyage de noces pour se déplacer plus librement dans le manoir. Les Calhoun étaient tellement habitués à voir des hommes équipés de casques de chantier et de ceintures porte-outils qu'ils lui accordaient à peine un regard.

Et ce Holt Bradford l'intéressait, oui, il l'intéressait au plus haut point. Il trouvait fascinant qu'il ait une relation avec une Calhoun. Et quel plaisir de savoir qu'il pouvait continuer à œuvrer sous le nez d'un ancien flic ! Une telle ironie du sort flattait sa vanité.

Il allait poursuivre sa surveillance le temps que Bradford mène à bien ses recherches. Et il serait là pour s'approprier ce qui lui revenait de droit, dès que le collier aurait été découvert. Et malheur à quiconque se mettrait sur sa route : il serait éliminé. Purement et simplement.

Suzanna passa toute la soirée auprès de ses enfants, à consoler leur petit cœur meurtri, essayant de transformer leur expérience malheureuse en mésaventure dont il valait mieux rire que pleurer. A l'heure du coucher, Jenny ne s'accrochait plus désespérément à elle et Alex avait retrouvé tout son entrain.

— On devait faire des heures et des heures de voiture…

Il sauta sur le lit de sa sœur alors que Suzanna bordait sa fille en lissant les draps.

— Et ils écoutaient de la musique débile *tout le temps*. Des gens qui chantaient comme ça.

Il ouvrit grand la bouche et produisit son interprétation personnelle d'une aria d'opéra.

— En plus, on comprenait rien aux paroles.

— Non, pas comme ça ! intervint Jenny. Comme ça.

Et elle poussa une note à briser le cristal.

— Il fallait qu'on se taise et qu'on trouve ça beau.

Suzanna réprima une bouffée de colère et pinça gentiment le petit nez de sa fille.

— Et vous, vous avez trouvé ça très laid, c'est ça ?

Jenny se mit à glousser et réclama un bisou de plus.

— Yvette, elle voulait jouer à un jeu de lettres, mais lui, il a dit que ça lui donnait mal à la tête, alors elle est allée dormir.

— Et c'est ce que vous devriez faire vous aussi, maintenant.

— J'ai bien aimé l'hôtel, poursuivit Alex, tentant de repousser l'inévitable. On sautait sur les lits quand personne nous voyait.

— Comme tu le fais dans ta chambre, tu veux dire ?

Le garçonnet sourit de toutes ses dents de lait.

— Il y avait des tout petits savons dans la salle de bains et le soir on trouvait un bonbon sur l'oreiller.

Suzanna pencha la tête d'un air faussement sévère.

— Ça, ce n'est même pas la peine d'y penser, ouistiti !

Une fois Jenny bordée pour la nuit, sous la protection de sa veilleuse et d'une armée de peluches, Suzanna porta Alex jusqu'à sa chambre. En temps normal, il ne laissait plus sa mère le prendre dans ses bras et le câliner, mais ce soir-là il semblait en avoir autant besoin qu'elle.

— Tu pèses, dis donc… Toi, tu as recommencé à manger des briques, murmura-t-elle, en lui bécotant le cou.

— J'en ai mangé cinq à midi !

Il se dégagea vivement de ses bras et sauta sur son

lit. Elle joua à la bagarre avec lui jusqu'à ce qu'il dise « pouce ». Il se laissa tomber sur le dos en riant, puis bondit à nouveau au bas du lit.

— Alex…

— J'avais oublié…

— Tu as suffisamment tiré sur la corde pour ce soir, mon bonhomme. Au lit, maintenant ! Ou je te taille les oreilles en pointe.

Le petit garçon sortit quelque chose de la poche de son jean.

— Tiens, maman, j'ai gardé ça pour toi.

Suzanna prit le chocolat tout écrabouillé dans son papier doré. Il était plus que fondu, certainement immangeable et à ses yeux d'une valeur inestimable.

— Oh ! Alex…

— Jenny t'en avait ramené un aussi, mais elle l'a perdu.

— Ça ne fait rien.

Elle l'étreignit avec force.

— Merci, mon lapin. Je t'aime, tu sais.

— Moi aussi, je t'aime, maman.

Il prononça ces mots sans pudeur, contrairement à son habitude, et prolongea son câlin avec elle. Quand Suzanna le borda enfin, il se laissa caresser les cheveux sans protester.

— Bonne nuit, murmura-t-il en sombrant dans le sommeil.

— Bonne nuit.

Elle sortit de la pièce, versa une larme en silence sur le chocolat à la menthe écrasé. Une fois dans sa chambre, elle ouvrit le petit écrin qui contenait autrefois ses diamants et y rangea le présent de son fils.

Puis elle se déshabilla et passa une légère chemise de nuit blanche. Une pile de paperasse l'attendait sur son secrétaire, mais dans son état de nerfs elle était incapable de se concentrer dessus. Munie de sa brosse à cheveux, elle ouvrit les portes-fenêtres et sortit sur le balcon, comptant sur l'air de la nuit pour apaiser son esprit tourmenté.

Elle fut accueillie par le chant des grillons et le doux ressac de la mer, ponctué du hululement solitaire d'un hibou. Ce soir, la lune était dorée et répandait une lueur limpide. Un sourire aux lèvres, Suzanna offrit son visage à l'astre de la nuit et commença à se démêler rêveusement les cheveux.

Holt n'avait jamais rien vu de plus beau que Suzanna brossant sa chevelure au clair de lune. Il se savait un piètre Roméo et redoutait plus que tout de se rendre ridicule, mais il fallait qu'il lui prouve à quel point elle comptait pour lui.

Quittant les ombres du jardin, il gravit les marches de pierre. Il se déplaçait prestement et Suzanna était perdue dans son rêve. C'est en entendant son nom qu'elle prit conscience de sa présence.

— Suzanna.

Elle rouvrit les yeux. Il était là, à moins d'un mètre d'elle, les cheveux ébouriffés par la brise, les prunelles sombres dans la lueur opalescente de la lune.

— Je pensais justement à toi. Qu'est-ce que tu fais ici ?

— Je suis rentré au cottage et puis… je suis revenu.

Il aurait souhaité qu'elle continue à se brosser les cheveux, mais il n'osa formuler sa demande, de crainte qu'elle se moque de lui.

— Tu vas bien ?

— Très bien, je t'assure.

— Et les enfants ?

— Ils vont bien aussi. Ils dorment. Je ne t'ai même pas remercié, tout à l'heure. Peut-être est-ce mesquin de ma part, mais à présent que je suis plus calme je dois avouer que j'ai adoré voir Bax le nez en sang.

— Je peux recommencer, si tu veux, proposa Holt en toute sincérité.

Elle se mit à rire.

— Non, je ne pense pas que ce sera nécessaire, mais j'ai beaucoup apprécié ton intervention.

Et, esquissant le geste de lui caresser la main, elle se piqua le doigt à une épine.

— Aïe !

— Décidément, ça commence bien…, grommela-t-il en lui tendant gauchement une rose. Je t'avais apporté ça.

— Vraiment ?

Exagérément émue par cette délicate attention, elle porta la fleur à sa joue pour éprouver le velouté de ses pétales.

— Elle vient de ton jardin, marmonna-t-il et, ne sachant que faire de ses mains, il les fourra dans ses poches — ah, si seulement il avait pu fumer une cigarette ! Du coup, ça ne compte pas, je pense…

— Ça compte beaucoup au contraire.

Elle avait reçu deux cadeaux, ce soir, récapitula-t-elle, de la part des deux hommes de sa vie.

— Merci, Holt.

Il haussa les épaules. Qu'était-il censé faire maintenant ?

— Tu es très jolie comme ça.

Elle sourit et baissa les yeux sur sa chemise de nuit toute simple.

— Pourtant, je ne porte pas de dentelle…

— Je te regardais te brosser les cheveux.

Comme mue par une volonté propre, la main de Holt jaillit de sa poche pour les toucher.

— J'étais en bas, en bordure du jardin. J'en avais le souffle coupé. Tu es si belle, Suzanna.

Elle resta interdite. Jamais Holt ne l'avait dévisagée ainsi. Jamais il ne lui avait parlé avec autant de calme.

Sa voix était empreinte de vénération, comme la main qui lui caressait les cheveux.

Une main qui soudain se crispa.

— Ne me regarde pas comme ça, dit-il en s'obligeant à décontracter ses doigts. Je sais que je n'ai pas été très tendre avec toi.

— C'est faux.

— Arrête…

Elle le fixait en silence. Luttant contre une impatience grandissante, il ajouta :

— Je t'ai bousculée, molestée. J'ai déchiré ton chemisier…

Suzanna ébaucha un sourire.

— En recousant les boutons, je me suis remémoré cette nuit, et le bonheur que j'ai ressenti d'être désirée à ce point.

Plus que déconcertée par le discours de Holt, elle secoua la tête.

— Je ne suis pas fragile, je t'assure.

Ne comprenait-elle pas qu'elle se faisait des illusions sur sa prétendue force ? frémit-il. Elle ne se voyait pas telle qu'elle était à cet instant, avec sa chevelure qui brillait au clair de lune et sa fine chemise de nuit qui soulignait sa frêle silhouette.

— Je veux passer cette nuit avec toi, dit-il.

Et, délaissant la soie de ses cheveux, la main de Holt alla lui effleurer la joue.

— Laisse-moi t'aimer cette nuit, Suzanna.

Elle ne pouvait rien lui refuser. Et, tandis qu'il la portait jusqu'à l'intérieur, elle appuya ses lèvres sur sa gorge. Mais il ne lui rendit pas son baiser. Il l'allongea délicatement sur le lit et posa la brosse sur la table de chevet. Puis il tamisa la lumière.

Quand sa bouche rencontra enfin la sienne, ce fut avec la douceur d'un souffle. Ses mains ne se pressaient pas, elles se déplaçaient sur sa peau avec une infinie patience, pour la séduire.

Il sentait son trouble, l'entendait dans la façon dont elle murmurait son nom d'une voix mal assurée, mais il ne faisait que frotter ses lèvres aux siennes, dessinant leur forme de sa langue. Ses mains puissantes suivaient la courbe de ses épaules crispées avec la légèreté d'une plume.

— Fais-moi confiance…

Sa bouche se mit à décrire lentement, tranquillement, l'ovale de son visage.

— Laisse-toi aller et fais-moi confiance, Suzanna. L'amour peut être aussi très tendre.

Il dessina la ligne de sa mâchoire, descendit le long de sa gorge et remonta vers ses lèvres tremblantes en murmurant :

— J'aurais dû te montrer ça avant. Lâche prise.

— Je ne peux pas…

Le baiser de Holt l'émut jusqu'à l'âme. Plongée dans un océan d'une douceur ouatinée, elle ne pouvait pas revenir à la surface. Elle ne voulait pas. Au bout de ce tunnel infini, rempli d'échos, il y avait forcément le paradis.

Les caresses de Holt, ou plutôt ses effleurements, lui ôtaient toute volonté. Elle se sentait fondre sous sa bouche qui glissait sur elle comme une brise fraîche. Cette bouche qui entre deux baisers lui murmurait des promesses inouïes, des mots d'amour d'une incroyable tendresse. Il y avait de la passion dans ces paroles, dans ces cajoleries érotiques, mais aussi un don de soi auquel elle ne se serait jamais attendue de sa part.

Holt la caressait à travers le fin coton de sa chemise de nuit, se délectant des mouvements fluides de son corps sous ses mains. Il se repaissait du simple spectacle de son visage à la lueur de la lampe de chevet, la sachant tout imprégnée de lui, de sa douceur. Il n'avait plus besoin de refréner ses ardeurs. Son désir n'était pas moins fort, il avait seulement pris une nuance différente.

Suzanna poussa un soupir et il revint déguster la saveur de son nom prononcé par sa bouche.

Il la déshabilla avec lenteur, faisant glisser sa chemise de nuit centimètre par centimètre, s'attachant à réchauffer de ses baisers cette peau peu à peu dénudée. Puis il lui fit franchir la première vague.

Douceur intolérable. Dans chaque geste, chaque soupir. Tendresse exquise. Dans chaque caresse, chaque murmure. Il l'avait emprisonnée dans un univers de soie, transformant imperceptiblement la somme de toutes ces sensations en une musique hypnotique. Jamais Suzanna n'avait été aussi consciente de son corps qu'à cet instant, sous les mains patientes et inquisitrices de Holt qui la parcourait comme un paysage.

Enfin, elle sentit sa chair épouser la sienne, ses muscles chauds et durs dont elle ne pouvait plus se passer. Ouvrant à grand-peine ses yeux aux paupières lourdes, elle le regarda. Soulevant ses membres engourdis, elle l'enlaça.

Holt ignorait jusqu'ici que le désir pouvait être aussi puissant et en même temps aussi serein. Elle l'enveloppa. Il se glissa en elle. Pour lui comme pour elle, c'était comme une évidence.

Jamais je n'aurais pu prévoir que ce jour-là serait le dernier que je passerais avec elle. L'aurais-je regardée avec plus d'attention, l'aurais-je serrée plus fort dans mes bras ? Notre amour n'aurait pu être plus grand, mais aurais-je dû y attacher plus de prix ?

Je n'ai pas de réponse.

Nous avons découvert le chiot recroquevillé et à moitié mort de faim dans les rochers, près de nos falaises. Il plaisait tellement à Bianca…

C'était ridicule, j'imagine, mais nous avions l'impression d'avoir quelque chose à partager, car nous l'avions trouvé ensemble.

Nous l'avons baptisé Fred, et je dois avouer que j'ai été triste de le voir partir quand il a fallu que Bianca rentre aux Tours. Bien sûr, il était normal qu'elle fasse cadeau de ce chiot abandonné à ses enfants, afin qu'ils puissent lui offrir une famille. De mon côté, j'ai regagné la solitude de mon cottage, pour penser à elle, pour tenter de travailler.

Et lorsque, plus tard, elle a frappé à ma porte, j'ai été stupéfait du risque qu'elle avait pris pour me revoir. Elle n'était venue chez moi qu'une seule fois et depuis nous n'avions jamais osé renouveler l'expérience. Il ne fallait pas tenter le diable. Elle était dans un état de nerfs épouvantable. Sous sa cape, elle portait le chiot. La voyant pâle comme un linge, je l'ai fait asseoir et je lui ai apporté un verre d'eau-de-vie.

Je me suis installé près d'elle, muet d'inquiétude, et elle m'a raconté ce qui s'était passé depuis que nous nous étions séparés, un peu plus tôt dans la journée.

Les enfants avaient tout de suite adoré le petit chien. Le manoir avait résonné de rires et de cris de joie jusqu'au retour de Fergus. Il refusait catégoriquement de garder dans son château ce cabot, ce bâtard égaré. Peut-être aurais-je pu lui pardonner son attitude, la mettre sur le compte d'un rigorisme stupide. Mais il avait exigé qu'on se débarrasse du chiot, restant sourd aux supplications de ses enfants.

C'est avec sa fille, la jeune Colleen, qu'il avait

été le plus dur. Craignant une punition plus sévère, voire un châtiment corporel, Bianca avait confié les petits et Fred à la nourrice.

S'en était suivie une âpre dispute. Elle ne m'a pas tout raconté, mais ses tremblements et son regard terrorisé en disaient long sur son épreuve. Dans sa rage, Fergus l'avait menacée, puis frappée. C'est à ce moment qu'à la lumière de ma lampe j'ai aperçu les marques de doigts sur sa gorge, aux endroits où les mains de son mari s'étaient refermées comme des serres.

Je serais parti le trouver sur-le-champ. Je voulais le voir mort. C'est la peur panique de Bianca qui m'a retenu auprès d'elle. Jamais je n'avais éprouvé une telle fureur et, à ce jour, je n'en ai pas éprouvé de pire. Savoir qu'on avait fait du mal à celle que j'aimais plus que tout, c'était intolérable... Il m'arrive parfois de regretter de ne pas être allé le tuer. Tout aurait peut-être été différent. Mais cela, je ne le saurai jamais.

Je ne l'ai pas abandonnée, je suis resté auprès d'elle, à la regarder verser des larmes silencieuses. Son mari était reparti à Boston, avec la ferme intention de ramener au manoir une nouvelle gouvernante, qu'il aurait lui-même choisie. Il avait accusé Bianca d'être une mauvaise mère et avait décidé de lui retirer le soin et l'éducation de ses enfants.

Il aurait aussi bien pu lui arracher le cœur. Elle refusait obstinément de voir ses enfants élevés par une domestique, sous la surveillance d'un homme froid et autoritaire. Elle avait tout particulièrement peur pour sa fille, consciente que, si rien n'était fait, la petite Colleen serait un jour sacrifiée sur l'autel des ambitions de son père et épousée pour sa dot — comme sa mère avant elle.

C'est cette peur affreuse qui a décidé Bianca à quitter son mari.

Elle connaissait les risques, anticipait le scandale, savait qu'elle allait être bannie de la bonne société. Cependant, rien ne pouvait la faire revenir sur sa décision. Elle voulait mettre ses enfants à l'abri du despotisme de leur père et souhaitait que je m'enfuie avec elle. Néanmoins, elle ne m'a pas supplié de le faire, pas même au nom de notre amour.

C'était inutile.

J'ai décidé de prendre toutes les dispositions pour notre départ dès le lendemain matin, pendant que de son côté elle préparerait les enfants en cachette. Alors, elle m'a demandé d'être son amant.

Je la désirais depuis si longtemps… pourtant, je m'étais promis de ne jamais la posséder. Cette nuit-là, j'ai rompu mon serment et j'en ai fait un autre. Celui de l'aimer éternellement.

Je la revois. Les cheveux dénoués, le regard intense. Avant de la toucher, je connaissais le velours de sa peau. Avant de la déposer sur mon lit, je savais déjà qu'elle y resplendirait. Aujourd'hui, ce n'est plus qu'un rêve, le souvenir le plus doux de ma vie. Le bruit de l'eau, le chant des grillons, le parfum des fleurs sauvages…

Durant cette heure hors du temps, j'ai eu tout ce qu'un homme peut désirer. Elle était la beauté, l'amour et la promesse. A la fois séductrice et candide, sensuelle et timide. Je sens encore le goût de ses baisers, l'odeur de sa peau. Et la souffrance que j'éprouvais pour elle.

Et puis, elle est partie. Ce que j'avais pris pour un commencement était une fin.

J'ai rassemblé le peu d'argent que j'avais, j'ai vendu mes peintures et mes toiles pour compléter mes maigres économies et j'ai acheté quatre billets pour le train du soir.

Mais elle n'est pas venue.

Un orage se préparait. L'île subissait déjà la violence des éléments : fracas du tonnerre, éclairs éblouissants, bourrasques déchaînées. Etait-ce la tempête qui glaçait le sang dans mes veines ? J'ai voulu le croire. Mais je pense que je savais, hélas ! Ma détresse était si profonde, ma peur tellement irraisonnée ! A la fin, je n'y ai plus tenu.

Pour la première fois, et la dernière, je me suis rendu au manoir des Tours. La pluie s'est mise à me transpercer les os alors que je tambourinais à la porte. La femme qui m'a ouvert était hystérique. J'allais la bousculer, parcourir le château en appelant Bianca, mais à cet instant la police est arrivée.

Bianca avait sauté de la fenêtre d'une tour, elle s'était jetée sur les rochers. La suite est toujours demeurée floue dans mon esprit. Je me souviens d'avoir couru en hurlant son prénom par-dessus le mugissement du vent. Les lumières du château étaient aveuglantes, elles trouaient l'obscurité. Munis de lanternes, des hommes avaient envahi la corniche et tentaient tant bien que mal d'accéder au lieu du drame, en contrebas. Pétrifié d'horreur, je suis resté là-haut, à la regarder. Ma bien-aimée. On me l'avait arrachée. Elle ne s'était pas tuée, non. Cela, je ne pourrais jamais l'accepter. Mais elle était morte. A jamais perdue pour moi.

J'ai pensé à me jeter de cette corniche. Mais elle n'a pas voulu. Je le jure : c'est sa voix qui m'a arrêté. Alors, je me suis assis par terre, sous la pluie battante.

Je n'ai pas pu la rejoindre, cette nuit-là. Et j'ai su que jusqu'au bout j'allais devoir vivre sans elle. C'est ce que j'ai fait, et il se peut que mon passage ici-bas ait au moins produit quelque chose de bon. Holt, mon petit-fils. Comme Bianca l'aurait aimé... Parfois, je l'emmène se promener sur nos falaises et je sais qu'elle est là, près de nous.

Il y a encore des Calhoun au manoir des Tours. Ses enfants, leurs enfants et leurs petits-enfants. C'est ce qu'aurait voulu Bianca. Et peut-être qu'un jour une autre jeune femme esseulée viendra chercher du réconfort sur ces falaises. Je lui souhaite un destin plus heureux.

Je sais, au plus profond de mon cœur, que ce n'est pourtant pas la fin. Bianca m'attend. Lorsque sonnera ma dernière heure, je la reverrai. Et je pourrai enfin l'aimer comme je le lui ai promis en ce jour fatidique. Pour l'éternité.

10

Holt attendait Trent sous la pergola, le long de la digue. Il alluma une cigarette et leva les yeux sur le manoir. L'une des gargouilles avait perdu sa tête, tandis que la face grimaçante d'une autre fixait avec plus de tendresse que de férocité la vaste pelouse qui se déployait en contrebas. Des clématites — il savait les reconnaître, à présent — et des rosiers grimpants escaladaient la première terrasse. La brume de chaleur faisait miroiter les vieilles pierres et les fleurs conféraient à l'ensemble une ambiance féerique — féerique, oui, c'était le seul mot qui lui venait à l'esprit. Une aura de château de la Belle au bois dormant entourait jusqu'aux tourelles qui dressaient vers le ciel leurs formes désormais vénérables.

Des échafaudages enserraient l'aile ouest et le gémissement strident d'une scie électrique lui perçait les tympans. Un camion-élévateur stationnait sous le balcon, hissant dans un grondement mécanique son chargement de matériaux vers un trio d'ouvriers torse nu. Des rugissements s'échappaient d'une radio sur fond de hard-rock spasmodique.

Au fond, peut-être était-ce normal que le manoir se cramponne avec tant de ténacité au passé tout en acceptant le présent, réfléchit Holt. Car si les pierres et le mortier avaient le pouvoir d'absorber les émotions et les souvenirs, c'était certainement chose faite aux Tours.

On aurait même dit que la vieille bâtisse abritait déjà certains des siens…

Les fenêtres de la chambre de Suzanna lui firent un clin d'œil. Chaque seconde, chaque soupir, chaque caresse de leur nuit étaient gravés dans sa mémoire. Il se souvenait aussi qu'il l'avait surprise et émue. D'habitude, la douceur, cela n'était pas tellement son style, mais avec elle c'était venu naturellement.

Suzanna ne lui avait pas réclamé de tendresse. D'ailleurs, elle ne lui avait rien demandé du tout. Etait-ce pour cela qu'il s'était senti tenu de lui en prodiguer ? Sans le vouloir, elle lui avait révélé une délicatesse de sentiment qu'il ignorait posséder. Et cette prise de conscience le mettait mal à l'aise, le rendait aussi vulnérable qu'elle. Cependant, il lui restait encore à trouver la bonne façon de lui déclarer son amour.

Elle méritait le grand jeu : de la musique douce, des chandelles, des fleurs. Des paroles pleines de poésie… Tout cela, il allait tenter de le lui offrir, au risque de se sentir parfaitement ridicule.

Mais d'ici là il avait une mission à accomplir. Il allait lui retrouver ses maudites émeraudes. Et expédier Livingston derrière les barreaux.

Lorsque Trent sortit de la maison, Holt jeta son mégot. Sous la pergola, ils profiteraient d'une relative intimité. Le vacarme du chantier résonnait en contrepoint des riffs de guitare et de la rythmique de la batterie. Quoi qu'ils puissent se raconter, on ne pourrait pas les entendre à moins de trois mètres. De la bâtisse, personne ne prêterait attention à deux hommes partageant une bière en fin d'après-midi, à l'écart des femmes.

Trent entra sous la pergola et lui tendit une bouteille.

— Merci.

Holt s'appuya nonchalamment à un pilier et porta la bière à sa bouche.

— Tu as la liste ?

— Oui.

Trent s'assit sur l'un des bancs en pierre pour rester face au manoir.

— Nous n'avons embauché que quatre nouveaux ouvriers, le mois dernier.

— Tous avaient des références ?

— Bien entendu.

Holt perçut un léger agacement dans sa réponse, un hérissement instinctif.

— Sloan et moi sommes très à cheval sur la sécurité.

Holt se contenta de hausser les épaules.

— Un homme tel que Livingston n'aurait aucun mal à se procurer des références. Il les paierait au prix fort…

Holt but une longue gorgée de sa bière.

— Mais il les obtiendrait.

— Tu es certainement plus au fait que moi de ce genre de pratique…

Les yeux plissés, Trent observait deux ouvriers en train de remplacer les bardeaux bitumés du toit de l'aile ouest.

— Mais j'ai du mal à avaler que ce type puisse être ici, sur le chantier, à travailler sous notre nez.

— Oh ! pour être là, il y est.

Holt alluma une autre cigarette et en tira une bouffée, songeur.

— La personne qui a visité mon cottage connaissait aussi bien que vous la nature du lien qui unissait Christian et Bianca. Et puisqu'aucun membre de la maisonnée n'a mentionné ce détail dans des soirées, Livingston a forcément surpris une conversation ici, aux Tours. S'il n'a pas signé au début du chantier, c'est parce qu'il avait à faire ailleurs. Mais ces dernières semaines…

Holt s'interrompit, le temps de regarder les enfants filer vers leur fort, Fred et Sadie sur leurs talons.

— Il ne pouvait plus rester spectateur : il y avait

toujours le risque qu'en abattant un mur tu mettes au jour les émeraudes. Et pour garder l'œil sur vous, quel meilleur poste d'observation que le chantier ?

— Ça se tient, admit Trent. Mais je n'aime pas l'idée qu'il rôde si près de ma femme, ainsi que des autres membres de la famille.

Il pensa à C.C., à l'enfant qu'elle portait, et son visage se rembrunit.

— Si jamais tu as vu juste, il faut absolument progresser dans nos recherches.

— Donne-moi la liste, je vais vérifier l'identité des ouvriers. J'ai gardé quelques contacts dans la police...

Holt continuait de fixer les enfants.

— On ne peut pas courir le risque qu'il s'en prenne à l'un d'eux. C'est hors de question.

Trent opina. C'était un homme d'affaires. Sa seule expérience de la violence, c'était la boxe qu'il avait brièvement pratiquée à l'université. Toutefois, il n'hésiterait pas à agir pour protéger son épouse et leur enfant à naître.

— J'ai déjà mis Max au courant, quant à Sloan et Amanda, ils ont décidé d'annuler leur voyage de noces. Ils devraient être ici dans deux heures.

C'était une bonne chose, songea Holt. Mieux valait que toute la famille soit réunie sous le même toit.

— Quel prétexte a invoqué Sloan pour revenir ?

— Un problème dans son travail.

Soulagé d'avoir enclenché le processus, Trent eut un petit sourire.

— Si jamais Amanda découvre qu'il l'a menée en bateau, ça va barder...

— Moins les femmes en savent, mieux c'est, décréta Holt.

Cette fois, Trent se mit à rire.

— Si l'une d'elles t'entendait, tu te ferais écorcher vif. Les Calhoun sont des dures à cuire !

Holt pensa à Suzanna.

— Ça, c'est ce qu'elles s'imaginent.

— Non, c'est la vérité, je t'assure, même s'il m'a fallu à moi aussi un petit moment avant de le reconnaître. Déjà, prises séparément, elles sont fortes : une main de fer dans un gant de velours. A ça, il faut ajouter : têtues, impulsives et loyales jusqu'à la mort. Mais toutes ensemble…

Trent sourit.

— Eh bien, disons que je préférerais affronter une paire de sumos que les dames Calhoun dans un bon jour.

— Quand toute cette histoire sera terminée, elles pourront s'en donner à cœur joie.

— Tant qu'elles ne risquent rien…

Trent remarqua que Holt regardait les enfants.

— Chouettes gosses, commenta-t-il.

— Oui. Ils sont super.

— Et ils ont une mère du tonnerre.

Trent but une gorgée de sa bière, songeur.

— Dommage qu'ils n'aient pas de père digne de ce nom…

A la seule pensée de Baxter Dumont, le sang de Holt ne fit qu'un tour.

— Tu le connais bien ?

— Trop à mon goût. Je sais qu'il a fait vivre un enfer à Suzanna. Il a failli la briser en lui intentant ce procès pour la garde des enfants.

— Un procès ? Pour la garde d'Alex et Jenny ?

Stupéfait, Holt reporta son attention sur Trent.

— Il s'en est pris aux enfants ?

— Il s'en est pris à elle, rectifia Trent. Et pour l'atteindre, quel meilleur moyen que de passer par les enfants ? Suzanna n'en parle jamais. C'est par C.C. que j'ai eu le fin mot de l'histoire. Apparemment, Dumont a eu du mal à digérer que la procédure de divorce ait été engagée à l'initiative de Suzanna. Ce n'était pas bon pour son image, et d'autant moins qu'il guigne un siège au Sénat... Il lui a donc imposé une ignoble bataille judiciaire. Son but, c'était de prouver qu'elle était de tempérament instable et incapable d'élever Alex et Jenny. Ç'a été interminable.

— Le salaud !

Suffoquant de rage, Holt se détourna pour lancer son mégot sur les rochers.

— D'autant qu'il ne voulait même pas obtenir leur garde, renchérit Trent. Son idée, c'était de les envoyer en pension. Du moins, c'est ce qu'il menaçait de faire. Il a battu en retraite quand Suzanna a signé sa proposition d'accord.

— Quel accord ? demanda Holt qui était allé s'appuyer à la balustrade en pierre, révolté.

— L'acte de partage des biens. Elle lui a pratiquement tout donné ! Dumont a laissé tomber les poursuites pour que d'autres dispositions puissent être prises en privé. Il a obtenu leur maison, tout leur patrimoine commun et un gros morceau de son héritage à elle. Suzanna aurait pu se battre, mais elle était déjà en pleine débâcle émotionnelle, sans parler de l'état des enfants. Elle ne voulait pas risquer de perdre leur garde ni de leur infliger un stress supplémentaire.

— Oui, ça ne m'étonne pas.

Holt but une gorgée de bière, vaine tentative de faire passer le goût amer que lui laissait cette histoire.

— Il est hors de question qu'il leur fasse encore du mal, à elle ou aux enfants. J'y veillerai personnellement.

— Je n'en attendais pas moins de toi.

Trent se leva, satisfait. Il tira une liste de sa poche et la donna à Holt en lui reprenant sa bouteille vide.

— Tu me tiens au courant de l'avancée de ton enquête ?

— D'accord.

— Au fait, la séance, c'est pour ce soir.

Voyant que Holt grimaçait, Trent se remit à rire.

— Tu pourrais bien avoir quelques surprises...

— La seule chose qui me surprend, c'est que Coco ait réussi à m'embarquer là-dedans.

— Si tu comptes rester dans les parages, il va falloir que tu t'habitues à être embarqué dans toutes sortes d'aventures !

Rester dans les parages, oui, il y comptait bien, réfléchit Holt tandis que Trent s'éloignait. Il lui fallait simplement trouver la bonne façon de l'annoncer à Suzanna. Après avoir parcouru les noms de la liste, il la glissa dans sa poche. Il allait passer deux coups de téléphone pour voir s'il pourrait dénicher quelque chose.

Alors qu'il traversait la pelouse, les chiens s'élancèrent vers lui, Fred se pressant avec adoration contre Sadie. Lorsqu'ils cessèrent de lui faire fête pour se laisser caresser, Fred se mit à lécher frénétiquement le museau de sa nouvelle amie. Au début, Sadie toléra ses coups de langue, puis elle se détourna et finit par l'ignorer totalement.

— Allumeuse, va..., commenta Holt.

— Souviens-toi de Fort Alamo ! cria Alex.

Debout sur le toit de son fort, jambes écartées, il brandissait une épée en plastique. Les yeux brillants, sûr que Holt allait relever le défi, il lança :

— Tu ne nous prendras jamais vivants !

— Ah non ?

Incapable de résister, Holt s'avança.

— Et qu'est-ce qui te fait croire que je veux vous attraper, crâne de piaf ?

— Parce qu'on est des patriotes et que vous êtes les méchants assaillants !

Jenny avait passé la tête par l'ouverture qui faisait office de fenêtre. Avant que Holt ait pu l'esquiver, il prit un tir de pistolet à eau en pleine poitrine. Alex lança un cri de triomphe, tandis que Holt baissait les yeux sur son T-shirt, l'air mauvais.

— Tu te doutes, énonça-t-il lentement, de ce que ça signifie ? La guerre !

Il courut et empoigna à bras-le-corps Jenny qui s'était mise à pousser des couinements suraigus. Il l'extirpa de son poste de tir et la tint tête en bas, si bien que ses deux couettes blondes effleuraient l'herbe, au grand ravissement de la fillette.

— Il a un otage ! rugit Alex. Tuons-les tous jusqu'au dernier !

Il réintégra tant bien que mal le fort et sortit en trombe par la porte, agitant son épée. A peine Holt avait-il remis Jenny à l'endroit que le petit garçon le percuta tel un missile.

— Qu'on lui coupe la tête ! scandait Alex, repris par sa sœur.

Holt s'affaissa volontairement sur lui-même, entraînant les deux enfants dans sa chute.

La bagarre se déroula dans les cris et les fous rires. Et lui donna plus de fil à retordre que prévu ! Souples et vifs comme des anguilles, les enfants se libéraient adroitement de son emprise pour l'attaquer. Pour finir, Holt se retrouva désavantagé lorsque Alex s'assit sur sa poitrine, tandis que Jenny s'employait à lui chatouiller les côtes.

— Attention, je vais me fâcher pour de bon, les prévint-il.

Ecopant d'un jet d'eau en pleine figure, il poussa un juron, au grand ravissement des enfants. C'est alors qu'il se retourna d'un coup, récupéra le pistolet et les trempa tous les deux. Les petits s'abattirent sur lui en criant de joie.

Au bout d'une lutte humide et désordonnée, il parvint

enfin à les clouer au sol. Tous trois étaient à bout de souffle.

— Je vous ai massacrés, clama Holt. Vous devez capituler, maintenant.

Jenny lui enfonça un doigt dans les côtes, ce qui le fit se tordre d'hilarité. Pour se défendre, il frotta sa barbe de fin de journée sur la chair tendre de son petit cou.

— T'as gagné, t'as gagné ! hurla-t-elle, s'étouffant de rire.

Satisfait, il se servit de la même arme contre Alex jusqu'à ce que, victorieux, il se laisse retomber à plat ventre sur l'herbe.

— Tu nous as tués, admit le petit garçon sans rancune. Mais tu es mortallement blessé.

— Mortellement, tu veux dire...

— Tu vas faire la sieste ? s'enquit Jenny en lui sautant sur le dos. Des fois, Lilah, elle dort dans l'herbe.

— Lilah dort à peu près n'importe où, marmonna Holt.

— Tu peux faire la sieste dans mon lit si tu veux, lui proposa-t-elle avant d'appuyer un doigt inquisiteur tout près de la cicatrice qu'elle avait repérée sous le T-shirt relevé. Tu as un gros bobo à ton dos.

— C'est vrai.

Alex se démenait déjà pour regarder à son tour.

— Où ça, où ça ? Je peux voir ?

Holt, qui s'était raidi instinctivement, s'obligea à se détendre.

— Bien sûr.

Alex remonta le T-shirt, et sa sœur et lui ouvrirent de grands yeux. Cela ne ressemblait pas à la petite cicatrice bien nette qu'ils avaient admirée sur la jambe de leur ami. Celle-ci était longue, vilaine et irrégulière. Elle partait de la taille et se prolongeait si haut que, même en retroussant le T-shirt au maximum, ils ne pouvaient en voir la fin.

— La vache…

Ce fut tout ce qui vint à l'esprit d'Alex. Il déglutit, puis avança vaillamment un doigt pour toucher.

— On t'a fait ça dans une grosse bagarre ?

— Pas tout à fait.

Holt se remémora la douleur à couper le souffle, la brûlure aussi soudaine qu'intense.

— Je me suis fait choper par un méchant, résuma-t-il, espérant que l'enfant se satisferait de cette explication.

Sentant la petite bouche de Jenny se poser comme un papillon sur ses reins, il se figea.

— Ça va mieux, maintenant ? s'enquit-elle.

— Oui.

Emu, il contrôla sa respiration avant d'oser répondre :

— Merci.

Et, se retournant, il s'assit pour lui passer une main sur les cheveux.

A quelques mètres de là, Suzanna les observait, bouleversée. Elle avait suivi leur bagarre depuis le seuil de la cuisine : avec quelle aisance Holt s'était-il coulé dans le jeu de ses enfants ! Un sourire aux lèvres, elle avait voulu se joindre à eux… mais à cet instant Jenny et Alex s'étaient mis à examiner la cicatrice qui barrait le dos de Holt. Jenny avait gentiment déposé dessus un bisou-qui-guérit-tout et, quand Holt s'était tourné pour lui caresser la tête, Suzanna avait vu sur ses traits une émotion sincère.

Assis dans l'herbe, il formait avec eux un adorable tableau : Jenny était blottie sur ses genoux et Alex avait passé un bras affectueux autour de son cou. Suzanna attendit de s'être ressaisie avant de s'avancer vers eux.

— Ça y est ? La guerre est finie ?

Trois paires d'yeux se levèrent sur elle.

— C'est Holt qui a gagné, répondit Alex.

— Hum, ça n'a pas l'air d'avoir été une victoire facile.

Elle souleva Jenny qui tendait les bras vers elle.

— Tu es toute mouillée.

— Il nous a tiré dessus — mais je l'ai eu en premier.

— Bravo !

— Et il craint les chatouilles, lui apprit Jenny en confidence. Mais *beaucoup*.

— Ah oui ?

Suzanna adressa un lent sourire à Holt.

— Je m'en souviendrai… Et maintenant, filez, tous les deux. Je viens de votre chambre : apparemment, vous avez oublié de ranger après avoir fini de jouer.

— Mais, maman…

Alex allait invoquer un prétexte imparable, mais un regard de sa mère l'en empêcha.

— Si vous ne rangez pas, c'est moi qui le ferai, dit-elle gentiment. Sauf qu'alors c'est moi qui mangerai ta part de charlotte aux fraises, Alex.

Ça, c'était un coup bas, et le petit garçon hésita longuement avant de capituler.

— D'accord, je vais ranger. Comme ça, j'aurai aussi la part de Jenny.

— Oh ! que non, c'est moi qui vais ranger et c'est moi qui aurai la tienne !

Jenny fonça vers la maison, son frère à ses trousses.

— Finement manœuvré, maman, commenta Holt en se relevant.

— Je connais leurs points faibles…

Elle l'enlaça, ce qui le surprit et le ravit tout en même temps. Il était très rare qu'elle fasse le premier pas.

— Toi aussi, tu es tout mouillé.

— J'ai essuyé des tirs de sniper, mais je les ai descendus un par un.

L'attirant à lui, il appuya sa joue contre ses cheveux.

— Ce sont des gosses vraiment super, Suzanna. Je, hum…

Il ne trouvait pas les mots pour lui dire... Qu'il s'était terriblement attaché à eux. Et aussi qu'il était tombé amoureux de leur mère.

Gêné, il s'écarta.

— Désolé, je suis en train de mouiller tes vêtements...

Elle lui caressa la joue en souriant.

— Ça te dirait, une balade ?

Holt pensa à la liste de noms, dans sa poche. Mais cela pouvait attendre une heure, décida-t-il, et il lui prit la main.

Il savait qu'elle irait vers les falaises. C'était comme une évidence qu'ils partent se promener là-bas, à cette heure de la journée où les ombres s'allongeaient et où la fraîcheur de l'air annonçait le soir. Ils discutèrent un peu boutique : elle avait achevé un chantier et Holt avait réparé une coque de bateau. Mais ni l'un ni l'autre n'avaient la tête au travail.

— Holt...

Elle contempla la mer, sans lâcher sa main.

— Pourquoi as-tu démissionné de la police ? Tu veux bien me le dire ?

Elle le sentit se crisper.

— Ce qui est fait est fait, répliqua-t-il d'un ton sans appel. Il n'y a pas à revenir là-dessus.

— Cette cicatrice dans ton dos...

— C'est du passé, j'ai dit.

Et il lui lâcha la main pour allumer une cigarette.

— Je vois..., murmura Suzanna.

Elle prit le temps de digérer sa rebuffade.

— Ton passé ne me concerne pas, donc. Pas plus que ce que tu as ressenti à l'époque.

Il tira sur sa cigarette d'un geste impatient.

— Je n'ai pas dit ça !

— Mais si... C'est très clair. Tu es en droit de tout savoir sur moi, je suis censée te faire une confiance aveugle, te suivre sans poser de questions. Par contre moi, je ne suis pas autorisée à m'immiscer dans ta vie intime.

Il la considéra avec colère.

— Qu'est-ce que c'est, une mise à l'épreuve ?

— Appelle ça comme tu veux, riposta-t-elle. J'espérais que, depuis le temps, tu me faisais confiance, que tu tenais suffisamment à moi pour m'ouvrir ton cœur.

— Mais je tiens à toi, bon sang ! Tu ne comprends donc pas que ce souvenir continue de me déchirer ? J'ai tiré un trait sur dix ans de ma vie, Suzanna ! Dix ans !

Lui tournant le dos, il expédia son mégot par-dessus la falaise.

— Je te demande pardon, Holt…

Instinctivement, elle posa les mains sur ses épaules, d'un geste consolateur.

— Je ne voulais pas raviver de mauvais souvenirs, je suis bien placée pour savoir que c'est douloureux. Et si nous rentrions, maintenant ? Je vais voir si je peux te trouver un T-shirt propre.

— Non.

Il bouillonnait intérieurement, les nerfs tendus à craquer.

— Tu as le droit de savoir, Suzanna. J'ai tout plaqué parce que je n'en pouvais plus. J'ai passé dix ans à me persuader que je pouvais changer le monde, que toute la boue dans laquelle je devais patauger ne m'affectait pas. Que je pouvais côtoyer des dealers, des macs, des victimes toute la journée et continuer de dormir la nuit. Tuer quelqu'un, pour moi, ça faisait partie du métier : dans la police, on vit avec, même si on préfère ne pas trop y penser. Je voyais bien quelques flics craquer, mais je n'imaginais pas que ça puisse m'arriver un jour.

Suzanna continuait de masser les muscles noués de ses épaules en silence, attendant la suite. Holt, les yeux fixés sur l'horizon, respirait l'odeur de sa peau, mais aussi la senteur diffuse des églantines en pleine floraison.

— A la brigade des mœurs, on évolue dans la fange, Suzanna. C'est un passage obligé pour comprendre la logique des individus que tu essaies de neutraliser. On se met à penser comme eux. Il le faut bien quand on s'immerge dans la lie de la société, sinon, on n'en ressort pas vivant. Il y a certaines choses que je ne te dirai jamais, justement parce que je tiens à toi. Des choses laides que je...

Il ferma les yeux, fourra les mains dans ses poches.

— Je ne voulais plus les voir, toutes ces horreurs. Et j'avais déjà dans l'idée de revenir ici — le cottage me trottait dans la tête.

Soudain las, il se frotta les paupières.

— J'étais au bout du rouleau, Suzanna, et j'avais envie de retrouver une vie normale. De ne plus attacher mon holster tous les matins, de ne plus frayer avec la vermine dans des endroits glauques... Ça s'est passé dans le cadre d'une enquête de routine, nous recherchions un petit dealer. Nous pensions pouvoir lui soutirer quelques infos... Bref, aucune importance ! dit-il avec impatience. Grâce au tuyau d'un indic, nous l'avons coincé dans un tripot minable. Mais il s'est rebiffé. En fait, ce crétin avait environ vingt mille dollars de coke planqués sous ses vêtements et plus de deux rails de la même saleté dans le nez. Il a complètement paniqué. Il nous a filé entre les doigts en prenant en otage une femme presque aussi défoncée que lui.

Il s'interrompit pour essuyer ses mains moites à son jean.

— Mon coéquipier et moi nous sommes séparés de façon à lui couper toute retraite. Le dealer a entraîné la femme dans une ruelle. Pris en tenaille, le gars n'avait aucune issue. J'ai dégainé mon arme. Il faisait nuit et les poubelles empestaient.

Holt sentait encore leur puanteur fétide... La transpiration se mit à dégouliner dans son dos.

— J'ai entendu les pas de mon coéquipier qui arrivait de l'autre côté de la ruelle. Quelque part, la femme pleurait. Elle était recroquevillée sur le béton. Le type l'avait un peu tailladée, mais j'ignorais la gravité de ses blessures. Je me souviens avoir pensé qu'à cause de ça ce petit minable allait prendre plus cher que pour un simple trafic de stupéfiants. Et soudain, il m'a sauté dessus. Il m'a planté son couteau avant que j'aie pu tirer une seule balle.

Holt sentait encore la lame lui entailler la chair, il sentait encore l'odeur de son sang.

— J'étais sûr que j'allais mourir et je ne pensais qu'à une chose : jamais je ne pourrais revenir chez moi, sur cette île. J'allais crever dans cette maudite ruelle avec la puanteur de cette poubelle dans les narines. J'ai tué ce type en m'écroulant. Du moins, c'est ce qu'on m'a raconté, car je ne me souviens de rien. Quand je me suis réveillé, j'étais à l'hôpital. J'avais l'impression d'avoir été coupé en deux et qu'on avait recousu les morceaux. Je me suis dit que j'avais eu beaucoup de chance, que j'allais pouvoir revenir ici. Je savais que si je devais à nouveau m'aventurer dans une ruelle, cette fois, je n'en ressortirais pas.

Suzanna le serrait très fort, la joue pressée contre son dos.

— Crois-tu avoir déchu en rentrant au pays, au lieu d'affronter une autre ruelle sombre ?

— Je n'en sais rien.

— Moi, j'ai essayé de m'accrocher, longtemps. Evidemment, personne ne m'a planté de couteau dans le dos, mais j'ai fini par comprendre que si je restais avec Bax, si je demeurais fidèle à notre engagement matrimonial, une partie de moi-même allait mourir. Voilà pourquoi j'ai fait le choix de divorcer, parce que j'ai privilégié ma survie. Penses-tu que je doive en rougir ?

— Non.

Il se retourna et la saisit par l'épaule.

— Non, bien sûr que non.

Suzanna lui prit le visage en coupe, et dans ses yeux, il lut une compréhension et une compassion qu'il n'aurait jamais pu accepter de personne ne serait-ce qu'une semaine plus tôt.

— Moi non plus, Holt. Je regrette de tout cœur que tu aies vécu une expérience aussi traumatisante, mais je suis heureuse que cette épreuve t'ait conduit jusqu'ici.

Et, pour achever de le réconforter, elle lui effleura les lèvres d'un baiser. Bouleversée, elle le sentit peu à peu lâcher prise, ses résistances cédant une à une avec une lenteur presque insupportable.

Il laissa tout son corps aller contre le sien, tout en l'attirant à lui. Sa bouche se fit plus douce, alors même que son baiser était brûlant. Enfin, leur relation avait franchi un cap. Il ne s'agissait plus seulement de passion, plus seulement de tendresse, mais de véritable confiance. Et tandis que le vent murmurait dans les hautes herbes et les vaillantes fleurs sauvages, Suzanna crut entendre autre chose, un son si doux et si adorable qu'elle en eut les larmes aux yeux. Lorsqu'il releva la tête, elle sut en voyant l'expression de son visage que lui aussi l'avait entendu. Elle sourit.

— Nous ne sommes pas seuls, murmura-t-elle. Ils doivent s'être tenus ici, à cet endroit même, enlacés comme nous le sommes. Brûlants de désir, comme nous.

Emue, elle porta la main de Holt à ses lèvres.

— Penses-tu que le temps et le destin soient un éternel recommencement ?

— Je vais finir par le croire.

— Ils continuent de venir ici, de s'attendre. Se retrouveront-ils un jour ? Moi, je pense que oui, à condition que nous arrivions à accomplir ce qui doit l'être.

Elle l'embrassa à nouveau, puis glissa un bras autour de sa taille.

— Rentrons. J'ai l'impression que la soirée s'annonce intéressante.

— Suzanna, marmonna-t-il, alors qu'ils rebroussaient chemin. Après la séance...

Il laissa sa phrase en suspens, d'un air chagriné qui la fit se méprendre.

— Ne t'inquiète pas, les Tours n'abritent que des fantômes bienveillants.

— Hein ? Ah, oui... Oh ! ne t'attends pas à ce que j'accorde beaucoup d'importance à toutes ces histoires de transes et d'incantations. Mais ce n'est pas la question... Je me demandais si après... Ecoute, je sais que tu n'aimes pas laisser les petits, mais j'ai pensé que tu pourrais passer un moment chez moi. Il y a certaines choses dont je veux te parler.

— Quelles choses ?

— Des... choses, balbutia-t-il lamentablement.

Puisqu'il comptait la demander en mariage, autant procéder dans les règles, estimait-il.

— J'aimerais beaucoup que tu puisses t'échapper une heure ou deux.

— Très bien, si c'est important... Ça concerne les émeraudes ?

— Non. C'est... Ecoute, je préfère attendre, d'accord ? Et maintenant, j'ai deux ou trois choses à faire avant qu'on se mette à invoquer les esprits.

— Tu ne restes pas pour dîner ?

— Je ne peux pas. Mais je reviens.

Alors qu'ils grimpaient la côte et dépassaient le muret de pierre, il l'attira à lui pour lui donner un baiser aussi bref que passionné.

— A plus tard.

Elle le regarda s'éloigner avec perplexité, et se serait

élancée à sa suite si on ne l'avait pas appelée de la terrasse. La main en visière devant ses yeux, elle leva la tête. C'était sa sœur.

— Amanda !

Elle traversa la pelouse en courant et gravit le perron en pierre.

— Comment se fait-il que tu sois déjà revenue ?

Elle serra la jeune mariée dans ses bras de toutes ses forces.

— Tu as une mine superbe… Mais vous ne deviez pas rentrer avant une semaine ! Il y a un problème ?

— Non, rien.

Amanda l'embrassa sur les deux joues.

— Viens, je vais tout te raconter.

— Où m'emmènes-tu ?

— Dans la tour de Bianca. Conseil de famille !

Elles gravirent l'étroit escalier en colimaçon. C.C. et Lilah les attendaient déjà là-haut.

— Et tante Coco ? s'enquit Suzanna.

— Nous lui ferons un compte rendu, répliqua Amanda. Ça éveillerait les soupçons si nous la faisons monter maintenant.

Hochant la tête, Suzanna s'assit par terre, à côté de Lilah qui s'était installée sur la banquette de fenêtre.

— Si j'ai bien compris, c'est une réunion entre filles ?

— Ça leur fera les pieds ! lança C.C. en croisant les bras. Voilà des jours qu'ils organisent en douce des petits conciliabules entre eux. Il est temps d'y mettre bon ordre.

— Ce qui est sûr, c'est que Max détient un nouvel élément, intervint Lilah. Il affiche un air bien trop innocent. Et puis, il a passé ces deux derniers jours à traîner autour de l'équipe de chantier.

— J'imagine qu'il ne veut pas apprendre à poser des bardeaux…, murmura Suzanna.

— Si c'était le cas, il aurait déjà acheté une vingtaine d'ouvrages sur le sujet !

Lilah étira ses épaules et se laissa aller contre la fenêtre.

— Et cet après-midi, en rentrant du travail, j'ai vu Trent et Holt en pleine discussion sous la pergola. De loin, on aurait pu croire qu'ils buvaient tranquillement une bière, mais je suis sûre qu'ils tramaient un coup en douce.

— Ils savent donc quelque chose qu'ils nous cachent.

Pensive, Suzanna se mit à pianoter sur ses genoux. Elle aussi avait eu l'impression qu'il se passait quelque chose, mais Holt s'était si bien débrouillé pour la détourner des émeraudes qu'elle n'avait pas cherché plus loin.

Amanda apporta de l'eau au moulin de sa sœur.

— Il y a deux jours, Sloan a eu une longue conversation à voix basse avec Trent, au téléphone. Il a prétendu qu'il y avait un souci avec les matériaux et qu'il devait régler ça personnellement.

Rejetant sa chevelure en arrière, Amanda poussa une petite exclamation de mépris.

— Et il s'imagine que j'ai été assez sotte pour gober ça ! Il voulait revenir parce qu'il se trame quelque chose, la voilà la vérité ! Et qu'ils ne tiennent pas à nous avoir dans les pattes !

— Pour ça, ils peuvent courir ! maugréa C.C. Moi, je suggère que nous descendions toutes ensemble et que nous les mettions en demeure de nous dire tout ce qu'ils savent. Si Trent s'imagine que je vais rester à me tourner les pouces pendant qu'il s'occupe des affaires des Calhoun, il se trompe lourdement !

— On pourrait les torturer pour leur faire cracher le morceau, hasarda Lilah. Quoique… ça ne ferait que les buter davantage. Leur ego de mâle est en jeu, mesdames. Sortez vos casques et vos gilets pare-balles !

Suzanna se mit à rire et lui tapota la cuisse.

— Tu marques un point ! Bon, récapitulons... S'ils ont rappelé Sloan aux Tours, c'est qu'ils pensent approcher de la solution. Ils ne feraient pas tant de cachotteries s'ils savaient où se trouvent les émeraudes, du moins je ne le crois pas.

— Moi non plus, dit Amanda.

Persuadée qu'elle réfléchissait mieux quand elle était debout, elle arpentait la pièce.

— Vous vous souvenez comme ils se sont braqués quand nous avons décidé de rechercher le yacht d'où Max avait sauté ? Sloan avait même menacé de... comment a-t-il dit, déjà ? De m'entraver ! s'énerva-t-elle. Oui, c'est ça. Il a menacé de m'entraver si jamais je songeais à vouloir retrouver Livingston toute seule !

— Trent refuse même d'évoquer Livingston avec moi, renchérit C.C. avant de plisser le nez. Il ne me faut pas d'émotions dans mon état, soi-disant...

Etendue sur la banquette de fenêtre, Lilah éclata de rire.

— J'aimerais bien voir un homme accoucher et avoir encore le culot de prétendre que les femmes sont de petites choses fragiles !

— Holt soutient que nous ne sommes pas de taille à lutter contre Livingston. *Nous*, précisa Suzanna en les englobant du doigt. Tandis que lui, si.

— Crétin !

C.C. se laissa choir sur la banquette à côté de Lilah et résuma la situation :

— Bon, nous sommes donc toutes d'accord ? Les garçons sont en possession d'un nouvel élément concernant Livingston et ils le gardent pour eux.

Le vote fut unanime au sein des sœurs Calhoun.

Amanda cessa de faire les cent pas et tapa du pied.

— A présent, nous devons découvrir ce qu'ils savent ! Des suggestions ?

— Ma foi...

Suzanna baissa les yeux sur ses ongles et sourit.

— Pour paraphraser le vieil adage, je dirai : divisons-nous pour mieux régner. A nous quatre, et chacune à notre manière, nous devrions être capables de leur tirer les vers du nez. Ensuite, rendez-vous ici demain, même heure, et nous mettrons nos trouvailles en commun.

— Ça me plaît, déclara Lilah en se redressant pour poser la main sur l'épaule de sa sœur. Les pauvres garçons n'ont aucune chance.

A son tour, Suzanna posa la main sur celle de Lilah, bientôt rejointe par celle d'Amanda et de C.C.

— Et quand tout sera fini, conclut-elle, peut-être comprendront-ils que les femmes Calhoun sont tout à fait capables de s'en sortir seules !

11

Holt ne s'était jamais senti aussi ridicule de toute sa vie : il s'apprêtait à prendre part à une séance de spiritisme. Et comme si cela ne suffisait pas, d'ici à la fin de la soirée, il allait demander en mariage la femme qui était présentement en train de se gausser de lui.

— Tu ne vas pas au peloton d'exécution, voyons ! pouffa Suzanna en lui tapotant l'épaule. Détends-toi !

— Une farce grotesque, voilà ce que c'est ! trancha Colleen.

Trônant à l'extrémité de la table, la vieille dame engloba l'assemblée d'un regard noir.

— Parler aux esprits… Sottises ! Quant à toi, petite évaporée…, poursuivit-elle en pointant un doigt menaçant sur Coco, tu n'as jamais eu un sou de bon sens. Mais je ne t'aurais tout de même pas cru assez stupide pour mettre de telles fariboles dans l'esprit des filles.

— Ce ne sont pas des fariboles.

Comme toujours, Coco frémit sous le regard d'acier de sa tante. Heureusement, elle se sentait à peu près en sécurité, à l'autre bout de la table.

— Tu verras bien quand nous aurons commencé, insista-t-elle.

— Tout ce que je vois, moi, c'est une tablée de gogos !

Le visage de Colleen demeurait sévère, mais son regard

fondit d'amour en se posant sur le portrait de sa mère qui avait été accroché au-dessus de la cheminée.

— Je vous en offre dix mille dollars.

Holt haussa les épaules. La grand-tante de Suzanna le harcelait depuis des jours pour acheter le tableau.

— Puisque je me tue à vous dire qu'il n'est pas à vendre…

— Si vous vous imaginez vous débarrasser de moi aussi facilement, jeune homme, vous faites erreur. J'ai plus d'un tour dans mon sac !

Holt lui sourit. La digne vieille dame devait avoir grugé pas mal de monde en affaires, il en aurait mis sa main à couper.

— Je ne veux pas m'en défaire, répéta-t-il.

— Et puis de toute façon, il vaut bien plus que ça ! ne put s'empêcher d'intervenir Lilah. N'est-ce pas, professeur ?

— Eh bien, oui, c'est exact…

Max s'éclaircit la voix.

— Les premières œuvres de Christian Bradford ont vu leur cote grimper ces derniers temps. Il y a deux ans, par exemple, l'une de ses marines est partie à trente-cinq mille dollars chez Sotheby.

— Dites-moi, qui êtes-vous, exactement ? l'apostropha sèchement Colleen. Son agent ?

Max réprima un sourire.

— Non, madame.

— Alors, taisez-vous ! Quinze mille, c'est mon dernier mot.

Holt afficha une moue faussement blasée.

— Ça ne m'intéresse pas, vous dis-je…

— Bon, si nous revenions à nos moutons ? suggéra Coco.

Et elle retint son souffle, attendant que l'orage passe. Lorsqu'il n'émana plus de Colleen que quelques grommellements furieux, elle se détendit et reprit les rênes de la soirée.

— Amanda, ma chérie, allume les bougies ! Et maintenant, nous allons tous essayer de faire le vide dans notre esprit, en chassant tous nos soucis, tous nos doutes. Je veux que vous vous concentriez tous sur Bianca.

Lorsque les bougies furent allumées et le lustre éteint, elle jeta un dernier coup d'œil autour de la table.

— Donnez-vous la main.

Holt marmonna dans sa barbe, mais prit la main de ses voisines, Suzanna à sa droite et Lilah à sa gauche.

— Concentrez-vous sur le tableau, murmura Coco en fermant les yeux pour se le représenter mentalement.

Un frisson d'excitation lui parcourut l'échine.

— Je la sens... Elle est près de nous, tout près de nous... Elle veut nous dire quelque chose.

Holt laissa son esprit vagabonder ; cela l'aidait à oublier l'expérience ridicule à laquelle il se prêtait. Comment allait se dérouler son tête-à-tête romantique avec Suzanna, sitôt la séance terminée ? Il avait acheté des bougies. Pas les grosses bougies de ménage qu'il gardait dans le tiroir de la cuisine en cas de coupure de courant, non ! De fines chandelles parfumées au jasmin.

Une bouteille de champagne attendait au réfrigérateur, à côté de son pack de bières, et il avait disposé deux flûtes toutes neuves près des mugs à café. Dans la poche de son jean, l'écrin à bijou lui brûlait la cuisse.

Ce soir, il allait sauter le pas. Les mots qu'il avait répétés lui viendraient tout naturellement à la bouche. Il aurait mis de la musique douce. Suzanna ouvrirait l'écrin, découvrirait son contenu...

Elle avait les mains ruisselantes d'émeraudes. Fronçant les sourcils, il secoua la tête pour sortir de sa rêverie. Quelque chose clochait. Il ne lui avait pas acheté d'émeraudes ! Pourtant, l'image était d'une netteté parfaite :

Suzanna, agenouillée, tenant un collier d'émeraudes. Trois rangs étincelants, rehaussés de part et d'autre de diamants d'une limpidité admirable avec, au centre, une pierre en goutte d'eau d'un vert extraordinaire.

Le collier des Calhoun ! Un étau glacial lui enserra la nuque. Mais il l'ignora, résolument. Du calme, voyons, tout cela s'expliquait de façon très simple : Max lui avait montré une reproduction des émeraudes dans un vieil ouvrage de la bibliothèque. Il savait donc à quoi elles ressemblaient. Et c'était l'atmosphère de la soirée, ce silence frémissant et la flamme vacillante des chandelles qui lui avaient remis le collier en mémoire, voilà tout.

Les visions, les fantômes… il n'y croyait pas. Toutefois, lorsqu'il fermait les yeux pour chasser cette image de son esprit, elle demeurait là, comme gravée. Suzanna, agenouillée par terre, des émeraudes ruisselant entre ses doigts.

Il sentit une main se poser sur son épaule.

Il regarda autour de lui… Il n'y avait personne, rien que des ombres dansantes et la lumière projetée par les bougies. Mais l'impression d'une présence demeurait, insistante. Sa nuque se hérissa.

C'était de la folie ! Et il était temps de mettre un terme à toutes ces fadaises.

— Ecoutez…, commença-t-il.

Le portrait de Bianca s'écrasa par terre.

Coco poussa un cri aigu et bondit de son siège.

— Oh ! mon Dieu… Juste ciel ! balbutia-t-elle en portant la main à son cœur qui battait la chamade.

Amanda, elle, s'était déjà précipitée.

— Oh ! j'espère qu'il ne s'est pas abîmé !

— Je ne crois pas qu'il ait souffert de sa chute, la rassura Lilah.

Elle lâcha la main de Holt et s'adressa à lui :

— Qu'en pensez-vous ?

Son regard clair et appuyé le mit mal à l'aise. Il se tourna vers Suzanna. Sa main était comme un bloc de glace dans la sienne.

— Que se passe-t-il ? lui demanda-t-il fébrilement. Ça ne va pas ?

— Si, si, tout va bien.

Mais elle frissonna.

— Tu devrais aller voir si le tableau n'a rien, Holt.

Il se leva et rejoignit les autres qui s'étaient tous accroupis autour du portrait. Suzanna, elle, fixait sa grand-tante, à l'autre bout de la table. La peau parcheminée de Colleen était devenue d'une pâleur mortelle. Ses yeux étaient sombres et humides. Sans un mot, Suzanna alla lui servir un verre de cognac.

— Ça va aller, murmura-t-elle en posant une main sur la frêle épaule de sa grand-tante.

— Le cadre s'est fendu, constata Sloan en le parcourant du doigt. C'est étrange qu'il se soit décroché comme ça. Pourtant, ces fixations sont solides…

Holt allait manifester son incompréhension quand, en examinant de plus près l'endroit où le cadre s'était désolidarisé de l'arrière, il se figea.

— Il y a quelque chose entre la toile et le fond.

Soulevant le tableau, il le posa à l'envers sur la table.

— J'ai besoin d'un couteau.

Sloan tira un canif de sa poche et le lui tendit. Holt incisa l'arrière de la toile, juste sous le montant fendu, et en sortit une liasse de feuillets.

Les mains sur sa bouche, Coco demanda d'une voix assourdie :

— Qu'est-ce que c'est ?

— C'est l'écriture de mon grand-père, répondit Holt d'un ton mal assuré.

Submergé par l'émotion, il leva vers Suzanna un regard égaré.

— On dirait une sorte de journal intime... Les feuilles sont datées de 1965.

Coco posa une main sur son épaule pour le réconforter.

— Asseyez-vous, mon ami. Trent, veux-tu bien nous servir du cognac ? Je vais préparer un thé pour C.C.

Holt était désemparé. Ses jambes ne le portaient plus, il lui fallait un siège. Pourvu que l'alcool le remette d'aplomb... Mais, le regard fixé sur les feuilles de papier jauni, il ne voyait que son grand-père. Installé à l'arrière du cottage, sous la véranda. Campé dans son atelier, peignant fiévreusement sa toile. Marchant sur les falaises en lui racontant des histoires.

Quand Suzanna revint vers lui et posa sa main sur la sienne, il lui agrippa les doigts.

— C'était là depuis tout ce temps, et je l'ignorais.

— Tu n'étais pas censé le savoir, répondit-elle avec douceur. Jusqu'à ce soir.

Il leva les yeux sur elle et elle serra sa main encore plus fort.

— Dans la vie, il y a certaines réalités que l'on doit accepter sans se poser de questions.

— Suzanna, il s'est passé quelque chose, pendant la séance, je l'ai bien vu. Quelque chose qui t'a bouleversée.

— Je t'en parlerai. Mais pas tout de suite.

Remise de son choc, Coco revint avec un plateau de thé pour C.C. et se rassit à sa place.

— Holt, quoi que votre grand-père ait écrit, ce journal vous appartient. Personne ici ne demandera jamais à en prendre connaissance. Si, après l'avoir lu, vous préférez garder le silence sur ce sujet, sachez que nous comprendrons.

Holt considéra à nouveau la liasse de papiers, puis il saisit la première feuille.

— Nous allons le découvrir ensemble.

Il prit une profonde inspiration, sa main serrant toujours celle de Suzanna.

— « A la seconde où mes yeux se sont posés sur elle, ma vie n'a plus jamais été la même. »

Holt lut à haute voix les souvenirs de son grand-père sans que personne ne l'interrompe. Mais, autour de la table, les mains se joignirent à nouveau. Sa voix n'était troublée que par le bruissement du vent dans les arbres, derrière les hautes fenêtres. Lorsqu'il eut fini sa lecture, le silence se prolongea.

Ce fut Lilah qui le rompit, très émue, les joues humides de larmes.

— Il n'a jamais cessé de l'aimer. Il a fait sa vie sans elle, mais il l'a toujours gardée dans son cœur.

— Comme il a dû souffrir ce soir-là, quand il est venu ici et qu'il a appris qu'elle était morte, soupira Amanda en appuyant sa tête sur l'épaule de Sloan.

— Cependant, il avait raison, dit Suzanna en regardant une de ses larmes tomber sur la main de Holt. Bianca ne s'est pas suicidée. Elle n'aurait jamais pu commettre un tel acte. D'abord parce qu'elle l'aimait trop, mais aussi parce qu'elle aurait tout supporté pour protéger ses enfants.

— Non, elle ne s'est pas jetée par la fenêtre, murmura Colleen.

La vieille dame prit son verre de cognac d'une main tremblante, puis le reposa.

— Je n'ai jamais parlé de cette nuit, à personne. Au fil du temps, j'en suis venue à penser que ce que j'avais vu n'était qu'un rêve. Un cauchemar. Un terrible cauchemar.

Elle chassa ses larmes d'un geste décidé et raffermit sa voix.

— Il la comprenait, son Christian. Il n'aurait pas pu parler d'elle ainsi, sans connaître le tréfonds de son âme. Elle était belle, mais elle était bonne et généreuse.

Personne ne m'a jamais aimée comme ma mère. Et je n'ai jamais haï personne autant que mon père.

Elle redressa les épaules. Déjà, son fardeau s'était allégé.

— J'étais trop jeune pour comprendre son malheur et son désespoir. En ce temps-là, un homme régissait son foyer et sa famille comme il l'entendait. Personne n'aurait osé remettre en cause l'autorité de mon père. Mais je me souviens du jour où elle a ramené le chiot, ce petit bâtard que mon père refusait de garder dans sa maison. Elle nous a envoyés à l'étage, mes frères et moi, mais je me suis cachée en haut de l'escalier pour écouter. C'était la première fois que j'entendais ma mère hausser le ton face à mon père. Oh ! elle s'est montrée vaillante ! Et lui, cruel. Il l'a accablée d'injures, des mots que je n'ai pas compris. A l'époque.

Elle s'interrompit pour boire une gorgée d'alcool : sa bouche était sèche et ses souvenirs, amers.

— Elle a pris ma défense, sachant aussi bien que moi qu'il ne faisait que me tolérer, puisque j'étais une fille. Et lorsqu'il a quitté la maison, après leur dispute, je me suis réjouie. J'ai prié ce soir-là pour qu'il ne revienne jamais. Le lendemain, ma mère m'a dit que nous allions partir en voyage. Elle ne l'avait pas encore annoncé à mes frères, mais moi, j'étais l'aînée. Elle voulait que je sache qu'elle veillerait sur nous, que rien de mal ne nous arriverait.

» Hélas, il est revenu. J'ai bien vu qu'elle était bouleversée, et même effrayée. J'avais ordre de rester dans ma chambre jusqu'à ce qu'elle vienne me chercher. Mais elle n'est pas venue. Le soir est tombé, il y avait un orage et je voulais ma mère.

Colleen pinça les lèvres.

— Elle n'était pas dans sa chambre, alors je suis montée à la tour où elle passait beaucoup de temps. Je les ai entendus depuis l'escalier. La porte était ouverte. Je les ai entendus. Une dispute épouvantable. Mon père fulminait, il écumait littéralement de rage. Elle lui a dit qu'elle ne supportait plus de vivre avec lui, qu'elle ne lui demandait qu'une chose : sa liberté et ses enfants.

Coco se leva pour prendre la main de Colleen, qui tremblait de tous ses membres.

— Il l'a frappée. J'ai entendu le bruit de la gifle et je me suis précipitée à la porte. Mais j'avais peur, trop peur pour entrer. Ma mère avait porté la main à sa joue, ses yeux étincelaient. Pas de crainte, mais de fureur. Toute ma vie, je me souviendrai qu'à la toute fin elle avait cessé de le craindre. Il a brandi la menace du scandale. Il lui a hurlé que, si elle franchissait cette porte, elle ne reverrait plus jamais ses enfants. Qu'il ne la laisserait pas ruiner sa réputation de notable. Qu'elle ne serait jamais un obstacle à ses ambitions.

Colleen leva un menton tremblant.

— Elle ne l'a pas supplié. Elle n'a pas pleuré. Elle a riposté avec des mots qui claquaient comme des coups de tonnerre.

La vieille dame pressa son poing contre sa bouche pour ravaler ses larmes.

— Elle était magnifique. Elle lui a crié que personne ne lui prendrait jamais ses enfants et qu'elle se moquait du scandale. Croyait-il qu'elle se souciait du qu'en-dira-t-on, qu'elle craignait qu'on lui ferme les portes de la bonne société ? Elle allait emmener ses enfants et refaire sa vie avec Christian, une vie où ils se sentiraient enfin aimés, tous les quatre. Je pense que c'est ça qui l'a rendu fou. L'idée qu'elle puisse lui préférer un autre homme. A lui, Fergus Calhoun ! Qu'elle soit prête à lui restituer sa fortune, sa puissance et son statut social plutôt que de se plier à ses quatre volontés. Il l'a saisie par les épaules et s'est mis à la secouer tout en l'invectivant, la figure rouge de colère. Il me semble avoir crié, et en m'entendant, elle s'est rebiffée. Elle l'a frappé et il l'a repoussée violemment. Il y a eu un fracas de verre qui volait en éclats. Mon père s'est rué vers la fenêtre en hurlant son nom, mais tout était fini. Combien de temps est-il resté là, pétrifié, dans le vent et la pluie qui s'engouffraient par l'ouverture béante, je l'ignore. Il est passé devant moi sans même me voir. Je suis entrée dans la tour, je suis allée à la fenêtre brisée et j'ai regardé en bas jusqu'à ce que Nounou arrive et m'emporte dans ma chambre.

Coco déposa un baiser sur les cheveux blancs de sa tante et les caressa doucement.

— Viens avec moi, ma chérie. Je vais t'accompagner en haut. Lilah, tu veux bien nous apporter une bonne tasse de thé ?

— Oui, tout de suite.

Lilah s'essuya les joues.

— Max ?

— Je t'accompagne.

Il la prit par la taille tandis que la fille de Bianca sortait de la pièce au bras de Coco.

— Pauvre petite fille, murmura Suzanna, et elle appuya sa tête sur l'épaule de Holt qui les reconduisait au cottage. Avoir été témoin d'une scène aussi horrible, avoir dû vivre avec ce souvenir toute sa vie ! Je pense à Jenny…

Il la coupa en posant fermement la main sur la sienne.

— N'y pense pas. Toi, tu t'en es sortie. Bianca, non.

Il laissa passer quelques secondes avant de reprendre :

— Tu le savais, n'est-ce pas ? Avant que Colleen ne nous raconte la véritable histoire.

— Je savais qu'elle ne s'était pas suicidée. Je ne pourrais pas l'expliquer, mais ce soir, je l'ai compris. C'était comme si Bianca se tenait juste derrière moi.

Il repensa à cette main qu'il avait sentie se poser sur son épaule.

— Peut-être était-ce elle. Après une soirée comme celle-ci, j'ai du mal à croire que son portrait se soit décroché du mur tout seul. Ça ne peut pas être une simple coïncidence.

Suzanna ferma les yeux.

— Ton grand-père a écrit des lignes magnifiques sur elle. Si jamais nous ne retrouvons pas les émeraudes, nous pourrons nous consoler en songeant qu'au moins elle aura connu le grand amour. Aimer à ce point, soupira-t-elle, ça semble à peine possible. Mais je ne veux pas penser à sa fin tragique ni être triste. Je préfère m'imaginer les instants de bonheur qu'ils ont partagé. Valser parmi les églantines…

Holt était plongé dans un silence méditatif. Il n'avait jamais dansé avec Suzanna en plein soleil… Pas plus qu'il ne lui avait lu de poésie ni juré un amour éternel.

Dès leur arrivée au cottage, Sadie jaillit de la fenêtre arrière de la voiture et se mit à faire le tour du jardin à fond de train. Puis, elle s'arrêta net pour flairer la toute nouvelle plate-bande. Holt tendit brusquement un bras devant Suzanna qui le regarda, surprise.

— Que fais-tu ?

— Je t'ouvre la portière. Si j'étais descendu de voiture pour le faire, tu n'aurais pas attendu.

Amusée, Suzanna sortit du véhicule.

— Merci…

— De rien.

Il ouvrit la porte du cottage et s'effaça. Suzanna inclina légèrement la tête, s'appliquant à garder un visage impassible.

— Merci…

Holt laissa la porte à moustiquaire se refermer toute seule. Sourcils levés, Suzanna balaya la pièce du regard.

— Toi, tu as fait quelque chose.

— J'ai mis de l'ordre, marmonna-t-il avec embarras.

— Ah ! C'est mieux comme ça. Tu sais, Holt, ça fait un petit moment que je veux te poser une question. Crois-tu que Livingston soit encore sur l'île ?

— Pourquoi ? Il s'est passé quelque chose ?

Il avait réagi de manière bien trop vive, remarqua Suzanna qui se mit à flâner dans la pièce.

— Non, je me demandais juste où il pouvait loger et quelle serait sa prochaine initiative.

Elle effleura l'une des bougies qu'il avait achetées.

— Tu as une idée, toi ?

— Comment voudrais-tu que je le sache ?

— C'est toi, l'expert en criminalité.

— Et c'est aussi moi qui t'ai demandé de me laisser m'occuper de Livingston.

— Oui, et je t'ai répondu que ça n'était pas possible. Je vais peut-être commencer par fureter de mon côté.

— Essaie un peu et je t'enferme dans un placard, menottes aux poignets.

— Toi aussi, tu veux m'entraver, mais à la manière de la police..., murmura-t-elle. Je ne mènerais pas mon enquête de mon côté, si seulement tu voulais bien me dire ce que tu sais. Ou ce que tu penses.

— Qu'est-ce qui te prend, tout d'un coup ?

Elle haussa une épaule avec une fausse désinvolture.

— Comme nous avons un moment d'intimité, je me suis dit que nous pourrions en discuter.

— Ecoute, et si tu t'asseyais ?

Il sortit son briquet.

— Que fais-tu ? s'étonna Suzanna.

— J'allume des bougies.

Holt commençait à perdre patience.

— Pourquoi, j'ai l'air de faire quoi ?

Suzanna finit par s'asseoir et joignit l'extrémité de ses dix doigts.

— Ton humeur de dogue m'incite à penser que tu sais effectivement quelque chose.

— La seule chose que je sais, c'est que tu m'énerves !

Il alla à grands pas vers la chaîne hi-fi.

— Ton enquête progresse ? Tu en es où ? s'enquit-elle, alors que s'élevait un air de saxo langoureux.

— Je n'en suis nulle part.

Comme c'était un mensonge, il décida de le nuancer d'une part de vérité.

— Je dirais qu'il est dans le coin parce qu'il a « visité » le cottage il y a quinze jours.

— Comment ?

Suzanna jaillit de son fauteuil.

— Il y a quinze jours ? Et tu ne m'as rien dit ?

— Qu'aurais-tu fait de plus ? riposta-t-il. Tu aurais sorti ta panoplie de Sherlock Holmes ?

— J'avais le droit de savoir.

— Eh bien, maintenant, tu sais ! Alors assieds-toi, tu veux ? Je reviens dans une minute.

Il partit à la cuisine et Suzanna se mit à arpenter la pièce. Holt en savait plus que ce qu'il voulait bien dire, mais au moins elle avait réussi à le titiller. Livingston rôdait donc dans les parages... Suffisamment près, en tout cas, pour savoir que le cottage renfermait un élément intéressant. Et, à en juger par l'extrême nervosité de Holt, quelque chose d'autre le tracassait. Maintenant qu'il était à cran, elle n'aurait sûrement pas trop de mal à lui soutirer quelques renseignements supplémentaires.

Les bougies étaient parfumées, remarqua-t-elle avec un sourire. Impossible d'imaginer qu'il ait acheté des bougies au jasmin exprès pour sa maison. Encore moins une demi-douzaine ! Elle caressa les arums qu'il avait disposés — sans grand sens artistique — dans un vase.

A force de planter des fleurs, peut-être commençait-il à les aimer… En tout cas, il n'affectait plus de s'en désintéresser avec autant de conviction.

Lorsqu'il revint, elle lui sourit, avant de lui demander avec perplexité :

— C'est du champagne ?

— Oui.

Holt était complètement écœuré. Dire qu'il avait cru la charmer par ses attentions… Au lieu de quoi, elle remettait tout en question.

— Tu en veux ou pas ?

— Bien sûr.

Habituée à ses manières parfois un peu rudes, Suzanna ne s'en offusqua pas. Quand il eut rempli les flûtes, elle trinqua avec lui, distraitement.

— Maintenant, si tu es certain que c'est Livingston qui a pénétré dans le cottage, je pense que…

— Un mot de plus, l'interrompit-il d'un ton dangereusement calme. Un mot de plus sur Livingston et je vide cette bouteille sur ta tête de bourrique.

Suzanna but une gorgée. Elle allait devoir manœuvrer avec tact si elle ne voulait pas gaspiller un excellent champagne et finir avec les cheveux tout poisseux.

— J'essaie juste de me faire une idée plus claire de la situation…

Frustré, Holt émit un son proche du rugissement et se mit à arpenter la pièce comme un fauve en colère. Quelques gouttes débordaient de son verre à chaque pas.

— Elle veut se faire une idée plus claire de la situation, alors qu'elle ne voit même pas ce qu'elle a sous le nez ! J'ai enlevé deux mois de poussière de cette baraque ! J'ai acheté des bougies et des fleurs ! J'ai dû me payer le baratin d'un abruti qui a insisté pour me faire tout un cours sur le vin ! La voilà la situation, bon sang !

Suzanna était confuse. Elle n'avait jamais eu l'intention de le pousser à bout, juste de l'asticoter afin de lui soutirer quelques renseignements.

— Holt...

— Assieds-toi et tais-toi ! J'aurais dû savoir que ça allait foirer... Qu'est-ce qui m'a pris de vouloir jouer les romantiques !

Le jour se fit soudain dans l'esprit de Suzanna. Pauvre Holt... Il avait planté le décor, créé l'ambiance, mais, trop absorbée par ses propres problèmes, elle n'avait rien remarqué. Elle lui sourit.

— C'est très gentil à toi d'avoir fait tout ça. Pardonne-moi si je n'ai pas eu l'air d'apprécier tes efforts. Si tu voulais que je vienne ce soir pour que nous fassions l'amour...

— Je ne veux pas faire l'amour avec toi !

Il lâcha un juron particulièrement malsonnant.

— Bien sûr, je veux faire l'amour avec toi, mais ce n'est pas ça, le but de cette soirée ! J'essaie de te demander en mariage, bon sang, alors tu vas t'asseoir, oui ou non ?

Les jambes coupées par l'émotion, elle se laissa choir dans un fauteuil.

— Tout est parfait !

Il vida d'un trait sa flûte de champagne et se remit à arpenter la pièce.

— Parfait ! J'essaie de te dire que je t'aime à la folie, que je ne peux plus vivre sans toi et toi, qu'est-ce que tu fais ? Tu me demandes à quoi je joue et tu me tarabustes au sujet d'un voleur de bijoux obsessionnel !

Suzanna porta prudemment le verre à ses lèvres.

— Je suis navrée...

— Tu peux l'être ! répliqua-t-il d'un ton amer. J'étais prêt à me ridiculiser pour te faire plaisir, ce soir, et tu ne m'as même pas permis de le faire. J'ai passé la moitié de ma vie à t'aimer ! Même quand je suis parti d'ici, je n'ai jamais pu te chasser de mes pensées. Tu m'as empêché d'être heureux avec une autre femme ! Je commençais à me rapprocher de quelqu'un et puis... ce n'était pas toi. Aucune d'elles n'était toi. Et en plus, aux Tours, on me recevait à la porte de service !

A t'aimer. Ces mots lui donnaient le vertige. Il avait dit « à t'aimer. »

— Je croyais que tu n'éprouvais même pas de sympathie pour moi, objecta timidement Suzanna.

— Je ne pouvais pas te supporter !

Il fourragea rageusement dans ses cheveux.

— Chaque fois que je te regardais, je te désirais tellement que je n'arrivais plus à respirer. J'avais la bouche sèche, l'estomac noué, et toi, tu passais sans t'arrêter, tout sourires...

Il planta ses yeux sombres et tourmentés dans les siens.

— J'avais envie de t'étrangler. Ensuite, tu m'as éjecté de ma moto en me fonçant dessus ! J'étais en sang, par terre, et... mortifié. Tu étais penché sur moi, tu sentais divinement bon et tu me palpais pour voir si j'avais quelque chose de cassé. Une minute de plus, et je te couchais avec moi sur l'asphalte.

Il se passa la main sur le visage.

— Seigneur, tu n'avais que seize ans !

— Tu m'as insultée.

La colère et l'écœurement se peignirent sur les traits de Holt.

— Mais oui, je t'ai insultée ! Et ça n'était rien par rapport à ce que j'aurais voulu te faire.

Il commençait peu à peu à recouvrer son calme. Il remplit à nouveau sa flûte de champagne, sans cesser d'aller et venir.

— Je me suis convaincu que tout ça ce n'était qu'un fantasme d'adolescent. Voire une amourette. La pilule était amère, mais j'avais presque réussi à t'oublier. Jusqu'au jour où tu as débarqué dans mon jardin. Je t'ai regardée et de nouveau ma bouche est devenue sèche, mon estomac s'est noué. Pourtant, nous n'étions plus des adolescents, toi et moi, depuis longtemps.

Il reposa sa flûte de champagne, remarquant au passage que Suzanna serrait la sienne à deux mains. Elle le fixait avec des yeux immenses. Il chercha maladroitement à tirer une cigarette de son paquet et renonça, le jetant avec agacement.

— Je ne suis pas doué pour ce genre de choses, Suzanna. J'ai cru que je pourrais y arriver. En créant l'ambiance, tu vois ? Et quand tu aurais bu suffisamment de champagne, je comptais te persuader qu'avec moi tu serais heureuse.

Suzanna ne parvenait pas à décrisper ses doigts de la flûte. Elle essayait, mais elle en était incapable.

— Je n'ai pas besoin de champagne ni de bougies, Holt.

Il esquissa un sourire.

— Au contraire, tu es faite pour ça, ma jolie. Je pourrais te mentir et te raconter qu'avec moi ce sera comme ça tous les soirs. Mais je ne le ferai pas.

Elle baissa les yeux sur son verre. Etait-elle vraiment prête à reprendre un tel risque ? Aimer Holt, c'était une chose. Etre aimée de lui, c'était incroyable. Mais le mariage...

— Alors, pourquoi ne me dis-tu pas tout simplement la vérité ?

Il alla s'asseoir face à elle, sur l'accoudoir du canapé.

— Je t'aime, Suzanna. Je n'ai jamais rien ressenti d'aussi fort pour personne. Et quoi qu'il advienne, je n'aimerai jamais quelqu'un d'autre comme toi. On ne peut pas effacer les épreuves que nous avons traversées séparément, toi et moi, mais peut-être pourrions-nous transcender ce passé en quelque chose de beau, pour nous deux. Pour tes enfants.

Une ombre, voilà ce qu'était devenu le regard de Suzanna.

— Ça risque de ne pas être simple, tu sais. Du point de vue de la loi, Bax sera toujours leur père.

— Pas celui qui les aime, en tout cas.

Holt secoua la tête en voyant les yeux de Suzanna s'embuer. Finalement, il aurait pu faire l'impasse sur le champagne et les bougies parfumées... Pour l'émouvoir et la sensibiliser à ses désirs, il avait suffi d'évoquer ses enfants.

— Ecoute, je ne me servirai pas d'Alex et Jenny pour influencer ton choix. Bien sûr, je pourrais le faire, mais cette décision ne doit concerner que nous. Peut-être me suis-je trop attaché à tes enfants — ce que je ne regrette pas, au demeurant. En effet, je pense pouvoir être pour eux un père plus que convenable, néanmoins je ne veux pas que tu m'épouses dans leur seul intérêt.

Suzanna inspira profondément. Etrange, remarqua-t-elle. Ses doigts n'étaient plus contractés sur le pied du verre.

— Tu sais, je ne voulais pas retomber amoureuse. Et encore moins me remarier.

Elle ébaucha un sourire.

— Jusqu'à ce que je te retrouve.

Posant sa flûte, elle prit la main de Holt.

— Evidemment, je ne peux pas prétendre t'aimer depuis aussi longtemps que toi, mais sache que tu ne pourrais pas m'aimer plus que je t'aime.

Il l'attira dans ses bras et, quand il parvint enfin à se détacher de sa bouche, il enfouit son visage dans ses cheveux.

— Je t'en prie, Suzanna, ne me dis pas que tu as besoin de réfléchir...

— Je n'en ai pas besoin.

Elle ne se souvenait pas d'avoir jamais eu le cœur et l'esprit aussi en paix.

— Je veux bien t'épouser, Holt.

Les mots n'avaient pas franchi ses lèvres qu'il la

renversait sur le canapé. Elle se mit à rire tandis qu'ils s'arrachaient leurs vêtements, et son hilarité atteint un sommet lorsque leurs mouvements frénétiques les firent tomber par terre.

— Je le savais, murmura-t-elle.

Elle mordillait son épaule nue.

— Tu m'as bel et bien fait venir ici pour faire l'amour.

— C'est ma faute si tu ne peux pas t'empêcher de me sauter dessus ?

Il dessina un collier de baisers sur son cou.

Elle sourit, offrant sa gorge à ses lèvres brûlantes.

— Holt, as-tu vraiment pensé à me coucher sur la route après ta chute à moto ?

— Après que tu m'as percuté, rectifia-t-il en lui grignotant l'oreille. Oui. Attends, je vais te montrer ce que j'avais en tête.

Ils gisaient par terre dans un enchevêtrement de bras et de jambes, tels deux pantins désarticulés. Lorsqu'elle en trouva la force, Suzanna se décolla du torse de Holt.

— Heureusement que nous n'avons pas fait ça sur la route, il y a douze ans.

Il ouvrit paresseusement les yeux. Penchée au-dessus de lui, elle lui souriait. Ses cheveux lui effleuraient les épaules et la lueur des bougies dansait au fond de ses prunelles.

— Heureusement, oui. Sinon, il ne me serait plus resté un centimètre carré de peau sur le dos.

Elle pouffa, puis se mit à lui dessiner le visage du doigt.

— Tu m'as toujours un peu fait peur, tu sais. Tu avais l'air si ténébreux, si dangereux… Et puis bien sûr, les filles ne parlaient que de toi.

— Ah oui ? Et que disaient-elles ?

— Ça, je te le raconterai quand tu auras soixante ans. Ça te sera sûrement utile, à cet âge-là.

Il la pinça, ce qui eut pour seul effet de la faire rire. Elle appuya sa joue contre la sienne.

— Quand tu auras soixante ans, nous serons un vieux couple avec des petits-enfants.

Cette idée ne déplaisait pas à Holt.

— Et tu ne pourras toujours pas t'empêcher de me sauter dessus, gloussa-t-il.

— Et moi, je te rappellerai cette soirée où tu m'as demandée en mariage avec force fleurs, bougies, énervement et jurons, le tout pour mon plus grand plaisir.

— S'il n'en faut pas plus pour te séduire, tu seras folle de moi, quand j'aurai soixante ans.

— Je le suis déjà.

Elle l'embrassa tendrement.

— Suzanna…

Il la serra contre lui, puis roula sur elle.

— Aussi, c'est ta faute, râla-t-il.

— Quoi ?

— Tu étais censée rester assise là-bas, éblouie par ma remarquable prestation romantique…

Il se tortilla pour remonter son jean et sortit l'écrin de sa poche.

— Et là, je voulais mettre un genou à terre.

Les yeux agrandis de surprise, Suzanna considéra l'écrin, puis Holt.

— Ne me dis pas que tu allais faire ça ?

— Si. J'étais certain de me ridiculiser, mais j'allais le faire, oui. Et si nous nous sommes retrouvés tout nus par terre, tu ne peux t'en prendre qu'à toi-même. Tiens.

— Tu m'as acheté une bague…, murmura-t-elle.

— Tu n'en sais rien, c'est peut-être une grenouille !

Impatient, il ouvrit lui-même l'écrin.

— Je ne voulais pas t'offrir de diamants.

Suzanna contemplait le bijou en silence. Holt, au comble de l'embarras, haussa les épaules.

— Tu comprends, des diamants… je me suis dit que tu en avais déjà eu. Ensuite, j'ai pensé à des émeraudes, mais là encore, quand nous aurons retrouvé le collier, tu en auras de plus belles. Tandis que ça… c'est ce qui se rapproche le plus de tes yeux.

A travers ses larmes, Suzanna vit briller une bague : un pur saphir entouré d'un cœur de minuscules diamants. Mais ceux-là n'avaient rien de comparable avec les pierres dures et glacées que Bax lui avait offertes et qu'elle avait vendues. Leur éclat était adouci par les feux bleutés du saphir.

Elle sentit une larme rouler sur sa joue.

Consterné, Holt prit les devants :

— Si elle ne te plaît pas, je peux la ramener chez le bijoutier… Nous irons en choisir une autre.

— Elle est magnifique…

Du revers de la main, Suzanna s'essuya les yeux.

— Je te demande pardon, Holt. Je déteste pleurer. Mais elle est si belle… et puis je sais que cette fois il s'agit d'un véritable gage d'amour. Quand je la mettrai à mon doigt…

Elle leva sur lui un regard noyé d'émotion.

— Je serai à toi.

Holt appuya son front contre le sien. Enfin ! C'étaient les mots qu'il voulait entendre. Les mots dont il avait besoin. Sortant la bague de son écrin, il la lui passa au doigt.

— Tu es à moi, Suzanna.

Il lui embrassa chacun de ses ongles, puis les lèvres.

— Et je suis à toi.

Alors qu'il l'enlaçait à nouveau, les mots de son grand-père lui revinrent à l'esprit et il ajouta :

— Pour l'éternité.

12

Le lendemain matin, Suzanna emmena les enfants à la jardinerie. Avant d'annoncer la grande nouvelle à toute la famille, elle souhaitait avoir l'avis d'Alex et Jenny. Ils arrivèrent une bonne heure avant l'ouverture du magasin : le soleil était déjà chaud et la journée allait être chargée. Les petits voulurent tout de suite entrer dans la serre pour examiner leur jardin d'herbes aromatiques.

Elle les laissa se chamailler à propos des pousses tendres, le temps de déterminer laquelle deviendrait la plus grosse et la plus belle, et veilla surtout à ce qu'ils donnent à leurs plantations leur ration d'eau de la matinée.

— Que pensez-vous de Holt ? leur demanda-t-elle d'un air faussement détaché.

— Il est cool.

Alex fut tenté d'orienter le jet sur Jenny, avant de se souvenir juste à temps que la dernière fois qu'il s'était offert ce petit plaisir il s'était fait gronder.

— Et puis, il joue avec nous, dit Jenny qui attendait son tour d'arroser en dansant d'un pied sur l'autre. J'aime bien quand il me lance en l'air.

— Moi aussi, je l'aime bien, glissa Suzanna en se détendant un peu.

— Est-ce qu'il te lance en l'air, toi aussi ? s'enquit Jenny avec curiosité.

— Non.

Suzanna lui ébouriffa les cheveux en riant.

— Il pourrait, n'empêche, objecta Alex en passant le jet à sa sœur. Il a des gros muscles. Il m'a laissé les toucher.

Alex fit jouer les siens, plissant sa petite bouille sous l'effort. Suzanna tâta obligeamment ses minuscules biceps.

— Waouh ! Tu es drôlement costaud !

— C'est ce qu'il a dit aussi, se rengorgea le garçonnet.

— Je pensais à une chose...

Suzanna, nerveuse, s'interrompit pour essuyer ses mains moites sur son jean.

— Ça vous plairait qu'il vive avec nous, tout le temps ?

— Ce serait super, estima Jenny. Il joue avec nous, même quand on lui demande pas.

Et d'un, songea Suzanna qui se tourna vers son fils.

— Et toi, Alex ?

Le garçonnet se dandina en faisant la moue.

— Tu vas te marier, comme C.C. et Amanda ?

Malin comme un singe, son petit Alex ! Elle s'accroupit à sa hauteur.

— J'y réfléchissais. Mais toi, qu'en penses-tu ?

— Il faudra que je remette ce smoking trop nul ?

Elle sourit et lui caressa la joue.

— Sans doute, oui.

— Est-ce que Holt va être notre oncle, comme Trent, Sloan et Max ? demanda Jenny.

Suzanna se leva pour couper le jet d'eau avant de répondre :

— Non. Ce serait ton beau-père.

Le frère et la sœur échangèrent un regard.

— Est-ce qu'il continuerait à nous aimer ?

— Bien entendu, Jenny !

— Est-ce qu'il faudrait qu'on aille vivre loin d'ici ?

Suzanna soupira et passa la main dans les cheveux d'Alex.

— Non. Holt viendrait vivre aux Tours, à moins

que nous n'allions habiter chez lui, au cottage. De toute façon, nous formerions une vraie famille, tous les quatre.

Alex médita là-dessus.

— Est-ce qu'il serait aussi le beau-père de Kevin ?

— Non.

Elle ne put se retenir d'embrasser son fils.

— Kevin a une maman, c'est Megan. Mais peut-être qu'un jour elle aussi tombera amoureuse de quelqu'un et qu'elle se mariera. A ce moment-là, Kevin aura un père.

— Tu es tombée amoureuse de Holt ? s'enquit Jenny.

— Oui.

Suzanna sourit en voyant Alex se trémousser, mal à l'aise.

— J'aimerais l'épouser afin que nous puissions tous vivre ensemble. Mais Holt et moi tenons d'abord à avoir votre avis sur la question.

— Moi, je l'aime bien, déclara Jenny. Il me porte sur ses épaules.

Alex hésita, un peu plus circonspect que sa sœur.

— Il a l'air bien…

Préoccupée, Suzanna se releva.

— Nous en reparlerons plus tard. Pour le moment, allons tout préparer pour l'ouverture.

Ils émergèrent de la serre au moment où Holt se garait sur le parking. Il avait promis à Suzanna d'attendre l'heure du déjeuner pour la rejoindre, mais il n'avait pas pu. A son réveil, en effet, il avait eu une révélation : il préférait encore retourner dans une ruelle sordide plutôt que d'affronter deux enfants qui risquaient de le rejeter sans états d'âme. Il enfonça ses mains dans ses poches et tâcha d'afficher un air décontracté.

— Salut !

— Salut.

Suzanna aurait voulu l'embrasser, mais Alex et Jenny lui tenaient chacun une main.

— Je me suis dit que j'allais faire un saut à la jardinerie..., dit-il d'un ton faussement détaché. Alors, comment ça se passe ?

Jenny lui fit un petit sourire timide et se serra contre sa mère.

— Maman dit que tu vas te marier avec elle, que tu seras notre beau-père et que tu habiteras avec nous.

Horriblement mal à l'aise, Holt se retint in extremis de se dandiner comme un petit garçon.

— En gros, c'est l'idée, oui...

Alex pressa les doigts de sa mère tout en levant les yeux vers lui.

— Tu vas nous gronder ?

Après avoir lancé un rapide regard à Suzanna, Holt s'accroupit devant Alex pour lui parler bien en face.

— Peut-être. S'il le faut.

Alex prit cette réponse plus au sérieux que s'il s'était agi d'un simple « non ».

— Tu tapes, aussi ?

Il se rappelait les gifles qu'il avait reçues durant ses « vacances ». C'était surtout son orgueil qui en avait souffert, néanmoins il en conservait un souvenir cuisant.

Holt releva le petit menton d'Alex pour lui répondre droit dans les yeux :

— Non.

Et l'expression de son regard suffit à convaincre l'enfant.

— Mais il se peut que je te suspende par les pouces ou que je te trempe dans une bassine d'huile bouillante. Et si je me fâche vraiment, je te planterai au sommet d'une fourmilière.

Alex réprima un rire, mais il n'était pas au bout de ses questions.

— Est-ce que tu vas faire pleurer maman, comme papa ?

— Alex, intervint Suzanna, mais Holt la fit taire d'un regard.

— Ça peut arriver, si je me conduis comme un imbécile. Mais pas exprès. Je l'aime beaucoup, ta maman, alors je veux la rendre heureuse. Pourtant, il se peut que je fasse des bêtises, de temps en temps.

Alex réfléchit, les sourcils froncés.

— Est-ce que tu vas lui faire des câlins et des bisous ? Parce que depuis que Trent, Sloan et Max habitent chez nous, les câlins et les bisous, ça n'arrête pas.

— Oui.

Le visage de Holt s'illumina.

— Je vais lui faire plein de câlins et de bisous.

— Mais tu n'aimes pas ça, hasarda Alex, plein d'espoir. Tu le feras parce que maman aime ça.

— Désolé, mon bonhomme, ça me plaît à moi aussi.

— Zut, marmonna Alex, démoralisé.

Jenny se mit à danser en gloussant :

— Maintenant ! Fais-z'en-lui maintenant, pour que je voie !

Holt se redressa obligeamment et enlaça Suzanna. Lorsqu'il rompit enfin leur baiser, Alex était rouge comme un coq et Jenny battait des mains.

— Je suis au regret de t'apprendre, confia Holt au petit garçon, qu'un jour, toi aussi, tu aimeras faire ça.

— Berk, je préférerais manger de la terre.

Holt le souleva en riant, soulagé et ravi de voir qu'Alex passait un bras amical autour de son cou.

— On en reparlera dans dix ans, mon gars...

Jenny se mit à tirer sur une jambe de son pantalon.

— Moi, j'aime ça. Moi, j'aime ça, maintenant. Embrasse-moi.

Il la jucha sur son autre bras et déposa un tout petit bisou sur sa minuscule bouche en bouton de rose. Jenny sourit et le regarda avec de grands yeux bleus.

— Tu as pas embrassé maman pareil.

— Parce qu'elle, c'est ta mère et que toi, tu es sa fille.

Jenny aimait l'odeur de Holt et le sentiment de sécurité qu'elle éprouvait dans ses bras. Elle passa la main sur sa joue et fut quelque peu déçue : il avait la peau toute douce, aujourd'hui.

— Je peux t'appeler papou ?

Holt sentit son cœur fondre.

— Je... Euh... bien sûr. Si tu veux.

— Papou, c'est pour les bébés, décréta Alex d'un air dégoûté. Mais on peut t'appeler papa.

— D'accord, acquiesça Holt en regardant Suzanna. Comme vous voulez.

Holt aurait bien aimé passer la journée avec eux, mais il lui fallait effectuer certaines démarches. Il avait déjà appelé ses contacts à Portland et attendait maintenant que ses anciens collègues lui communiquent des infos sur les quatre individus qu'il avait isolés sur la liste de Trent. Entre-temps, il avait passé plusieurs coups de téléphone, notamment au service des permis de conduire, aux registres nationaux des crédits et aux impôts, usant de son ancien matricule et de son grade dans la police.

Entre les renseignements qu'il avait obtenus et son instinct de flic, il parvint par recoupement à réduire la liste à deux suspects. En attendant qu'on le rappelle, il se replongea dans le journal de son grand-père.

Ces mots couchés sur le papier — ce désir, cette adoration pour une femme — trouvaient un écho bien réel en lui. Il comprenait la rage qu'avait éprouvée Christian en apprenant que sa bien-aimée avait été brutalisée par son mari. Etait-ce le destin ou une pure coïncidence si sa relation avec Suzanna présentait autant de similitudes avec celle de leurs aïeux ? Au moins, cette fois, l'histoire se terminerait bien.

Les diamants de Suzanna…, réfléchit-il en pianotant sur les feuillets. Les émeraudes de Bianca… Suzanna avait caché ses bijoux, le seul bien qu'elle estimait lui revenir de droit au moment du divorce. Ces diamants, c'était une garantie de liberté pour elle et de sécurité pour ses enfants. Bianca devait avoir agi de même avec ses émeraudes, il ne pouvait en être autrement.

Si l'on suivait ce raisonnement, quel était pour Bianca l'équivalent du sac à langer de Jenny ?

Il se jeta sur le téléphone dès la première sonnerie. Quand il raccrocha, il était pratiquement certain d'avoir identifié son homme. Une fois dans la chambre, il vérifia que son arme était bien chargée et soupesa son poids familier. Puis il se l'attacha au mollet.

Un quart d'heure après, il traversait le chaos du chantier de l'aile ouest. Il trouva Sloan dans ce qui serait bientôt une suite en duplex — l'endroit sentait le bois neuf et la transpiration masculine. Sloan, une ceinture porte-outils ballottant sur son jean, supervisait la construction d'un nouvel escalier.

— J'ignorais que les architectes maniaient le marteau, commenta Holt.

Sloan sourit.

— Je suis impliqué à titre personnel dans cet ouvrage.

Hochant la tête, Holt scruta l'équipe de chantier.

— Marshall, c'est lequel ?

Alarmé, Sloan détacha sa ceinture porte-outils.

— Il est là-haut, à l'étage.

— J'aimerais avoir une petite conversation avec lui.

Un éclair passa dans les yeux de Sloan qui se contenta pourtant d'opiner.

— Je viens avec toi.

Dès qu'ils se furent suffisamment éloignés des ouvriers, il demanda à Holt :

— Tu crois que c'est lui ?

— Robert Marshall a fait valider son permis de conduire dans le Maine il y a six semaines à peine. Il n'a jamais payé d'impôts sous ce nom et son numéro de sécurité sociale ne correspond pas non plus. Mais en règle générale un employeur n'effectue pas de vérifications auprès du fisc ou du service des immatriculations lors d'une embauche.

Sloan lança un juron et fit jouer ses doigts, taraudé par l'envie d'en découdre. Il revoyait Amanda courant le long de la terrasse, poursuivie par un homme armé d'un pistolet.

— Laisse-moi lui casser la figure en premier !

— Je comprends ce que tu ressens, mais tu vas devoir te contrôler.

Tu peux courir, pensa Sloan en faisant signe au contremaître.

— Où est Marshall ?

— Bob ?

Le contremaître sortit un bandana de sa poche pour s'essuyer le cou.

— Vous venez juste de le louper. Je lui ai demandé de conduire Rick aux urgences. Il s'est salement entaillé le pouce, j'ai pensé qu'il lui fallait des points.

— C'était quand ? s'enquit Holt avec brusquerie.

— Il y a environ vingt minutes... Je leur ai dit que ce n'était pas la peine qu'ils reviennent, vu qu'on arrête à 16 heures.

Il fourra le bandana dans sa poche.

— Un problème ?

— Non.

Sloan ravala sa frustration.

— Vous me tiendrez au courant pour Rick.

— Pour sûr.

L'homme cria quelque chose à l'un des menuisiers avant de s'éloigner d'un pas lourd.

— J'ai besoin d'une adresse, dit Holt.

— C'est Trent qui a tous les papiers.

Ils se dirigèrent vers la sortie.

— Tu vas passer le relais au lieutenant Koogar ? demanda Sloan.

— Non.

— Tant mieux.

Trent était dans le bureau qu'il s'était aménagé au rez-de-chaussée. Le téléphone à l'oreille, il pianotait sur une pile de dossiers. Il leva les yeux sur eux et comprit tout de suite qu'il y avait du nouveau.

— Je vous recontacte dès que possible, dit-il à son interlocuteur avant de raccrocher. Qui est-ce ?

— Il se fait appeler Robert Marshall.

Holt sortit une cigarette.

— Le contremaître l'a laissé partir. Il me faut son adresse.

Trent se dirigea sans un mot vers une armoire à dossiers d'où il tira une chemise.

— Max est là-haut. Ça le concerne, lui aussi.

Holt parcourut rapidement les renseignements concernant Marshall.

— Alors, va le chercher. Nous allons agir ensemble.

L'adresse donnée par Marshall correspondait à un appartement à l'entrée du village. Il fallut que Holt ébranle trois fois la porte sous son poing avant qu'une femme voûtée, flétrie et revêche vienne leur ouvrir.

— Qu'est-ce que c'est ? Qu'est-ce que c'est ? Si c'est pour une encyclopédie ou un aspirateur, j'en veux pas.

— Nous souhaiterions voir Robert Marshall, dit Holt.

— Qui ça ? Qui ça ?

Elle les scruta derrière ses lunettes à verres épais.

— Robert Marshall ! répéta Holt.

— Je connais pas de Marshall, grommela la vieille femme. Il y a un McNeilly à côté et un Mitchell en bas, mais pas de Marshall. Et j'ai pas besoin d'une assurance non plus.

— Nous ne vendons rien, intervint Trent de sa voix la plus suave. Nous cherchons simplement un dénommé Robert Marshall qui est domicilié à cette adresse.

— Puisque je vous dis qu'il y a pas de Marshall dans cet immeuble ! Je le sais, j'y habite. Je vis ici depuis quinze ans, depuis que mon bon à rien de mari est mort en me laissant rien que des dettes. Mais je vous connais, vous, dit-elle sèchement en pointant un doigt noueux sur Sloan. J'ai vu votre photo dans le journal.

Et s'emparant d'un serre-livres en fer posé sur une étagère près de la porte, elle le brandit.

— Vous avez dévalisé une banque !

— Non, madame, affirma Sloan.

Un jour, songea-t-il, dans très longtemps, il pourrait en rire.

— J'ai épousé Amanda Calhoun.

La femme réfléchit sans lâcher son arme improvisée.

— Ah, une des filles Calhoun, oui... Tout juste. La plus jeune... Non, pas la plus jeune, celle juste avant.

Satisfaite, elle reposa le serre-livres.

— Bon, qu'est-ce que vous voulez ?

— Robert Marshall, répéta Holt. Il a donné comme adresse cet immeuble et cet appartement.

— Alors c'est un menteur ou un crétin, parce que moi, j'habite ici depuis quinze ans. Depuis que mon vaurien de mari a eu la pneumonie et qu'il en est mort. Comme ça, du jour au lendemain, paf ! Et bon débarras !

Il n'y avait rien à en tirer, pensa Holt qui se tourna vers Sloan.

— Donne-lui une description de notre homme.

— La trentaine, un mètre quatre-vingt-cinq, mince, cheveux noirs à hauteur des épaules, grosse moustache tombante.

— Connais pas. Le garçon d'en bas, le petit Pierson, il a des cheveux qui lui arrivent dans le dos, lui. Une véritable honte, si vous voulez mon avis. Et il se les décolore en plus, pareil qu'une fille ! Un gamin d'à peine seize ans, vous imaginez ? On croirait que sa mère l'obligerait à aller se faire couper les cheveux, mais non. Avec ça qu'il met sa musique tellement fort que je dois cogner par terre avec mon balai.

Max prit la parole :

— Si je puis me permettre de vous interrompre...

Et il se mit à lui décrire l'homme qu'il avait connu sous l'identité et l'apparence d'Ellis Caufield.

— Comme ça, on dirait mon neveu. Il vit à Rochester avec sa seconde femme. Il vend des bagnoles d'occasion.

— Merci.

Adresse bidon, il fallait s'y attendre, conclut mentalement Holt, pourtant il était contrarié. A peine sorti de l'immeuble, il tira une pièce de sa poche.

— Nous allons devoir ronger notre frein jusqu'à demain, soupira Max. Il ignore que nous sommes sur sa trace, nous pourrons toujours le coincer sur le chantier.

— Et moi, je n'ai plus envie d'attendre !

Holt se dirigea vers une cabine téléphonique. Après avoir inséré la pièce, il composa un numéro.

— Ici le lieutenant Bradford, police de Portland, matricule 7375. J'ai besoin d'une vérification.

Il égrena le numéro de téléphone indiqué par Marshall dans son dossier. Puis, en bon flic, il patienta le temps que l'agent allume son ordinateur.

— Merci.

Il raccrocha et se retourna vers ses trois compagnons.

— Bar Island. Nous allons prendre mon bateau.

Alors que leurs hommes se préparaient à traverser la baie, les femmes Calhoun tenaient conseil dans la tour de Bianca.

— Donc, commença Amanda, armée d'un bloc-notes et d'un crayon. Que savons-nous ?

— Trent a recoupé tous les dossiers du personnel, déclara C.C. Il a prétendu qu'il y avait un pépin dans le calcul de retenue des impôts à la source, mais c'est n'importe quoi.

— Intéressant..., commenta Lilah d'un air songeur. Max m'a empêchée d'aller dans l'aile ouest, ce matin. Je voulais vérifier l'avancement des travaux, mais il a invoqué toutes sortes de prétextes plus vaseux les uns que les autres. En gros, je ne devais pas distraire les ouvriers.

— Et hier soir, quand je suis entrée dans son bureau, Sloan a fourré précipitamment deux dossiers dans un tiroir qu'il a fermé à clé, ajouta Amanda en tapotant la mine de son crayon sur le bloc. Pourquoi les garçons chercheraient-ils à nous cacher qu'ils mènent certaines vérifications sur l'équipe de chantier ?

— Je crois avoir ma petite idée là-dessus, dit lentement Suzanna.

Elle avait passé une bonne partie de la journée à tourner et retourner le problème dans son esprit.

— Hier soir, j'ai appris que le cottage de Holt avait été fouillé.

Ses trois sœurs, surexcitées, se mirent à la bombarder de questions. Suzanna leva une main apaisante.

— Calmez-vous... Holt était à cran, c'est pour ça qu'il a vendu la mèche. Ce qui l'a encore plus énervé, d'ailleurs... Toujours est-il qu'il me l'a dit. Il voulait me faire peur, pour que je renonce à chercher Livingston de mon côté : il est sûr que c'est lui qui a visité son cottage.

— Autrement dit, conclut Amanda, notre vieille

connaissance sait que Holt a un lien avec les émeraudes. Qui d'autre est au courant à part nous ?

Procédant avec méthode, comme à son habitude, elle se mit à énumérer des noms.

— Oh ! épargne-nous tes sempiternelles listes ! la coupa Lilah avec un geste d'agacement. Personne n'est au courant en dehors de la famille. Et nous n'en avons jamais parlé ailleurs qu'entre ces murs.

— Peut-être l'a-t-il découvert de la même façon que Max, suggéra C.C. Par le biais de la bibliothèque.

Lilah écarta cette hypothèse.

— Max a passé en revue tous les livres. Peut-être Livingston a-t-il trouvé ce renseignement dans les documents qu'il nous a volés…

— C'est possible, admit Amanda en prenant des notes. Mais ça fait des semaines qu'il détient ces papiers. Quand s'est-il introduit dans le cottage, exactement ?

— Il y a une quinzaine de jours, mais je ne pense pas qu'il y ait trouvé quoi que ce soit. Je crois plutôt que c'est nous qui lui avons révélé la nature du lien entre Bianca et Christian.

Ce fut un tollé général. Suzanna se leva, agitant les mains pour réclamer le silence.

— Ecoutez, nous sommes bien d'accord : personne n'a jamais évoqué ce sujet en dehors de la maison. Et nous sommes également toutes d'accord pour dire que les hommes essaient de nous cacher qu'ils enquêtent en douce sur les ouvriers. Ce qui signifie…

— Ce qui signifie, l'interrompit Amanda en fermant les yeux, que ce salaud travaille pour nous. C'est le principe du caméléon : sous son casque de chantier, il peut glaner des renseignements et fouiner partout dans le manoir, ni vu ni connu. Nous sommes tellement habituées à croiser des ouvriers que nous ne lui avons pas accordé un seul regard.

— A mon avis, Holt est déjà arrivé à cette conclusion, fit remarquer Suzanna. La question est : qu'allons-nous faire ?

— Dès demain, nous allons visiter l'aile ouest ! décida Lilah en se redressant sur sa banquette. Histoire d'émoustiller les gars du chantier. Peu importe l'apparence qu'il a pu prendre cette fois, je saurai le reconnaître si j'arrive à le voir d'assez près.

Ce point réglé, elle se rencogna contre la fenêtre.

— Et maintenant, Suzanna, pourquoi nous caches-tu que ce mauvais sujet de Bradford t'a demandée en mariage ?

Suzanna s'épanouit.

— Comment as-tu deviné ?

— Pour un ancien flic, il a bon goût en matière de bijoux…

Elle saisit la main de Suzanna pour montrer la bague à leurs sœurs.

— Ça s'est passé hier soir, leur confia-t-elle entre deux embrassades émues. Nous l'avons annoncé aux enfants ce matin.

— Tante Coco va sauter au plafond ! s'exclama C.C. en serrant encore une fois Suzanna dans ses bras. Ses quatre filles mariées en l'espace de quelques mois… Aucune entremetteuse ne peut rivaliser.

— Tout ce qu'il nous reste à faire à présent, c'est d'envoyer ce sale type derrière les barreaux et de retrouver les émeraudes, déclara Amanda en essuyant une dernière larme. Oh ! non ! Vous vous rendez compte de ce que ça implique ?

— Qu'il va falloir que tu organises encore un mariage, répliqua Suzanna.

— Pas seulement ça. Ça signifie que nous allons encore devoir supporter tante Colleen au moins jusqu'à ce que la dernière poignée de riz ait été lancée.

Lorsque Holt revint aux Tours, il était d'une humeur massacrante. Avec Trent, Sloan et Max, ils avaient fini par trouver le bon appartement. Vide, bien sûr. Mais Livingston habitait bien là, c'était une certitude. Prenant quelques libertés avec la loi, Holt avait crocheté la serrure et passé l'appartement au peigne fin, avec autant de précautions qu'en avait mis Livingston pour fouiller le cottage. Ce faisant, il avait retrouvé les documents dérobés aux Calhoun parmi des listes établies par le voleur et une photocopie des plans d'origine du manoir.

Ils avaient également découvert l'emploi du temps hebdomadaire des quatre sœurs, annoté de la main de Livingston. Aucun doute, cette canaille les avait suivies et épiées ! Il y avait aussi un inventaire méticuleux de toutes les pièces qu'il avait visitées et des objets qu'il estimait suffisamment précieux pour être volés.

Ils avaient attendu son retour durant une heure, puis, inquiets de savoir les femmes seules au manoir, ils avaient transmis ces nouveaux éléments à Koogar. Laissant la police surveiller l'immeuble de Bar Island, Holt et ses compagnons étaient ensuite rentrés aux Tours.

Maintenant, il n'y avait plus qu'à attendre. Attendre… La patience, c'était une qualité nécessaire dans la police. Sauf qu'il n'était plus en service et que chaque seconde était une torture pour ses nerfs.

— Ah, mon cher, mon très cher garçon !

A peine avait-il fait un pas dans le hall que Coco s'était précipitée sur lui. Pris au dépourvu, il enserra sa robuste taille tandis qu'elle l'embrassait avec enthousiasme.

— Hé…

Ce fut tout ce qu'il parvint à articuler — Coco s'était mise à pleurer sur son épaule. Ses cheveux, remarqua-t-il, étaient passés du noir de jais au rouge cerise.

— Qu'est-ce que vous avez fait à vos cheveux ?

— Oh ! j'avais besoin de changement !

Elle s'écarta de lui, le temps de se moucher, puis lui retomba dans les bras. Désarmé, il lui tapota le dos. Ses trois compagnons étaient hilares.

— Ça vous va très bien, affirma-t-il.

Mais était-ce bien cela, la cause de ses pleurs, se demanda-t-il, perplexe.

— Je vous assure, Coco…

— Vraiment, ça vous plaît ?

Elle s'écarta à nouveau pour faire bouffer sa coiffure.

— Ma foi, j'avais besoin d'un peu de peps, et le rouge, c'est tellement plein de gaieté, d'énergie…

Elle enfouit son visage dans son mouchoir détrempé.

— Je suis si heureuse…, sanglota-t-elle. Si heureuse… Vous savez, j'espérais que… Les feuilles de thé m'avaient bien prédit que ça allait marcher, mais je ne pouvais m'empêcher de me faire du souci. Vous comprenez, elle est passée par des moments tellement épouvantables, et ses adorables bambins aussi… Mais maintenant, tout va s'arranger. Au début, j'avais pensé à Trent, mais C.C. et lui forment un couple si bien assorti ! Ensuite, ç'a été le tour de Sloan et d'Amanda. Et avant que j'aie eu le temps de dire ouf, notre cher Max et Lilah ! Après toutes ces émotions, étonnez-vous que je sois un peu tourneboulée !

— On le serait à moins, c'est certain.

— Quand je pense à toutes ces années où vous nous avez livré des homards à la porte de service ! Et la fois où vous m'avez changé une roue… Vous étiez tellement fier, à l'époque, que vous ne m'avez même pas laissé vous remercier comme il se devait. Et dire que maintenant vous allez épouser ma petite fille !

Holt ne savait plus où se mettre.

— Félicitations ! lança Trent avec un grand sourire.

Et il lui donna une claque dans le dos, tandis que Max sortait un mouchoir propre pour Coco.

Sloan lui tendit la main.

— Bienvenue dans la famille ! Je suppose que tu sais où tu mets les pieds...

Holt regarda Coco éplorée.

— Je commence à en avoir un aperçu...

— Cesse donc de pleurnicher !

Colleen descendait l'escalier pesamment.

— Je t'entends bramer depuis ma chambre. Pour l'amour du ciel, emmenez cette malheureuse à la cuisine ! ordonna-t-elle en leur indiquant le chemin de sa canne. Et abreuvez-la de thé, ça lui remettra les idées en place. Allez, du balai, tout le monde ! A présent, je veux m'entretenir avec ce garçon.

Tous s'exécutèrent, laissant Holt face à la redoutable vieille dame. Les rats quittent le navire, songea-t-il amèrement. Obéissant à un signe péremptoire de Colleen, il la suivit dans le petit salon.

— Bien ! Ainsi, vous vous imaginez que vous allez épouser ma petite-nièce...

— Non. Je vais l'épouser.

Colleen renifla. Décidément, ce garçon était diablement sympathique...

— Alors, laissez-moi vous dire une bonne chose : si jamais vous ne vous conduisez pas mieux que son ordure d'ex-mari, vous aurez affaire à moi.

Elle prit place dans un fauteuil.

— Quelles sont vos perspectives ?

— Mes quoi ?

— Vos perspectives ! répéta-t-elle avec impatience. Ne vous imaginez pas que vous allez mettre la main sur mon argent parce que vous aurez mis le grappin sur Suzanna.

Holt plissa les yeux de rage, à la grande satisfaction de la vieille dame.

— Votre argent, vous pouvez vous le...

— Très bien ! Comment comptez-vous assurer son train de vie ?

— Mais Suzanna n'a pas besoin qu'on l'entretienne !

Il se mit à tourner dans la pièce comme un lion en cage.

— Et elle n'a pas non plus besoin qu'on vienne fourrer son nez dans ses affaires. Elle se débrouille très bien toute seule, et même mieux que bien ! Elle s'est sortie de l'enfer de son mariage et elle a refait sa vie : elle a réussi à créer sa propre jardinerie et elle mène de front son métier et l'éducation de ses enfants. La seule chose qui va changer avec moi, c'est qu'elle va cesser de se tuer à la tâche et qu'Alex et Jenny grandiront auprès de quelqu'un qui a envie d'être leur père. Je ne pourrai peut-être pas la couvrir de diamants et l'emmener dans des soirées chics, mais au moins, moi, je la rendrai heureuse.

Colleen se mit à pianoter sur le pommeau de sa canne.

— Ça, je n'en doute pas. Et si vous ressemblez un tant soit peu à votre grand-père, je comprends que ma mère l'ait follement aimé. Bien…

Elle allait se lever, quand son regard se posa sur le portrait qui ornait la cheminée. La figure austère de Fergus avait été remplacée par le ravissant visage de Bianca.

— Qu'est-ce que ce tableau fait ici ?

Holt glissa ses mains dans ses poches.

— Ma foi, il m'a semblé que c'était sa place. C'est là que mon grand-père aurait souhaité qu'on l'expose, en tout cas.

Colleen se renfonça dans son fauteuil.

— Merci.

L'émotion avait altéré sa voix, mais son regard demeurait féroce.

— Et maintenant, allez-vous-en ! J'ai envie d'être seule.

Holt prit congé. Aussi surprenant que celui puisse paraître, il commençait à éprouver une certaine tendresse pour la vieille dame. Il partit en direction de la cuisine. Il ne tenait pas à subir à nouveau les effusions de Coco, mais il voulait lui demander où était Suzanna.

Il la trouva tout seul, guidé par la musique qui résonnait jusque dans le hall. Elle interprétait au piano une mélodie au rythme obsédant qu'il ne connaissait pas. L'air était triste, pourtant tout son visage exprimait le bonheur. Lorsqu'elle leva les yeux sur lui, ses doigts se figèrent sur le clavier, mais son sourire demeura.

— J'ignorais que tu jouais du piano.

— Nous avons toutes pris des cours. Mais j'étais la seule à vraiment en profiter.

Elle tendit la main vers lui.

— J'espérais bien que nous pourrions passer une minute en tête à tête. Je voulais te dire que je t'ai trouvé merveilleux ce matin, avec les enfants.

Ses doigts mêlés aux siens, il examina la bague qu'il lui avait offerte.

— J'avais le trac, tu sais…

Il laissa échapper un petit rire.

— J'ignorais quelle allait être leur réaction. Lorsque Jenny m'a demandé si elle pouvait m'appeler papa… C'est fou, quand on y pense ! Avec quelle rapidité on peut nouer certains liens… C'est comme une évidence.

Il n'avait pas cessé de lui caresser les doigts, les yeux fixés sur la bague.

— Je crois comprendre maintenant ce qu'un parent peut éprouver, ce qu'il est capable d'endurer pour procurer la sécurité à ses enfants. J'aimerais en avoir d'autres. Je sais que tu souhaiteras d'abord y réfléchir, mais je ne voudrais pas que tu croies que je m'occuperais moins d'Alex et de Jenny si nous devions avoir nos propres enfants.

— C'est tout réfléchi, répliqua-t-elle en déposant un baiser sur sa joue. J'ai toujours rêvé d'avoir une famille nombreuse.

Il l'attira à lui pour qu'elle se niche contre son épaule.

— Suzanna, sais-tu où se trouvait la nursery à l'époque de Bianca ?

— Au second étage de la tour est. On s'en sert de débarras depuis toujours.

Elle se redressa.

— Tu penses qu'elle a caché le collier dans cette pièce ?

— Je pense qu'elle l'a caché quelque part où Fergus ne serait jamais allé le chercher. Et je vois mal ton arrière-grand-père s'attardant dans la nursery...

— Non, mais quelqu'un aurait pu tomber dessus, depuis le temps. D'un autre côté, je ne sais pas pourquoi je dis ça, la pièce est remplie de cartons et de vieux meubles. Rien qu'avec ce qu'elle contient, il y a de quoi organiser un vide-grenier ! Ou plutôt, un vide-manoir !

— Montre-moi.

Quel capharnaüm ! C'était pire que tout ce qu'il avait imaginé. Même en fermant les yeux sur les amas de poussière et les toiles d'araignée, il régnait dans la pièce un désordre effroyable. Des cartons, des caisses, des tapis roulés, des tables cassées, des lampes sans abat-jour occupaient pêle-mêle chaque centimètre carré de l'espace. Interdit, Holt se tourna vers Suzanna qui lui fit un petit sourire penaud.

— Eh oui... En plus de quatre-vingts ans, il s'en est entassé, des choses... Et encore ! La plupart des objets de valeur ont été triés, et une bonne partie vendus quand... bref, en des temps plus difficiles. Cet étage est condamné depuis belle lurette, nous n'avions pas les moyens de le chauffer. Tu comprends, il fallait se concentrer en priorité sur l'entretien des pièces de vie. Nous attendions d'avoir retrouvé un certain équilibre financier pour nous attaquer aux autres parties du manoir, petit à petit.

— Il va vous falloir un bulldozer !

— Non, rien que du temps et de l'huile de coude. L'huile de coude, nous en avons à revendre, c'est le temps qui nous fait défaut. Ces deux derniers mois, nous sommes parvenues à remettre en état un certain nombre de chambres abandonnées, centimètre carré par centimètre carré, mais c'est une opération de longue haleine.

— Alors, autant commencer tout de suite.

Ils s'escrimèrent durant deux heures dans la saleté. C'est ainsi qu'ils exhumèrent un parasol en lambeaux, une étonnante collection d'ouvrages érotiques du XIXe siècle, une malle remplie de vêtements des années 1920 — tout moisis — et un carton de soixante-dix-huit tours gondolés. Il y avait également une caisse de jouets, une locomotive miniature, une triste poupée de chiffon toute décolorée, des toupies et des Yo-yo assortis. Parmi eux se trouvait un lot d'anciennes gravures de contes de fées que Suzanna mit de côté.

— Pour notre future nursery, expliqua-t-elle. Oh ! regarde ça…

Elle lui présenta une robe de baptême jaunie.

— C'est peut-être celle de mon grand-père.

— On aurait pu croire qu'un vêtement d'une telle valeur sentimentale aurait été conservé avec plus de soin…

— Oh ! je ne pense pas que Fergus se soit beaucoup soucié de ce genre de détail après la mort de Bianca. Si ces affaires sont bien celles des enfants, je parierais même que c'est la nounou qui les a remisées là. Les contingences domestiques n'entraient pas dans les préoccupations de Fergus.

— Non, tu as raison.

Il lui ôta une toile d'araignée des cheveux.

— Et si on faisait une pause ?

— Je ne suis pas fatiguée.

Il ne servait à rien de lui rappeler qu'elle avait passé la journée à travailler. Aussi adopta-t-il une autre tactique.

— Je boirais volontiers quelque chose. Penses-tu que

Coco aurait une boisson fraîche au réfrigérateur — et peut-être un petit sandwich pour aller avec ?

— Bien sûr. Je vais aller voir.

Holt savait que Coco insisterait pour lui confectionner un encas rapide. Ce serait autant de repos gagné pour Suzanna.

— Deux sandwichs, feignit-il de se raviser en l'embrassant.

— D'accord.

Elle se leva et s'étira le dos.

— C'est triste de penser à ces trois petits, couchés dans cette pièce, sachant que leur mère ne viendrait plus les border dans leur lit. A ce propos, je ferais bien d'aller border les miens avant de revenir.

— Prends ton temps.

Elle sortit de l'ancienne nursery, songeant avec mélancolie aux enfants de Bianca. Le petit Sean, qui devait à peine marcher, Ethan, son futur grand-père, et Colleen, présentement en bas, en train de chercher à prendre Coco en défaut sur tout et n'importe quoi. Comment cette vieille chipie avait-elle pu être un jour une adorable fillette ?

Une fillette... Elle marqua un temps d'arrêt sur le palier du premier étage. L'aînée de Bianca devait avoir cinq ou six ans à la mort de sa mère... Subitement intriguée par un détail, Suzanna fit un détour pour aller frapper à la porte de sa grand-tante.

— Entrez, bon sang ! Il est hors de question que je me lève.

— Bonsoir, tante Colleen...

Suzanna pénétra dans la chambre, amusée de trouver la vieille dame plongée dans un roman d'amour.

— Je suis désolée de te déranger...

— Pourquoi ça ? Tu serais bien la seule !

Suzanna se mordit la langue.

— Je me demandais simplement… Durant ce dernier été, dormais-tu encore dans la nursery avec tes frères ?

— Je n'étais plus un bébé, voyons, quel besoin aurait-on eu de me faire coucher dans la nursery !

— Tu avais donc ta propre chambre, conclut Suzanna, luttant pour contenir son excitation. Près de la nursery ?

— A l'autre bout de l'aile est. Il y avait la nursery, puis la chambre de Nounou, la salle de bains des enfants et les trois chambres qu'on gardait pour les enfants des invités. Moi, j'avais la chambre qui faisait l'angle, en haut de l'escalier.

Elle baissa les yeux sur son livre, la mine sombre.

— L'été d'après, j'ai emménagé dans l'une des chambres des invités. Je ne voulais plus dormir dans cette pièce que ma mère avait décorée à mon intention, maintenant qu'elle n'y rentrerait plus jamais.

— Je suis navrée… Quand Bianca t'a annoncé que vous alliez partir d'ici, est-elle venue dans ta chambre ?

— Oui. Elle m'a laissée choisir certaines de mes robes préférées, puis elle les a empaquetées elle-même.

— Et après… J'imagine qu'on les a remises en place ?

— Je n'ai plus jamais voulu porter ces robes. Plus jamais. J'ai fourré la malle sous mon lit, tout au fond.

— Je vois.

Il restait donc de l'espoir…

— Merci.

— Pff… Elles doivent être mangées par les mites depuis le temps, maugréa Colleen, tandis que Suzanna refermait la porte.

La vieille dame repensa à sa robe préférée, celle en mousseline blanche avec sa large ceinture de satin bleu et, dans un soupir, elle se leva pour aller prendre l'air sur la terrasse.

Le crépuscule tombait de bonne heure, ce soir. L'orage

couvait. Elle le sentait dans le vent, elle le voyait dans les nuages noirs qui masquaient déjà le soleil.

Suzanna remonta l'escalier quatre à quatre. Les sandwichs attendraient ! Elle poussa la porte de l'ancienne chambre de Colleen. Cette pièce aussi avait été dévolue au stockage d'objets divers, mais ses proportions plus réduites n'avaient pas permis de la bourrer autant que la nursery. Le papier peint, peut-être celui que Bianca avait choisi pour sa fille, était fané et constellé de taches, pourtant on distinguait encore un délicat motif de boutons de roses et de violettes.

Elle ne prit pas la peine de fouiller les boîtes et les cartons, elle les tira et les poussa sur le côté. Elle cherchait une malle de voyage, une malle qui aurait pu convenir à une petite fille. De fait, quelle meilleure cachette Bianca aurait-elle pu trouver, réfléchit-elle en écartant une caisse portant l'inscription « Tentures d'hiver ». Fergus ne s'intéressait pas à Colleen. Il n'aurait sans doute jamais pensé à fouiller dans une malle remplie de vêtements de fille, et encore moins une malle qui aurait été cachée sous un lit par une enfant traumatisée.

Nul doute qu'on l'avait ouverte quelques années plus tard. Peut-être quelqu'un — sa propre mère ? — avait-il secoué une ou deux robes, les avait trouvées délicieusement démodées mais importables, et les avait mises au rebut.

Le collier pouvait être n'importe où, bien sûr… Toutefois, à commencer quelque part, autant partir du début.

Son cœur battait à coups sourds lorsqu'elle buta sur une vieille malle sanglée de cuir. Elle l'ouvrit et trouva dedans des rouleaux de tissu soigneusement enveloppés dans du papier de soie. Mais aucune robe de petite fille. Et pas d'émeraudes non plus.

La lumière du jour déclinait. Elle se releva et se dirigea vers la porte. Il lui fallait prévenir Holt et se munir d'une lampe torche avant de reprendre ses recherches. Dans l'obscurité, elle se cogna violemment le tibia. Etouffant un juron, elle baissa les yeux et vit une petite malle.

Jadis, elle avait dû être d'un blanc immaculé, mais la poussière et le temps avaient terni son éclat. On l'avait poussée sur le côté, sous d'autres caisses et une tapisserie aux couleurs fanées qui la dissimulaient presque entièrement. S'agenouillant dans la pénombre, Suzanna la dégagea du fatras. Elle fit jouer ses doigts tremblants et ouvrit enfin le couvercle.

Une faible odeur de lavande, enfermée là depuis peut-être des dizaines d'années, lui monta aux narines. Elle souleva la première robe, tout en froufrous de mousseline blanche, devenue ivoire avec les ans et ornée d'une large ceinture en satin bleu fané. Suzanna la déposa avec précaution sur le côté et sortit la suivante. Il y avait là des petites culottes à jambes, des rubans, de jolis nœuds, une chemise de nuit en dentelle. Et tout au fond, à côté d'un ours en peluche, une boîte plate et un livre.

Suzanna porta une main tremblante à ses lèvres, puis elle se pencha lentement pour saisir le livre.

Son journal, songea-t-elle, les yeux embués d'émotion. Le journal de Bianca. Osant à peine respirer, elle tourna la première page.

Bar Harbor, 12 juin 1912

Je l'ai vu sur les falaises, au-dessus de la Frenchman Bay...

Suzanna exhala un profond soupir et posa le journal sur ses genoux. Elle ne se sentait pas en droit de le lire seule. Il lui fallait partager ce moment unique avec toute sa famille. Le cœur battant la chamade, elle avança la main pour sortir de la malle ce qui ressemblait fortement à un écrin. Elle sut, avant même de l'ouvrir. Un changement s'était opéré dans l'atmosphère de la pièce, l'air était frémissant. Alors qu'une première larme glissait sur sa joue, elle fit jouer le couvercle...

Les émeraudes de Bianca.

Elles vibraient comme des soleils verts, palpitants de vie et de passion. Suzanna souleva les trois rangs resplendissants et sentit aussitôt une douce chaleur se répandre dans ses mains. Cachées quatre-vingts ans plus tôt, dans un geste d'espoir et de détresse absolue, les émeraudes retrouvaient enfin la lumière. L'obscurité qui emplissait la pièce n'était pas de taille à lutter contre leurs feux.

Agenouillée, le collier ruisselant entre ses doigts, elle finit de fouiller l'écrin et en tira les boucles d'oreilles assorties. Etrange... Elle les avait complètement oubliées. Pourtant, elles étaient ravissantes, exquises, mais le collier éclipsait tout le reste. Il était fait pour en imposer.

Stupéfaite, elle contemplait le puissant symbole qu'elle tenait entre ses mains. Car ces émeraudes n'étaient pas de simples pierres précieuses. Certes, c'étaient des joyaux exceptionnels, mais ils incarnaient surtout les passions, les espoirs et les rêves de Bianca. Depuis l'époque où elle les avait enfermées dans cet écrin jusqu'à aujourd'hui, où elles venaient d'être redécouvertes par son arrière-petite-fille, les émeraudes avaient attendu de revoir la lumière.

— Oh ! Bianca...

— Quel charmant tableau !

Suzanna releva brusquement la tête. Il se tenait dans l'embrasure de la porte, à peine plus visible qu'une ombre. Et lorsqu'il s'avança dans la pièce, elle vit luire le canon de l'arme qu'il avait à la main.

— La patience finit toujours par payer, déclara Livingston. Je vous ai vus, vous et le flic, entrer dans la chambre au bout du couloir. Il faut dire que j'en ai passé, des nuits, à rôder dans ces pièces.

Tandis qu'il s'approchait d'elle, Suzanna le détailla. Il ne ressemblait en rien à l'homme dont elle gardait le souvenir. Sa couleur de cheveux était différente... Jusqu'à la forme de son visage qui avait changé. Elle se releva très lentement, serrant le livre et les boucles d'oreilles dans une main, le collier dans l'autre.

— Vous ne me reconnaissez pas, dit-il. Mais moi, je sais qui vous êtes. Je vous connais, toutes. Vous êtes Suzanna, l'une de ces Calhoun qui m'ont tant coûté.

— Je ne comprends pas de quoi vous parlez.

— Trois mois de ma vie, et pas mal de déboires. Sans compter la mort de Hawkins, bien sûr. Ça n'était pas un associé de premier ordre, mais enfin, c'était le mien. Comme ces émeraudes sont à moi.

Il contempla le collier avec une convoitise maladive. Ces pierres l'éblouissaient. Elles dépassaient tous ses rêves et ses fantasmes les plus fous. A ses yeux, elles représentaient l'ambition de toute une vie. Ses doigts tremblèrent légèrement sur le pistolet lorsqu'il tendit l'autre main pour les prendre. Suzanna s'écarta vivement.

Il haussa un sourcil.

— Vous pensez vraiment pouvoir m'empêcher de m'en emparer ? Ces pierres me sont destinées. Et lorsqu'elles seront enfin en ma possession, leur légende m'appartiendra elle aussi.

Il fit un pas en avant, et alors que Suzanna lançait des regards autour d'elle, cherchant désespérément comment lui échapper, la main de Livingston se referma sur ses cheveux.

— Certaines pierres ont un pouvoir, lui confia-t-il lentement. Elles portent en elles la tragédie, la mort, la détresse... C'est ce qui leur donne cet éclat unique ! Et c'est ça que n'a pas compris Hawkins ! Mais c'était un homme simple...

Et celui qui se tenait face à elle, un dément, devina Suzanna.

— Ce collier appartient aux Calhoun. Depuis toujours. Et à jamais.

Il lui tira brutalement la tête en arrière. Elle aurait crié si le canon du pistolet n'avait pas appuyé sur sa gorge, là où son pouls battait à tout rompre.

— Non, hurla-t-il. Ce collier m'appartient ! Je l'ai gagné par mes efforts, mon intelligence et ma détermination. Dès que j'ai appris son existence dans les journaux, j'ai su qu'il était pour moi. J'ai longtemps attendu mon heure. Mais ce soir, elle est enfin arrivée.

Suzanna ne savait quelle attitude adopter avec ce fou : devait-elle lui donner les émeraudes ou tenter de le raisonner ? Finalement, elle n'eut pas à choisir, car à cet instant Jenny apparut sur le seuil de la porte.

— Maman..., dit-elle d'une voix chevrotante.

La fillette se frotta les yeux.

— Il fait du tonnerre. Tu dois toujours venir me voir quand il y a du tonnerre.

Tout se passa très vite. Surpris, Livingston se retourna, prêt à tirer. De toutes ses forces, Suzanna se jeta sur lui, l'empêchant de faire feu.

— Cours ! hurla-t-elle à Jenny. Cours chercher Holt en bas !

Et, bousculant Livingston, elle s'élança derrière sa fille. A la seconde où elle se retrouva dans le couloir, son cerveau prit seul la décision. Jenny avait filé vers la droite et, avec un peu de chance, vers le salut. Suzanna fonça donc dans la direction opposée.

Livingston suivrait le collier, pas la petite. Mais un autre dilemme l'attendait à hauteur du palier. Soit elle descendait chercher du secours et mettait toute sa famille en danger, soit elle montait à l'étage, seule.

Elle était à mi-escalier quand des pas résonnèrent bruyamment derrière elle. Elle sursauta de terreur. Une balle venait de lui raser l'épaule, traçant un sillon dans le plâtre.

Le souffle court, elle continua de grimper les marches quatre à quatre. Elle n'entendait plus que le fracas du tonnerre qui avait effrayé Jenny et l'avait poussée à aller chercher sa mère. Suzanna ne pensait qu'à une chose : mettre le plus de distance possible entre le fou qui était à ses trousses et sa petite fille. Ses chaussures cliquetèrent sur les marches métalliques de l'escalier en colimaçon qui menait à la tour de Bianca.

Soudain, une main jaillit entre ses jambes et se referma sur sa cheville. Hoquetant de rage et de terreur, elle donna un coup de pied, le faisant lâcher prise, et trébucha jusqu'en haut. La porte était close. Retenant ses larmes, elle se jeta de toutes ses forces contre l'épais panneau de bois qui céda avec une lenteur insoutenable. Mais avant qu'elle ait pu refermer la porte sur elle, il s'était précipité dans la pièce.

Elle s'arma de courage, croyant sa dernière heure arrivée. Livingston haletait, en nage, les yeux exorbités. Un spasme contractait un coin de sa bouche.

— Donnez-le-moi !

Le pistolet trembla dans sa main alors qu'il s'avançait vers elle. Un éclair déchira soudain le ciel, qui le fit darder des regards affolés dans l'obscurité.

— Donnez-le-moi, tout de suite !

Il avait peur, comprit Suzanna. De cette pièce.

— Vous êtes déjà venu ici, dit-elle.

Oui, il y était venu, une seule fois, et il en était ressorti très vite, comme s'il avait eu le diable aux trousses. Il y avait une présence dans cette tour, une présence qui le haïssait. Qui faisait courir un frisson glacé sur sa peau.

— Si vous ne me donnez pas ce collier, je vais tirer.

— C'était sa pièce, murmura Suzanna en soutenant

implacablement son regard. La pièce de Bianca. Elle s'est tuée en tombant par cette fenêtre, poussée par son mari.

Ce fut plus fort que lui, il se tourna vers la vitre obscurcie par la nuit — une fraction de seconde — avant de reporter son regard sur Suzanna.

— Elle continue de hanter ces lieux, poursuivit-elle. Elle attend là, en contemplant les falaises.

Enfin, des pas précipités résonnèrent dans l'escalier. Holt ! Elle était sûre qu'il viendrait à son secours.

Il lui fallait absolument gagner du temps, déstabiliser Livingston.

— Elle est ici en ce moment même…

Elle lui tendit les émeraudes.

— Prenez-les. Mais elle ne vous laissera pas les emporter.

Pâle comme un mort, le visage luisant de transpiration, Livingston s'empara du collier. Ses doigts se refermèrent sur les émeraudes mais, contrairement à la chaleur qu'avait ressentie Suzanna à leur contact, il n'éprouva qu'un froid glacial. Et une terreur sans nom.

— Elles sont à moi, désormais.

Pris d'un frisson, il trébucha.

— Suzanna, ordonna doucement Holt depuis le seuil. Ecarte-toi de lui.

Il brandissait son arme à deux mains.

— Ecarte-toi, répéta-t-il. Lentement.

Elle recula d'un pas, puis de deux, mais Livingston ne lui prêtait plus aucune attention. Il passait la main qui tenait l'arme sur ses lèvres desséchées.

— C'est fini, lui dit Holt. Lâche ton pistolet, et éloigne-le d'un coup de pied.

Livingston continuait de fixer le collier, la respiration saccadée.

— Lâche ton arme.

Encouragé, Holt se rapprocha de lui.

— Va-t'en, Suzanna !

— Non, je ne te laisserai pas tout seul.

Holt n'avait pas le temps de la houspiller. Il était prêt à tirer, mais l'homme qu'il visait ne s'occupait plus ni de l'arme ni d'une possible fuite. Tremblant de tous ses membres, il semblait hypnotisé par les émeraudes.

Sans le quitter des yeux, Holt lui attrapa le poignet.

— C'est fini, répéta-t-il.

— Ce collier est à moi !

Fou de rage et de terreur, Livingston se jeta en avant et réussit à tirer une balle qui alla se loger dans le plafond avant que Holt ne le désarme. Il continua à se démener comme un beau diable, mais la lutte fut de courte durée. Un coup de tonnerre éclata. Dans la seconde qui suivit, Livingston émit un hurlement sauvage et se dégagea violemment au moment où le reste de la famille se précipitait dans la pièce. Désorienté ou saisi d'épouvante, sonné par le direct à la mâchoire de Holt ou pris de folie, il se retourna brusquement.

Il y eut un fracas de verre brisé. Puis un son que Suzanna ne devait jamais oublier. Le cri horrifié d'un homme. Alors que Holt s'élançait pour essayer de le rattraper, Livingston traversa la vitre en battant l'air de ses bras et alla s'écraser sur les rochers fouettés par la pluie.

— Non !

Suzanna s'adossa au mur, les mains plaquées sur sa bouche pour contenir ses propres hurlements. Des bras l'entourèrent, des voix s'élevèrent toutes en même temps.

Sa famille au grand complet se pressait dans la tour. Elle se pencha pour embrasser très fort ses enfants.

— Tout va bien, c'est fini. Ce n'est plus la peine d'avoir peur.

Elle leva les yeux sur Holt. Il se tenait face à elle, dos à l'obscurité, les émeraudes scintillant à ses pieds.

— Tout va s'arranger, mes chéris. Je vais vous ramener en bas.

Holt rengaina son arme.

— *Nous* allons les ramener en bas.

Une heure plus tard, lorsque les enfants se furent enfin endormis, rassurés, il la prit par le bras et l'entraîna sur la terrasse. Là, toute la rage et la peur qui l'oppressaient depuis que Jenny était venue le trouver en pleurs dans le hall se déversèrent d'un coup.

— Mais qu'est-ce qui t'a pris, bon sang ? s'emporta-t-il.

— Il fallait que je l'éloigne de Jenny.

Elle croyait avoir recouvré son calme, mais ses mains se remirent à trembler.

— Il m'est soudain venu une idée pour les émeraudes. C'était tellement simple, en fait... Et je les ai trouvées. Tout de suite, il a été là — et Jenny aussi. Il avait un pistolet et... oh, mon Dieu ! j'ai cru qu'il allait la tuer.

— C'est fini, c'est fini...

Cette fois, elle ne ravala pas ses larmes et s'agrippa à lui en sanglotant, à bout de nerfs.

— Les enfants vont bien, Suzanna. Personne ne leur fera du mal. Et à toi non plus.

— Je ne savais pas quoi faire... Je n'ai pas cherché à être courageuse ni stupide.

— Tu as été les deux. Et je t'aime.

Il lui prit le visage à deux mains et l'embrassa.

— Ce salaud t'a fait du mal ?

— Non.

Elle renifla un peu et s'essuya les yeux.

— Il m'a poursuivie jusqu'en haut et ensuite, je ne sais pas... il a complètement déraillé. Tu as vu dans quel état il était quand tu es entré dans la tour.

Holt opina.

Il l'avait vu, oui... A cinquante centimètres d'elle, un pistolet à la main. Ses doigts se crispèrent involontairement sur ses épaules.

— Ne me fais plus jamais une peur pareille...

— Plus jamais, promis.

Elle frotta sa joue contre la sienne, avide d'amour et de réconfort.

— Cette fois, c'est bien fini, n'est-ce pas ?

Il déposa un baiser au sommet de son crâne.

— Au contraire, ma jolie, ça ne fait que commencer.

Épilogue

La nuit était déjà bien avancée quand la famille put enfin se rassembler dans le petit salon. La police venait de repartir après avoir procédé à un premier relevé de preuves, et le clan Calhoun se retrouvait sous le portrait de Bianca, présentant un front solide et uni dans l'adversité comme dans la paix.

Colleen était installée dans un fauteuil, un chien à ses pieds, les émeraudes sur ses genoux. Elle n'avait pas versé une seule larme lorsque Suzanna lui avait narré dans quelles circonstances elle avait pu les retrouver, mais de toute évidence la vieille dame puisait un certain réconfort dans ce précieux souvenir qui lui venait de sa mère.

A aucun moment la mort ne fut évoquée.

L'orage était fini et la lune s'était levée. Holt gardait Suzanna près de lui, un bras fermement passé autour d'elle. Seule sa voix douce et claire résonnait dans le petit salon inondé de lumière : elle lisait le journal de Bianca.

Elle tourna la dernière page, livrant à l'assistance les pensées de leur aïeule au moment où celle-ci s'apprêtait à dissimuler les émeraudes.

— « Je n'ai pas songé à leur valeur pécuniaire en les sortant de leur écrin. Je les ai tenues entre mes mains et je les ai regardées. Elles brillaient de tous leurs feux à la lumière de ma lampe. Ce collier sera l'héritage que je léguerai à mes enfants et à mes petits-enfants : un symbole de liberté, mais aussi d'espoir. Et enfin, grâce à Christian, d'amour.

» Aux premières lueurs de l'aube, j'ai décidé de les mettre en lieu sûr, en même temps que ce journal, jusqu'à ce que je puisse le rejoindre. »

Lentement, sans bruit, Suzanna referma le carnet.

— Je pense qu'elle l'a retrouvé, à présent. Qu'ils sont enfin réunis.

Elle sentit la main de Holt se resserrer sur la sienne et lui sourit. Puis elle embrassa la pièce du regard. Il y avait là ses sœurs, leurs bien-aimés, sa tante qui souriait à travers ses larmes et la fille de Bianca, les yeux levés sur le portrait de sa mère — l'œuvre d'un peintre animé d'un amour plus fort que tout.

— Car c'est Bianca, plus que ses émeraudes, qui nous a tous réunis aux Tours. Aussi j'aime à penser qu'en les retrouvant, qu'en les ramenant à la lumière, nous leur avons permis de se revoir.

Par-delà le manoir, la lune illuminait les impressionnantes falaises, au-dessus de l'endroit où la mer bouillonnait dans sa lutte incessante contre les rochers. Une brise légère murmura dans les buissons d'aubépine et alla réchauffer le cœur des amoureux venus se promener là.

UNE REBELLE CHEZ LES MACGREGOR

1

A trente minutes de l'atterrissage, Diana ne savait toujours pas si elle avait eu tort ou raison de monter dans l'avion pour Atlantic City.

Le frère qui l'attendait au terme de son voyage était devenu un inconnu pour elle. Deux décennies entières s'étaient écoulées depuis qu'ils s'étaient vus pour la dernière fois. De Justin, son aîné, Diana conservait l'image d'un adolescent affectueux quoique distant. De dix ans plus âgé qu'elle, il était auréolé de tout le prestige dont un garçon de seize ans peut être paré aux yeux d'une petite sœur plus jeune. Elle ne se souvenait pas de grand-chose hormis cela, à part d'avoir nourri pour lui un amour éperdu.

Ne l'ayant jamais connu adulte, Diana avait de la peine à se représenter Justin autrement que comme un jeune homme trop maigre, avec un visage taillé à la serpe et une certaine hauteur dans son regard vert. Il était de tempérament ombrageux, déterminé, solitaire. Même petite, elle avait senti que Justin saurait se tracer son propre chemin dans l'existence.

Avec un sourire légèrement amer, Diana s'abandonna contre le dossier de son confortable fauteuil de première classe. Justin avait trouvé sa voie, en effet. Il avait même foncé tout droit, sans se soucier de ce qu'il laissait derrière lui. Après le décès de leurs parents, il s'était occupé d'elle dans un premier temps. Peut-être même avait-il cherché à la consoler à sa façon.

Diana ferma les yeux pour sonder sa mémoire. Mais ses souvenirs de l'époque restaient très flous. Abasourdie par la disparition de leurs parents, elle avait mis du temps à admettre qu'ils étaient partis pour de bon. Au début, elle avait cru dur comme fer que son papa et sa maman s'étaient juste absentés pour la punir, parce qu'elle n'avait pas été sage à l'école. Et elle s'était appliquée scrupuleusement en classe, persuadée qu'ils finiraient par revenir si elle y mettait du sien.

Puis, au moment précis où tante Adélaïde avait fait irruption dans sa vie, Justin l'avait abandonnée à son tour. Pendant des mois, elle avait cru qu'il était « allé au ciel », lui aussi. Qu'il avait filé pour échapper à sa petite sœur qui faisait trop de cauchemars et le réveillait chaque nuit en se cramponnant à son cou.

Son frère, avait-elle appris par la suite, était resté vivant sur terre, contrairement à leurs parents. Mais Justin n'avait pas donné signe de vie pour autant. Depuis vingt ans qu'ils étaient séparés, il n'avait jamais daigné se manifester ni demander de ses nouvelles.

L'adolescent solitaire était longtemps resté célibataire. Mais il semblait avoir trouvé l'âme sœur récemment puisqu'elle avait reçu un faire-part de mariage, l'automne dernier. *Serena MacGregor*... Pensive, Diana laissa les syllabes de ce nom défiler dans son esprit. Cela paraissait presque irréel de se retrouver pourvue d'une belle-sœur, alors qu'elle avait à peine le sentiment d'avoir un frère.

La famille MacGregor, elle la connaissait de réputation, bien sûr. Ils avaient leur fief à Hyannis, au cap Code, à quelques encablures à peine de chez les Kennedy. Diana eut un sourire mi-amusé, mi-amer. Mondaine jusqu'au bout des ongles, sa tante Adélaïde avait jugé indispensable de parfaire son éducation en lui parlant longuement des quelques familles américaines influentes dont le nom méritait d'être prononcé avec déférence. De toutes les aristocraties, les Etats-Unis ne reconnaissaient que celle de l'argent. Mais même de ce point de vue, les MacGregor, issus d'une vieille famille des Highlands, se classaient dans les hautes sphères. En outre, ils vivaient suffisamment près de Boston pour qu'elle les considère comme ses voisins.

Diana aurait pu réciter par cœur l'article qui leur était consacré dans le *Who's Who* : Daniel MacGregor était le patriarche. La famille avait certes dû laisser derrière elle ses terres ancestrales, son tartan et son clan. Mais Daniel s'était lancé avec succès dans la haute finance internationale. Anna MacGregor, sa femme, figurait parmi les meilleurs chirurgiens de la région. Leur fils aîné, Alan, était sénateur et promis à un avenir brillant.

Ensuite venait Caine, le second frère. Celui qu'elle connaissait le mieux de réputation, même si elle ne l'avait jamais croisé dans les vénérables couloirs de Harvard, où ils avaient étudié l'un et l'autre. Caine, qui devait avoir à présent la trentaine, l'avait précédée de peu, quittant l'université l'année même où elle y était entrée. Mais ils avaient potassé les mêmes livres, écouté les mêmes professeurs, parcouru les mêmes corridors interminables. Et ils exerçaient aujourd'hui la même profession.

Lorsqu'elle était en première année, Diana avait entendu deux étudiantes plus âgées s'entretenir en riant des « performances » de Caine MacGregor. Et ce n'était pas sur ses talents de juriste qu'elles s'étaient extasiées. Diana eut un discret sourire. Apparemment, le brillant fils cadet de Daniel MacGregor ne s'était pas intéressé qu'au droit pendant ses années d'études.

Après Caine venait Serena, la dernière-née des MacGregor. Toutes ses sources s'accordaient pour affirmer que la fille de Daniel MacGregor était supérieurement intelligente et qu'elle avait passé haut la main une quantité impressionnante de diplômes. Intriguée, Diana secoua la tête. Elle avait de la peine à imaginer le Justin dont elle gardait le souvenir marié à une intellectuelle plongée en permanence dans ses livres.

Aurait-elle assisté au mariage de son frère si elle ne s'était pas trouvée à l'étranger à la date fatidique ? Diana se mordilla pensivement la lèvre. La curiosité l'aurait poussée à accepter l'invitation, sans doute. C'était pour cette même raison, d'ailleurs, qu'elle avait pris l'avion pour Atlantic City aujourd'hui.

Sans compter qu'il aurait été puéril — donc impoli — de refuser. Or, sa tante Adélaïde lui avait martelé, toute son enfance, que le manque de correction était l'hérésie suprême, la faute de goût à éviter à tout prix. « Ne sois pas puérile, ma chérie. Une personne de notre milieu doit rester polie en toute circonstance » avait été le slogan éducatif de base de sa tante. Adélaïde elle-même, d'ailleurs, respectait religieusement ce principe. Avec ses égaux, du moins. Car Diana ne se souvenait pas que sa tante ait jamais pris la peine de montrer beaucoup de courtoisie envers ceux qu'elle considérait comme ses inférieurs.

Refusant de s'appesantir sur les doubles critères d'Adélaïde Grandeau en matière de politesse, Diana sortit la lettre de Serena de son sac pour la parcourir des yeux.

« Chère Diana,

» J'ai été terriblement déçue que, séjournant à Paris l'automne dernier, vous n'ayez pas été en mesure d'assister à notre mariage. J'ai souvent réclamé une sœur à mes parents, mais sans aucun succès. A présent que la vie m'en offre une, je suis très frustrée de ne pas la connaître. Justin me parle de vous, mais cela ne vaut certainement pas une vraie rencontre — surtout dans la mesure où les souvenirs de mon mari remontent à plus de vingt ans. De plus, je le sais très désireux de renouer les liens.

» Voilà pourquoi je prends sur moi de vous envoyer ce billet d'avion. J'espère de tout cœur que vous en ferez usage et que vous viendrez séjourner au Comanche d'Atlantic City. Vous y serez toujours la bienvenue. Et aussi longtemps que vous le souhaiterez. Justin et vous avez de longues années de séparation à rattraper. Et pour ma part, j'ai une sœur à découvrir.

» Affectueusement, Rena. »

Songeuse, Diana replia la lettre et la glissa dans son sac. Le ton était simple, amical et chaleureux. Comment imaginer Justin marié avec une femme ouverte, sympathique, pour qui la famille semblait aller de soi ? Avec un léger rire, Diana secoua la tête et s'abandonna de nouveau contre son dossier. L'image qu'elle avait de Justin était peut-être complètement fantaisiste. Que savait-elle *vraiment* de Justin Blade, après tout ?

Longtemps, elle avait vécu dans la secrète nostalgie de son grand frère disparu. Mais la part d'elle-même qui était restée attachée à Justin avait fini par se flétrir, se dessécher, puis disparaître. Pour une question de survie, déjà. Enfant, elle n'aurait pas fait long feu dans l'univers élitiste de sa tante si elle s'était accrochée à ses anciennes valeurs familiales. Même aujourd'hui, sa tante serait horrifiée d'apprendre que la nièce qu'elle avait pris tant de soin à éduquer se préparait à séjourner dans un casino-hôtel, sous le toit d'un amateur de poker et de black-jack. Diana préférait ne pas penser au sermon que sa tante lui ferait subir si elle venait à avoir connaissance de son escapade. « Voyons, Diana, ma chérie, une jeune femme de ton milieu et de ton éducation ne peut se montrer qu'en compagnie choisie. Une réputation est si vite compromise… »

Or, les professionnels des jeux d'argent n'avaient jamais trouvé grâce aux yeux d'Adélaïde.

Se tournant vers le hublot, Diana regarda les nuages

cotonneux moutonner paisiblement sous le ventre de l'avion. Que lui importait, au fond, la réaction de sa tante ? De toute façon, elle ne se « compromettrait » que très peu de temps dans l'univers du jeu dont son frère et sa jeune épouse tiraient leur subsistance. Elle passerait une semaine à Atlantic City pour satisfaire sa curiosité, puis elle retournerait à Boston, inchangée. La petite fille qui avait idolâtré son grand frère n'était plus qu'un lointain souvenir, désormais. Aujourd'hui, elle avait une carrière qui démarrait, une liberté à conquérir. Il lui avait fallu des années avant d'obtenir enfin un début d'indépendance.

Mais le moment tant attendu avait fini par arriver. L'heure était venue pour Diana Blade d'exister enfin par elle-même.

Persuadé de s'être déplacé à l'aéroport pour rien, Caine MacGregor enfonça les mains dans les poches de son manteau et traversa le parking balayé par un vent glacial. Diana Blade n'avait même pas pris la peine de répondre à la lettre de Rena ! Il paraissait hautement improbable qu'elle ait fait usage du billet d'avion que sa sœur avait joint à son invitation.

Mais Serena, elle, était convaincue que sa belle-sœur serait au rendez-vous. Caine pressa le pas sous le ciel bleu et froid. Sa sœur pouvait bien penser ce qu'elle voulait ; c'était son problème. Mais pourquoi s'était-il bêtement laissé refiler la corvée de chauffeur bénévole pour une passagère imaginaire ?

Il fallait reconnaître à la décharge de Rena qu'elle avait prévu initialement de faire le trajet elle-même. Mais un incident de dernière minute l'avait retenue au casino. Et après l'enfer qu'ils avaient traversé quelques mois auparavant, Caine avait tendance à gâter sa jeune sœur plus que de raison. S'il n'avait pas été aussi indulgent envers Rena, d'ailleurs, il aurait profité de sa semaine de vacances pour partir skier une semaine dans le Colorado plutôt que de passer ses congés à arpenter une plage du Nord pétrifiée par les grands froids de janvier.

Comme il poussait la porte du terminal, une rafale de vent rabattit le col de son manteau contre sa joue. Une grande femme blonde enveloppée dans de coûteuses fourrures sortit au même moment et s'immobilisa un instant, prenant le temps de le détailler de la tête aux pieds. Habitué à ce genre de réaction, Caine subit l'examen avec l'ombre d'un sourire amusé aux lèvres et attendit qu'elle passe son chemin.

Il savait que son visage énergique à l'ossature marquée, ses yeux d'un bleu presque violet et sa blondeur plaisaient aux femmes. Du fait de son choix vestimentaire, sans doute, les gens le prenaient souvent pour un universitaire. Au premier coup d'œil, du moins. Mais un examen plus attentif révélait une nature impétueuse, peu compatible avec ladite profession. Il souriait facilement et souvent. Et ses amies s'entendaient pour affirmer que ce sourire apportait beaucoup de charme à une physionomie qui aurait pu, sinon, paraître trop dure.

Caine n'avait aucun problème avec sa propre apparence. Conscient que les femmes étaient fascinées par son physique, il en tirait parti sans s'en glorifier pour autant.

Indifférent à la foule, il traversa le hall et consulta l'écran des arrivées. Puis, ayant repéré le bloc et la porte, il s'assit pour attendre la voyageuse improbable.

Lorsque le vol de Boston fut annoncé, Caine alluma une cigarette. Il patienterait encore un peu, le temps que tous les passagers soient descendus, puis il regagnerait l'hôtel. Ainsi, Serena serait satisfaite et il aurait un après-midi entier à passer au gymnase.

L'exercice physique lui ferait le plus grand bien après

ces quelques mois de travail acharné. Depuis qu'il avait renoncé à ses fonctions de procureur d'Etat pour ouvrir un cabinet d'avocat, il n'avait plus une seconde à lui pour faire du sport. Mais il était bien décidé à ne pas toucher un livre de droit pendant sa semaine de congé. S'il avait de solides capacités de travail, il savait aussi se ménager de vraies coupures. Il n'aurait même pas une pensée pour le chaos qui régnait sur son bureau. Ni pour les clients qu'il serait obligé de refuser, faute de temps pour s'en occuper.

A l'instant précis où son regard tomba sur Diana Blade, Caine sut que c'était elle. Avec ses pommettes hautes et marquées et sa peau cuivrée, elle présentait une ressemblance étonnante avec Justin. Les origines comanches qu'ils avaient en commun étaient peut-être encore plus visibles chez la sœur que chez le frère. Diana n'avait pas hérité comme son frère des iris vert clair d'une de ses lointaines ancêtres blondes. Elle avait des yeux très sombres, au contraire, frangés de longs cils épais, sous des paupières un peu lourdes qui lui donnaient un regard mystérieux, comme légèrement endormi.

Des yeux de braise et de velours, songea Caine en se levant pour se porter à sa rencontre. Le nez était fin, droit, aristocratique. Les lèvres pleines pouvaient tout aussi bien être le signe d'une nature passionnée que d'un tempérament capricieux.

Ce n'était pas un visage facile à cataloguer. Elle était belle, oui, incontestablement. Mais avant toute autre chose, les traits de Diana étaient… marquants. Ils retenaient l'attention, fascinaient. Ils vous interrogeaient au point de vous contraindre à y revenir sans cesse. Caine savait d'ores et déjà qu'il n'oublierait jamais cette physionomie si particulière.

Comme elle faisait glisser son sac d'une épaule à l'autre, ses cheveux balayèrent son visage. Epais, lisses et d'un noir de jais, ils étaient bien adaptés à sa coupe à la Louise Brooks. La coiffure était simple mais sophistiquée, tout comme le tailleur bordeaux qu'elle portait avec beaucoup d'élégance.

Elle était assez grande, élancée, avec des hanches minces, des épaules de nageuse, une taille souple. Sa démarche, elle, évoquait celle d'une ballerine. De la danseuse, Diana avait le rythme mais aussi l'équilibre. Si bien qu'elle suspendit son pas sans même vaciller lorsqu'il vint se placer devant elle.

A la différence de la femme à la fourrure, Diana Blade lui accorda à peine un regard.

— Excusez-moi.

Poliment, mais avec fermeté, elle lui faisait comprendre qu'il se trouvait sur son chemin et qu'elle n'avait pas de temps à perdre.

Peu habitué à être tenu à distance par la gent féminine, Caine ne prit pas la peine de sourire.

— Diana Blade ?

Elle haussa des sourcils au dessin parfait.

— Oui ?

— Je suis Caine MacGregor, le frère de Rena.

Diana prit le temps d'examiner l'homme qui avait été dépêché à sa rencontre. Ainsi, on lui avait envoyé Caine le Fatal, le tombeur de Harvard. Réprimant un sourire, Diana serra la main qu'il lui offrait. Elle s'attendait à une paume lisse d'intellectuel et fut surprise de sentir sa peau ferme et même calleuse. Un picotement agréable monta le long de son bras. Mais elle ne prêta qu'une attention distraite à cette sensation passagère.

— Rena voulait à tout prix vous accueillir elle-même, mais elle a été retenue à la dernière minute par un incident au casino.

Si Caine pouvait être diplomate à ses heures, il lui arrivait aussi d'être très direct.

— J'avoue que je ne m'attendais pas à vous voir descendre de cet avion.

Il voulut lui prendre son sac de voyage des mains, mais elle s'y cramponna fermement.

— Ainsi, vous pensiez que je ne viendrais pas… Et votre sœur ? Elle partage votre scepticisme ?

Caine faillit tirer plus fort sur le sac pour le lui prendre d'autorité. Il y avait un je-ne-sais-quoi dans ce regard faussement somnolent qui lui donnait envie de la contrarier. Ou tout simplement de la faire réagir, peut-être ?

— Ma sœur ? Pas du tout. Elle était convaincue que vous accepteriez son invitation, au contraire. Rena considère les liens du sang comme sacrés. Et elle ne conçoit même pas que d'autres puissent penser différemment.

Avec un rapide sourire, Caine lui prit le bras.

— Allons récupérer vos bagages.

Diana se laissa conduire dans le hall bondé.

— Vous ne m'appréciez pas beaucoup, n'est-ce pas, monsieur MacGregor ?

Se contentant de hausser les sourcils, il ne tourna même pas les yeux dans sa direction.

— Je ne vous connais pas. Mais puisque nous voici plus ou moins apparentés, nous pourrions peut-être laisser tomber les très formels « monsieur » et « mademoiselle » ?

En l'écoutant parler, Diana repéra un second atout chez lui. Non seulement son physique était extrêmement troublant, mais sa voix était une vraie merveille : profonde et chaude, avec un soupçon d'acier pointant sous le velours.

— Comme vous voudrez, Caine. Mais dites-moi, si vous ne vous attendiez pas à me voir, comment avez-vous su qui j'étais ?

— Je vous ai identifiée sans hésitation. Vous avez pas mal de traits communs avec votre frère.

Ils s'immobilisèrent devant le tapis roulant qui tournait encore à vide.

— Ainsi, je ressemble à Justin ?

Caine l'examina de nouveau. Les fragrances très sensuelles de son parfum évoquaient une nature sauvage et indomptée. Etrange… *A priori*, ce n'était pas le genre de senteurs qu'il aurait associées à une femme comme Diana Blade, à l'allure froide et lisse.

— Il y a un air de famille qui saute aux yeux. Mais j'imagine que la ressemblance serait moins évidente si vous vous teniez côte à côte.

— On ne peut pas dire que cela nous arrive fréquemment, laissa-t-elle tomber avec une pointe d'ironie en lui désignant ses valises d'un geste nonchalant de la main.

Réprimant un sourire, il s'avança pour cueillir les bagages en cuir sur le tapis. De toute évidence, Diana Blade avait l'habitude d'être entourée de domestiques.

— Justin sera heureux de vous revoir après toutes ces années.

— Peut-être. Vous avez l'air de beaucoup l'aimer…

— En effet. Je connais Justin depuis dix ans. Nous étions déjà amis bien avant qu'il ne devienne mon beau-frère.

Des myriades de questions se pressaient dans l'esprit de Diana. Il aurait été tentant de demander à Caine de lui décrire son frère. Mais elle s'interdit de poser la moindre question. Son opinion au sujet de Justin était déjà faite. Et elle n'avait pas l'intention de se laisser influencer par l'avis d'un Caine MacGregor. Ni par qui que ce soit d'autre, d'ailleurs.

— Vous séjournez également au Comanche, Caine ?

— Pour une semaine, oui.

En sortant du hall de l'aéroport, Diana frissonna et glissa ses mains nues dans les poches de son manteau. Le ciel était d'un bleu pur et froid et des restes de neige fondue grisaillaient ici et là le bitume.

Elle tourna vers Caine un regard intrigué.

— Est-ce bien le bon moment de l'année pour passer ses vacances à la plage ?

Le vent ramena les cheveux blonds de Caine dans ses yeux, lui conférant soudain un charme plus juvénile.

— La plupart des gens viennent à Atlantic City pour le jeu. Et, une fois bouclé dans un casino, on oublie très vite le temps qu'il fait dehors. Ce sont des lieux qui sont d'ailleurs conçus à dessein pour qu'on y perde ses repères spatio-temporels.

Comme le sommet de sa tête arrivait à l'épaule de Caine, Diana dut lever le visage pour lui parler.

— Et c'est pour cette raison que vous êtes ici ? Pour vous adonner aux jeux d'argent ?

La façon dont elle avait formulé sa question le fit sourire.

— M'« adonner » n'est pas vraiment le terme, non. Jouer peut m'amuser un soir ou deux. Mais sans plus. C'est Rena, la joueuse, dans la famille.

— Alors ils se sont bien trouvés, Justin et elle.

— Je vous laisserai en juger par vous-même.

Caine s'immobilisa devant une luxueuse voiture noire. Il sortit les clés de sa poche, chargea ses valises dans le coffre et lui ouvrit sa portière.

Mais lorsqu'elle voulut monter, il la retint en lui posant la main sur le bras.

— Diana…

Il avait une voix vraiment très enveloppante, très particulière. Pendant une fraction de seconde, elle eut l'impression d'entendre prononcer pour la première fois les deux syllabes de son prénom. Caine lui releva la frange avec un tel naturel qu'elle ne songea même pas à protester. Muette, elle l'interrogea du regard.

— Les apparences sont parfois trompeuses…

— Pardon ?

Caine ne précisa pas tout de suite sa pensée. Pendant

quelques secondes, ils demeurèrent ainsi, face à face, sur un parking glacial, environnés par le vacarme des avions et l'odeur du kérosène. Diana aurait été prête à jurer qu'elle percevait la chaleur de la paume de Caine à travers l'épaisseur de son manteau. De ses yeux très bleus émanait une douceur étonnante. L'espace d'un instant, elle oublia qu'il avait la réputation d'être aussi redoutable dans une salle de tribunal que dans une chambre à coucher. Elle aurait voulu lui prendre les mains, s'accrocher à lui, lui demander aide et réconfort.

Le plus surprenant étant qu'elle n'avait besoin ni de l'une ni de l'autre.

— Vous êtes très belle, Diana, murmura-t-il. Mais avez-vous également un peu de sensibilité ?

Choquée, elle fronça les sourcils.

— Qu'est-ce qui vous fait penser que je puisse en être dépourvue ? riposta-t-elle, sur la défensive.

— Laissez-lui au moins une chance, dit-il sans répondre à sa question.

Une émotion fugitive altéra les traits de Diana. Puis son visage se ferma. Hautaine et impassible, elle devenait résolument inaccessible. Caine réprima un sourire. Combien de fois, déjà, avait-il vu cette même expression de froide réserve durcir la physionomie de Justin ?

— On pourrait penser que ma présence ici est déjà une marque de bonne volonté en soi, rétorqua-t-elle sèchement.

— On *pourrait* le penser, oui.

Sans insister, Caine alla s'asseoir au volant. Irritée par son attitude, Diana prit place dans le luxueux siège de cuir. Sa portière se referma avec un petit claquement sec.

— Pour quelle raison serais-je venue sinon ?

— Essentiellement par curiosité.

— Ça doit être gratifiant, dans la vie, d'avoir raison si souvent.

Il lui adressa un sourire lumineux. Mais si fugitif que Diana se demanda si elle ne l'avait pas imaginé.

— Cela me procure d'immenses satisfactions, en effet.

Il tourna la clé de contact et le moteur de la Jaguar ronronna plaisamment. Appréciant le confort, Diana allongea les jambes. Elle avait toujours eu un faible inavouable pour les voitures puissantes, élégantes et rapides.

Ce fut Caine qui enterra la hache de guerre.

— Pour la paix des familles, essayons d'être amis, O.K. ? Vous avez aimé Paris ?

Diana lui jeta un regard en coin. Une conversation banale ? Des lieux communs ? Parfait. Jouer à ce jeu-là lui convenait parfaitement. Elle avait des années de pratique derrière elle.

— Paris reste magique, comme toujours. Mais le temps a été plutôt froid et humide, malheureusement.

— Je me souviens d'un petit restaurant de la rue du Four où l'on servait des soufflés extraordinaires.

— Chez Henri ?

Il lui jeta un regard étonné.

— Vous connaissez ?

Elle acquiesça d'un signe de tête. Le restaurant mentionné par Caine était petit, bruyant et fréquenté par un public hétéroclite. Sa tante Adélaïde aurait préféré se laisser mourir de faim sur place plutôt que d'en franchir le seuil. Mais lorsqu'elle était de passage à Paris, Diana trouvait toujours le moyen de s'esquiver quelques heures pour y glaner un repas.

C'était surprenant que, dans une ville aussi grande où les restaurants abondaient, Caine et elle aient Chez Henri en commun.

— Vous êtes un habitué de la vie parisienne, Caine ?

Il secoua la tête.

— Plus maintenant.

— Ma tante, elle, a décidé de faire un grand retour aux sources et de s'y établir définitivement. Si j'étais à Paris, cet automne, c'était justement pour l'aider à s'installer.

— Mais vous, vous résidez à Boston, n'est-ce pas ?

— Bien sûr. C'est ici que j'ai mon travail, mes amis, mes habitudes. Je viens d'emménager dans un appartement sur Charles Street.

— Comme le monde est petit, commenta Caine en souriant. Nous sommes pratiquement voisins. Et dans quelle carrière vous êtes-vous lancée à Boston, Diana ? La mode ?

Ce fut au tour de Diana de sourire.

— Pas du tout. J'exerce le même métier que vous. J'imagine que vous devez vous souvenir du Pr Whiteman ? Il parle toujours de vous en termes très élogieux.

— Le Pr Whiteman ? Mais bien sûr ! Ses étudiants l'appellent toujours « Sac d'os » derrière son dos ?

— Plus que jamais.

Caine tourna la tête pour plonger un instant dans le sien le regard intense de ses yeux indigo.

— Ainsi, vous avez étudié le droit à Harvard, vous aussi. Finalement, nous nous découvrons des quantités de points communs. Nous avons des liens familiaux, nous sommes inscrits au même barreau et nous apprécions la cuisine d'Henri. Est-ce que vous exercez ?

— Depuis peu, oui. Chez Barclay, Stevens et Fitz.

— Mmm… très prestigieux, comme cabinet d'avocats. Et très collet monté, aussi, ajouta-t-il en l'examinant de nouveau du coin de l'œil.

Diana s'autorisa un sourire.

— Inutile de préciser qu'on ne me confie que des affaires passionnantes : excès de vitesse, petites infractions, divorces…

— Oh, rien n'est encore perdu. Dans une vingtaine

d'années, vous vous serez frayé un chemin jusqu'en haut de la hiérarchie.

— Je n'ai pas l'intention d'attendre jusque-là.

Pour l'anniversaire de ses trente ans, avait-elle calculé, elle ouvrirait son propre cabinet. Elle pourrait s'appuyer sur une expérience de quatre années au sein d'une institution aussi respectable que Barclay, Stevens et Fitz. Et peu à peu, elle se ferait sa propre clientèle.

— Parlez-moi de vos projets, Diana.

— Je compte me spécialiser dans le pénal, déclara-t-elle sans entrer dans les détails.

— Et pourquoi ce choix ?

Elle haussa les épaules.

— J'ai la faiblesse de penser que tout citoyen mérite d'être défendu au mieux. Et puis j'aime me battre, admit-elle avec un petit rire.

Caine enregistra cette information avec le plus grand intérêt. Ainsi, elle n'était pas tout à fait aussi lisse, sophistiquée et mondaine que son tailleur impeccable pouvait le donner à penser. Finalement, son parfum un peu sauvage lui ressemblait plus qu'il ne l'avait cru au premier abord.

— Et vous êtes une avocate de talent, Diana ?

— Les affaires que je traite en ce moment pourraient être confiées à n'importe quel étudiant de deuxième année. Mais je vaux beaucoup mieux que ça. J'ai l'intention de devenir la meilleure, sur Boston.

Avec un léger sourire, Caine bifurqua pour rouler jusque sous l'élégant auvent devant l'entrée du Comanche.

— Nous avons aussi les mêmes ambitions, apparemment, commenta-t-il d'un ton amusé.

Diana soutint froidement son regard.

— Nous verrons bien qui de nous deux l'emportera, n'est-ce pas ?

Caine la gratifia d'un sourire pour seule réponse. Un

sourire carnassier qui lui laissa entrevoir un instant le côté résolument féroce de sa personnalité. On pressentait en lui une énergie redoutable doublée d'une belle combativité.

Sans un mot, Diana descendit de voiture. Elle n'était pas impressionnée par l'assurance de Caine. S'il y avait un domaine dans lequel elle se sentait parfaitement sûre d'elle, c'était bien le droit.

Dans quelques années, Caine MacGregor aurait l'occasion d'entendre le nom de Diana Blade prononcé avec respect dans le milieu professionnel qui était le leur. Et il se souviendrait alors de ses paroles.

— Les bagages de Mlle Blade sont dans le coffre, précisa Caine au portier en lui remettant les clés de la voiture.

En pénétrant dans le hall d'entrée du Comanche, il lui reprit le bras.

— Je pense que Rena meurt d'impatience de faire enfin votre connaissance. Mais vous préférez peut-être vous installer d'abord ?

— Non, ce ne sera pas nécessaire.

« Rena », avait dit Caine. Le nom de Justin n'avait même pas été prononcé. Diana sentit une discrète tension se loger au creux de sa poitrine. Elle s'était pourtant juré de rester neutre, polie et distante. Mais elle se trouvait sur le territoire de Justin, à présent. Et la vague sensation de malaise qu'elle avait éprouvée dans l'avion s'accentuait de façon alarmante.

— Ainsi tout ceci appartient à Justin, commenta-t-elle, impressionnée malgré elle par la discrète élégance des lieux.

Caine pénétra à sa suite dans la cabine d'ascenseur.

— Pour moitié seulement. Rena s'est associée avec lui cet été. Ils sont à égalité de parts pour ce Comanche.

— Ah, je vois. C'est comme ça qu'ils se sont rencontrés ?

— Pas exactement, non.

Intriguée par le rire de Caine, elle l'interrogea des yeux.

— C'est une histoire compliquée, en fait. Et un grand sujet de plaisanterie dans la famille. Je pense que Rena vous expliquera comment Justin et elle ont été mis en présence. Mais il faudrait que vous rencontriez mon père pour comprendre réellement ce qui s'est passé.

Caine s'interrompit pour scruter ses traits avec attention tout en enroulant une mèche de ses cheveux autour d'un doigt.

— Quoique… tout compte fait, il vaudrait mieux que mon père ne vous voie pas. Car je pourrais me retrouver à mon tour dans une situation épineuse.

Il ne la quittait toujours pas des yeux, excité par son parfum, se demandant si cette bouche gourmande saurait tenir ses promesses et s'animer sous ses baisers.

— Vous êtes vraiment très belle, Diana, murmura-t-il.

Elle frissonna. C'était la façon dont il prononçait son prénom qui suscitait ces sensations étranges, presque douloureuses, qui lui couraient à fleur de peau. Mais quoi d'étonnant ? Caine était un expert en matière de séduction. Et elle aurait tort de l'oublier.

De sous ses paupières mi-closes, elle soutint son regard sans broncher.

— Vous avez laissé votre marque à Harvard, Caine. Il n'y a pas que vos maîtres qui parlent encore de vous. Vos condisciples vous ont également fait une très jolie réputation. Dans les boudoirs comme dans les prétoires, d'ailleurs.

Caine parut amusé.

— Ah, vraiment ? Vous me raconterez ça un de ces jours.

Les portes de l'ascenseur s'écartèrent et Diana le précéda hors de la cabine.

— Oh, je préfère garder un silence pudique sur la

question, maître MacGregor. Mais je me suis toujours demandé si le fameux épisode de la bibliothèque de droit était basé sur des faits ou relevait de la légende.

Caine se frotta le menton.

— L'accusé fait valoir son droit au silence.

— Lâche !

Il sortit les clés de la suite de Serena.

— Non, sérieusement... On parle toujours de cette histoire, à Harvard ?

Diana réprima un sourire. Il n'avait pas l'air le moins du monde embarrassé, en tout cas.

— C'est quasiment devenu un mythe. Champagne et folle passion entre le Droit criminel du Massachusetts et les Procédures de divorce.

Avec un léger haussement d'épaules, Caine finit de déverrouiller la porte.

— En vérité, ce n'était pas du champagne, mais de la bière... Mais que dis-je ? Vous ne croyez quand même pas tout ce qui se raconte dans les couloirs de l'université, j'espère ? reprit-il, faussement sévère.

Diana prit le temps de lui décocher un sourire ironique et poussa la porte sans répondre. La chaleureuse élégance de la suite de son frère la prit au dépourvu. Les pièces étaient vastes, avec des baies immenses offrant une vue panoramique sur l'Atlantique. Les meubles bas, accueillants, évoquaient une plaisante intimité. Quelques toiles judicieusement placées frappaient par l'audace du trait comme de la couleur. Deux sculptures d'une facture exquise se dressaient sur des étagères de bois précieux.

Etait-ce le goût de Justin qu'elle voyait reflété là ? Ou celui de Serena ? Qui était cet homme avec qui elle partageait un père, une mère, un héritage ? Et pourquoi était-elle venue jusqu'ici réveiller des émotions qu'elle croyait mortes ?

Aux souvenirs enfouis elle ne voulait surtout pas

rouvrir sa porte. Il fallait à tout prix qu'ils restent enterrés, muets, inopérants — comme une bombe que l'on aurait désactivée de façon définitive. C'était une question de survie élémentaire. Dans un sursaut de panique, Diana se retourna pour s'enfuir et se trouva face à Caine.

— A qui espérez-vous échapper ainsi, Diana ? A Justin ou à vous-même ?

Choquée, elle se rejeta en arrière.

— De quel droit me posez-vous cette question ? En quoi seriez-vous concerné ?

— En rien, admit-il.

Il laissa son regard sur ses lèvres. Elle était tendue, paniquée. Et il ressentait la tentation vertigineuse de la détendre, de l'amadouer. De découvrir la Diana Blade qui se cachait sous le masque d'élégante froideur.

Elle n'était pas son type, cela dit. Les femmes, il les préférait vivantes, expansives, capables de rire et d'aimer sans retenue. Et puis il serait peu stratégique de se compliquer la vie en s'intéressant de trop près à la jeune sœur de son beau-frère. Mais quel mal y aurait-il à satisfaire une curiosité passagère ?

Caine connut un instant d'hésitation. Rien ne serait plus facile que de l'amener contre lui, de goûter ces lèvres pleines, cette bouche gonflée comme un fruit. Le fait qu'elle pouvait tout aussi bien réagir par une gifle que par un baiser passionné rendait l'expérience d'autant plus fascinante.

L'envie saisit Diana inopinément. Un désir impromptu d'être tenue, emportée, possédée. Et elle savait d'instinct que Caine satisferait son attente. Il n'y aurait pas de questions, pas de prémices, pas d'hésitations. Rien qu'un raz-de-marée, une déferlante de plaisir sans limites. Sans pensée, sans raison, sans justification. Et ce monde interdit, enchanteur, était juste à sa portée. Il suffisait qu'elle tende la main.

Et le geste aurait la simplicité de l'évidence...

Le ronronnement léger d'un ascenseur se fit entendre dans la pièce. Surprise, Diana vit une porte métallique s'ouvrir. Les mains de Caine remontèrent lentement jusqu'à ses épaules, et il la débarrassa de son manteau juste au moment où une très jolie jeune femme blonde sortait de la cabine. Vêtue d'une simple robe fourreau violette de la couleur de ses yeux, elle était saisissante.

— Diana ! Vous êtes venue !

Sans une hésitation, la femme de Justin la serra avec effusion dans ses bras.

— Je suis tellement heureuse de vous rencontrer enfin... Vous êtes ravissante. Et vous ressemblez tant à Justin... Tu ne trouves pas, Caine ?

— Mmm...

Tout en observant la scène avec attention, Caine alluma une cigarette. Diana se ressaisit et fit un pas en arrière.

— Je tiens à vous remercier pour votre invitation, Serena.

— C'est la dernière que j'envoie sous cette forme officielle. Nous sommes parentes, maintenant... Et si tu nous servais quelque chose à boire, Caine ? Diana, qu'est-ce que je vous offre ?

Le regard de Diana glissa de la sœur au frère, puis revint se poser sur Serena.

— Je prendrais bien un doigt de vermouth.

Gagnée par une nervosité croissante, elle déambula jusqu'à la fenêtre.

— L'hôtel est magnifique, Serena. Caine m'a expliqué que vous étiez propriétaires à parts égales, Justin et vous.

— Pour celui-ci, oui. Et nous sommes également associés sur le sixième Comanche que nous faisons construire à Malte. Je n'ai pas encore réussi à m'insinuer dans le capital des quatre autres. Mais cela viendra en son temps !

— Nous avons découvert que nous étions voisins, Diana et moi, observa Caine en apportant leurs boissons.

Diana prit le verre qu'il lui tendait. Une onde de chaleur la parcourut lorsque ses doigts effleurèrent les siens. Elle songea à l'épisode aussi bref qu'étrange qui avait précédé l'arrivée de Serena. Et se demanda quel démon l'avait saisie. C'était bien la première fois qu'elle ressentait ce genre d'élan pour un inconnu.

— Vraiment ? s'exclama Serena. Vous habitez dans le même quartier de Boston ?

— C'est ce qu'affirme votre frère.

Caine sourit.

— Nous ne sommes qu'à deux rues l'un de l'autre. Seconde coïncidence : nous sommes confrères.

— Vous êtes juriste, vous aussi, Diana ?

Serena nota que Diana suivait Caine des yeux tandis qu'il retournait se servir au bar. Eh bien… son incorrigible séducteur de frère n'avait pas perdu son temps, apparemment.

— Oui, j'ai fait mon droit à Harvard sur les traces de Caine.

Diana fit passer sa boisson d'une main à l'autre en regrettant de l'avoir acceptée. Elle avait l'estomac comme du plomb et toute parole prononcée lui coûtait un effort démesuré. Fidèle à son éducation, cependant, elle enchaîna poliment :

— Votre frère a laissé un souvenir impérissable de son passage. Les anecdotes abondent au sujet de ses exploits.

Serena éclata de rire.

— Oh, ça ne m'étonne pas de lui. En règle générale, il faut toujours prendre ce genre d'histoire avec prudence. Mais dans le cas de Caine, je crains qu'elles ne recouvrent qu'une infime partie de la réalité, au contraire.

— Je suis touché par la haute opinion que tu as de moi, Rena, rétorqua Caine en appliquant une bourrade à sa sœur.

La complicité qui l'unissait à Serena sautait aux yeux. Ils avaient grandi ensemble, partagé mille jeux, mille secrets. Diana scruta le fond de son verre en se demandant ce qu'elle faisait là, dans cette pièce, avec ces deux inconnus souriants.

— Serena... Je veux que vous sachiez à quel point je suis touchée par votre invitation. Mais je me demande si Justin n'est pas aussi mal à l'aise que moi à la perspective de...

— Il n'est au courant de rien, Diana.

Comme elle demeurait muette sous le choc, Serena lui posa la main sur le bras.

— Je n'étais pas complètement certaine que vous viendriez. Et je ne voulais pas qu'il souffre d'un refus éventuel de votre part.

— Parce que vous pensez que ça l'aurait affecté ?

— Je le connais, Diana. Je peux imaginer ce que vous ressentez, mais je vous en prie, essayez de ne pas adopter d'emblée une attitude de rejet. Il...

Consternée, Serena se tut lorsque le bruit de l'ascenseur se fit entendre. Il lui aurait fallu deux minutes supplémentaires pour plaider sa cause avant l'arrivée de Justin. Elle adressa un silencieux S.O.S. à Caine, qui se contenta de hausser les épaules en signe d'impuissance.

Diana, figée sur place, regarda la porte de l'ascenseur s'ouvrir. Après vingt années de séparation, elle vit la silhouette de son frère se découper devant elle, dans la cabine brillamment éclairée.

— Ah, c'est ici que tu te caches, s'écria Justin en se dirigeant droit sur Serena. Tu avais disparu d'un coup, je me demandais ce qui se passait.

— Justin, je...

Mais les lèvres de Serena furent muselées par un baiser si passionné qu'elle ne put terminer sa phrase.

Tétanisée, Diana les observait. Justin était tellement plus grand que dans son souvenir. Et si sûr de lui. L'homme qu'il était devenu avait la prestance que confère la réussite. Il paraissait si différent de l'adolescent maigre et tourmenté dont elle conservait le souvenir.

Son frère… Comment imaginer qu'ils étaient parents, elle et lui ? Un jour — elle était encore toute petite —, il l'avait hissée sur ses épaules alors qu'ils assistaient à un spectacle de cirque. « Oh, mon Dieu, pourquoi faut-il que ce souvenir me revienne à la mémoire juste maintenant ? »

— Justin, protesta Serena lorsqu'elle put reprendre son souffle, nous avons de la compagnie.

Le regard de Justin se posa brièvement sur son beau-frère. Mais il se contenta de serrer Serena plus fort contre lui.

— Tu n'avais pas des projets de gymnase pour cet après-midi, Caine ? Va donc t'occuper de ta musculature. J'ai envie de faire l'amour avec ma femme.

— Justin !

Riant doucement, Serena plaqua les deux mains sur sa poitrine pour le repousser. Comme elle tournait la tête vers la fenêtre, il suivit la direction de son regard.

— Ah, désolé. Je n'avais pas vu que Caine était avec une amie.

Les doigts de Diana se crispèrent sur le pied de son verre. « Il ne me reconnaît même pas. Nous aurions pu nous croiser dans la rue sans même nous en rendre compte, comme deux étrangers indifférents. » Incapable d'articuler un son, elle se contenta de lui rendre son regard sans rien dire.

Justin la fixa soudain avec une attention soutenue.

— *Diana* ? murmura-t-il, incrédule.

Les yeux secs, elle ne fit pas un pas, pas un geste dans sa direction.

— Bonjour, Justin.

Le regard rivé sur son visage, Justin s'avança jusqu'à elle — sa sœur. Brutalement propulsé d'avant en arrière par les soubresauts de sa mémoire, il vacillait entre présent et passé. La petite fille de six ans avec son visage confiant et ses rondeurs enfantines, il aurait pu la prendre dans ses bras. Mais comment saluer l'élégante inconnue qui le regardait avec les yeux de son père ?

Alors qu'il aurait voulu rire et pleurer à la fois, Justin sentit ses traits se figer.

— Tu as coupé tes tresses, murmura-t-il, conscient que c'était sans doute la remarque la plus ridicule qu'il ait jamais prononcée.

— Il y a déjà pas mal de temps, oui.

Il vit Diana se redresser. Un sourire distant se peignit sur ses traits.

— Tu te portes bien, Justin ? demanda-t-elle poliment.

La question était si impersonnelle, si distante, que l'élan de Justin fut coupé net.

— Oui, merci. Et toi, Diana ? Comment va ta tante ?

— Sa santé est excellente, merci. Tante Adélaïde vit à Paris, désormais. Mes compliments pour ton hôtel. Il est magnifique.

Avec un léger hochement de tête, il glissa les mains dans ses poches.

— Merci. J'espère que tu as l'intention de passer quelques jours ici avec nous.

— J'ai prévu de rester une semaine, oui.

Les doigts de Diana étaient tellement crispés sur son verre qu'elle en avait mal à la main.

— Je ne t'ai pas encore félicité pour ton mariage, Justin. Je te souhaite beaucoup de bonheur.

La mine soucieuse, Serena se plaça entre eux.

— Et si vous veniez vous asseoir, tous les deux ?

Diana sourit faiblement.

— Si cela ne vous dérange pas, je préférerais défaire mes bagages d'abord.

Serena ouvrit la bouche pour protester, mais Justin la devança.

— Comme tu voudras, Diana. Tu te joindras à nous ce soir pour le dîner ?

— Volontiers, oui, merci.

— Je vais vous montrer votre chambre, proposa Caine en vidant son verre.

— Merci.

Diana se dirigea en aveugle vers la porte et se retourna au dernier moment pour adresser un bref sourire à Serena.

— A ce soir alors.

Dans les yeux violets, elle lut un muet reproche qui acheva de la terrasser.

— Entendu. Si vous avez besoin de quoi que ce soit, faites-le-nous savoir.

Comme une somnambule, Diana passa la porte. Caine lui emboîta le pas sans rien dire. Plus que quelques minutes à tenir… Dès que Caine aurait tourné le dos, elle pourrait se laisser aller enfin.

Caine tira une clé de sa poche, poussa une porte. Diana entra et se retourna pour le remercier. Mais au lieu de passer son chemin, il la suivit à l'intérieur et referma derrière lui.

— Asseyez-vous, Diana.

— Si cela ne vous dérange pas, j'aurais besoin d'être…

— Pourquoi ne commenceriez-vous pas par finir votre verre ?

Baissant les yeux, elle constata avec horreur qu'elle était sortie de la suite avec son vermouth à la main. De mieux en mieux… Elle se détourna, faisant mine d'examiner la chambre.

— C'est charmant, ici, déclara-t-elle sans rien voir. Merci de m'avoir accompagnée, Caine. Mais j'aimerais me reposer un peu, maintenant.

— Je ne m'en irai pas tant que vous serez dans cet état.

— Quel état ? Je suis juste fatiguée. Je vais m'allonger un moment et il n'y paraîtra plus.

Caine la prit d'autorité par les épaules et la fit asseoir dans un fauteuil.

— Je vous ai observée pendant toute la scène. Si vous étiez restée cinq minutes de plus à échanger des platitudes avec Justin, vous vous seriez effondrée.

— Ne soyez pas ridicule.

Elle posa bruyamment son verre sur la console à côté du fauteuil. Caine se pencha pour prendre une de ses mains entre les siennes.

— Vous voyez bien ? Elle est glacée. On peut mentir avec les yeux, Diana, mais nos mains nous trahissent. Vous étiez obligée de lui parler comme à un étranger ?

— *C'est* un étranger. Et je n'ai rien à lui dire.

Se dégageant d'un mouvement brusque, Diana se remit sur ses pieds.

— Maintenant, laissez-moi, s'il vous plaît.

Debout devant lui, proche à le toucher, elle le vit hausser légèrement les sourcils.

— *Têtue*, murmura-t-il en traçant le contour de ses lèvres avec son pouce. C'est ce que je me suis dit en vous voyant traverser ce hall d'aéroport, d'ailleurs. Ah, Diana…

Avec un léger soupir, il lui effleura la joue.

— Vous vous faites du mal à contenir vos émotions, comme ça.

— Je ne contiens rien du tout, protesta-t-elle.

Sa voix était faible, étranglée. Mais elle continuait à lutter de toutes ses forces contre les larmes. Pour rien au monde, elle ne pleurerait devant cet inconnu. Sans compter qu'elle n'avait aucune raison de s'effondrer. Il ne s'était rien passé de particulier dans la suite de son frère. Justin et elle avaient échangé quelques banalités, comme prévu. Il n'y avait certainement pas de quoi en faire un drame.

— Ne soyez pas si féroce avec vous-même, Diana.

— Je suis féroce si je veux.

Etouffant un sanglot, elle porta la main à la bouche.

— Laissez-moi tranquille.

Mais elle se retrouva dans ses bras, entourée, la joue bien calée contre sa poitrine.

— Dès que ça ira mieux, je vous ficherai une paix royale, murmura-t-il en resserrant la pression de ses bras.

Le soutien offert était total. Et irrésistible. Se raccrochant à Caine de toutes ses forces, Diana éclata en sanglots.

2

Les hautes vagues couleur ardoise étaient surmontées de courtes crêtes d'argent. C'était un spectacle fait de bruit et de fureur qu'offrait l'océan gris qui se cabrait aux abords de la plage pour déferler sur le sable en longs rouleaux d'écume. Diana inspira l'air humide à pleins poumons et sentit que le temps était à la neige. Le sable formait des plaques, craquait doucement sous ses pieds. Le manteau boutonné jusqu'au menton, elle marchait tout au bord de l'eau, sautant pour éviter les vagues, s'enivrant même de la bise glacée qui lui souffletait les joues.

Diana était émerveillée par sa découverte : la solitude sur une plage en hiver, alors que le jour se levait à peine.

Elle ne se souvenait pas d'avoir jamais été seule dans la grande maison de sa tante. Adélaïde avait toujours évité avec soin de la laisser livrée à elle-même. Comme si sa tâche éducative avait consisté à exercer sur sa nièce une surveillance continue. Sous les conseils, les observations, les éternels sermons sur le savoir-vivre de sa tante Grandeau, s'était cachée une obsession secrète : la peur du « sang de sauvage » qui coulait dans ses veines. Pendant toutes ces années, sa tante n'avait cessé de frémir à l'idée que ses instincts rebelles puissent se réveiller.

A la Comanche en elle Diana n'avait pourtant jamais laissé aucune place. Sa personnalité réelle, elle l'avait enfouie avec le plus grand soin, sans laisser subsister le moindre trait saillant, la moindre trace de spontanéité. A six ans, arrachée à ses racines, elle n'avait eu qu'une crainte : se retrouver livrée à elle-même dans un monde où elle n'avait plus aucune attache. Au début, surtout, elle s'était conformée au moindre souhait de sa tante. Elle avait accepté de se laisser façonner au gré des caprices d'Adélaïde et de devenir la petite fille modèle que sa tante s'était juré de faire d'elle.

Diana ouvrit grand les bras et inspira l'air glacé à pleins poumons, comme pour laver le souvenir des années de plomb. Elle avait été prête à toutes les compromissions plutôt que de provoquer un nouvel abandon. Les disparitions successives de ses parents et de Justin l'avaient terrifiée. Et la peur de se retrouver seule, dépendante et vulnérable de nouveau, ne l'avait plus jamais quittée. Elle avait appris à la dominer, bien sûr. Mais jamais à la résorber. C'était en cachant ses émotions sous le boisseau qu'elle avait réussi à se protéger peu à peu des critiques d'Adélaïde et de son propre sentiment d'insécurité.

Enfant déjà, elle avait compris que sa tante ne l'avait pas accueillie par amour, mais uniquement par sens du devoir. Jamais Adélaïde ne lui avait donné l'affection à laquelle la petite fille solitaire aspirait pourtant de tout son être.

Pour Adélaïde, elle n'avait pas été une nièce à part entière, puisqu'elle était la fille de sa demi-sœur, une jeune femme aux cheveux de jais et à la peau brune, née du second mariage de M. Grandeau père avec une femme au sang comanche. Et cette demi-sœur qu'Adélaïde avait acceptée non sans mal avait achevé de se compromettre en épousant un Blade. Un Comanche pur sang, autrement dit.

En récupérant Diana, Adélaïde s'était démenée avec une redoutable énergie pour « rectifier » la mésalliance conclue par sa demi-sœur. Son seul but, toutes ces années, avait été d'effacer toute trace de l'Indienne chez la fille, à défaut d'avoir pu le faire chez la mère.

Adélaïde, elle, était une Grandeau pur teint. Et comme ses nobles origines faisaient son bonheur et sa fierté, elle avait voulu recréer sa nièce à son image. Diana avait eu pour mission d'intégrer ses valeurs, ses aspirations, sa dignité.

De devenir un clone parfait, en somme.

Et la petite fille s'était docilement prêtée au jeu. Elle avait appris le piano et la danse et assimilé les leçons de savoir-vivre que sa tante lui avait inculquées. Au fil des années, l'élégance, la froideur ainsi qu'une attitude légèrement hautaine étaient devenues une seconde nature pour elle.

Il y avait eu des phases de désespoir et de doute, bien sûr. Par moments, l'impatience la gagnait et elle se trouvait en proie à une nostalgie secrète pour un monde plus excitant, plus sauvage qu'elle reconnaissait obscurément comme sien. Mais elle avait toujours pensé qu'elle devait serrer les dents et éviter de ruer dans les brancards. Et qu'à force de patience, elle finirait, à la longue, par triompher de ses épreuves. Ainsi, ses rébellions avaient été discrètes, ses rêves toujours soigneusement tenus sous silence.

Cela dit, Adélaïde aurait été horrifiée d'apprendre que sa nièce, si accomplie à tous points de vue, préférait le cinéma au théâtre et la musique rock à l'opéra. Sans parler de sa discrète faiblesse pour la bière, les frites, les voitures de sport et les rivières où elle aimait nager nue…

Les mains au chaud dans ses poches, Diana s'arrêta pour contempler l'horizon tourmenté. Et ajouta les plages en hiver à la liste de ses passions cachées.

Etait-ce par amour pour l'océan sauvage que Justin avait choisi de s'installer ici ? Leur restait-il, malgré tout, quelques traits communs après ces longues années de séparation ? Même si Justin avait choisi de jouer et de gagner, alors qu'elle s'était contentée pendant deux décennies de se soumettre en silence, en attendant son heure ?

Secouant la tête avec impatience, Diana reprit sa marche le long de l'Océan. Elle ignorait tout de l'homme qui avait passé la soirée de la veille assis en face d'elle à table. Justin avait travaillé, lui aussi, à lisser son image. Courtois mais distants l'un et l'autre, ils s'étaient comportés comme deux inconnus qui se croisent à un cocktail, le temps d'une soirée. Même lorsque Serena avait rivé sur elle un regard suppliant, elle n'avait pu trouver une seule parole authentique à échanger avec son frère.

Mais de quel droit l'épouse de Justin porterait-elle un jugement ? Serena avait grandi dans une famille unie et aimante. Aucune ombre ne pesait sur ses origines ; elle n'avait jamais eu à avoir honte de sa lignée ni de son nom. Sa place dans sa famille lui avait été donnée de façon inconditionnelle, sans qu'elle ait à nier ni sa culture, ni son héritage, ni ses traditions.

Et puis Serena avait eu ses deux frères auprès d'elle. Il n'y avait qu'à voir la complicité qui existait entre elle et Caine, par exemple.

Caine… Diana soupira. Elle avait du mal à définir ce qu'elle ressentait à son égard. A première vue, il ne paraissait pas doué d'une sensibilité excessive. Cet homme-là tenait du loup plus que de l'agneau. Et pourtant, il avait fait preuve avec elle d'un tact, d'une capacité d'écoute extraordinaires.

Comme Justin, cependant, il cachait une force, une détermination presque sauvages sous ses dehors policés. Lorsque sa crise de larmes s'était apaisée, elle s'était sentie en danger dans ses bras. Il s'était pourtant montré d'une correction parfaite, se contentant de lui caresser doucement les cheveux comme à une enfant.

Mais sa présence même constituait une menace. Comme si Caine était l'étincelle qui pouvait à tout instant mettre le feu à ses poudres intérieures. Elle avait donc tout intérêt à le garder à distance.

— Vous êtes bien matinale.

Diana se retourna en sursaut et découvrit qu'elle n'était plus seule sur la plage. Vêtu d'un blouson de cuir et d'un jean, Caine paraissait plus juvénile, plus décontracté que la veille. Les mains enfoncées dans les poches, il semblait goûter, lui aussi, le vent humide et froid qui sifflait rageusement autour d'eux.

— Je voulais voir le soleil se lever sur la mer, admit-elle en levant le nez vers le ciel nuageux et noir. Mais je crois que je peux l'attendre encore longtemps.

— Marchons un peu, alors. Vous aimez la plage ?

Sans lui laisser le temps de répondre, il lui prit la main d'autorité. Diana accorda son pas au sien. Elle était tellement soulagée qu'il ne lui parle ni de Justin ni du dîner de la veille qu'elle ne songea même pas à protester.

— La mer en été, ça n'a jamais été ma tasse de thé. Mais l'hiver, c'est différent. Je n'imaginais pas que je m'y plairais à ce point. Vous venez ici souvent ?

— De temps en temps, je fais un saut. Par chance, nous étions justement présents pour le week-end, Alan et moi, lorsque Rena a été kidnappée. Mais…

Diana s'immobilisa net.

— Votre sœur a été enlevée ?

— Vous ne le saviez pas ?

— Mais non ! Comment l'aurais-je su ? Par la presse ? J'imagine que ça s'est passé pendant que j'étais à Paris. Qu'est-il arrivé exactement ?

— C'est une longue histoire, Diana.

Caine reprit sa marche le long des eaux tumultueuses et se tut si longuement que Diana crut qu'il refusait d'aborder le sujet. Puis d'un coup, sans préambule, il lui fit le récit des événements de l'automne passé.

— Fin septembre, une bombe a été déposée dans l'hôtel que Justin possède à Las Vegas. Elle a été repérée et désamorcée juste à temps, par chance. Justin s'est rendu sur place et, quelques jours plus tard, il a reçu une lettre anonyme. Justin a compris avant tout le monde que ce n'était pas à ses hôtels qu'on en voulait, mais à lui, personnellement. Inquiet pour Rena, il a tenté de l'éloigner. Mais bon… ma sœur étant qui elle est, il n'y a pas eu moyen de la déloger d'ici, évidemment.

Le visage tourné vers la mer, Caine sourit brièvement en songeant au caractère obstiné de Serena. Mais il se rembrunit aussitôt.

— Une seconde lettre de menaces est arrivée à Atlantic City au retour de Justin. Il est descendu dans son bureau pour prévenir la police. Mais pendant qu'il s'entretenait en bas avec l'inspecteur chargé de l'enquête, notre poseur de bombe, vêtu d'une tenue dérobée au personnel de chambre, montait tranquillement frapper à la porte de leur suite. Il a enlevé Rena sous notre nez à tous, alors que la police se trouvait sur les lieux et que tout le personnel de sécurité de l'hôtel était sur les dents.

Observant Caine du coin de l'œil, Diana nota la ligne durcie de la mâchoire, la froide incandescence du regard.

— Le ravisseur l'a gardée pendant presque vingt-quatre heures attachée sur un lit. Rena n'en menait pas large.

Diana songea à Serena avec ses grands yeux violets, sa beauté délicate. Elle frissonna.

— Quelle horreur…

— Depuis dix ans que je connais Justin, c'est la seule fois où je l'ai vu sur le point de craquer. Il ne mangeait plus, ne dormait plus… Il était là, aussi figé que la statue d'Indien à l'entrée de son hôtel, à regarder fixement le téléphone. C'est seulement lorsque le kidnappeur a accepté de lui passer Rena au bout du fil, que nous avons compris qui il était et pourquoi il s'acharnait sur Justin ainsi. Mais d'une certaine façon, ça a été encore pire après.

— Pourquoi pire ?

Caine eut un moment d'hésitation. De toute évidence, elle ne savait rien de la vie de son frère. Mais ce serait une bonne chose, sans doute, de combler certaines lacunes.

— A dix-huit ans, Justin s'est fait agresser dans un bar du Nevada. Un des consommateurs assis là estimait qu'un Indien n'avait pas sa place sur le tabouret à côté du sien.

Un voile obscurcit les yeux sombres de Diana.

— Justin n'a pas dû apprécier, j'imagine.

— Il ne s'est pas laissé faire, en effet. Et ils en sont venus aux poings. Puis le type, qui était ivre mort entre parenthèses, a dégainé son couteau. Et il a frappé pour tuer. Blessé à la poitrine, Justin a réussi *in extremis* à retourner l'arme contre son assaillant. Et il s'est vu accusé de meurtre en sortant de son coma.

Une violente nausée souleva l'estomac de Diana.

— Accusé de *meurtre* ? Vous voulez dire que Justin a fait de la prison ?

— En détention provisoire, seulement. Finalement, il a été acquitté, une fois que les témoins ont été assignés à comparaître et qu'ils se sont sentis tenus de dire la vérité, dans la mesure où ils déposaient sous serment. Mais il a passé quelques mois difficiles bouclé dans une cellule. Sans personne pour le soutenir.

Comme si tout le poids du monde lui tombait soudain sur les épaules, Diana contempla l'horizon gris au loin.

— Ma tante ne m'a rien dit. Jamais elle n'a mentionné cette histoire. Elle devait savoir, pourtant.

— Vous ne deviez avoir que huit ans, à l'époque. Vous n'auriez pas pu faire grand-chose pour votre frère.

— Moi, non, c'est certain.

Diana sentit monter une violente bouffée de colère contre sa tante. Adélaïde, elle, n'aurait pas été sans recours. Elle avait des revenus confortables et un solide réseau de relations. Mais elle n'avait pas levé le petit doigt pour son neveu. « Si, au moins, elle m'avait raconté ce qui s'était passé. Il n'avait que dix-huit ans ! Ce n'était qu'un gamin ! »

Elle prit une profonde inspiration pour dissiper son malaise.

— Continuez, Caine.

— Grâce à une allusion de Rena au téléphone, nous avons compris que son ravisseur était le fils de l'homme qui avait agressé Justin, dix-sept ans plus tôt. Ce garçon n'avait que trois ans à l'époque du drame et sa mère lui a monté la tête pendant toute son enfance. Elle lui a ressassé que son père avait été lâchement assassiné et que Justin avait été libéré seulement parce que les tribunaux l'avaient pris en pitié. Le kidnappeur n'avait rien contre Rena. Mais il était déterminé à se venger de Justin coûte que coûte, en revanche.

Le fracas de l'océan parut soudain à Diana plus agressif, plus inquiétant.

— Justin a payé une rançon ?

— Il s'apprêtait à sortir deux millions de dollars. Mais il n'a pas eu à verser l'argent. Rena a appelé juste au moment où il allait quitter l'hôtel avec sa valise de billets à la main. Croyez-moi si vous voulez, mais ma douce sœurette avait assommé son ravisseur à l'aide d'une poêle à frire et l'avait attaché au pied du lit.

— Votre sœur ? s'exclama Diana, amusée malgré elle.

Caine lui rendit son sourire.

— Elle est plus solide qu'il n'y paraît.

Secouant la tête, Diana reprit sa marche sur le sable.

— Et son jeune kidnappeur ?

— Il doit être jugé à la fin du mois. Rena lui a trouvé un bon avocat. Et c'est elle qui paye ses honoraires.

Dans le regard sidéré que Diana tourna vers lui, Caine vit un mélange d'admiration et de colère.

— Et Justin est au courant ?

— Bien sûr.

Diana digéra l'information en silence.

— Je ne sais pas si j'aurais été aussi généreuse, à sa place.

— Justin était tellement soulagé de retrouver Rena après l'enlèvement qu'il lui aurait accordé n'importe quoi. Mais mon premier réflexe, lorsque j'ai su qu'elle avait été kidnappée, aurait été de mettre ce type sous les verrous pour les cinquante années à venir.

— C'est une chance pour lui qu'il ait échappé à vos réquisitoires. J'ai lu des comptes rendus de vos procès. Vous n'y allez pas de main morte, mon cher maître. Vous savez frapper là où ça fait mal.

— Mieux vaut frapper fort et juste. C'est la méthode la plus efficace.

— Et vous n'avez pas voulu vous représenter pour le poste de procureur d'Etat ?

— Trop politique… Et pas assez de marge de manœuvre, pour le coup. J'aime bien avoir les coudées franches. Mais j'imagine que vous n'êtes pas non plus libre de n'en faire qu'à votre tête chez Barclay, Stevens et Fitz.

Diana soupira.

— Barclay aurait plu à Dickens. C'est l'homme de loi froid et distingué par excellence. « Ma chère mademoiselle Blade, n'oubliez jamais qui vous êtes et ce que vous représentez. Chez Barclay, Stevens et Fitz, on n'élève pas la voix dans une salle d'audience et on ne provoque jamais un juge ailleurs que sur un terrain de golf. »

Avec un sourire amusé aux lèvres, Caine passa un bras autour de ses épaules.

— Parce qu'il vous est déjà arrivé de provoquer un juge, mademoiselle Blade ?

— Régulièrement. Si ma tante Adélaïde n'était pas une amie intime de l'épouse de Barclay, ils m'auraient déjà jetée à la porte avec fracas. Mais comme il ne veut pas avoir d'histoire avec sa femme, il se contente de me confier des dossiers sans intérêt.

— Et pourquoi restez-vous avec eux ?

— J'ai de vastes réserves de patience.

Sans réfléchir à ce qu'elle faisait, Diana se rapprocha de Caine, cherchant d'instinct sa chaleur.

— Au départ, ma tante n'était pas enchantée que je choisisse le droit. Mais depuis que je suis entrée chez Barclay & Co par son entremise, elle est presque réconciliée avec ma vocation.

— Tu as peur des jugements de ta tante ?

Diana rit doucement. Elle ne se sentait insultée ni par le tutoiement ni par la question. Il y avait des années, à présent, que sa tante avait cessé de l'impressionner.

— Non, il y a longtemps qu'Adélaïde ne me dicte plus ma conduite. Mais comme j'ai une dette immense envers elle, j'essaye de la ménager dans la mesure du possible. Et de ne pas trop la décevoir !

Caine parut surpris par cette affirmation.

— Mon père dit toujours que la notion de dette n'a pas cours entre les membres d'une même famille.

— J'en déduis qu'il n'a jamais rencontré ma tante Adélaïde ! riposta Diana en riant... Oh, regarde les mouettes ! Tout à l'heure, lorsque j'étais sur mon balcon, il y en a une qui est venue si près que j'aurais pu la toucher. Quand on les voit voler, elles ont l'air si libres, si heureuses. Et pourtant leur cri est déchirant de nostalgie.

Un frisson lui secoua les épaules et Caine l'attira plus étroitement contre lui.

— Tu as froid ?

Les yeux de Diana scintillèrent.

— Oui. Mais j'aime bien ça.

Le souffle de Caine glissait sur sa joue, formant de petits plumeaux de vapeur blanche. Le visage levé vers lui, Diana se sentit gagnée par une subtile ivresse née de l'éclat de son regard, du fracas de l'océan, du sifflement du vent.

Ils se retrouvèrent face à face, enlacés. Les battements de son cœur résonnaient bizarrement à son oreille, comme si le son rythmé, lancinant, émanait d'un autre corps que le sien. Ils auraient pu être seuls sur une île nordique déserte. Les doigts de Caine se refermèrent sur sa nuque. Diana sentit la caresse humide sur son visage avant de voir la danse légère des flocons sous le ciel gris.

— Il neige, chuchota-t-elle. C'est magnifique.

— Oui.

Les lèvres de Caine s'approchèrent des siennes à les toucher. Au dernier moment, il hésita, attendit. Ce fut elle qui, sur un léger soupir, franchit l'ultime distance.

Lentement, la bouche de Caine se promena sur la sienne. Il procédait sans hâte malgré le vent mordant et la neige qui, déjà, tombait à gros flocons serrés autour d'eux. Les yeux clos, Diana sentait ses doigts pétrir sa nuque. Si délicieusement qu'elle ne put s'empêcher de les imaginer courant ainsi sur le reste de son corps. Alors que son attention était distraite par leurs caresses, les lèvres de Caine se faisaient plus exigeantes, offraient et demandaient tour à tour.

Ses mains se refermèrent sur ses épaules et la maintinrent fermement. Elle sentit le souffle du désir monter en elle, gonfler comme une voile soulevée par le vent ; mais un vent du sud, cette fois, moite et brûlant. Les lèvres de Caine traçaient sur son visage un itinéraire envoûtant. Elle entendit le fracas d'une vague, puis plus rien que le son murmuré de son prénom tandis qu'il dessinait de la langue le pourtour de son oreille. Elle se serra plus fort contre lui, et chercha ses lèvres des siennes.

Cette fois, leur baiser fut d'emblée électrique, chavirant. Même le froid était oublié, chassé par le feu que générait leur étreinte. Diana se sentait à nu, comme si ses secrets les mieux gardés lui échappaient, cédant la place à un désir qui était celui de Caine autant que le sien. Elle était tout désir, oui. Et cette soif têtue, obsédante était tumultueuse comme l'océan.

Ce n'était pas seulement l'envie d'une bouche brûlante, de bras forts autour de sa taille. Le besoin qu'elle ressentait était d'une nature plus essentielle et plus profonde. Pas seulement un partenaire, une rencontre, mais une complétude, un compagnonnage aussi bien physique qu'émotionnel.

Des vannes longtemps restées closes s'ouvrirent en elle. Quelque chose de fluide l'envahit, comme si aucune barrière ne la séparait plus de l'homme qui la tenait dans ses bras. Se sentant partir en chute lente, elle se cramponna à Caine, sans plus savoir s'il était la bouée salvatrice ou l'ancre qui l'entraînait vers le fond. La peur l'emporta alors sur le plaisir et elle se dégagea dans un sursaut de frayeur. Respirant par à-coups, elle le regarda à travers les mèches de leurs cheveux mêlés que le vent ramenait entre eux.

Caine soupira longuement.

— Eh bien… voilà qui était inattendu.

Il voulut lui caresser la joue, mais elle recula d'un pas en secouant la tête.

— C'est un peu tard pour ériger des murs entre nous maintenant, Diana, tu ne crois pas ? J'ai l'impression que les fondations sont déjà sérieusement ébranlées.

— Simple réaction de bon sens, Caine. Je ne suis pas le genre de femme à me laisser culbuter entre deux piles de livres de bibliothèque dans le feu d'une soudaine passion.

Un éclair brilla dans son regard. Mais elle ne put définir si c'était de l'amusement ou de l'irritation.

— Je crois que le délai de prescription est désormais écoulé pour ce forfait mémorable.

— Je doute que tu te sois racheté une conduite entre-temps, Caine, rétorqua-t-elle d'une voix suave.

— Je n'ai pas fait pénitence, non.

Avec un rire amusé, il essuya les flocons de neige sur sa joue.

— Tu sais qu'avec le visage extraordinaire que tu as je te verrais bien dans un paysage désertique sous un soleil de plomb, vêtue de peaux claires ou de ta seule beauté ?

Immobile, elle lutta contre la tentation de chercher de nouveau le contact de sa peau contre la sienne.

— Je suis parfaitement à ma place dans une salle de tribunal de la Nouvelle-Angleterre, Caine MacGregor.

Les yeux de Caine continuèrent à sourire.

— C'est vrai. Ta profession te ressemble aussi — au moins en partie. C'est peut-être la raison pour laquelle tu commences à me fasciner autant.

— Te fasciner n'entre pas dans mes ambitions du moment. Tout ce que je veux, c'est regagner l'hôtel avant de mourir gelée sur place.

— Je te raccompagne, annonça-t-il avec tant de bonne volonté apparente que Diana l'aurait volontiers massacré.

— Inutile de te donner cette peine, maugréa-t-elle alors qu'il entrelaçait ses doigts aux siens.

— Tu préférerais que je marche à dix pas devant toi ou à dix pas derrière ?

Comme elle poussait un soupir exaspéré, Caine prit la direction de l'hôtel sans lui lâcher la main.

— Tu n'es quand même pas en colère parce que nous avons échangé un petit baiser amical sur la plage ? Nous sommes plus ou moins parents, après tout, non ?

— Ce baiser n'était ni petit ni amical et encore moins familial, maugréa Diana.

— Je ne peux que vous donner raison sur ces trois points, mon cher maître.

Il souleva leurs mains jointes et porta la sienne à ses lèvres.

— Si tu veux, on peut réessayer, pour voir ? lui glissa-t-il à l'oreille.

— Surtout pas, non.

Caine se résigna avec une bonne volonté suspecte.

— Bon. Allons prendre notre petit déjeuner, alors.

— Je n'ai pas faim.

— Mmm… C'est une chance pour toi que tu ne déposes pas sous serment. Après les trois maigres bouchées que tu as avalées hier soir, tout individu normalement constitué serait affamé ce matin… Mais si tu tiens à jeûner à tout prix, tu boiras un café pendant que je déjeunerai. Et nous en profiterons pour parler métier.

— Caine…

Il sourit.

— Si ça te gêne d'accepter un café de ma part, je peux toujours le faire passer sur ma note de frais.

Elle secoua la tête tout en grimpant la volée de marches qui séparait la plage des jardins de l'hôtel.

— Hum, hum… Utilisation frauduleuse des deniers publics ? Il était grand temps que tu renonces à la politique, en effet.

— Quel commentaire sardonique, ma chère Diana ! Tu n'as pourtant pas les yeux d'une cynique.

— Ah non ? Et j'ai les yeux de quoi, alors ?

— D'une chamelle dans le désert. Attention, ces marches de bois sont terriblement glissantes, avec la neige.

— Une chamelle !

Hésitant entre la gifle et l'éclat de rire, elle croisa les bras sur la poitrine.

— Je ne trouve pas la comparaison très romantique. Compte tenu de ta réputation, j'aurais espéré mieux de ta part.

— Ah, tu voudrais que je sois romantique ?

Avant qu'elle puisse réagir, il la souleva dans ses bras.

— Et voilà ! C'est mieux comme ça ?

Diana éclata de rire.

— Repose-moi tout de suite, espèce d'idiot !

— Espèce d'idiot ? Je ne te fais pas penser à Clark Gable dans *Autant en emporte le vent* ?

— Clark Gable ne marchait pas sur la neige, lui. Je te préviens que si tu glisses et que tu me fais tomber, je t'intente un procès sur-le-champ.

D'un mouvement d'épaules, Caine ouvrit la porte arrière de l'hôtel.

— Ah, ça, c'est *franchement* très romantique comme réflexion ! Que sont devenues les vraies femmes ? Celles qui se pâmaient pour un rien et que les hommes rattrapaient *in extremis*, toutes pâles et frémissantes, entre leurs bras puissants ?

— Les vraies femmes ? Elles ont toutes fini écrasées par terre après avoir été lâchées par mégarde par leur héros… Caine, tu veux bien me poser, s'il te plaît ? Je t'interdis de me porter jusqu'à la salle de restaurant, tu m'entends ?

— Ah, vraiment ?

Pour Caine, le défi était irrésistible. Légère comme une plume, Diana sentait la neige et l'océan. Et ses yeux riaient dans les siens, amusés et indignés à la fois. Cette gaieté lui seyait si bien qu'il résolut de la provoquer aussi souvent que possible. Elle avait une bouche faite pour sourire. Et il se sentait soudain investi d'une tâche cruciale : lui montrer que les plaisirs simples de la vie n'étaient pas aussi inaccessibles qu'elle voulait le croire.

Les joues rosies par la colère et le froid, Diana lui intima à voix basse :

— Caine, ça suffit, maintenant. Arrête tes bêtises. Les gens nous regardent.

— Aucune importance. J'ai l'habitude, tu sais. On me regarde tout le temps.

— Et vaniteux, en plus !

— Terriblement.

Il pencha la tête pour poser un rapide baiser sur ses lèvres.

— Désolé. Mais ta bouche est très tentante lorsque tu es en colère.

— Caine, je vais te tuer !

Mais, déjà, il souriait à l'hôtesse d'accueil chargée de placer les clients.

— Une table pour deux, s'il vous plaît !

— Mais naturellement, monsieur MacGregor, répondit la jeune femme, les yeux rivés sur le fardeau inattendu qu'il portait sans effort apparent. Vous voulez bien me suivre, s'il vous plaît ?

Diana serra les dents et se résigna à garder le silence pendant que Caine slalomait entre les tables, savourant ostensiblement la curiosité qu'ils suscitaient.

— Vous voulez vous installer ici, près de la fenêtre ? Le serveur viendra prendre votre commande dans un instant, monsieur MacGregor.

Caine remercia l'hôtesse et déposa Diana sur une chaise. Elle le foudroya du regard.

— Tu me le paieras, Caine.

— Tant pis. Le jeu en valait la chandelle, déclara-t-il avec un large sourire en ôtant son blouson trempé de neige.

La conviction de Caine était faite, désormais : Diana avait besoin d'être bousculée pour que la créature lisse comme le papier glacé des magazines se transforme en une femme vivante et sensuelle. Elle avait été trop protégée, trop réprimée à son goût. Et il était grand temps que quelqu'un se charge de contrebalancer l'éducation de sa tante Adélaïde.

— Tu es sûre que tu ne veux que du café ?

— Certaine, répondit-elle avec hauteur tout en déboutonnant son manteau. C'est une habitude, chez toi, ce genre de comportement ?

— Et c'est une habitude chez toi d'être aussi belle de bon matin ?

— Inutile de dilapider tes réserves de charme avec moi. Ça ne marchera pas.

Diana ôta son manteau, révélant un confortable pull-over couleur citrouille.

— Rassure-toi. J'ai des stocks inépuisables.

La laissant soupirer de découragement, il sourit au serveur et commanda une double portion d'œufs brouillés, des crêpes, des toasts et du bacon.

Diana ouvrit de grands yeux.

— On ne peut pas dire que tu te laisses mourir de faim ! C'est ton petit déjeuner de base ?

Amusé de constater qu'elle avait déjà renoncé à affecter la colère, Caine se renversa contre son dossier.

— Je profite de mes vacances pour faire le plein. En prévision des journées où je serai trop occupé pour consommer autre chose que des litres de café et un sandwich rassis occasionnel.

— Tu es aussi débordé que lorsque tu étais procureur d'Etat ?

— Les dossiers s'accumulent. Et je suis seul pour faire face, désormais. Je n'ai plus tout un service derrière moi pour me soulager de mes tâches… Mais ça me va bien, finalement. J'aime autant ne pouvoir compter que sur moi-même. Au moins, je sais où j'en suis.

— Tu n'as pas pris un jeune juriste débutant pour t'assister ?

Caine regarda les mains de Diana repliées autour de sa tasse de café. Et songea qu'une bague toute simple aurait souligné l'élégance de ses doigts longs et fins.

Etonné qu'elle ne porte aucun bijou, il dut faire un effort de concentration pour répondre à sa question.

— Pas pour le moment, non. Je me débrouille avec ma secrétaire. Même si Lucy est désordonnée, inorganisée et qu'elle n'a qu'une seule vraie passion : les séries télévisées.

Diana lui décocha un sourire entendu.

— Mais j'imagine que Lucy doit se rattraper par d'autres qualités ? Comme la finesse de son tour de taille, par exemple ?

Les coudes posés sur la table, Caine se pencha vers elle.

— Lucy a cinquante-sept ans, vingt kilos de trop, et un formidable débit au clavier.

— Considère que je n'ai rien dit, alors. Tu me surprends, Caine. Compte tenu de ton milieu et de ta réputation, je pensais que tu aurais ouvert un cabinet à l'élégance feutrée destiné à une clientèle résolument haut de gamme.

— Je laisse ce créneau à Barclay, Stevens et Fitz. J'aime bien me salir les mains de temps en temps. Pas toi, Diana ?

Elle hocha la tête en reposant sa tasse.

— Oh ! oui. Je serais prête à travailler pour rien si je pouvais enfin m'attaquer à un vrai dossier. Je voudrais me battre, m'impliquer, ne pas en dormir de la nuit, m'investir complètement. Mais il faut que je continue à ronger mon frein encore quelque temps. Si j'ouvrais un cabinet maintenant, le milieu juridique n'applaudirait pas à tout rompre.

— C'est ce que tu attends ? Des applaudissements ? La reconnaissance ?

Le regard somnolent se fit soudain plus intense.

— J'ai l'intention de faire une belle carrière et je n'ai

pas envie d'échouer. Voilà pourquoi je fixe soigneusement les étapes... Et toi ? Pourquoi as-tu choisi ce métier ?

— J'ai un talent pour l'argumentation.

Caine scruta un instant le fond de sa tasse de café avant de relever les yeux.

— Nos lois sont imparfaites et notre système juridique comporte tant de points d'ombre qu'on en a parfois les bras qui tombent. Il nous revient d'essayer de faire au mieux en priant pour que la justice l'emporte en dernière analyse. Mais c'est loin d'être toujours le cas.

Il prit une gorgée de café et soupira en reposant sa tasse.

— Nous sommes constamment sur la corde raide, dans ce métier, et il est pourtant crucial de ne jamais basculer.

— Tu as déjà plaidé l'innocence de quelqu'un dont tu savais qu'il était coupable ?

Caine haussa les épaules.

— Je préfère l'éviter. Mais il reste que tout citoyen a le droit d'être soutenu et conseillé. Le système n'est pas idéal, mais ça pourrait être infiniment pire.

Agréablement surprise de le découvrir préoccupé par les mêmes questions que celles qui l'habitaient, Diana examina ses traits avec un regain d'intérêt.

— Au fond, tu ne corresponds pas du tout à l'idée que je m'étais faite de toi.

— C'est-à-dire ?

— Je te voyais plus péremptoire, pour commencer. En fait, je m'attendais plus ou moins à rencontrer une version rajeunie de Barclay, mentionnant la jurisprudence, émaillant la conversation de quelques citations latines et proclamant doctement que la loi ne connaît aucune faille.

— En un mot, tu me prenais pour un idiot.

Diana éclata de rire. Un rire chaleureux, spontané et un rien sauvage, comme son parfum.

— Tu devrais le faire plus souvent, Diana.

Elle fronça les sourcils.

— Faire plus souvent quoi ?

— T'autoriser à être dans le plaisir sans réfléchir d'abord.

— L'autocontrôle fait partie de mon entraînement de base.

Diana fut la première surprise de s'entendre admettre une vérité pareille. Il était contraire à ses habitudes de prudence de se confier aussi facilement.

Caine plongea son regard indigo dans le sien.

— Tu peux m'en dire plus, là-dessus ?

Elle secoua la tête.

— Non… Tiens, voici ton petit déjeuner. Je suis curieuse de voir si tu vas réussir à engloutir tout ça.

Ainsi, elle avait des secrets. Caine se tut un instant pendant que le serveur disposait une kyrielle de plats devant lui. C'était peut-être son fond de mystère qui l'intriguait tant. Diana Blade semblait constituée de tant de couches successives qu'on ne pouvait résister à la tentation de soulever le coin de la première, pour retirer ensuite tous les voiles, un à un. Elle était forte, sans l'ombre d'un doute. Et néanmoins vulnérable. Et puis il y avait ce mélange de passion et de sensualité brûlante que l'on devinait, reflété dans le regard troublant, derrière les paupières mi-closes.

Elle était tant de choses à la fois que Caine voulait en savoir plus. Sur sa personnalité, pour commencer, mais pas seulement. Il avait goûté à ses baisers sur la plage et cet aperçu lui avait ouvert l'appétit. Comment se contenterait-il de cette mise en bouche alors qu'il lui restait tant d'aspects d'elle à découvrir ? Comme la sensation de sa peau nue, par exemple. Tout ce qu'elle cachait d'enchanteur sous la discrète élégance de ses tenues froidement classiques.

Dans chaque femme, il voyait un puzzle à reconstituer, une équation à résoudre. Un défi, autrement dit.

Qu'il relevait avec toute la conviction et l'enthousiasme d'un explorateur passionné par sa mission. Dans ce cas particulier, tout en s'amusant à décrypter Diana Blade, il pourrait lui rendre service de son côté. En lui montrant que la vie n'était pas aussi sombre, étroite et limitée qu'elle semblait le croire.

Songeur, il examina la jeune femme assise en face de lui. Et conclut que l'énigme Diana Blade risquait de l'occuper un bon moment.

— Tiens… Tu en veux un bout ?

Diana regarda le morceau de crêpe qu'il lui tendait.

— Tu commences à te rendre compte que tu as eu les yeux plus grands que le ventre, Caine ?

Sans répondre, il se contenta d'approcher la fourchette de ses lèvres. Diana haussa les épaules et se laissa nourrir.

— Mmm…, murmura-t-elle en fermant les yeux. C'est bon.

— Encore ?

Caine prit une bouchée avant de la resservir.

— Le refus obstiné du plaisir sous toutes ses formes n'est pas forcément toujours la solution la plus avantageuse dans l'existence, commenta-t-il d'un ton léger.

— Je surveille un peu mes apports caloriques, en ce moment.

Légère et gracieuse, Serena leur fit signe de loin et se dirigea vers leur table.

— Ah, vous voilà, tous les deux.

Elle se pencha pour les embrasser l'un et l'autre sur la joue.

— Tu as vu ce qu'il avale ? commenta la sœur de Caine en levant les yeux au ciel. Et il ne prend jamais un gramme, en plus. C'est révoltant… Tu as bien dormi, Diana ?

Décontenancée par l'affectueuse décontraction de sa belle-sœur, Diana eut un sourire contraint.

— Parfaitement bien, oui, merci. Ma suite est très jolie.

— Tu prends ton petit déjeuner avec nous, Rena ? proposa Caine.

Serena inspecta son assiette d'un œil sceptique.

— Pourquoi ? Tu acceptes de partager le tien ?

— Jamais de la vie.

— Alors tant pis. Je n'ai pas le temps de manger, de toute façon... Tu as des projets pour aujourd'hui, Diana ?

— Pas encore, non.

Serena sourit.

— Passe me voir dans mon bureau dans une heure, d'accord ? Je te ferai visiter les lieux. Entre le sauna, la piscine chauffée et le club de remise en forme, tu trouveras à t'occuper.

— C'est entendu, merci.

Serena laissa glisser un rapide regard sur son frère, puis décocha un clin d'œil à Diana.

— Sois prudente avec lui, surtout. C'est un vrai danger public. A tout à l'heure.

Sous le charme, Diana la suivit des yeux.

— Ta sœur...

Elle s'interrompit en riant pour ouvrir la bouche lorsque Caine lui tendit un morceau de bacon.

— Mmm... merci. Ta sœur aussi est différente de la femme que j'imaginais.

— Tu as toujours une idée préconçue d'une personne avant même de la rencontrer ?

— Généralement j'ai au moins une opinion, oui. Pas toi ?

Caine se contenta de hausser les épaules et continua de manger.

— Et tu la voyais comment, Rena ?

— Moins frêle, pour commencer. Elle paraît si fragile, au premier abord. Et pourtant ses traits expriment une grande force. Peut-être que je m'attendais à une intellectuelle pure et dure... Je ne sais pas... je n'arrivais pas à me faire une idée du genre de femme que Justin avait pu épouser, précisa-t-elle, songeuse. En fait, je le concevais mal en homme marié, lui, le joueur passionné qui n'avait jamais réussi à se fixer.

— Peut-être que Justin est très différent de l'homme cynique et indifférent que tu veux voir en lui.

Instantanément, Caine vit le visage de Diana se fermer. Comme elle était prompte à se retrancher derrière son armure, dès qu'il était question de sa relation avec Justin !

— Tu penses que je ne sais rien de mon frère, n'est-ce pas ?

— On peut difficilement prétendre connaître quelqu'un lorsqu'on refuse de faire l'effort de s'intéresser à lui, observa-t-il d'une voix suave en continuant à faire un sort à ses œufs brouillés.

Elle se hérissa de plus belle.

— Tu as des idées bien arrêtées sur la façon dont je devrais me comporter avec Justin, n'est-ce pas ? Mais tu n'as pas eu une enfance particulièrement compliquée, Caine, que je sache ? Tes parents, ton frère, ta sœur — personne ne manquait à l'appel. S'appeler MacGregor est un honneur, pas une tare. De quel droit porterais-tu un jugement sur mon refus de me lier à Justin, alors que tu ne sais rien de ce que j'ai traversé ?

Caine se renversa contre son dossier et alluma une cigarette.

— Parce que je porte un jugement, là, selon toi ?

— Si ce n'était pas un jugement, cela y ressemblait de très près. Tu crois que c'est facile de tracer un trait sur vingt années d'indifférence ? Il m'a manqué, c'est vrai. Je l'ai même pleuré pendant des années. Mais aujourd'hui, il ne représente plus rien pour moi.

— Alors pourquoi as-tu fait le déplacement, s'il ne compte pas ?

— Tu veux savoir pourquoi je suis venue ? Pour

exorciser les derniers fantômes du passé. Je voulais le voir adulte pour oublier l'adolescent qu'il a été, l'évacuer définitivement du champ de mes préoccupations pour repartir sur une page blanche. Lorsque je m'en irai d'ici, Justin ne sera plus rien pour moi.

Caine la dévisagea à travers un fin nuage de fumée.

— Ton personnage de femme froide et indifférente est très convaincant, Diana. Mais tu oublies que j'étais avec toi, hier, lorsque tu as revu Justin. Et que je t'ai tenue dans mes bras lorsque l'émotion t'a submergée.

— J'ai eu un moment de faiblesse, c'est vrai. Mais c'est fini, maintenant.

— Ça te chagrine à ce point que je t'aie surprise à réagir comme un être humain, avec sa fragilité, son fond de souffrance cachée, et le besoin d'amour qui nous caractérise en tant qu'espèce ?

Pinçant violemment les lèvres, elle voulut se lever et quitter la table, mais il la retint par le poignet.

— Tu as dit que tu aimais gagner, Diana. Mais tu ne peux pas être gagnante si tu passes ton temps à fuir.

— Je ne fuis pas.

Elle réprima un frisson en voyant l'expression de Caine. Fini le charme bon enfant et les manières courtoises. Pour la première fois, elle découvrait l'homme qui se cachait sous le masque. Comme elle l'avait pressenti, il avait une personnalité forte, à la limite de la férocité.

Et excitante par là même…

— Fuir ? Tu n'as fait que ça depuis que tu es descendue de ton avion. Et j'imagine que ça a commencé bien avant ton arrivée ici. Tu es émue, ébranlée, complètement bouleversée, même, de revoir ton frère après toutes ces années. Et tu ne sais plus du tout où tu en es vis-à-vis de lui. Mais tu es trop obstinée pour admettre que ton lien de parenté avec Justin est peut-être plus important que tu ne veux le penser.

Diana le regarda froidement.

— Peut-être. Et alors ? Même si c'était le cas, en quoi cela te concerne-t-il ?

— Les MacGregor ont un sens très fort de la famille. Dès l'instant où ma sœur a épousé ton frère, tu as pris ta place dans le cercle familial. Concerné, je suis.

— Je me passe de tes conseils *fraternels*, Caine.

Il sourit et ses doigts se desserrèrent sur son poignet.

— Ce que je ressens pour toi est tout sauf fraternel, Diana… Nous le savons l'un et l'autre pour en avoir fait l'expérience, tout à l'heure, sur la plage.

Si Caine était capable de passer de la colère à la douceur en l'espace d'un soupir, elle ne partageait pas cette faculté. Furieuse, elle se leva pour le toiser.

— Et si tu te contentais de ne *rien* ressentir à mon égard, Caine MacGregor ?

Il souffla sa fumée.

— Trop tard… Les Ecossais sont connus pour leur sens pratique et leur approche rationnelle de la réalité. Mais je commence presque à croire au destin, en ce qui nous concerne.

Diana prit son manteau et le plia méticuleusement pour le poser sur son bras. Lorsqu'elle darda sur lui un regard noir de colère, il prit conscience pour la première fois de la puissance du sang indien qui coulait dans ses veines.

— Dans la langue des Ute, *comanches* signifie « ennemis ». Nous ne courbons pas l'échine facilement.

Se détournant avec grâce, elle s'éloigna de sa démarche maîtrisée de danseuse. Avec un large sourire aux lèvres, Caine la suivit des yeux. Amie ? Amante ? Ennemie ?

Une chose était certaine. Si combat il devait y avoir, la lutte promettait d'être fascinante.

3

Au cours des journées qui suivirent, Diana découvrit que le Comanche était un hôtel de luxe dont les prestations valaient largement celles des cinq étoiles que fréquentait sa tante. Sachant que Justin avait débuté dans la vie les poches vides, sans famille, sans diplôme et sans soutien, elle ne pouvait que s'incliner devant le chemin parcouru en vingt ans.

Même si elle continuait à fuir tout rapprochement, il n'était pas interdit de l'admirer pour le tour de force qu'il avait accompli. Et de le respecter pour avoir su bâtir — et conserver — un tel empire.

Justin se montrait invariablement poli et attentionné chaque fois qu'ils se croisaient. Mais il restait aussi prudent, aussi réservé qu'elle l'était de son côté. Et pourtant, petit à petit, à son corps défendant, Diana découvrait qui était réellement son frère.

Elle avait constaté qu'il était foncièrement honnête et intègre, pour commencer. Un aspect qui l'avait surprise de la part d'un homme qui avait la passion du jeu dans le sang. Très vite, Diana fut frappée aussi par la vivacité de son intelligence, par la rapidité avec laquelle il évaluait les situations — deux qualités qui avaient dû lui servir au temps où il vivait plus ou moins dans la rue.

Et puis il y avait un autre homme en lui qui ne se

manifestait qu'en présence de Serena : tendre, amoureux, et même vulnérable par moments.

Diana devait reconnaître qu'il n'y avait rien chez Justin qui justifiât qu'elle le prît en grippe. Sans doute même se serait-elle attachée à lui s'il n'y avait pas eu ces années d'abandon que rien n'effacerait jamais.

Pas plus que celle de Justin, elle n'avait recherché la compagnie de Caine, ces deux derniers jours. Observateur, intelligent, intrusif, le frère de Serena voyait un peu trop clair en elle à son goût. Qu'il l'ait tenue dans ses bras le jour où elle avait pleuré, Diana en était presque venue à l'accepter. Mais le moment qu'ils avaient passé ensemble sur la plage avait éveillé des émotions d'une tout autre nature. Et le souvenir de ces instants ne cessait de la hanter.

C'était la fulgurance du désir entre eux, surtout, qui l'avait déstabilisée. Qu'elle ait pu perdre toute maîtrise d'elle-même en l'espace d'un baiser lui procurait un sentiment constant d'insécurité. Il lui suffisait de fermer les yeux pour ressentir de nouveau le même élan, les mêmes impatiences, le même souffle de vie brûlant qui l'avait embrasée sur la plage déserte sous la danse silencieuse des flocons. Caine n'avait qu'à prononcer son prénom — de cette façon si particulière qui était la sienne — pour que ces sensations renaissent à l'identique. Même dans une pièce pleine de monde.

Autant dire qu'elle ne répondrait plus de rien s'ils se retrouvaient en tête à tête…

En présence de Caine, elle ne contrôlait pas grand-chose, pas même ses mouvements d'humeur. Elle avait pourtant des années de pratique derrière elle, passées à étouffer ses colères dans l'œuf afin d'échapper aux interminables sermons de sa tante. Elle croyait avoir atteint des sommets dans l'art de contenir et de réprimer. Mais Caine n'avait qu'une remarque à prononcer pour qu'elle se mette à vitupérer comme aucune « jeune femme de son milieu » n'était censée le faire.

Avec un léger haussement d'épaules, Diana décida de ne pas trop s'inquiéter de ces débordements émotionnels. A Boston, elle ne serait pas à l'abri d'une rencontre occasionnelle avec Caine le Tombeur. Mais ce serait différent dans la mesure où elle le combattrait sur son propre territoire. Ici, à Atlantic City, chez Justin, elle n'était pas dans son élément habituel. Mais à Boston, elle ne se laisserait pas déstabiliser aussi facilement. En temps normal, elle maîtrisait parfaitement ses humeurs comme ses attirances. Il n'y avait aucune raison pour qu'elle se retrouve ballottée d'un extrême émotionnel à l'autre, dans une ville où elle avait toujours eu ses repères — y compris et surtout sur le plan professionnel.

D'une main mal assurée, Diana referma la penderie et s'approcha du miroir pour vérifier sa tenue. La jeune femme dont elle croisa le reflet dans la glace paraissait froide, sereine et sûre d'elle-même. Mais Caine, lui, n'avait eu aucun mal à voir à travers ces trompeuses apparences…

Troublée, Diana se mordit la lèvre. Elle ne voulait pas de ces tempêtes intérieures. Tout ce qu'elle demandait, c'était de retrouver l'ordre et le calme qu'elle avait réussi, au prix d'efforts constants, à instaurer dans sa vie.

Mais tant qu'elle serait ici, à Atlantic City, son équilibre intérieur restait menacé.

Et quoi d'étonnant alors que la présence de Justin réveillait pêle-mêle les souvenirs anciens, ses rêves éblouis de petite fille, les traces enfouies d'une tendresse familiale oubliée ? Caine, avec ses instincts de prédateur, avait repéré d'emblée la faille en elle. Et il en jouait sans scrupule, suscitant des aspirations dont elle ressentait d'instinct le danger.

Diana expira longuement pour tenter de défaire le

nœud qui lui comprimait la poitrine. Il n'était pas encore trop tard pour lutter, par chance. Il ne s'était rien passé d'irrémédiable entre Caine et elle. Et dès qu'elle serait partie d'ici, elle reconstituerait ses barrières protectrices et ses facultés largement éprouvées de tenir les autres à distance.

A Boston, elle reprendrait sa vie là où elle l'avait laissée. Sans *rien* modifier.

Avec un léger froncement de sourcils, Diana rectifia le col cheminée de son pull en cachemire framboise. Elle ne regrettait pas d'avoir fait le voyage à Atlantic City, cela dit. A présent qu'elle avait revu Justin, elle ne se poserait plus autant de questions à son sujet. Avec un peu de chance, elle se sentirait désormais en paix, par rapport à sa famille d'origine. Même si son chemin et celui de Justin n'étaient pas appelés à se croiser de nouveau.

A Serena, en revanche, elle s'était attachée presque sur-le-champ. Ce qui n'avait pas manqué de la surprendre, d'ailleurs. Ses amitiés étaient rares et elle ne se liait qu'avec difficulté. Le moindre rejet l'affectait douloureusement, réveillant le souvenir des anciens abandons. Mais avec Serena, qui, d'emblée, l'avait traitée comme une sœur, elle s'était tout de suite sentie acceptée.

Diana jeta son manteau sur ses épaules et décida de faire un crochet par le bureau de sa belle-sœur avant d'aller marcher sur la plage. Caine, lui, sortait toujours beaucoup plus tôt, avant le petit déjeuner. Si bien qu'elle évitait soigneusement ce créneau horaire.

En déambulant dans le casino, Diana fut impressionnée une fois de plus par l'élégante sobriété du décor. Lequel décor reflétait entièrement les goûts de Justin, lui avait assuré Serena. Diana songea à la modeste petite maison de bois où ils avaient vécu avec leurs parents, dans le Nevada.

Rien ne semblait les prédestiner, enfants, à fréquenter

les nantis de ce monde. Et pourtant Justin et elle se retrouvaient, vingt ans après, dans le monde feutré des palaces où ils avaient leurs habitudes l'un et l'autre. A Beacon Hill, dans l'élégante maison de sa tante, elle avait grandi dans un décor en tout point raffiné, où les couverts étaient en argent, la vaisselle en porcelaine fine. Un décor où des domestiques stylés qui semblaient ne jamais élever la voix l'avaient servie à table sans qu'elle ait à lever le petit doigt.

Et pourtant, elle n'avait jamais été aussi heureuse que lorsqu'elle vivait encore avec ses parents et Justin dans leur bicoque de bois. Ses plus beaux souvenirs remontaient au temps où sa mère la berçait sur ses genoux, dans le vieux rocking-chair sous la véranda, et que le monde ressemblait encore à un grand jardin, libre et prometteur.

Perdue dans ses pensées, Diana traversa la réception sans regarder et faillit entrer en collision avec Justin.

— Attention.

Justin lui prit le bras en la voyant vaciller mais la lâcha presque instantanément. *Diana*... Le bref sourire artificiel dont elle le gratifia poliment lui fit comme un élancement au cœur. Mais il l'avait senti dès le premier regard : elle ne le laisserait pas approcher. Elle lui avait manqué pendant toute sa vie d'adulte. Mais le fait de la voir là, à portée de main et plus que jamais inaccessible, rendait sa perte plus douloureuse encore qu'elle ne l'avait été.

— Bonjour, Justin. Je pensais aller papoter un moment avec Rena, si elle a quelques minutes à me consacrer.

« Comme son regard est distant », songea Diana. Etrangement, ses yeux verts — la seule marque qu'il avait reçue en héritage de leurs ancêtres blancs — soulignaient plus qu'ils n'atténuaient le côté indien de son physique.

— Rena ? Elle doit être en train de faire ses plannings pour la semaine. Mais elle sera ravie de te voir.

Diana aurait pu poursuivre son chemin. Mais ce fut plus fort qu'elle. Clouée sur place, elle scrutait les traits de son frère. Et ce n'était pas seulement le souvenir, mais les couleurs, l'atmosphère, les odeurs de ses six premières années d'enfance qui lui revenaient à la mémoire.

— Diana ? Tu voulais me dire quelque chose ?

Elle s'éclaircit la voix.

— Je pense à cette histoire que maman nous racontait tout le temps. Tu sais, cette pionnière qui avait été enlevée par un de nos ancêtres et qui, finalement, avait décidé de partager la vie de son ravisseur indien de son plein gré. Depuis, à chaque génération, un enfant aux yeux verts naissait dans la famille.

— Toi, tu as hérité des yeux de papa, murmura Justin. Des yeux très sombres. Insondables.

En danger de se laisser émouvoir, Diana se ferma.

— Je ne me souviens pas de notre père.

Elle crut entendre Justin soupirer, mais son visage demeura rigoureusement impassible.

— Tiens, puisque tu vas voir Serena… tu peux lui dire que je serai de retour dans deux heures ? J'ai un rendez-vous extérieur.

Déchirée entre la culpabilité et la crainte du rejet, Diana hésita.

— Justin ? chuchota-t-elle tout bas, le cœur battant comme un tambour.

Il se retourna lentement.

— Je ne savais pas que tu étais allé en prison. Je suis désolée.

— Cela remonte à loin, maintenant. Tu n'étais encore qu'une petite fille.

— Pas vraiment, non. J'ai cessé d'être une enfant à partir du moment où tu m'as abandonnée, Justin.

Sans attendre sa réponse, elle se détourna pour gagner

le bureau de sa belle-sœur. Avec un large sourire, Serena leva les yeux de ses documents.

— Diana ! Sois charitable et dis-moi que tu as besoin de moi pour te distraire. Je rêve d'une excuse valable pour échapper à la montagne de paperasse qui risque d'empoisonner ma journée.

Diana hésita.

— Je ne voudrais pas te déranger, Rena.

— Il est des corvées administratives dont on ne demande qu'à être distrait, au contraire… Mais que se passe-t-il, Diana ? Tu es toute pâle.

— Oh, rien de spécial.

Diana se tourna vers la glace sans tain et observa les allées et venues dans la salle de casino.

— Je serais incapable de travailler avec tous ces gens qui me déambulent sous le nez. J'aurais toujours l'impression d'être au milieu d'une foule. Comme si les clients du casino pouvaient à tout moment venir regarder ce que je fais par-dessus mon épaule.

— Il suffit de se concentrer sur deux plans de réalité à la fois.

Diana hocha la tête.

— Si tu le dis… Je viens de croiser Justin, au fait. Il me charge de te transmettre qu'il doit s'absenter et qu'il sera de retour dans deux heures.

« C'est donc cela… », songea Serena en se levant pour lui poser les mains sur les épaules.

— Diana… Pourquoi ne pas essayer de m'expliquer ce qui se passe ? Ce n'est pas parce que j'aime Justin que je suis incapable de comprendre ce que tu ressens, toi.

Diana ferma les yeux et secoua la tête.

— J'ai eu tort de venir ici… Des souvenirs oubliés resurgissent à tout bout de champ et ça me perturbe d'être sur deux plans de réalité à la fois, comme tu dis. Le présent et le passé se mêlent… je ne sais plus où j'en suis.

Elle se passa la main sur les paupières.

— Je croyais que ça ne me ferait ni chaud ni froid de revoir Justin. Mais je me rends compte que j'aime toujours mon frère, Rena. Et il aurait été tellement plus simple de le haïr.

— Aimer n'est pas toujours facile, c'est vrai. Mais dans la mesure où tu es toujours attachée à Justin, tu verras qu'avec un peu de temps et de patience…

— Non ! Le temps n'arrangera rien. Je continue à lui en vouloir tout autant que je l'aime. A le détester, même. Pour chaque jour que j'ai dû passer loin de lui.

Une expression de tristesse se peignit sur le visage de Serena.

— Mais tu ne vois pas que la réciproque est vraie également ? Que Justin de son côté a été privé de toi aussi ?

— Pour lui, c'était un choix. Pas pour moi. Moi, on ne m'a jamais demandé mon avis.

Prise à la gorge par une montée d'émotion irrépressible, Diana se mit à arpenter la pièce.

— Dès qu'il a pu me fourguer à ma tante, il est parti sans un regard en arrière.

Serena soupira.

— S'il avait été majeur, le problème aurait été différent. Mais il avait seize ans ! Qu'aurais-tu voulu qu'il fasse ?

— Qu'il écrive ! Qu'il téléphone, me rende visite au moins de loin en loin ! Mais il ne l'a jamais fait, tu m'entends ? Jamais. Pas même un petit signe à Noël ou pour un anniversaire.

Toute la douleur, la colère et la rage qu'elle avait gardées au fond d'elle-même deux décennies durant se déversaient soudain sans qu'elle puisse endiguer le flot qui lui tombait des lèvres.

— Et comme j'y ai cru, pourtant ! Pendant des années, je l'ai attendu, convaincue que si je me montrais exemplaire et que je faisais tout ce que ma tante exigeait de moi, il finirait par venir me récupérer. A huit ans, j'étais devenue un enfant modèle. Tranquille comme une petite souris. Sage comme une image. Mais jamais il n'est apparu à ma porte. Jamais il n'a eu la moindre pensée pour moi.

— C'est faux, Diana ! protesta Serena avec véhémence. Tu ne comprends pas que…

— Non, c'est toi qui ne comprends pas ! Tout ce que tu as reçu enfant te revenait de droit. Moi, je dépendais de la charité d'une quasi-inconnue qui me faisait gracieusement l'aumône. Depuis l'âge de six ans, je sais — car on ne m'a jamais permis de l'oublier — que chaque bouchée que j'avale, chaque vêtement que je porte, chaque leçon que je reçois a un *prix*.

Serena se planta devant elle.

— Eh bien parlons-en, justement ! A qui crois-tu les devoir, ces vêtements, cette nourriture, ces leçons, Diana ?

— Oh, ma tante Adélaïde ne s'est jamais privée de me rappeler que je lui étais redevable. A sa façon discrète et hautement raffinée, bien sûr. Mais la générosité gratuite, ce n'était pas son style.

Le visage de Serena se décomposa.

— La générosité ! Elle ne sait même pas ce que c'est ! Pas plus que toi, d'ailleurs !

Le cœur lourd, soudain, Diana détourna la tête.

— Appelle cela comme tu voudras, Rena, mais elle m'a accueillie sous son toit. Et m'a permis de vivre comme l'enfant de riche que je n'étais pas.

— Pourquoi ? Parce que Justin a toujours payé la note ! Il lui a envoyé un chèque tous les mois jusqu'à la fin de tes études. Au début, c'est vrai, il ne versait pas grand-chose. Il n'avait aucun moyen de subsistance et passait son temps à fuir les travailleurs sociaux qui voulaient l'arracher à la rue pour le placer dans un foyer. Mais, très vite, il a pu augmenter le montant de ta pension. Ta tante a accepté de prendre son argent — et de te prendre, toi. Mais à condition qu'il disparaisse de sa vue. Et de la tienne, par conséquent. On peut dire que Justin a payé, oui, Diana. Et le sacrifice n'a pas été que monétaire.

Diana se sentait comme une statue de sel — pétrifiée et friable, en danger de tomber en morceaux si elle risquait le moindre mouvement.

— Il… il lui versait une pension pour moi, dis-tu ? Chaque mois ? Il donnait de l'argent à tante Adélaïde ?

— C'était tout ce qu'il était en mesure de faire pour toi à l'époque. Bon sang, Diana, tu connais la loi mieux que moi ! Que serais-tu devenue, à ton avis, s'il ne s'était pas arrangé avec ta tante pour qu'elle te prenne chez elle ?

Elle se sentit pâlir. *L'orphelinat de la réserve*. Tel aurait été son destin. Et Justin n'aurait rien pu faire pour la tirer de là. Pas avant sa majorité, tout du moins.

— Il aurait pu venir avec moi chez tante Adélaïde, balbutia-t-elle faiblement.

Serena soutint son regard.

— Elle aurait accepté, selon toi ?

Diana pressa les doigts sur ses paupières closes. Une migraine féroce lui martelait les tempes. Quand cette dernière s'était déclarée, elle n'aurait su le dire.

— Non, murmura-t-elle. Non, elle n'aurait pas voulu de lui… Mais plus tard, lorsque j'étais en âge de comprendre, pourquoi n'a-t-il pas repris contact ? Au moins pour me parler, m'expliquer ?

— Justin pensait que tu étais heureuse comme ça. Et qu'il valait mieux que tu vives une vie protégée, à Boston, dans des cercles aristocratiques, plutôt que de traîner de casino en casino d'un bout à l'autre du pays. Je ne dis pas que Justin est un saint, mais il a fait comme il a pu, convaincu qu'il agissait au mieux de tes intérêts.

— Et pourquoi ne m'a-t-il rien dit de tout cela depuis que je suis arrivée ici ? murmura-t-elle faiblement.

Sa belle-sœur secoua la tête avec impatience.

— Que crois-tu qu'il attende de toi ? Ta gratitude ? Tu n'as toujours pas compris quel genre d'homme était Justin ?

Reprenant son calme, Serena se passa la main dans les cheveux.

— Il va m'en vouloir de t'avoir dit tout ça, mais ça a été plus fort que moi... Oh, Diana ! Je t'ai bousculée, n'est-ce pas ? Je n'aurais pas dû t'assener les faits aussi brutalement. Je suis désolée.

Diana se rejeta en arrière lorsque Serena voulut la prendre dans ses bras.

— Non... s'il te plaît... j'ai besoin de réfléchir, d'être seule un moment. Tout ce que tu viens de me révéler est vrai ?

— Je n'ai aucune raison de te mentir, Diana.

Elle laissa échapper un petit rire sans joie.

— C'est étonnant de m'entendre dire ça alors que je viens d'apprendre qu'on m'a menti toute ma vie.

— Je préférerais que tu ne restes pas seule, Diana. Viens, montons un moment. Je vais te préparer un café, une boisson chaude.

— Non.

Rassemblant le peu de dignité qu'il lui restait, elle se dirigea vers la porte.

— Merci de m'avoir donné ces informations. C'est important pour moi de savoir.

Comme le battant se refermait sans bruit derrière Diana, Serena s'effondra dans un fauteuil. Consternée, elle se prit la tête entre les mains. Comment avait-elle pu lui lancer la vérité à la figure de façon aussi brutale ?

Serena allait se lever pour suivre Diana lorsqu'elle se ravisa et tendit la main vers le téléphone. Il y avait une personne mieux indiquée qu'elle pour aider Diana en ce moment.

— Allô ? La réception ? Trouvez-moi Caine MacGregor, s'il vous plaît.

Plus d'une heure s'était écoulée depuis sa conversation avec Serena. Et Diana n'avait toujours pas recouvré son calme. Elle avait beau chercher à se raisonner, elle ne faisait que tourner en rond, ressassant son indignation, sa colère, son sentiment d'injustice.

Alors qu'elle devait tout à Justin, elle l'avait détesté sa vie durant.

Malgré son état de confusion, deux certitudes s'étaient imposées à elle d'emblée : elle devait rentrer à Boston le jour même. Et parler à Justin avant son départ. La première de ces deux résolutions étant beaucoup plus facile à mettre en œuvre que la seconde, elle avait sorti quelques affaires de ses placards et s'employait méticuleusement à plier ses vêtements. Si seulement son mal de tête fracassant acceptait de passer, elle y verrait peut-être plus clair. Mais un tel anneau de souffrance lui compressait les tempes qu'elle en avait le cœur soulevé.

— Oh, zut, non ! lâcha-t-elle à voix basse lorsqu'on frappa à la porte de sa chambre.

Elle attendit que les coups reprennent avec insistance avant de se résigner à ouvrir à contrecœur.

— Ah, c'est toi, Caine.

Elle ne s'effaça pas pour lui laisser le passage, mais demeura plantée dans l'encadrement de la porte, lui signifiant clairement qu'elle ne voulait pas le faire entrer.

Mais Caine, fidèle à lui-même, ne se laissa pas dissuader par si peu. Il s'avança jusqu'à la faire reculer et pénétra d'autorité dans le salon.

— Je suis occupée, Caine.

— Ne te dérange pas pour moi, surtout. Fais ce que tu as à faire.

Les mains dans les poches, il déambula jusqu'à la fenêtre.

— J'ai toujours aimé la vue qu'on a de cette suite.

— Eh bien, je t'en prie ! lança-t-elle, exaspérée. Admire-la tant que tu voudras. Je te laisse aux joies de la contemplation.

Tournant les talons, Diana repassa dans la chambre et se remit à ses bagages. Moins de cinq minutes s'étaient écoulées lorsque la voix de Caine s'éleva dans son dos.

— Tu as avancé la date de ton départ ?

Il s'était adossé au chambranle et la regardait procéder d'un œil détaché.

— Comme tu vois, oui. Je suppose que Rena t'a parlé de notre conversation de ce matin ?

— Elle m'a dit qu'elle t'avait mise sens dessus dessous en te fournissant certaines précisions par rapport à ton frère. Et qu'elle s'inquiétait à ton sujet.

Luttant pour empêcher ses mains de trembler, Diana continua à plier un chemisier de soie parme.

— Toi aussi, tu étais au courant, j'imagine ? Tu savais que c'était Justin qui couvrait tous les frais que ma tante engageait pour moi ?

— Rena m'en a parlé le jour où elle t'a écrit pour t'inviter. Quant à Justin, ça fait dix ans que je le connais et il n'a jamais prononcé un mot sur la question.

Caine pénétra dans la pièce et souleva d'un geste machinal la manche d'une robe en tulle.

— Pourquoi prends-tu la fuite, Diana ?

— Je ne prends pas la fuite.

— Tu fais tes valises.

— Et alors ? Les deux termes ne sont pas synonymes, que je sache.

Diana lui tourna le dos pour tirer du linge d'une commode.

— Je pense que ce sera plus simple pour Justin si je m'en vais.

— Pourquoi ?

Elle jeta de la lingerie en vrac dans sa première valise et referma bruyamment le couvercle.

— Je t'en pose, moi, des questions, Caine ?

Il la regarda s'agiter en secouant la tête. Une fois de plus, elle luttait comme une damnée pour ne pas céder aux émotions violentes qui faisaient rage en elle. C'était étonnant, cette manie qu'elle avait de vouloir tout contenir. Alors que ç'aurait été tellement plus confortable de lâcher la vapeur une bonne fois pour pouvoir passer à autre chose.

— Contre qui es-tu en colère, au juste, Diana ?

— Qu'est-ce qui te fait penser que je suis en colère ? protesta-t-elle, exaspérée, en tirant au hasard quelques tenues de leur cintre. Tu ne vois pas que je suis parfaitement calme, au contraire ?

Elle fit claquer la porte de la penderie, se tourna vers lui, les bras chargés de vêtements. Et sa rage explosa d'un coup.

— Tu te rends compte que, pendant toutes ces années, elle m'a laissée croire que j'étais à sa charge, que je dépendais de sa seule bonté, de son sens proprement exemplaire de la famille et du devoir ! Elle m'a forcée à porter des tabliers de petite fille sage et des chaussures vernies alors que j'aurais voulu courir pieds nus dans l'herbe. Et j'ai tout accepté, tu m'entends ? *Tout.* Parce que je me sentais redevable. Alors que, quasiment depuis le début, l'argent venait de Justin !

A mesure que les mots sortaient, sa colère enflait, enflait tellement qu'elle crut suffoquer.

— Jamais il n'était question de lui à la maison. Elle refusait de prononcer son nom. Pour elle, les six premières années de ma vie ne méritaient qu'un seul traitement :

l'oubli. J'étais comanche, je le savais, cela faisait partie de mon identité, même à six ans. Mais elle ne voulait pas en entendre parler non plus. C'était une Grandeau qu'elle voulait faire de moi, et rien d'autre. Elle m'a tout pris : mon héritage, mes racines. Et, malgré cela, j'avais le sentiment que je lui devais tout. Tout ce que je sais de mon peuple, de mes ancêtres, je l'ai appris dans les livres et dans les musées. C'est en secret que j'ai dû me renseigner sur les traditions des Comanches, afin de me souvenir de qui j'étais ! Car, pour la remercier de son immense dévouement, je n'avais qu'un seul moyen à ma disposition : la soumission. Et j'étais là, comme une idiote, à faire des pointes et des entrechats et à manger docilement dans des assiettes en porcelaine de Sèvres pendant que mon propre frère croupissait en prison !

Caine fit un pas en avant.

— Cet arrangement avec ta tante, Justin l'avait pris lui-même, non ? C'était ce qu'il voulait. Ça n'a pu que le rassurer, lorsqu'il se rongeait les sangs en attendant son procès, de savoir que sa petite sœur, au moins, était en sécurité et à l'abri du besoin. Essaye de voir aussi cet aspect.

Folle de rage, Diana jeta ses vêtements qui atterrirent en vrac, jonchant la moquette et le lit.

— Tout ce que je vois, c'est que j'ai passé l'essentiel de ma vie à nourrir de la rancœur contre mon propre frère, le seul membre de ma famille proche qu'il me reste encore ! Ce que je vois, c'est que j'ai gâché mon enfance, ma jeunesse en m'appliquant à singer une femme qui ne m'acceptait qu'à condition que je sois quelqu'un d'autre ! Et maintenant, à force de faux-semblants, que reste-t-il de moi qui ne soit pas une mascarade, une comédie ? Je pensais dédommager Adélaïde de tout ce qu'elle avait fait pour moi en fréquentant le genre d'homme qu'elle considérait comme acceptable, en exerçant un emploi qui lui paraissait compatible avec sa position sociale et ses convictions élitistes. J'étais résolue à effacer ma dette d'abord, pour commencer à vivre ensuite. Voilà. Le programme était tracé, les grandes lignes étaient définies. Mais à présent que je sais que mon existence entière est construite sur du vent, comment encore distinguer entre le vrai et le faux ?

Avec un rire suraigu, Diana se passa les mains dans les cheveux.

— Quand je regarde ce qu'a été ma vie, je ne vois que du mensonge. La Diana Blade que je croyais être n'est qu'une imposture.

Elle prit une élégante veste de tailleur sur le lit et la contempla avec horreur.

— Suis-je cette femme-là ? Ou une autre ? Je ne sais plus ! Je ne sais plus *rien* ! cria-t-elle en froissant la veste en boule pour la projeter contre le mur.

Caine attendit quelques instants, notant que la poitrine de la jeune femme se soulevait convulsivement au rythme rapide de sa respiration.

— C'est si important que ça, la provenance de l'argent ? demanda-t-il enfin.

— Peut-être pas aux yeux de quelqu'un pour qui le luxe va de soi, non, riposta-t-elle, cinglante.

Caine lui prit le bras et le secoua avec impatience.

— Résumons la situation : tu viens d'apprendre que ta tante — que tu n'appréciais que modérément — n'a pas été sincère avec toi. Et puis tu découvres que ton frère, que tu croyais indigne, ne t'a jamais oubliée, contrairement à ce que tu pensais. En quoi ces nouvelles données changeraient-elles la personne que tu es ?

— Tu ne comprends donc pas ? Mon existence entière était fondée sur un leurre, Caine !

Il secoua la tête.

— Faux. La vraie Diana Blade, elle était déjà constituée

lorsque tu as quitté le Nevada à six ans. Les circonstances t'ont amenée à composer avec la réalité par la suite. Mais même si tu as été obligée de t'adapter, tu n'as jamais abdiqué pour autant. Tu te préparais à régler une dette et te voici délivrée. La question est : que vas-tu faire de ta liberté ? Quels changements vas-tu apporter pour intégrer les nouveaux éléments dont tu viens de prendre connaissance ce matin ?

La colère de Diana retomba d'un coup. Elle secoua la tête.

— Oh, Caine… j'ai été horrible avec lui. Tellement dure et froide. Plus j'étais tentée de me rapprocher de lui, plus je prenais mes distances.

Il lui posa un rapide baiser sur les lèvres.

— Justin et toi, vous avez encore quelques belles années devant vous, non ? Rien n'est perdu, que je sache.

— Non, rien n'est perdu.

Se dégageant du cercle de ses bras, Diana entreprit de ramasser les vêtements qu'elle avait jetés par terre. Seule la veste de tailleur demeura sur la moquette. Comme le symbole d'un monde auquel elle avait cessé d'appartenir.

Du coin de l'œil, elle nota que Caine l'observait sans rien dire.

— J'ai l'impression que ça devient une habitude, chez toi, d'assister à mes effondrements. Je ne suis pas sûre que ça m'enchante.

Il lui prit les épaules, la forçant à pivoter vers lui.

— Je ne sais pas si je dois m'en réjouir de mon côté. C'est difficile de résister à une belle fille lorsqu'elle se montre sous son jour le plus vulnérable.

Avec le pouce, il traça la ligne oblique d'une pommette. Sous la douceur, si féminine, on pressentait une force intérieure encore inemployée qu'il ne demandait qu'à voir s'épanouir.

— Caine, non…

Il souleva ses cheveux pour dégager son visage.

— Tu remues quelque chose de fort en moi, précisa-t-il dans un souffle avant de s'emparer de ses lèvres.

Rien ne l'empêchait de mettre le holà. Alors même qu'elle nouait les bras autour de son cou, Diana songea qu'il n'était pas trop tard. Elle pouvait encore le repousser, lui demander de quitter sa chambre. Mais sa bouche était si habile, si tentatrice. Elle murmurait des promesses d'éternel délice tandis que les mains de Caine glissaient sous son pull, exploraient la peau nue de son dos.

Caine connaissait bien le corps des femmes. Il aimait leur donner du plaisir autant qu'il aspirait à en recevoir. A force de recherches, de tâtonnements, il avait appris l'art de la séduction et des caresses. Mais alors même que Diana s'abandonnait entre ses bras, il oubliait ses recettes éprouvées. Tout lui échappait : son contrôle, son expertise, toutes ses techniques soigneusement élaborées d'amant réputé accompli.

A cause de son parfum, peut-être. Entêtant et sensuel. Un parfum qui n'était qu'un composant parmi d'autres du riche bouquet de senteurs qui émanait de sa peau. Ces fragrances lui tournaient si violemment la tête qu'il en perdait toute méthode. De séducteur, il devenait séduit. C'était elle, la tentatrice, qui le subjuguait, renversant les rôles, le réduisant à sa merci.

Il plongea les doigts dans ses cheveux, amena son visage contre le sien, et but à longs traits le miel de sa bouche. Et elle prit et dévora à son tour, répondant au feu par le feu, à la caresse par la caresse.

Sur les ailes du désir, Diana prenait son essor. La sensation de Caine — de ses mains, de sa peau, de sa bouche — monopolisait le champ de sa conscience. Mais elle en voulait plus, infiniment plus encore. Sa langue plongeait à l'assaut de la sienne ; elle allait chercher plus loin, toujours plus loin, quêtant une intimité plus forte, un plaisir plus brûlant. Mais sa faim était impossible à satisfaire. Pour la première fois, elle se découvrait insatiable.

Les mains de Caine allaient et venaient le long de ses flancs, sur ses hanches. Elles pétrissaient, remodelaient, comme un sculpteur donnant vie à l'argile qui prenait forme sous ses doigts. De la géographie de son corps, Caine avait une connaissance sidérante, comme si elle avait été nue dans ses bras.

Arrachant sa bouche de la sienne, Caine dévora des yeux ce visage qui, de jour en jour, le fascinait davantage. Une fois de plus avec Diana, il se trouvait en proie à des affects imprévisibles. Il ressentait un désir violent, presque douloureux, là où il avait pensé mettre une simple note de sensualité légère, de plaisir insouciant.

— J'ai envie de toi, chuchota-t-il.

Sa respiration était saccadée, presque haletante. Il reprit ses lèvres, plongea la langue dans sa bouche comme s'il pouvait ainsi la posséder tout entière.

— Maintenant, Diana… Je te veux, maintenant.

Hors d'haleine, elle se dégagea, repoussant les cheveux qui lui tombaient sur le visage.

— Non. Je ne suis pas prête. Pas avec toi, en tout cas.

— Bon sang, Diana ! A quel jeu tu joues ?

Fou de désir, il chercha à la ramener contre lui. Mais elle se cabra dans son étreinte.

— Non ! Je ne sais pas où j'en suis et je ne sais pas ce que je veux. Sans compter que tu es beaucoup trop pressé à mon goût. Je n'ai pas envie de faire partie de ton cheptel, MacGregor. Tu ne trouves pas que ton harem est déjà assez peuplé comme ça ?

Une lueur dangereuse passa dans le regard de Caine. Mais il garda ses distances.

— Ton truc à toi, Diana, c'est de ranger les gens dans des petites cases bien hermétiques, n'est-ce pas ? Et de ne surtout pas te demander une seconde s'ils ne seraient pas, par hasard, différents de ce que tu crois.

— Ma vie, je l'ai vécue à l'envers jusqu'à aujourd'hui. Et j'ai l'intention de prendre toutes les mesures nécessaires pour la remettre à l'endroit. De préférence, sans que tu viennes constituer une complication supplémentaire.

— Une complication supplémentaire, répéta-t-il d'une voix dangereusement calme. Très bien, Diana : va, retourne chez toi, pose les actes qui te paraissent nécessaires. Mais Boston n'est pas une très grande ville. Et cette histoire entre nous n'en est qu'à ses premiers chapitres. Pas à son dénouement.

Malgré sa gorge nouée, elle réussit à rétorquer avec calme :

— C'est une menace ?

Un sourire joua sur les lèvres de Caine.

— Non, une promesse.

Il lui prit le menton, l'embrassa brièvement mais avec conviction, puis se détourna et quitta la pièce. Diana retint son souffle jusqu'au moment où elle entendit la porte se refermer derrière lui.

Elle regarda les vêtements épars sur le lit et secoua la tête. Si Caine parvenait à contourner aussi habilement ses défenses, c'est qu'il la surprenait chaque fois dans des situations de confusion et de vulnérabilité extrêmes. Mais il n'y aurait pas de troisième épisode comme celui qui venait de se dérouler. S'il y avait une chose qu'elle avait apprise au fil des ans, c'était à tenir les hommes à distance.

Diana ferma les yeux pour laisser à ses émotions survoltées le temps de retomber. Si le hasard la mettait de nouveau en présence de Caine à Boston, elle veillerait à ne pas se laisser déstabiliser. Point final.

Pour le moment, elle ne voulait même pas lui accorder une pensée. Caine ne devait pas la détourner de l'essentiel : son frère. Ainsi que les vingt années de trahison qui les avaient tenus séparés. Craignant que son courage ne faiblisse, Diana laissa ses bagages en l'état et quitta sa suite pour aller frapper à celle de Justin et Serena.

Si son frère n'était pas encore de retour, elle descendrait dans son bureau pour l'attendre. Mais elle ne ferait rien avant de lui avoir parlé.

Et le plus tôt serait le mieux.

Justin lui ouvrit sa porte au moment précis où, la panique prenant le dessus, elle s'apprêtait à tourner les talons. Il était torse nu, avec un drap de bain jeté sur une épaule. Ses cheveux noirs qu'il portait assez longs étaient encore mouillés.

— Ah, c'est toi, Diana. Tu cherches Serena ? Elle ne devrait pas tarder à monter.

— Pas Serena, non. Je...

Son regard tomba sur la longue cicatrice blanche qui lui barrait la poitrine. Elle déglutit.

— Je peux entrer un moment ?

— Mais bien sûr, acquiesça-t-il en s'effaçant.

Elle s'immobilisa au centre de la pièce et demeura plantée là, incapable d'ouvrir la bouche.

— Je peux t'offrir quelque chose à boire ?

— Non, non, merci. Je te dérange, peut-être ?

— Pas du tout, non. Assieds-toi.

Les jambes comme du plomb, elle secoua la tête.

— Non, je préfère rester debout. Je...

Dans le regard de Justin glissa une lueur aussi fugitive qu'indéchiffrable.

— Qu'est-ce qui se passe, Diana ?

Ç'aurait été tellement plus facile si elle avait pu lui tourner le dos et lui parler sans le regarder ! Mais elle ne s'autoriserait pas à être lâche.

— Je suis venue te présenter mes excuses.

Justin haussa les sourcils en enfilant sa chemise.

— Tes excuses à quel sujet ?

— Pour tout ce que je n'ai pas dit, tout ce que je n'ai pas fait depuis mon arrivée ici.

Les yeux verts de Justin étaient rivés sur elle tandis qu'il boutonnait sa chemise. Mais son regard ne révélait rien de ce qu'il ressentait. « C'est pour ça qu'il excelle au jeu, songea-t-elle fébrilement. Ce que Justin pense, il le garde pour lui. »

— Tu n'as pas à t'excuser de quoi que ce soit auprès de moi, Diana.

— Justin…

Consciente qu'elle avait prononcé son nom comme une imploration, elle se mordit violemment la lèvre.

— Je m'y prends comme une idiote, je suis désolée. C'est mon métier pourtant de trouver les mots justes. Mais là, ça se mélange dans ma tête… je me sens complètement perdue, Justin.

Il tendit la main comme s'il hésitait à la toucher. Puis il laissa retomber son bras.

— Diana, arrête de te faire violence. Tu n'as aucune obligation envers moi.

Elle rassembla son courage.

— J'ai une dette immense, en tout cas.

Les yeux verts se firent distants, insondables.

— Tu te trompes. Tu ne me dois rien. Pas un cent.

— Je te dois tout, au contraire… Mais *pourquoi* ne m'as-tu rien dit, Justin ? explosa-t-elle, soudain. J'avais le droit de savoir.

— De savoir quoi ? rétorqua-t-il, impassible, le visage plus que jamais fermé.

Des deux mains, elle se cramponna au plastron de sa chemise.

— Arrête de me compliquer la tâche ! Tu sais très bien de quoi je parle !

Le regard rivé sur sa sœur, Justin vit la transformation

s'effectuer sous ses yeux. Disparue, la femme du monde aux manières glaciales et à l'allure sophistiquée. Elle était donc toujours là, intacte sous le masque, la petite fille qu'il avait connue. Il la retrouvait semblable à elle-même, avec sa verve, ses emportements, ses émotions à fleur de peau.

Il ne put s'empêcher de sourire.

— Tu as toujours été une effroyable petite peste, murmura-t-il tendrement. Si tu te calmais un peu, tu réussirais peut-être à me dire ce que tu as sur la « patate », fillette ?

Elle tira plus fort sur sa chemise et se surprit à crier.

— Arrête de me traiter comme si j'avais encore six ans !

— Alors cesse de te comporter comme si c'était le cas. Si tu as des reproches à me lancer à la figure, c'est le moment ou jamais. Je t'écoute, Diana.

Elle était venue pour lui exprimer calmement ses regrets. Pas pour le secouer en hurlant comme une mégère ! Mais le sale caractère qu'elle avait réussi à contrôler pendant vingt ans semblait avoir définitivement repris le dessus.

— Je t'en ai voulu pendant toutes ces années, Justin. J'ai même essayé de te haïr tellement je ne te pardonnais pas de m'avoir oubliée.

— Je crois pouvoir comprendre ce que tu as ressenti.

— Non… non, tu ne peux pas comprendre.

Des larmes silencieuses lui roulaient sur les joues, mais elle ne songea même pas à les essuyer.

— J'ai tout perdu d'un coup, Justin. Tout ce qui faisait ma vie m'a été retiré brutalement, sans explication. Je n'avais plus de lieu qui me ressemblait, plus personne pour tirer sur mes tresses, rire avec moi et m'aimer telle que j'étais. En bref, je n'avais plus de famille… Longtemps, j'ai pensé que tout était ma faute, que vous étiez partis, papa, maman et toi, parce que j'étais trop « peste » justement.

— Oh, Diana…

Pour la première fois, Justin la toucha. Sa main s'égara distraitement dans ses cheveux comme lorsqu'elle était encore une petite fille. Il les lissa avec tant de tendresse qu'elle sentit les larmes couler de plus belle.

— Je ne savais pas comment t'expliquer la situation. Tu étais tellement jeune encore.

— Mais maintenant, je comprends… et je sais tout ce que tu as fait pour moi. Oh, Justin…

Sa voix se brisa dans un sanglot. Mais elle se força à aller jusqu'au bout :

— Tout ce que tu as accompli pour moi…

—… était nécessaire. C'était ma responsabilité. Ni plus ni moins.

— Justin, s'il te plaît…

Qu'avait-elle d'autre à lui demander, au fond, que de l'amour ? Mais pour la personne qu'elle était devenue, une telle requête n'était même pas formulable.

— Je voudrais trouver les mots pour te remercier, Justin. Tu as les meilleures raisons du monde d'être irrité contre moi, mais…

— Il n'y a rien que j'aie fait pour toi qui justifie de ta part une quelconque gratitude.

Elle se mordit la lèvre pour l'empêcher de trembler.

— Tu t'es senti tenu de verser de l'argent chaque mois.

Il secoua fermement la tête et lui effleura la pointe des cheveux.

— Je l'ai fait parce que tu étais ma sœur et parce que je t'aimais. C'est tout.

Diana ouvrit la bouche, mais aucun son n'en sortit. Justin refusait sa reconnaissance et lui offrait son affection. Chassant ses larmes d'un mouvement impatient de la tête, elle lui prit la main et réussit à sourire.

— Parce que j'« étais » la sœur que tu « aimais » ? C'est à dessein que tu utilises le passé ?

Justin plaqua sa paume contre la sienne.

— Nous sommes du même sang, Diana. A partir d'aujourd'hui, nous formons de nouveau une seule et même famille. Nous serons alliés.

— Alliés, oui, acquiesça-t-elle dans un murmure étranglé en entrelaçant ses doigts aux siens.

4

La nuit de Boston était glaciale. Diana avait tourné la ventilation à fond, mais sa voiture tardait à se réchauffer. Comble d'infortune : la circulation était ralentie et elle avançait au pas dans les rues encombrées du centre-ville. Elle pesta contre la foule, les embouteillages et la neige fondue qui s'écrasait sur son pare-brise. Il faisait un temps de chien. Un temps à rester au chaud chez soi, confortablement recroquevillée sur son canapé avec un bon roman.

Mais le cocooning, hélas, ne figurait pas au programme de la soirée. Il lui avait paru stratégique, compte tenu des circonstances, d'accepter l'invitation de son confrère, Matt Fairman. En tant qu'assistant du procureur de district, il connaissait beaucoup de monde. Et c'était le moment ou jamais pour elle de faire jouer ses relations.

Cela dit, connaissant Matt, il tirerait sûrement parti de l'occasion pour lui faire une cour effrénée. Un léger sourire joua sur les lèvres de Diana. En vérité, la perspective ne l'effrayait pas outre mesure. Elle avait déjà eu l'occasion de dîner avec Matt en tête à tête. Et elle savait qu'elle n'aurait aucun mal à déjouer ses stratégies de séduction.

Matt était un excellent juriste en plus d'être un coureur de jupons invétéré. Et il était toujours informé avant tout le monde de ce qui se passait dans les commissariats comme dans les tribunaux. Autre avantage : il avait la langue bien pendue et n'aimait rien tant que de faire circuler les potins. Si elle lui annonçait son intention d'ouvrir son propre cabinet, la nouvelle se répandrait comme une traînée de poudre. Glisser quelques mots à l'oreille de Matt constituait une méthode à la fois plus efficace et moins coûteuse que de placer une annonce d'une page dans le *Boston Globe.*

Elle avait démissionné de Barclay, Stevens et Fitz pendant la semaine qui avait suivi son retour d'Atlantic City. Purement par défi, il fallait le reconnaître. Diana sentit la tension désormais familière de l'angoisse se loger au creux de sa poitrine. Elle était consciente de prendre un risque énorme, à la fois professionnel et financier. Et depuis quinze jours qu'elle avait abandonné son poste dans le vénérable cabinet juridique, elle avait traversé quelques mémorables accès de panique.

Avec Barclay, elle avait connu la sécurité : un chèque assuré à la fin du mois et une quantité régulière, quoique inintéressante, de dossiers à traiter. Mais Barclay avait été le choix de sa tante. Et Diana considérait que son départ précipité constituait son premier pas vers l'autonomie. Malgré ses inquiétudes pour l'avenir, elle n'avait pas regretté un seul instant sa décision. Si elle voulait découvrir qui était vraiment Diana Blade, cette inconnue, il fallait lui donner toute latitude pour s'affirmer.

Les jours sombres, elle se voyait partager des locaux modestes avec un autre avocat débutant, guettant le moindre coup de fil, se tournant nerveusement les pouces dans l'attente d'un client potentiel. Pendant les phases d'optimisme, elle se disait qu'elle commençait petit, mais que rien ne l'empêcherait de se hisser pas à pas jusqu'au sommet.

Son seul regret était d'avoir dû se séparer de Justin alors qu'ils venaient juste de se retrouver. Mais elle n'avait pas pu se résoudre à différer son départ. Avant toute autre chose, il lui avait fallu regagner Boston, afin de remettre de l'ordre dans sa vie. Elle avait été déterminée à démissionner de chez Barclay pendant que le fer était encore chaud. Sinon, la peur du lendemain aurait pris le dessus et elle serait retombée dans sa frileuse routine.

Si elle s'était donné le temps de réfléchir et de mesurer les conséquences de son acte, jamais elle n'aurait eu le courage de se jeter à l'eau. Mais, portée par la colère, elle avait pu annoncer son départ avec un soupçon d'arrogance et une pointe de défi dans la voix. A présent, il lui restait à se faire un nom dans la profession et à découvrir enfin qui était la véritable Diana Blade. En exhumant petit à petit toutes les parties d'elle-même qu'elle avait dû garder enfouies deux décennies durant.

L'autre raison pour laquelle elle avait choisi de quitter Atlantic City quelques jours avant la date prévue avait pour nom Caine MacGregor. Vu ce qui s'était passé avec lui dans sa chambre, juste avant sa discussion avec Justin, elle avait jugé urgent de s'éloigner.

Caine devenait dangereux pour elle. Sur tous les plans.

Tantôt intuitif et à l'écoute, tantôt cassant, drôle, un rien cynique, il laissait entrevoir une personnalité contrastée à laquelle elle avait le plus grand mal à résister. Et Caine lui-même le savait mieux que personne. Sa réputation de séducteur avait été bien établie, à Harvard. Le hasard — ou le destin — avait voulu que, sans le connaître, elle entende néanmoins parler de ses exploits en abondance. A l'université, tout d'abord, puis, plus tard, dans le cercle professionnel qu'ils avaient en commun.

Diana réussit à accélérer sur une portion d'avenue dégagée. Mais dès qu'elle retomba dans les ralentissements, ses pensées revinrent se fixer sur Caine. Si son attirance pour lui n'avait été que physique, le problème aurait été résolu en un tour de main. Après deux décennies passées auprès de sa tante, se priver était devenu une seconde nature pour elle. Elle était habituée à se passer de ce qui lui faisait envie. Or, il était exclu qu'elle vive une aventure — même brève — avec Caine. Ils étaient beaucoup trop proches pour cela, à la fois sur le plan familial et sur le plan professionnel.

Caine était, par nature, un séducteur. Elle-même était, par nature, prudente.

Quoi qu'il en soit, c'était plus que du désir qui la poussait vers lui. Diana se mordilla la lèvre. Caine voyait beaucoup trop clair en elle. Et il réveillait des émotions indéfinissables sur lesquelles elle préférait éviter de mettre un nom.

Elle estimait que, ayant quitté Atlantic City en catastrophe, elle avait réglé la question de façon aussi pertinente que rationnelle : elle avait reconnu le problème et s'y était soustraite en prenant le large. A présent, elle le considérait comme résolu dans la mesure où elle l'avait laissé derrière elle.

Diana pesta en évitant un piéton de justesse et chassa Caine de ses pensées. S'installer en tant qu'avocate indépendante requerrait toute son énergie au cours des quelques mois à venir. Et la perspective l'excitait et l'effrayait à la fois. Elle n'avait pas encore trouvé un espace de bureau à louer et son fichier clients était quasiment vide. Mais rien ne servait de paniquer pour autant.

Ce n'était pas la première fois qu'elle se retrouvait seule au monde et sans ressources, après tout. Mais cette fois, il n'y aurait pas de tante Adélaïde pour lui offrir la sécurité en échange de son obéissance. L'heure était venue pour elle de mener son propre combat. D'assumer seule ses échecs comme ses triomphes.

Ralentissant à l'approche du restaurant où Matt Fairman lui avait donné rendez-vous, Diana repéra une place de parking du premier coup. Génial. Comment ne pas y voir un signe du destin, alors qu'il était généralement impossible de se garer dans le secteur ? Elle s'en sortirait, pour la bonne raison qu'elle avait la détermination, la volonté, les compétences requises.

Quantité de gens réussissaient quotidiennement dans quantité de métiers, après tout. Sans relations, sans expérience et sans capital de départ.

Comme Justin, par exemple.

Diana descendit de voiture et le froid mordant l'assaillit à travers ses vêtements. Pestant tout bas contre les hivers rigoureux de la Nouvelle-Angleterre, elle dut renoncer à presser le pas à cause du verglas qui faisait briller les trottoirs, leur conférant une étrange beauté sous la lumière des lampadaires.

Elle poussa un soupir de bien-être lorsque la porte du restaurant s'ouvrit et qu'un souffle d'air chaud l'enveloppa. Abandonnant son manteau au vestiaire, elle se dirigea vers le maître d'hôtel.

— Diana Blade. M. Fairman est-il arrivé ?

Il jeta un rapide coup d'œil sur sa liste.

— Pas encore, non. Désirez-vous l'attendre à votre table ou préférez-vous prendre un verre dans le salon ?

— Au salon, plutôt. Vous voudrez bien en avertir M. Fairman lorsqu'il viendra ?

Le salon était agréable et confortablement meublé. Des bûches de chêne craquaient et pétillaient dans une grande cheminée en pierre. Séduite par la douceur de l'atmosphère, Diana repéra un fauteuil libre et s'installa pour attendre.

Si elle avait été seule, elle aurait ôté ses escarpins et se serait roulée en boule devant la cheminée. « Un jour, j'aurai une maison à moi. Avec une pièce comme celle-ci. » Pas un salon d'apparat, comme à Beacon Hill. Mais un espace ouvert et accueillant, avec un grand tapis devant le feu, où elle pourrait s'allonger pour regarder les flammes danser au plafond.

Diana consulta sa montre. Compte tenu des intempéries et de la circulation, Matt serait sûrement en retard. Elle avait le temps de prendre un verre. Alors qu'elle cherchait un serveur des yeux, l'un d'eux s'approcha avec une petite table roulante qu'il plaça près de son fauteuil.

Diana jeta un coup d'œil à la bouteille de champagne qu'il déboucha devant elle. Et constata avec une pointe de regret qu'il s'agissait d'une de ses marques favorites.

Elle soupira.

— Je crains que vous ne fassiez erreur. Je n'avais encore rien commandé.

— Ce champagne vous est offert, mademoiselle Blade.

Suivant le regard du serveur, elle tourna la tête et vit *qui* se tenait dans l'encadrement de la porte. Son cœur battit plus vite. Etait-ce l'effet du hasard s'ils se retrouvaient là, ce soir ? Boston n'était pas une très grande ville, après tout, comme Caine l'avait souligné lui-même. Et ils naviguaient dans les mêmes cercles.

— Bonsoir, Caine.

Il prit la main qu'elle lui tendait et se pencha pour y poser les lèvres.

— Diana… puis-je te tenir compagnie le temps d'un verre ?

Elle sourit en désignant la bouteille de champagne et les deux coupes.

— Assieds-toi. Je ne comptais pas la boire seule, de toute façon.

Vêtu d'un élégant costume gris anthracite, Caine arborait, ce soir, un air on ne peut plus civilisé. Mais Diana n'avait pas oublié à quoi il ressemblait en blouson de cuir et jean élimé, les cheveux balayés par le vent. Elle aurait eu tort de ne pas se souvenir que, sous l'apparence lisse et policée de l'avocat mondain, se cachait une personnalité âpre et passionnée. Ne lui en avait-il pas donné un aperçu à au moins deux reprises ?

— Alors, Caine ? Comment vas-tu depuis Atlantic City ? demanda-t-elle en levant son verre.

— Plutôt bien dans l'ensemble.

Caine approcha un fauteuil et prit une coupe. Diana portait une robe de soie turquoise qu'il se souvenait avoir repérée sur son lit alors qu'elle faisait ses bagages. Ses choix de couleurs, à bien des égards, rappelaient son parfum : ils étaient vibrants, pleins de vie et résolument sensuels.

Diana haussa les sourcils.

— Tu es venu seul ?

— Comme tu peux le constater.

Elle but une gorgée de champagne et Caine fut charmé de voir une expression de pur plaisir illuminer ses traits.

— Mmm... Quel délice ! Pour ma part, j'attends Matt Fairman avec qui je dîne ce soir. Tu le connais, je suppose ?

Ils échangèrent un discret sourire.

— Qui ne connaît pas Matt ? Tu envisages de travailler pour le procureur de district maintenant que tu as démissionné de chez Barclay ?

— Non, pas pour le procureur. J'ai décidé...

Elle laissa sa phrase en suspens.

— Mais comment sais-tu que je suis partie de chez Barclay, au fait ?

— Je me suis renseigné, répondit-il simplement. Quels sont tes projets, maintenant ?

Peu désireuse de s'entretenir de ses problèmes avec Caine, Diana répondit d'un ton délibérément léger :

— Je m'installe comme avocate indépendante.

— Quand ?

— Dès que j'aurai réglé tous les détails.

— Et tu as déjà trouvé un espace professionnel à louer ?

— Cela fait partie des détails préliminaires à régler...

Songeuse, Diana suivit le bord de son verre du bout du doigt.

— Ce n'est pas aussi simple qu'on pourrait le penser. En tout cas, si je veux que le cabinet soit bien situé pour un loyer qui reste à peu près raisonnable... Pour l'instant, j'ai retenu trois possibilités. Je dois les visiter demain.

D'un geste machinal, elle porta son doigt humide à ses lèvres et le lécha. Face à cette provocation inconsciente, Caine ressentit une violente flambée de désir qu'il contint sur-le-champ. Il y aurait d'autres occasions pour cela. D'autres lieux.

— Je connais un bureau à louer qui devrait t'intéresser.

Tournant la tête en sursaut, elle darda sur lui un regard étonné. Le casque mouvant de ses cheveux de jais glissa sensuellement sur une joue.

— C'est de l'autre côté de la rivière, précisa-t-il. A quelques pâtés de maisons du palais de justice.

La soie turquoise lui allait bien, drapée sur de belles épaules minces et droites que le port de tête orgueilleux mettait en valeur. Depuis son départ précipité d'Atlantic City, il avait souvent fantasmé sur ces épaules-là. Et sur ces seins aussi. Et ces hanches souples de danseuse.

L'ennui, c'est qu'il ne s'était pas contenté de rêver Diana dans son lit. Il s'était également posé beaucoup de questions à son sujet. Sur ce qu'elle devenait toute seule à Boston. Sur la façon dont elle avait supporté la nouvelle de la trahison de sa tante. Sur ses perspectives professionnelles à présent qu'elle avait démissionné de chez Barclay.

Or, si le désir physique ne lui posait aucun problème, la sollicitude que lui inspirait Diana Blade était, elle, autrement préoccupante.

— Il s'agit d'un petit immeuble ancien, en grès sombre,

d'un étage, poursuivit-il. Il a été entièrement réaménagé pour en faire un espace de bureaux.

— Cela paraît idéal, *a priori*. Je suis étonnée que l'agence ne l'ait pas mentionné.

Sauf, bien sûr, si le loyer était particulièrement vertigineux, songea-t-elle en trempant de nouveau les lèvres dans son champagne.

— Par qui as-tu entendu parler de cette location, Caine ?

— Je connais le propriétaire, répondit-il tout en les resservant.

Sensible à la nuance amusée dans sa voix, Diana scruta son visage.

— En fait, ce propriétaire, c'est toi, devina-t-elle.

Il leva sa coupe.

— Je bois à ta perspicacité, Diana.

Ignorant l'étincelle d'humour qui pétillait dans ses yeux, elle se renversa contre son dossier et croisa les jambes.

— Si tu disposes de bureaux aussi attrayants, pourquoi ne pas en faire un usage personnel ?

— Mais j'en *fais* un usage personnel. Cette couleur te va particulièrement bien au teint, Diana.

Elle pianota du bout des doigts sur l'accoudoir de son fauteuil.

— Et en quoi suis-je censée être intéressée par *ton* cabinet ?

— J'ai plus de dossiers que je ne puis en traiter.

Diana leva une main, paume à plat.

— O.K. Mais encore ?

— Je pensais que tu pourrais être intéressée.

Elle prit une profonde inspiration.

— Par tes clients ?

— Pas *mes* clients, puisque je ne peux pas les prendre. Il s'agirait des tiens, en l'occurrence.

Intéressée ? Elle était plus qu'intéressée. Elle aurait été prête à marcher sur les mains dans une congère pour obtenir ce qu'il lui faisait miroiter. Mais elle devait se méfier des mirages et garder la tête sur les épaules, même si elle était tentée de lui baiser humblement les pieds.

— Je te remercie d'avoir pensé à moi, Caine. Mais je ne souhaite pas m'associer avec un autre avocat pour le moment.

— Moi non plus.

Décontenancée, elle secoua la tête.

— Mais alors…

— Il se trouve que, *primo*, j'ai de la place pour une autre personne dans le cabinet que j'occupe. Et que, *secundo*, j'ai une cascade de demandes qui me tombe dessus en ce moment. Plutôt que de refuser carrément, je préférerais adresser mes clients à un confrère. Ou une consœur.

Pourquoi à elle, spécifiquement, Caine n'aurait su le dire. Ils étaient de la même famille, désormais, bien sûr. Ce qui était déjà une raison plus ou moins acceptable en soi.

Diana resta un long moment silencieuse. Derrière les paupières mi-closes et le regard comme alangui, il savait que les rouages de son cerveau étaient en marche. Caine faillit sourire. Il aimait bien sa façon méthodique de réfléchir.

Bon sang. Elle était plus belle encore que dans ses souvenirs. Et ils avaient à peine passé deux semaines sans se voir.

Quinze jours pendant lesquels il avait serré les dents, résistant à la tentation de l'appeler. Même si, à plusieurs reprises, il s'était surpris avec le téléphone à la main, prêt à composer son numéro. Mais, ce soir, il avait fini par se rendre à l'évidence : il aurait beau laisser passer tout le temps qu'il voudrait, Diana ne lui sortirait pas de la tête pour autant.

Puisqu'ils étaient voisins en plus d'être quasiment

parents, quoi de plus naturel, d'ailleurs, que de prendre de ses nouvelles ? Le geste allait de soi. Une marque de sollicitude purement familiale, de la part du beau-frère de Justin envers la belle-sœur de Serena.

Comme Diana avait indiqué sur son répondeur le nom du restaurant où elle passait la soirée, il était venu la surprendre sur un coup de tête. La proposition de partage de bureaux avait pris forme pendant le court trajet en voiture. Si elle acceptait, ils seraient amenés à se voir tous les jours. Ce qui incontestablement présenterait des avantages non négligeables.

Et peut-être de graves inconvénients aussi, autant le reconnaître.

Mais il serait au moins rassuré sur son sort. Ce qui lui laisserait l'esprit libre pour réfléchir au reste. Comme la meilleure technique pour l'amener dans son lit, par exemple.

— Je ne te cache pas que ta proposition est tentante, Caine. Mais puis-je te poser une question ?

— Bien sûr.

— Pourquoi moi ?

Se carrant confortablement dans son fauteuil, il alluma une cigarette.

— Comme je te l'ai déjà expliqué, tu es désormais rattachée à la galaxie familiale. Les MacGregor ont toujours eu l'esprit de clan. Et j'ai renoncé à lutter contre mes traits de caractère héréditaires.

— C'est ton sens du devoir qui parle, alors ?

— « Devoir » n'est pas le mot que j'utiliserais. Je préfère parler de loyauté.

Le visage de Diana s'éclaira et elle lui sourit spontanément.

— C'est un concept que j'aime bien.

Il sortit une carte de visite de son portefeuille.

— Tu as l'adresse ici, ainsi que le numéro de téléphone. Passe donc jeter un coup d'œil demain. Ça ne t'engage à rien.

Diana hésita. Mais elle ne pouvait pas se permettre de refuser une solution toute faite qui résolvait miraculeusement une bonne partie de ses problèmes.

— Merci, Caine. Je viendrai demain sans faute.

Lorsqu'elle voulut prendre la carte, cependant, il retint sa main dans la sienne. Leurs regards se trouvèrent et l'atmosphère entre eux connut un de ces renversements dont Caine semblait s'être fait une spécialité.

— J'aime te voir habillée de soie, à boire du champagne, avec le reflet des flammes dans tes yeux.

Sa voix était plus rauque, plus basse, plus caressante, et son pouce effleurait le creux de sa paume. Autour d'eux, le joyeux brouhaha des conversations se mua peu à peu en un murmure indistinct. Diana sentit une coulée de désir incandescente se répandre en elle, telle une lave épaisse, dissolvante. Elle n'avait même plus la force de lui retirer sa main.

— J'ai beaucoup pensé à toi pendant ces quinze jours, Diana. Tu as laissé une kyrielle d'impressions tactiles inscrites en moi. Je ne peux pas oublier le grain de ta peau, la sensation de ton corps contre le mien. Et ton parfum hante mes narines en permanence, je le cherche partout et en vain.

— Arrête, Caine, s'il te plaît… ne me joue pas ce numéro-là, O.K. ? protesta-t-elle dans un murmure, consciente qu'elle se liquéfiait littéralement dans son fauteuil.

— Je veux te faire l'amour pendant des heures. T'exténuer de plaisir jusqu'à ce que ton esprit se remplisse de moi à l'exclusion de tout le reste.

— Non, protesta-t-elle dans un souffle en retirant sa main.

Respirant vite et par à-coups, elle se rejeta en arrière,

se plaquant contre le dossier de son fauteuil. Comment Caine avait-il réussi ce tour de force ? La laisser exsangue, défaite, comme ravagée par la jouissance, alors qu'il ne l'avait même pas touchée ? Son sang pulsait comme s'il l'avait longuement caressée et aimée, comme si ses mains connaissaient déjà intimement chaque creux et chaque courbe de son corps.

C'était une faculté qu'il avait, de parler au corps des femmes. Et cette faculté, il l'avait travaillée, développée à la perfection.

Elle secoua la tête.

— Ça ne pourra jamais marcher dans ces conditions, Caine.

Le petit sourire carnassier qu'elle commençait à bien connaître se dessina sur ses lèvres.

— Tu te trompes. Ça va fonctionner du tonnerre de Dieu, au contraire.

Diana s'empara de son verre de champagne et le tint entre eux comme une arme.

— J'ai besoin de travailler dans une atmosphère professionnelle, Caine MacGregor.

Une lueur d'humour pétilla dans les yeux bleus.

— Douterais-tu de mes capacités à exercer mon métier avec sérieux, ma chère maître ? Rassure-toi, Diana, ma proposition vaut par elle-même. Elle reste entièrement détachée des aspects — comment dirais-je ? — plus intimes de notre relation.

— Caine, ces prétendus aspects intimes sont une pure fiction. Je ne veux pas avoir d'aventure avec toi. Point final.

— Si c'est le cas, rien ne s'oppose à ce que nous travaillions en bonne intelligence dans les mêmes locaux, n'est-ce pas ?

Avec un sourire proprement exaspérant, il posa sa carte de visite à côté d'elle sur la petite table.

— J'ai de la peine à imaginer que tu puisses avoir peur de moi, Diana. Je pensais que tu aurais plus de caractère que ça. Si ça peut te rassurer, j'ai pour principe de ne faire l'amour qu'avec des femmes consentantes. Alors, qu'est-ce que tu risques ?

Elle faillit jurer à voix haute.

— Je n'ai pas peur de toi, rétorqua-t-elle, glaciale.

Il hocha la tête avec satisfaction.

— Alors c'est parfait. Nous allons pouvoir nous entendre. A demain, donc ? Je viens de voir passer Fairman. Je vais te laisser tranquille pour ce soir.

Il se pencha pour la gratifier d'un baiser amical sur la joue.

— Passe une excellente soirée.

Diana le suivit des yeux avec consternation. Et dire qu'elle s'était juré de ne pas se laisser déstabiliser lorsqu'ils se croiseraient à Boston ! C'était réussi. Furieuse, elle prit sa carte de visite et la déchira en deux. Qu'il aille au diable. Elle n'avait que faire de ce lovelace, ce séducteur à la manque, ce don juan des prétoires ! Il pouvait les garder, ses superlocaux et sa clientèle providentielle ! Et sauter dans le port de Boston avec, si ça lui chantait !

« Tu as peur, Diana ? » résonna une petite voix ironique en elle. Avec un soupir de frustration, elle prit les deux moitiés de la carte et les glissa dans son sac.

Non, elle n'avait pas peur. Et elle ne se priverait pas d'une occasion professionnelle majeure rien que pour punir Caine MacGregor de son incontestable pouvoir sur les femmes.

Finissant son champagne d'un trait, elle se leva avec une soudaine assurance. Elle visiterait le cabinet de Caine le lendemain. Et si le bureau lui convenait, elle le prendrait sans hésiter. Elle ne laisserait rien ni personne se mettre en travers de son avenir professionnel.

Pas même son propre orgueil.

Le lendemain matin, Diana visita deux des bureaux que lui avait indiqués l'agence de location. Pour le premier, un non ferme et définitif s'imposa d'emblée. Pour le second, le verdict, plus nuancé, sonna comme un timide peut-être. Au lieu d'enchaîner sur le troisième, elle se surprit à se rendre tout droit à l'adresse donnée par Caine.

Elle resterait distante et objective et visiterait ses locaux exactement comme elle avait visité les deux autres. En tenant compte de critères objectifs, comme le coût, l'état de vétusté éventuelle des lieux et la situation géographique.

En aucun cas, le fait que Caine soit propriétaire ne devait influer sur sa décision. Avec un peu de chance, d'ailleurs, il serait en rendez-vous extérieur et elle ne verrait que la secrétaire. La décision serait infiniment plus simple à prendre en l'absence du maître des lieux.

Manque de chance, Diana succomba au charme du bâtiment dès le premier coup d'œil. C'était un de ces petits immeubles étroits, anciens et admirablement préservés comme on en trouvait encore ici et là à Boston, charmantes reliques égarées au milieu de leurs vertigineux voisins d'acier et de verre.

Des plaques de neige subsistaient sur la pelouse, mais le petit parking privé avait été bien dégagé. Quelques volutes de fumée grise s'élevaient de la cheminée. Diana emprunta à pied l'étroite allée de brique qui menait à la porte d'entrée. Dans le petit jardin, un chêne solitaire tendait ses branches nues sous un ciel bleu pâle. Quant au tribunal, il était à moins de cinq minutes en voiture.

Jusque-là, c'était presque trop beau pour être vrai.

Elle sourit en voyant la plaque de Caine sur la lourde porte sculptée et imagina la sienne placée juste en dessous. Secouant la tête, elle chassa cette vision fantaisiste. C'était un peu prématuré de se voir déjà installée alors qu'elle n'avait même pas encore visité l'intérieur !

L'entrée était petite et élégante. Elle poursuivit son chemin jusqu'à la réception où dominaient les tons de rose pâle et d'ivoire. La pièce la séduisit d'emblée. Un coin salon confortable avait été aménagé, avec un canapé aux lignes sobres et un étagement de tables basses. Le parquet était visiblement d'époque, de bois sombre et brillant, restauré à la perfection. Dans la cheminée en marbre rose surmontée d'un miroir ovale, un feu pétillait gaiement.

« Beau travail, Caine MacGregor », songea-t-elle, admirative.

Assise derrière un grand bureau encombré, une femme rondelette d'une cinquantaine d'années tapait sur le clavier de son ordinateur tout en parlant dans le combiné du téléphone, qu'elle tenait coincé sous le menton. La secrétaire de Caine lui adressa un large sourire de bienvenue et lui fit signe de prendre place sur le canapé.

Puis elle recommença à marteler le clavier de plus belle tout en poursuivant sa conversation téléphonique :

— Je suis désolée, mais M. MacGregor n'aura pas de disponibilités avant jeudi prochain… Tout est complet, oui.

Elle s'arrêta de taper, le temps d'extraire un agenda de sous une montagne de papiers.

— Voilà… Je peux vous proposer le jeudi à 14 h 30, madame Patterson… Oui, bien sûr. Comptez sur moi. Je vous promets de rappeler s'il devait y avoir un désistement d'ici là.

La secrétaire griffonna l'heure du rendez-vous dans son carnet, puis se remit à la frappe, sans cesser de hocher aimablement la tête en réaction aux paroles de son interlocutrice :

—… Entendu, je lui transmettrai, oui. Au revoir, madame Patterson.

Fascinée par ce déploiement d'activité, Diana l'observait en silence. Reposant le combiné, la remuante secrétaire lui sourit sans que ses doigts cessent de danser sur les touches à une vitesse stupéfiante.

— Bonjour. Vous souhaitez voir M. MacGregor ?

— Pas pour un rendez-vous, non. Je suis Diana Blade. Je ne sais pas s'il vous a prévenue, mais...

— Diana Blade. Ah, oui, bien sûr.

Sans lui laisser le temps de poursuivre ses explications, la secrétaire se leva pour trottiner à sa rencontre d'un pas vif.

— Je me présente : Lucy Robinson. M. MacGregor m'a annoncé que vous passeriez aujourd'hui.

La petite dame replète lui serra énergiquement la main.

— Je vois que vous êtes très occupée, observa Diana. Je peux revenir plus tard si cela vous arrange.

— Mais non, quelle idée !

Lucy lui tapota l'épaule avec un sourire maternel.

— M. MacGregor s'entretient avec un client mais il m'a chargée de vous faire visiter. On va commencer par le premier étage. J'imagine que vous avez hâte de voir votre bureau.

Diana ouvrit la bouche pour répondre qu'il ne saurait en aucun cas être question de *son* bureau dans la mesure où elle n'avait encore rien décidé. Mais Lucy était déjà dans l'escalier.

— Madame Robinson ?

— Oh, pas de « madame », s'il vous plaît. Appelez-moi Lucy. Nous n'aimons pas beaucoup les formalités, ici. L'atmosphère est plutôt familiale.

« Familiale », releva Diana avec l'ombre d'un soupir. Décidément, la famille était omniprésente avec Caine. A croire qu'on ne pouvait pas échapper aux mailles de cet étrange filet invisible.

Elle suivit Lucy, qui se déplaçait avec une rapidité étonnante malgré sa relative corpulence. Une épingle à cheveux échappée de son chignon pendait dans son dos. Mais elle avait clairement d'autres priorités que de s'occuper de sa coiffure.

— Au rez-de-chaussée, nous disposons d'une salle de réunions et d'une petite cuisine. Cela évite d'avoir à sortir tous les jours pour déjeuner. Vous cuisinez, Diana ?

— Euh… ce n'est pas ma spécialité.

Lucy soupira.

— Dommage. Ni Caine ni moi ne sommes des as du fourneau non plus.

La secrétaire s'immobilisa un instant sur le palier pour l'examiner avec une attention bienveillante.

— Caine ne m'avait pas dit à quel point vous étiez jolie. Vous avez des liens de parenté, je crois ?

— Pas directement, non. Mais mon frère a épousé la sœur de Caine.

Lucy hocha gravement la tête.

— Là, vous avez le bureau de Caine qui était l'ancienne chambre de maître. Et voici le vôtre, au bout du couloir.

— La maison a vraiment beaucoup de charme, commenta Diana. J'ai l'impression que Caine n'a pas vraiment modifié l'agencement initial ?

Lucy hocha la tête.

— Il a juste fait abattre quelques cloisons, c'est tout. Il trouvait dommage de ne pas conserver l'atmosphère du lieu d'habitation qu'elle était en première instance. Surtout après avoir fait l'expérience des bureaux standardisés de l'administration. Je suis entièrement de son avis, d'ailleurs. Vu le nombre d'heures que nous passons ici, autant qu'on s'y sente comme chez soi.

Diana songea au bureau minuscule qu'elle occupait chez Barclay, Stevens et Fitz. Et à la triste moquette marron qu'elle avait toujours détestée. Le parti pris de Caine avait du bon, en effet.

— Il y a longtemps que vous travaillez pour Caine, Lucy ?

— Ah, ça commence à faire un certain temps, oui. J'étais déjà sa secrétaire attitrée lorsqu'il était procureur d'Etat. Quand il m'a proposé de le suivre, j'ai fait ni une ni deux et j'ai démissionné, expliqua la secrétaire avec bonne humeur en poussant une porte. Et voilà ! Votre bureau, Diana.

C'était si parfait qu'elle ne parvenait tout simplement pas à y croire. Sans être grande, la pièce donnait une impression d'espace. Deux fenêtres à guillotine ouvraient sur l'est. Les plafonds étaient hauts et élégants avec leurs gracieuses moulures ; le parquet de bois clair avait été refait. Avec une exclamation ravie, Diana se dirigea vers la cheminée en marbre blanc.

Les murs étaient tendus d'une soie claire, légèrement fanée mais encore très belle. Diana plissa les yeux, visualisa le mobilier qui conviendrait au style des lieux et comprit qu'elle était perdue. Elle n'imaginait déjà plus d'exercer ailleurs qu'ici.

— Je suis étonnée que Caine n'ait pas trouvé un usage personnel pour cette pièce, observa-t-elle à voix haute.

— Au début, il l'avait meublée pour en faire une chambre à coucher. Ça lui permettait de rester dormir de temps en temps, lorsqu'il passait une soirée entière à plancher sur un dossier. Mais il finissait par ne plus jamais sortir de son cabinet. Il s'est vite rendu compte qu'il était plus sain de marquer une séparation nette entre son lieu de vie et son lieu de travail.

— C'est conseillé, en effet, admit Diana.

— Les ouvrages de droit sont dans la bibliothèque, poursuivit Lucy. C'est là qu'il a fait abattre quelques cloisons. Il y a également une salle de bains à l'étage avec les robinets en porcelaine d'origine… Ah ! zut, voilà mon téléphone qui sonne. Je vous laisse poursuivre sans moi ?

Diana ouvrit la bouche pour répondre, mais Lucy avait déjà disparu dans le couloir. Elle songea à la jeune secrétaire neutre et réservée qu'elle avait partagée avec deux autres avocats chez Barclay. Dans son ancien cabinet, ordre et discrétion étaient de mise. On n'y trouvait pas de chignon de guingois ni de bureau en désordre et encore moins de quinquagénaires boulottes. Mais l'atmosphère y était résolument funèbre comparée à ce qui se passait ici.

Une tombe, songea Diana avec un léger frisson. Elle avait travaillé pendant un an dans une tombe. Une tombe aristocratique, certes. Mais un sépulcre restait un sépulcre.

Diana regarda autour d'elle et poussa un soupir de satisfaction. Ici, ses clients se sentiraient tellement mieux accueillis que chez Barclay. Du moins… les quelques rares fidèles qui continueraient à avoir recours à ses services à présent qu'elle roulait pour son propre compte.

Après avoir fait le tour de la pièce et contemplé la vue par les fenêtres, Diana passa dans le couloir et poussa une porte au hasard. C'était la bibliothèque qu'avait mentionnée Lucy. Impressionnée d'y trouver autant d'ouvrages que chez Barclay, Stevens et Fitz, Diana s'avança pour examiner les rayons. Sur une table aux dimensions imposantes étaient étalés quelques livres, dont un volume ouvert.

Diana se pencha pour en lire le titre. Il s'agissait d'un compte rendu de procès qu'elle avait vaguement étudié alors qu'elle était à Harvard. Une affaire d'homicide qui avait fait pas mal de bruit pendant les années soixante-dix et dont les échos s'étaient propagés jusque dans la presse nationale. Le procès s'était prolongé pendant des mois dans une salle de tribunal bondée.

Caine travaillait-il sur une affaire voisine de celle-ci ? Intriguée, Diana tourna une page, puis deux, et commença à lire.

Lorsqu'il la rejoignit à la bibliothèque, dix minutes plus tard, Caine la trouva si profondément absorbée dans sa lecture qu'elle ne leva même pas les yeux à son approche. C'était la première fois qu'il la surprenait ainsi, l'attention entièrement mobilisée, indifférente à ce qui se passait autour d'elle.

La jeune femme était restée debout, en appui sur ses paumes posées à plat sur la table. Il examina son profil, les sourcils légèrement froncés, les lèvres entrouvertes. Elle portait une veste cintrée rouge, cette fois. Un beau rouge vibrant qui faisait chanter les contrastes avec son teint et sa chevelure.

Ses cheveux étaient retenus derrière une oreille, révélant des pendentifs en or. Caine fit un pas dans sa direction, conscient qu'en s'approchant il retrouverait le redoutable parfum qui avait tendance à lui faire perdre la tête.

Par mesure de prudence, il glissa les mains dans ses poches.

— C'est intéressant ?

Il la vit tressaillir au son de sa voix. Mais elle se redressa sans hâte.

— L'affaire Silvan ? Elle a fait beaucoup de bruit, à l'époque. Et le procès a été riche en rebondissements. L'avocat de la défense s'est illustré par son sens du théâtre. Chaque jour, ou presque, il sortait de nouveaux éléments de son chapeau.

— O'Leary ? C'était un sacré avocat. Même si certains mauvais esprits avaient tendance à trouver qu'il manquait de mesure.

Prenant appui contre le chambranle, Caine savoura le plaisir de la voir là, au cœur même de son territoire. La lumière d'hiver qui filtrait par la verrière tombait sur une de ses mains longues et fines.

— Il a quand même fini par perdre en appel, observa-t-elle.

— Sa cliente était coupable. Et l'avocat général avait un réquisitoire en béton.

Du bout du doigt, Diana lissa une page.

— Tu lisais par curiosité ou tu travailles sur un cas plus ou moins similaire ?

— Virginia Day, annonça-t-il avec l'ombre d'un sourire.

Le regard somnolent de Diana se mit à briller d'un éclat soutenu.

— Elle t'a choisi comme avocat ?

— Eh oui…

Le résumé de cette histoire passionnelle, Diana l'avait découvert dans les journaux. Mais elle avait surtout entendu les commentaires de ses collègues avocats. On parlait beaucoup de cette affaire d'homicide car les protagonistes appartenaient au milieu mondain : mari infidèle, épouse jalouse. Un petit revolver caché dans un sac à main…

— On ne peut pas dire que tu choisisses la facilité, Caine.

Il se contenta de hausser les épaules.

— Lucy m'a dit qu'elle s'était chargée de la visite guidée ?

— Oui, j'ai fait la connaissance de ta secrétaire. J'ai vu quelques indices de désorganisation et de désordre. J'ai également remarqué que ses doigts couraient sur le clavier à une vitesse démoniaque. Mais pour la passion des séries télévisées, je n'ai pas encore relevé de traces.

— Elle a deux magnétoscopes chez elle qui lui permettent d'enregistrer tout l'après-midi pendant qu'elle travaille.

— Mmm… Je vois.

— Un petit conseil tout de même : à ta place, j'éviterais de lui poser la moindre question sur les feuilletons qui passent en ce moment. A moins que tu n'aies beaucoup de temps à perdre.

Avec un rire amusé, Diana alla le rejoindre à la porte.

— J'aime beaucoup ton cabinet, Caine. Et je dois malheureusement reconnaître qu'il est beaucoup plus attrayant que tout ce que j'ai vu jusqu'à présent.

— Pourquoi « malheureusement » ?

— Si je ne l'avais pas trouvé à ma convenance, cela m'aurait évité d'avoir à prendre une décision. Tu l'as meublé toi-même ou tu as eu recours à un pro ?

— Ah non, les meubles, c'est moi. J'ai un faible pour les brocanteurs et les ventes aux enchères. J'adore aller chiner lorsque j'ai un peu de temps à perdre. Et puis je crois que ça m'irriterait, à la longue, d'évoluer au quotidien dans un décor composé par quelqu'un d'autre.

— Je suis un peu comme toi. Ma tante faisait appel à un décorateur tous les trois ans pour remettre sa maison au goût du jour. Et ce qui était censé nous servir de lieu de vie finissait par tourner à la salle d'exposition.

Diana s'interrompit pour porter la main à son front.

— Mais passons aux choses sérieuses, Caine… Si je ne prends pas le bureau, le loueras-tu à quelqu'un d'autre ?

— Pas forcément. C'est délicat de partager un espace de travail. Les personnalités ne sont pas toujours compatibles.

Amusée, elle haussa les sourcils.

— Et qu'est-ce qui te dit qu'il y aura compatibilité entre nous ?

— Crois-moi, il n'y aura pas de problèmes de ce côté-là. Au contraire. Mais si nous allions nous asseoir un moment dans mon bureau pour discuter des modalités pratiques ? Tu veux que je demande à Lucy de nous monter du café ?

— Non, ne la dérange pas, surtout. Elle a déjà bien assez à faire comme ça.

Un feu était allumé dans le cabinet de travail de Caine. Avec un murmure admiratif, Diana prit place dans un élégant petit fauteuil couleur sable.

— Je ne voudrais pas abuser de ton temps, Caine. J'ai entendu Lucy dire au téléphone que tu n'avais pas une minute à toi avant jeudi prochain.

Il se renversa contre son dossier.

— On peut toujours jongler avec un emploi du temps… Je viens de passer trois quarts d'heure à calmer un client hystérique. Cela me change agréablement les idées de m'entretenir avec toi.

— Merci.

Diana prit une profonde inspiration.

— Je ne te cache pas que je suis très tentée par ta proposition. Il reste la délicate question pécuniaire que nous n'avons pas encore abordée…

Le montant qu'avança Caine se situait dans les limites de son budget mais restait suffisamment élevé pour qu'elle n'ait pas le sentiment d'accepter une aumône.

— Lucy est d'accord pour assurer ton secrétariat en attendant que tu t'installes. Ensuite, vous verrez ensemble si vous continuez comme ça ou si tu préfères embaucher ta propre assistante.

Diana prit le temps de digérer ces informations avant de hocher la tête.

— Cela me convient… Mais je ne sais pas si je peux accepter que tu m'adresses tes clients, Caine.

— Pourquoi ? Il faut bien que tu te fasses une clientèle de base, non ? Ce n'était pas dans l'espoir de te faire un brin de publicité gratuite que tu as accepté l'invitation de Fairman hier soir ?

Elle commença par lui jeter un regard noir, puis finit par hausser les épaules.

— Il y a un peu de ça, même si je n'apprécie pas forcément ta formulation. Mais ce que tu me proposes, c'est encore autre chose.

— Si tu ne veux pas de mes clients, je les enverrai à quelqu'un d'autre. J'en ai deux en ce moment que je défendrais volontiers mais à qui je n'aurais pas suffisamment de temps à consacrer.

— Et ça ne te gêne pas, déontologiquement, de me les adresser alors que tu ne sais pas ce que je vaux ?

— Mais bien sûr que si, je sais ce que tu vaux. J'ai pris tous les renseignements au préalable.

— *Quoi* ? Tu as mené une enquête sur moi ? Dans mon dos ?

Son indignation amena un sourire aux lèvres de Caine.

— C'est la moindre des choses, non ? J'ai cru comprendre que cela te choquerait que je recommande un avocat sans m'être assuré d'abord qu'il avait les compétences requises.

Diana poussa un bref soupir exaspéré. Non seulement l'argument était imparable, mais elle l'avait provoqué elle-même par sa question.

— D'accord. Et quel genre de cas pensais-tu m'adresser ?

— Le premier est une affaire de viol. C'est un gamin de dix-neuf ans, un peu tête brûlée, pas très bonne réputation. Il dit que la fille avait toujours été consentante. Et puis ils ont eu une dispute. Et sans qu'il l'ait vu venir, il s'est retrouvé en cellule, inculpé pour viol. Le second est une affaire de divorce. L'épouse est la plaignante. Lorsqu'elle est arrivée ici, elle avait l'œil gauche tuméfié et quelques dents à refaire.

— Violences conjugales, murmura Diana avec un frisson de répulsion.

— Ça en a tout l'air, oui. D'après cette femme, cela fait déjà quelque temps que cela dure, mais elle estime que les limites ont été franchies. Lui la poursuit de son côté pour abandon de domicile conjugal. Comme c'est lui qui a l'argent, il a tout pouvoir sur elle. Et elle se refuse pour le moment à porter plainte pour coups et blessures.

— Eh bien... ça ne va pas être du gâteau ! C'est peut-être bien un cadeau empoisonné que tu me fais, effectivement. Mais j'aimerais quand même les voir la semaine prochaine l'un et l'autre.

— Entendu. Et tu auras ton contrat prêt pour lundi.

Diana se leva.

— Puisque tout est réglé, je te laisse plancher sur la défense de la ténébreuse Virginia… Merci, Caine, ajouta-t-elle, non sans émotion, en lui serrant la main. J'apprécie la marque de confiance que tu viens de me donner.

Il garda ses doigts serrés entre les siens.

— Attends d'avoir vu tes deux futurs clients. Tu me seras peut-être moins reconnaissante une fois que tu les auras eus en entretien… Et maintenant que ces questions professionnelles sont réglées, je t'invite à dîner ce soir, Diana.

Avec quelle facilité il changeait de registre, adoptant soudain cette voix grave et caressante qui faisait battre le sang à ses tempes et précipitait ses pulsations cardiaques de façon alarmante.

— Je pense qu'il serait plus sage que nous nous cantonnions à une simple relation professionnelle, Caine.

— Professionnels, nous saurons l'être, toi et moi. Mais chaque chose en son temps, murmura-t-il. Arrivé le vendredi soir, par temps de neige et de froid, j'oublie les subtilités de la loi et les délices de la jurisprudence. Je connais un petit restaurant dans le quartier de Back Bay où on sert du poisson pêché du jour. Il y a une petite table dans un coin, qui est à peine éclairée par quelques bougies. Tu peux passer une soirée entière, tranquille, sans voir personne.

Du bout du doigt, il traça le contour de son oreille.

— J'ai envie de t'emmener là-bas, de boire un bon vin qui chante sous le palais, d'entendre ton rire. Puis on rentrerait chez moi et j'allumerais un feu dans la cheminée…

Tout en parlant, Caine laissait son regard errer sur son

visage, buvait la mystérieuse beauté de ses yeux. Oui, il voulait passer du temps avec elle, l'amener à se détendre et à s'ouvrir à lui, à mesure que la soirée avancerait.

Il voulait la sentir céder petit à petit, la voir s'abandonner et se rendre. Ne finiraient-ils pas, inéluctablement, par en arriver là tôt ou tard ? Il comprenait les femmes, non ? Et il savait mieux que personne ce qu'elles recherchaient chez un amant.

— Et nous ferions l'amour jusqu'à l'extinction des dernières braises, conclut-il dans un murmure en plongeant le regard dans le sien, comme s'il pouvait ainsi la pénétrer tout entière.

Le souffle de Diana s'accéléra. Elle se sentait envahie, possédée. Utilisant les mots comme d'autres se servent d'un pinceau, Caine créait des images qu'elle n'était que trop prompte à percevoir. Il serait à n'en pas douter un amant à la fois magnifique et… terrifiant. Le genre d'homme pour lequel une femme serait prête à tout quitter, tout en sachant qu'elle aurait de la peine à survivre à l'expérience. Et elle le désirait plus qu'elle ne se serait crue capable de le faire.

Comme tant d'autres, déjà, qui avaient cédé au charme de Caine avant elle…

Mortifiante, cette pensée la fit reculer.

— Désolée, mais je n'adhère pas à ton programme, Caine MacGregor. J'ai d'autres projets que celui-là.

— Tu en as envie autant que moi.

Caine l'attira dans ses bras et l'embrassa avec une fougue que le calme de son attitude n'avait en rien laissé augurer. Son baiser fut d'emblée passionné, exigeant, presque brutal. Il buvait avidement à ses lèvres, se remplissait d'elle, de son odeur, de la saveur fruitée de sa bouche. Ce fut une lutte sans merci qu'il dut mener contre lui-même pour s'en tenir à ses lèvres et ne pas laisser ses mains s'égarer sous ses vêtements. Il voulait sa chaleur vivante sous ses paumes, sa nudité brûlante et son corps offert.

Deux semaines... Depuis deux semaines déjà, il attendait ce moment. Le manque lui parut soudain si lancinant qu'il la plaqua contre lui avec force, comme pour s'assurer qu'elle ne lui échapperait plus jamais.

Désirer une femme n'avait rien d'inhabituel pour lui, pourtant. Mais jamais il n'avait éprouvé ce besoin aveugle, implacable, qui oscillait aux frontières de l'obsession. L'amant patient, attentif et subtil qu'il se flattait d'être avait disparu au profit du primitif livré à ses instincts les plus basiques. Il se sentait habité par des forces proprement animales, traversé par des élans d'une violence inouïe.

Diana gémit. C'était comme si sa bouche avait fusionné avec celle de Caine. Chaque fois qu'elle se donnait l'ordre de le repousser, elle se cramponnait à lui de plus belle. Une part inconnue d'elle-même la poussait à se soumettre, voire à prendre les devants, à assaillir et à exiger. Des pensées folles, des images hallucinées glissaient dans son esprit, menaçant de libérer un fond de sauvagerie que rien ne contiendrait plus, une fois qu'il se serait exprimé. Il était tentant, tellement tentant de cesser de lutter contre cette Diana sensuelle et sauvage qui ne demandait qu'à s'affirmer.

Mais cesser de lutter, c'était perdre toute maîtrise. Et prendre le risque de se trouver ballottée de nouveau au gré des caprices d'autrui…

Dans un sursaut de peur et de colère mêlées, elle se dégagea de ses bras.

— Non ! Je viens de te dire que batifoler au coin du feu avec toi n'entrait pas dans mes projets ! Cela t'arrive d'écouter quand on te parle ?

Caine, à cet instant, l'aurait volontiers jetée sur une épaule pour la traîner de force sur la première couche venue. C'était la première fois que cette espèce de fureur sauvage se mêlait à son désir. Il se força à respirer calmement et réussit à se souvenir qu'il faisait partie de l'espèce civilisée.

— Tôt ou tard nous ferons l'amour ensemble, Diana. Mais puisque tu sembles avoir du mal à l'admettre, je peux patienter encore un peu.

— Alors prépare-toi à une longue attente, mon vieux !

Frémissante d'indignation, elle récupéra son sac à main dans le fauteuil.

— A lundi, donc. Du moins, si tu penses être capable de garder un minimum de distance. Sinon, autant laisser tomber tout de suite, d'accord ?

Caine ne dit pas un mot lorsqu'elle sortit comme une tornade en claquant la porte derrière elle. Une bûche s'effondra dans la cheminée avec un craquement sec et des étincelles s'élevèrent pour retomber en une pluie lente, lumineuse et colorée. Il porta les mains à ses mâchoires crispées et s'approcha de la cheminée.

Bon sang ! Il avait pourtant eu l'intention de rester calme, patient, amical. Et de ne pas la toucher, surtout. Rien ne les pressait ! Il avait l'éternité devant lui pour vivre cette histoire avec elle. Mais en présence de Diana, il perdait systématiquement toute maîtrise de lui-même. Alors qu'il n'avait aucun problème d'habitude pour contrôler ses humeurs. Il avait plaidé dans des atmosphères explosives, face à des avocats généraux qui l'avaient poussé jusque dans ses derniers retranchements. Il s'était trouvé dans des salles d'interrogatoire sinistres, face à des clients déchaînés qui lui crachaient leur haine à la figure. Et il était toujours resté de marbre.

Alors que Diana, d'un seul mot, d'un seul regard, le plongeait dans des états volcaniques.

S'il voulait être objectif avec lui-même, il se devait d'admettre qu'il se passait quelque chose d'inhabituel avec cette fille. Quoi, exactement, il n'était pas encore en mesure de le définir. Mais la prudence la plus élémentaire lui commandait de souscrire au souhait de Diana. Ils pouvaient occuper ce cabinet en bonne intelligence, prendre un café ensemble de temps en temps pour discuter d'une affaire en cours, disséquer un point de droit ensemble. Et se remonter mutuellement le moral en cassant du sucre sur le dos de tel ou tel juge.

Un programme plutôt sympathique en soi.

Mais Caine n'avait pas la moindre intention de se montrer prudent ou raisonnable.

Tôt ou tard, il finirait par la convaincre de partager son lit. Et l'attente serait loin d'être aussi longue qu'elle avait bien voulu le laisser entendre.

5

Des coups de marteau en pleine nuit ?

Qui était le voisin assez fou pour faire des travaux à une heure pareille ? Révoltée par le sans-gêne du bricoleur nocturne, Diana se retourna dans son lit et tira les couvertures au-dessus de sa tête. Mais les boum ! boum ! impatients continuèrent à lui marteler impitoyablement les oreilles. Avec un gémissement de désespoir, elle enfouit le visage sous l'oreiller en se promettant de porter plainte le jour même contre l'imbécile qui se permettait de clouer ses étagères de nuit.

Trente secondes plus tard, hélas, Diana dut virer l'oreiller sous peine de suffoquer. Lâchant une obscénité qui eût horrifié sa tante, elle repoussa ses couvertures et ouvrit les yeux.

Premier constat : son réveil indiquait 7 h 30. Pas tout à fait le milieu de la nuit, d'accord. Mais un samedi matin, cela restait un horaire inconvenant tout de même. Second constat : ce n'étaient pas des coups de marteau qu'elle entendait. Quelqu'un tambourinait contre une porte.

Sa porte, en l'occurrence.

Jurant de plus belle, Diana s'extirpa de son lit et enfila un peignoir.

— Du calme ! J'arrive !

Nouant sa ceinture autour de la taille, elle se dirigea vers l'entrée comme un zombie. Elle tira le battant d'un coup sec, oubliant qu'elle avait mis la chaîne de sécurité. Telle une vision d'apocalypse, le visage souriant de Caine apparut dans l'entrebâillement.

— Non..., murmura-t-elle, anéantie.

— Salut ! Je ne te réveille pas au moins ?

Diana prit le temps de lui jeter un regard assassin avant de lui refermer au nez. Elle se détournait déjà pour retourner se coucher lorsqu'il recommença à s'escrimer sur le battant. Par considération pour ses voisins, elle rouvrit en grand et le toisa avec toute la hauteur dont elle se savait capable.

— Qu'est-ce que tu veux ?

Le sourire de Caine s'élargit.

— Oui, ça va, je suis en pleine forme, merci, et toi ? Tu as bien dormi ?

Il effleura ses lèvres d'un baiser rapide et entra sans attendre d'y avoir été invité. Diana était tellement furieuse que ses dents en grinçaient. Outrée, elle se renversa contre le battant clos.

— Tu sais quelle heure il est, au moins ?

Caine regarda obligeamment sa montre.

— Très exactement 7 heures et 35 minutes, annonça-t-il sans se départir de son sourire allègre. L'heure du café, autrement dit. Tu en as de fait ?

Le regard noir, elle se croisa les bras sur la poitrine.

— Non, je n'ai pas de café de fait ! C'est *samedi matin*, Caine, bon sang ! Tu ne peux donc jamais rien faire comme tout le monde ? Comme dormir sur tes deux oreilles, par exemple, à l'heure où les honnêtes gens se reposent des fatigues de la semaine ?

— J'ai toujours été du matin, admit-il distraitement en regardant autour de lui.

Diana essaya de voir l'appartement à travers ses yeux. Serait-il choqué par le côté inachevé de son installation ? C'était son premier chez-elle — le premier lieu, en tout cas, que personne ne pouvait lui enlever. Et elle avait décidé de prendre tout le temps qu'il lui faudrait pour l'aménager à son goût. Elle n'était pas peu fière de l'authentique tapis de Perse qu'elle avait acheté d'occasion. L'élégant canapé rococo lui avait coûté presque toutes ses économies, mais elle ne l'avait jamais regretté. Et cet automne, à Paris, en traînant dans les galeries, elle avait fait l'acquisition de son premier *vrai* tableau. Un original, une œuvre unique, qu'elle chérissait immodérément.

Caine glissa les mains dans les poches de son jean et alla regarder la toile de plus près. L'appartement de Diana était dépouillé, mais chaque pièce qu'elle possédait était belle, originale et parfaitement mise en valeur.

— J'aime bien ton cadre, déclara-t-il. Il te ressemble.

Diana bâilla ostensiblement.

— C'est pour faire une expertise immobilière, Caine, que tu es venu m'arracher de mon lit à l'aube ?

— Mmm... Tu es un peu hérissée de bon matin, on dirait, observa-t-il avec une bonne humeur inaltérable. Je crois que je ferais mieux de préparer le café moi-même.

Ignorant sa mine consternée, Caine se dirigea vers la cuisine. Puisqu'il avait réussi à pénétrer dans la place, autant pousser son avantage un peu plus loin. Trois fois au moins pendant le bref trajet à pied entre chez lui et chez elle, il avait failli revenir sur ses pas. Mais il était resté sur son impulsion de départ et avait poursuivi son chemin. Sans trop chercher à comprendre pourquoi il sonnait à la porte de Diana avant 8 heures du matin.

— Caine ! Tu n'as tout de même pas l'intention de *rester* ? se récria-t-elle en lui emboîtant le pas.

— Ne t'inquiète pas. Ça ne me dérange pas de faire du café pour deux.

« Reste calme, Diana. *Surtout*, reste calme. Si tu exploses, ce sera encore pire. »

— Caine... Je *dormais*, O.K. ? Comme toute personne

normale et sensée, je m'accorde une grasse matinée le samedi matin.

— C'est une pratique regrettable qui perturbe les rythmes physiologiques, rétorqua-t-il en inventoriant ses placards. C'est pour ça que tant de gens peinent à s'extraire de leur lit le lundi matin. A mesure que l'on avance dans la semaine, ils reprennent peu à peu le pli et rééquilibrent leurs biorythmes. Mais arrivé le samedi, clac ! ils gâchent tout en s'abrutissant de sommeil jusqu'à 10 heures du matin.

— C'est très profond comme considération, Caine. Mais il se trouve que je n'ai *aucun mal* à sortir de mon lit le lundi matin. Je me lève avec plaisir, même. Donc je revendique en toute bonne conscience mon droit à dormir comme je veux, quand je veux, et aussi tard que je veux !

Comme il continuait à aller et venir dans la cuisine en sortant des tasses, du café moulu et des filtres, Diana finit par craquer.

— Caine, bon sang, tu m'écoutes, au moins ? Qu'est-ce que tu fais ici ?

— Le café, pour l'instant. Mais tu as faim, peut-être ? Je peux aussi te cuisiner des œufs, si tu veux.

— Non, merci, sans façon.

Au comble du découragement, elle frotta ses yeux encore gonflés de sommeil.

— Je ne sais pas pourquoi je prends la peine de te répondre. Dis-moi que je dors et que ta présence ici n'est qu'un mauvais rêve.

— Tu te sentiras plus dans la réalité une fois que tu auras bu ton café, lui assura-t-il aimablement.

Caine mit la cafetière en marche et se retourna pour la regarder. Il l'avait déjà vue en quantité de circonstances. Mais la Diana au réveil, avec les paupières un peu lourdes et les joues encore rosies par le sommeil, détrônait toutes les autres.

— Je crois que je ne te dirai jamais assez à quel point tu es belle, le matin.

Elle poussa un soupir démoralisé lorsqu'il lui prit le menton entre les doigts.

— Ça doit venir de ta peau, murmura-t-il en l'examinant. Tu utilises une mystérieuse potion indienne aux pouvoirs surnaturels ?

Diana lui jeta un regard noir.

— Je ne connais pas la médecine indienne. Et je te signale que ton café est prêt.

Caine se retourna pour se verser une tasse.

— Tu en veux une goutte ?

— Au point où j'en suis... Mais je te préviens qu'il m'en faudra un bon litre.

Etouffant un bâillement, elle se baissa pour sortir le lait du réfrigérateur. Caine la regarda faire, sourit de la voir évoluer au radar, puis passa dans le salon.

— Tu sais que nous avons pratiquement la même vue, toi et moi ? Mon appartement est à trois pas d'ici.

— Quel heureux hasard, ironisa-t-elle.

Il s'installa confortablement sur le canapé.

— J'y vois plutôt la marque du destin. C'est fascinant, non ?

— Très. Si j'en avais la force, je te dirais où tu peux te le mettre, ton destin.

Elle prit place à côté de lui, la tête encore alourdie par le sommeil, et s'appuya de tout son poids sur l'accoudoir. Caine en était presque attendri de la voir comme ça.

— Je compte faire la tournée des antiquaires, aujourd'hui, expliqua-t-elle en bâillant. Il faut que je m'occupe de meubler mon bureau de toute urgence si je veux recevoir mes clients, la semaine prochaine.

Diana prit une gorgée de café. Il était loin d'être excellent, mais elle n'aurait sans doute pas fait beaucoup mieux à sa place.

— Je viens avec toi, annonça Caine.

— Où ça ?

— Faire les magasins.

Elle refréna un soupir.

— Je te remercie de me le proposer. C'est très aimable de ta part, mais je suis sûre que tu as d'autres occupations, plus urgentes.

Cette fois, Caine éclata franchement de rire.

— J'adore quand tu prends cet air gentiment poli pour m'envoyer au diable. J'aime ta compagnie, Diana. C'est si difficile pour toi de l'accepter ?

— Ce n'est pas ça… Enfin, si, mais…

« Et voilà. Ça recommence », songea-t-elle découragée en contemplant sombrement le fond de sa tasse.

— J'ai trois bonnes raisons de vouloir passer du temps avec toi, Diana, poursuivit Caine, très à l'aise, le regard rivé au sien. Un, nous sommes confrères ; deux, nous sommes liés par deux personnes qui nous sont chères : Justin et Serena. Trois, tu m'attires. Et pas seulement par ton physique. Je suis séduit aussi par ton intelligence et même par ta personnalité chaotique.

— Ma personnalité n'a rien de chaotique, objecta-t-elle en se levant brusquement.

Les mains dans les poches de son peignoir, elle déambula jusqu'à la fenêtre. Les liens professionnels ne lui posaient pas de problèmes. Le rapport familial lui paraissait encore un peu obscur, mais elle était prête à l'accepter. Quant à l'attirance…

— Tu m'embrouilles, Caine ! Voilà le fond du problème !

— Comment ça, je t'embrouille ?

— Tu me fais perdre le fil de mes pensées, tu me mets du brouillard dans la tête et du coton à la place de la cervelle !

Avec une virulence qui les étonna l'un et l'autre, elle se tourna vers lui.

— Et la confusion est intolérable pour moi, tu m'entends ? Je veux savoir où j'en suis, je veux savoir ce que je fais et pourquoi je le fais. Or, dès que je passe un peu de temps avec toi, des blancs se forment dans mon esprit. Et je ne *supporte* pas que ça flotte, que ça oscille et que ça tangue !

Confronté à son silence, elle eut un geste excédé de la main.

— Tu ne comprends pas que je ne peux pas m'offrir le luxe de sombrer dans des états pareils ? J'ai besoin d'*ordre*, j'ai besoin de *certitude*, j'ai besoin de *clarté* !

Visiblement surpris par sa saute d'humeur, Caine soutint calmement son regard.

— Ça ne t'a jamais traversé l'esprit que tu pouvais t'abandonner à une situation plutôt que de la dominer ? Laisser les choses suivre leur cours, tout simplement, et voir où ça te mène ?

Diana secoua la tête.

— Non, merci, j'ai déjà donné. Lorsque j'avais six ans, j'ai été obligée de m'abandonner à la situation et de laisser les choses suivre leur cours, comme tu dis. Et vois où j'en suis maintenant. Non, j'ai déjà perdu trop de temps comme cela. Maintenant, je veux garder la tête sur les épaules et le contrôle de ma vie bien en main.

Reposant sa tasse sur la table basse, Caine se leva pour la rejoindre.

— Ainsi, au vu d'un certain nombre de circonstances pénibles que tu as subies étant enfant, tu vas t'interdire de vivre tout ce que tu pourrais ressentir vis-à-vis de moi ?

Il devait la trouver terriblement rigide et coincée, mais tant pis.

— C'est à peu près cela, oui, admit-elle en soutenant son regard.

— Désolé, mon cher maître, mais c'est un peu faible

comme argumentation. En examinant ta plaidoirie d'un peu plus près, je pourrais y trouver quantité de failles.

— Pas de contre-interrogatoire, s'il te plaît.

Caine se rapprocha dangereusement.

— Nous pourrions essayer de régler la question hors tribunal, suggéra-t-il. Juste toi et moi. De femme à homme. D'homme à femme.

Sur la défensive, elle recula d'un pas.

— Justement, parlons-en, de l'homme à femmes ! Ta réputation aussi joue contre toi. On ne peut pas dire que tu aies adopté un profil bas dans ta quête acharnée du plaisir, ces dix dernières années.

— Je réfute cette accusation, maître. Elle n'est basée que sur des présomptions et des rumeurs. Tu n'as aucune preuve concrète de ma vilenie dans ce domaine.

Il lui posa les mains sur les épaules et entreprit de masser doucement les muscles contractés.

— Tu vas devoir te débrouiller pour trouver des pièces à conviction… Ou alors te décider à me faire confiance. C'est également une possibilité.

Diana lutta contre la tentation de fermer les yeux et de se couler dans ses bras pour y sombrer corps et âme.

— Je pourrais aussi choisir de sauter par la fenêtre, Caine. Mais dans les deux cas de figure, il y a un gros risque de casse.

Stoïque, Caine réprima ses instincts de prédateur et renonça à la faire pivoter vers lui pour lui voler un baiser. Il la sentait fragile, vulnérable, et il lui répugnait de tirer parti de son désarroi. Sa confiance, il avait sincèrement envie de l'obtenir, pourtant. Même s'il n'était pas certain de pouvoir se fier à lui-même.

— Tu veux des garanties. Mais je ne peux pas te les donner, Diana… Toi non plus, tu ne peux rien promettre de ton côté, d'ailleurs.

— C'est différent. Pour toi, c'est plus facile.

— Et pourquoi ce serait plus facile pour moi ?

Diana soupira, perplexe.

— Je ne sais pas. Mais ça me paraît évident.

Il aurait pu la serrer dans ses bras, l'embrasser jusqu'à ce que ses doutes s'effacent et qu'elle ne soit plus que désir et incandescence entre ses bras.

Mais pour des raisons qu'il ne put définir d'emblée, il ne chercha pas à tirer avantage de sa faiblesse momentanée. Il y avait trop de choses qu'il souhaitait lui faire découvrir. A croire que Diana éveillait ses instincts chevaleresques. Plus encore que de vaincre ses résistances, il rêvait d'abattre les murs invisibles qui la retenaient prisonnière.

— Ecoute, je te propose d'aller t'habiller et de passer la journée avec moi. Nous nous sommes rencontrés dans des circonstances un peu compliquées. Pourquoi ne pas nous accorder un peu de temps ensemble pour voir ce qui en ressort ?

— Je ne suis pas certaine d'avoir envie de découvrir ce qui risque d'en « ressortir », marmonna-t-elle.

— C'est Justin qui a hérité de tous les instincts de joueur dans la famille ? Tu es si effrayée par le moindre risque, de ton côté !

Diana soupira. Son regard avait quelque chose d'irrésistible lorsqu'il souriait comme ça.

— Je ne sais pas, admit-elle. Jusqu'à présent, je n'ai jamais été attirée par le jeu.

— C'est ce que tu crois. Mais qu'est-ce qu'un avocat, sinon un joueur qui prend des paris sur la loi ?

Sous ses mains, Caine sentit les épaules de Diana se détendre. Elle alla même jusqu'à lui sourire.

— Le problème, c'est que je ne raisonne pas en juriste, en ce moment. Si c'était le cas, je te prouverais par *a* + *b* que la seule attitude recevable pour moi, en l'occurrence, consisterait à te jeter à la porte pour retourner me coucher.

— Nous pourrions aborder ce point de droit et en débattre pendant des heures, je suppose.

— Sans doute, oui.

Avec une ébauche de sourire aux lèvres, Caine roula une mèche de ses cheveux autour d'un doigt.

— Diana, je vais être complètement honnête avec toi : si tu ne te décides pas à t'habiller rapidement, la curiosité va l'emporter sur ma discrétion naturelle et je risque de m'intéresser d'un peu trop près à ce que tu portes ou ne portes pas sous ce peignoir.

Elle haussa les sourcils.

— Ah, vraiment ?

— Cela reste sujet à négociation, bien sûr. Mais je me sens tenu de t'avertir que je pourrais être amené à agir sans délai.

— Dans ce cas, j'imagine qu'il ne me reste plus qu'à prendre ma douche ?

— Parfait. Je boirai un second café en t'attendant.

Comme elle s'éloignait de sa démarche tonique de danseuse, il laissa son regard s'attarder sur le tissu souple qui lui caressait les hanches à chaque pas.

— Euh... Au fait, Diana ?

— Mmm ?

— Tu portes quoi, au juste, sous ce peignoir ?

Elle lui jeta un regard parfaitement neutre.

— Mais rien, mon ami... Rien du tout.

Diana poussa la porte du magasin en riant.

— Tu as un aplomb incroyable. Je n'en reviens pas que tu aies osé faire ça !

Repoussant les cheveux que le vent d'hiver avait ramenés sur son front, Caine la suivit à l'intérieur.

— Pourquoi ? Je n'ai pas menti. J'ai effectivement vu la même lampe dans le centre pour vingt dollars de moins.

— Ça, je veux bien le croire. Mais de là à en informer cette cliente sous le nez du vendeur, alors qu'elle allait conclure son achat !

Il haussa les épaules.

— Ça apprendra à cet antiquaire à se montrer moins gourmand. Il faut qu'il limite un peu ses marges. Ça tourne à l'escroquerie pure et simple.

— J'ai cru qu'il allait faire une crise d'apoplexie, en tout cas, chuchota Diana. Je serais sans doute morte de honte sur place si je n'avais pas été aussi occupée à lutter contre une crise de fou rire. Jamais je n'oserai remettre les pieds dans son magasin.

— De toute façon, je te le déconseille, tant qu'il ne reverra pas ses tarifs à la baisse.

Repoussant ses cheveux derrière une oreille, Diana l'examina un instant.

— Au fond, tu es beaucoup plus écossais que tu n'en as l'air, Caine.

Il éclata de rire.

— Près de mes sous, tu veux dire ? Je ne crois pas être pingre, mais je suis un adepte du juste prix. Et je suis prêt à me battre pour l'obtenir.

Diana se fraya un chemin entre les antiquités exposées, admirant au passage un service en étain.

— C'est ta faute, en tout cas, si je n'ai encore rien acheté depuis une heure que nous traînons dans les magasins. Elle me plaisait assez, cette chaise d'angle en noyer, pourtant.

— Rien ne nous empêche de retourner la prendre si nous ne trouvons rien de mieux ailleurs... Ah, tiens, regarde ça.

Caine s'accroupit pour examiner de plus près la paire de pistolets de duel qui lui avaient attiré l'œil. C'était bien ce qu'il pensait : de fabrication ancienne — vraisemblablement du XVIIIe siècle —, ils venaient des Highlands. La crosse avait la forme d'une corne de bélier et il identifia des motifs celtiques dans les incrustations en argent.

— Tu collectionnes ce genre de choses ? s'enquit Diana en se penchant à son tour.

— Mmm… Moi, non. Mais mon père, si.

— Ils sont superbes, en tout cas.

Caine tourna vers elle un regard surpris.

— C'est rare d'entendre ce genre de commentaire dans la bouche d'une femme.

— Les armes font partie de la vie, non ? N'oublie pas que je descends d'une longue lignée de guerriers. Tout comme toi, d'ailleurs.

Avec un léger sourire, elle concentra de nouveau son attention sur les pistolets.

— Naturellement, les Comanches ne possédaient pas de pièces aussi raffinées que celles-ci. Tu sais d'où ils viennent ?

— Ils sont écossais, comme moi.

— Tiens donc…

Diana se redressa et lui jeta un regard faussement indigné.

— Bon. Eh bien, j'ai l'impression que tu vas faire l'achat de ta vie pendant que je rentrerai les mains vides de mon côté ! Je te laisse marchander avec le vendeur. J'imagine que j'aurai le temps de faire le tour complet du magasin pendant que tu te livreras à tes tractations.

Le laissant à ses pistolets, elle partit explorer le reste de la boutique. Qui aurait cru qu'elle trouverait un tel plaisir à faire la tournée des antiquaires un samedi matin ? Et qu'elle en viendrait à apprécier la compagnie de Caine MacGregor, qui plus est ?

Il lui était beaucoup plus facile, désormais, d'être elle-même avec lui. Caine n'avait pas son pareil pour la bousculer lorsqu'elle se réfugiait dans les apparences. N'avait-il pas été le premier à débusquer la vraie Diana, derrière le masque commode de la jeune aristocrate, éduquée dans l'atmosphère raffinée des élites ?

Elle en avait tellement assez, de ce personnage artificiel, glacial et compassé ! Cela dit, vingt années de dressage avaient laissé leur marque. Et elle ne pouvait pas se départir de l'ancienne Diana d'un seul geste, comme Peau-d'Ane se défaisant de son manteau.

Diana soupira. Elle avait travaillé dur, au fond, pour devenir ce que sa tante appelait une « *lady* ». Des quantités de règles de savoir-vivre lui avaient été martelées sans relâche. Et s'il lui était arrivé d'en remettre certaines en question, elle ne s'était rebellée que sporadiquement et — il fallait le reconnaître — de façon toujours très discrète.

« Voyons, Diana… La bienséance veut qu'on ne hausse jamais le ton, ma chérie. »

Les comportements inculqués par Adélaïde étaient si profondément ancrés qu'elle ne pourrait se déconditionner que de façon progressive. Mais elle se savait sur la bonne voie.

Sa détermination à réussir, par exemple, reflétait déjà la vraie Diana Blade. Elle ne s'était pas résignée à devenir la notaire en costume trois-pièces qui aurait enchanté sa tante. En se spécialisant dans le pénal, elle avait choisi de s'exposer, de se battre, de s'impliquer corps et âme comme le voulait sa nature passionnée.

Le droit l'avait toujours fascinée. C'était un univers âpre, sinueux et compliqué. Mais la loi, malgré ses imperfections, lui offrait un terrain solide pour se battre au nom des valeurs auxquelles elle croyait. Elle voulait tout : la réussite, mais aussi la justice ; les affres de l'incertitude, mais également la gloire.

Et Caine.

Oui, elle voulait aussi Caine. Elle pouvait l'admettre pour elle-même tant qu'il se trouvait à distance raisonnable. Qu'elle le veuille ou non, il la subjuguait chaque jour davantage. Même si elle continuait à résister pied à pied.

C'était un élan aveugle, tout-puissant, qui la poussait vers lui. Un élan qui ne lui laissait aucun choix. Et elle savait, mieux que personne, à quel point l'absence de choix pouvait être fatale. Du désir, elle en avait déjà éprouvé. Tout comme elle avait reçu et donné du plaisir. Mais toujours en gardant la tête claire. Alors que, dans les bras de Caine, elle perdait pied, s'enfonçait dans des ténèbres opaques, terrifiantes.

Tout en se penchant pour examiner un porte-parapluie en cuivre, Diana céda à la tentation de jeter un regard dans sa direction. Le bras tendu, un œil plissé, Caine tenait un des pistolets et faisait mine de tirer. Le spectacle la fit sourire. L'homme et son arme paraissaient singulièrement bien assortis. Caine était un drôle de personnage, au fond. Un peu séducteur, un peu guerrier ; universitaire et aventurier à la fois ; très celte, mais aussi très aristocrate.

Diana secoua la tête. Voilà qu'elle bâtissait tout un roman autour de lui, maintenant ! Et pourtant, tous ces aspects coexistaient chez Caine. Il suffisait de sonder son regard indigo pour y lire l'intelligence, mais également le goût de l'aventure et du danger.

S'il avait vécu un siècle plus tôt, il se serait battu en duel avec ces pistolets au lieu de croiser le fer avec l'avocat de la partie adverse. Et il aurait gagné hier avec ses armes à feu tout comme il gagnait aujourd'hui par la seule force de son verbe.

Caine pouvait être d'une politesse exquise, bien sûr. Et même tante Adélaïde n'aurait rien trouvé à redire à ses manières. Et pourtant, il était loin d'être aussi civilisé que son milieu, son métier et son allure ne le laissaient supposer. Diana prit une inspiration légèrement tremblante.

Elle n'aurait sans doute pas identifié le fond sauvage en lui s'il n'avait pas vibré si fortement à l'unisson avec le sien.

Et la combinaison de leurs deux personnalités profondes risquait de déclencher des ondes de choc particulièrement dévastatrices...

Pistolet toujours braqué, Caine trouva alors son regard et ne le lâcha plus. Ce simple contact visuel fit déferler une vague de fond en elle. Puissante. Voluptueuse. Débridée. Diana ressentit comme un étourdissement. Entre prudence et passion, le conflit désormais familier se déclencha. Le combat intérieur se prolongea plus qu'à l'ordinaire et le résultat fut moins net qu'elle n'aurait pu l'espérer. Lorsque sa raison prit enfin le pas sur ses pulsions, elle tremblait de la tête aux pieds. Comme si, les lèvres soudées à celles de Caine, elle venait de connaître le plaisir que ses mains sauraient lui donner.

Le souffle coupé, Diana se détourna, plus que jamais décidée à se protéger d'elle-même. En musardant ici et là, elle finit par tomber sur un petit fauteuil en tapisserie tendu de brocart bleu pâle. Diana retourna l'étiquette du prix et s'autorisa un sourire. Parfait. Alors qu'elle se redressait pour chercher un vendeur des yeux, son regard tomba sur le bureau.

Sur *son* bureau. Celui-là même qu'elle avait en tête depuis qu'elle avait visité le cabinet la veille : élégant, de bois de rose, ni trop surchargé ni trop austère. Le bord du plateau était incrusté de coquillages. Une frivolité qui la fit sourire. Les tiroirs sentaient le bois ancien et les exquises poignées en cuivre lui donnaient un petit supplément de charme qui acheva de la séduire.

— Tu as trouvé ton bonheur, on dirait ?

Tout à son enthousiasme, elle se raccrocha au bras de Caine.

— C'est exactement ce que je voulais ! J'ai une chance

folle, non ? Je le vois déjà en place, près de la cheminée, de préférence chargé de dossiers.

Caine trouva plutôt attendrissant de voir la sage Diana perdre la tête pour un meuble.

— Il me le faut, Caine... Il me le faut absolument. J'en suis déjà amoureuse.

Entrelaçant ses doigts aux siens, il jeta un coup d'œil à la minuscule étiquette collée sur le côté du bureau. Puis il plongea de nouveau son regard dans celui de Diana.

— Essaye de prendre un air détaché. Voici notre vendeur.

— Mais je veux...

— Tu verras. Laisse-moi faire.

Il pencha la tête pour lui effleurer les lèvres d'un baiser.

— C'est vrai qu'il est très joli, ce bureau, ma chérie, reprit-il sur un ton soudain très conjugal. Mais il faut garder un minimum d'esprit pratique.

— Mais enfin, *Caine* ! Puisque je te...

— Je peux peut-être vous aider ?

Caine adressa un sourire amical au vendeur qui lui avait montré les pistolets.

— Ce bureau plaît beaucoup à madame, admit-il avec un petit signe de tête. Mais...

Le vendeur concentra aussitôt ses efforts sur Diana.

— Vous avez un goût excellent, madame. Et je vous le dis en toute sincérité. C'est vraiment une très jolie pièce. Personne ne travaille plus comme ça de nos jours. Regardez les finitions.

— Je l'adore, admit Diana avec tant d'enthousiasme que le vendeur en salivait déjà.

— Diana...

Caine passa un bras autour de ses épaules et lui pinça discrètement le bras.

— N'oublie pas que nous avons encore d'autres achats

à faire, ma chérie. Ce bureau est très joli, c'est vrai. Mais l'autre que nous avions repéré était très bien aussi.

Elle allait riposter vertement que rien, jusqu'à présent, n'avait retenu son attention lorsqu'elle vit la lueur dans ses yeux. Captant le message muet, elle entra aussitôt dans son jeu.

— Oui, tu as raison, bien sûr. L'autre me plaisait beaucoup aussi... Mais je garde quand même un petit faible pour celui-ci... Et pour ce fauteuil, là-bas, ajouta-t-elle sur une impulsion, en désignant le petit siège tendu de brocart.

— Encore un très bon choix, madame, s'empressa de commenter le vendeur. Et tellement féminin.

Diana effleura d'un doigt caressant la surface de bois de rose du bureau. Caine avait tout intérêt à savoir ce qu'il faisait. Elle l'assassinerait s'il lui faisait manquer son achat.

Il lui tapota l'épaule avec un sourire conciliant.

— Songe quand même que nous prenons déjà les pistolets. Et il te faudra également une chaise pour aller avec le bureau ainsi qu'une lampe appropriée. Avec la différence de prix entre celui-ci et le premier, nous pourrions quasiment financer l'un et l'autre. N'oublie pas que nous nous étions fixé un budget, chérie.

Diana poussa la comédie jusqu'à soupirer d'un air de regret.

— Oui, c'est vrai, malheureusement, admit-elle en jetant un regard d'excuse au vendeur. Il faut savoir rester raisonnable. Je meuble mon futur cabinet, vous comprenez. Et nous avons besoin de tant de choses.

— Oui, je comprends, bien sûr... Mais nous aimons arranger nos clients. Et il se pourrait que nous fassions un geste. Vous voulez bien patienter quelques secondes pendant que je consulte le propriétaire du magasin ?

— Ecoutez, je ne sais pas…, protesta Caine sans laisser à Diana le temps d'ouvrir la bouche.

Elle lui jeta un regard noir.

— Cela ne nous coûte rien d'écouter ce que monsieur a à nous proposer, *mon chéri*, susurra-t-elle.

— Tu as raison. Nous ne sommes pas à cinq minutes près… Allons jeter un coup d'œil aux lampes pendant ce temps.

Dès que le vendeur se fut éloigné, Diana murmura entre ses dents :

— Caine, je te préviens que si je ne repars pas avec ce bureau, je te tue.

— Ne t'inquiète pas. Tu vas réaliser dix pour cent d'économie sur tes achats et me payer à déjeuner dans la foulée.

Caine s'immobilisa devant une lampe au pied en cuivre avec un très joli abat-jour de soie plissée.

— Ils seront plus enclins à négocier s'ils considèrent que nous achetons sur un même budget, toi et moi… Que penses-tu de cette lampe, au fait ? Elle irait bien avec le bureau, non ?

— Elle est très jolie, en effet, acquiesça-t-elle en effleurant distraitement l'abat-jour. Tu aimes bien marchander, n'est-ce pas ?

— J'ai ça dans le sang. Mon père tire ses revenus de cette activité.

— Et il le fait avec art, murmura Diana. Mais je te préviens : je ne laisserai pas passer ce bureau, qu'il accepte de baisser ses prix ou non.

— Et le fauteuil ? Tu le voulais aussi ? Ou tu jouais la comédie ?

Diana ne put s'empêcher de rire.

— Non, il me plaît vraiment. Je ne suis pas aussi habile que toi pour la dissimulation.

— Il me semblait bien que j'avais encore beaucoup à t'apprendre.

Le vendeur surgit derrière eux, affichant un sourire triomphant.

— Je crois que nous allons nous entendre. Voici ce que je vous propose…

Un quart d'heure plus tard, Diana se retrouva dehors sur le trottoir, les joues rosies par le froid et l'excitation.

— Comment avais-tu deviné qu'il nous ferait dix pour cent ?

— L'expérience, ma belle, l'expérience…

Diana ne songea même pas à protester lorsque Caine lui prit la main.

— Je pense que j'ai compris le truc, en tout cas. La prochaine fois que j'entrerai dans un magasin, je saurai comment m'y prendre.

Repoussant d'une main gantée ses cheveux balayés par le vent, elle adressa un sourire ravi à son compagnon.

— Encore merci pour la lampe. C'est vraiment un très joli cadeau de bienvenue que tu me fais. Je suppose que les pistolets sont destinés à ton père…

— Son anniversaire approche.

— Et toi ? Rien ne t'a fait envie ?

— Si.

Caine se tourna pour l'attirer dans ses bras et souda sa bouche à la sienne. Non seulement ils n'étaient pas seuls sur le trottoir, mais une foule dense s'y pressait en cette journée de samedi. Les passants les contournaient, certains en haussant les sourcils, d'autres avec un sourire indulgent. Deux enfants s'arrêtèrent un instant pour les regarder en se donnant des coups de coude. Diana ne s'aperçut de rien. Elle ne sentait même plus le froid de l'hiver ni le vent mordant.

Deux femmes d'un certain âge s'immobilisèrent en les voyant et échangèrent un regard.

— Ne sont-ils pas magnifiques, tous les deux ?

Diana entendit vaguement le son de leurs voix, mais ne se douta pas un instant qu'ils étaient l'objet de ce commentaire. Elle avait posé les deux mains en corolle autour du visage de Caine. A travers le cuir fin de ses gants, elle sentait la ligne puissante de sa mâchoire. Elle songea qu'il était comme un fauve. Comme un loup. On ne savait jamais à l'avance quand il allait passer à l'attaque.

— Mais ça, tu vois, ça n'est pas négociable, murmura Caine en la relâchant.

Diana sortit de sa bulle et jeta un regard autour d'elle.

— Dis-moi, Caine, tu n'aurais pas un peu le goût de la provocation, par hasard ?

Il lui prit la main en riant et repartit d'un bon pas.

— En règle générale, oui. Mais en l'occurrence, j'avais d'autres préoccupations en tête que de choquer les bonnes gens… Et ce déjeuner, alors ?

Diana hésita. *A priori*, ce baiser aurait dû la contrarier. L'horripiler, même. Mais rien à faire. Elle ne ressentait même pas la plus petite trace d'irritation.

— Allez, on y va. Je te dois bien ça.

— Et comment ! Il y a un petit restau, juste à deux pas, où ils servent…

— Le Charley's ! s'exclama Diana, surprise que Caine l'entraîne dans un de ses restaurants préférés.

— Leur *chili con carne* est une merveille.

— A qui le dis-tu !

Ils avaient tellement de goûts en commun que cela en devenait alarmant. Notant ses sourcils froncés, Caine lui passa affectueusement la main dans les cheveux.

— Tu n'aimes pas venir ici ?

— Si. Au contraire.

Chassant sa sensation de malaise, Diana lui tendit son manteau et repéra une table libre dans la salle. Le décor du restaurant était du plus pur style victorien ; l'atmosphère, elle, était détendue et bon enfant. Du temps d'Harvard, elle venait y déjeuner le cœur tranquille, sachant qu'elle ne courait aucun risque d'y rencontrer sa tante.

Caine prit sa main qui reposait sur la table.

— Un peu de vin te ferait plaisir ? Cela nous réchauffera.

— Pourquoi pas ? Du rouge alors. Un peu corsé, de préférence.

Elle lui laissa sa main pendant qu'on prenait leurs commandes. Il serait toujours temps lundi de repartir sur des bases plus professionnelles. Pour l'instant, elle avait envie de profiter de ce moment de proximité, de complicité presque sereine.

— Parle-moi de ta famille, Caine, lui proposa-t-elle à brûle-pourpoint. Les MacGregor sont quasiment une légende, à Boston.

Caine se mit à rire.

— Je suppose que le plus simple serait que tu viennes à Hyannis un de ces jours pour te rendre compte par toi-même… Quoi qu'il en soit, mon père est un grand diable d'Ecossais roux, bon comme le pain blanc, expansif et diaboliquement doué pour la finance. Il est plutôt pacifique dans l'ensemble, mais il serait encore capable de se battre à mort en duel si la vie devait placer un Campbell sur son chemin.

— Un Campbell ?

— C'était le clan ennemi du nôtre. Mon père est féru de whisky et de gros cigares qu'il fume en cachette de ma mère. Il nous appelle régulièrement tous les trois et nous harcèle pour que nous lui assurions une descendance. Il s'empresse cependant toujours de préciser que lui s'en fiche, mais qu'il milite au nom de ma mère, qui n'aurait qu'une hâte, d'après lui : bercer une ribambelle de petits-enfants sur ses genoux.

Diana rit de bon cœur.

— Et ta mère ? Qu'en dit-elle ?

— Oh, ma mère, c'est carrément l'antithèse de mon père : un modèle de sérénité. Lui, il parle, il braille, il en rajoute. Elle se contente d'une discrète observation ici et là. Et le plus étonnant, c'est qu'ils forment un couple très équilibré, tous les deux. Peut-être parce qu'ils sont très compétents, chacun dans leur domaine.

Caine se mit à jouer distraitement avec le fin bracelet en or qu'elle portait au poignet.

— Deux fois, seulement, j'ai vu ma mère perdre son calme légendaire. La première, c'était à l'hôpital, où je me trouvais par hasard alors qu'un de ses patients venait de mourir. Jusque-là, je l'avais toujours cru blindée. J'étais persuadé qu'elle avait intégré la mort comme faisant partie de son métier. Mais là, j'ai compris qu'elle avait surtout réussi à compartimenter très efficacement sa vie professionnelle et sa vie privée. La deuxième fois où elle a craqué, c'est lorsque Rena a été kidnappée.

Spontanément, Diana resserra la pression de ses doigts sur les siens.

— Vous avez dû vivre un enfer, murmura-t-elle.

— Oui. Alan est le seul d'entre nous qui a réussi à rester à peu près maître de lui-même. Mon frère aîné tient de ma mère. Je le connais bien, pourtant, puisque nous avons grandi ensemble. Mais je suis toujours sidéré les rares fois où je le vois s'énerver. On a l'impression que sa patience est sans limites. Et puis tout à coup, clac, sa colère tombe comme un couperet. Et là, il vaut mieux ne pas se trouver sur son chemin.

Diana prit une gorgée de vin. Chaleur et détente coulaient en elle, en même temps que la voix de Caine. Elle ressentait une extraordinaire sensation de bien-être.

— Tu te battais avec lui, parfois ?

— De temps en temps, oui. Mais c'est plutôt avec Rena que je me chamaillais. Nous avons un caractère emporté l'un et l'autre. Et c'est une fille qui a toujours su cogner.

Caine semblait tirer une grande fierté de la pugnacité de sa petite sœur, en tout cas. Diana ouvrit de grands yeux.

— Tu la tapais pour de bon ?

Caine les resservit en vin.

— Par moments, elle aurait mérité que je l'étale. C'était une bagarreuse hors pair, Rena.

— Mais... Caine !

Son ton horrifié le fit sourire.

— Rassure-toi, je ne lui ai jamais mis de vrais coups. Mais pas parce que j'avais affaire à une fille. Seulement parce qu'elle avait quatre années et vingt centimètres de moins que moi. Mais jusqu'à quatorze ans, Rena était un vrai garçon manqué.

Tous. Il les aime tous à sa façon, songea Diana. Son père, sa mère, son frère et sa sœur.

— Tu as eu une enfance heureuse, commenta-t-elle, le regard rivé sur le verre qu'elle tenait à la main. Avant j'étais très jalouse des familles unies. Mais depuis que j'ai revu Justin... C'est étonnant, tu sais. Lorsque je suis allée lui parler, avant de quitter Atlantic City, je voulais m'excuser, être gentille, quoi. Mais plus je m'emberlificotais dans mes explications, plus je devenais agressive. Et plus j'étais en colère, plus je me sentais proche de lui.

Avec une moue songeuse, elle secoua la tête.

— Et une fois que ma colère est retombée, il n'y avait plus, soudain, la moindre distance entre nous. Magique, non ? Cela dit, j'étais furieuse aussi contre toi, précisa-t-elle en relevant les yeux. Je t'en voulais de m'avoir aidée à voir plus clair en moi-même. Et je t'en voulais d'avoir eu raison. Tu ne peux pas imaginer comme j'ai trouvé ça détestable.

— C'est un de mes gros travers, hélas. J'ai malheureusement une fâcheuse tendance à avoir raison tout le temps.

Avec un reniflement dédaigneux, elle se servit une fourchetée de *chili*.

— Tu sais quoi, Caine ? Je crois que j'aimerais bien t'avoir en face de moi, un jour où je plaiderai.

Il la gratifia de son redoutable petit sourire carnassier.

— J'ai eu la même idée, étrangement.

Diana soutint son regard.

— Et tu es persuadé que tu l'emporterais haut la main, n'est-ce pas ?

— Je perds rarement.

— Mmm... Je vois. Le syndrome du héros de bande dessinée.

Le rire dont Caine salua ses paroles lui taquina agréablement les oreilles. Elle aimait le faire rire, constata-t-elle. Mais elle avait trop facilement tendance à oublier ses principes et ses objectifs lorsque Caine était assis en face d'elle et qu'il la regardait comme s'il n'y avait pas d'autre femme dans toute la ville de Boston.

— J'aurais dû demander à Matt Fairman de me trouver un poste auprès du procureur de district, tout compte fait. Nous aurions nécessairement été amenés à nous affronter un jour ou l'autre.

— Comme deux gladiateurs dans l'arène ? Nous croiserons le fer, Diana. Mais pas nécessairement dans un palais de justice.

— C'est possible.

Elle ressentit une excitation légère qui lui monta à la tête.

— A ta place, cependant, je ne crierais pas victoire trop tôt, Caine MacGregor, reprit-elle.

Avec un sourire énigmatique, Caine prit sa main et la porta à ses lèvres.

— Qui te dit que lorsque le verdict tombera, nous ne découvrirons pas que nous sommes gagnants l'un et l'autre ?

6

Après avoir étudié le procès-verbal d'arrestation ainsi que les notes prises par Caine au cours de son premier et unique entretien avec Chad Rutledge, Diana commençait à se demander pourquoi Caine lui avait adressé un pareil client. L'affaire était compliquée, pleine de zones d'ombre, et aucun des éléments du dossier ne jouait en faveur de l'accusé.

Chad n'avait pas été coopératif lors de son arrestation. Il avait même tenté de frapper un des officiers de police venus l'appréhender. Sa première réaction avait été de nier farouchement et en bloc toutes les accusations portées contre lui. Il avait déclaré ensuite avoir eu des relations suivies et intimes avec la victime présumée, durant les six mois qui avaient précédé son arrestation. Alors que Beth Howard, la plaignante, affirmait que le violeur présumé n'avait été pour elle qu'une vague connaissance.

Avant même que les rapports médicaux ne confirment le fait, Chad avait admis avoir eu des rapports sexuels avec la jeune fille le soir du viol présumé. En outre, lorsque la mère de Beth Howard l'avait conduite à l'hôpital afin de la faire examiner, le médecin avait constaté de nombreuses ecchymoses. Il avait noté également que la victime présumée était nerveuse, paniquée et manifestement en état de choc.

Et pourtant, lorsqu'il avait vu Chad Rutledge au

commissariat, Caine avait été apparemment convaincu de sa sincérité. Diana soupira, referma le dossier et se massa pensivement l'arête du nez. Le moment était venu pour elle de se faire sa propre opinion. Chad devait lui être amené d'un instant à l'autre. Jetant un coup d'œil aux tristes murs verdâtres de la salle d'interrogatoire, elle songea que le joyeux samedi passé avec Caine, quelques jours auparavant, se situait à des années-lumière de l'ambiance lugubre de ce commissariat de quartier. Choisir un beau bureau était une chose. Mais sa profession comportait aussi des aspects nettement moins frivoles.

La lourde porte s'ouvrit et Chad Rutledge entra, poussé par un gardien.

— Je serai dans le couloir juste à côté, mademoiselle Blade, lui assura ce dernier avant de se retirer de la pièce.

— Merci.

Diana le laissa partir sans même le regarder. Son attention était rivée sur son client. Chad avait l'air plus jeune que sur ses photos d'identité judiciaire. Mais il avait le même visage aux traits bien dessinés, les mêmes épais cheveux noirs, la même beauté insolente, façon voyou de charme. Très vite, l'attention de Diana se porta sur ses yeux. Il regardait droit devant lui d'un air indifférent, comme si la procédure dont il était l'objet l'ennuyait mortellement.

Mais lorsqu'elle se concentra sur ses mains, elle vit aussitôt à quel point elles étaient crispées.

« On peut mentir avec son regard, mais pas avec ses mains. »

Avec ces paroles de Caine en tête, Diana se renversa contre son dossier. Et conclut que Chad Rutledge était mort de peur.

— Bonjour, je suis Diana Blade. J'exerce dans le même cabinet que mon confrère, Caine MacGregor. Et si vous le voulez bien, je me chargerai dorénavant de votre défense.

Chad ne desserra pas les lèvres.

— Me MacGregor s'est entretenu avec vous et avec votre mère, mais son emploi du temps très chargé ne lui permettrait pas d'accorder à votre dossier le temps et l'attention qu'il mérite.

— C'est ça. En tant que femme, vous allez drôlement vous démener pour défendre un type accusé de viol, ironisa Chad. Je vois ça d'ici.

— Je mettrai toute ma compétence et toute ma conviction au service de votre défense, Chad. Ni votre sexe ni le mien n'influeront sur ma façon de travailler. Vous avez raconté votre version des faits à Me MacGregor. J'aimerais vous entendre à mon tour.

Chad cala nonchalamment un coude sur le dossier de sa chaise.

— Dis, t'aurais pas une clope, des fois ?

— Non, répondit-elle calmement, sans relever le tutoiement.

Il jura sans trop de conviction et sortit une cigarette maladroitement roulée de la poche de sa chemise.

— Au moins, j'ai droit à une avocate canon. C'est déjà ça de gagné. Et top classe, en plus.

Se tournant vers elle pour la première fois, Chad, les yeux luisant de provocation, s'appliqua à la détailler en s'attardant sur la courbe de ses seins. Diana attendit patiemment que son regard croise de nouveau le sien.

— Ça y est ? Vous avez fini ? On peut peut-être se mettre au travail, maintenant ? proposa-t-elle froidement.

Il parut d'abord surpris, puis vaguement irrité.

— Mais qu'est-ce que vous voulez, au juste ? Que je vous ressorte mon baratin ? Vous avez lu le procès-verbal, non ? Je n'ai rien à ajouter.

— Racontez-moi très précisément et sans omettre le moindre détail ce qui s'est passé le 10 janvier.

Diana prit un bloc-notes, déboucha son stylo et attendit. Comme il restait muré dans un silence buté, elle fronça les sourcils.

— Non seulement vous me faites perdre mon temps, mais vous gaspillez l'argent de votre mère, Chad.

Il lui jeta un regard furieux et souffla ostensiblement sa fumée.

— Le 10 janvier, je me suis levé, j'ai pris mon petit déjeuner et je suis parti travailler.

Sans se formaliser de son attitude belliqueuse, elle commença à prendre des notes.

— Vous êtes mécanicien auto, n'est-ce pas ? Et vous travaillez pour le garage Mayne.

— Vous êtes bien renseignée, dites donc... Vous seriez intéressée par une petite révision générale, peut-être ? proposa-t-il avec un clin d'œil ouvertement lubrique.

Diana ne prit même pas la peine de relever les yeux.

— Vous avez passé la journée entière au garage ?

— Ouais. On avait une Mercedes à réparer. Et c'est toujours moi qui m'occupe des marques étrangères.

— Je vois. A quelle heure avez-vous cessé le travail ?

— A 6 heures.

Chad changea de position sur sa chaise et tira nerveusement sur sa cigarette.

— Et qu'avez-vous fait ?

— Je suis rentré chez moi et j'ai dîné.

— Ensuite ?

— Je suis sorti traîner un peu. Voir si je ne pouvais pas me lever une fille.

— Et pendant combien de temps avez-vous « traîné » ainsi ?

— Une heure ou deux. Puis j'ai violé Beth Howard.

Diana continua à écrire d'une plume imperturbable,

même si le choc de cet aveu laconique l'ébranla de la tête aux pieds.

— Vous avez décidé de changer votre version des faits ? demanda-t-elle d'une voix égale, en cachant tant bien que mal sa stupéfaction.

Chad se vautra sur sa chaise en une attitude qui se voulait détendue. Mais elle nota que sa main gauche se crispait jusqu'à former un poing.

— J'ai réfléchi. Ça ne sert à rien de nier. Ils vont réunir des preuves contre moi, de toute façon.

— Très bien. Alors racontez-moi.

Comme il ne disait plus rien, elle leva les yeux.

— Racontez-moi le viol que vous avez commis sur la personne de Beth, Chad.

— Pourquoi ? Ça vous excite ?

— Vous l'avez fait monter dans votre voiture ?

— Ouais.

Il écrasa son mégot dans le cendrier.

— Je suis tombée sur elle alors qu'elle rentrait à pied du cinéma. Alors je lui ai proposé de la raccompagner. On se connaissait un peu, la fille Howard et moi, puisqu'on était ensemble au lycée. Comme elle m'a reconnu, elle est montée sans se méfier. Au début, j'ai été sympa. On a discuté de ce qu'on était devenus depuis le bac, ce genre de conneries, quoi. Comme elle était plutôt bandante, je lui ai dit qu'il fallait que je fasse un petit détour par le garage pour récupérer des outils.

— Et elle est venue avec vous sans protester ?

Il s'humecta nerveusement les lèvres. Déjà, des perles de sueur se dessinaient sur son front.

— Ben… elle avait pas trop de raisons de se méfier, si ? Elle devait penser que j'étais réglo. Mais dès qu'on est arrivés à destination, j'ai essayé de me la taper.

— Mais elle a résisté ?

— Ouais. J'ai été obligé de la mater un peu pour qu'elle se laisse faire.

Chad fouilla dans ses poches et en sortit une seconde cigarette roulée, tout aussi tordue et chétive que la première. Diana nota que ses doigts tremblaient.

— Et ensuite ?

— Ensuite ? Eh bien, je lui ai arraché ses vêtements et je l'ai violée, voilà ! explosa-t-il. Qu'est-ce que vous voulez de plus, à la fin ? Des détails scabreux ? Si le porno vous branche, allez dans un sex-shop, mais fichez-moi la paix avec vos questions à la con !

— Pouvez-vous me décrire les vêtements que portait votre victime ?

Il se passa la main dans les cheveux.

— Un pull rose. Et un pantalon gris.

— Vous en êtes sûr ?

— Ouais, ouais. Un pull rose avec un petit col blanc.

— Et vous les lui avez arrachés, vous dites ? En les déchirant ?

— Ben, oui.

Diana cessa d'écrire pour plonger son regard dans le sien.

— Les vêtements de Beth Howard étaient intacts lorsqu'elle a été examinée, Chad.

— Putain, si je vous dis que je les ai déchirés, c'est que je les ai déchirés. Je sais quand même ce que je fais, merde ! Elle a dû se changer avant d'aller à l'hôpital.

Ses mains tremblaient franchement, à présent. Diana secoua lentement la tête.

— Non, elle ne s'est pas changée. Pour la bonne raison que vous n'avez rien déchiré du tout. Et vous n'avez pas non plus violé Beth Howard. Alors pourquoi essayer de me faire croire le contraire ?

Chad posa les deux coudes sur la table devant lui et pressa le talon de ses mains contre ses paupières.

— Bon sang, mais c'est pas vrai, murmura-t-il d'une voix étranglée. Je n'ai même pas été foutu d'être crédible.

Il respirait si bruyamment que le son précipité de son souffle emplissait toute la pièce.

— Ce n'est pas vous non plus qui l'avez frappée, n'est-ce pas ?

Lentement, sans retirer ses mains, il secoua la tête.

— Je serais incapable de faire du mal à Beth.

— Et vous êtes amoureux d'elle. Très amoureux, même.

— On peut dire ça, oui… Vous parlez d'un sac de nœuds…

— Et si nous reprenions l'histoire du début ? suggéra doucement Diana.

Chad soupira, redressa la tête, et lui fit le récit des événements. Beth et lui avaient fait une bonne partie de leur scolarité ensemble. Mais ils n'avaient pas évolué dans les mêmes cercles. Alors qu'il cultivait son image de « dur », Beth, elle, avait dirigé l'équipe de *pom-pom girls* du lycée.

Tout avait vraiment commencé six mois plus tôt, lorsqu'elle était venue au garage faire réparer sa voiture. Ils s'étaient revus à plusieurs reprises, contre la volonté du père de Beth, qui ne souhaitait pas que sa fille fréquente un simple « mécano ». Comme le père était resté intraitable, ils avaient dû se résoudre à s'aimer en cachette.

— C'était un peu comme dans les jeux d'enfants, vous savez. Le secret type croix de bois, croix de fer. Ni les amis de Beth ni les miens n'étaient au courant. Elle trouvait des prétextes pour s'échapper de chez elle et on se retrouvait dans des parcs, sur des places, dans des cafés. Parfois elle trouvait une excuse pour sortir le soir et on se donnait rendez-vous au garage. On a décidé de se marier et j'ai commencé à mettre de l'argent de côté.

— Et que s'est-il passé le soir de votre arrestation ?

— Nous avons eu notre première vraie dispute, Beth et

moi. On a fait l'amour et on était tellement bien, tous les deux, qu'elle n'a pas supporté l'idée de rentrer chez elle. Elle disait qu'elle n'en pouvait plus de se cacher comme une voleuse. Comme j'essayais de la calmer, elle s'est mise à crier qu'elle n'en avait rien à faire qu'on n'ait pas d'argent ni d'endroit où habiter. Tout ce qu'elle voulait, c'était qu'on parte, tous les deux, pour se marier tout de suite. Je lui ai expliqué qu'on n'irait pas loin comme ça et qu'on pouvait bien tenir encore quelques mois à se voir en cachette. Mais elle n'a rien voulu savoir. Résultat, on a fini par se hurler dessus et je me suis retrouvé à donner un énorme coup de poing dans le mur pour me calmer.

Chad regarda sa main et fit la grimace.

— Beth est remontée dans sa voiture et elle est partie en pleurant. De mon côté, je suis allé boire une bière, puis je suis rentré chez moi. Quand les flics ont débarqué pour m'arrêter, j'ai réagi comme un fou furieux. Je ne comprenais rien à ce qui se passait. Et je crois que si j'en avais eu la force, je les aurais tous réduits en miettes, tellement ça me révoltait qu'on puisse m'accuser d'un truc pareil.

— Et pourquoi Beth a-t-elle porté plainte contre vous, à votre avis ? demanda Diana, intriguée.

La tête rentrée dans les épaules, il lui jeta un regard qui n'avait plus rien de cynique ni de provocateur.

— Elle l'a fait parce qu'elle y a été obligée. Beth a réussi à me faire passer une lettre par ma mère. Lorsqu'elle a débarqué chez elle, ce soir-là, elle était encore très secouée par notre dispute. La voyant en larmes, son père l'a prise à partie et a exigé des explications. Ils se sont balancé quelques trucs à la figure, et, dans le feu de la discussion, elle a avoué qu'on était ensemble et qu'elle avait l'intention de m'épouser. Et c'est là que son père a pété les plombs, apparemment. Il l'a frappée comme un malade en la traitant de tous les noms. Puis il a inventé cette histoire de viol en jurant qu'il nous tuerait tous les deux si elle ne faisait pas ce qu'il lui demandait. Lorsque sa mère est rentrée du travail, Beth était déjà complètement hystérique et incapable de sortir deux phrases cohérentes à la suite. Le père a raconté son histoire à la mère. Et elle y a cru, apparemment, puisqu'elle a conduit Beth à l'hôpital pour faire constater le viol.

— Cette lettre, Chad… Vous l'avez encore, n'est-ce pas ?

— Non, je m'en suis débarrassé.

Comme elle lui jetait un regard interrogateur, il se contenta de secouer la tête.

— Non, ma mère ne l'a pas lue, si c'est ce à quoi vous pensez.

— Si Beth vous récrit, gardez bien tout ce qu'elle vous enverra.

— Non. Je ne veux pas que cette histoire se retourne contre elle. Lorsque la police est venue chez moi, j'étais furieux contre elle car je croyais qu'elle avait inventé ce truc dégueulasse pour se venger, parce que j'avais refusé de l'épouser tout de suite. Mais maintenant que je sais qu'elle a été forcée à mentir, c'est différent. Je n'ai pas l'intention de lui faire du tort.

Rejetant les épaules en arrière, Chad se redressa.

— Passer quelques années en prison ne me fait pas peur.

Diana reposa ses notes et mit les mains à plat sur la table pour plonger son regard dans le sien.

— Vous aimez votre cellule, Chad ? Elle vous paraît agréable, aérée, confortable ? Eh bien, c'est un hôtel de luxe à côté de ce que vous trouverez en prison.

Elle le vit déglutir avec difficulté.

— Je ne suis pas un gamin. Je peux supporter de galérer pendant une année ou deux.

— Là-bas, vous rencontrerez de *vrais* violeurs, Chad. Et des meurtriers, aussi. Il y a toujours une ou deux brutes qui font la loi. Des types pour qui une vie humaine a si peu d'importance qu'ils peuvent vous briser en deux, comme une allumette, sans même y penser. Vous croyez qu'elle sera fière d'elle-même, Beth, une fois qu'elle aura repris ses esprits et qu'elle comprendra qu'elle vous a envoyé en enfer par pure lâcheté ?

— Beth n'est pas lâche ! Son père est très dur, et il la terrorise, c'est tout. Et puis je pourrai lui écrire pour la rassurer. Ce sera vite passé, de toute façon.

— Vite passé ? Une condamnation pour viol, ça peut mener jusqu'à vingt ans de réclusion, Chad. Sans compter qu'en entrant dans le jeu du père de Beth vous l'autorisez à tyranniser impunément sa femme, sa fille et vous-même, par ricochet. Et c'est vous qui allez le payer de votre liberté.

— Je ne veux pas créer de difficultés à Beth, s'obstina Chad.

Incrédule, Diana secoua la tête.

— Mais arrêtez de vous comporter comme un enfant, bon sang ! Nous ne sommes plus dans la cour d'école, là. Et les magistrats ne plaisantent pas avec le viol. La peine maximale appliquée est la sentence à vie.

Chad pâlit mais ne répondit pas.

— Votre place, c'est à la barre des témoins qu'elle se situe, Chad. Juste à côté de celle de Beth. Et il ne vous restera plus qu'à dire la vérité, et toute la vérité, l'un et l'autre, en sachant que vous déposez sous serment. Si vous mentez, vous pourrez être poursuivis pour faux témoignage.

— Ça n'ira pas jusque-là. Si je plaide coupable, ça arrangera tout le monde et…

Les lèvres pincées, Diana prit son carnet et le fourra dans son attaché-case.

— O.K. Si ça vous amuse de jouer au héros sacrifié parce que votre petite amie a peur de son papa, allez-y, Chad, mais sans moi. Je ne défends pas les imbéciles.

Il fallut qu'elle fasse le geste de se lever pour qu'il se décide à la retenir par le bras.

— Attendez… Tout ce que je veux, c'est éviter de la mettre dans le pétrin, vous comprenez ?

— Dans le pétrin, elle y est déjà, Chad. Et elle continuera à trembler devant son père, jusqu'au moment où elle prendra son courage à deux mains pour lui dire non. Mais elle ne connaîtra pas un seul moment de tranquillité d'ici là.

Les doigts de Chad se crispèrent sur son bras, mais Diana demeura de marbre.

— Dites-moi ce que je dois faire, alors, murmura-t-il faiblement.

Diana sentit un tel soulagement l'envahir qu'elle en aurait pleuré de joie. Mais elle se garda bien de le laisser paraître.

— Bon. J'aime mieux ça. Cette fois, je crois que nous allons pouvoir commencer à travailler ensemble, vous et moi. Vous disiez donc que…

Lorsqu'elle regagna le cabinet, une heure plus tard, Diana était lessivée. A son entrée, Lucy leva les yeux, fronça les sourcils et interrompit momentanément la danse de ses doigts sur le clavier.

— Je vous fais un café ?

Diana lui sourit avec lassitude.

— Ça se voit à ce point que je suis en manque aigu ?

— On peut dire que ça saute aux yeux, oui. Je vais mettre de l'eau à chauffer et…

Le téléphone sonna avant que Lucy n'ait atteint la porte de la cuisine.

— Allez-y, répondez, Lucy. Ne vous inquiétez pas pour moi. Je m'occupe du café.

Diana ôta son manteau et alla verser de l'eau dans

la bouilloire électrique. Le visage livide de Chad restait si présent dans ses pensées qu'elle avait de la peine à se concentrer sur sa tâche. La grande inconnue dans l'histoire, c'étaient les sentiments réels de Beth Howard à l'égard de son petit ami. Si seulement elle pouvait obtenir de voir la jeune fille, ne serait-ce qu'un petit moment, elle serait fixée. Mais ce n'était même pas la peine d'y penser. Ni le procureur de district ni l'avocat général n'accepteraient qu'en tant qu'avocate de la défense, elle entre en contact avec la victime présumée.

Tout en massant d'une main sa nuque douloureuse, Diana regarda fixement par la fenêtre au-dessus de l'évier. Avec un peu de chance, elle parviendrait à tirer la vérité de Beth durant l'audience préliminaire. Mais il était fort possible que la gamine soit terrorisée par son père au point de ne pas oser parler. Une autre hypothèse, plus alarmante encore, ne cessait de la préoccuper : et si Beth n'était pas réellement amoureuse de Chad, mais qu'elle s'amusait seulement à jouer de son pouvoir sur lui ? La jeune fille serait-elle déterminée à exiger de lui qu'il aille jusqu'au bout de la comédie aberrante qu'elle lui avait demandé de jouer ?

Avec un profond soupir, Diana suivit des yeux les moineaux qui sautillaient sur le gazon jauni, à la recherche de nourriture. L'avenir d'un garçon de dix-neuf ans était en jeu et rien ne prouvait qu'elle serait en mesure de le tirer d'affaire.

— La matinée a été difficile ?

Elle se retourna au son de la voix de Caine.

— Assez, oui.

Elle dut admettre qu'elle était ravie de le voir là, debout dans l'encadrement de la porte. Quelqu'un avec qui partager ses questions et ses inquiétudes. Quelqu'un qui comprendrait à demi-mot.

— Tu as cinq minutes ? demanda-t-elle presque timidement.

Caine eut une pensée pour la montagne de paperasse sur son bureau. Mais il hocha la tête.

— Bien sûr. Je pensais faire une pause-café, de toute façon.

Il décrocha deux mugs, dosa le café instantané, et versa l'eau qu'elle avait mise à chauffer.

— Tu as vu Chad Rutledge ce matin. C'est ça ?

— Oh, Caine, j'en suis malade qu'on ait collé ce gamin innocent en cellule.

Profondément perturbée, Diana se laissa tomber sur une chaise.

— Il est arrivé en roulant les mécaniques et en jouant les Marlon Brando. Mais ses mains tremblaient tellement qu'il avait du mal à allumer ses cigarettes.

— Tu en as bavé, avec lui ? demanda Caine, sourcils froncés, en posant son café devant elle.

Diana se frotta les paupières.

— Un peu, oui… Au début, il a été dans la provocation à fond : réflexions macho, propositions lubriques et œillades. Puis il m'a annoncé nonchalamment qu'il avait violé Beth Howard.

La tasse de Caine demeura en suspens entre la table et ses lèvres.

— *Quoi* ?

— J'ai eu droit à une confession complète. Il parlait d'un ton très détaché, comme s'il avait violé cette jeune fille pour se distraire, un soir où il n'avait rien trouvé de mieux pour s'occuper. Plus il parlait, plus ses mains tremblaient.

Caine prit une gorgée de café et secoua la tête.

— Ça ne tient pas debout, son truc.

— C'est ce que je me suis dit également. Elle me paraissait tellement étrange, son histoire, que je lui ai demandé de me livrer plus de détails. Il m'a expliqué qu'il l'avait entraînée, sous un faux prétexte, jusque dans le garage où il travaille. Puis qu'il s'était jeté sur elle pour la prendre de force — sans omettre de déchirer ses vêtements au passage.

— Les vêtements de la fille étaient intacts.

Diana eut un pâle sourire.

— C'est ce que je lui ai fait observer. En fait, il avait inventé ce scénario invraisemblable dans le seul but de protéger sa copine.

Caine se renversa contre son dossier et alluma une cigarette.

— Comment ça ?

Pendant que Diana lui relatait sa conversation avec Chad, Caine suivit le jeu des émotions qu'il lisait désormais sans difficulté sur son visage. Elle luttait pour rester objective et professionnelle, mais la partie semblait perdue d'avance.

— En gros, il était décidé à plaider coupable pour couvrir le mensonge de Beth, conclut-elle en se tordant nerveusement les mains.

Caine secoua la tête.

— C'est de la folie… Et comment as-tu réagi ?

— Je l'ai poussé dans ses retranchements jusqu'à ce qu'il change d'avis. J'ai obtenu la liste de leurs amis les plus proches. Chad pense que personne n'était au courant de leur relation, mais les amis savent parfois plus de choses qu'on ne le pense. Ils sont encore tellement jeunes, tous les deux.

Repoussant sa chaise, Diana déambula jusqu'à la fenêtre.

— J'ai été dure avec lui, Caine, tu ne peux pas imaginer.

Ainsi, la princesse de Beacon Hill avait ouvert les portes de son palais et mis un pied dans le monde réel. Il avait été le premier à la pousser à sortir de sa tour d'ivoire. Mais en la voyant bouleversée, Caine n'avait plus qu'une envie : la rattraper par un pan de sa longue robe d'hermine et la ramener en sécurité entre les murs de son château. Elle avait l'air tellement désemparée. Et tellement triste, surtout.

— Diana, tu le savais que, dans notre métier, on ne peut pas toujours prendre nos clients avec des gants. C'est tout l'avenir de Chad qui est en jeu, là.

— Je sais, murmura-t-elle. Mais ça fait bizarre de se voir assise en face d'une personne en nage, malade de solitude et d'angoisse, et de lui balancer froidement ses arguments à la figure, sans montrer ne serait-ce que la plus petite marque de sympathie. C'est d'une cruauté inouïe, ce métier.

— Tu as fait ce que tu avais à faire pour le sortir de ses aberrations romantiques. Il a sa mère pour le réconforter, le materner et prendre pitié de lui. Toi, ton rôle, c'est d'assurer sa défense. Le plus efficacement possible. Donc en le protégeant contre lui-même dans un premier temps.

Diana posa le front contre le carreau. Les moineaux étaient toujours sur la pelouse, très occupés à trouver leur subsistance en picorant ici et là.

— Le défendre, oui. Mais je ne pourrai le faire qu'en m'acharnant sans pitié contre sa petite amie pour qu'elle finisse par dire la vérité lorsqu'elle se présentera à la barre. Bon sang, c'est le père abusif que j'aurais aimé avoir sous la main. En sachant qu'il ne risque pas grand-chose, alors même qu'il a forcé sa fille à faire un faux témoignage. Au pire, il s'en tirera avec une semonce et une peine de quelques mois avec sursis. Alors que ce gamin de dix-neuf ans, qui n'a jamais fait de mal à personne, croupit dans une cellule avec une réputation détruite et un avenir en suspens !

Caine se leva pour se placer derrière elle.

— Chad n'est pas Justin, Diana.

Un léger frisson parcourut les épaules de la jeune femme.

— Je suis donc si transparente que ça ? s'enquit-elle faiblement.

— Pas toujours. Mais là, oui.

— Les similarités entre les deux situations sautent aux yeux, non ?

Les bras repliés sur la poitrine, elle se tenait les épaules comme si elle cherchait désespérément quelque chose à quoi se raccrocher.

— Chad a cette même insolence, ce même air de faux dur à cuire qu'avait Justin, adolescent. Lorsque je pense à ce que mon client endure dans la solitude de sa cellule, comment ne pas faire le rapprochement avec ce qu'a vécu mon propre frère, il y a dix-huit ans ?

Diana secoua la tête et rit faiblement.

— J'en arrive même à me demander si ce n'est pas un signe de ce que tu appelles « le destin ».

Trois personnages différents s'affrontaient en Caine. Et il ne savait plus très bien s'il devait s'adresser à elle en tant que confrère, en tant qu'ami ou en tant qu'amant.

— Attention, Diana. Tu vas perdre ton objectivité si tu tombes dans ce genre de confusion. Et, sans objectivité, tu n'as rien à faire dans une salle de tribunal.

— Je sais…

Les poings serrés, elle se détourna, incapable de retrouver la distance critique qui lui permettait de rester calme et pondérée d'ordinaire. Trop d'amertume, trop de regrets, trop de colère bouillonnaient en elle.

Diana ferma les yeux. Elle aurait eu besoin d'être tenue, apaisée. Mais elle ne pouvait rien demander. N'avait-elle pas toujours été seule pour traverser les crises qui avaient marqué son existence ?

— Il faut que je me ressaisisse avant mon prochain

rendez-vous avec Chad, murmura-t-elle d'une voix qui tremblait de tension contenue.

C'étaient exactement les mots que Caine avait espéré entendre. Il posa une main sur son épaule et sentit les muscles à la base du cou se durcir sous ses doigts. Songeant qu'il aurait agi de même avec Serena, il la fit pivoter et l'amena contre lui. C'était un soutien que recherchait Diana. Pas des réponses. Les réponses, elle saurait les trouver par elle-même.

En la tenant ainsi contre lui, Caine découvrit qu'il ne l'avait encore jamais autant désirée. Mais pas comme on désire un corps souple et chaud, une bouche consentante. En cet instant, ce n'était pas la surface qui l'attirait, mais le fond secret d'elle-même : ses pensées, ses sensations, ses émois. Entre Diana et lui, il ne voulait plus ni frontières, ni limites, ni barrières. Débordant d'une incroyable tendresse, il lui caressa les cheveux avec tant de douceur qu'elle leva les yeux vers lui.

Diana fut frappé par l'intensité du regard de Caine, même si elle ne put en déchiffrer le message. Jamais encore, il ne l'avait regardée ainsi. Il lui sembla lire une question dans ses yeux bleus, mais ses lèvres trouvèrent les siennes avant qu'elle ne puisse en saisir le sens.

La bouche de Caine hésita sur la sienne. Il procédait avec une lenteur qui confinait à la timidité, comme s'il avait peur de la briser.

« Il se comporte comme si j'étais la première fille au monde qu'il se risque à embrasser », songea Diana, confondue. Cet homme qui avait aimé tant de femmes retrouvait soudain l'émouvante gaucherie d'un adolescent inexpérimenté.

Ses mains qui reposaient dans son dos ne revendiquaient rien, ne cherchaient ni à prendre ni à posséder. Il se gardait bien de l'enserrer, comme s'il craignait qu'elle ne cherche à se dérober à tout instant. Diana demeura parfaitement immobile dans son étreinte légère. Ces vibrations, ces flux, ces courants continus qui circulaient entre eux, elle aurait voulu qu'ils se prolongent à l'infini. Tout en sachant que les forces en jeu étaient infiniment plus complexes et dangereuses qu'une simple excitation physique.

Lorsque Caine finit par s'écarter lentement, ils restèrent un long moment à se regarder sans rien dire, aussi perplexes et secoués l'un que l'autre.

— Qu'est-ce qui vient de se passer là, au juste ? demanda-t-elle dans un souffle.

— Je ne sais pas trop, murmura-t-il en se détournant pour vider son café d'un trait. Ça va aller, maintenant ?

— Oui, bien sûr.

En vérité, elle n'était pas du tout certaine d'aller bien. Mais elle réussit néanmoins à sourire.

— Bon. Je monte travailler sur le dossier de Chad. Et j'ai rendez-vous avec Mme Walker demain matin.

Caine lui jeta un regard absent.

— Mme Walker ?

— C'est toi qui me l'as adressée, Caine. Le cas de divorce avec violences conjugales.

— Oui, évidemment, je suis bête... Au fait, ça y est, ton téléphone est installé depuis ce matin.

— Parfait. Ça va me faciliter la tâche... Il ne me reste plus qu'à m'y mettre, alors, conclut-elle sans bouger d'un centimètre pour autant.

— Diana...

Qu'avait-il été sur le point de lui dire ? se demanda-t-il, sidéré, lorsqu'elle tourna la tête dans sa direction. Il se passa la main sur le front pour chasser le magma de pensées confuses qui l'assaillaient dans le plus parfait désordre.

— Tu as un autre rendez-vous demain, à part Irene Walker ?

— Non, c'est le seul de la journée.

— Je dois faire un saut à Salem pour voir un témoin dans l'affaire Virginia Day. Ça te dit de m'accompagner ? Le trajet est agréable et ça t'aérerait la tête. Et rien ne t'empêche d'emmener tes dossiers pour travailler dessus pendant que je serai retenu là-bas.

— Ce serait envisageable, en effet, murmura-t-elle pensivement. Oui… pourquoi pas, après tout ? Autant que je profite de mes après-midi de congé pendant qu'il m'en reste encore.

— Alors ça roule. Nous partirons dès que tu auras vu Mme Walker.

Un silence s'ensuivit que Diana trouva particulièrement pesant et embarrassé. Pour deux personnes habituées à s'exprimer avec la plus grande facilité, ils faisaient une drôle de paire.

— Entendu. Je pense que j'aurai fini vers 10 h 30. 11 heures au plus tard. Ça te va ?

Caine hocha la tête et retourna se servir en café. Mais dès que Diana eut franchi la porte, il reposa sa tasse et la laissa intouchée sur l'évier. Pourquoi fallait-il que tout soit toujours si compliqué, avec Diana ? se demanda-t-il, exaspéré, en se passant la main dans les cheveux. Lorsqu'il lui avait proposé de venir avec lui à Salem, il en avait quasiment eu des palpitations, comme un gamin de quinze ans sollicitant un premier rendez-vous amoureux.

Avec un léger rire amusé, Caine secoua la tête. La comparaison était d'autant plus absurde qu'à quinze ans — comme à vingt ou à trente, d'ailleurs — il n'avait pas eu le moindre problème de timidité avec les filles.

Tirant une cigarette de son paquet, il fuma un instant en silence, profondément perdu dans ses pensées. Il s'était toujours senti en terrain familier dans ses rapports avec le sexe opposé. Il aimait les femmes et pas seulement en tant que partenaires sexuelles ; il appréciait également leur compagnie. Sa vie amoureuse s'était toujours déroulée de façon consensuelle et il gardait des relations très cordiales avec la plupart de ses ex-amies.

S'il y avait un domaine dans la vie où il se sentait pleinement satisfait, c'était bien celui-là. Et il n'avait aucune envie de modifier quoi que ce soit dans sa façon de fonctionner.

Mais pourquoi, si c'était le cas, passait-il tant de soirées en solitaire, depuis quelque temps ? Autre question, encore plus dérangeante : depuis quand n'avait-il pas pensé à une autre femme que Diana ?

Bizarre.

Perplexe et dérouté, Caine entreprit de disséquer le phénomène. Il avait toujours eu la faculté, précieuse dans son métier, de réfléchir de façon claire et rationnelle tout en restant en contact avec ses émotions. Depuis l'adolescence, il avait alterné les longues phases contemplatives avec les bouffées d'humeur ou les envolées passionnées. Il aimait les énigmes compliquées — celles qu'il fallait résoudre avec patience et méthode.

Pour ce qui concernait l'énigme Diana, en revanche, il ne ressentait, étrangement, aucun plaisir à l'élucider.

Mal à l'aise. Tel était le terme qui définissait le mieux son état intérieur lorsque Diana venait envahir ses pensées. Mais pourquoi ? Il appréciait sa beauté et son intelligence et adorait croiser le fer avec elle. Et il ne faisait pas l'ombre d'un doute qu'il la désirait.

Les yeux clos, Caine songea aux quelques baisers qu'ils avaient partagés. Que Diana ait une sensualité explosive sous ses dehors réservés lui apparaissait désormais comme une évidence. Mais la sensualité, si volcanique fût-elle, ne l'avait jamais effrayé. Bien au contraire. Il s'était juré qu'ils seraient amants tôt ou tard, et il tenait toujours ses promesses.

Mais lorsqu'il avait pris Diana dans ses bras, quelques

minutes plus tôt, et que leurs bouches s'étaient trouvées, il avait ressenti… comme une force. Quelque chose de puissant, de pulsionnel en lui qu'il ne pouvait pas définir pour autant comme une simple envie de faire l'amour. Le désir physique, il connaissait. C'était un phénomène qu'il avait largement exploré sous toutes ses facettes.

Se serait-il agi d'un élan fraternel, alors ? Comme il en avait déjà eu avec Diana ? Caine secoua la tête et pesta tout bas. Non, ce qu'il avait éprouvé se situait à des années-lumière des sentiments que lui inspirait Serena.

Le problème, avec Diana, c'est qu'elle n'entrait dans aucune catégorie déterminée. Elle ne ressemblait pas aux jeunes femmes ouvertes, au caractère facile, à la sexualité très libre, qui l'attiraient d'ordinaire. Mais elle ne faisait pas partie pour autant de ces jeunes créatures naïves avec qui il s'amusait parfois à jouer les initiateurs.

Irrité contre lui-même, Caine se leva pour se placer face à la fenêtre. La lumière était pâle, d'une blancheur hivernale. Si Diana le mettait mal à l'aise, pourquoi diable lui avait-il proposé de l'accompagner à Salem le lendemain ? Parce qu'il avait besoin d'elle ?

Vaguement choqué par cette hypothèse, Caine secoua la tête. « Besoin » ? Quel mot étrange, pour ne pas dire dangereux. « Envie » aurait été beaucoup moins inquiétant. Mais « envie » n'était pas le terme qui lui avait traversé spontanément l'esprit.

Retournant à pas lents vers l'évier, Caine reprit son café déjà refroidi tout en se forçant à faire le vide dans ses pensées. Il se concentra sur la saveur légèrement amère du liquide, les yeux rivés sur le mur de brique en face de lui, attentif aux rafales de vent qui, par moments, ébranlaient la vitre.

Bon sang. Et s'il était amoureux d'elle ?

Non. Il n'y avait aucune raison pour qu'un pépin pareil lui tombe dessus. « Aimer », « amour », « amoureux » appartenaient à une famille de mots dont il n'avait jamais eu l'usage. Qui disait amour disait contrainte. Et il était viscéralement attaché à sa condition d'homme libre.

D'un geste résolu, Caine jeta le reste de son café dans l'évier. O.K. Pas de panique. Les états bizarres qu'il traversait en ce moment étaient de simples symptômes de surmenage. Il avait passé trop de soirées enfermé dans son bureau à se torturer les méninges pour tenter de trouver des solutions aux problèmes des autres.

Le remède, au fond, était simple : il lui fallait une soirée de détente avec une jeune femme bien disposée, ainsi qu'une bonne nuit de sommeil. « Demain, se promit Caine, j'aurai de nouveau la tête claire. »

A part que Diana serait toujours présente, songea-t-il en sortant de la cuisine. Jurant à voix basse, il gravit l'escalier d'un pas lent et regagna son bureau.

7

Le trajet en Jaguar avec Caine aurait constitué un véritable moment de détente si Diana n'avait pas ressenti comme une vague sensation de malaise. Un malaise qui émanait à la fois d'elle-même et de Caine, même si elle avait le plus grand mal à définir en quoi il consistait. L'atmosphère entre eux était plutôt détendue et amicale, pourtant. Et il n'y avait pas eu de temps mort dans la conversation depuis leur départ de Boston.

Diana finit par conclure qu'elle se faisait des idées. La tension résiduelle qu'elle ressentait était sans doute encore liée à son entrevue avec Chad, la veille. Une hypothèse qui, au demeurant, n'était pas de nature à la rassurer. Un bon avocat devait être capable de trouver une position intermédiaire entre une attitude froide et insensible et une trop forte implication émotionnelle. Le non-respect de cet équilibre ne pouvant, à la longue, que desservir le client.

Intellectuellement, elle était parfaitement au clair avec ce principe. Mais avec Chad, le plateau de la balance avait déjà lourdement basculé. Restait à trouver le moyen de redresser la barre.

Diana se mordilla pensivement la lèvre. Seule solution pour le moment : se retrousser les manches et se plonger à fond dans le dossier. Plus elle aurait de détails sur l'affaire, plus elle se focaliserait sur les aspects purement techniques de sa défense. Ce qui lui permettrait, avec un peu de chance, de faire la part des choses : Chad était Chad. Et Justin était Justin.

En attendant, elle comptait suivre le conseil de Caine à la lettre : profiter de la balade et tenter de se changer les idées.

— Tu ne m'as pas dit qui tu allais voir à Salem, au fait ?

Caine dut faire un effort pour se centrer sur sa question. Il pesta intérieurement. Ventre noué, mâchoires tendues, difficultés de concentration : il était bel et bien surmené. La nature même de ses symptômes le confortait dans l'hypothèse qu'il souffrait d'un manque de sommeil lié à un excès de stress. *Jamais* ses relations avec les femmes n'induisaient chez lui de réaction nerveuse de ce type.

— Je vais à l'hôpital, rendre visite à la grand-tante Agatha, finit-il par déclarer gravement.

Diana rit de bon cœur.

— Oh, comme c'est mignon ! Tu n'es pas obligé d'inventer une excuse aussi éventée, don Juan. Tu aurais pu me dire tout simplement de me mêler de ce qui me regarde.

— La grand-tante Agatha de Virginia Day, spécifia Caine en retrouvant le sourire.

Oui, la meilleure chose à faire, au fond, serait de parler avec Diana de l'affaire qui l'occupait en ce moment. Cela l'aiderait à chasser la désagréable sensation qu'à vouloir jouer les libérateurs de princesses il avait peut-être forcé une porte de trop.

Au point d'atterrir lui-même au beau milieu des sables mouvants...

— La grand-tante Agatha est une forte personnalité, dit-on. On prétend également qu'elle fait partie des quelques rares personnes qui connaissent bien ma cliente. Malheureusement, elle s'est fracturé la hanche au cours d'une démonstration de patinage artistique. D'où la visite à l'hôpital.

— La grand-tante Agatha pratique le patin à glace ?

— A l'évidence, oui.

— Quel âge a-t-elle ?

— Soixante-huit ans.

— Mmm… Impressionnant. Et qu'espères-tu obtenir d'elle ?

Caine accéléra et prit le temps de doubler une camionnette avant de répondre.

— L'avocat général a retenu l'hypothèse de l'homicide volontaire. Or, le premier point que je veux établir dans ma plaidoirie, c'est que notre amie Virginia portait toujours son pistolet sur elle. Si je veux démontrer qu'elle a tué en légitime défense, il faut que j'arrive à convaincre les jurés que Mme Day s'est rendue chez Mlle Simmons pour surprendre son mari avec sa maîtresse du jour et non pas dans l'idée d'assassiner qui que ce soit.

— Sa maîtresse du jour, reprit Diana pensivement. Il en a eu plusieurs, donc ?

— Virginia avait embauché un détective privé quelques mois plus tôt pour prendre son mari en filature. Apparemment, le Dr Day était un homme très occupé. Et pas seulement en salle d'opération. Je pourrais faire figurer le rapport du détective parmi les pièces à conviction, bien sûr, médita Caine à voix haute… D'un autre côté, la partie adverse pourrait s'en servir pour souligner que la meurtrière présumée avait un mobile pour tuer.

— Ce qui te ramène à ton histoire de pistolet.

Caine hocha la tête. Et constata que parler métier lui faisait du bien. Les muscles de ses épaules étaient moins tendus et ses capacités de concentration redevenaient raisonnablement élevées.

Exit l'angoisse des sables mouvants, décida-t-il fermement. Il s'était peut-être impliqué plus qu'il ne l'aurait voulu avec Diana. Mais les dommages restaient réparables. Il n'était pas en train de s'enfoncer jusqu'au cou, contrairement à ce qu'il avait pu craindre en montant dans sa voiture ce matin.

— Virginia affirme qu'elle ne sortait jamais de chez elle autrement qu'armée. Elle est obsédée par la crainte d'être agressée et volée. Un souci qui paraît légitime chez une jeune personne qui porte régulièrement une véritable fortune en bijoux sur elle.

— Mmm… oui, vu sous cet angle… Si mes sources sont exactes, Virginia Day n'est pas quelqu'un de très apprécié dans la bonne société bostonienne, si ? On la décrit comme une petite fille égoïste et gâtée qui se prend pour le nombril du monde et ne supporte aucune contrariété.

Caine se mit à rire.

— Le portrait que tu traces d'elle est assez ressemblant. Mais je suis content que tu n'aies pas été choisie comme juré.

— Virginia Day a quelques points communs avec ma tante Adélaïde. Autant dire que j'ai un peu de mal avec ce genre de personnalité en ce moment… Alors qu'Irene Walker, elle, en est la parfaite antithèse.

— Ah oui ? Tu ne m'as pas encore raconté comment s'était passé ton entretien de ce matin, au fait ?

Les traits de Diana s'assombrirent.

— Les traces des coups qu'elle a reçus sont encore bien visibles. Mais Irene Walker a tendance à minimiser les accès de violence de son époux. Je n'ai jamais vu quelqu'un faire aussi peu de cas de sa propre personne. C'est tout juste si elle ne m'a pas soutenu qu'elle méritait d'être frappée.

Elle s'interrompit pour secouer la tête avec impatience.

— C'est inimaginable, non ? L'amie chez qui elle a trouvé refuge a réussi à la convaincre de porter plainte contre son mari, mais je ne la sens que moyennement déterminée… J'ai l'impression que cette jeune femme est une véritable éponge et qu'elle adopte systématiquement le point de vue de la personne qui se trouve en face d'elle. Elle a réussi à se convaincre — à moins que son mari ne s'en soit chargé pour elle — qu'elle est l'insignifiance même et qu'elle ne peut pas exister sans lui. Je lui ai conseillé d'entamer une psychothérapie au plus vite. La procédure de divorce va être une véritable épreuve pour elle.

Diana renversa la tête en arrière et soupira de plus belle.

— Tu te rends compte qu'elle est venue me voir avec son alliance encore au doigt ?

— Si elle a l'impression de n'être rien sans son mari, ça ne doit pas être si simple que ça pour elle de retirer cet objet symbolique, non ?

— Avoue que c'est quand même ahurissant ! Ils ne sont mariés que depuis quatre ans. Et elle a déjà perdu le compte du nombre de fois où cette brute l'a rouée de coups.

Le regard de Diana se durcit.

— Quand j'aurai M. Walker en face de moi à la barre, je vais me faire un véritable plaisir de l'écharper.

— Je crois me souvenir que deux témoins étaient présents à l'occasion de cette dernière scène de violence. Tu ne devrais pas avoir trop de mal à le coincer.

— C'est bien ce que j'ai l'intention de faire. Tant qu'Irene Walker verra la marque des coups sur son visage en se regardant dans le miroir le matin, elle restera disposée à agir. Mais après cela, j'ai bien peur que sa faiblesse naturelle ne reprenne le dessus.

Caine jeta un coup d'œil à la serviette de cuir que Diana avait posée à ses pieds.

— C'est sur le dossier Walker que tu comptes travailler aujourd'hui ?

— J'ai l'intention de faire un premier jet des questions que je poserai au charmant époux. Entre le divorce et la plainte pour violences conjugales, je vais faire en sorte qu'il ait un maximum d'ennuis.

— Eh bien... Tu comptes frapper là où ça fait mal, on dirait ?

Elle sourit au souvenir de leur conversation sur la plage, à Atlantic City.

— Il me semble avoir entendu dire que c'était la méthode la plus propre, non ? Quoi qu'il en soit, les M. Walker de ce monde ne me donnent aucune envie de les ménager... Mais dis-moi, Caine, ça fait longtemps que tu l'as, ta voiture ?

— Ma voiture ?

Etonné par le brusque changement de sujet, il lui jeta un regard interrogateur.

— Eh bien, oui, ta voiture... Je rêve d'en acheter une comme celle-ci, lorsque j'en aurai les moyens.

La précision le fit sourire. Diana, décidément, le surprendrait toujours.

— Une Jaguar ? Tu sais te servir d'un levier de vitesses ?

Elle eut une moue vexée.

— Evidemment ! Quelle question !

Sans plus de commentaires, Caine se gara sur le bas-côté. Diana le regarda descendre de voiture pour venir ouvrir sa portière.

— Tiens, je te laisse le volant.

— A moi ?

Il réprima un sourire en voyant ses grands yeux chocolat briller d'excitation. C'était dans ces moments-là qu'il avait le plus de mal à lui résister. Lorsqu'elle oubliait qu'elle était une brillante avocate doublée d'une femme du monde élégante et posée, et qu'elle laissait la petite fille en elle prendre le dessus.

— Si tu as envie d'en acheter une, il faut bien que tu

l'essayes au préalable. A moins que ça ne t'inquiète d'avoir un véhicule aussi puissant entre les mains ?

— Moi ? Pas du tout. Je suis capable de conduire n'importe quoi.

Caine s'installa sur le siège du passager pendant que Diana passait au volant.

— A toi de jouer, ma belle. Je te dirai quelle sortie il faut prendre.

Diana était aux anges. Après un coup d'œil dans le rétroviseur, elle déboîta et prit de la vitesse.

— C'est grandiose ! s'exclama-t-elle aussitôt.

Jetant un œil sur le compteur, elle fit la grimace et leva le pied de l'accélérateur.

— Mais les limites sont vite dépassées avec ce qu'elle a dans le ventre.

Caine sourit.

— Moi, il me suffit de savoir qu'elle est prête à bondir, en cas de nécessité.

— Mmm… oui, je vois ce que tu veux dire. Sentir que c'est possible et, du coup, s'abstenir, commenta Diana en passant la cinquième vitesse. C'est pour cette raison que tu l'as achetée ?

— J'aime ce qui a de l'allure, murmura-t-il, les yeux rivés sur son profil. A condition qu'il n'y ait pas que l'apparence. Il faut aussi qu'il y ait le punch, le caractère.

Il regarda les mains de Diana qui reposaient sur le volant. C'étaient des mains sûres, des mains compétentes. Il imagina la jeune femme à bord d'une décapotable, par une tiède nuit d'été, ses cheveux de jais soulevés par le vent, son visage illuminé par le plaisir de la vitesse.

— Tu me fascines, observa-t-il.

Elle tourna la tête pour lui sourire.

— Pourquoi ? Parce que je suis capable de conduire ta voiture sans mordre continuellement sur la bande d'arrêt d'urgence ?

— Parce que tu as de l'allure, Diana. Et que le punch et le caractère ne te font pas défaut non plus... Tu peux prendre la prochaine sortie. Nous y sommes.

Pendant que Diana s'installait dans un coin de la salle d'attente pour travailler, Caine parcourut les couloirs de l'hôpital, à la recherche d'Agatha Grant. Il la trouva toute à sa solitaire splendeur, vêtue d'une liseuse en dentelle rose, ses cheveux blancs coiffés avec un soin minutieux, les joues ravivées par un blush écarlate.

A son entrée, Agatha reposa le magazine sportif qu'elle feuilletait d'un doigt nonchalant et l'examina d'un œil approbateur.

— Ah, un bel homme, enfin! Ce n'est pas souvent que j'en vois passer devant ma porte, dans cet hôpital de malheur. Venez donc vous asseoir par ici.

Séduit d'entrée de jeu par le personnage, Caine s'approcha du lit pour se présenter.

— Ah, vous êtes l'avocat de Ginnie! Elle a toujours eu un faible pour les beaux garçons, ma petite-nièce. Cela dit, elle aurait mieux fait de se casser une jambe plutôt que d'épouser son bellâtre de Francis Day.

Caine retira une pile de magazines d'une chaise et réussit à trouver une place pour s'asseoir.

— J'espère que vous pourrez m'aider à monter une défense solide pour Virginia, madame Grant. En tout cas, je vous remercie d'avoir accepté de me recevoir, si vite après votre accident.

Agatha balaya le problème de « l'accident » d'un geste souverain de la main.

— Ces fichus médecins ne me retiendront pas prisonnière ici indéfiniment. Je serai bientôt sur pied, vous verrez! Mais dites-moi ce que je peux faire pour vous, jeune homme.

— Vous n'ignorez pas que votre petite-nièce est accusée du meurtre de son mari, Francis Day.

Agatha hocha la tête sans laisser transparaître d'émotion particulière. Caine poursuivit son exposé de la situation :

— Virginia se serait rendue chez Laura Simmons, en sachant qu'elle y trouverait son mari en situation compromettante avec Mlle Simmons, sa maîtresse.

— La dernière en date, oui. Il y en a eu une longue série avant elle, observa Agatha avec une moue cynique. C'était une véritable maladie, chez notre ami Francis.

Caine se contenta d'acquiescer d'un signe de tête.

— A la demande de Francis Day, Mlle Simmons les a laissés seuls quelques instants, Virginia et lui. Lorsque Laura Simmons a regagné son appartement, vingt minutes plus tard, Day était mort et Ginnie, assise sur le canapé, tenait toujours son pistolet à la main. Laura Simmons a poussé un hurlement de panique et s'est ruée chez les voisins pour appeler la police.

D'un ongle laqué rouge, Agatha repoussa un de ses magazines.

— Il n'y a aucun doute, n'est-ce pas ? C'est bel et bien Ginnie qui a tué son mari ?

— Votre petite-nièce n'a jamais cherché à le nier, madame Grant. Elle affirme, en revanche, que le comportement de Day est devenu très agressif dès que Laura Simmons a quitté l'appartement. Au début, il y a eu escalade verbale, ce qui leur arrivait couramment depuis quelque temps. Puis Virginia a menacé de le traîner en justice en entamant une procédure tapageuse de divorce pour faute. Une publicité que, pour des raisons professionnelles évidentes, Day voulait éviter à tout prix. Il espérait une promotion importante dans l'hôpital où il exerçait en tant que chirurgien et un scandale inopportun aurait compromis ses belles perspectives de carrière.

Agatha rit doucement.

— Oui, j'imagine qu'il n'aurait pas apprécié de voir sa vie intime envahir les tabloïds. Notre ami Francis tenait beaucoup à sa réputation d'homme intègre et de médecin entièrement dévoué à son art.

La grand-tante de Ginnie était une forte personnalité, en effet, conclut Caine. Avec la tête solidement posée sur les épaules.

— Affolé par les menaces de Virginia, Francis Day est devenu violent et il l'a frappée à plusieurs reprises. Hors d'elle, votre petite-nièce s'est mise à hurler de plus belle. Elle affirme que son mari l'a giflée si fort qu'elle est tombée par terre. Il s'est alors emparé d'une lampe de bureau et l'a brandie en criant qu'il allait la tuer. Lorsqu'il s'est approché, Ginnie a sorti son pistolet de son sac et a tiré à deux reprises.

Lorsqu'il eut terminé, Agatha le regarda droit dans les yeux.

— Parlons peu, parlons bien : vous la croyez ou vous ne la croyez pas, jeune homme ?

Caine ne détourna pas les yeux.

— Mon intime conviction est que Virginia Day a tiré sur son mari dans un moment de panique et sans autre but que celui de préserver sa propre vie.

Agatha eut un soupir de soulagement.

— Je suis heureuse de vous l'entendre dire. Ginnie est une femme-enfant et une vraie peste. Nous l'avons tous gâtée honteusement. Et je serai toujours la première à reconnaître qu'elle a un caractère épouvantable. Elle est capable de faire n'importe quoi sur un coup de tête sans se soucier des conséquences. Mais tuer de sang-froid, non. Je peux vous garantir qu'elle n'est pas entrée dans l'appartement de cette femme en ayant formé le projet de tuer son mari.

De nouveau leurs regards se croisèrent. Puis Caine hocha la tête.

— Nous sommes donc d'accord sur ce point. Mais il s'agit à présent d'apporter la preuve de ce que nous avançons. Et pour cela, il faut déjà que je puisse justifier le fait que Virginia avait une arme sur elle ce jour-là.

La grand-tante Agatha fit claquer ses lèvres peintes et émit un petit son dédaigneux.

— Ce jour-là ? Mais, mon pauvre ami, cette petite ne sort jamais sans cette cochonnerie de pistolet qu'elle s'obstine à toujours vouloir glisser dans son sac. Cette enfant a l'incorrigible manie de se couvrir de cailloux de couleur, pire qu'un sapin de Noël. Et elle est convaincue qu'elle peut s'afficher n'importe où avec sa collection inépuisable de rubis, de saphirs, d'émeraudes et autres pierres précieuses, à condition d'avoir toujours cette fichue arme sur elle.

— Vous l'avez vue souvent avec ce même pistolet, donc ?

— Bien sûr. Lorsque je séjournais chez elle, il m'arrivait de l'attendre dans sa chambre lorsque nous nous préparions pour nous rendre à une réception ensemble. Et chaque fois, je la voyais sortir son arme d'un tiroir pour la placer dans sa pochette. Je lui ai dit et répété que c'était de la folie, bien sûr. Mais elle ne voulait rien savoir.

— Si je vous fais comparaître comme témoin, vous seriez prête à déclarer sous serment que Virginia Day portait en permanence son arme sur elle ? Vous pourriez également attester qu'à plusieurs reprises vous avez vérifié la présence de l'objet en question dans son sac ? Et que vous avez abordé le sujet avec votre petite-nièce ?

Agatha haussa les épaules.

— J'attesterai tout ce que vous voudrez et plus que cela encore. Je serais prête à mentir comme un arracheur de dents pour venir en aide à Ginnie. Je n'ai jamais compris pourquoi elle avait épousé ce fornicateur hypocrite.

— Madame Grant...

La vieille dame gloussa.

— Ne faites donc pas cette tête ! En l'occurrence, je pourrais jurer tout ce que vous me demandez de jurer sans risquer le salut de ma pauvre âme mortelle. Si Ginnie n'avait *pas* eu son pistolet sur elle le soir où elle est allée frapper à la porte de Laura Simmons, là, oui, je me serais posé des questions.

Caine se détendit.

— Très bien. Et pour ce qui est de vos dispositions à mentir comme un arracheur de dents, que cela reste entre nous, d'accord ?

— Ne vous inquiétez pas pour ça. Mais dites-moi, charmant jeune homme, entre Ginnie et vous…

— Je suis son avocat et rien que son avocat, madame, rétorqua Caine en se levant pour prendre la main de son interlocutrice dans la sienne. Je vous remercie d'avoir accepté de répondre à mes questions, madame Grant.

— Si j'avais quarante ans de moins et que j'étais accusée de meurtre, déclara lentement Agatha, vous seriez plus — beaucoup plus — qu'un avocat pour moi.

Avec un rapide sourire, Caine porta sa main à ses lèvres.

— Alors ne tuez personne, Agatha, car vous faites partie de ces femmes auxquelles un homme ne saurait résister.

La grand-tante de Ginnie parut apprécier le compliment. Et son rire accompagna Caine jusqu'à la porte de sa chambre. Il trouva Diana exactement là où il l'avait laissée, avec un code civil sur un genou et un carnet ouvert sur l'autre. Concentrée sur ses notes, elle ne l'entendit pas entrer. Sans un mot, il s'assit et l'observa.

La princesse avait trouvé sa place dans le monde réel, loin des murs glacés de son château d'origine. Caine songea qu'il avait eu envie de la libérer de ses entraves autant que de lui faire l'amour. Mais à présent que le premier but était en voie d'accomplissement, il se rendait compte qu'il ne pouvait plus se permettre de poursuivre le second.

Il y avait trop de courants sous-jacents chez Diana. Et les courants étaient redoutables pour les nageurs imprudents. La veille, en la prenant dans ses bras, il avait senti qu'avec un peu de temps et de patience il finirait par vaincre ses résistances. Etait-ce parce qu'elle devenait soudain accessible qu'il choisissait de reculer maintenant ? Il lui paraissait beaucoup plus sage, en tout cas, de se cantonner dans une amitié tranquille et sans surprise.

Pour son bien à elle comme pour le sien, sans doute.

Quelques minutes plus tard, Diana referma son livre, commença à s'étirer, puis écarquilla les yeux en repérant sa présence.

— Caine ! Ça fait longtemps que tu attends ?

— Non. Je te regardais faire. Ce n'est pas donné à tout le monde de pouvoir travailler ainsi, en s'extrayant du contexte. Je crois que la moitié du personnel aurait pu défiler dans cette pièce sans que tu t'en aperçoives.

Diana glissa ses livres dans sa serviette.

— C'est une faculté que j'ai développée pour me mettre à l'abri des sermons de ma tante. Ça s'est bien passé ?

— Très bien, oui. La grand-tante Agatha n'a pas déçu mon attente. Elle me sera d'un précieux secours pour le procès.

Caine se leva pour l'aider à enfiler son manteau.

— Ça a été si insupportable que ça, avec ta tante, Diana ?

Il vit son visage se fermer presque hermétiquement.

— Insupportable ? Ce n'est pas le mot, non. Disons qu'Adélaïde avait ses petites maximes. Du genre : « Une dame, une vraie, ne porte pas de diamants avant l'âge de cinq ans. »

Caine commençait à se dire que son image de la

princesse enfermée dans sa tour d'ivoire collait à la réalité plus qu'il ne l'avait cru au premier abord.

— Je n'y ai pas été de main morte, avec toi, lorsque nous étions à Atlantic City, murmura-t-il, pris de remords. J'espère que je ne t'ai pas trop brusquée ?

Diana lui jeta un regard surpris.

— Qu'est-ce qui te fait penser à cela, tout à coup ?

— La conversation que je viens d'avoir avec Agatha, précisa-t-il en pénétrant à sa suite dans la cabine d'ascenseur. Elle est très lucide quant aux défauts de sa petite-nièce et pas fière d'elle pour deux sous. Mais elle a une réelle affection pour sa Ginnie et se battra jusqu'au bout pour la soutenir. Et je commence à réaliser qu'avec Adélaïde tu as vécu la situation exactement inverse.

— Tante Adélaïde était fière, oui. Mais seulement de ce qu'elle *pensait* avoir réussi à faire de moi.

Avec un léger haussement d'épaules, Diana sortit de l'ascenseur.

— Quant à l'affection... elle n'en avait aucune pour moi, non. Mais elle n'a jamais prétendu le contraire non plus. Je n'ai rien à lui reprocher de ce côté-là.

— Comment ça, tu n'as rien à lui reprocher ? protesta Caine, outré.

Elle darda sur lui un regard qui disait clairement qu'il allait trop loin.

— Les sentiments ne se commandent pas, Caine. Elle s'est occupée de moi. Je pouvais difficilement exiger d'elle qu'elle m'aime de surcroît.

Révolté par ce portrait d'une enfance désolée qu'elle lui laissait entrevoir en quelques phrases, Caine lui saisit le bras.

— Si, Diana. Tout enfant a le *droit* d'être aimé. C'est le moins qu'il puisse attendre de l'adulte qui le prend en charge.

— Laisse tomber, Caine. Je n'ai pas envie de déterrer tout ça.

Il voulut insister mais elle se détourna. Et poussa un léger cri.

— Oh, mon Dieu, regarde !

Derrière les portes vitrées du hall d'entrée de l'hôpital, la neige tombait à gros flocons serrés, couvrant rapidement le sol.

— Bravo, les services météo, marmonna Caine. La tempête n'était annoncée que pour tard dans la soirée.

Diana enfila ses gants.

— Eh bien... Le trajet du retour promet d'être palpitant, commenta-t-elle lorsque le vent leur fouetta le visage.

Caine lui prit le bras pour traverser le parking déjà glissant.

— Tu aimerais qu'on attende ici que ça se tasse ?

— Cela risque de nous bloquer dans cet hôpital pendant des heures, non ? Mieux vaut essayer de rentrer. Sauf si ça t'ennuie de conduire dans cette tourmente.

Caine haussa les épaules.

— On peut toujours tenter le coup. Au pire, nous nous arrêterons en route.

Pendant les vingt premières minutes, la conduite demeura relativement aisée. Mais plus ils progressaient vers le sud, plus le vent forcissait. Déjà une épaisse couche de neige s'amoncelait sur le bord de la route et les arbres ressemblaient à de grands fantômes blancs frissonnant dans un univers d'où toute couleur avait été gommée. Les essuie-glaces peinaient à maintenir le pare-brise dégagé et la visibilité était de plus en plus réduite. Diana vit le véhicule devant le leur déraper et dévier de sa trajectoire à plusieurs reprises.

— C'est limite, non ? commenta-t-elle d'une petite voix en jetant un coup d'œil à Caine.

— Si ça empire, je me demande si nous allons atteindre Boston, en effet.

Caine veillait à maintenir une vitesse régulière. Les yeux plissés par la concentration, il scrutait la route devant lui. Mais la neige tombait trop vite et trop dru. Et plus ils avançaient, plus ils approchaient du cœur du blizzard. De l'autre côté de la bande centrale, deux voitures glissèrent l'une contre l'autre et s'immobilisèrent. Ni Diana ni lui n'ouvrirent plus la bouche pendant les vingt kilomètres qui suivirent.

Il faisait tellement sombre à présent qu'il dut allumer ses phares. Mais les faisceaux lumineux n'éclairaient pas grand-chose hormis la danse ininterrompue des flocons. Ils passèrent à plusieurs reprises à côté de véhicules arrêtés, abandonnés de travers sur le côté de la route, et que la neige recouvrait à une vitesse vertigineuse. Une grosse cylindrée les doubla par la droite et glissa dans leur direction. Diana poussa un cri et Caine jura copieusement lorsqu'il dut freiner, puis reprendre tant bien que mal le contrôle de la Jaguar.

— Désolé, mais je ne continue pas comme ça, fit-il en empruntant la sortie suivante. C'est suicidaire de poursuivre dans ces conditions.

Diana se contenta de hocher la tête. Elle avait la gorge trop nouée par l'angoisse pour prononcer un mot.

— Dès qu'on trouve un hôtel, on s'arrête, on prend deux chambres pour la nuit et on attend demain matin pour repartir.

Comme Diana ne réagissait toujours pas, Caine tourna brièvement la tête dans sa direction.

— Ho, hé… ? Diana… ? Ça va ?

— Repose-moi la question lorsque j'aurai recommencé à respirer, d'accord ?

Caine rit doucement. Au même moment, il repéra

l'éclat bleuâtre d'une enseigne au néon, à peine visible dans le blizzard.

— Tu vas bientôt pouvoir prendre une inspiration complète, Diana. Je crois que nous touchons au terme de notre périple.

La deuxième barre du M de « motel » était éteinte mais l'enseigne était à présent clairement lisible.

— Ah, c'est un « notel », commenta Diana avec l'ombre d'un sourire.

Caine examina le bâtiment et haussa les sourcils.

— Apparemment, nous ne sommes pas tombés sur le cinq étoiles du coin. La soirée Relais et Châteaux, ce ne sera pas pour cette fois-ci.

— Aucune importance. Je ne ferai pas la fine bouche.

Diana dut s'y prendre à deux mains pour ouvrir sa portière tant le vent soufflait fort. Une fois sortie de la voiture, elle se laissa tomber à genoux dans la neige et éclata de rire.

— Qu'y a-t-il de si drôle ? s'enquit Caine en la tirant vers la réception.

— Rien. Juste le bonheur d'être en vie.

— Tu aurais dû me le dire, que tu avais peur !

La tête renversée, Diana laissa le souffle de la tempête lui balayer les cheveux.

— J'étais en train de passer tout mon répertoire de prières en revue. Mais une fois arrivée au bout, j'aurais fini par crier au secours.

Le carillon de la porte émit un son strident lorsqu'ils pénétrèrent dans la réception où flottait une odeur lourde de tabac et de mauvaise bière. Derrière le comptoir, un individu grisonnant aux joues mal rasées s'arracha manifestement à regret à la lecture de son magazine.

— Ouais ?

— Bonjour. Nous voudrions deux chambres, s'il vous plaît.

Au premier coup d'œil, Caine repéra qu'ils étaient tombés dans le genre d'hôtel où les clients louaient plutôt à l'heure qu'à la nuit complète. Il réprima un sourire. La pauvre Diana risquait d'avoir des surprises. Mais compte tenu de la situation, ils pouvaient difficilement se permettre d'aller chercher mieux ailleurs.

— On n'en a plus qu'une de libre, précisa le réceptionniste en jetant un rapide regard à Diana. Avec ce qui tombe, on a fait le plein en moins d'une heure. Les affaires n'ont jamais été aussi bonnes.

Diana tourna les yeux vers Caine. Il lui laissait le choix, comprit-elle. Soit la chambre pour deux, soit le blizzard.

— Nous la prenons, trancha-t-elle.

Avec l'ombre d'un sourire narquois, l'employé de la réception tira une clé d'un tiroir.

— Tenez. Ça fera vingt-cinq dollars. Payables d'avance.

— Il y a moyen de se restaurer pas trop loin d'ici ? demanda Caine en comptant ses billets.

— Ouais. Y a un relais routier à deux pas. Votre chambre est à l'extérieur, sur votre gauche. La 27. Arrangez-vous pour la quitter avant 10 heures si vous ne voulez pas payer une nuit supplémentaire. Vous avez la télé dans votre chambre. Le service vidéo est payant.

— Aimable personnage, commenta Diana tandis qu'ils bravaient de nouveau la tempête à la recherche de la chambre 27. Il a bien dit qu'il y avait un relais routier pas loin ?

— Tu as faim ?

— Affreusement. En voiture, j'avais trop peur pour y penser, mais là…

Diana s'interrompit net en découvrant la chambre. Un seul lit aux dimensions imposantes occupait quasiment tout l'espace. Ce qui, en soi, était déjà bien assez incommode. Mais elle était trop estomaquée par l'aspect des lieux pour s'inquiéter de leur future cohabitation.

Les murs peints en rose fluo étaient assortis aux motifs criards du couvre-lit chamarré. Pour le reste, il y avait une table bancale et une chaise blanche. La moquette usée jusqu'à la corde était, elle, résolument violette. Quant au plafond, il était orné d'un grand miroir ovale fixé au-dessus du lit.

— Ce n'est pas le Ritz, bien sûr, commenta Caine en réprimant un fou rire devant l'expression sidérée de sa compagne. Mais nous serons à l'abri de la tempête.

— Mmm..., murmura Diana en détournant pudiquement les yeux du miroir au-dessus du lit. Mais il ne fait pas très chaud, qu'en penses-tu ?

Se tournant vers la fenêtre, elle constata avec résignation que les rideaux avaient été fabriqués dans le même tissu que le couvre-lit.

Caine se risqua à sourire.

— J'imagine que cette chambre gagne à être vue dans l'obscurité. Je vais essayer de mettre le chauffage en route.

Etonnée de voir Caine d'humeur aussi positive, Diana s'assit avec précaution sur le lit. Si seulement on leur avait attribué une chambre avec lits jumeaux, la situation aurait été moins épineuse.

— On dirait que ça t'amuse, observa-t-elle, vaguement dépitée.

— Qui ? Moi ?

Caine donna un coup de pied dans le chauffage qui se mit docilement en route. « Amusé » n'était pas le mot qu'il aurait choisi. La perspective de partager une chambre et un lit avec Diana n'était pas faite pour le réjouir, à présent qu'il avait pris la sage décision de maintenir leur relation dans les sphères platoniques.

— Je vais chercher de quoi dîner au relais routier. Ça ne sert à rien que nous ressortions tous les deux dans le blizzard. Qu'est-ce qui te ferait envie ?

— N'importe quoi pourvu que ça aille vite et que

ce soit mangeable... Je te dois douze dollars cinquante pour la chambre, au fait.

— Je te facturerai ça dès notre retour, promit-il en se penchant pour lui poser un bref baiser sur la joue avant de se lancer dans la tempête.

Une fois seule, Diana commença par réexaminer la chambre. Et décida qu'avec les yeux mi-clos l'aspect des lieux devenait presque tolérable. De plus, le chauffage fonctionnait à plein volume. Elle put même s'offrir le luxe de retirer son manteau et ses bottes. Faute de mieux, elle s'allongea sur le lit. Regarder la télévision semblait être la seule activité possible, vu les circonstances.

En se penchant, elle repéra une boîte noire sur le côté du lit et vit qu'on pouvait y introduire des pièces de monnaie. Sans doute le « service vidéo » qu'avait mentionné le réceptionniste. Parfait. Une soirée cinéma constituerait un excellent dérivatif.

Elle trouva trois pièces de vingt-cinq cents dans son porte-monnaie et suivit les instructions. Alors qu'elle arrangeait les oreillers dans son dos, un mouvement sur l'écran attira son regard. Pendant quelques secondes, elle demeura bouche bée. Puis elle se laissa tomber en arrière sur le lit, en proie à une telle crise de fou rire qu'elle en eut des crampes à l'estomac.

De tous les hôtels du Massachusetts, il avait fallu qu'ils tombent précisément sur celui-là ! Elle venait juste d'éteindre le poste lorsque Caine poussa la porte.

— Tu sais quel genre de films on peut voir pour vingt-cinq cents, dans cette chambre ? lança-t-elle avant même qu'il ait franchi le seuil.

Caine se secoua à la manière des chiens, et la neige vola dans la pièce.

— Oui, je sais. Tu as besoin d'un supplément de monnaie, peut-être ?

— Très drôle... En attendant je viens de gaspiller

trois pièces dans leur fichue boîte noire. Pour peu que la brigade des mœurs vienne frapper à notre porte, nous aurons fière allure. « Deux avocats bostoniens surpris dans un notel louche… »

— Vu le temps, nous ne risquons pas grand-chose de ce côté-là, commenta Caine en posant ses sacs sur la table.

— C'est notre dîner que je sens ? s'enquit Diana en fronçant les narines.

— Dîner est un grand mot. A vue de nez, ça n'a pas l'air des plus comestibles.

Il déballa deux hamburgers et lui tendit le sien.

— Tiens, je te laisse commencer. Si tu survis à la première bouchée, je me lance.

Diana fit la grimace.

— Tu crois que ça pourrait être fatal ?

— L'avenir nous le dira. J'ai également ramené des frites. Du moins… une substance qui y ressemble. Et voici la cerise sur le gâteau : une bouteille de vin rouge avec capsule plastique, en appellation d'origine plus qu'indéterminée.

Diana mordit dans son hamburger et prit le vin de sa main libre.

— Mmm… ce petit cru a l'air prometteur, en effet. Tu crois qu'ils fournissent des verres, dans la chambre ? Ou on boit notre piquette directement à la bouteille ?

— Je vais voir ce qu'il y a dans la salle de bains.

— Je suppose qu'il est inutile de te demander si la tempête se calme ? s'enquit Diana lorsqu'il revint avec deux gobelets en plastique.

— Ça empire, plutôt. D'après ce qui se dit au relais routier, on devrait avoir près de un mètre de neige demain matin.

Diana s'assit sur le bord du lit et prit le gobelet qu'il lui tendait.

— Il y a un petit détail technique que j'aimerais que nous réglions tout de suite, Caine.

Il prit une gorgée de vin et secoua la tête.

— Désolé, mais c'est non. Tu as vu à quoi ressemble la moquette ? Je refuse de dormir par terre.

Diana fit la grimace, déconcertée qu'il ait deviné aussitôt où elle voulait en venir.

— Et la baignoire ?

— Après toi, je t'en prie.

Elle soupira démonstrativement.

— Dois-je en conclure que la galanterie se perd en ce bas monde ?

Caine prit une bouchée de hamburger.

— Honnêtement, le lit est bien assez large. Si tu ne veux pas t'en servir pour un meilleur usage que le sommeil…

— C'est tout à fait hors de question, trancha-t-elle.

C'était exactement la réponse qu'il avait souhaité entendre. S'ils abordaient le sujet de front, en s'en amusant comme d'une plaisanterie, il y aurait peut-être moyen de traverser l'épreuve tout en s'en tenant à ses résolutions platoniques.

— Bon. Alors nous partagerons bien sagement notre territoire. Et nous dormirons chacun dans notre moitié de lit. En respectant la frontière.

Diana lui jeta un regard méfiant.

— Et ça en restera là ?

— Sauf, bien sûr, si tu préfères une formule plus intime.

— Non… Bien sûr que non.

Sourcils froncés, Diana finit son hamburger. Caine avait passé deux heures à conduire dans des conditions difficiles, après tout. Elle pouvait difficilement exiger qu'il passe la nuit assis sur une chaise.

— Si tu t'engages solennellement à rester de ton côté du lit…

— Je suis un homme très patient, tu sais. Et tout à fait capable d'attendre que tu prennes toi-même l'initiative.

Caine se leva et s'étira nonchalamment.

— Je vais tremper dans un bain avant de me coucher. Toi, essaye de dormir. La journée a été longue.

Etrangement, elle ressentit comme un soupçon de regret qu'il renonce avec tant de facilité à la perspective d'une nuit de plaisir.

— Bonne nuit, Diana.

— Bonne nuit.

Diana attendit que l'eau coule dans la pièce adjacente pour s'avouer qu'elle n'avait qu'une envie, en l'occurrence : faire l'amour avec Caine MacGregor. N'y avait-il pas une forme de perversité à refuser obstinément ce qu'ils désiraient l'un et l'autre ? *Faire l'amour avec Caine... se perdre en lui...*

Se perdre en lui, oui. Là justement était le nœud du problème. A la différence des autres hommes qu'elle avait connus, Caine aurait une emprise sur elle. Il avait déjà fait tomber tant de ses défenses. Une fois qu'il aurait franchi les barrières physiques, il ne s'arrêterait pas en si bon chemin. Et il finirait par avoir tout pouvoir sur elle.

Avec un léger frisson, Diana retira sa jupe et son pull et ne garda sur elle qu'une courte combinaison de soie qui lui tiendrait lieu de chemise de nuit. Puis elle se glissa sous les couvertures et se cala à l'extrême bord du lit. Ce qui fut loin d'être aussi commode qu'elle l'avait escompté. Le matelas s'affaissait en son centre et la simple loi de la gravité voulait qu'elle glisse irrémédiablement vers la partie creuse au milieu. Se raccrochant fermement au bord, elle se mit en chien de fusil, ferma les yeux et attendit, stoïque, que le sommeil accepte de venir.

Lorsque Caine sortit de la salle de bains, un profond silence régnait dans la chambre. Il distingua vaguement la silhouette immobile de Diana à l'autre extrémité du lit. Avait-il péché par excès d'optimisme en revendiquant de partager fraternellement ce territoire du sommeil avec elle ? Le bain chaud — même prolongé — n'avait pas suffi à calmer les élans de sa libido. Bon sang, pourquoi s'était-il engagé à ne franchir sous aucun prétexte la ligne invisible qui séparait sa moitié de matelas de la sienne ?

Quoi qu'il en soit, il était trop tard pour revenir en arrière. Il lui avait donné sa parole et il la tiendrait quoi qu'il arrive.

Matinal depuis toujours, Caine se réveilla tôt et en douceur. Une agréable chaleur l'enveloppait. Mieux qu'une chaleur même : une forme humaine. A demi endormi, il identifia Diana à son parfum. Elle était blottie contre lui, toute chaude et douce dans l'abandon du sommeil.

Sans même ouvrir les yeux, il l'attira contre lui, la calant bien au chaud dans son étreinte. Elle soupira et se lova au creux de sa poitrine. Toujours dans un demi-sommeil, il murmura son nom et ses mains glissèrent sous la soie. Ils émirent des sons de plaisir simultanés, sans sortir pour autant des limbes où ils flottaient encore. Caine en conclut qu'il rêvait. Il lui était déjà arrivé de rêver qu'il faisait l'amour avec Diana, mais jamais de façon aussi réaliste.

Changeant de position, il glissa une jambe entre les siennes tandis que ses lèvres se promenaient en toute lenteur sur son visage. Avec un murmure inarticulé, Diana trouva sa bouche.

Caine goûta ses lèvres mi-closes. Miracle d'entre les miracles, le rêve se prolongeait. Même leur baiser avait un parfum d'éternité. Ses mains allaient et venaient doucement sous la soie, sans exercer de pression, sans rencontrer de résistance. La lumière était douce, le creux du matelas comme un berceau qui les entourait.

Un premier élancement de désir le tira un instant de sa torpeur lorsque ses paumes vinrent enserrer ses seins. Diana poussa un faible gémissement et se cambra pour mieux s'offrir à ses caresses. Il crut entendre son prénom sur ses lèvres. Puis les mains de Diana commencèrent à se mouvoir à leur tour.

Il se pencha sur ses épaules. Les bretelles de soie glissèrent d'elles-mêmes. Suivant rêveusement une courbe, il ôta la combinaison sans même y penser.

Elle respirait vite, maintenant. Et son souffle devenait sonore, presque haletant. Il s'aperçut alors que sa bouche était rivée à un mamelon. Le désir le submergea d'un coup, alors qu'il était déjà trop tard pour revenir en arrière. Le cœur de Diana battait furieusement contre ses lèvres. Elle était nue contre lui, découvrit-il alors. Et ses mains lui pétrissaient le dos, ses hanches ondulaient sous les siennes en un mouvement pressant de va-et-vient. Pendant une fraction de seconde, il chercha à faire la part entre le rêve et la réalité, mais son corps avait déjà pris les commandes.

Une fois qu'il fut en elle, la question cessa de se poser. Il n'y eut plus qu'un océan de plaisir moutonnant vers un horizon d'infinie félicité.

8

La lumière était pâle et grise. Ouvrant les yeux, Diana ne discerna que des ombres indistinctes. Elle était prise en sandwich entre Caine et le creux du matelas. Il avait le visage enfoui dans son cou, mais elle entendait sa respiration irrégulière, sentait son cœur battre avec force contre le sien. Elle avait encore le goût de sa peau sur ses lèvres et l'odeur de leurs corps mêlés flottait autour d'eux comme un nectar. Elle se sentait lourde, comblée. Agréablement pesante…

Dans les lointains de sa conscience, cependant, retentit un signal d'alarme. Les brumes de plaisir qui obscurcissaient son cerveau se dégagèrent d'un coup, comme sous l'effet d'une rafale de vent soudaine. Elle cligna des yeux et vit l'homme nu reposant sur elle dans la chambre sordide d'un hôtel borgne. La réalité de la situation lui fit l'effet d'une gifle monumentale. Repoussant Caine avec indignation, elle se rabattit à l'extrémité du lit.

— Comment as-tu *osé* ?

Caine ouvrit un œil passablement hagard.

— Quoi ?

— Tu m'avais donné ta parole !

Furieuse, elle plongea dans le désordre des draps pour essayer de retrouver sa combinaison.

Encore laminé par l'intensité de son plaisir, Caine secoua la tête.

— Diana…

— J'aurais dû me douter que je ne pouvais pas te faire confiance ! Mais tu m'avais *promis* que tu resterais de ton côté !

Perplexe, Caine se frotta le visage à deux mains.

— Mais qu'est-ce qui te prend, Diana ? Tu as perdu la tête ?

— Perdu la tête ? vociféra-t-elle. Parce que j'ai eu le tort de penser que tu pouvais te comporter comme un individu normalement doué de respect et de considération ?

— Hé là, une seconde ! C'est quoi, ce procès véreux que tu me fais ? Tu te moques de moi ou quoi ?

Gagné par la colère à son tour, Caine s'extirpa du lit. Diana, qui frissonnait dans la fraîcheur du petit matin glacé, replia les bras sur ses épaules.

— Tu as eu un comportement parfaitement méprisable ! vitupéra-t-elle.

Un vent de fureur se leva en Caine, attisé par une émotion plus violente encore qu'il se refusa à identifier comme étant de la souffrance.

— Méprisable, tu dis ? Tu n'avais pourtant pas l'air horrifié du tout, il y a quelques minutes à peine.

Diana rejeta orgueilleusement les cheveux en arrière. Pendant qu'elle était dans les bras de Caine, elle n'avait pas réfléchi, non. Il n'y avait rien eu d'autre que la sensation et le désir. Mais *seulement* parce qu'il avait profité honteusement d'un moment de faiblesse.

— Tu n'avais pas le droit de faire ça, protesta-t-elle, la gorge soudain nouée.

— Pas le droit ? Et toi ? Tu l'avais, le droit, peut-être ?

— Désolée, mais *moi*, je dormais à moitié !

— Bon sang, Diana. Mais j'étais dans le même état que toi !

Jurant avec force, Caine se détourna pour récupérer son pantalon sur une chaise. Alors qu'ils avaient l'un et l'autre souhaité garder leurs distances, ils avaient perdu la tête dans un moment de semi-conscience. Résultat : les complications qu'il avait voulu éviter lui tombaient déjà sur le coin de la figure.

— Ecoute, Diana, rien ne sert d'en faire un drame. Ce sont des choses qui arrivent.

— Comment ça, « qui arrivent » ? Ne me dis pas que ça se fait tout seul ! cria-t-elle en s'enveloppant dans l'horrible couvre-lit violet et rose.

— En l'occurrence, si, ça s'est fait tout seul, marmonna-t-il d'une voix étouffée en faisant glisser son pull à col roulé sur sa tête.

Même sa colère ne parvenait pas à dissiper entièrement l'impression qu'il venait d'émerger d'un rêve magnifique.

— Je serais même incapable de te dire comment ça a commencé, poursuivit-il en lui jetant un regard sévère. Mais une chose est certaine : ça ne s'est pas passé contre ton gré. Tu participais tout aussi activement que moi.

La vérité, comme toujours, faisait mal. Ulcérée, Diana s'emporta de plus belle.

— Parce que je n'étais pas *en état* de me rendre compte de ce que je faisais ! Alors que tu avais prévu ce qui allait arriver !

Arrachant son manteau au passage, Caine se planta devant elle. Et se retint de la gifler.

— Mais oui, c'est ça, j'avais prévu ce qui allait arriver ! Tout était programmé avec un soin méticuleux, d'ailleurs : le blizzard, c'est moi. L'hôtel minable, c'était mon choix également. Et j'avais bien évidemment calculé qu'il n'y aurait qu'une chambre, avec un seul lit et un matelas qui s'incurve au milieu. Tu es victime d'une conspiration machiavélique, ma pauvre chérie.

— Je ne suis pas ta chérie et je ne suis pas paranoïaque non plus, Caine, rétorqua-t-elle d'une voix coupante. Je sais exactement ce que j'ai à te reprocher et pourquoi. Et les regrets, je les ai sur les bras, maintenant.

Un silence électrique tomba dans la chambre. On n'entendait plus que le son rapide de leur respiration et le ronflement du chauffage. Diana vit un éclair de rage flamber dans le regard de Caine.

— Tu ne regrettes pas plus que moi ce qui s'est passé.

Sur ce constat définitif, il ouvrit en grand, le temps de laisser entrer une bourrasque de neige, puis sortit en faisant claquer la porte derrière lui.

Restée seule, Diana frissonna de plus belle, malgré le couvre-lit drapé autour de ses épaules. *Hallucinant*. C'était hallucinant d'avoir un aplomb pareil. Sa colère contre Caine était parfaitement fondée, non ? Alors qu'elle avait accepté de partager son lit en toute confiance, il l'avait feintée, déçue, trahie !

Mais Caine avait *aussi* fait chanter son corps et vibrer toutes ses cordes sensibles. Et il lui avait offert les plus beaux instants de plaisir qu'elle ait jamais connus.

Avec un léger sanglot, Diana s'effondra sur le lit. Sa tête roula de droite à gauche.

— Non, non, non, gémit-elle à voix haute.

Qu'il l'ait rendue heureuse, elle ne pouvait pas se payer le luxe de l'admettre. Même pour elle-même. Si elle cédait à Caine et à ses propres élans, elle serait à sa merci. Alors qu'elle avait mis vingt ans à échapper à la tutelle de sa tante, elle accepterait de retomber sous la coupe de quelqu'un d'autre ? En sachant que Caine pourrait la prendre et la laisser au gré de ses seuls caprices ?

C'était Caine, déjà, qui l'avait aidée à se réconcilier avec Justin ; Caine qui l'avait soutenue dans un moment difficile ; Caine qui lui avait trouvé des solutions professionnelles. Si elle l'autorisait à prendre une place encore plus grande dans sa vie, elle finirait inéluctablement comme une Irene Walker *bis* !

Les yeux clos, Diana se mordit la lèvre. Non. Elle refusait catégoriquement de prendre un risque pareil. Faire l'amour avec Caine avait été une erreur qu'elle ne devait réitérer à aucun prix.

Cela dit, elle avait eu tort de se mettre en colère contre lui. Caine n'avait été ni plus ni moins responsable qu'elle de ce qui s'était passé au petit matin. A la faveur du sommeil, ils avaient roulé l'un et l'autre vers le milieu du lit. Lorsque ses mains s'étaient mises en mouvement et qu'elle avait caressé Caine, elle était à demi endormie, certes, mais pas complètement inconsciente pour autant.

De nouveau, Diana ferma les yeux. De honte, cette fois. Comment avait-elle pu réagir de façon aussi hypocrite, alors qu'elle était largement autant à blâmer que lui ?

Repoussant les cheveux qui lui tombaient sur les yeux, elle contempla l'invraisemblable chambre rose et violet où Caine et elle s'étaient aimés ce matin. Que faire, maintenant ?

« Lui présenter mes excuses. »

Incontournable, la réponse tomba comme un couperet. Elle s'était comportée de façon détestable. Et il ne lui restait plus qu'à l'admettre si elle voulait vivre en paix avec sa propre conscience.

Avec un soupir résigné, Diana s'extirpa du lit pour prendre une douche et attendre le retour de Caine.

Deux heures plus tard, Diana tournait comme un animal en cage dans la chambre minuscule. Son état oscillait entre l'exaspération et l'inquiétude. « Mais qu'est-ce qu'il fabrique, bon sang ? » Elle jeta un regard par la fenêtre et constata que la neige tombait toujours aussi dru. Difficile d'imaginer que Caine puisse marcher depuis plus de deux heures dans cette tourmente.

Diana l'imagina au relais routier, attablé devant un

petit déjeuner géant comme il les aimait, avec une grande tasse de café bien chaud à la main. Et cela pendant qu'elle rongeait son frein, l'estomac vide !

Le monstre. Comment pouvait-il la laisser dépérir entre ces quatre murs rose fluo pendant qu'il vivait librement sa vie ? Refusant de s'inquiéter pour lui une seconde de plus, Diana s'installa en tailleur sur le lit, vida le contenu de sa serviette devant elle et se mit au travail. Et tant pis pour Caine s'il mourrait enseveli sous une congère. C'était le dernier de ses soucis.

Une heure s'écoula ainsi avant que le bruit d'une clé ne se fasse enfin entendre. Caine entra, couvert de neige de la tête aux pieds et d'humeur manifestement aussi peu amène que lorsqu'il avait quitté la chambre, trois heures plus tôt.

Toutes intentions pacifiques oubliées, Diana le foudroya du regard.

— Mais où étais-tu passé, à la fin ?

Caine jeta son manteau mouillé sur la table.

— Aucune chambre ne s'est libérée depuis hier. Et l'hôtel le plus proche est à plus de quinze kilomètres d'ici.

— Il t'a fallu *trois* heures pour rassembler ces deux informations ? Ça ne t'a même pas traversé l'esprit que j'étais bouclée dans la chambre à t'attendre ?

Il soutint froidement son regard.

— Tu avais besoin d'une carte topographique pour trouver la porte et sortir d'ici toute seule, comme une grande ?

Furieuse, Diana se leva d'un bond.

— Tu es parti avec la clé, je te signale ! J'aurais pu sortir, d'accord. Mais je rentrais comment, à ton avis ?

Avec un haussement d'épaules désabusé, Caine tira la clé de sa poche et la jeta sur la table.

— Voilà. Elle est à ton entière disposition… J'ai acheté des brosses à dents, au fait.

Diana attrapa au vol celle qu'il lança dans sa direction et le remercia d'un ton glacial. Trop, c'était trop. Non seulement elle ne lui présenterait pas ses excuses, mais elle lui ferait la guerre jusqu'à ce qu'il crie grâce.

— Puisque tout semble indiquer que nous sommes condamnés à passer une seconde nuit dans ce taudis, je propose de réfléchir à un arrangement valable, cette fois.

Caine fit un louable effort sur lui-même pour rester calme. S'il laissait exploser sa colère maintenant, il serait capable de l'étrangler sur place.

— Prends toutes les mesures que tu veux, Diana. Moi, je vais me raser.

— Ah non, pas si vite ! protesta-t-elle en lui barrant le passage. Nous avons d'abord une petite mise au point à faire, toi et moi.

Caine dut se faire violence pour ne pas balancer un grand coup de pied dans un mur rose.

— Diana, je te préviens ! Ne me pousse pas à bout.

— Te *pousser à bout* ? Parce que tu crois qu'après ce qui s'est passé ce matin tu peux te permettre de débarquer de nouveau dans la chambre la bouche en cœur comme s'il s'agissait d'un incident sans importance ?

Il lui retint le poignet.

— Si j'étais toi, j'aurais la sagesse de me taire et d'oublier, Diana.

Elle se dégagea avec force pour lui faire face.

— Me taire et oublier ? Jamais ! Et tu n'iras pas te planquer dans la salle de bains avant que nous nous soyons expliqués.

— Ça ira, merci. Sans façon. J'en ai déjà suffisamment entendu ce matin.

La repoussant sans trop de douceur, Caine repartit avec son rasoir à la main.

— *Caine !* hurla-t-elle, à bout de nerfs, en le rattrapant par le bras.

— Et maintenant, ça suffit !

Le regard noir comme du charbon soudain, il lui saisit les épaules et la secoua avec une force telle que Diana laissa échapper un petit cri.

— Garde ton ramassis d'accusations idiotes pour toi, c'est clair ? Ma patience a des limites et tu viens de les franchir haut la main. Je n'ai pas besoin d'inventer des scénarios ou d'avoir recours à la ruse pour mettre une femme dans mon lit. La méthode directe marche tout aussi bien. J'aurais pu te faire l'amour hier soir et une demi-douzaine de fois avant cela. Et sans user de manœuvres compliquées, crois-moi. Alors arrête de hurler comme une poissonnière. Ce qui est arrivé ce matin est la conséquence d'un désir mutuel. Mais tu es trop hypocrite pour l'admettre !

Folle de rage, Diana se rejeta en arrière.

— Ce matin, j'étais endormie !

— Tu es réveillée maintenant ?

— Oui, je suis réveillée ! Et tu vas...

— Très bien.

Il l'enlaça d'un bras dur comme l'acier et plaqua sa bouche sur la sienne comme pour la museler à tout jamais. Caine entendit le cri étouffé qu'elle émit, la sentit se débattre comme un chat sauvage dans son étreinte. Mais il avait renoncé à toute considération galante. Plus elle se rebiffait, plus il la serrait fort contre lui.

Son souci premier était de punir, de libérer la tension qui n'avait cessé de monter en lui depuis que Diana l'avait couvert de reproches injustifiés au réveil. Mais très vite, il ne pensa plus à rien, qu'au désir qui lui broyait le ventre et le cœur.

Sans cesser de lui maintenir les épaules, il l'écarta de lui. Le souffle court, ils se fixèrent. Mais pas comme deux ennemis. Diana secoua la tête pour chasser la frénésie qui s'emparait d'elle. Mais il était déjà trop tard. Sans un mot, elle saisit le visage de Caine entre ses paumes et attira de nouveau sa bouche sur la sienne.

D'emblée leur étreinte se situa aux antipodes des tendres explorations somnolentes auxquelles ils s'étaient livrés quelques heures plus tôt. Ils étaient éveillés, tendus et affamés l'un de l'autre. Ils tombèrent sur le lit, bras et jambes mêlés, s'arrachant déjà mutuellement leurs vêtements avant même d'avoir touché le matelas.

Pour s'être muée en désir, leur colère n'avait rien perdu de son intensité pour autant. Diana s'escrimait sur le pull à col roulé de Caine comme si elle avait décidé de le mettre en pièces. Elle poussa un sourd cri de triomphe lorsqu'elle l'eut débarrassé du vêtement et savoura sa victoire, goûtant la nudité de la chair sous ses mains possessives. A demi allongée sur lui, elle cueillit de nouveau sa bouche, laissant tous les désirs réprimés remonter à la surface.

Elle avait beau boire à longs traits aux lèvres de Caine, sa soif ne cessait de croître. N'avait-elle pas su dès le début qu'il la délivrerait de sa prison, qu'il ferait sauter les derniers verrous et la rendrait à elle-même en la faisant sienne ?

Libre. Elle était libre enfin de vivre sa vraie nature pleinement. Déjà, Caine déployait toutes les qualités d'amant qu'elle avait devinées en lui. Il était puissant, animal, vibrant d'une énergie presque terrifiante. Leurs tendres ébats du matin n'avaient constitué qu'un minuscule échantillon de ce qu'il était en mesure de lui apporter.

Diana sentait un élan sauvage monter du fin fond d'elle-même. Comme si elle touchait enfin à l'essence même de son être. Elle avait pressenti — et redouté — cette nature ardente et forte en elle. Mais à présent, il n'y avait plus de peur, plus de retenue. Rien qu'une joie profonde à être elle-même avec Caine.

Son corps désenchaîné était devenu souple et fluide — à

la fois plus puissant et mille fois plus sensible, comme si chaque millimètre carré de sa peau était soudain doté d'une conscience.

Caine jura, gêné par l'ultime barrière qu'offrait sa combinaison de soie. Et Diana réagit par un petit rire tellement rauque qu'elle mit un moment à l'identifier comme émanant d'elle. Le son primitif qu'elle émit parut décupler encore l'ardeur de Caine. Il écrasa ses lèvres sous les siennes, envahit sa bouche comme pour en faire l'ultime conquête. Il tira sur une bretelle et elle entendit le craquement de la soie malmenée. Mais elle n'en avait cure. Sa langue bataillait avec celle de Caine, ses mains s'escrimaient sur lui comme s'ils se livraient une guerre sans merci.

Ils se jetaient l'un sur l'autre, aveuglés par des éclairs de passion. Les mains de Caine étaient partout à la fois, pressant, malaxant, comme pour la remodeler, la refondre, l'ajuster à lui. Et elle en redemandait, encore et encore. Plus de passion, plus d'intensité, plus de contact.

De nouveau, la soie céda avec un bruit sec lorsqu'il déchira en deux ce qui restait de sa combinaison. Diana rit à gorge déployée. Sa voix était devenue basse, grave, sensuelle. Et son corps incroyablement agile ne bougeait plus qu'à l'instinct. Sa réalité s'était réduite à Caine. Mais un Caine qui n'était plus, fondamentalement, distinct d'elle-même. Un Caine dont elle faisait partie et qui faisait partie d'elle.

Elle l'appela et il se joignit à elle. Et ce fut le départ d'une chevauchée d'amour éperdue qui les mena aux confins de la folie.

Les paupières lourdes, envahie par un bien-être incomparable, Diana ouvrit lentement les yeux et découvrit leurs reflets jumeaux dans le miroir au plafond. Elle fit aller et venir ses doigts sur le dos de Caine, observa le mouvement de sa main brune sur sa peau claire.

Il était fort, songea-t-elle avec un frisson de plaisir et de fierté. Fort et hardi en amour. Tout comme elle, d'ailleurs. Avec un soupir de satisfaction, elle remonta le long de sa colonne, effleura les muscles puissants de sa nuque et enfouit les doigts dans ses cheveux.

Caine voulut rouler sur le côté, mais elle resserra la pression de ses bras.

— Diana…

Relevant la tête, il plongea son regard dans le sien. Puis, avec un juron bref, il se dégagea de son étreinte.

— Je ne pensais pas en arriver là, Diana. Je regrette. Ça peut paraître un peu faible, comme excuse, après ce qui s'est passé ce matin, mais…

Elle l'interrompit en lui posant un doigt sur les lèvres.

— Caine, non…

Elle pressa ses lèvres sur les siennes jusqu'à sentir sa résistance céder.

— Je suis désolée pour tout ce que je t'ai dit, ce matin. J'étais en tort et je le savais. Mais ça ne m'a pas empêchée de hurler quand même. J'étais consciente que tant que je sortais les griffes, je pouvais éviter d'admettre que j'avais envie de recommencer à faire l'amour sur-le-champ.

Posant la tête sur son épaule, elle ferma les yeux. Caine lui caressa longuement les cheveux.

— Lorsque je suis revenu dans la chambre, je m'étais juré que je ne te toucherais plus, quoi qu'il arrive.

Elle rit doucement en pressant les lèvres contre la peau douce juste à la limite de l'aisselle.

— Quant à moi, je me préparais à m'excuser platement à ton retour. Et voilà le résultat.

— C'est mieux qu'on en soit arrivés là, non ? murmura-t-il en tournant la tête pour plonger de nouveau son regard dans le sien. Ce que je ressens avec toi, je ne l'ai encore jamais ressenti avec personne. Je n'ai pas envie de te faire du mal. Tu crois que tu pourras me faire confiance ?

Diana ouvrit la bouche pour lui répondre. Mais comment lui faire comprendre une vie entière de peur et d'insécurité affective ?

— Pas de questions, pas d'explications, pour le moment, O.K. ? chuchota-t-elle en se penchant sur ses lèvres. On se contente de prendre les choses comme elles viennent ?

Caine acquiesça d'un signe de tête. Même s'il aurait aimé en savoir plus sur ses craintes, ses désirs et ses attentes.

— O.K., pas de questions. Pas pour le moment, en tout cas.

La sentir là, allongée à son côté, lui procura une joie indicible, presque enfantine.

— Tu sais que je commence à prendre goût à cette chambre ? observa-t-il en levant les yeux vers le plafond. Avoue qu'elle offre une vue imprenable.

Diana suivit la direction de son regard et fit la moue.

— Je te vois venir. Bientôt tu vas me demander une pièce de monnaie pour l'animation vidéo.

Il secoua la tête en riant.

— Non, merci. Je préfère de loin t'animer, toi.

Elle poussa un léger soupir de délice lorsqu'il commença à lui embrasser le cou.

— Caine… Tu vas me trouver très terre à terre, mais je meurs de faim.

— Mmm… A ce point ? s'enquit-il en lui mordillant une épaule.

— A ce point, oui. J'en suis à un stade où je pourrais même avaler un deuxième hamburger comme celui d'hier soir.

— Alors le cas est grave. Si tu es prête à risquer l'intoxication alimentaire, il faut agir vite, en effet, admit-il en se redressant. Je vais aller t'acheter une seconde version de notre dîner d'hier soir.

— Tu es un ange.

Dès que Caine eut quitté le lit, cependant, Diana se redressa à son tour. Détaché du sien, le corps de son amant laissait dans son sillage comme un soupçon de timidité et de pudeur. C'était idiot de réagir ainsi, bien sûr. La sexualité était un ingrédient comme un autre de la vie d'une femme adulte. Et pourtant...

— Je viens avec toi, trancha-t-elle.

— Il neige toujours aussi fort, tu sais.

— Tant pis. Ça me fera du bien de prendre l'air. Le rose des murs commence à devenir obsédant. Je suis mûre pour un changement de cadre.

— Très bien, nous déjeunerons en grande pompe sur place.

Il haussa les sourcils en voyant Diana examiner sa combinaison déchirée.

— Tu vas m'annoncer que je suis bon pour t'en racheter une autre, c'est ça ?

— En fait, je songe vaguement à te traîner en justice, déclara-t-elle en enfilant sa jupe.

Caine l'attrapa en riant par la taille.

— Rien que pour le plaisir de t'entendre exposer les faits, je serais prêt à me laisser convoquer par le juge.

Elle leva vers lui un regard rieur, presque tendre. Il ressentit une bouffée d'émotion si forte qu'il en eut des frissons. « Pas de panique, mon vieux. C'est juste une réaction physique. Rien de sentimental là-dedans. »

— Encore un baiser, chuchota-t-il en se penchant sur ses lèvres.

Diana ferma les yeux et laissa sa tête partir en arrière. Une fois déjà, Caine l'avait embrassée comme il l'embrassait maintenant. Si tendrement, si rêveusement, comme s'il attendait d'elle... oui, quoi, au juste ?

Lorsque sa bouche se détacha de la sienne, elle cligna des paupières, en proie à un vertige qui confinait à la confusion.

— Caine ? murmura-t-elle en l'interrogeant du regard.

Il recula d'un pas et elle vit dans ses yeux comme un soupçon de panique.

— Je te conseille instamment de te rhabiller au plus vite, Diana Blade. Du moins, si tu tiens vraiment à satisfaire ton appétit de hamburgers.

Elle attrapa son chemisier et le boutonna d'une main légèrement tremblante.

— J'ai l'impression que tes dispositions envers moi sont constamment fluctuantes, Caine. Comme si tu voulais et que tu ne voulais pas... Tu sais que tu me déconcertes, par moments ?

— Il est vrai qu'il m'arrive de perdre un peu le fil avec toi, marmonna-t-il, comme pour lui-même.

Diana le regard fixement, sans sourire.

— Est-ce que je te déconcerte, Caine ?

Il haussa les sourcils.

— Nous avions bien dit « pas de questions », je crois ?

— Mmm... intéressant, comme esquive.

— N'oublie pas de prendre tes gants, fut tout ce qu'il répondit en glissant la clé de la chambre dans sa poche.

Dehors, le vent glacial les saisit de plein fouet. Diana se raccrocha au bras de Caine et ne le lâcha plus. Sous son manteau de neige, même leur sinistre petit motel prenait un aspect presque poétique, constata-t-elle en se retournant.

— Finalement, nous ne sommes pas si mal tombés, commenta-t-elle rêveusement.

— Tu verras. Une fois que tu auras passé dix minutes dehors dans le blizzard, notre chambre te paraîtra même franchement idyllique.

Une piste étroite avait été tracée dans la neige par les autres occupants du motel qui s'étaient frayé un chemin jusqu'au relais routier. Mais même ainsi, Diana s'enfonça à plusieurs reprises jusqu'au genou.

— Tu es sûre que tu ne veux pas rentrer te mettre à l'abri ?

— Tu plaisantes... C'est notre restaurant gastronomique que j'aperçois, là ? Oh, mon Dieu, je crois que je pourrais même manger *deux* de leurs hamburgers.

— Diana, tu m'inquiètes sérieusement. Mais nous débattrons de tes tendances suicidaires une fois que tu auras vu l'intérieur... Attention, il y a des marches enterrées quelque part là-dessous.

Hors d'haleine, les joues rougies par le froid, Diana pénétra dans le relais. Une lourde odeur de friture flottait dans l'air enfumé. Il y avait là quelques tables en Formica avec leurs chaises en vinyle. Mais la plupart des clients étaient alignés devant le comptoir.

— Ah, vous revoilà ! s'exclama joyeusement la serveuse rondelette en reconnaissant Caine. Et vous avez amené votre dame, cette fois... Entrez vite vous réchauffer, ma jolie. Je suis sûre qu'un bon café vous ferait plaisir.

L'accueil était si chaleureux que Diana oublia aussitôt l'aspect minable du lieu.

— Moi, c'est Peggy, poursuivit la serveuse avec un large sourire. Asseyez-vous. Vous avez faim ?

— Je suis affamée ! admit Diana imprudemment en se perchant sur un tabouret à côté d'un jeune homme à lunettes qui fixait le contenu de sa tasse d'un œil particulièrement lugubre.

— Nous avons de la soupe de légumes maison, annonça fièrement Peggy. Fraîche de ce matin.

— Parfait, se hâta d'intervenir Caine. Vous nous en mettrez deux assiettes.

Comme Diana se plongeait dans le menu, il se pencha pour lui murmurer à l'oreille :

— La soupe me paraît un choix assez sûr. Pour le reste, nous ferons provision de barres de chocolat et de céréales.

— Voilà une riche idée, chuchota-t-elle en tournant la tête de manière que leurs lèvres se touchent. Cela paraît plus prudent que les hamburgers, en effet.

— Vous êtes du coin ? demanda aimablement Peggy en leur servant le café.

— De Boston, expliqua Caine. Nous étions sur le chemin du retour lorsque nous avons été surpris par le blizzard.

Peggy tourna les yeux vers le jeune homme à la mine sombre assis à côté de Diana.

— Charlie aussi était en route pour Boston hier soir. Avec sa jeune mariée.

— Pour notre voyage de noces, précisa le dénommé Charlie d'un ton sinistre. Et nous nous sommes retrouvés coincés ici à cause de la neige. Lorsque Lori a vu la chambre, elle a fondu en larmes. Et elle ne s'est toujours pas déridée depuis.

Diana pouvait s'imaginer sans peine la réaction de la jeune mariée.

— Elle a été très déçue, je suppose, commenta-t-elle gentiment.

— Nous avions des réservations dans un cinq étoiles, précisa Charlie en remontant ses lunettes sur son nez. Et Lori est une fille très sensible.

Il avait l'air d'un petit garçon qui n'aurait pas trouvé le cadeau escompté sous le sapin. Diana se retint de lui tapoter maternellement le bras.

— Il y aurait peut-être moyen d'égayer un peu votre chambre, non ?

— Notre chambre ? Vous avez vu à quoi elle ressemble ?

L'air plus que jamais dépité, Charlie replongea le nez dans sa tasse.

— Vous pourriez l'éclairer aux bougies, pour commencer ! Des bougies, ça devrait pouvoir se trouver, non ? demanda Diana en se tournant vers Peggy.

— Ah ! ça, oui, sans problème, j'en ai quelques-unes en réserve. Votre jeune épousée aime les éclairages romantiques, Charlie ?

— Eh bien… euh… peut-être.

— Bien sûr qu'elle aime les éclairages romantiques, déclara Diana avec force. Les femmes aiment les bougies. Et les fleurs.

— Mais j'y pense… je dois avoir une ou deux roses de Noël à vous prêter ! intervint la serveuse avec enthousiasme. Ça va mettre de la couleur, vous allez voir.

Diana gratifia Charlie d'un sourire résolument optimiste.

— Vous voyez ? Tout s'arrange !

— Vous croyez vraiment que ça va lui plaire ?

— Elle ne pourra qu'apprécier le geste, en tout cas.

Peggy s'essuya les mains sur son tablier.

— Je vais vous chercher tout ça, alors.

— Vous pensez que ça va marcher, vous ? demanda gravement Charlie en se penchant vers Caine.

Ce dernier reposa sa cuillère à soupe.

— Si ces dames pensent que oui, je m'incline devant leur avis d'expertes.

Un autre client, assis deux tabourets plus loin, tapa du poing sur le comptoir.

— Bien sûr que ça va marcher. Allez-y, mon garçon. Foncez ! Vous ne perdez rien à essayer, de toute façon.

Avec une expression soudain plus combative, Charlie se leva et prit les bougies et les fleurs que lui tendait Peggy.

— Et voilà pour vous, Charlie. Vous allez décorer votre suite royale et regarder amoureusement votre dame dans les yeux. Et pour le reste, ça ira comme sur des roulettes.

Avec un timide sourire, Charlie fourra les bougies dans ses poches et se dirigea d'un pas décidé vers la sortie.

— Merci à vous tous, en tout cas, lança-t-il avant de franchir la porte.

Notant le regard amusé de Caine, Diana fronça les sourcils.

— Espèce de monstre dépourvu de cœur ! Je trouve ça très touchant, moi.

— Je n'ai rien dit.

— Tes yeux parlent pour toi, espèce de cynique ! *Moi*, je suis émue par les histoires romantiques, lança-t-elle d'un ton hautain.

Caine lui prit la main et la porta à ses lèvres.

— Mais romantique, je le suis. La preuve : je vais commander une seconde bouteille de vin comme celle d'hier soir pour accompagner notre repas, ô ma divine.

— Gare à toi si tu me fais ce coup-là, Caine MacGregor, chuchota-t-elle en l'embrassant à pleine bouche.

9

Assise à son bureau, avec un beau feu de bois crépitant dans la cheminée, Diana travaillait à un rythme soutenu. Elle avait fait toutes ses recherches pour l'affaire Walker et passé de longues heures à mettre au point sa stratégie de défense. L'histoire du couple était on ne peut plus classique. De plusieurs années plus jeune que son mari, Irene Walker s'était mariée en sortant de l'université. Elle n'avait aucune expérience professionnelle, car son époux avait refusé qu'elle prenne un emploi. Irene s'était donc consacrée à sa maison et à sa famille, en veillant avec un soin constant au confort de son compagnon et de leur petite fille.

Et à présent que le couple battait de l'aile, la jeune femme se retrouvait sans emploi, sans revenus et avec un enfant de moins de trois ans à charge. Diana mordilla son stylo. Elle se battrait pied à pied pour qu'Irene reçoive une compensation financière. Pendant quatre ans, la jeune femme avait occupé les fonctions cumulées de cuisinière, de femme de ménage, de lavandière et d'hôtesse. Et le fait qu'elle n'ait jamais reçu que des coups pour sa peine renforçait d'autant la détermination de Diana. Elle ferait tout ce qui était en son pouvoir pour que justice soit faite.

Son époux, elle le tenait, de toute façon. Face au juge, George Walker découvrirait à ses dépens que *personne* ne pouvait se permettre de tyranniser et de frapper autrui impunément. La loi était la même pour tous. Y compris pour les riches et les influents.

Diana secoua la tête. Elle devrait éviter de prendre l'histoire d'Irene trop à cœur. Déjà que les inquiétudes pour Chad la tenaient éveillée la nuit… Songeuse, elle pressa le talon de ses mains contre ses paupières. Dans l'affaire Chad Rutledge, elle était loin d'avoir progressé de façon aussi satisfaisante que pour Irene, hélas. Et ce n'était pas faute d'avoir passé du temps sur le dossier. Elle avait déjà appelé la plupart des amis dont Chad lui avait fourni la liste. Mais jusqu'à présent, elle n'avait trouvé personne pour attester que Beth et Chad avaient des relations régulières depuis déjà six mois. Le jeune couple s'était montré très discret, de toute évidence, et rien ne semblait avoir transpiré dans l'entourage.

Le ventre noué, Diana scruta ses notes. Il lui fallait des preuves, des témoignages, bon sang ! La parole de Chad ainsi que l'intime conviction de son avocate ne suffiraient pas à convaincre le juge. Sans éléments plus concrets, elle n'irait nulle part. Surtout si Beth et ses parents faisaient bloc et que la jeune fille maintenait sa version des faits.

Diana se renversa contre son dossier et secoua la tête avec lassitude. D'un côté, la jeune étudiante blonde issue d'un milieu privilégié, appréciée de ses camarades et délicate d'aspect. De l'autre, le mécanicien belliqueux, habillé comme un voyou et multipliant les provocations. Si c'était la parole de Chad contre la parole de Beth, l'issue du procès était quasiment déterminée d'avance.

A fortiori dans la mesure où elle n'était même pas certaine de pouvoir compter sur son client.

Diana poussa un soupir de découragement. Non pas que l'innocence de Chad fasse le moindre doute. Elle était à cent pour cent certaine qu'il n'avait pas violé Beth. Mais elle craignait qu'il ne perde la tête si elle brusquait la jeune fille à la barre et la poussait dans ses retranchements. Pour protéger son amie, Chad était parfaitement capable de se lever en plein procès et de se lancer dans une confession détaillée de son viol imaginaire.

Mais trêve de scénarios pessimistes ! Elle avait encore du temps devant elle. Et il lui restait quelques noms sur la liste de Chad. Pour deux des amies de Beth, elle ne disposait que des prénoms. Elle avait prévu par conséquent d'aller faire un tour à l'université et de mener sa petite enquête. Comme quoi le métier d'avocat ne consistait pas seulement à passer des coups de fil et à consulter de gros bouquins.

Le premier sourire de l'après-midi joua sur les lèvres de Diana. C'était précisément pour cet aspect aventureux de sa profession qu'elle avait choisi de l'exercer, non ?

— Diana ?

Elle tourna la tête au son de la voix de Lucy.

— Oui ?

— Ça y est, j'ai fini ma journée. Si vous n'avez plus besoin de moi, je file… Ah oui, avant que j'oublie : Caine a appelé, il y a une demi-heure. Il a été retardé, mais il ne manquera pas de faire un saut ici avant de rentrer chez lui.

Sous l'œil attentif de Lucy, Diana hocha la tête sans parvenir à réprimer un sourire.

— Ah, très bien. Je le verrai lorsqu'il passera tout à l'heure. Je compte rester travailler encore un moment.

— Vous voulez que je vous prépare un thé avant de m'en aller ?

Diana tressaillit. Elle s'était replongée dans la contemplation rêveuse des flammes et avait déjà fait abstraction de la présence de Lucy.

— Mmm… ? Oh, non, c'est inutile, merci. Passez une bonne soirée, Lucy.

La secrétaire lui jeta un regard appuyé.

— Vous aussi, ma jolie. Amusez-vous bien. Et dites à Caine que j'ai laissé ses messages sur son bureau.

— C'est entendu. Je lui transmettrai.

Songeuse, Diana suivit la plantureuse secrétaire des yeux. Lucy était plus observatrice que son visage rond et placide ne le laissait supposer. Et dire qu'elle avait cru être si discrète ! Elle avait continué à travailler au côté de Caine comme si de rien n'était. Devant Lucy, ils avaient gardé le ton amical et léger qui seyait à de simples collègues exerçant dans un même espace.

Et pourtant, Lucy avait bel et bien capté quelque chose. Peut-être n'avait-elle pas été très réaliste en pensant pouvoir vivre son histoire avec Caine à l'insu de tous. Et pourquoi, à la réflexion, lui avait-il paru indispensable de la garder secrète ?

Perdue dans ses pensées, Diana alla s'accroupir devant la cheminée pour ajouter une bûche. Aussitôt, l'écorce s'enflamma, avec des craquements secs, des sifflements, des envolées d'étincelles. Elle sourit en songeant qu'en elle ça craquait, crépitait et flambait de même chaque fois qu'elle se trouvait en présence de son amant.

Caine l'effrayait. Il avait sur elle un pouvoir presque alarmant. D'un seul mot, d'un seul regard, il pouvait rallumer la flamme en elle. Caine, lui, était très à l'aise avec ses émotions. Alors qu'elle avait toujours veillé à contenir soigneusement les siennes. A les tuer dans l'œuf même. Elle enviait à Caine sa spontanéité, même si ses humeurs changeantes la décontenançaient par moments. Une chose était certaine, en revanche : Caine avait la faculté de dominer par la seule force de sa personnalité.

C'était une des raisons pour lesquelles elle avait exigé qu'ils maintiennent des rapports strictement professionnels pendant leurs heures de bureau. Elle gardait ainsi un espace — un créneau — où elle continuait à disposer d'elle-même. A garder le contrôle de ses actions et de ses sentiments.

« Je vais finir par tomber amoureuse de lui si je ne fais pas attention. A supposer que ce ne soit pas déjà fait, d'ailleurs... »

Prise d'un soupçon de panique, Diana se mordit la lèvre. Il aurait fallu réagir, sans doute. Raisonner. Prendre des mesures concrètes. Mais elle se sentait déjà largement débordée par la situation.

Elle se détournait du feu pour se remettre à ses dossiers lorsque le téléphone sonna dans le bureau de Caine. Avec un léger soupir, elle passa dans la pièce voisine pour prendre l'appel.

— Ici le cabinet de Caine MacGregor, répondit-elle en allumant la lampe du bureau.

— Il est revenu ? demanda une voix masculine, joviale et sonore.

— Pas encore, non. M. MacGregor est en rendez-vous extérieur.

— Ce garçon n'a jamais été fichu d'être là où on a besoin de lui, marmonna son interlocuteur.

Déconcertée, Diana sortit un carnet et un stylo.

— Si vous le souhaitez, monsieur, je peux prendre votre nom et votre numéro de téléphone. M. MacGregor vous rappellera dès que...

— Hé ! Mais vous n'êtes pas Lucy ! Où diable est-elle passée, Lucy ?

Amusée et plutôt perplexe, Diana reposa son stylo.

— Lucy a fini sa journée. Je suis Diana Blade, avocate, et je travaille dans le même cabinet que M. MacGregor. Si vous souhaitez lui laisser un message, je peux...

— *Diana* ? La petite sœur de Justin ? Ah, sacré bon sang de bonsoir ! Ça tombe bien que je vous aie au bout du fil ! Il y a longtemps que j'avais envie de bavarder un moment avec vous.

— Parce que vous connaissez mon frère ?

A l'autre bout du fil, un rire tonitruant se fit entendre.

— Ah ça ! pour le connaître, je le connais, oui. Vous croyez que j'aurais donné ma fille en mariage à n'importe qui, peut-être ?

Avec un léger sourire, Diana se renversa contre le dossier du fauteuil de Caine.

— Ah, vous êtes monsieur MacGregor ! Votre fils m'a beaucoup parlé de vous.

— Ha ! Ne vous fiez pas à ce qu'il raconte, surtout. J'aimerais autant que vous veniez vous faire une opinion par vous-même… Ainsi, vous êtes juriste, vous aussi ?

— Je suis avocate, oui. Comme Caine. J'ai fait Harvard quelques années après lui.

— Ah, comme le monde est petit ! commenta Daniel d'un ton attendri. Rena m'a dit que vous étiez proche de Justin physiquement. Vous êtes gens de bonne souche, vous, les Blade.

— Gens de bonne souche ?

Décontenancée par l'expression désuète, Diana ne sut trop que répondre.

— C'est qu'il faut maintenir les lignées, jeune fille. Depuis le temps que je me tue à le leur répéter. Mais personne ne m'écoute. Mon anniversaire tombe dans quelques jours, au fait.

— Mes félicitations, s'exclama Diana, amusée qu'il saute ainsi du coq à l'âne.

— Oh, je n'en fais pas tout un monde. S'il n'en tenait qu'à moi, ce serait juste une journée comme toutes les autres. Mais mon épouse tient à marquer ce genre d'événements. Et j'ai pour principe de ne jamais décevoir mon Anna.

Diana se surprit à sourire.

— C'est le secret des mariages qui durent, acquiesça-t-elle.

— Nos enfants lui manquent, que voulez-vous ? Ils ont grandi et se sont dispersés comme les grains de sable dans le désert, lui confia Daniel d'un ton peiné. Et aucun n'a laissé de descendance. Pas de petits-enfants, vous vous rendez compte ? Aucun petit minois d'ange pour ensoleiller l'automne de nos vies.

— Rien n'est encore perdu, marmonna poliment Diana.

— Ils ne sont pas pressés, en tout cas. Quoi qu'il en soit, Anna veut voir tous ses enfants autour d'elle ce week-end. Ce sera une vraie fête de famille. Et vous en êtes, bien sûr. Vous viendrez avec Caine.

— Je vous remercie pour cette invitation, monsieur MacGregor. J'accepte avec le plus grand plaisir.

— Appelez-moi Daniel. Vous êtes la sœur de mon gendre. Donc déjà un peu une MacGregor pour moi. On a le sens de la famille, chez nous.

— C'est ce que j'avais cru remarquer en effet, acquiesça Diana en riant. Eh bien, je serai ravie d'assister à votre fête d'anniversaire, Daniel.

— Bien. Tout est arrangé, donc. Vous direz à Caine que sa mère veut le voir dès le vendredi soir... Ainsi, vous êtes juriste, aussi ? Bon, eh bien, ça paraît plutôt commode, *a priori* ! Alors à vendredi soir, mon amie Diana ?

Désorientée par cette conversation pour le moins bizarre, Diana reposa le combiné. Daniel s'était montré très chaleureux, comme Serena et Caine. Mais sa réputation d'excentricité n'avait rien d'usurpé. Pourquoi s'était-il attaché à souligner que Justin et elle étaient « de bonne souche » ? Et en quoi était-ce si « commode » que Caine et elle soient avocats l'un et l'autre ?

En entendant le bruit de la porte d'entrée, Diana descendit à la rencontre de Caine. Il jeta son duffle-coat sur une patère.

— Diana ? Je suis content de te trouver là. J'avais peur que tu ne sois déjà rentrée chez toi.

Sa voix trahissait une telle fatigue qu'elle scruta ses traits avec inquiétude.

— Il y a un problème ? Ça s'est mal passé ?

D'un geste las, il se frotta la nuque.

— Non, rien de dramatique. Il faut juste que je me remette des trois heures que je viens de consacrer à l'amie Virginia Day.

Diana posa les mains sur les muscles tendus de ses épaules et entreprit de les masser doucement.

— Tu ne l'aimes pas.

— Elle me fatigue, surtout. C'est une créature gâtée, égocentrique et futile. Et elle me fait caprice sur caprice.

— C'est joyeux.

Caine rit doucement et posa les mains sur ses poignets.

— Je n'ai pas besoin de l'apprécier pour la défendre. Mais ma tâche serait plus aisée si Virginia elle-même n'était pas la meilleure arme de la partie adverse. J'aurais beau déployer des trésors de virtuosité, jamais je ne parviendrais à la rendre sympathique aux yeux des jurés. Tout ce que je peux faire pour elle, c'est établir strictement les faits. Mais inutile d'espérer attendrir qui que ce soit sur son sort. Lorsque j'ai expliqué ça à Ginnie, elle a fait une mégacrise de nerfs et m'a signifié qu'elle se passerait désormais de mes services.

— Elle a fait ça ! se récria Diana, outrée.

Caine l'attira dans ses bras en riant.

— Mon renvoi fracassant n'a duré que cinq minutes. Virginia Day manque de la plus élémentaire courtoisie, mais elle n'est pas stupide.

— Cela lui aurait peut-être servi de leçon si tu l'avais prise au mot et que tu l'avais plantée là.

— Tu l'aurais fait, toi ?

Diana retrouva le sourire.

— Sans doute pas, non. Mais j'aurais été sacrément tentée. Tu as fini de travailler pour aujourd'hui ?

— Oh oui, j'ai fini, murmura-t-il en glissant les bras autour de sa taille.

— Alors, remets ton manteau, ordonna-t-elle sur une impulsion. Je t'emmène dîner… Et ensuite, je t'attirerai chez moi sous un prétexte quelconque et je ne te lâcherai plus avant demain matin.

Une lueur brilla dans les yeux de Caine.

— Tu ferais ça ?

— Je ferai ça, oui… Tiens, fit-elle gravement en lui tendant son duffle-coat.

— Tu sais que tu m'étonneras toujours, Diana ?

Elle se pencha pour lui boutonner elle-même son manteau.

— Et tu n'as encore rien vu, MacGregor.

Une bouteille de champagne sous le bras et les joues rosies par le froid, Diana poussa la porte de son appartement. Le dîner en tête à tête leur avait permis de se détendre. Peu à peu, les soucis et les tensions liés à leur métier étaient passés à l'arrière-plan. Ils avaient commencé comme deux avocats attablés ensemble et ils avaient quitté le restaurant comme un homme et une femme en état de fascination mutuelle.

Diana plaça la bouteille entre les mains de Caine.

— Tu t'en occupes ? Je vais chercher les verres.

— Mmm… Je te vois venir, Diana. Tu as l'intention de me faire boire et de profiter de mon état de faiblesse.

Revenant de la cuisine avec deux flûtes à la main, elle lui adressa un sourire délibérément lascif.

— Méfie-toi, en effet. J'ai des vues sur toi.

Haussant les sourcils, Caine entreprit de retirer la protection sur le goulot de la bouteille.

— Il n'est pas dit que je ne t'offrirai pas une certaine résistance.

— Ah, vraiment ?

Diana posa les verres, glissa sensuellement les mains sur les pans de son veston et le lui retira. Elle était décidée à tester son propre pouvoir et à explorer le côté passif de Caine. Ce soir, elle mènerait la danse. Du début jusqu'à la fin.

Comme il tentait de l'enlacer, elle garda ses lèvres à quelques centimètres des siennes.

— Et ce champagne ?

— Mmm… Il pourrait peut-être attendre, non ?

Avec un rire de gorge, elle attrapa l'extrémité de sa cravate.

— Non. C'est champagne d'abord, monsieur MacGregor. Chaque chose en son temps.

Elle dénoua sa cravate et la jeta sur le canapé. Et sentit un frisson d'excitation les parcourir l'un et l'autre.

— Sers-nous à boire, veux-tu ? chuchota-t-elle en défaisant les trois premiers boutons de sa chemise. Je vais mettre un peu de musique.

Diana retira ses escarpins en traversant la pièce. Elle choisit un disque de blues, baissa les lumières et ôta la courte veste cintrée qu'elle portait sur une robe sans manches.

Son verre à la main, Caine la regardait faire.

— Je crois que je suis en fort mauvaise posture.

— Une menace pèse sur toi, en effet, acquiesça-t-elle en l'entraînant avec elle sur le canapé… Je ne donne pas cher de ta vertu ce soir, MacGregor.

— Au point où j'en suis, je devrais peut-être me remettre entièrement en ton pouvoir ?

— Je te le conseille instamment.

Il tourna la tête pour l'embrasser, mais elle se contenta de le laisser prendre un bref avant-goût avant d'interrompre le baiser. Après avoir fait tinter son verre contre le sien, elle se mit à jouer avec une mèche de cheveux de Caine.

— Je t'ai déjà dit que je te trouvais fascinant ? chuchota-t-elle.

— Pas encore, non. Mais je serais ravi de l'entendre.

Il voulut la prendre sur ses genoux, mais elle secoua la tête. Ce soir, elle exercerait son pouvoir de femme. Sans modération aucune.

— J'aime tes mains, commenta-t-elle en portant les doigts de Caine à ses lèvres. Elles sont solides, carrées, légèrement calleuses. C'est une des premières choses qui m'ont frappée chez toi : ces paumes un peu rêches dont on ne peut s'empêcher d'imaginer la caresse sur la peau.

— C'est donc à cela que pensait la froide étrangère au sourire glacial que j'ai accueillie à sa descente d'avion ? Au contact de mes mains glissant sur sa chair ?

Caine chercha à capter son regard. Mais pas moyen de renverser la situation à son avantage. Diana exerçait sur lui un effet quasi hypnotique. Il l'avait crue beaucoup trop inhibée pour exercer un tel ascendant sur lui. Et pourtant il se sentait troublé, conquis, aspiré par son mystère,

— Diana…

— Et puis il y a ta bouche, poursuivit-elle en portant son regard sur ses lèvres. Une bouche incroyablement savante… La première fois que tu m'as embrassée, tu m'as coupé le souffle.

Elle se pencha pour effleurer ses lèvres, mais se retira dès qu'il chercha à approfondir le baiser.

— C'est une bouche qui sait être impérieuse, mais elle peut aussi être infiniment douce, tendre et caressante. Je passerais des heures et des heures à ne rien faire d'autre que t'embrasser.

Rejetant le buste en arrière, elle l'observa par-dessus le rebord de son verre.

— Diana…

Mais là encore, elle secoua la tête. Il lui fallait gagner encore un peu de temps, l'amener plus loin, le rendre un peu plus fou.

— J'aime tes yeux, Caine… La façon dont leur éclat s'aiguise lorsque tu me désires. J'aime me plonger en eux.

Elle laissa glisser une main sensuelle sur son torse.

— Je te sens un peu tendu, tu sais ? Ton cœur bat trop vite… tu devrais boire ton champagne, savourer ce moment de détente.

Un léger sourire joua sur les lèvres de Caine.

— Tu sais que j'ai envie de toi, cruelle… que je n'aurai pas un instant de paix avant de t'avoir dévêtue et couchée sur un lit. Et tu sais aussi que tu vas me céder.

— Peut-être.

Elle eut un sourire mystérieux, rejeta ses cheveux en arrière, prit une gorgée de champagne et laissa le liquide pétiller sur sa langue.

— Quand je pense à l'amour avec toi, ce sont toujours des images de tempête qui s'imposent… Te rappelles-tu le premier matin où nous nous sommes embrassés sur la plage ? Il y avait déjà du vent et de la neige. Puis il y a eu notre petit motel dans le blizzard. Pas de brise légère ni de chants d'oiseaux, mais la force brute des éléments.

Finissant de déboutonner la chemise de Caine, elle posa la main sur la peau nue de son torse et la laissa descendre avec une lenteur torturante.

— Si c'est de la douceur et des chants d'oiseaux que tu veux, murmura-t-il d'une voix rauque, ce n'est pas comme ça qu'il faut t'y prendre.

— Et qui te dit que je ne préfère pas les éléments déchaînés ?

Sans que son regard quitte le sien, Diana reprit sa bouche. Et, cette fois, laissa leur baiser se prolonger.

Les pensées de Caine se brouillèrent sous l'effet combiné

de l'attente exacerbée et du champagne. Plongeant les doigts dans ses cheveux, il la maintint fermement et approfondit le baiser avant qu'elle ne se dérobe une fois de plus. Il voulait plus, infiniment plus qu'un simple baiser, d'ailleurs. La sentant s'abandonner dans ses bras, il tendit la main vers la fermeture Eclair de sa robe.

Contre l'embrasement du désir, Diana dut lutter de toute sa volonté déjà chancelante. Mais elle ne céderait pas avant d'avoir atteint son objectif. Elle voulait mettre à nu l'homme qui se cachait sous le masque trop civilisé. Et pour cela, elle devait le pousser à bout.

Juste au moment où sa robe commençait à s'ouvrir, elle se dégagea doucement.

— Diana…

Il voulut la retenir mais elle s'échappa. Légère. Rieuse. Provocante.

— Tu ne veux pas encore une goutte de champagne, Caine ?

D'un mouvement vif, il se mit sur pied et lui prit le bras.

— Tu sais pertinemment ce que je veux.

Elle sentit une telle excitation l'envahir que ses jambes se dérobèrent.

— Oui… oui, je le sais.

Sur une impulsion, elle but d'un trait le contenu de son verre.

— Que cette boisson est donc civilisée ! Fais-moi l'amour, Caine.

Instantanément, il lâcha tout contrôle et la plaqua presque avec brutalité contre lui.

— Ici, exigea-t-il… Et maintenant.

Sa bouche rivée à la sienne, il s'effondra avec elle sur le tapis. Le verre de Diana lui échappa des doigts et alla rouler sous la table basse. Les mains de Caine semblaient être partout à la fois tandis qu'il continuait à l'embrasser sans trêve. Elle s'appliqua à le pousser plus loin encore.

Répondant à chacune de ses caresses, elle s'arquait, gémissait, le provoquait avec ses mains et avec ses lèvres.

Caine n'avait jamais fait l'amour à une femme de cette manière. Lui qui aimait savourer, prendre son temps, se sentait comme un torrent furieux dévalant vers son but. Plus que le plaisir, c'était un besoin primitif qui commandait ses gestes. Un besoin sur lequel il n'avait aucune prise. Prisonnier d'une frénésie qui le dépassait, il avait oublié jusqu'aux règles les plus élémentaires de son habituel savoir-vivre érotique.

Un juron explosa sur ses lèvres lorsqu'il la prit, presque avec rudesse. Elle cria — de plaisir ou de douleur, il n'aurait su le dire. Non sans férocité, il cueillit un gémissement sur ses lèvres. Puis il les mena l'un et l'autre en une cavalcade hallucinée où il ne perçut plus qu'une chaleur aveuglante, une ronde folle de couleurs. Emportés vers le cœur silencieux de la tempête, ils se murent comme l'éclair, se cabrèrent sur un cri ultime, puis retombèrent brisés, muets, exsangues.

Avec une sensation presque douloureuse, Caine revint lentement à la raison. Mais, même lucide, il restait incapable de faire un geste. Renonçant à maîtriser sa respiration haletante, il enfouit le visage dans les cheveux de Diana. Il tremblait, découvrit-il, saisi d'un sourd malaise.

Jamais aucune femme ne l'avait fait trembler auparavant, même lorsqu'il avait passé une nuit entière à faire l'amour. Quelle était l'arme secrète de Diana Blade ? Qu'est-ce qui, chez elle, le mettait dans un état pareil ? Son dernier souvenir conscient était de l'avoir fait rouler sous lui sur le tapis. Après cela, ses souvenirs n'avaient plus été que sensations. Il aurait été incapable de dire s'ils étaient restés là dix minutes ou pendant des heures.

Se pouvait-il qu'il lui ait fait mal ? Qu'il se soit comporté comme une brute d'un autre âge ? Quelque chose dans la façon dont elle lui avait ordonné de lui faire l'amour lui avait fait perdre d'un coup tout contrôle de lui-même.

La tête lourde, Caine se souleva sur les coudes pour la regarder. Elle avait les yeux ouverts sous ses paupières mi-closes. Et sa peau brillait de l'éclat si particulier que procure l'orgasme. Sidéré, il sentit une nouvelle poussée de désir monter en lui — presque aussi impérieuse que la première.

Diana soupira son nom et laissa ses mains aller et venir dans son dos. Dans le regard de Caine, elle avait rencontré une émotion inattendue lorsqu'il avait relevé la tête : comme un soupçon de vulnérabilité et de peur.

Fermant les yeux, elle se blottit plus étroitement contre lui. La faiblesse entrevue chez Caine n'était ni plus ni moins qu'un reflet de la sienne. Ils étaient soudain très nus et démunis l'un et l'autre. Sans défense aucune.

En bref, la situation avait cessé d'être simple.

— Tu es une fille surprenante, Diana, chuchota Caine lorsque les battements de leur cœur se furent calmés.

— De quel point de vue ? murmura-t-elle.

Il cueillit sa lèvre inférieure entre les siennes.

— Tant de passion, tant de sensualité volcanique… et tant de talent pour dissimuler ta vraie nature. Je me souviens de la première impression que j'ai eue de toi : digne, froide, imperturbable. Tu avais décidé de me faire perdre la tête, n'est-ce pas ?

Elle soupira lorsqu'il lapa le creux de son cou.

— Et j'ai réussi. Tu étais comme fou.

Caine se redressa en souriant et remplit un verre de champagne.

— On partage ? J'ai l'impression que l'autre verre s'est perdu en route.

Diana se redressa, le dos calé contre le canapé, et prit une gorgée avant de lui tendre la flûte. Caine but à son tour et lui caressa les cheveux.

— Je propose qu'on passe ce week-end chez moi, ça te dit ? On se concoctera de petites bouffes maison, on allumera un grand feu et on regardera de vieux films en se tenant la main.

Les images qu'il évoquait étaient à la fois tentantes et dangereuses. Un pas de plus vers l'intimité. Mais même si le tour que prenait leur relation lui faisait peur, Diana ne se sentait pas la force de résister.

— Pourquoi pas ? *A priori*, je n'ai pas d'autres projets pour… oh, mon Dieu, Caine ! Ton père !

Il ne put s'empêcher de rire de son air désemparé.

— Mon père ? Qu'a-t-il à voir là-dedans ?

— J'ai complètement oublié de te dire qu'il avait appelé ! s'exclama-t-elle en lui prenant le verre des mains. Nous avons été convoqués à Hyannis par décret royal dès vendredi prochain. Et apparemment, il n'y a pas à discuter.

— Ah bon ? Tous les deux ?

— Oui, pour l'anniversaire de Daniel.

Diana se pencha au-dessus de Caine pour remplir de nouveau leur verre commun.

— Ton père ne tenait pas spécialement à fêter l'événement, m'a-t-il dit, mais ta mère a insisté pour organiser quelque chose quand même…

Caine secoua la tête.

— Je vois. Mon père, cet homme discret et effacé, aurait laissé passer la date sans même y penser. Mais il ne veut pas décevoir ma mère pour qui une fête familiale s'impose. C'est ce que le vieil hypocrite t'a raconté, je suppose ? Je crois qu'on ne le changera jamais !

Riant doucement, Diana lutta pour se concentrer sur ses paroles. Les mains de Caine avaient recommencé à glisser sur sa peau nue avec une redoutable expertise.

— Ton père est sans doute un peu comédien, mais c'est

gentil de sa part de m'avoir invitée. Je dois reconnaître que sa conversation n'est pas facile à suivre, en revanche.

— Ah non ? murmura Caine en dessinant le contour d'une oreille de la pointe de la langue. Parce que ?

— Il avait l'air de se réjouir que nous soyons « de bonne souche », Justin et moi. Je ne vois pas trop ce qu'il entend par là.

— Et qu'est-ce qu'il t'a raconté d'autre ? demanda Caine, satisfait de la sentir aussi délicieusement passive et abandonnée sous ses caresses.

Cette fois, ils prendraient tout leur temps pour faire l'amour. Et il savourerait chaque étape.

— Il a dit aussi que c'était « commode » que nous soyons avocats l'un et l'autre, chuchota-t-elle d'une voix alanguie. C'est surprenant comme commentaire, non ?

Caine fronça les sourcils.

— *Il a dit ça* ? Bon, c'est bien ce que je redoutais. Serena t'a expliqué comment ils se sont connus, Justin et elle ?

Elle gémit.

— Mmm… ? Non… Fais-moi l'amour, Caine.

Il se demanda comment Diana réagirait si elle apprenait *qui* avait orchestré la rencontre de son frère et de Serena. Daniel n'hésiterait pas à multiplier les allusions s'il s'était mis en tête que la sœur de Justin ferait une épouse idéale pour son fils cadet…

Caine se pencha pour soulever Diana dans ses bras. Tout en s'emparant de ses lèvres, il s'étonna que cette idée de mariage ne le fasse pas bondir plus que ça. Mais comment avoir la tête claire lorsque la plus belle femme de Boston s'alanguissait nue dans son étreinte ?

Songeant qu'il serait toujours bien assez tôt pour réfléchir à la question le lendemain, il trouva son chemin jusqu'à la chambre à coucher.

10

Le dossier d'Irene Walker à la main, Diana, immobile derrière son bureau, regardait fixement les flammes. Elle ne pouvait tout simplement pas y croire. Plainte retirée ; demande en divorce annulée.

Incrédule, elle examina le chèque posé devant elle. Rédigé d'une écriture sage et régulière, il correspondait à l'intégralité de ses honoraires. Irene Walker s'était déclarée très satisfaite de ses services. Mais elle n'avait plus besoin de l'aide d'une avocate. Elle avait décidé d'accorder une nouvelle chance à son mari.

— Il s'en veut tellement de m'avoir frappée, avait-elle expliqué de sa voix douce et timide. Et il m'a juré que ça ne se reproduirait pas.

« Que ça ne se reproduirait pas »... Consternée, Diana secoua la tête. George Walker avait refusé de se faire soigner. Il ne voulait entendre parler ni de thérapie individuelle ni de thérapie de couple. Et il serait censé avoir changé quand même ? Comme ça ? Par miracle ?

Furieuse, Diana tapa du poing sur son bureau. Irene était trop faible, trop crédule, trop fragile. La prochaine fois que son mari laisserait sa violence se déchaîner, elle pourrait s'estimer heureuse si elle s'en tirait avec seulement deux dents cassées et quelques ecchymoses.

Incapable de tenir en place, Diana s'avança jusqu'à la fenêtre pour contempler les branches figées sous le givre.

Dix minutes plus tard, elle arpentait toujours la pièce, trop révoltée par la vie gâchée d'Irene pour se concentrer sur un autre dossier.

Elle mit quelques secondes à réagir lorsque Caine passa la tête par l'entrebâillement de la porte.

— Il y a un problème, Diana ?

— Irene Walker sort d'ici à l'instant. Elle est réconciliée avec son mari et fermement décidée à renouer avec les joies de la vie conjugale.

— Ah...

Diana se mordit la lèvre.

— Mais comment peut-on être aussi naïf, mon Dieu ? Ça me dépasse, Caine. Honnêtement, ça me dépasse. Son George l'appelle, la persuade de lui accorder un rendez-vous où il se présente avec un bouquet de roses, et hop ! la voilà convaincue qu'il n'est plus le même homme.

Caine se frotta pensivement le menton.

— Il a peut-être changé pour de bon.

— Tu plaisantes ? Il suffirait d'une séparation de quelques semaines, d'après toi, pour le guérir de sa violence ? Laisse-moi rire. Ce n'est pas la première fois qu'elle l'a quitté, en plus.

— Mais elle est allée jusqu'à demander le divorce, cette fois. Et elle a porté plainte. Ça l'a peut-être fait réfléchir.

— Ça, pour réfléchir, il a dû réfléchir, oui. Son intérêt, dans l'histoire, il est clair : en récupérant sa petite épouse, il retrouve une esclave docile, fait l'économie d'un procès et d'une peine de prison éventuelle et évite la pension alimentaire ainsi que le partage de son patrimoine. C'est tout bénéfice pour lui.

— Et qui te dit qu'il n'est pas sincère dans sa volonté de changer ?

— Tu parles ! Il refuse toute aide psychologique. Ce cher George ne supporte pas l'idée d'étaler ses problèmes intimes en public... En public ! La belle affaire !

La dernière fois qu'Irene a eu le malheur de faire brûler la viande, il n'a pas hésité à la tabasser dans le jardin devant les voisins horrifiés. Mais à part ça, *monsieur* a l'âme sensible et le cœur pudique !

Anéantie, Diana se laissa tomber dans un fauteuil.

— Elle me désespère, Caine. Comment peut-on aimer un homme qui, à la moindre contrariété, va se servir de vous comme d'un punching-ball ?

Caine s'accroupit devant elle pour lui prendre les deux mains.

— Qui te dit qu'elle lui revient par amour ? Tu ne crois pas que c'est plutôt la peur qui commande sa décision, en l'occurrence ? Irene n'a pas de métier, pas d'expérience et un enfant à charge. Et elle n'a aucune confiance en ses propres capacités. Retourner auprès de son mari, c'est choisir une forme de sécurité, même relative.

Submergée par un sentiment accablant d'impuissance, Diana secoua la tête.

— Je ne sais pas, tu as peut-être raison. Je ne connais pas grand-chose à l'amour. Toujours est-il qu'*elle* est persuadée de l'aimer, en tout cas.

— Diana… Nous sommes avocats, pas psychiatres. Si problème il y a pour Irene Walker, il ne relève plus de nos compétences.

— Je *sais* ! Mais c'est quand même à se taper la tête contre les murs, non ? J'aurais pu faire quelque chose pour elle ! Et même lui aurait bénéficié d'une aide thérapeutique. Alors que maintenant…

— Maintenant, tu vas prendre son dossier, le classer soigneusement sur une étagère, et laisser Irene faire ses propres expériences. Si elle change d'avis, elle saura à quelle porte frapper. Mais ce n'est pas le rôle d'un avocat de prendre son épée de don Quichotte et d'aller ferrailler jusque dans l'arène familiale au nom du droit et de la justice. Nous ne sommes pas les sauveurs de l'humanité.

Diana se prit le visage entre les mains.

— Bon sang, mais pourquoi n'avons-nous pas choisi un métier plus simple ? En théorie, ça paraît aller de soi : il y a des lois, on les applique et basta. Mais dans notre pratique, nous nous retrouvons face à des êtres humains plus ou moins attachants et, là, tout se complique. Le fait est que je *voulais* aider Irene, Caine. C'était important pour moi.

— On ne peut apporter de l'aide qu'à ceux qui nous la demandent.

— Exact. Et Irene Walker n'est pas prête, admit-elle d'une voix lasse.

Avec un profond soupir, Diana se frotta les paupières. Trop de considérations personnelles entraient en jeu, sans doute. Parce que l'affaire Walker avait été le premier dossier qu'elle traitait en tant qu'avocate indépendante, elle vivait la défection d'Irene comme un échec.

Délivrer Irene de ses liens aurait été un acte hautement symbolique pour elle. Parce qu'elles avaient été prisonnières chacune à leur façon, elle s'était sentie impliquée, et pas seulement en tant qu'avocate.

— En fait, c'est moi qui avais *besoin* de l'aider, reconnut-elle tristement.

Touché de plein fouet par son désarroi, Caine ressentit en lui un double mouvement contradictoire : l'envie de la serrer dans ses bras et celle de fuir ventre à terre.

Mais c'était seulement en restant neutre et objectif qu'il pouvait lui apporter une aide réelle.

— Tu ne peux pas te permettre de t'identifier à tes clients, Diana. Ils ne sont pas là pour que tu règles tes propres comptes à travers eux.

Le visage de Diana se ferma.

— Je fais ce que je peux, Caine.

— Je sais... Nous ne sommes jamais à l'abri d'une erreur. Il y a quelques années, j'avais pour client un gamin inculpé pour conduite en état d'ivresse. Je me suis investi à fond dans sa défense et il s'en est tiré avec seulement quelques dollars d'amende. Trois mois plus tard, toujours ivre, il a foncé tout droit dans un poteau téléphonique. Sa passagère de dix-sept ans est morte sur le coup.

— Oh, Caine, chuchota-t-elle en lui prenant la main.

— Nous traînons tous nos casseroles... Tout ce que nous pouvons faire, c'est nous acquitter de notre tâche au mieux. Et ne jamais oublier que nous ne détenons pas « la vérité ». Ni pour nous-mêmes ni pour les autres.

Frappée par la sagesse de ces paroles, Diana prit une profonde inspiration, glissa le dossier d'Irene dans un tiroir et adressa un faible sourire à Caine. Il posa la main sur la sienne.

— Lucy m'a dit que tu avais deux nouveaux clients la semaine prochaine ?

— Ce sont d'anciens clients, du temps de Barclay, Stevens et Fitz. Apparemment, ils n'ont pas dû être trop mécontents de mes services puisqu'ils ont choisi de faire de nouveau appel à moi.

Caine se leva et la hissa sur ses pieds à son tour.

— Dois-je en conclure que tu as fini de broyer du noir pour aujourd'hui, ma chère consœur ?

— Absolument.

— Parfait. Alors, en route, Cendrillon ! Si nous arrivons en retard à Hyannis, nous en aurons pour une heure à entendre mon père se déchaîner.

Diana se pencha en riant pour sortir son sac à main d'un tiroir.

— Ne me dis pas que tu as peur de te faire gronder à ton âge ?

— Attends d'avoir rencontré mon père et tu comprendras.

Diana acheva de se détendre pendant le trajet en voiture jusqu'à Hyannis. Elle décida d'oublier Irene et de laisser Chad de côté, le temps d'un week-end. C'était la première fois qu'elle reverrait son frère depuis leur réconciliation à Atlantic City et elle avait hâte de passer deux jours entiers en compagnie de Justin. Peut-être parviendraient-ils, à eux deux, à instaurer un embryon de cellule familiale ?

Rien de comparable avec la tribu MacGregor, bien sûr. Que le clan soit soudé, Diana s'en était déjà aperçue en voyant Caine et Serena ensemble. Les propos de Caine ainsi que le coup de fil de Daniel avaient achevé de la convaincre que les MacGregor formaient une famille au sens fort du terme.

Comme la Jaguar gravissait les hauteurs au-dessus de Hyannis, elle découvrit le détroit de Nantucket en contrebas. Elle se délecta un instant du paysage maritime âpre et sauvage où la vague attaquait la falaise en soulevant de hautes gerbes d'écume. Mais ces impressions s'effacèrent lorsqu'elle vit la demeure familiale des MacGregor. Tournant le dos à la mer, la vaste construction en granit avait l'allure hautaine d'une forteresse. Bâtie à l'écart, surplombant les eaux, elle semblait tout droit sortie d'un livre de contes. Brillant de tous ses feux, la construction était démesurée, un peu folle, hésitant entre l'absurde et le grandiose.

— Oh, Caine ! Mais c'est extraordinaire ! Tu aurais dû me prévenir que nous allions changer de siècle le temps d'un week-end.

Caine tourna un instant la tête pour lui sourire.

— Je sens que tu vas plaire à mon père. Tout le monde n'est pas séduit d'emblée par notre maison de famille ! Mon père est un grand original qui, toute sa vie, n'en a jamais fait qu'à sa tête. Et il s'en est donné à cœur joie en faisant construire une version personnalisée du château écossais de ses rêves.

Ebahie par l'aspect des lieux, Diana secoua la tête en riant.

— Je vois qu'il ne s'est soucié ni des modes, ni des contraintes tyranniques de ce qu'on appelle le « bon goût », ni du regard d'autrui. Eh bien, moi, je trouve ça génial. Ça a dû être magique pour toi de grandir dans une pareille forteresse.

Le regard de Caine glissa sur la haute tour, avec le drapeau écossais qui flottait à son sommet. Il était surpris que la réaction enthousiaste de Diana lui fasse plaisir à ce point.

— Oui, pour un enfant, on peut difficilement imaginer un cadre de vie plus excitant. Si tu voyais les caves… Certaines d'entre elles ressemblent à de vrais cachots. Je me souviens d'une époque où nous étions les Grands Inquisiteurs et où nous jetions allègrement nos « hérétiques » dans d'immondes culs-de-basse-fosse.

Diana pouffa.

— Charmant ! Quels adorables chérubins vous faisiez, tous les trois.

— Je crois que nous avions une riche imagination, surtout.

Caine suivit une allée circulaire et se gara à proximité d'un majestueux escalier de granit.

— Je te préviens que l'intérieur est à l'image de l'extérieur. C'est tout sauf fonctionnel chez nous, précisa-t-il en lui ouvrant sa portière.

— Tant mieux !

Entrelaçant ses doigts aux siens, Caine gravit les hautes marches et actionna le heurtoir.

— « Royale est ma race », traduisit-il à l'intention de Diana, qui s'efforçait de déchiffrer l'inscription en gaélique.

— Je suis impressionnée, mon cher prince.

Il rit doucement et pressa ses lèvres contre les siennes.

— Et tu crois que tu ne m'impressionnes pas, toi ? chuchota-t-il avant d'approfondir le baiser.

Oubliant le lieu et l'heure, elle se sentit fondre, puis se dissoudre entièrement dans son étreinte.

— C'est une méthode comme une autre pour se protéger contre les froides nuits d'hiver, commenta une voix amusée.

Diana tourna la tête en sursaut. Un homme de haute taille se tenait adossé contre le lourd battant de chêne. Très brun, il avait un physique plus ténébreux que celui de Caine. Un sourire adoucissait la sévérité d'une bouche fermement dessinée.

Caine s'avança pour lui passer un bras affectueux autour des épaules.

— Mon frère, Alan… Diana Blade.

Pendant les quelques secondes que dura leur poignée de main, Diana demeura paralysée par l'intensité du regard que le sénateur posait sur elle. Il scrutait ses traits, comme s'il sondait directement le fond de sa personnalité, en laissant les apparences de côté. Caine aussi pouvait avoir ce même regard perçant, songea-t-elle. Même si les deux frères ne se ressemblaient pas physiquement, ils avaient au moins cette particularité en commun.

Son examen terminé, Alan sourit.

— Soyez la bienvenue ici, Diana, déclara-t-il avec une chaleur qui la surprit. Tout le monde est déjà réuni dans la Salle du trône.

— La salle du trône ?

Caine l'aida à retirer son manteau.

— C'est un salon où la famille se rassemble pour les occasions spéciales. Tu verras. C'est un peu mégalo, mais on s'y fait.

Avec la plus grande désinvolture, il jeta leurs manteaux

sur la tête de lion sculptée qui ornait l'extrémité d'une rampe.

— Rena et Justin sont déjà arrivés ?

— Oui. Depuis plus d'une heure. Autrement dit, vous êtes les derniers, répondit Alan en échangeant un rapide regard avec son frère.

Caine passa un bras autour des épaules de Diana.

— Bon, c'est moi qui vais ramasser, si je comprends bien ? Cela dit, la présence de Diana devrait me racheter largement de mon petit retard. Tu es venu seul, je crois ?

— Oui. Mais j'ai déjà eu droit à mon sermon. « Trente-cinq ans et encore vieux garçon, déclama Alan d'une voix sombre de tragédien, en imitant l'accent écossais de Daniel. Mais que fais-tu donc de ta vie, mon fils ? »

— Je n'aurais pas aimé être à ta place, murmura Caine, compatissant.

— C'est un peu mystérieux pour le non-initié, ce que vous vous racontez là, observa Diana, intriguée.

Caine secoua la tête en souriant.

— Rassure-toi. Tu comprendras bien assez vite.

Diana n'eut pas le temps d'insister. Déjà la voix de Daniel parvenait à leurs oreilles.

— Toujours en retard, ce garçon, c'est tout de même malheureux. Boston n'est pas si loin d'ici, pourtant. Mais croyez-vous qu'il ferait un saut de temps en temps pour venir voir la mère qui l'a mis au monde et bercé dans ses bras ? Il n'y a plus rien de sacré, de nos jours. Entendez bien mes paroles : une société qui perd le respect de ses ancêtres est une société qui se meurt !

Caine resserra la pression de son bras autour des épaules de Diana.

— Et voilà... Mon père dans toute sa gloire ! Il est comme ça du matin au soir.

Toujours en la maintenant contre lui, il s'immobilisa à l'entrée de la pièce monumentale. Avec les hautes fenêtres à meneaux, la cheminée où on aurait pu faire rôtir un bœuf, les parquets luisants et sombres, l'illusion d'un château d'un autre âge restait intacte. Un large fauteuil sculpté avec un haut dossier droit tendu du même velours d'un rouge profond que les rideaux dominait toute la salle. Le regard de Diana fut immédiatement attiré par l'homme qui l'occupait. Massif, le menton orné d'une barbe rousse, il avait la beauté majestueuse d'un guerrier dans la force de l'âge. Même si Daniel portait bien son costume de couturier italien, Diana l'aurait imaginé sans peine vêtu d'un kilt et armé du poignard écossais traditionnel.

A sa droite était assise une femme brune, aux cheveux à peine grisonnants, avec des traits fins, une grâce altière. Penchée sur un canevas, elle tirait l'aiguille avec une expression sereine pendant que son mari à la voix de stentor poursuivait ses diatribes. La belle Serena était allongée sur un sofa et regardait rêveusement les flammes. Sa tête reposait sur les genoux de Justin qui caressait amoureusement ses cheveux.

Diana ne put s'empêcher de sourire. Tous trois formaient une cour autour de Daniel le Patriarche, assis en majesté dans ce qui ressemblait fort à un trône. Pour être excentrique, le père de Caine était excentrique, en effet. Mais le personnage avait une réelle grandeur. Diana fut instantanément séduite.

— Est-ce trop exiger d'un fils que de lui demander de venir présenter ses respects à son père le jour de son anniversaire de naissance ? poursuivait Daniel, le bras levé vers le ciel. Rien ne prouve que je serai encore là l'année prochaine pour fêter le suivant !

— Tu nous dis ça chaque fois, intervint Caine.

Serena se leva sur un éclat de rire et vint se jeter à son cou. Puis elle embrassa Diana en la serrant dans ses bras.

— Diana ! Tu es venue ! Si tu savais comme je suis contente de te revoir.

Les MacGregor avaient une façon très physique de manifester leur affection. Et leurs débordements séduisaient Diana et l'intimidaient à la fois.

— Je suis ravie, moi aussi. Tu as une mine superbe, Serena.

— Merci ! Puisque tu me complimentes si gentiment, je vais vous servir à boire, à tous les deux... Tiens, viens m'aider, Alan.

Justin s'était levé à son tour et se tenait devant elle. Ne sachant soudain que faire d'elle-même, Diana lui tendit la main. Il la prit et la serra fort.

— Tu veux bien m'embrasser, petite sœur ?

Les yeux verts si extraordinairement limpides étaient rivés sur son visage : une fois de plus, Justin prenait garde à ne pas la brusquer. Avec un cri de joie étouffé, elle lui noua les bras autour du cou.

— Oh, Justin... Je suis si heureuse.

Justin lui déposa un baiser dans les cheveux et tourna les yeux vers Caine. Les deux hommes se fixèrent quelques instants en silence. Caine vit comme un éclair traverser le regard de Justin. Et il n'eut aucun mal à imaginer ce que son beau-frère ressentait. Il avait éprouvé un choc en tout point similaire lorsqu'il avait découvert que sa « petite sœur » partageait la suite de Justin.

Aujourd'hui, ils se retrouvaient dans la situation exactement inverse. Et c'était Justin qui devait sentir une pointe de possessivité fraternelle lui chatouiller le cœur.

— Hé là, qu'est-ce que vous faites, tous, groupés près de la porte ? tonitrua Daniel. Vous voulez la garder en otage, cette belle fille, ou quoi ?

Se hissant hors de son fauteuil, le patriarche s'avança dans leur direction.

— Rena, mon verre est vide. Quant à toi, Justin, tu pourrais peut-être me présenter ta sœur ?

— Et moi ? Je n'existe plus ? protesta Caine.

Daniel lui jeta un regard sévère. Mais devant le sourire imperturbable de Caine, il finit par éclater de son grand rire sonore.

— Viens embrasser ton père, rejeton insolent !

Daniel serra son fils dans ses bras et lui assena trois grandes claques dans le dos.

— Tu sais bien que ta mère se fait du souci lorsque tu es en retard.

— Tant que nous n'avons pas manqué le dîner…

Laissant Caine se diriger vers sa mère, Daniel se tourna vers Diana.

— Ah, que vous êtes donc jolie ! Je retrouve beaucoup de traits communs avec votre frère. Vous êtes grande et forte. La nature vous a pourvue de tous les attributs nécessaires.

De tous les attributs nécessaires ?

— Euh… merci, Daniel. C'est vraiment très gentil de votre part de m'avoir invitée à cette fête de famille.

— Ah, mais vous en faites partie désormais… N'est-elle pas jolie, Anna ?

— Comme un cœur.

Anna lui prit les deux mains.

— Soyez la bienvenue, Diana. Et ne vous offusquez pas des manières de mon mari, surtout. Ne pensez pas qu'il vous traite comme un pur-sang fraîchement mis en vente. C'est juste sa façon d'être.

— Un pur-sang fraîchement mis en vente ! protesta Daniel de sa voix retentissante. Mais qu'est-ce que tu racontes, mon Anna ?

— Maman appelle un chat un chat, intervint Caine en se perchant sur l'accoudoir du fauteuil de sa mère.

Daniel émit un grognement de protestation en reprenant place dans son fauteuil royal.

— Ainsi, notre famille s'enrichit d'un troisième juriste, commenta-t-il, ignorant le regard meurtrier que lui jeta son fils cadet. Et vous avez fait Harvard également, Diana. Avouez qu'une coïncidence aussi extraordinaire ressemblerait presque à un présage… Et maintenant, vous voici associés, tous les deux.

— Nous ne sommes pas associés, protestèrent Caine et Diana avec un ensemble parfait.

Daniel eut un sourire un peu trop innocent au goût de Caine.

— Ah, non ? Dieu sait pourquoi je m'étais mis cela en tête… Mais dites-moi, Diana, vous aimez les enfants ?

Décontenancée, Diana cligna des paupières. Le père de Caine restait décidément un mystère absolu pour elle.

— Les enfants ?

Elle perçut un rire étouffé derrière elle qu'Alan dissimula habilement sous une quinte de toux. Caine marmonna quelques syllabes indistinctes qui ressemblaient fort à un juron.

— Eh bien, je les aime beaucoup, oui, murmura-t-elle, perplexe. Mais je n'ai pas une grande expérience de…

Le visage grave, Daniel riva son regard au sien.

— Les enfants sont le sel de la terre, mon petit. Si on nous a donné la vie, c'est pour la transmettre. Ce sont les enfants qui nous procurent un sentiment de permanence ; ce sont eux qui font que nous nous sentons responsables vis-à-vis des générations futures. L'amour et l'enfantement sont…

— Je vais te resservir à boire, papa, le coupa Caine en se levant.

En se penchant pour prendre le verre vide des mains de son père, il lâcha entre ses dents :

— Continue comme ça et je jette tes meilleures

bouteilles de whisky écossais pur malt à la mer. Toutes, jusqu'à la dernière.

Daniel se frotta le menton et opta pour un recul stratégique sous la menace.

— Bien… Nous n'allons pas tarder à passer à table, je crois. N'est-ce pas, Anna ? Vous devez avoir faim, tous autant que vous êtes.

Serena et Justin échangèrent un regard.

— Moi, je trouve que papa a raison de s'inquiéter des générations futures, observa Serena, ignorant le regard furibond de Caine. Nous avons donc décidé de prendre les choses en main, Justin et moi. Dans six mois et quelques, nous devrions avoir remédié à la scandaleuse absence de petits-enfants qui pèse sur notre famille.

— Ah, quand même ! Il était temps que l'un de vous s'y mette, bougonna Daniel. Je…

Bouche bée, il laissa sa phrase en suspens.

— Attends, Rena… Tu veux dire que… que…

Serena s'approcha de son père en souriant.

— Resterais-tu sans voix, pour une fois, MacGregor ?

— Tu vas donc enfanter, ma petite fille ?

Elle se pencha pour l'embrasser sur la joue.

— Avant que les feuilles ne rougissent cet automne, tu seras grand-père.

Diana vit les yeux de Daniel se remplir de larmes.

— Oh, ma puce, ma toute petite, chuchota-t-il.

— Il sera plus exact de dire « ma toute grosse », bientôt ! observa Serena en riant.

Etrangement émue, Diana détourna les yeux. Elle vit le regard intense que Caine posait sur sa sœur et comprit qu'il était touché, lui aussi. « Je vais être tante », songea-t-elle en se tournant vers Justin. Spontanément, elle alla vers son frère et leva son verre.

— A toi et à votre enfant, dit-elle tout bas. A sa santé. Et à nos parents qui auraient eu tant de joie à être là.

Justin lui prit la main et prononça quelques paroles en langue comanche.

— Merci à toi, tante de mes enfants, traduisit-il à son intention.

— Ce soir, c'est champagne à volonté ! proclama Daniel en serrant sa fille contre lui. Un nouveau MacGregor est en route.

— Un nouveau Blade ! rectifièrent Justin et Diana en chœur.

— Blade, oui, ma foi, admit Daniel avec bonne humeur en donnant l'accolade à Justin.

Dans son élan, le patriarche embrassa également Diana, avec tant de force et d'enthousiasme qu'elle demeura un instant le souffle coupé.

— Et que votre sang aussi vienne enrichir celui des MacGregor ! ajouta-t-il fièrement.

Diana demeura un instant interdite. Puis elle sentit le feu lui monter aux joues. Sidérée, elle tourna un regard interrogateur vers Caine. Haussant les épaules en signe d'impuissance, il se contenta de lever son verre à sa santé.

Assis dans un fauteuil de cuir devant la fenêtre de sa chambre, Caine contemplait les branches nues des arbres sous l'éclat froid de la lune. Le calme profond qui régnait dans la vaste demeure endormie formait un contraste saisissant avec l'agitation de ces dernières heures.

La soirée avait été animée et ils avaient tous dîné dans l'euphorie. Que de fois il avait entendu le rire de Diana se mêler spontanément à celui d'Alan ou de Serena ! C'était étonnant comme sa présence semblait aller de soi, ici, dans la maison de son enfance.

Il alluma pensivement une cigarette. Jusqu'à présent, il avait réussi à ne pas trop se poser de questions sur ce qu'il ressentait pour Diana. Bon, d'accord, il était attiré. Très attiré, même. Il appréciait sa compagnie, aimait l'entendre rire, prenait le plus grand plaisir à faire l'amour avec elle.

Mais il en avait été de même avec d'autres filles. D'autres femmes. Des quantités de filles. Des quantités de femmes.

Trop peut-être.

Mais si Diana n'était pour lui qu'une amie parmi tant d'autres, pourquoi ne cessait-il de penser à elle, jour et nuit ? Et pourquoi ne parvenait-il à envisager la fin de leur relation — que ce soit dans un jour, dans une semaine ou dans un mois ?

Avec une exclamation sourde, Caine se leva de son fauteuil. Dans des moments de calme méditation comme celui-ci, il lui était impossible de se convaincre qu'il prenait simplement plaisir à accompagner Diana sur le chemin de la découverte de soi. Dans des moments de calme méditation comme celui-ci, il se sentait même à deux doigts de reconnaître qu'il était fou amoureux d'elle.

— Bon sang, dire qu'il a fallu que ça m'arrive à moi.

« Aimer » n'était pas un mot facile pour Caine. Et il s'était toujours gardé soigneusement de l'utiliser avec les femmes qui avaient traversé sa vie.

Appliqué à d'autres, l'amour lui apparaissait comme un concept relativement simple. Que ses parents ou Justin et Serena puissent être unis par ce sentiment, il le concevait volontiers. Mais dans son cas, le chemin paraissait plus tortueux, plus obscur. Plus aléatoire, surtout.

Les mains posées à plat sur le rebord de la fenêtre, il scruta la nuit d'hiver, lumineuse et froide. Si encore il avait la certitude que Diana ressentait la même chose de son côté ! Mais elle n'avait jamais prononcé le mot fatidique, elle non plus. Comment était-il censé s'y prendre pour amener Diana à tomber amoureuse de lui ? En lui tenant de beaux discours ? Sûrement pas, non. Ce n'était pas le genre de fille à se laisser manœuvrer.

Soit elle l'aimait aussi et il avait ses chances. Soit elle ne l'aimait pas et il faudrait qu'il se fasse une raison.

Mais même à supposer qu'elle partageât ses sentiments, serait-elle pour autant disposée à le reconnaître ?

Brusquement, de façon presque douloureuse, Caine éprouva le besoin de sa présence. Il voulait sa chaleur, sa douceur ; il voulait l'entendre soupirer de plaisir sous ses caresses. Sans même se donner le temps de réfléchir, il sortit de sa chambre, traversa le couloir dans l'obscurité et poussa sa porte sans frapper. Seule la lune éclairait la pièce. Dans la cheminée, quelques braises rougeoyaient encore faiblement, sans plus donner ni chaleur ni lumière.

Blottie sous l'édredon, Diana dormait paisiblement. C'était à peine si le bruit léger de sa respiration venait troubler le profond silence de la nuit d'hiver. Caine s'approcha pour la regarder et sentit un flot de douloureuse tendresse l'envahir. Il sut avec une déconcertante certitude qu'il pourrait partager toutes ses nuits avec elle, se réveiller chaque matin à son côté.

Il sut également ce que serait sa vie si elle décidait de le quitter.

— Diana, murmura-t-il lorsqu'elle soupira et changea de position.

Il se pencha pour presser les lèvres sur ses paupières, sur ses joues.

— J'ai besoin de toi, chuchota-t-il contre sa bouche.

Avec un murmure de plaisir, elle le laissa approfondir le baiser. Puis, se réveillant d'un coup, elle poussa un léger cri de surprise et se redressa en sursaut.

— Caine ! Tu m'as fait peur !

Il s'assit sur le bord du lit et lui prit les épaules.

— Peur ? Tu es sûre ? Tu n'avais pas l'air très effrayée.

— Mais qu'est-ce que tu fabriques dans ma chambre au beau milieu de…

Tout en douceur, il la réduisit au silence. Et découvrit avec le plus grand plaisir qu'elle dormait nue.

— Caine, protesta-t-elle lorsqu'il eut libéré sa bouche pour lui mordiller les épaules et le cou. Tu ne peux pas faire ça… Pas sous ce toit, dans la maison de tes parents.

— J'ai envie de toi où que je me trouve, Diana. Ici comme ailleurs. Je te désire tellement que je ne peux pas dormir. Tu veux que je te montre ?

Sans attendre sa réponse, Caine la renversa contre ses oreillers. Et comment l'aurait-elle repoussé, alors que ses mains, ses lèvres n'étaient que tendresse ? Une fois déjà, ils s'étaient aimés de cette façon, avec cette douceur, cette légèreté, cette langueur délicieuses. Mais quand ?

Le premier matin, au motel, se remémora-t-elle. Lorsqu'ils s'étaient trouvés dans un demi-sommeil et que leurs corps encore somnolents avaient improvisé une chorégraphie d'amour au ralenti. Ce soir non plus, ils n'étaient poussés par aucune hâte. Comme s'ils avaient l'éternité pour eux.

Peu à peu, le toucher de Caine infusait en elle, se propageait jusque dans les couches les plus profondes de son être. Et elle se laissait imprégner en douceur, sans chercher à faire monter la tension. Ils se mouvaient avec une même lenteur, chuchotant parfois une demande, s'émerveillant à haute voix de la calme intensité de leurs sensations. C'était comme s'ils chantaient le même chant, rêvaient le même rêve. Jamais Diana n'aurait imaginé que Caine eût de telles réserves de tendresse à offrir. Et elle s'étonnait de découvrir qu'elle en avait un besoin inextinguible. Ils ne cherchaient ni à prendre ni à posséder. Juste à explorer, à affiner une forme de partage aux nuances infinies.

Mais même les plus subtils effleurements finissaient

par stimuler, ouvrir, exciter. Plus Caine la touchait, plus Diana se sentait vivante. Son souffle s'accéléra, son corps trouva un nouveau rythme, ses mains cherchèrent à prendre, à attirer.

Sensible à ces modifications à peine perceptibles, Caine affermit ses caresses. A mesure que le désir se faisait plus lancinant, ils s'enfonçaient dans des profondeurs veloutées, suaves et obscures.

Il la pénétra d'un coup, excité par sa réaction de surprise qui, très vite, se mua en gémissement de plaisir. Même lorsqu'elle s'arc-bouta contre lui, l'incitant à l'investir plus fort et plus vite, il maintint une même lenteur tendre, chuchotant contre ses lèvres des mots dépourvus de sens, tandis qu'elle vibrait, tremblait, le suppliait de l'accompagner dans un lâcher prise éperdu.

Mais il garda le contrôle, l'amena à culminer seule d'abord, encore et encore, jusqu'à ce qu'elle murmure son nom dans l'ivresse. Comme elle se contractait autour de lui, l'appelait de tout son corps, il l'apaisa d'un long baiser intense, échevelé. Il la sentit fondre, muscle après muscle, jusqu'à ce qu'elle ne soit plus qu'abandon et extase dans ses bras. Et là seulement, lorsqu'il ne la sentit plus habitée que de lui, il laissa son désir se déchaîner à son tour.

Alors la flamme rougeoyante se mua en un brasier d'ardente blancheur qui les engloutit l'un et l'autre, comme amalgamés dans une fusion définitive.

11

Il aurait fallu des journées entières pour explorer la maison-château des MacGregor. Diana éprouvait le plus grand plaisir à errer dans la surprenante demeure. Elle avait été élevée dans un décor d'un goût irréprochable, mais où la fantaisie n'avait eu aucune place. Alors qu'au royaume de Daniel et d'Anna, l'imagination était reine. Certaines pièces avaient de hauts plafonds voûtés d'église, avec des poutres énormes, des rangées de statues, et même des gargouilles. Partout, on trouvait de hautes cheminées de pierre avec leur manteau orné de deux épées croisées. Des armures se dressaient ici et là, faisant bon voisinage avec quelque sculpture résolument moderne. C'était un bric-à-brac hallucinant, une caverne d'Ali Baba, un mélange invraisemblable de barbarie et de raffinement.

Certains couloirs sombres et étroits étaient chichement éclairés par des lampes à pétrole. Mais en empruntant un de ces passages quasi médiévaux, on pouvait très bien tomber sur une confortable piscine chauffée, avec Jacuzzi.

Diana n'aurait su dire si c'était leur décor de vie qui déteignait sur les MacGregor ou si les lieux étaient à leur image. Mais ils formaient, eux aussi, un mélange déconcertant où le mondain et le primitif étaient étroitement imbriqués. C'était Daniel, incontestablement, qui donnait le ton, avec sa fierté, son sens immodéré de l'hérédité, du clan, de la famille.

Désireuse de se ménager un moment de calme, Diana faussa compagnie au petit groupe pour flâner dans ce que Caine appelait en riant la « Salle de guerre ». C'était là que Daniel entreposait sa collection d'armes. On y trouvait de tout, des poignards ciselés, des épées, de vieux pistolets, des hallebardes, des mousquetons et même un petit canon. Il faisait froid dans la pièce où aucun feu n'avait été allumé. Diana allait de vitrine en vitrine. Mais, très vite, le tourbillon de ses pensées détourna son attention des armes exposées.

Daniel, très clairement, lui avait tendu un piège en l'invitant pour le week-end. Et Caine n'avait même pas pris la peine de la prévenir.

Diana sentit une tension s'installer dans sa poitrine. Il était hors de question qu'elle accepte de se laisser influencer dans ses décisions. Surtout par des gens qu'elle connaissait à peine. La manœuvre était d'autant plus hallucinante que l'idée d'épouser Caine ne lui avait même jamais traversé l'esprit ! *Du moins*... La pensée l'avait effleurée, autant le reconnaître. Mais elle s'était toujours empressée de la chasser au plus vite.

On pouvait donc affirmer sans crainte qu'elle n'y avait jamais songé *sérieusement*. Ni le mariage ni la maternité ne figuraient en bonne place parmi ses projets d'avenir. Au contraire, même. Se marier, c'était, à ses yeux, renoncer à une partie de soi-même. Pire que cela, c'était prendre le risque de l'abandon. Et s'il y avait une leçon que la vie lui avait apprise, c'était qu'il n'existait pas d'amour stable. Même l'amour parental, solide et durable par essence, pouvait vous être retiré du jour au lendemain.

L'amour ? Non, elle ne voulait même pas y penser, à la réflexion. Elle n'avait pas *choisi* d'être amoureuse de Caine. Donc, elle ne l'aimait pas. C'était aussi simple que ça. De toute façon, la question était purement rhétorique.

Ce n'était pas Caine qui brandissait le sceptre du mariage, mais son père. Et la nuance était tout de même de taille.

Caine lui-même ne demandait rien, ne promettait rien, ne posait aucune exigence.

— Tu es venue chercher un peu de calme, Diana ?

Elle sourit à Justin, qui venait déambuler dans la salle des armes à son tour.

— J'adore cette maison. C'est comme un voyage à travers les siècles d'habiter entre ces murs. Les MacGregor sont des gens fascinants.

— La première fois que j'ai mis les pieds ici, je me suis demandé si Daniel MacGregor était un fou ou un génie… Et j'avoue que, depuis dix ans que je le connais, je n'ai pas encore réussi à trancher dans un sens ou dans un autre.

— Tu as une réelle affection pour lui, n'est-ce pas ?

Le sérieux de sa question suscita un haussement de sourcils chez son frère.

— Oui, il y a tout de suite eu une amitié forte entre Daniel et moi. C'est quelqu'un qui s'investit dans ses relations. Tous les MacGregor fonctionnent à l'affectif, d'ailleurs. Mais il a fallu l'enlèvement de Serena pour que je me rende compte qu'au fil des ans ils étaient devenus, peu à peu, ma seconde famille… Je regrette que tu n'aies pas eu cette chance, Diana.

Détournant les yeux, elle examina une armure.

— J'ai eu d'autres avantages. Enfant, déjà, j'étais très indépendante, en fait. Je me suffis à moi-même.

— Un peu trop, peut-être ?

Cette fois, elle soutint le regard de son frère sans ciller.

— Toi aussi, Justin, tu t'es mis en tête de me pousser dans les bras de Caine ?

— Apparemment vous n'avez pas eu besoin d'aide pour y parvenir tout seuls.

— Ma vie sexuelle et affective ne concerne que moi, Justin.

Il glissa les mains dans ses poches.

— C'est vrai. Je n'ai pas été présent pour toi lorsque tu as grandi, Diana. Mais à défaut de jouer les grands frères protecteurs, je peux au moins être ton ami. Ton allié, souviens-toi.

Dans un élan de tendresse et de contrition, elle alla poser le front sur son épaule.

— Je suis désolée, chuchota-t-elle. Tu dois me trouver très distante, par moments, mais c'est plus fort que moi. J'ai peur de m'attacher à toi et de te perdre une seconde fois.

— Il n'y a pas qu'à moi que tu as peur de t'attacher, non ? s'enquit-il en lui soulevant le menton.

Elle ne répondit pas, mais il dut lire la vérité dans ses yeux car il fronça les sourcils.

— Il y a tant d'aspects de toi que je reconnais. Nous nous ressemblons plus que tu ne le penses, petite sœur. Tu accepterais de me parler des années que tu as passées chez Adélaïde ?

Diana ouvrit la bouche, puis la referma.

— Non, trancha-t-elle en secouant la tête. A quoi bon ? C'est fini maintenant. J'ai laissé cette période de ma vie derrière moi.

— Si c'était vraiment fini, tu pourrais en parler librement. Mais je ne veux pas te brusquer avec mes questions, Diana. Juste te parler un peu de moi. Lorsque j'ai rencontré Serena, je suis tombé amoureux au premier regard. J'étais fou d'elle. Mais il m'a fallu du temps — et des épreuves — pour l'admettre.

Il eut un sourire teinté de tristesse.

— Moi aussi, j'étais indépendant. Moi aussi, je me suffisais à moi-même. L'amour, ça ne voulait pas dire grand-chose pour moi. Avouer à Serena que je l'aimais a été un véritable tour de force. Il y a des gens pour qui l'amour va de soi. Mais ce n'est pas notre cas.

— Et pour Rena ? Ça a été facile, tu crois ?

Avec un sourire en coin, Justin se percha sur l'accoudoir d'un fauteuil et alluma un de ses petits cigares.

— Serena ? Au début, elle a freiné des quatre fers. Mais ça n'a pas duré longtemps. Il lui a fallu juste un peu plus de dix jours pour faire le constat qu'elle m'aimait et qu'elle voulait faire sa vie avec moi. A partir de là, elle a foncé tout droit. C'est même elle qui m'a demandé en mariage, confia-t-il en riant. Le complot de Daniel a fonctionné à merveille.

— Le complot de Daniel ?

Justin rejeta un nuage de fumée.

— Disons qu'il s'est arrangé pour nous mettre en situation de rencontre, Serena et moi. Et il s'y est pris assez magistralement, il faut le reconnaître. Il m'a offert une croisière sur le paquebot où sa fille était employée comme croupière. Moi, j'ignorais qu'elle travaillait à bord et elle ne savait pas qu'un ami de son père se trouvait parmi les passagers. Il comptait sur le destin, comme il dit.

— Le destin ? murmura Diana en secouant la tête. On peut dire que Daniel lui a donné un sacré coup de pouce, en l'occurrence !

— Daniel a toujours su fixer ses objectifs et faire ce qu'il fallait pour les atteindre. Tous les MacGregor sont comme ça, d'ailleurs. Toi et moi, Diana, nous pouvons être tout aussi déterminés et volontaires. La seule différence, c'est que nous avons peut-être plus de mal à identifier ce que nous voulons vraiment.

Comme elle ouvrait la bouche pour protester, Justin lui posa un doigt sur les lèvres.

— Viens, allons rejoindre le clan. Sinon Daniel serait capable d'envoyer des équipes de secours à notre recherche.

Caine n'était plus le même depuis la veille.

Diana avait du mal à mettre le doigt sur ce qui avait changé, mais elle le sentait... différent. En apparence, il avait l'air détendu, pourtant. Il taquinait sa sœur sur son futur ventre rond, riait avec Alan, plaisantait avec Daniel. Et questionnait sa mère sur Francis Day qu'Anna avait connu comme interne, quelques années auparavant.

Mais malgré le naturel parfait de son attitude, Diana percevait une tension sous-jacente. A plusieurs reprises au cours de la journée, elle avait surpris son regard posé sur elle. Un regard perplexe, interrogateur. Comme s'il la voyait pour la première fois et qu'il se posait mille questions à son endroit.

Malgré le plaisir qu'elle éprouvait à partager le quotidien des MacGregor, Diana était sur le qui-vive. Même la façon dont Caine et elle avaient fait l'amour au cours de la nuit avait changé insidieusement. Comme si leurs gestes, leurs caresses, leur jouissance même avaient pris une dimension supplémentaire.

— Ah, mes enfants, vous m'avez gâté royalement ! s'exclama Daniel en contemplant avec satisfaction la riche moisson de cadeaux étalée autour de lui. Ça me console d'avoir pris une année.

Ses pieds nus posés sur la table basse, Serena regarda son père avec bienveillance.

— Tu as toujours adoré recevoir des cadeaux, papa. C'est le plus attachant de tes nombreux défauts.

Daniel se tourna vers Diana en soupirant.

— C'est la lourde épreuve de ma vie : j'ai échoué à inculquer la moindre notion de respect à mes enfants.

— C'est une malédiction, en effet, acquiesça-t-elle, jouant le jeu.

— Tenez, l'année dernière encore, Rena a fait irruption dans mon bureau en hurlant comme une possédée. Elle a même poussé l'offense jusqu'à briser six de mes plus beaux cigares. Et tout cela parce que j'avais eu la délicatesse de lui présenter son futur mari. Ce n'est pas de l'ingratitude, ça ?

— Des cigares ? releva Anna de sa voix douce. Quels cigares ?

Daniel eut un geste évasif de la main.

— Oh, des anciens qui traînaient par là… Quant à Caine, il nous a toujours fait une vie infernale. Nous n'avions jamais une seconde de tranquillité avec lui. Pas vrai, Anna ? Et il fallait voir toutes les filles qui lui couraient après lorsqu'il était jeune. Une vraie parade, ma foi.

— Une parade ! Carrément ?

Diana leva la tête pour échanger un sourire avec Caine. Mais elle trouva de nouveau son regard si étrangement fixe rivé sur elle. Contre toute attente, il lui saisit soudain le visage entre les paumes et l'embrassa avec tant d'ostensible détermination qu'elle demeura muette sous le choc.

— Eh bien…, commenta Daniel avec satisfaction lorsqu'elle porta les doigts à ses joues écarlates.

Et il se mit à fredonner les premières mesures de la *Marche nuptiale*.

— Tu as envie de fêter ton prochain anniversaire, papa ? s'enquit Caine d'un ton suave. Ou tu es vraiment fatigué de la vie à ce point ?

Anna posa doucement la main sur le bras de Diana.

— Vous n'avez pas encore essayé le piano, je crois. Et il y a si longtemps qu'il n'a pas servi. Cela vous ennuierait de nous jouer quelque chose ?

Diana lui jeta un regard reconnaissant.

— Mais non. Au contraire.

Soulagée d'échapper à une atmosphère devenue oppressante, elle se dirigea vers le demi-queue. Du coin de l'œil, elle nota qu'Anna, penchée vers Daniel, semblait lui faire la leçon. Feuilletant parmi les partitions, elle choisit un morceau qui lui était familier et laissa la musique prendre son essor sous ses doigts.

Dans quel but Caine l'avait-il embrassée devant toute sa famille ? Même si elle n'était pas entièrement à l'aise avec les démonstrations d'affection publiques, elle aurait pu accepter un simple baiser. Mais il lui avait semblé percevoir comme un soupçon de possessivité démonstrative dans la façon dont il s'était emparé de ses lèvres.

Peut-être étaient-ce les manœuvres peu subtiles de Daniel qui finissaient par la mettre sur la défensive. Ou la conversation qu'elle avait eue le matin même avec Justin. Mais elle avait la sensation désagréable, tout à coup, qu'on cherchait à lui forcer la main de tous les côtés.

La veille, les machinations de Daniel l'avaient simplement amusée, pourtant. Alors pourquoi cette impression angoissante que les mâchoires d'un piège se resserraient sur elle ? Tournant la tête, elle croisa le regard de Caine. Il était songeur, perdu dans ses pensées. Un état d'esprit qui ne lui ressemblait pas. Se pouvait-il vraiment que leurs rapports se soient modifiés durant la nuit ? Que quelque chose ait basculé entre eux, irrémédiablement ?

Brusquement, Diana se prit à regretter d'être venue pour le week-end. Elle s'était laissé subjuguer par l'atmosphère de la maison, par l'ambiance détendue qui régnait dans la famille. Il n'en faudrait pas beaucoup pour qu'elle se laisse entraîner dans leur orbite.

Pour qu'elle adhère à leurs valeurs.

« Prudence ! » cria une voix alarmée en elle. En aucun cas, elle ne devait oublier les buts qu'elle s'était fixés. Lorsqu'elle avait choisi son métier d'avocate, elle avait passé un pacte avec elle-même : quoi qu'il arrive, sa carrière aurait la priorité. Et elle ne laisserait aucun homme l'en détourner.

De nouveau, son regard glissa sur Caine. Et son malaise s'accentua. Ce n'était pas pour rien qu'elle avait tant lutté contre l'attirance qu'il exerçait sur elle, au début. Lorsqu'ils étaient devenus amants malgré tout, elle avait cru qu'elle parviendrait à vivre la relation sans se laisser déborder.

Et c'est là qu'elle s'était leurrée. Complètement leurrée.

Ses doigts s'animèrent sur le clavier et elle sentit la musique couler en elle, vivante, fluide..., amoureuse. Soudain suffoquée par l'émotion, Diana mesura à quel point ses sentiments pour Caine avaient évolué vite. Un vent de panique souffla en elle. Comment avait-elle pu laisser les choses aller aussi loin ?

Lorsque l'écho de la dernière note expira dans le silence, Diana demeura un instant sans bouger face au piano. Ses mains tremblaient, nota-t-elle, consternée.

Daniel la complimenta avec enthousiasme, puis annonça à la ronde que gâteau et champagne étaient servis dans la salle à manger.

— Caine, je te laisse rajouter une bûche ou deux avant de nous rejoindre ? lança-t-il en se levant.

Toute la famille quitta la pièce. Toujours clouée sur son tabouret de piano, Diana regarda Caine tisonner le feu. Et comprit que la tension qui s'était installée dans sa nuque n'allait pas tarder à se muer en mal de tête.

— Je peux te servir quelque chose à boire ? proposa Caine en se redressant.

— Je veux bien.

Comme elle s'approchait pour prendre son verre, Caine lui caressa les cheveux d'un geste qui lui était devenu familier. Elle eut un mouvement de recul.

— Que se passe-t-il, Diana ? Pourquoi ai-je l'impression d'être au banc des accusés, tout à coup ?

Irritée, elle secoua la tête.

— Absolument pas, non. Arrête de te faire des idées !

Avec un léger soupir, Caine posa la main sur sa

nuque et s'empara de ses lèvres. Percevant sa résistance instinctive, il la laissa aller aussitôt.

— Tu vois bien que tu es distante, tout à coup ! Fournis-moi au moins la liste des charges retenues contre moi. Je peux difficilement me défendre si je ne connais pas les chefs d'accusation.

— Ne sois pas ridicule, protesta-t-elle en portant son verre à ses lèvres.

— Ne sois pas évasive, contre-attaqua-t-il.

— Arrête, Caine.

Il la regarda fixement.

— Tu peux préciser ta pensée, là ? Tu veux que j'arrête quoi, au juste ?

Elle soupira avec impatience.

— Je ne sais pas, O.K. ? Restons-en là et allons rejoindre les autres. Je n'ai pas envie de me disputer avec toi chez tes parents.

— Parce que c'est bel et bien d'une dispute qu'il s'agit, autrement dit ? Tant qu'à entrer dans un conflit, autant ne pas faire les choses à moitié. A toi l'honneur. Je te laisse ouvrir les hostilités.

Soudain furieuse, Diana reposa son verre avec fracas.

— Mais fiche-moi la paix, à la fin ! Je n'ai jamais dit que je voulais me quereller avec toi.

Les mâchoires crispées, il la retint par le bras.

— Je te ficherai la paix lorsque tu m'auras expliqué pourquoi tu t'éloignes de moi.

— Mais je ne m'éloigne pas de toi. Je ne comprends pas pourquoi tu te fais ce scénario !

Lorsqu'il voulut la prendre par les épaules cependant, elle tressaillit si violemment qu'il jura tout bas.

— Tu ne supportes même plus que je te touche !

— Caine, s'il te plaît, murmura-t-elle en se détournant. Je suis fatiguée. Ne me mets pas la pression maintenant.

— Parce que tu penses que je te mets la pression ?

— *Evidemment* que tu me mets la pression ! Ça n'a pas arrêté une seconde depuis notre arrivée. Toi, ta famille, Justin. Chacun à votre façon, vous y allez de votre couplet.

Caine serra les poings. Ses paroles lui faisaient mal et il n'était pas habitué à souffrir. Pas sous cette forme, en tout cas.

— Je n'ai pas l'intention de te contraindre à quoi que ce soit, Diana. Mais je pense qu'une mise au point s'impose en revanche. Et pas plus tard que maintenant.

— Mais *pourquoi* ? se récria-t-elle en pivotant vers lui. Et en quoi serait-ce si urgent de s'expliquer, tout à coup ? Il n'y avait aucune complication entre nous lorsque nous étions à Boston.

— Et tu penses que des complications ont surgi aujourd'hui ?

— Je t'ai posé une question, Caine. Ne me réponds pas en la retournant contre moi.

Les nerfs à vif, elle enfonça les poings dans les poches de sa jupe et arpenta la pièce.

— Depuis que j'ai passé la porte de cette maison, j'ai l'impression de me mouvoir en permanence sous l'œil d'un microscope. Tu aurais au moins pu me prévenir que ton père m'avait élue d'office comme « Meilleure Candidate de l'année au poste d'épouse pour son fils cadet ».

— Mon père n'a strictement rien à voir avec ce qui se passe entre toi et moi, Diana. Je te présenterais mes excuses pour son manque de tact si je me sentais responsable de sa façon d'agir. Mais ce n'est pas le cas. Son attitude ne regarde que lui.

— Je ne te demande pas d'excuses, bon sang ! Mais tu admettras que ma situation aurait été plus confortable si j'avais été préparée à ce qui m'attendait.

— Parce que tu crois que c'est confortable pour *moi* ?

— C'est ta famille, Caine. Tu es habitué à leur façon

d'être. Et tout à fait à même de te défendre, qui plus est... Moi, j'ai passé vingt ans à jouer les marionnettes pendant que ma tante tirait les ficelles. Et je n'ai pas envie que ça recommence, c'est tout.

— Adélaïde, c'est Adélaïde, bon sang ! Mais tu peux difficilement prétendre que je te traite comme une poupée docile ! Enfin, de quoi m'accuses-tu au juste ? Tu vas te décider, oui ou non, à formuler tes reproches clairement ?

— *Quels* reproches ? explosa-t-elle. Je n'ai jamais dit que je te reprochais quoi que ce soit. Tout ce que je sais, c'est que je ne supporte plus qu'on se mêle de vouloir organiser ma vie. C'est à moi de prendre mes propres décisions. Et basta !

Caine lui jeta un regard de défi.

— Puisque tu veux prendre des décisions, autant que tu aies toutes les données en main : je t'aime, Diana. Qu'est-ce que tu dis de ça ? Intéressant, non ?

Elle se pétrifia sous le choc. Même son cœur semblait avoir cessé de battre. Ils se fixèrent en silence, le regard noir, comme deux adversaires plus que jamais décidés à se battre. Comment en étaient-ils arrivés là ? se demanda-t-elle, consternée.

— Super... ma déclaration d'amour t'enchante, à ce que je vois.

Furieux contre lui-même de lui avoir assené la nouvelle de cette façon, Caine se resservit à boire. Une douleur lancinante lui cisaillait les entrailles. Il avait attendu trente ans pour dire « je t'aime » à une femme. Et seul le vide avait accueilli ses paroles.

— Souhaitez-vous que je retire ma déclaration, maître Blade ?

— Arrête, Caine, s'il te plaît... Je ne sais pas quoi te répondre. Je suis dépassée, O.K. ? Largement dépassée par la situation. Pour toi, c'est plus facile. Il y a eu d'autres femmes.

— D'autres femmes ? hurla-t-il. Comment peux-tu me sortir ce genre d'ineptie à un moment pareil ? Je t'*aime*, bon sang ! Ce n'est quand même pas rien !

Il l'enlaça, mêla sa bouche à la sienne avec une sorte de rage désespérée. Diana se dégagea avec un léger cri d'effroi.

— Tu me fais peur, Caine, murmura-t-elle, le visage baigné de larmes en reculant d'un pas. Tu représentes tout ce que je me suis toujours juré d'éviter. Toute ma vie, il y a eu quelqu'un derrière moi pour me faire marcher au pas... Je ne peux plus me plier aux exigences de quelqu'un d'autre.

— *Quelles* exigences, bon sang ? Est-ce que je te demande de renoncer à quoi que ce soit ? A ton métier ? Surtout pas. A toi-même ? Encore moins. J'ai toujours eu à cœur de t'aider à trouver ta propre voie, ta propre personnalité, au contraire.

Diana baissa la tête. Il avait raison. Mais alors pourquoi se sentait-elle si vulnérable ? Et si terrifiée, surtout...

— Et qu'est-ce qui me prouve que tu resteras ? s'enquit-elle dans un souffle. Que tu ne me quitteras pas pour une autre en me laissant plus seule que seule, une fois de plus ? Ma solitude d'aujourd'hui, je la vis bien parce que je l'ai choisie. Mais je ne peux pas prendre le risque d'être quittée une nouvelle fois. C'est au-dessus de mes forces, Caine. Alors ne me demande rien, je t'en supplie.

Jamais Caine n'avait été confronté à un pareil sentiment d'impuissance.

— C'est si difficile que ça, pour toi, de faire confiance ? Tu crois que tu as peur de moi, Diana, mais ce sont les fantômes de ton passé qui te terrassent ! C'est de toi que tu doutes le plus, dans le fond, pas de moi !

Elle déglutit.

— Oui, je doute, et alors ? Tu n'as jamais perdu tout

ce que tu avais au monde, toi. Comment pourrais-tu comprendre ?

— Ainsi, tu as l'intention de passer le reste de ta vie à te démunir de tout pour n'être jamais privée de rien ? C'est une superpolitique, ça, Diana. Très efficace comme méthode d'autoeuthanasie lente.

Furieuse, elle secoua la tête.

— Des risques, je suis capable d'en prendre. Mais à condition de les choisir moi-même.

Il allait répondre lorsque la voix amusée de Serena s'éleva à l'autre extrémité de la pièce.

— Hé, Caine ? Diana ? Q'est-ce que vous fabriquez, tous les deux ? On ne vous a pas demandé d'abattre un arbre, juste de rajouter une bûche. Tout le monde...

Elle s'interrompit net en les voyant.

— Oups, désolée. Je vous laisse.

— Non, reste, trancha Diana en se hâtant vers la porte. Je monte me coucher. Vous m'excuserez auprès de Daniel et d'Anna, mais je suis fatiguée.

Clouée sur place, Serena la suivit des yeux pendant que Caine se détournait pour se servir une copieuse rasade de whisky.

— Je suis désolée, Caine. Je suis tombée au pire moment.

— Ne t'inquiète pas. Nous nous sommes dit tout ce que nous avions à nous dire, de toute façon.

Le visage contracté en une expression soucieuse, Serena lui posa la main sur le bras.

— Tu as besoin d'une oreille attentive ou qu'on te fiche la paix ?

— J'ai besoin d'une cuite, maugréa-t-il en se laissant tomber dans un fauteuil.

— Tu es amoureux de Diana ?

Il émit un sifflement admiratif.

— Quelle perspicacité ! Comment as-tu deviné, ô ma sœur ?

Sans se laisser rebuter par ses sarcasmes, Serena se percha sur son accoudoir.

— Et, en même temps, tu as envie de l'étrangler, c'est ça ?

Caine leva son verre.

— Bravo. Encore une réponse gagnante. Continuez comme ça et vous toucherez le gros lot, madame Blade !

— Parce que tu l'aimes et qu'elle ne veut rien en savoir ? questionna Serena, imperturbable.

— Il y a de cela, oui. Il faut dire que j'ai mal choisi mon moment pour lui parler sentiments. On était en train de se lancer toutes sortes d'amabilités à la figure.

Serena soupira.

— Je vais faire quelque chose que j'ai en horreur, annonça-t-elle gravement.

— C'est-à-dire ?

— Donner des conseils.

— Le conseil, c'est mon rayon, sœurette. Laisse tomber.

— Tais-toi, ordonna-t-elle en lui prenant d'autorité son verre des mains. Je n'en ai pas pour longtemps, de toute façon. Ma recommandation sera la suivante : sois *très*, très patient avec Diana. Tu n'es pas un individu facile à aimer, même dans tes bons jours.

— Merci. Tu es réconfortante.

—... et Diana est une fille prudente. Elle est passée par pas mal de bouleversements, ces derniers temps. Si elle a une décision à prendre, elle le fera par étapes, en passant par des prises de conscience progressives.

Caine rit doucement.

— Tu es redoutablement perspicace, Rena. Tu aurais fait une avocate hors pair.

— Dans mon métier aussi, ça peut servir d'avoir de bonnes facultés d'observation, rétorqua-t-elle en lui prenant la main. Ne la brusque pas trop, Caine. Tu risques de lui faire peur. C'est une fille qu'il faut apprivoiser tout en douceur.

— Eh bien, c'est raté. J'ai déjà tout fichu en l'air. Elle n'a pas supporté qu'on lui mette la pression, comme elle dit.

Comme Serena le regardait sans rien dire, Caine poussa un soupir et ferma les yeux.

— Je me sens aussi ratatiné que si je venais de passer sous un train.

— Normal. L'amour fait souffrir. Et maintenant, va te coucher. Tu verras plus clair demain matin.

Il ouvrit un œil lugubre.

— A quoi la vie nous réduit-elle ? Me voici, comme un idiot, à me faire materner par la petite sœur qui s'est entraînée à la boxe sur moi.

Serena prit une pause majestueuse et se tapota le ventre.

— Je suis une digne mère de famille, maintenant.

— Ce qu'il ne faut pas entendre !

— Allez, va te coucher avant que je me mette en tête de vérifier que je n'ai pas perdu la main.

— Tu as toujours été infernale, commenta Caine comme ils se dirigeaient vers la porte. Mais je continue à avoir un faible marqué pour ta petite personne.

Serena lui adressa un large sourire.

— Et le plus étonnant, c'est que c'est réciproque.

12

Le cœur lourd, comme anesthésiée, Diana contempla la salle de tribunal désertée de ses occupants. Ses mains inertes reposaient sur sa serviette en cuir. Tout le monde était parti depuis plus d'une demi-heure. Et elle restait clouée sur son banc.

Normalement, il y aurait eu lieu de se réjouir, pourtant. Elle avait gagné son procès haut la main. Chad Rutledge, reconnu innocent, avait quitté le tribunal en homme libre. Quant au père de Beth Howard, il serait inculpé pour faux témoignage. Tout comme Beth elle-même, d'ailleurs. Mais Diana ne se faisait pas trop de souci pour la jeune fille. Une bonne douzaine de témoins avait pu se rendre compte qu'elle avait menti sous l'empire de la peur.

Cette même douzaine de témoins avait vu Beth s'effondrer pitoyablement lorsqu'elle avait été appelée à la barre. Parce qu'elle, Diana, s'était acharnée inexorablement à la détruire. Elle l'avait interrogée sans relâche, soulignant les contradictions de son récit, l'amenant à se recouper, jusqu'à ce que, anéantie, Beth finisse par reconnaître que Chad ne l'avait pas violée.

Diana frissonna. C'était comme si l'écho de sa propre voix résonnait encore dans la salle de tribunal vide. Une voix froide, accusatrice, impitoyable. Les yeux clos, elle revécut la scène : le visage livide de Beth, les larmes qui s'étaient mises à couler sur son visage, ses aveux entrecoupés de sanglots.

Chad, horrifié, s'était levé en exigeant qu'elle laisse Beth tranquille. Très vite, le ton était monté et la salle de tribunal avait été évacuée. Il avait fallu maîtriser l'accusé afin que la « victime » présumée puisse continuer à subir son contre-interrogatoire.

Diana porta une main tremblante à ses lèvres. Tout était terminé, à présent. Elle avait obtenu sa victoire. Mais à quel prix ?

Elle ne se souvenait pas de s'être jamais sentie aussi perdue, aussi seule. « Caine… Oh, Caine, si seulement tu étais là… » Diana ferma les yeux lorsque sa torpeur hébétée se mua en souffrance.

De quel droit ferait-elle appel à lui maintenant ? Elle ne pouvait pas se servir de lui comme d'une bouée de sauvetage, sous prétexte qu'elle était en train de sombrer. Même si deux semaines s'étaient écoulées depuis, elle n'avait pas oublié l'expression du visage de Caine lorsqu'ils s'étaient disputés à Hyannis.

Blessé. Elle l'avait blessé. Sans le vouloir, mais cruellement.

Et à présent, ils se comportaient comme deux étrangers. Huit fois, dix fois, vingt fois, elle s'était répété que cette indifférence polie constituait, entre eux, la meilleure attitude possible. Mais plus le temps passait, plus elle se sentait démunie, perdue, misérable.

Diana se mordit violemment la lèvre. Chaque fois qu'elle se remémorait la scène, un même élan de passion bouillonnait en elle. C'était comme une crue d'amour sans fin, débordant de tous côtés et qu'il fallait néanmoins contenir par n'importe quel moyen.

— Non… non, protesta-t-elle dans un souffle.

Elle ne pouvait pas s'offrir le luxe d'aimer. C'était infiniment trop risqué.

Le mieux serait de s'en aller. De lui laisser le cabinet. De quitter Boston pour s'installer ailleurs. « Tu fuis, Diana ? » s'éleva en elle comme l'écho de la voix ironique de Caine. Mais elle aurait beau faire trois fois le tour de la planète, elle n'échapperait ni à elle-même ni à ses propres sentiments.

A quel moment était-elle tombée amoureuse de Caine ? Le premier jour, lorsqu'elle avait pleuré dans ses bras après avoir revu Justin ? Ou le lendemain matin sur la plage déserte, lorsqu'ils s'étaient embrassés sous la neige et qu'elle avait oublié d'avoir froid ? Dès le début, elle avait succombé à son amour pour Caine. Mais elle avait refusé de voir. La peur avait été la plus forte. Et elle s'était enfermée dans une attitude de déni acharné.

Diana laissa courir un dernier regard sur la salle de tribunal vide. Puis elle se leva pesamment. Le crépuscule tombait déjà lorsqu'elle sortit enfin du palais de justice. A l'ouest, de gros nuages joufflus s'irisaient d'or et de mauve. Quant au printemps, il continuait à se faire attendre. Les jours s'allongeaient, mais le vent restait glacial et une fine couche de givre ornait les branches encore nues.

Engoncé dans son blouson de cuir, Chad Rutledge était assis au pied de l'escalier. Un instant, Diana hésita à faire demi-tour et à se replier dans le bâtiment. Mais elle était lasse de fuir. Résignée à affronter son client, elle descendit vers lui.

Il leva les yeux à son approche.

— Je vous attendais.

Diana frissonna en remontant le col de son manteau.

— C'est ce que je vois. Vous auriez dû patienter à l'intérieur.

— J'avais besoin de respirer. Depuis le temps que je n'avais pas mis le nez dehors...

La tête rentrée dans les épaules, les mains enfoncées dans ses poches, il lui jeta un regard scrutateur.

— Ils n'ont même pas voulu que je voie Beth.

Diana s'arma de courage.

— Je suis désolée, murmura-t-elle en s'efforçant de gommer toute émotion de sa voix. Je prendrai les dispositions nécessaires pour que vous puissiez lui rendre visite dès demain.

Elle souffrait. Pour lui. Mais aussi pour elle. Et quelles certitudes avait-elle encore à lui offrir ? A bout de forces, elle se détournait pour partir lorsqu'il la retint timidement par le bras.

— Mademoiselle Blade ? J'ai été dur avec vous, tout à l'heure... En fait, je vous ai compliqué la tâche depuis le début.

— Ce sont les aléas du métier. Ne vous inquiétez pas pour ça.

Chad détourna les yeux.

— Quand j'ai vu Beth pleurer, ça a été plus fort que moi. Je vous ai détestée. Alors je suis sorti pour vous attendre de pied ferme et vous dire ma façon de penser.

Diana serra presque nerveusement la poignée de sa serviette en cuir.

— Allez-y, Chad. Je vous écoute. Dites-moi ce que vous avez sur le cœur.

Il émit un rire hésitant et leva de nouveau les yeux vers elle.

— Eh bien, vous voyez, assis là, j'ai eu le temps de réfléchir... J'aurais pu faire fonctionner ma cervelle plus tôt, vous me direz. Mais en tout cas, je me suis calmé.

Chad s'interrompit pour allumer une cigarette. Diana nota que ses gestes étaient sûrs et qu'il semblait effectivement apaisé.

— Je me suis rendu compte que vous m'aviez sorti d'un sacré traquenard, mine de rien. Et je crois que, contrairement aux apparences, vous avez aussi rendu service à Beth. Et pour ça, je voudrais vous remercier.

La gorge trop nouée pour prononcer un mot, Diana serra la main qu'il lui tendait.

— Je suis désolé de m'être emporté comme ça. Mais je ne voyais qu'une chose : vos questions mettaient Beth à la torture. Et ça m'a pris aux tripes, vous comprenez ? Mais là, dehors, à l'air libre, j'ai repensé à ma cellule et à la vie que j'aurais eue si j'avais passé les vingt prochaines années en prison. Et je me suis fait peur rétrospectivement.

Toujours cramponné à sa main, Chad déglutit.

— J'aurais accepté l'enfermement pour elle. Mais je crois qu'au bout d'un certain temps je me serais mis à la haïr. Et elle… elle serait restée sous la coupe de son père, avec ce mensonge qui l'aurait travaillée en permanence. Je suis sûr qu'à la longue elle n'aurait pas supporté.

De sa main libre, Diana couvrit celle de Chad.

— Elle va s'en tirer. Vous verrez. Aucun magistrat au monde ne serait assez cruel pour la punir d'avoir eu peur.

— Mais si elle doit être jugée, vous accepteriez de l'aider ? demanda Chad en levant vers elle un regard luisant d'espoir.

— Bien sûr. Si elle le souhaite. Et vous serez là pour la soutenir.

— Oui. Dès qu'elle sera sortie, on se mariera. Et tant pis pour l'argent, on se débrouillera avec le peu qu'on a.

Sous sa main, elle sentit les doigts de Chad se détendre.

— Mon obsession à moi, c'était de prouver que j'étais indépendant et que je n'avais besoin de personne, vous voyez ? Il fallait absolument que je montre à Beth et au monde entier que j'étais capable d'y arriver seul. C'est bête, non ?

Diana demeura un instant muette. *Etre capable d'y arriver seul… N'avoir besoin de personne…* N'était-ce pas, en gros, son propre credo ? Celui qu'elle avait appliqué aveuglément toutes ces années ?

Elle se surprit à sourire.

— Vous avez raison, Chad. Il n'y a que les idiots qui pensent pouvoir construire leur vie sans l'aide de personne.

— Il faudra trouver des solutions pour que Beth puisse continuer ses études, bien sûr. Ça ne va pas toujours être facile. Mais je sens qu'on va y arriver.

Diana laissa retomber les bras le long de ses flancs.

— Vous croyez que l'amour en vaut la peine, Chad ? demanda-t-elle d'une voix mal assurée. Malgré les risques ? Malgré les souffrances ?

Avec un sourire rayonnant de confiance, Chad renversa la tête en arrière.

— Bien sûr que ça en vaut la peine. Vivre sans aimer, c'est vivre à moitié… Dites, vous viendrez à notre mariage, mademoiselle Blade ?

Elle se pencha spontanément pour lui poser un baiser sur la joue.

— Bien sûr que je viendrai à votre mariage. Mais maintenant, rentrez vite chez vous avant d'attraper une pneumonie. Et je vous promets que vous pourrez voir Beth demain.

En longeant le trottoir pour regagner sa voiture, Diana s'aperçut qu'elle marchait de nouveau d'un pas léger. Ils étaient encore si jeunes, tous les deux. Et les obstacles qui se dressaient devant eux étaient innombrables. Mais le regard rayonnant de Chad lui avait redonné espoir.

Pour eux, oui. Mais qu'en était-il pour Caine et elle ?

Continuerait-elle à se comporter comme une lâche ou était-elle prête à prendre un pari sur l'avenir ? Elle eut une pensée pour Justin, pour la tranquille audace avec laquelle son frère pouvait s'asseoir à une table de jeu et défier le destin. Quelques gouttes de ce sang de joueur ne coulaient-elles pas également dans ses veines ?

Comme Chad, elle avait flirté avec l'idée de passer le reste de ses jours enfermée — cloîtrée dans la prison d'une solitude choisie. Parce que l'enfermement offrait une forme de sécurité. Si elle avait refusé d'accorder sa confiance à Caine, c'était uniquement, au fond, par crainte de l'abandon.

Mais pouvait-on être plus seul qu'elle ne l'était maintenant ?

En optant pour une frileuse stratégie de repli, elle laissait les spectres de son passé gouverner sa vie et tirer les ficelles à sa place. Autrement dit, elle renonçait à un des buts principaux qu'elle s'était fixés : devenir elle-même.

Alors qu'elle avait eu l'intention de rentrer tout droit chez elle, Diana s'aperçut qu'elle était arrivée devant le cabinet. La voiture de Caine était encore sur le parking et de la lumière brillait à la fenêtre de son bureau, même si le rez-de-chaussée était plongé dans le noir.

Diana se demanda s'il travaillait encore à la défense de Virginia. Le procès Day touchait à sa fin. Mais le peu qu'elle en savait, elle l'avait appris par les journaux. Caine et elle n'avaient pas dû échanger plus de dix mots depuis quinze jours qu'ils étaient rentrés de Hyannis.

Diana hésita au pied de l'escalier. Le moment était-il bien choisi pour tenter une réconciliation ? Caine devait être surmené, fatigué. Pourquoi ne pas attendre la fin de son procès pour refaire calmement le point sur leur relation ?

Elle porta la main à sa poitrine. Le courage que Chad lui avait donné ce soir, l'aurait-elle encore dans quelques jours ? « Inutile de rêver. Si tu ne le fais pas maintenant, tu ne le feras jamais. » Le cœur battant, elle gravit lentement les marches.

La porte du bureau de Caine était ouverte et on entendait le feu crépiter dans la cheminée. Assis à sa table de travail, il griffonnait des notes. Ses cheveux blonds tombaient sur son front. Il avait retiré son veston et sa cravate et portait son gilet déboutonné. Une cigarette oubliée se consumait dans le cendrier.

De temps en temps, sans lever les yeux, il tendait la main vers sa tasse de café et buvait une gorgée. Notant à quel point il avait l'air fatigué, Diana sentit sa gorge se serrer. Lorsqu'il jura à voix basse et se passa les mains sur le visage, elle n'y tint plus.

— Caine ? murmura-t-elle, inquiète.

Il leva la tête en sursaut. Pendant une fraction de seconde, elle crut voir une nostalgie déchirante dans son regard. Mais très vite, il revint à une neutralité inexpressive.

— Ah, c'est toi. Je ne pensais pas que tu repasserais ce soir.

L'accueil n'était pas des plus encourageants. Diana songea aux milliers de choses qu'elle voulait lui dire et se demanda par où commencer.

— Chad Rutledge a été acquitté, fut tout ce qu'elle parvint à murmurer.

— Félicitations.

— Ça n'a pas été facile. Il a fallu que je déstabilise Beth pour la faire parler. Chad était furieux. J'ai bien cru que tout allait se terminer dans la tragédie et le chaos.

En songeant à l'épreuve qu'elle venait de traverser, Caine fut à deux doigts de la prendre dans ses bras pour la consoler. Jamais il ne serait immunisé contre sa fragilité, comprit-il, découragé.

— Tu veux boire quelque chose pour te remettre ?

— Non… enfin, si. Ne bouge pas, je vais me servir.

Traversant la pièce, Diana prit une bouteille au hasard dans le placard à liqueurs. La scène ne se déroulait pas du tout comme elle l'avait espéré. Et aucun des aveux qu'elle voulait prononcer n'avait franchi le seuil de ses lèvres.

Par manque de confiance en soi, sans doute. Caine ne

lui avait-il pas fait remarquer qu'elle doutait d'elle-même encore plus que de lui ?

Diana s'humecta les lèvres. Autant commencer par essayer de détendre l'atmosphère en abordant un sujet neutre.

— Le procès Day te donne du fil à retordre ?

Il secoua la tête.

— Non, il se termine, en fait. Je pensais que l'avocat de la partie civile avait des arguments en béton. Mais sa plaidoirie n'a pas vraiment convaincu. J'ai fait venir Virginia à la barre. Elle a été froide, antipathique mais parfaitement crédible. Et elle ne s'est pas démontée une seule fois pendant le contre-interrogatoire.

— Tu es rassuré pour le verdict, alors ?

Sourcils froncés, Caine se renversa contre son dossier.

— J'ai la certitude qu'elle sera acquittée. Mais justice ne lui sera pas rendue pour autant.

Comme Diana lui jetait un regard interrogateur, il se leva pour s'étirer.

— Elle échappe à la prison, c'est un fait. Mais aux yeux du public, elle passera toujours pour une fille riche, gâtée et capricieuse qui a pu s'offrir le luxe d'assassiner son mari sans que la société lui en fasse payer le prix. J'ai pu lui éviter la prison, mais pas la rétablir dans sa dignité.

— Tu as fait ce que tu as pu, compte tenu de la personnalité de ta cliente. Un de mes confrères que j'admire beaucoup m'a dit, il n'y a pas si longtemps, qu'un avocat ne devait pas se prendre pour un « sauveur de l'humanité ».

Une brève lueur brilla dans le regard de Caine. Mais il haussa les épaules.

— Il ne savait pas ce qu'il disait.

Diana reposa son verre et fit un pas dans sa direction.

— Sortons d'ici, Caine. Cela te fera du bien. Je t'offre à dîner.

Caine hésita. Elle était si près qu'il aurait pu la toucher. Mais le spectre d'un nouveau rejet le fit reculer.

— Non. J'ai du travail en retard à rattraper.

— Comme tu voudras. Je vais voir en bas ce qu'il y a dans le réfrigérateur.

— Non.

Stoppée net par la sécheresse de son ton, Diana se tourna vers la cheminée pour contempler les flammes.

— Tu as envie que je m'en aille, n'est-ce pas ? demanda-t-elle, le cœur lourd.

— Je viens de te dire que j'avais du travail.

— Je peux t'attendre si tu veux, murmura-t-elle en jouant nerveusement avec la poignée en cuivre d'un tisonnier. Rejoins-moi à la maison quand tu auras fini. Je préparerai à manger dans l'intervalle.

Caine laissa glisser son regard sur la mince et élégante silhouette vêtue de cachemire vert jade. Ainsi, Diana était venue lui proposer un retour au *statu quo* ? Rien ne l'empêchait de renouer avec elle, après tout. Ils reprendraient la relation sur un mode qu'il connaissait bien puisqu'il avait fonctionné ainsi avec toutes ses amies précédentes : une ou deux rencontres hebdomadaires, un week-end occasionnel. Pas de complications, pas d'obligations. Rien que de la légèreté et du plaisir.

La perspective, soudain, lui parut morne, vide et dépourvue d'intérêt.

Caine soupira en regardant ses mains. Il avait envisagé toutes les possibilités au cours des deux semaines écoulées : lui écrire une lettre de dix pages, la supplier à genoux de lui accorder au moins une chance, rentrer chez elle par effraction et l'enlever de force.

Mais il avait repoussé toutes ces fausses solutions une à une. Pas parce qu'il était trop fier pour supplier. Pas parce qu'il était trop respectueux pour employer la force. Mais simplement parce qu'il n'existait aucun moyen au monde pour *contraindre* Diana Blade à l'aimer.

Il la désirait toujours autant ; mais si faire l'amour avec elle avait été simple, avant, il ne pourrait plus vivre leur intimité physique que comme un déchirement.

— Merci. C'est gentil de me le proposer. Mais ça ne m'intéresse plus.

Diana ferma les yeux, surprise que des mots — de simples mots — puissent faire mal à ce point.

— Je t'ai blessé, l'autre fois, à Hyannis, murmura-t-elle. Je suis désolée.

Caine émit un bref rire cynique.

— Je me passe de tes élans charitables, O.K. ?

— Caine ! protesta-t-elle, choquée par l'amertume dans sa voix. Ça n'a rien à voir avec...

— Laisse tomber.

— Mais...

— Ça suffit maintenant !

Caine reprit son café froid et but une gorgée pour tenter de recouvrer son calme.

— Sois gentille et rentre chez toi, maintenant. Je suis occupé.

— J'ai des choses à te dire.

— Et ça ne t'a pas traversé l'esprit que je pourrais ne pas vouloir les entendre ? Je me suis mis à nu devant toi, l'autre fois, et j'en ai pris plein la figure. Tu m'as déjà envoyé bouler en beauté. Et je n'ai aucune envie de revenir sur le débat.

— Tu ne me facilites vraiment pas les choses, Caine ! cria-t-elle, excédée.

— Je me fiche de ce que tu ressens, en ce moment !

Pris d'une rage folle soudain, il l'attrapa par le poignet et la tira presque brutalement contre lui. Avant qu'il parvienne à reprendre le contrôle de lui-même, il s'était emparé de ses lèvres et l'embrassait sauvagement. Si c'était tout ce qu'elle voulait accepter de lui, alors c'était tout ce qu'il lui donnerait. Il fit passer dans son baiser toute la fureur accumulée depuis deux semaines. Mais lorsqu'il la sentit défaillir dans ses bras, il la lâcha dans un sursaut d'horreur et de dégoût de lui-même.

A quoi bon se raccrocher à des leurres, de toute façon ? Même dans le plaisir, l'amour — ce despote — ne se laisserait pas oublier.

— Va-t'en, Diana.

Les mains cramponnées au dossier d'une chaise, elle ne bougea pas d'un pouce.

— Je partirai quand je t'aurai parlé.

— Bon. Reste si tu veux. Moi, je m'en vais.

Se précipitant pour le retenir, elle lui barra l'accès de la porte.

— J'ai dit stop ! Va t'asseoir et écoute-moi.

L'espace d'une seconde, Diana se demanda s'il n'allait pas l'écarter de force et l'étrangler dans la foulée. Une lueur meurtrière scintillait dans le regard de Caine. Mais il se contenta de se planter devant elle.

— O.K., tu as deux minutes pour dire ce que tu as à dire.

— Assieds-toi, d'abord.

— Attention, Diana. Tu crois que tu n'as pas déjà suffisamment tiré sur la corde comme cela ?

Le menton levé, elle accepta de transiger.

— Bon. Restons debout si tu préfères. Je ne vais pas m'excuser pour ce que je t'ai dit il y a quinze jours. J'étais sincère. Rien n'est plus difficile pour moi que de prendre des risques émotionnels. Je ne peux donner ma confiance que si je choisis de le faire.

— Très bien. Maintenant laisse-moi passer.

— Je n'ai pas fini !

Diana déglutit et s'entendit ajouter :

— Je pense qu'il serait temps que nous nous associions.

La colère céda la place à l'incrédulité dans le regard de Caine.

— Après tout ce qui s'est passé entre nous, tu viens me faire une proposition *professionnelle* ? Tu délires ou quoi, Diana ?

— Je ne te parle pas boulot, Caine MacGregor, je te parle mariage ! Voilà, c'est dit. Tu es content ?

Les yeux de Caine se plissèrent en deux fentes minces à l'expression indéchiffrable.

— Pardon ?

— Je te demande de m'épouser, répéta-t-elle, les joues en feu.

Il se mit à rire — faiblement, tout d'abord, puis avec une certaine conviction. Se passant les mains sur le visage, il se dirigea vers la fenêtre.

— Incroyable, marmonna-t-il tout bas.

— Je ne vois pas ce que ça a de drôle, protesta-t-elle, les bras croisés sur la poitrine.

De sa vie, elle ne s'était sentie aussi pathétique, aussi ridicule.

— Je ne sais pas ce qui me fait rire, au juste, admit Caine. C'est le côté inattendu de la situation, peut-être. Après quinze jours de silence, tu débarques dans mon bureau et tu me demandes en mariage. Avoue que la situation ne manque pas d'humour.

— Eh bien, je suis ravie d'avoir égayé ta soirée. Je te laisse savourer cette joyeuse plaisanterie en toute tranquillité.

Elle avait déjà la main sur la poignée lorsque Caine s'adossa contre le battant clos pour l'empêcher d'ouvrir.

— Ah non, pas si vite.

— Laisse-moi passer !

— Dans un instant.

Caine la saisit par les épaules et la pressa contre la porte.

— Ça va durer longtemps ce dialogue de sourds, Diana ?

Ses yeux ne riaient plus, nota-t-elle. Les lèvres serrées, elle luttait contre une furieuse envie de pleurer.

— J'aimerais savoir pourquoi tu m'as proposé le mariage, Diana.

Elle commença par le fusiller du regard. Puis elle prit une grande inspiration et ravala sa fierté.

— J'ai pris l'initiative parce que j'ai pensé que tu ne le ferais jamais toi-même à cause de tout ce que je t'ai dit l'autre fois. Je n'étais pas certaine que tu me pardonnerais.

Les doigts de Caine se resserrèrent sur ses épaules.

— Ne sois pas ridicule. Ce n'est pas une question de pardon.

— Caine...

Elle aurait voulu prendre son visage entre ses paumes, mais elle avait peur de le toucher.

—... Je suis désolée.

— Tu n'as toujours pas répondu à ma question. Pourquoi veux-tu que je t'épouse ?

Diana baissa les yeux.

— Je crois que j'ai besoin d'un contrat formel. Quand un homme et une femme se contentent de vivre ensemble, c'est tellement facile de tout arrêter pour un oui ou pour un non. Et...

Caine l'arrêta d'un signe de tête.

— Ce n'est pas ce que je te demande et tu le sais. Pourquoi, Diana ? Dis-le-moi.

Elle déglutit.

— Je...

Sa gorge se noua, ne laissa plus filtrer aucun son. Elle ferma les yeux.

— Diana ?

Elle se força à soulever les paupières. Une fois que les

mots seraient prononcés, il n'y aurait plus de retour en arrière possible. Elle serait engagée. Caine le savait. Et il avait besoin d'entendre les mots, d'être rassuré. Comment avait-elle pu se focaliser sur ses propres peurs au point de ne pas voir les siennes ?

— Je t'aime, murmura-t-elle sur un long soupir tremblant.

Sa peur s'évapora en même temps que l'air expiré.

— Oh, mon Dieu, Caine, oui, je t'aime !

Elle lui tomba dans les bras, se cramponna à son cou.

— Je t'aime. Je t'aime… Combien de fois aimerais-tu que je te le répète ?

— Je vais te dire ça dans une seconde, chuchota-t-il en trouvant ses lèvres.

Avec un grognement de joie, il l'attira à lui.

— Encore, exigea-t-il tout contre sa bouche. Dis-le-moi encore.

Avec un rire heureux, elle se laissa tomber avec lui sur le tapis.

— Je t'aime… Si j'avais su que cela faisait tant de bien, je te l'aurais dit plus tôt.

Cueillant son visage entre ses paumes, elle plongea son regard dans le sien.

— Vivre l'amour avec toi, c'est de loin ce qu'il y a de plus précieux pour moi au monde, Caine. Cela vaut mille fois tout le reste. Je le savais, mais je préférais me boucher les yeux et les oreilles et ne surtout pas le reconnaître. Je me raccrochais à l'illusion pathétique que je pouvais me passer de toi.

Il lui prit la main et la porta à ses lèvres.

— Je n'ai toujours pas de garanties à t'offrir. Juste de l'amour à te donner. De l'amour à revendre.

— Je ne veux pas de garanties, chuchota-t-elle en pressant sa joue contre la sienne. Je vais parier sur toi, MacGregor. Et parier gagnant, qui plus est.

Avec des gestes infiniment tendres, Caine commença à lui retirer ses vêtements.

— C'est la nuit des grandes premières. Ma première demande en mariage… La première fois que j'arrive à t'arracher ces trois petits mots magiques… et la première fois que nous faisons l'amour dans mon bureau.

Diana se laissa rouler sur lui et s'attaqua aux boutons de sa chemise.

— Tu oublies juste un détail, mon cher maître.

— Mmm…

— Tu ne m'as toujours pas dit si tu acceptais de m'épouser.

Il leva la tête pour lui mordiller l'oreille.

— Quel délai de réflexion m'accordes-tu ? Un mois ? Un an ? Une décennie ?

— Très exactement deux secondes.

— Parfait. Alors, c'est oui.

Le regard de Caine se fit rieur.

— Entre-t-il dans nos intentions d'enrichir la lignée des MacGregor ?

— Mais très certainement. Je suis d'excellente « souche ».

Caine éclata de rire.

— Tu viens de faire de mon père un homme heureux, Diana.

LES FAVORIS

Découvrez vos romans favoris
et vos thématiques préférées
issues de toutes
les collections Harlequin.

À découvrir tous les mois.